Y MELANAI

Y DIFFEITHWCH DU

Bethan Gwanas

Gyda diolch i Rhian Davies o Ysgol y Preseli,
Osian Higham o Ysgol Bro Edern, Ceris James o Ysgol Bro Myrddin
ac Esyllt Maelor am eu sylwadau gwerthfawr.

Argraffiad cyntaf: 2018
© Hawlfraint Bethan Gwanas a'r Lolfa Cyf., 2018

Cynllun y clawr: Tanwen Haf
Llun yr awdur: Iolo Penri

Rhif Llyfr Rhyngwladol: 978 1 78461 652 6

Dymuna'r cyhoeddwyr gydnabod cymorth ariannol
Adran Addysg a Sgiliau (AdaS) Llywodraeth Cymru.

Cyhoeddwyd ac argraffwyd yng Nghymru
ar bapur o goedwigoedd cynaliadwy gan
Y Lolfa Cyf., Talybont, Ceredigion SY24 5HE
e-bost ylolfa@ylolfa.com
gwefan www.ylolfa.com
ffôn 01970 832 304
ffacs 01970 832 782

'Mae bywyd un ai'n antur fentrus neu'n ddim byd o gwbl.'
Helen Keller

'All dyn ddim darganfod moroedd newydd
nes bod ganddo'r dewrder i golli golwg ar y tir.'
André Gide

'Nid pawb sy'n crwydro sydd ar goll.'
J. R. R. Tolkien

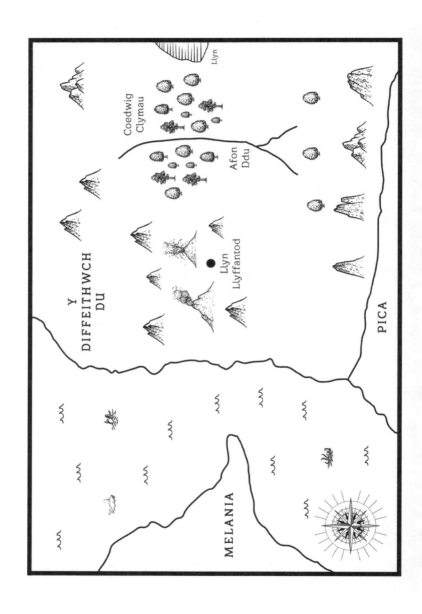

Y cymeriadau

Efa
Cyn-dywysoges Melania – 16 oed

Cyfeillion Efa:

Galena
Cyn-gogydd yn y palas

Cara
Cyn-diwtor Efa

Bilen
Yn arfer gofalu am wallt, colur a dillad Efa

Dalian
Cyn-Brif Hyfforddwr Gwarchodwyr y palas

Prad
Cyn-filwr ac un o warchodwyr Efa

Id, cawr

Ceffylau:

Gwiblen (Efa) Ffela (Cara)
Brân (Dalian) Salna (Bilen)
Mellten (Prad) Gwinau (Galena)

1

S YRTHIODD EFA YN ei hôl ar y tywod du, ac eistedd yn
swrth, ei meddwl ar chwâl.

'Fy mai i ydy hyn i gyd,' sibrydodd.

Roedd Dalian, ei chyfaill gorau yn y byd i gyd, yn marw
ar draeth y Diffeithwch Du. Syllodd yn hurt ar ei ffrindiau,
Cara a Galena, yn ffysian dros ei gorff llonydd. Roedd Galena
yn ceisio sugno'r gwenwyn o'r ddau dwll bychan coch ar ei
grimog, yn sugno a phoeri, sugno a phoeri, a Cara yn fflapian
ac wylo a griddfan rhywbeth am fod yn ofalus, y gallai
gwenwyn y neidr sgarlad effeithio ar Galena hefyd.

''Dan ni ddim isio dy golli di hefyd, Galena! A dwi wir
ddim yn meddwl bod sugno brathiad neidr yn gweithio beth
bynnag!'

Ond doedd Galena'n cymryd dim sylw ohoni, dim ond
dal ati i sugno a phoeri.

Neidr sgarlad, meddyliodd Efa. Mi gawson ni'n rhybuddio
cyn dod yma, cyn gadael Melania. Daeth y geiriau'n ôl iddi
fel gordd: 'Mi neith y gwenwyn sydd yn nannedd honna eich
parlysu o fewn eiliadau… mi fu'r farwolaeth yn un hir ac
erchyll.'

Trodd ei phen i edrych yn ôl ar y tonnau. Doedd dim
golwg o arfordir Melania bellach am fod niwl trwchus wedi

dod i guddio'r cyfan. Melania, y wlad lle cafodd ei geni a'i magu i fod yn frenhines arni, y wlad roedd hi wedi ei gadael am byth a hudo pump o'i ffrindiau i'w gadael hefyd.

'Syniad hurt o'r cychwyn,' sibrydodd wrthi hi ei hun. Dylai fod wedi ufuddhau i'r drefn, derbyn ei thynged a lladd ei mam. Petai hi wedi bod yn dywysoges fach dda a chall, mi fyddai hi wedi aros, mynd i'r seremoni a lladd ei mam o flaen pobl Melania, yn union fel roedd ei mam wedi lladd ei mam hithau, a'i nain ei mam hithau cyn hynny. Dyna oedd y drefn erioed. Ond roedd Efa wedi bod yn styfnig, wedi mynnu cicio'n erbyn y tresi ac wedi rhedeg i ffwrdd y diwrnod cyn ei phen-blwydd yn 16 oed.

Ac oherwydd ei styfnigrwydd hi, roedd Dalian yn marw. Roedd criw o warchodwyr dewr wedi marw hefyd; roedden nhw a'u ceffylau rywle o dan y tonnau a'r niwl, wedi eu dal gan y llanw a'r creaduriaid erchyll oedd yn byw o dan y dŵr. Roedd eu sgrechiadau'n dal i ganu yn ei phen hi. Dim ond gwneud eu dyletswydd oedden nhw, ufuddhau i'r Frenhines a'r Meistri a cheisio ei rhwystro hi a'i ffrindiau rhag gadael Melania. Roedd hi'n eu nabod, bob un, wedi dysgu ymladd gyda nhw, wedi chwysu a chwerthin yn eu cwmni. A rŵan doedd dim byd ar ôl ohonyn nhw a byddai rhywun yn gorfod dweud wrth eu teuluoedd na fydden nhw byth yn eu gweld eto. A'i bai hi oedd o.

Edrychodd eto ar Galena a Cara yn ceisio gwneud gwyrthiau efo corff llonydd Dalian. Doedd dim byd y gallai hi ei wneud. Roedd hi'n eithaf siŵr nad oedd dim y gallen nhw ei wneud chwaith. Roedd o wedi mynd.

'Efa! Gwna rywbeth!' gwaeddodd llais y tu ôl iddi.

Prad. Trodd ei phen i weld ei fod o a Bilen yn ceisio dal a thawelu'r ceffylau. Roedd Ffela, caseg Cara, yn gweryru'n wyllt a gwaed yn llifo o anaf dychrynllyd ar ei choes ôl. Helicoprion, siarc erchyll gyda dannedd ar ffurf olwyn, oedd wedi llifio i mewn iddi pan oedd hi yn y dŵr. Roedd Bilen wedi llwyddo i gael gafael yn ei ffrwyn ond yn cael trafferth mawr i'w thawelu, tra oedd Prad wedi cael gafael ar ddau o'r ceffylau eraill ac yn ceisio tawelu'r rheiny er mwyn gallu mynd i helpu Bilen. Roedd Brân, stalwyn Dalian, a Gwiblen, caseg Efa, wedi rhedeg yn wyllt i ben pella'r traeth.

Cododd Efa ar ei thraed a brysio tuag at Bilen.

'Mae gen i bethau yn fy mag allai helpu Dalian, a falle Ffela hefyd,' meddai Bilen wrthi. 'Fedri di gydio ynddi a thrio'i thawelu hi?'

Nodiodd Efa a chamu ymlaen i gymryd y ffrwyn oddi arni. Roedd llygaid y gaseg yn rhowlio'n wyn mewn ofn a phoen, ac roedd hi'n tynnu'n ôl yn wyllt, ond siaradodd Efa gyda hi mewn llais tawel, addfwyn:

'Dyna ti, 'ngeneth i, mae'n iawn. Mae'n iawn. Paid â phoeni. Mi fydd bob dim yn iawn.' Bron nad oedd Efa eisiau chwerthin. Mi fydd bob dim yn iawn, wir! Am rwtsh. Doedd hyd yn oed ceffyl ddim yn mynd i gredu hynny.

Ond yn rhyfeddol, roedd Ffela'n dechrau tawelu. Rhedodd Efa ei bysedd yn ysgafn dros drwyn a bochau'r anifail, a siarad gyda'r gaseg yn dawel eto. Pwysodd ei thalcen yn erbyn y gwddf chwyslyd, cynnes a theimlo'n well ynddi hi ei hun, rywsut.

'Dyna ti. Dyna ti, Ffela. Mi fyddi di'n iawn…'

Yn y cyfamser, roedd Bilen wedi tynnu ei bag oddi ar ei chefn ac wedi dod o hyd i'r pecyn cymorth cyntaf. Brysiodd at Galena a Cara a chwilota am rywbeth – unrhyw beth – allai helpu Dalian.

'Tria hwnna, Cara. A hon, potel o fedd,' meddai, gan roi pecynnau a photeli yn nwylo Cara. Yna brysiodd yn ôl at Efa a'r gaseg. Rhoddodd ei llaw yn ysgafn ar gefn Ffela a'i rhedeg yn araf at ei choes ôl. Daliai Efa i siarad yn addfwyn gyda'r anifail.

'Dyna fo. Mae hi'n mynd i drio dy wella di, cael gwared o'r hen boen 'na.'

'Wel, mi wna i 'ngorau,' meddai Bilen, gan lygadu'r anaf yn bryderus. Aeth ati'n ofalus i'w lanhau gyda medd. 'Does 'na ddim byd gwell i lanhau anafiadau na mêl ac alcohol,' meddai, ac yna taenodd ychydig o eli gwafant, cymysgedd o lafant a gwymon, dros ochrau'r rhwyg. 'Mi wnaiff hynna leddfu chydig o'r boen, gobeithio. Ond mae angen pwytho'r rhwyg yma… Mae gen i nodwydd ond mae gen i ofn iddi roi cic i mi.'

'Aros eiliad,' meddai Efa. 'Dwi'n cofio Mam yn dangos rhyw dric i mi… Dyro'r edau yn y nodwydd tra dwi'n trio cofio.'

Roedd ei mam, y Frenhines, yn wych am drin anifeiliaid, yn enwedig ceffylau. Roedd hi wedi cael ei hyfforddi gan y sibrydwyr gorau, mae'n debyg, ac wedi dysgu ambell dric i'w merched yn ei thro. Roedd Efa'n naw oed pan ddangosodd ei mam iddi sut i siarad gyda cheffyl ofnus, a sut i bwyso'i

bysedd yn ofalus ond yn bendant ar wahanol rannau o ben ceffyl gan wneud i'w gorff cyfan rewi, fwy na heb. Chwiliodd am y rhannau hynny yn awr, gan ddal i siarad yn addfwyn gyda'r gaseg. Roedd hi'n siŵr mai fan hyn oedd o… Pwysodd gyda'i bysedd a theimlo'r ceffyl yn llonyddu'n llwyr.

'Rŵan,' sibrydodd wrth Bilen, 'mae gen ti chydig funudau. Chei di mo dy gicio.'

Ufuddhaodd Bilen, a dechrau pwytho'n gyflym. Roedd ei dawn fel gwniadwraig yn amlwg. Roedd hi wedi gwneud cannoedd o wisgoedd dros y blynyddoedd, i Efa a'i chwiorydd a'r Frenhines, heb sôn am wisgoedd y dawnswyr ar gyfer seremoni coroni Efa. Seremoni na fyddai'n digwydd bellach, meddyliodd Efa. Tybed a fyddai'r dorf yn aros o gwmpas ar gyfer angladd fflamau'r gwarchodwyr a gafodd eu lladd? Na, nid angladd fyddai hi – doedd neb yn mynd i ddod o hyd i'w cyrff. Fyddai dim darn ohonyn nhw ar ôl i'w losgi. Seremoni i gofio amdanyn nhw, efallai.

Edrychodd Efa draw at gorff Dalian. Mi fydd yn rhaid i ni losgi ei gorff o, meddyliodd yn sydyn. Teimlodd boen fel cyllell yn ei brest a chyfog yn ei gwddf a dechreuodd y dagrau lifo i lawr ochrau ei thrwyn.

'Dyna ni, joban reit daclus, os ga' i ddeud,' meddai Bilen gan dorri'r edau. Roedd yr anaf wedi ei bwytho a'r gwaed wedi peidio llifo. Taenodd fwy o wafant dros y pwythau, ac yna trodd i edrych ar Efa. Deallodd yn syth beth oedd wedi achosi'r dagrau.

'O, Efa… paid. Mi fydd o'n iawn,' meddai, gan roi ei llaw ar ei hysgwydd. 'Dwi'n siŵr y bydd o'n iawn. Dalian ydy o.'

'Hei!' gwaeddodd Prad. 'Fedar un ohonoch chi gydio yn un o'r rhain i mi gael mynd i nôl y ceffylau eraill? Cyn iddyn nhw ddiflannu?'

'Ddo' i efo ti,' meddai Efa, gan basio ffrwyn Ffela i Bilen. Roedd yn well ganddi fod yn brysur, gwneud rhywbeth, yn hytrach na sefyllian yn edrych ar Dalian yn marw. Neidiodd ar gefn Salna, caseg Bilen, a charlamodd Prad a hithau i ben draw'r traeth tywyll.

Roedd Brân, stalwyn du Dalian, wrth ymyl craig sgleiniog ddu ac roedd rhywbeth yn amlwg newydd ei ddychryn. Codai ar ei goesau ôl gan weryru'n ffyrnig. Roedd caseg Efa wedi dychryn gymaint roedd hi'n carlamu fel y gwynt yn ôl tuag at Prad ac Efa.

'Woooo! Gwiblen! Aros!' galwodd Efa arni, a diolch byth, arafodd y gaseg wrth nabod ei pherchennog a throtian tuag atyn nhw, gan ysgwyd ei phen a gweryru. Neidiodd Efa oddi ar Salna a cherdded tuag at Gwiblen. Cydiodd yn ei ffrwyn a'i chofleidio. Gwthiodd Gwiblen ei phen yn ei herbyn yn ddiolchgar. Roedd hi'n amlwg yn dal yn nerfus.

Yn y cyfamser, roedd Prad a'i stalwyn wedi carlamu ymlaen a stopio'n ddigon pell o Brân. Llithrodd Prad o'r cyfrwy a cherdded yn ei flaen yn ofalus. Roedd y ceffyl yn dal i weryru a chodi'n wyllt ac edrychai fel petai'n ceisio cicio a sathru ar rywbeth.

Tynnodd Prad ei fwa oddi ar ei ysgwydd ac estyn am saeth, rhag ofn. Yna gwelodd fod rhyw fath o anifail wrth droed y graig, rhywbeth oedd yn sgleinio'n ddu, yn union fel y graig, ac roedd ganddo grafangau mileinig yr olwg, fel cranc. Ond

roedd hwn yn llawer iawn mwy nag unrhyw granc roedd Prad wedi ei weld o'r blaen. Roedd hwn yr un maint â dafad. Ac roedd ganddo grafangau mawr, creulon ar y ddwy fraich. Sylweddolodd Prad fod ganddo hefyd gynffon hir, bigog fel sgorpion. Math o sgorpion anferthol oedd o! Ac roedd o'n ceisio bachu coesau'r stalwyn gyda'i grafangau er mwyn claddu pig ei gynffon i mewn iddo. Pam nad oedd y ceffyl gwirion yn troi ac yn dianc?

Gollyngodd Prad ffrwyn ei stalwyn a'i orchymyn i aros lle roedd o. Yna gosododd ei saeth yn ei fwa a thynnu'r llinyn yn ôl at ei drwyn. Doedd o ddim yn hollol siŵr lle i anelu. At y pen, doedd bosib? Ond doedd gan y bwystfil fawr o ben, ac roedd y crafangau anferthol yn chwifio dros y lle ac yn mynnu cuddio'r man lle dylai'r pen fod. Anadlodd Prad yn ddwfn a rhyddhau'r saeth. Clywodd y glec. Taro'r crafanc wnaeth o! Ac mae'n rhaid fod hwnnw fel craig o galed gan fod y saeth wedi bownsio i ffwrdd! Rhegodd Prad ac estyn am saeth arall. Byddai'n rhaid anelu am ei gorff a gobeithio am y gorau. Anelodd eto a gollwng y llinyn. Gwyliodd y saeth yn claddu ei hun yn ystlys y bwystfil a chlywodd sgrech erchyll, sgrech oedd yn brifo'i glustiau ac yn gwneud i Brân fynd yn wallgof. Cododd y 'peth' ei grafangau yn uchel a'u clecian, a throi i gyfeiriad y saeth. Cymerodd hi rai eiliadau i Prad sylweddoli bod y creadur hyll yn rhedeg tuag ato ar ei hanner dwsin o goesau tenau, duon. Ac roedd o'n frawychus o gyflym!

Ymbalfalodd Prad am saeth arall, ond roedd yn fodiau i gyd ac roedd y bwystfil yn beryglus o agos. Collodd y saeth ar

y tywod a rhegi cyn plygu i'w chodi a'i hailosod, ond roedd y peth afiach bron o fewn cyrraedd a'r crafangau'n clecian a'r sgrech yn dal i drywanu ei glustiau.

Thwac! Plymiodd saeth rhwng breichiau'r bwystfil, lle roedd rhyw fath o geg gyda dannedd milain a theimlyddion yn diferu â llysnafedd. Sgrechiodd y peth afiach eto, yn uwch y tro hwn, ond arafodd, yna disgynnodd ar ei ochr a gwingo'n wyllt cyn llonyddu'n sydyn. Sylweddolodd Prad ei fod yn gallu anadlu eto a llanwodd ei ysgyfaint, gan deimlo'r gwaed a'r adrenalin yn pwmpio drwy ei gorff. Yna gwelodd fod ei saeth yn dal yn ei fwa.

'Iechyd, am beth hyll,' meddai llais y tu ôl iddo.

Efa. Trodd Prad i weld ei bod yn dal i eistedd ar gefn Salna a bod Gwiblen yn ei dilyn yn ufudd. A bod bwa – heb saeth – yn ei dwylo.

2

'**D**IOLCH,' MEDDAI PRAD. 'Dwi'n ym… rhyw feddwl falle dy fod ti newydd achub fy mywyd i.'

'Do, dwi'n meddwl 'mod i,' meddai Efa. 'Ond be ar y ddaear ydy – neu oedd – o?'

'Dim syniad,' meddai Prad, gan droi'n ôl i edrych ar y llysnafedd melyn oedd yn llifo fel cawl o geg y bwystfil. Roedd y drewdod yn troi ei stumog. 'Ond gobeithio nad oes 'na fwy ohonyn nhw.'

'Gafodd o afael ar Brân, sgwn i?'

Roedd y stalwyn yn sefyll yn llonydd wrth droed y graig, wedi hen roi'r gorau i weryru a chodi ar ei goesau ôl. Brysiodd Prad tuag ato, a galw arno'n dawel.

'Ty'd rŵan, 'rhen foi, mae'r hen beth afiach 'na wedi marw, yli. Neith o ddim drwg i ti rŵan.'

Cododd y stalwyn ei glustiau ac ysgwyd ei ben. Roedd yn chwys drosto ac yn crynu. Cerddodd Prad ato'n araf gan ddal ati i fwmian siarad. A diolch byth, gadawodd Brân iddo gydio yn y ffrwyn a'i arwain i ffwrdd o'r graig. Wedi ei archwilio'n ofalus, doedd dim anafiadau amlwg i'w gweld, heblaw am ambell doriad bychan yng nghnawd ei goesau blaen.

'Dyna lle wnaeth o lwyddo o drwch blewyn i osgoi'r crafangau hyll 'na, o bosib?' meddai Efa.

'Roist ti dipyn o ffeit iddo fo, yn do, 'rhen foi?' meddai Prad.

Rhoddodd y ceffyl edrychiad iddo fel petai'n cytuno. Roedd o wedi dod ato'i hun yn rhyfeddol, ond wrth iddyn nhw ddychwelyd at y lleill roedd o'n mynnu cadw'n bell iawn o gorff y bwystfil ar ganol y traeth.

*

'Be rŵan?' gofynnodd Bilen ar ôl rhoi medd ac eli gwafant ar goesau Brân. 'Mae Dalian yn dal yn anymwybodol, ond yn fyw.'

'Mae o'n dal i anadlu – o fath – ac mae ei byls o'n wan, ond o leia mae gynno fo byls,' meddai Galena. 'Rhyw fath o loches neu rywle cynnes i gysgodi rydan ni ei angen iddo fo.'

'Mae gynnon ni bebyll yn ein bagiau ni, yn does?' meddai Bilen.

'Nid i'w codi fan hyn,' meddai Prad. 'Mi fyddai'n syniad i ni adael y traeth 'ma cyn gynted â phosib, cyn i unrhyw fwystfilod eraill ymosod arnon ni.'

'Iawn. Gei di ddod ar gefn Gwiblen efo fi, Cara,' meddai Efa, 'mae coes Ffela druan yn dal yn rhy boenus iddi gario unrhyw bwysau am sbel. Allwn ni glymu Dalian yn sownd ar Brân rywsut?'

'Gallwn, mae gen i raff,' meddai Prad. 'Rown ni o ar ei stumog dros y cyfrwy.'

'Fydd hynny ddim yn gyfforddus iawn iddo fo, na fydd?' meddai Cara.

'Cara,' meddai Galena, 'fydd o ddim callach, mae o'n anymwybodol.'

*

Wedi clymu Dalian yn ddiogel ar gefn ei stalwyn, gyda'i goesau a'i freichiau'n hongian am i lawr er mwyn cael y cydbwysedd yn iawn, roedden nhw'n barod i gychwyn.

'Pa ffordd?' meddai Bilen.

'Wel, dwi'n meddwl mai i gyfeiriad y gogledd-ddwyrain oedd y stribedyn mwg 'na welson ni o Felania fis neu ddau'n ôl,' meddai Efa.

'Stribedyn o fwg allai fod yn dod o losgfynydd...' meddai Bilen.

'Na, roedd hwn yn wahanol, fel mwg coelcerth neu simdde,' meddai Efa'n bendant. 'Felly, dach chi'n hapus i fynd am y gogledd-ddwyrain?'

'Hapus i fynd i unrhyw le heblaw yn ôl i mewn i'r dŵr yna,' meddai Cara. 'Ac ym... pa ffordd mae'r gogledd-ddwyrain?'

'A titha'n hogan glyfar, mae dy synnwyr di o gyfeiriad yn anobeithiol, tydy?' meddai Galena, gan ysgwyd ei phen. 'Ffordd acw mae'r gogledd-ddwyrain, drwy'r mynyddoedd duon acw.'

'Wel, ddim cweit,' meddai Efa. 'Y dwyrain sy ffor'na, mae'r gogledd-ddwyrain fymryn bach mwy y ffordd acw.'

Gwenodd Cara ar Galena. Rhowlio ei llygaid wnaeth Galena.

'Ond 'dan ni'n dal i orfod mynd drwy'r mynyddoedd

duon, tydan?' meddai hi'n bigog. 'Drwy'r llosgfynyddoedd allai ffrwydro dan ein traed ni unrhyw funud. Felly be 'dan ni'n mynd i neud, dilyn llwybr yn ôl pa mor oer ydy'r ddaear oddi tanon ni? Troi'n ôl a rhedeg am ein bywydau os bydd ein ceffylau ni'n dechrau dawnsio ar y tir poeth?'

Roedd y chwerwder yn ei llais yn amlwg.

'Galena,' meddai Efa, 'dwi'n gwybod nad ydy pethau wedi dechrau'n rhy dda i ni —'

'Ddim yn rhy dda? Ha! Naddo. Anodd dychmygu dechrau gwaeth, a deud y gwir.'

'O, chwarae teg, o leia 'dan ni i gyd yn dal yn fyw,' meddai Bilen.

'Nac ydan, ddim i gyd, ddim go iawn!' meddai Galena. 'Oni bai eich bod chi'n cyfri bod mewn côma fel bod yn fyw. Achos tydw i ddim!'

Gallai'r lleill glywed y dagrau yn ei llais hi.

'Gwranda,' meddai Efa, 'ro'n i'n teimlo'r un fath â ti nes i mi ddechrau gofalu am y ceffylau. Yn flin, yn difaru, isio cyrlio'n belen a chrio, isio waldio rhywun – bob dim. Ond unwaith ro'n i'n brysur ac yn gallu helpu, ro'n i'n gweld pethau mewn ffordd llawer mwy positif.'

'Ac est ti'n syth i ofalu am Dalian, yn do,' meddai Cara wrth Galena. 'A dim ond rŵan, pan mae gofalu amdano fo allan o dy ddwylo di, mae'r sioc yn dy daro di.'

'Os dach chi'n deud,' meddai Galena, ond roedd hi'n swnio'n bwdlyd o hyd.

'Felly i'r gogledd-ddwyrain?' meddai Prad. 'Cyn i ryw fwystfil hyll ddod i ddeud helô?'

'Ia, a phawb i gadw golwg am loches o ryw fath,' meddai Efa. 'Ond ga' i gynnig na ddylen ni fynd yn rhy gyflym? Dim carlamu na throtian tra mae Dalian wedi ei glymu fel'na.'

'A chofiwch am goes fy nghaseg i,' meddai Cara.

Felly cerdded wnaeth y ceffylau ar hyd y tywod du, a'u marchogion yn cadw llygad barcud ar y tirwedd moel o'u cwmpas. Prad oedd ar y blaen, wedyn Bilen, gyda chaseg Cara yn sownd wrth raff y tu ôl iddi, yna Galena, gydag Efa a Cara yn y cefn, ar gefn Gwiblen, yn cadw golwg ar Dalian o'u blaenau.

Ar ôl awr, roedd y tywod wedi troi'n gymysgedd o lwch a cherrig, a doedd y mynyddoedd yn ymddangos dim agosach. Doedd dim blewyn o wyrddni i'w weld yn unman, a'r unig liw oedd yn torri ar undonedd y du a'r brown tywyll oedd ambell gylch neu stribed o felyn llachar yma ac acw.

'Be ydy'r stwff melyn 'na?' gofynnodd Galena.

'Sylffwr,' meddai Cara, academydd y criw, oedd â chof rhyfeddol am y ffeithiau roedd hi wedi eu darllen yn yr hen lyfrau. 'Mae o'n dod allan o'r tyllau folcanig. Erstalwm, roedd o'n cael ei ddefnyddio i wneud gwrtaith, i helpu planhigion dyfu, ond hefyd i wneud powdwr gwn ac i droi papur yn wyn. Ac yn ddiweddarach, os cofia i'n iawn, i wneud rhyw orchudd o'r enw seloffen.'

'A be oedd hwnnw'n ei neud?' gofynnodd Efa.

'Mi fyddai'n cael ei lapio am fwydiach a llysiau a ffrwythau ac ati i'w cadw nhw'n lân.'

'Y? Oedd dail yn brin bryd hynny neu rywbeth?' gofynnodd

Galena, oedd wedi treulio blynyddoedd yn lapio bwyd mewn dail yng nghegin y palas ym Melania.

'Na. Roedd o'n gyfnod o greu pob math o bethau newydd, sgleiniog, i geisio gwneud bywyd yn haws; pethau fel bagiau plastig ac ati, ond mi drodd y rhan fwya ohonyn nhw'n felltith yn y diwedd. Bron i —'

'Be sy'n drewi mor ofnadwy?' gofynnodd Bilen ar ei thraws. 'Oes 'na rywbeth wedi marw yma?'

'Dwi'n meddwl mai'r sylffwr ydy o,' meddai Cara. 'Neu'r nwy sylffwr deuocsid. Mae'n dod allan o'r ddaear pan fydd llosgfynydd yn ffrwydro a dydy o ddim yn dda i'r iechyd. Dwi'n meddwl y byddai'n syniad i ni gyflymu chydig.'

'Ddim yn dda i'r iechyd?' meddai Bilen. 'Gwenwynig wyt ti'n ei feddwl?'

'Wel, ia. Dros amser.'

'Ac roeddet ti'n gwybod hyn pan oedden ni'n trafod lle i fynd?'

'Ym… O fath. Mi wnes i fwy o ymchwil wedyn.'

'Ond wnest ti'm sôn wrthon ni…' meddai Bilen.

'Naddo. Do'n i ddim isio'ch dychryn chi, ac roedd Dalian wedi clywed bod 'na bobl yn byw yn y Diffeithwch Du ers canrifoedd, yn doedd? A bod y dyn welodd o yn y carchar yn deud fod 'na olwg reit iach ar y bobl welodd o yno.'

'Ond be os oedd y dyn hwnnw yn y carchar oherwydd ei fod o'n palu celwyddau?' meddai Galena.

Doedd Cara ddim yn siŵr beth i'w ddweud. Roedd hynny'n bosibilrwydd, wrth gwrs.

'Roedd Dalian yn ei gredu o, a dydy Dalian ddim yn un

sy'n hawdd i'w dwyllo,' meddai Efa. 'Roedd o'n meddwl mai byw y tu draw i'r llosgfynyddoedd acw oedden nhw. A ph'un bynnag, allwn ni ddim mynd yn ôl rŵan, na fedrwn?'

3

R OEDDEN NHW'N DRINGO erbyn hyn, a'r ceffylau'n cael
trafferth cerdded; dan draed, roedd hi un ai'n gerrig
caled, blêr, neu'n llwch du, folcanig, oedd yn suddo dan
bwysau'r anifeiliaid.

'Edrychwch,' meddai Prad, gan bwyntio at lyn o ddŵr
brown oedd yn stemio fel pwdin newydd ddod allan o
bopty.

'O, ych!' meddai Bilen. 'Meddylia am gael bàth yn hwnna.'

'Aros funud!' meddai Cara. 'Dwi'n cofio darllen bod
pyllau folcanig fel'na'n gallu gwneud lles. Maen nhw'n llawn
mineralau, ac roedd pobl yn cael bàth ynddyn nhw erstalwm.
Mi fyddai ymwelwyr yn heidio atyn nhw i wella pob math o
bethau, o gricymalau i broblemau efo'r system nerfol!'

'Y? Rwyt ti newydd ddeud bod y lle 'ma'n wenwynig!'
meddai Galena.

'Dwi'n gwybod, ond wir rŵan – gawn ni jyst stopio am
eiliad i weld pa mor boeth ydy'r dŵr?'

'Wyt ti'n galw hwnna'n ddŵr?' meddai Galena. 'Baw ydy
hwnna. Llaid. Ac mae o'n drewi.'

Ond roedd y lleill yn hapus i stopio am ychydig. Doedd
dim golwg o unrhyw fwystfilod ac roedd angen gweld sut
roedd Dalian, a rhoi hoe i'r ceffylau, yn enwedig Ffela, caseg
Cara.

Aeth Efa a Galena i weld Dalian ac aeth Cara ar ei chwrcwd ar lan y llyn i astudio'r dŵr trwchus, brown. Yn ofalus, rhoddodd gledr ei llaw uwchben yr wyneb i deimlo faint o wres oedd yn codi ohono.

'Dydy o'm yn ferwedig, o leia,' meddai. 'Dwi'n mynd i fentro rhoi blaen fy mys bach ynddo fo.'

'Ti'n siŵr?' meddai Efa.

'Ym, dwi'n meddwl.'

'Dwyt ti ddim yn gall,' meddai Galena. 'Be os ydy o'n llosgi dy gnawd di i ffwrdd a gadael dim byd ond asgwrn? Dyro rywbeth arall ynddo fo yn gynta. Fel darn o ddefnydd neu rywbeth.'

Gwyliodd pawb Cara yn gollwng darn o ledr o'i bag i'r dŵr, ac yna, ar ôl rhyw bum munud, yn ei godi allan eto.

'Edrych yn iawn i mi,' meddai Cara. 'Mae o'n dal yn gyfan, ac ydy, mae o'n gynnes, ond nid yn ferwedig. Iawn, dwi am roi fy mys i mewn.'

Rhoddodd flaen ei bys bach i mewn yn araf, yna'r bys cyfan, yna ei law at y garddwrn.

'Cara!' meddai Bilen mewn braw.

'Dewr...' meddai Prad.

'Mae o'n iawn,' meddai Cara gyda gwên. 'Ac mae'n teimlo'n hyfryd, rhaid i mi ddeud. Ga' i gynnig ein bod ni'n rhoi Dalian ynddo fo? Ei goes o o leia, lle cafodd o'i frathu?'

'Be? Ti'n meddwl bod mwd poeth yn mynd i dynnu'r gwenwyn allan – jyst fel'na?' wfftiodd Galena.

'Wel, os oedd pobl erstalwm yn meddwl ei fod o'n gwella

problemau efo'r system nerfol, mae'n rhaid bod 'na reswm,' meddai Bilen.

'Yn hollol. Ac wedi effeithio ar system nerfol Dalian mae gwenwyn y neidr sgarlad yna, yndê?' meddai Cara.

Edrychodd y gweddill ar ei gilydd. Aeth Prad at lan y llyn a rhoi ei law yntau yn y dŵr brown.

'Hm. Braf. Dwi'n meddwl ei bod hi'n werth rhoi cynnig arni,' meddai. 'A be am roi peth ar goes Ffela hefyd?'

'Dwi'm yn gallu coelio ein bod ni'n gwneud hyn,' meddai Galena wrth wylio Prad ac Efa yn cario corff llipa Dalian at lan y llyn.

'Ond chydig fisoedd yn ôl, fyddai'r un ohonon ni byth wedi coelio y bydden ni'n dianc o Felania er mwyn dod i'r Diffeithwch Du!' gwenodd Bilen arni.

Nodiodd Galena. Roedd y ferch yn llygad ei lle. Ac roedden nhw'n siŵr o orfod gwneud sawl peth arall cwbl hurt ac anghredadwy dros y dyddiau a'r wythnosau nesaf.

Yn y cyfamser, roedd Efa mewn cyfyng-gyngor. Roedd Prad yn disgwyl iddi dynnu trowsus Dalian oddi arno.

'Mi fyddai'n well gen i beidio,' meddai hi.

Edrychodd Prad arni mewn penbleth.

'Ond mi fyddai'n well cadw ei drowsus o'n sych, ti'm yn meddwl?'

'Byddai, ond… mae'n teimlo'n od i mi dynnu ei drowsus o. Fedra i ddim. Wnei di neud, plis?' meddai Efa, gan edrych i bob man heblaw i lygaid Prad. Roedd hi'n gwybod yn iawn ei bod hi'n bod yn wirion, yn bathetig, ond doedd hi jyst ddim eisiau tynnu trowsus Dalian i lawr a dyna fo.

'Wel, myn taten i,' chwarddodd Prad. 'Wnes i rioed feddwl y byddet ti fel hyn! A titha wedi gweld ei goesau o filoedd o weithia… yn nofio, yn molchi, yn cael ei dylino… Taset *ti*'n sâl neu'n anymwybodol ac angen tynnu dy drowsus, fyddai Dalian ddim yn meddwl ddwywaith!'

'Jyst… wnei di neud o, plis?' meddai Efa eto, yn ymwybodol iawn bod ei bochau'n fflamgoch.

Ufuddhaodd Prad gyda gwên, a rhoi'r trowsus i Efa. Rhoddodd hithau'r dilledyn yn ofalus ar y lan, yna helpu Prad i ollwng coesau Dalian yn araf i'r dŵr cynnes.

Eisteddodd hi fel bod cefn Dalian yn pwyso yn ei herbyn, a'i choesau bob ochr iddo. Gafaelodd ynddo'n dynn rhag iddo lithro, a phwyso'i boch yn erbyn ochr ei ben. Teimlodd wres yn codi drwyddi, a'i chalon yn tynhau. Roedd hi wedi breuddwydio am fedru lapio'i hun amdano fel hyn, a rŵan ei fod o'n digwydd, doedd o'n teimlo nac yn gwybod dim am hynny. Efallai na châi o byth wybod. Efallai na châi hi byth ei gofleidio fel hyn eto.

Edrychodd i lawr ar ei goesau noeth, a edrychai mor wyn yn erbyn lliw'r dŵr tywyll. Doedd neb ym Melania byth yn dangos eu croen noeth i'r haul fwy nag oedd raid. Roedd Cara wedi dangos lluniau iddi yn yr hen lyfrau o bobl yr oes a fu yn gorwedd fwy neu lai'n noethlymun ar draethau, yn ceisio llosgi eu crwyn yn frown. Roedd hynny wedi dod i ben filenia'n ôl, pan gyrhaeddodd yr haen osôn bwynt peryglus o denau, gan olygu bod miloedd o bobl yn llythrennol wedi ffrio eu hunain i farwolaeth. Roedd yr haen yn gryfach o lawer bellach, ond roedd pobl wedi dysgu parchu effaith yr haul ar eu crwyn.

Roedd yr haul yn taro'n gryf ger y llyn erbyn hyn, a'r awyr yn las. Sylweddolodd Efa ei bod hi'n sychedig, ond roedd ei bag dŵr ar gyfrwy ei cheffyl.

'Prad? Fedri di estyn fy mag dŵr i mi, os gweli di'n dda?'

'Gwnaf, siŵr. Ond cofia sipian yn unig. Does wybod pryd welwn ni ddŵr yfed eto yn y diffeithwch 'ma.'

'Ond 'dan ni wedi dod â llwyth efo ni ar gyfer y ceffylau, yn do?'

'Do. Ond pwy a ŵyr os bydd o'n ddigon.'

Wrth sipian yn ofalus, edrychodd Efa ar Bilen a Cara yn taenu peth o'r dŵr brown dros yr anaf ar goes Ffela.

'Fyddai hi ddim yn haws mynd â hi i mewn i'r llyn?' galwodd.

Edrychodd Bilen a Cara ar ei gilydd.

'Ydy o'n ddiogel? Pa mor ddwfn ydy o yn fan'na?' gofynnodd Bilen.

'Dim syniad,' meddai Efa. Oherwydd y lliw, roedd hi'n amhosib gweld y gwaelod.

'Wel, os ydy o'n ddigon da i Dalian, mae'n ddigon da i mi,' meddai Prad, gan dynnu ei drowsus a chamu i mewn. Roedd o at ei bengliniau i ddechrau, yna bron at ei ben ôl, a hynny'n eithaf pell i mewn. Aeth i gydio yn ffrwyn y gaseg a'i thynnu i mewn yn bwyllog. Roedd hi'n ansicr i ddechrau, ond yna ymlaciodd, yn amlwg yn mwynhau'r gwres ar ei choesau. Yna, roedd hi'n arogli'r dŵr, ac yna, yn ei yfed!

'Prad? Ydy hynna'n ddiogel?' meddai Bilen.

'Wel, mae ceffylau'n gallu arogli a blasu yn arbennig o dda, ac mi wnân nhw wrthod yfed dŵr os oes 'na rywbeth yn bod

arno fo,' meddai Prad. 'Felly dwi'n meddwl ei fod o'n iawn, ond dwi ddim yn siŵr o bell ffordd.'

'Be am y ceffylau eraill? Ddylen ni adael iddyn nhw ei yfed o neu beidio?' gofynnodd Galena.

Edrychodd Prad ar Efa.

'Be wyt ti'n feddwl?'

Pendronodd Efa, yna meddai, 'Be am adael i ddau yfed hwn, ond rhoi peth o'n cyflenwad dŵr ni i'r ddau arall, rhag ofn?' meddai.

Cytunodd pawb ar hyn a gadael i geffylau Bilen a Prad yfed o'r llyn folcanig.

Wedi pum munud, cododd Mellten, ceffyl Prad, ei ben yn sydyn, yna codi ar ei draed ôl mewn braw gan weryru'n uchel.

'Be oedd hynna? Be sy wedi'i ddychryn o?' meddai Efa.

Doedd gan neb syniad, doedd neb wedi gweld dim. Yna sylweddolodd Efa fod rhywbeth yn dringo i fyny coesau Dalian. Rhyw anifail yr un lliw â'r dŵr mwdlyd, gyda llygaid coch, llachar.

'Llyffant!' gwaeddodd, gan geisio codi a llusgo coesau Dalian allan o'r dŵr. Brysiodd Galena i'w helpu. Llithrodd y llyffant yn ôl i mewn i'r dŵr a diflannu o'r golwg.

Yna, gwelodd Cara fod o leiaf ddwsin o barau o lygaid coch yn y dŵr o gwmpas ei chaseg hi.

'Help! Fy ngheffyl i!' sgrechiodd gan bwyntio.

Cyn i neb arall symud, roedd Galena yn y dŵr, yn brysio tuag at y gaseg. Wedi anelu ambell gic at y llygaid cochion, cydiodd yn y ffrwyn a thynnu Ffela yn ôl at y lan.

Archwiliodd Prad a Bilen goesau'r anifail ond doedd dim anafiadau newydd i'w gweld.

'Erbyn meddwl,' meddai Cara, wedi i'w chalon lonyddu, 'dim ond llyffantod oedden nhw. Be oedden ni'n disgwyl i lyffantod ei neud?'

'Ond y llygaid coch 'na!' meddai Efa. 'Welais i rioed lyffant efo llygaid coch o'r blaen!'

'Mae 'na rai i'w cael,' meddai Cara. 'Neu mi roedd 'na, ar un adeg.'

'Oedden nhw'n wenwynig?' gofynnodd Galena.

'Dwi'm yn cofio. Oes 'na farciau ar Dalian?'

Wedi archwilio, na, doedd dim byd yn wahanol am goesau Dalian.

'Ond aros funud, dwi'n siŵr fod brathiad y neidar 'na'n edrych yn well rŵan,' meddai Efa. 'Dydy o ddim hanner mor goch, ac mae'r chwydd wedi mynd i lawr.'

'Ym, sbïwch,' meddai Bilen.

Trodd pawb i edrych i'r un cyfeiriad â hi a gweld cannoedd o lygaid cochion yn eu gwylio o ganol y llyn. Yna neidiodd un ar y lan a chrawcian. Roedd o'n glamp o lyffant, yn fwy na maint llaw Prad, yn sicr, ac roedd gan Prad ddwylo fel rhawiau. Dechreuodd gweddill y llyffantod grawcian hefyd, nes bod côr wrthi.

'Maen nhw'n reit swynol, tydyn?' chwarddodd Cara. 'Maen nhw'n edrych yn reit ddiniwed i mi, wedi'r cwbl.'

Roedd mwy o lyffantod wedi neidio ar y lan bellach, ac roedd y crawcian yn uwch nag erioed.

'Dwi ddim yn siŵr am hyn,' meddai Galena, gan gamu yn

ei hôl. 'Dwi'n gweld dim byd yn swynol amdanyn nhw. Mae'r swn yn dechrau brifo 'nghlustiau i.'

'Mae'n brifo clustiau'r ceffylau hefyd,' meddai Prad, gan frysio i gydio yn eu ffrwynau. Roedden nhw wedi dechrau aflonyddu a rhowlio eu llygaid, ac roedd Brân yn stampio'r llawr. 'Helpa fi, Bilen.'

'Cara, ty'd yn ôl,' meddai Efa.

Roedd hithau wedi dechrau anesmwytho, ac roedd gweld Cara mor agos at y llyffantod yn ei gwneud yn nerfus. Aeth ei llaw bron yn ddiarwybod iddi at garn ei chleddyf.

Yn sydyn, neidiodd y llyffant agosaf at Cara yn ei flaen at ei thraed, a chyn iddi sylweddoli roedd wedi brathu blaen un o'i bwtsias hi. Roedd blaen ei throed yn llwyr yn ei geg! Ceisiodd ei gicio i ffwrdd, ond roedd o'n gwbl sownd ynddi. Dyna pryd y gwelodd hi'r dannedd: rhai hirion, melyn, milain. Ers pryd roedd gan lyffantod ddannedd? Sgrechiodd a cheisio rhedeg yn ei hôl at y lleill, a dyna pryd y dechreuodd cannoedd o lyffantod neidio allan o'r llyn gan anelu am y lleill a'r ceffylau.

Roedd y swn yn fyddarol erbyn hyn, a sgrechiadau Cara yn cael eu boddi'n llwyr. Neidiodd Efa yn ei blaen gyda'i chleddyf a hollti'r llyffant ar droed Cara yn ei hanner. Chwifiodd y cleddyf eto i gael gwared â'r dwsin oedd yn rhy agos o lawer ati.

'Cara! Neidia ar gefn fy ngheffyl i!' gwaeddodd Bilen.

'Prad! Helpa fi efo Dalian!' meddai Efa.

'Ewch am y mynydd!' gwaeddodd Prad wrth Bilen a Galena, cyn troi i helpu Efa gyda chorff llipa, trwm Dalian.

Clymodd o'n dynn ac yn gyflym ar ei geffyl a chysylltu'r ffrwyn â chyfrwy ei stalwyn ei hun. Anelodd gic at y llyffantod oedd o gwmpas ei draed. Roedd y sŵn crawcian yn hollti ei benglog.

Trodd eto i weld bod Cara bellach ar gefn Gwiblen. Ond roedd Efa'n dal i hollti ugeiniau o lyffantod gyda'i chleddyf. Roedden nhw'n heidio tuag ati!

'Efa! Brysia!' sgrechiodd Cara. 'Mae Gwiblen yn mynd yn nerfus!'

Roedd y gaseg yn dechrau codi ar ei choesau ôl yn wyllt, yn amlwg eisiau dianc rhag y creaduriaid erchyll oedd yn neidio tuag at ei choesau.

'Cydia yn y ffrwyn a rheda!' gwaeddodd Prad, gan wingo'n sydyn wrth deimlo dannedd yn brathu i mewn i'w goes, uwchben un o'i fwtsias. Claddodd ben ei gleddyf yn y llyffant hyll a'i daflu i'r awyr.

Rhedodd Efa nerth ei thraed gyda ffrwyn Gwiblen yn ei llaw nes cyrraedd bryncyn, a neidio i mewn i'r cyfrwy y tu ôl i Cara.

'Cer fel y gwynt, Gwiblen!' gwaeddodd, ond gweryrodd Gwiblen mewn poen.

'Mae 'na un ohonyn nhw â'i ddannedd yn ei phen ôl hi!' gwaeddodd Bilen.

Trodd Efa a gwasgu ei bysedd i mewn i gnawd garw'r llyffant nes iddo ollwng gyda gwich, yna'i daflu i ganol yr haid oedd y tu ôl iddi. Doedd dim rhaid iddi annog Gwiblen i garlamu – roedd hi'n hedfan ar ôl y ceffylau eraill, er gwaethaf pwysau'r ddwy oedd ar ei chefn hi.

4

WNAETHON NHW DDIM arafu nes i Prad weiddi: 'Mae'n iawn! Does 'na'm golwg ohonyn nhw rŵan.'

Roedden nhw bellach ar grib lydan rhwng dau gopa mynydd. Stopiodd pawb a throi i edrych yn ôl i lawr am y llyn. Roedden nhw'n rhy bell i fedru gweld unrhyw lyffant ar y lan bellach. Tynnodd Prad sbienddrych o'i sach.

'Mae 'na ambell un yn dal ar y lan,' meddai, 'rhai llonydd, y rhai laddon ni. O, aros funud… mae 'na rai eraill yn… o, ych, damia nhw,' meddai, gan ostwng ei sbienddrych.

'Yn be?' meddai Galena.

'Yn eu bwyta nhw.'

Anadlodd Efa'n ddwfn, yna neidiodd allan o'i chyfrwy.

'Dwi jyst isio gweld sut mae Dalian, a chael golwg ar lle cafodd Gwiblen ei brathu,' meddai.

'O ia, mi ges inna 'mrathu hefyd,' meddai Prad, gan blygu i astudio'i goes.

'Gad i mi weld,' meddai Bilen, gan neidio oddi ar ei cheffyl.

Roedd ôl y dannedd yn amlwg ar gnawd Prad a Gwiblen, a'r gwaed yn diferu o'r tyllau. Glanhaodd Bilen yr anafiadau gyda medd.

'Dwi'n difaru na fyddwn i wedi dod â mwy o hwn efo fi,' meddai, gan hanner chwerthin yn nerfus. ''Dan ni'n mynd

drwyddo fo fel dŵr a dim ond ers diwrnod 'dan ni yma… ac mi fydda i'n rhedeg allan o wafant cyn bo hir hefyd.'

'Ydy o'n boenus?' gofynnodd Galena wrth weld Prad yn gwingo.

'Llosgi fymryn, dyna i gyd. Dim gwenwyn – gobeithio.' Daliodd Prad lygaid Bilen a chodi ei ysgwyddau.

'Dach chi'n meddwl mai dim ond isio ein brifo ni oedden nhw, neu… fydden nhw wedi'n bwyta ni?' gofynnodd Cara.

Edrychodd pawb arni.

'Dwi ddim isio gwybod, diolch,' meddai Galena.

'Ond roedd 'na olwg isio'n bwyta ni arnyn nhw, yn doedd?' meddai Cara. 'A'r dannedd hyll 'na… ych!'

'Wel, maen nhw'n bwyta eu brodyr marw rŵan,' meddai Prad. 'A sôn am fwyta, dwi'n llwgu. Ac isio gwisgo 'nhrowsus arall. Mae'r llall gan y llyffantod, damia nhw. Ydy fan hyn yn lle diogel i ni gael hoe fach, dach chi'n meddwl?'

Trodd pawb i edrych o'u cwmpas. Doedd dim golwg o'r môr bellach, dim ond bryniau a mynyddoedd a llosgfynyddoedd du, llwyd a brown tywyll i bob cyfeiriad. Roedd ambell ruban o stêm yn codi o'r ddaear yma ac acw, ac ambell stribed o felyn yn torri ar yr undonedd, ond doedd dim blewyn o wyrddni i'w weld yn unman.

'Does 'na ddim sŵn yma o gwbl, nag oes?' meddai Cara. 'Mae'n hollol dawel.'

'Diolch byth,' meddai Galena. 'Roedd sŵn y llyffantod 'na'n erchyll. Mae 'mhen i'n dal i frifo.'

Yn sydyn, clywodd pawb sŵn chwyrnu uchel, fel anifail blin, yn hynod, hynod agos.

Cydiodd Efa yn ei chleddyf ac ymbalfalodd Bilen am ei bwa.

'Sori, fy stumog i oedd hwnna,' meddai Prad. 'Wnes i ddeud 'mod i'n llwgu, yn do?'

*

Ar ôl pryd sydyn o fara a chaws, anelodd y criw am y gogledd-ddwyrain eto. Roedd yn rhaid dringo i lawr llethr serth, llychlyd yn ofalus am awr er mwyn cyrraedd gwastadedd eang oedd yn stribedi o hen lif lafa llwyd a phinc.

'Mae 'na rywbeth reit hardd am fan hyn, yn does?' meddai Bilen. 'Mi faswn i wrth fy modd yn lliwio 'ngwallt fel y pinc yna.'

'Hy! Lliwiau del neu beidio, fedra i ddim ymlacio yma,' meddai Galena. 'Methu dallt ydw i pam mae 'na gymaint o anifeiliaid od, peryglus yma; does 'na'm byd tebyg iddyn nhw ym Melania.' Trodd i edrych ar Cara. 'Ty'd 'laen, ti sy'n gwybod bob dim fel arfer.'

'Dwi wedi bod yn meddwl yr un peth fy hun,' meddai Cara. 'A does gen i ddim ateb, heblaw fod rhywbeth yn y tirwedd folcanig 'ma wedi effeithio arnyn nhw rywsut neu'i gilydd. Gydag amser, mae 'na bridd cyfoethog, llawn mineralau yn datblygu o gwmpas llosgfynyddoedd fel arfer, sy'n bwydo planhigion, sy'n bwydo anifeiliaid, sy'n bwydo anifeiliaid mwy.'

'Felly, os ydy'r pridd yn arbennig o gyfoethog, mi allai'r anifeiliaid "mwy" dyfu'n anifeiliaid anferthol?' meddai Efa.

'Dwi'm yn gweld pam lai,' meddai Cara. 'Ond mae'n ddigon posib mai rhywbeth arall sy'n gyfrifol – ymbelydredd o ryw fath efallai. Mae hynny'n gallu gwneud i bethau newid ac esblygu.'

'Wel, be bynnag ydy o, mae arna i ofn y byddwn ni'n cyfarfod mwy a mwy o bethau od, peryglus dros y dyddiau nesa,' meddai Efa. 'Felly byddwch yn wyliadwrus.'

Roedden nhw wedi bod yn cerdded dros y llif lafa anwastad am ddwy awr heb weld unrhyw greadur od na pheryglus pan sylwodd Cara fod pen Dalian wedi dechrau symud fymryn.

'Dalian?' meddai Cara. 'Efa, dwi'n meddwl bod Dalian yn deffro!'

Stopiodd pawb yn syth a brysio ato. Oedd, roedd ei lygaid wedi agor ac roedd yn edrych o'i gwmpas yn ddryslyd. Gallai Efa deimlo'i chalon yn curo. Diolch byth! Datododd Prad a Galena y rhaffau oedd yn ei ddal dros y cyfrwy a'i helpu i lithro i lawr ar ei draed yn ofalus. Ond roedd o fel ebol newydd ei eni, a'i goesau'n rhoi oddi tano, felly rhoddwyd o i eistedd ar y lafa.

'Ble ydan ni? Be ddigwyddodd?' meddai'n gryg. 'Dwi'n teimlo'n wan fel cath. Ac mae 'ngwddw i mor sych…'

Yfodd ddŵr yn araf wrth i Efa ddweud yr hanes wrtho. Yna edrychodd ar y ddau dwll coch a'r chwydd ar ei goes. Byseddodd o gwmpas y chwydd a dweud:

'Mae'n hollol ddiffrwyth. Dwi'n teimlo dim byd. A dwi'm yn gallu teimlo 'nhroed chwaith.'

Tynnodd Efa ei fwtsiasen a'i hosan ac edrychodd pawb

ar ei droed mewn braw. Roedd y croen wedi dechrau troi'n ddu.

'Mi allai hynna fod yn rhywbeth dros dro,' meddai Cara'n frysiog.

'Gallai,' cytunodd Galena.

'Jyst chydig o gleisio ydy o,' ychwanegodd Bilen.

'Dwi wedi cael cannoedd, miloedd, o gleisiau yn fy mywyd ond welais i rioed glais fel hwn,' meddai Dalian.

'Gad i mi roi mwy o eli gwafant drosto fo,' meddai Bilen, gan dyrchu yn ei sach.

Trodd Efa a cherdded tuag at Ffela. Astudiodd y cnawd o gwmpas ei hanaf hi a gweld nad oedd unrhyw ddüwch yno.

'Meddwl tybed ai'r dŵr yn y llyn llaid 'na oedd yn gyfrifol,' eglurodd wedi iddi ailymuno â'r lleill. 'Roedden ni'n gobeithio y byddai'r mineralau yn dy wella di,' ychwanegodd wrth Dalian.

'Naci, y gwenwyn yn y neidar sy'n gyfrifol am y düwch yma,' meddai Dalian. 'A gobeithio bod gan o leia un ohonoch chi stumog gref achos os bydd y düwch yn gwaethygu, efallai y bydd raid i chi dorri 'nghoes i i ffwrdd.'

Edrychodd pawb yn hurt arno.

'Ddaw hi ddim i hynny, siŵr,' meddai Efa.

'Gawn ni weld, ia?' meddai Dalian. 'Rŵan 'ta, os wyt ti wedi gorffen efo'r gwafant 'na, Bilen, dach chi'n meddwl y galla i eistedd yn y cyfrwy yn hytrach na hongian dros yr ochor fel rhyw ddafad?'

Roedd o angen help i'w godi ei hun i'r cyfrwy, a bu'n rhaid i Efa osod ei droed yn y warthol.

'Dwyt ti wir ddim yn gallu teimlo fy nwylo i o gwbl?' gofynnodd iddo.

'Dim yw dim,' atebodd yn syml. 'Ond o leia dwi'n fyw.' Daliodd y ddau lygaid ei gilydd, a gwenu'n swil.

Ar ôl gwneud i'r stalwyn gerdded o gwmpas am ychydig funudau, meddai Dalian, 'Dwi'n meddwl y bydda i'n iawn os na fydd raid carlamu neu neidio dros rywbeth. Ond dwi'n dal i deimlo'n felltigedig o wan.'

'Achos dwyt ti'm wedi cael dim i'w fwyta!' meddai Galena, gan chwilota yn ei sach. Rhoddodd ddarn o gaws a bara yn ei law a mynnu ei fod yn eu bwyta'n syth.

'Does gen i fawr o awydd bwyd, a bod yn onest,' meddai Dalian. Ond pan welodd yr edrychiad a gafodd gan Galena, brathodd i mewn i'r caws yn ufudd.

'Sut mae ceffylau pawb?' gofynnodd Prad.

'Mi allen nhw neud efo mwy o ddŵr, mae'n siŵr, ond mi gawn nhw aros chydig eto, rhag ofn,' meddai Efa. 'Ac mae'r brathiad ar ben ôl Gwiblen yn edrych yn iawn i mi.'

'Dydy Ffela ddim mor gloff ag oedd hi,' meddai Cara, 'ond dwi'n eitha siŵr nad ydy hi'n barod i gario fy mhwysau i eto.'

'A chditha mor drwm!' chwarddodd Prad. Cara oedd y lleiaf o'r criw i gyd ac roedd hi'n ysgafn fel pluen. 'Iawn 'ta, Cara, ty'd ti ata i a Mellten rŵan, er mwyn i Gwiblen gael hoe o gario dwy ohonoch chi.'

Rhoddodd Cara edrychiad bach llawn ymddiheuriad i Bilen wrth ei phasio, a cheisio peidio â gafael yn rhy dynn yn Prad. Roedden nhw i gyd yn gwybod yn iawn nad oedd hi'n cymryd llawer i'r anghenfil gwyrdd reoli teimladau

Bilen. Roedd Bilen yn fwy ymwybodol o'i chenfigen na neb, a cheisiodd beidio â chydio mor dynn yn ei ffrwynau wrth wylio Cara yn eistedd mor eithriadol o agos at ei chariad. Ystyriodd gynnig y dylai Cara gymryd ei cheffyl hi ac iddi hithau rannu ceffyl Prad, ond byddai hynny'n wirion. Brathodd ei gwefus a cheisio gwenu.

*

Ddwy awr yn ddiweddarach, a Dalian wedi cael gwybod pob manylyn o'r daith hyd hynny, roedden nhw'n dal ar y gwastadedd o stribedi pinc a llwyd, ond bellach roedd rhes gyfan o losgfynyddoedd anferthol o'u blaenau, rhai â mwg yn chwyrlïo o'u copaon.

'Mae'n edrych yn debyg y bydd raid i ni ddringo,' meddai Efa. 'Os ydan ni am ddal i fynd i'r gogledd-ddwyrain.'

'Iawn, gawn ni hoe ar ôl dringo rhywfaint, ia?' meddai Prad. 'Pa fynydd dach chi ei ffansi?'

'Aros funud,' meddai Galena. 'Fyddai hi ddim yn syniad i ni feddwl lle 'dan ni am gysgu heno? 'Dan ni'm wedi cael winc o gwsg ers echnos! Heblaw am Dalian, ond nid cysgu oedd o, wedi'r cwbl.'

Edrychodd pawb ar ei gilydd. Roedd golwg ddigon blinedig ar bob un, yn enwedig Dalian, ac roedd Ffela wedi cloffi'n arw eto. Gan fod yr haul bellach yn cuddio y tu ôl i fynydd i'r gorllewin, buan y byddai'n tywyllu.

'Ti'n iawn,' meddai Efa. 'Mi fydd yn haws cysgu lawr fan hyn ar dir gwastad nag ar lethr, felly be am draw fan'cw, efo'r

bryn cynta acw yn gefn i ni? Ydy pawb yn cytuno? Cysgu fan'no nes i'r haul godi?'

Roedd pawb yn gytûn. Wedi cyrraedd troed y bryn cyntaf, tynnwyd y pebyll ysgafn o'r sachau: tair pabell fechan i'r chwech. Roedden nhw wedi eu codi o fewn dim a dechreuodd Galena wneud tân gyda'r brigau a'r darnau o fonion coed ywen a cheirios oedd yn ei sach.

'Pam ywen a cheirios?' gofynnodd Prad, gan gydio yn un o'r darnau pren gyda diddordeb.

'Maen nhw'n llosgi'n hirach, ac mae'r rhain wedi eu gadael i aeddfedu ers blynyddoedd. Dyn coed oedd fy nhaid ac roedd gynno fo ffordd o aeddfedu coed fel eu bod nhw'n ysgafn i'w cario ond yn llosgi am oes.'

'Yr union beth ar gyfer taith fel hon felly.'

'Nid jyst cogydd da ydw i, Prad,' gwenodd Galena. 'A rhywbeth arall sy'n braf am y coed yma ydy bod 'na arogl hyfryd yn dod ohonyn nhw wrth iddyn nhw losgi hefyd.'

'Rwyt ti wedi gwneud yn siŵr nad oes sylffwr yn agos at y tân 'na, wyt ti?' gofynnodd Cara.

'Ym… wela i ddim byd melyn yma, o leia,' meddai Galena. 'Pam?'

'Mae o'n tanio'n hawdd iawn ac wedyn, os cofia i'n iawn, yn troi'n nwy sy'n gallu llosgi dy drwyn a dy wddw di – a dy ysgyfaint di,' meddai Cara.

'O! Ym. Wel, sbia o gwmpas – weli di sylffwr?' gofynnodd Galena mewn braw.

Archwiliodd y ddwy y creigiau lafa o amgylch y tân a phenderfynu eu bod yn ddigon diogel.

'Does isio bod yn ofalus mewn lle fel hyn?' meddai Galena wrth setlo i dendio'r tân eto. 'Os nad oes 'na lyffantod isio dy fwyta di, neu ryw fwystil o sgorpion am dy waed di, mae'r llawr dan dy draed di isio dy losgi di.'

'Mi allai fod 'na bethau peryglus eraill yn dod allan yn y nos,' meddai Dalian, gan geisio gwneud bagl allan o waywffon.

'Ti'n iawn. Gwell trefnu bod rhywun gwahanol yn effro drwy'r nos felly,' meddai Efa. 'Cara, fedri di drefnu amserlen?'

Nodiodd honno gyda gwên.

'Galena? Ga' i fenthyg un o dy ddarnau coed tân di?' meddai Dalian. 'Dwi angen clymu rhywbeth i dop y waywffon 'ma i ffitio'n gyfforddus o dan fy nghesail i.'

Roedd y canlyniad yn gweithio, ac yn ddigon cyfforddus. Gwenodd Efa wrth ei weld yn cerdded o gwmpas yn ofalus efo'i fagl newydd a sylwodd Bilen ar y sglein yn ei llygaid.

'Ym...' meddai Bilen. 'Sut 'dan ni'n mynd i drefnu partneriaid pebyll? Dwi'n gwybod mai rhoi'r ddau fachgen efo'i gilydd oedd y bwriad gwreiddiol, ond... wel... Ydy rheolau'r palas yn dal i fod mewn grym fan hyn?'

Edrychodd Dalian ar Efa a chodi ei aeliau. Cochodd hithau.

'O, wela i,' meddai Galena, 'felly mi wyt ti isio rhannu pabell efo Prad, ac isio i Efa a Dalian rannu un arall, gan adael i Cara a finna drio cysgu drwy swn eich swsian a'ch lapswchan chi...'

'Ha! Dwi'm yn meddwl y bydd gen i'r egni i lapswchan!'

chwarddodd Prad wrth orffen rhoi dŵr i'r ceffylau. 'Ond ia, dwi'n fwy na hapus efo'r trefniant yna. Mi fyddai braidd yn gyfyng i ddau slaff o fois mawr fel Dalian a fi mewn un babell fach, beth bynnag – er cymaint o feddwl sy gen i ohonot ti, Dalian.'

'Cytuno'n llwyr,' meddai hwnnw. 'Ond dwi'n ymddiheuro os fydda i braidd yn aflonydd oherwydd y goes yma, Efa. Dwi'm yn meddwl y caiff yr un ohonon ni lawer o gwsg, a bod yn onest.'

'Ia, ia, defnyddio dy goes fel esgus…' chwarddodd Prad.

'Pawb yn hapus felly?' meddai Bilen, gan geisio peidio â gwenu'n ormodol.

'Iawn,' meddai Galena, gan rowlio'i llygaid. 'Os dach chi'n meddwl y cawn ni i gyd fwy o gwsg fel'na. Amau hynny fy hun, ond dyna fo…'

Roedd Efa hefyd yn amau sut y byddai hi'n llwyddo i gysgu gyda chorff Dalian mor agos ati, ond ddywedodd hi'r un gair. Efallai y byddai hi'n gallu ei helpu i anghofio am y boen yn ei goes, meddyliodd, gan wenu'n fewnol a theimlo gwres yn codi drwyddi. Ysgydwodd ei phen a dweud wrthi hi ei hun am gallio. Roedd o'n amlwg mewn gormod o boen i feddwl am ddim byd fel'na.

*

Roedd yr arogl oedd yn dod o'r coed tân yn hyfryd, ac arogl a blas y swper poeth y gwnaeth Galena iddyn nhw hyd yn oed yn well. Roedd hi wedi tywyllu erbyn hyn a sêr gwib yn

saethu heibio, un ar ôl y llall. Cara oedd ar ddyletswydd nos yn gyntaf ac edrychodd ar ei horiawr yng ngolau'r tân: anrheg gan ei hen fodryb Mali oedd hi, hen, hen oriawr clocwaith o'r hen amser, oedd yn dal i weithio'n berffaith.

'Fyddai hi ddim yn syniad i'r gweddill ohonoch chi drio mynd i gysgu rŵan?' meddai. 'Achos mae fy llygaid i bron â chau a dwi angen bod yn effro am awr arall.'

Cododd pawb a mynd i'w gwahanol bebyll. Roedd Bilen a Prad yn giglan fel plant yn syth, ond chwithig oedd Efa a Dalian. Gadawodd Efa i Dalian wneud ei hun yn gyfforddus cyn dringo i mewn i'w sach gysgu wrth ei ochr. Trodd i edrych arno yn y tywyllwch. Gwyddai ei fod yntau'n edrych arni hithau. A ddylai hi aros iddo fo gynnig iddi swatio yn ei gesail? Neu a ddylai hi wneud y symudiad cyntaf? Roedd yr un peth yn union yn mynd drwy ei feddwl yntau. Ond roedd ei ben yn troi a'r gwenwyn yn ei droed yn dyrnu, dyrnu. Caeodd ei lygaid am eiliad, a syrthio i gysgu. Clywodd Efa y newid yn ei anadlu yn syth. Ochneidiodd yn dawel, closio ato'n ofalus a chau ei llygaid hithau. Yna, sylweddolodd yn sydyn ei bod hi bellach yn 16 oed.

Pen-blwydd hapus i fi… meddyliodd.

*

Rhoddodd Cara goedyn arall ar y tân a gofalu bod y bwa a saeth o fewn cyrraedd hawdd iddi. Er, doedd hi ddim yn siŵr sut y byddai hi'n ymateb petai rhywbeth yn ymosod arni. Doedd hi ddim yn wych am saethu targed yng ngolau dydd

heb sôn am yn y tywyllwch. Gweddïodd y byddai'n gallu cadw'n effro am awr. Roedd hi bron yn siŵr ei bod yn gallu teimlo cannoedd o barau o lygaid yn ei gwylio o'r cysgodion, ond efallai mai ei dychymyg hi oedd o. Efallai.

5

T EIMLAI GALENA MAI dim ond newydd fynd i gysgu'r oedd hi pan gafodd ei deffro gan Cara yn ei hysgwyd yn ysgafn.

'Awr ar ben, dy dro di,' sibrydodd Cara wrth ymbalfalu am ei sach gysgu sidan.

Ochneidiodd Galena. Roedd hi wedi cymryd oes iddi syrthio i gysgu oherwydd sŵn chwerthin a giglan Prad a Bilen o'r babell drws nesaf. Llusgodd ei hun allan o'r babell a mynd at y tân. Eisteddodd wrth ei ymyl a chydio yn y bwa. Rhoddodd saeth ynddo ac esgus anelu at seren uwch ei phen. Roedd hi wedi mwynhau'r ychydig wersi gafodd hi gan Efa yn ystod y cyfnod paratoi at adael Melania. Oherwydd yr holl goginio a chario roedd hi wedi ei wneud wrth ei gwaith yng nghegin y palas roedd ganddi freichiau cryfion, a doedd ei hannel hi ddim yn ddrwg o gwbl chwaith – llawer gwell na Cara beth bynnag. Anelodd at seren arall. Ai fel hyn fyddai ei bywyd hi bellach? Gwersylla dan y sêr a gorfod cymryd ei thro i gadw'n effro bob nos rhag ofn bod rhyw ddrychiolaeth yn mynd i ymosod arnyn nhw? Rhyw berygl newydd rownd bob cornel?

Gostyngodd y bwa a chraffu i'r tywyllwch. Roedd golau'r lleuad yn gwneud i'r olion lafa ddisgleirio yma ac acw, a

chreu'r cysgodion rhyfeddaf. Edrychai'r siâp acw'n debyg iawn i gwningen, a'r siâp ymhellach draw fel wyneb hen ddyn, yn rhychau i gyd. Ond roedd pob dim yn berffaith lonydd. Yr unig synau oedd i'w clywed oedd y coed tân yn clecian fymryn a rhywun yn chwyrnu o un o'r pebyll – Prad, mae'n debyg. Gobeithio bod Bilen wedi dod â rhywbeth i'w stwffio yn ei chlustiau, meddyliodd.

Trodd i sbio i fyny ar y mynyddoedd. Roedd stêm yn dod o gopa un ohonyn nhw yn gyson. Petai'n penderfynu ffrwydro heno, mi fydden nhw mewn trwbwl go iawn. Dwi wedi hen arfer gweithio mewn cegin fawr, swnllyd, hurt o boeth a llawn stêm yn y palas, meddyliodd, ond mae afonydd a chawodydd o lafa berwedig yn fater arall. Yna sylwodd ar rywbeth yn fflachio'n goch yn uchel ar lethrau'r mynydd agosaf. Lafa? Yn dod drwy dwll yn ochr y mynydd? Craffodd drwy'r tywyllwch. Yna cofiodd am sbienddrych Prad. Roedd o wedi ei adael y tu allan rhag ofn y byddai ar bwy bynnag oedd yn effro ei angen. Dacw fo. Cydiodd ynddo a cheisio anelu at lle gwelodd hi'r fflach o goch. Dim byd. Dim byd ond tywyllwch. Ond yna gwelodd smotyn o gochni. Chwaraeodd gyda'r olwyn fechan i geisio gwneud yr hyn a welai yn fwy eglur. A rhewodd. Llygaid. Pâr o lygaid oedden nhw, ac os oedden nhw mor bell ohoni ar lethr y mynydd, roedd perchennog y llygaid yn fawr. Gollyngodd y sbienddrych gyda gwich.

Roedd hi ar fin deffro'r lleill pan oedodd. Efallai mai dim ond gwylio roedd y 'peth'. Gwylio'r tân efallai. Penderfynodd y byddai cadw golwg arno yn ddigon am y tro. Os byddai'n

dod yn is i lawr y llethr, yna byddai'n deffro pawb. Tan hynny, fe gaen nhw gysgu.

Hoeliodd ei llygaid arno am ugain munud a wnaeth o ddim symud. Yna, diflannodd. Roedd y llethr yn gwbl dywyll, a dim sôn am gochni o unrhyw fath. Sythodd Galena. Pendronodd. Efallai mai wedi mynd i gysgu mae o, meddyliodd. Wel, mi gadwodd fi'n effro am sbel o leia. Gwell cadw golwg i gyfeiriad arall, mae'n siŵr. Felly trodd – a rhewi.

Roedd rhywbeth mawr yn sefyll o'i blaen, yn sbio i lawr arni. Rhywbeth anferthol gyda llygaid cochion yn berwi yn y tywyllwch. Ceisiodd sgrechian, ond ddaeth yr un smic allan. Ceisiodd anadlu. Yna ymbalfalodd gyda'i llaw dde am y bwa, heb dynnu ei llygaid oddi ar y llygaid cochion oedd yn rhythu arni. Roedd hi'n gwybod bod y bwa ar y dde iddi yn rhywle. Gallai deimlo'r sbienddrych, darnau o goed tân – ac o'r diwedd, y bwa! Tynnodd o tuag ati yn araf gan weddïo bod y saeth yn dal ynddo. Oedd. Cododd y bwa yn araf, ond roedd hi'n crynu, yn crynu mor ofnadwy roedd y peth yn chwerthinllyd.

'Cara!' sibrydodd. Yna, 'Efa! Prad! Rhywun! Deffrwch!' Roedd arni ofn sgrechian – doedd hi ddim am wneud i'r bwystfil yma neidio amdani. Roedd hi'n crynu gymaint, doedd dim gobaith anelu. Penderfynodd godi ei llais fymryn. 'Efa? Plis deffra. Mae gynnon ni gwmni…'

'Efa? Plis deffra. Mae gynnon ni gwmni,' meddai llais dwfn.

Syrthiodd gên Galena bron at ei brest. Y bwystfil! Roedd o'n ei dynwared hi!

'Dach chi – dach chi'n gallu siarad?' meddai'n gryg.

'Dach chi – dach chi'n gallu siarad?' meddai'r bwystfil yr un mor gryg.

Teimlai Galena fel chwerthin. Felly chwarddodd. A chwarddodd y bwystfil.

Roedd hyn yn mynd yn wirion rŵan. Trodd Galena at y tân a chydio mewn coedyn tenau oedd â'i gynffon yn glir o'r fflamau. Cododd o yn yr awyr yn araf a'i ddal o'i blaen er mwyn gallu gweld y bwystfil yn well. Nid anifail mohono, roedd o'n debycach i ddyn, ond dyn anferthol, sgwâr a blewog gyda breichiau fel bonion coed derw oedd bron yn cyrraedd y llawr.

'Be… pwy dach chi?' gofynnodd.

'Pwy ydy pwy? Galena, efo pwy wyt ti'n siarad?' meddai llais Bilen y tu ôl iddi. Yna mae'n rhaid fod Bilen wedi gweld drosti ei hun, gan iddi sgrechian nerth ei phen.

Sgrechiodd y dyn anferthol hefyd, cyn troi ar ei sawdl a rhedeg. O fewn dim, roedd pawb arall wedi dod allan o'u pebyll hefyd.

'Be ddiawl?'

'Be sy?'

'Pam dach chi'n sgrechian?'

Trodd Galena a Bilen a phwyntio i'r tywyllwch. Ond doedd dim i'w weld.

'Rhywbeth mawr, blewog,' ceciodd Galena. 'Efo llygaid coch a breichiau'n cyrraedd y llawr.'

'Roedd o'n afiach!' gwichiodd Bilen.

'Ac roedd o'n gallu siarad,' meddai Galena. 'Wel, ailadrodd o leia.'

'Sut wnest ti adael iddo fo ddod mor agos?' meddai Bilen yn gyhuddgar.

'Ro'n i'n sbio ar y mynydd!' protestiodd Galena. 'Roedd 'na rywbeth i fyny fan'cw efo llygaid coch hefyd!'

'Ella bod 'na ddau ohonyn nhw! Cannoedd ohonyn nhw!' meddai Bilen, gan dwrio ei phen yn ddagreuol dan gesail Prad.

'Wel, does 'na'm golwg o'r un rŵan,' meddai Efa. 'Ond dwi'n meddwl y byddai'n syniad i ddau fod yn effro yr un pryd o hyn allan.'

'Waeth i Bilen a fi wneud yr awr nesa 'ta,' meddai Prad. 'Dwi'm yn meddwl y byddi di'n gallu mynd yn ôl i gysgu am sbel ar ôl hynna, na fyddi, 'mach i?'

Na finna, meddyliodd Galena, gan deimlo ei bod hithau'n haeddu cwtsh gan rywun. Yna teimlodd Efa yn rhoi braich am ei hysgwyddau.

'Fyddi di'n iawn?' meddai Efa wrthi.

'Byddaf,' meddai. 'Dwi'n meddwl bod gynno fo fwy o ofn sŵn Bilen nag oedd gynnon ni ei ofn o, y creadur.'

*

Pan gododd yr haul, Efa a Dalian oedd ar ddyletswydd am yr eildro. Roedd Dalian yn gofalu am y tân ac yn rhoi dŵr i ferwi, ac Efa yn rhoi ychydig o ddŵr i'r ceffylau ac yn archwilio eu traed a'r gwahanol anafiadau. Daeth hi'n ôl at Dalian wrth i Cara a Galena ddod allan o'u pabell.

'Yyyy. Dwi'n teimlo fel tase 'na ugeiniau o geffylau wedi bod yn carlamu drosta i drwy'r nos,' ochneidiodd Galena, gan geisio ystwytho ei chefn.

'Snap,' meddai Cara. 'Dwi'n meddwl mai rhyw hanner awr o gwsg ges i i gyd. Ers pryd rwyt ti'n siarad cymaint yn dy gwsg?'

'Pwy, fi?' meddai Galena.

'Ia. Wrthi drwy'r nos yn malu awyr.'

'Y? Aros funud. Felly dyna pam roeddet ti'n fy nghicio i!'

'Ia. Sori. Ond roeddet ti'n cau dy geg wedyn.'

'Effro o'n i, yndê!'

'Paned?' meddai Dalian. 'Mae'r dŵr newydd ferwi.'

'Mae coes dy gaseg di'n gwella'n dda,' meddai Efa wrth Cara.

'Digon i mi fedru ei marchogaeth hi?'

'Wel, dwi'm yn siŵr am hynny. Mi wna i roi tro bach arni ar ôl brecwast i weld sut mae hi. Ond mae'r brathiad ar ben ôl Gwiblen yn od.'

Ar hynny, daeth Prad allan o'i babell yn crafu ei goes.

'Prad,' meddai Efa, 'sut mae'r brathiad gest ti gan y llyffant?'

'Hm? O, yn cosi yn uffernol.'

'Wyt ti wedi edrych arno fo?'

'Naddo. Ond rois i fymryn o fêl arno fo ryw hanner awr yn ôl i drio lleddfu'r cosi. Glywais i rywbeth am baned?'

'Ga' i?' meddai Efa.

'Be? Paned?' meddai Prad.

'Naci, edrych ar dy goes di.'

'Cei siŵr,' chwarddodd Prad a chodi coes ei drowsus dros ei ben-glin.

Craffodd Efa'n ofalus ar y pedwar twll ar ochr ei goes. Yna saethodd ei phen yn ôl wrth iddi weld rhywbeth bychan, du yn diferu'n araf o un o'r tyllau. Rhywbeth â chynffon.

'Dalian? Pasia un o'r platiau 'na i mi,' meddai.

Daliodd y plât yn erbyn croen Prad a gadael i'r peth bychan du ddisgyn i mewn iddo.

'Ych! Be 'di hwnna?' gofynnodd Prad.

'Dwi'm yn siŵr. Ond mae'n debyg iawn i… benbwl.'

'Yyy! Mae 'na fwy ohonyn nhw!' meddai Bilen, wrth i hanner dwsin o bethau bychain duon, sgleiniog ymddangos allan o gnawd Prad.

'Be ar y —? Y llyffantod 'na, mae'n rhaid!' meddai Cara. 'Mae'n rhaid eu bod nhw'n gallu dodwy drwy eu dannedd rywsut neu'i gilydd.'

'Dodwy?' meddai Prad yn ddryslyd.

Sylwodd Efa yn sydyn fod croen Prad yn symud, fel pe bai nifer o greaduriaid bychain yn symud o dan ei groen. Allai Prad ddim gweld hynny, ond gallai eu teimlo.

'Dyna pam dwi 'di bod yn cosi a chrafu drwy'r nos!' meddai mewn braw. 'Brysia! Cyllell! Torra 'nghroen i! Tynna nhw o 'na!'

'Dwi'm yn mynd i dorri dy groen di, siŵr!' meddai Efa. 'Ond mae'n rhaid iddyn nhw ddod allan. Os ydyn nhw'n nofio drwy dy wythiennau di…'

'Mi allen nhw gyrraedd ei galon o!' meddai Bilen y tu ôl iddi.

'Y? Dwi'm isio penbyliaid yn nofio o gwmpas fy nghalon i!' meddai Prad.

'Gwranda,' meddai Cara wrtho. 'Os gyrhaeddan nhw dy galon di, mi fydd hi'n Amen arnat ti. Isio iddyn nhw ddod allan drwy'r tyllau 'na rydan ni. Mae'n rhaid bod rhywbeth wedi eu denu nhw'r ffordd yna. Ddeudist ti dy fod ti wedi rhoi rhywbeth ar dy goes di yn gynharach?'

'Do. Mêl! Bilen – brysia!'

Estynnodd Bilen am y pot mêl yn y babell y tu ôl iddi a thynnu'r caead gyda'i dwylo crynedig. Ond cyn iddi roi ei bys ynddo,

'Paid â'i roi o ar y tyllau eto,' meddai Cara. 'Jyst dal y pot wrth ymyl y tyllau. Mi allai'r arogl fod yn ddigon i'w denu nhw.'

Syllodd pawb ar y pedwar twll bychan yng nghnawd Prad. Ddigwyddodd dim byd am rai eiliadau, yna, dechreuodd un pen bach du ar ôl y llall ymddangos. Daliodd Efa y plât o dan y tyllau, a disgynnodd ugeiniau o benbyliaid arno. Yna, cannoedd.

Llewygodd Prad.

Pan ddaeth y llif du, seimllyd i ben, tywalltodd Efa gynnwys y plât i'r tân.

'Dwi'm yn meddwl bod 'na fwy,' meddai, yna cydiodd yn y pot mêl a brysio at Gwiblen. Archwiliodd y tyllau yn ei phen ôl – doedd dim golwg o unrhyw benbyliaid, yna daliodd y pot mêl wrth y tyllau. O fewn munudau, digwyddodd yr un peth: daeth llif hir, hyll o benbyliaid seimllyd allan o gnawd y gaseg, diferu ar y dechrau, yna tywallt allan ohoni.

'Dyna ti,' sibrydodd Efa wrthi, 'paid â phoeni, mi fyddi di'n well rŵan.'

Taflodd y penbyliaid rheiny i'r tân hefyd, yna eisteddodd yn swrth wrth ochr Dalian.

'Paned?' meddai hwnnw, gan basio diod yn stemio'n boeth iddi. 'Nid dy neithdar boreol arferol, mae arna i ofn, ond mae te dail poethion yn dda i ti hefyd.'

'Mi fyddai neithdar yn dda rŵan, rhaid i mi ddeud,' meddai Efa. 'Neu jyst diwrnod – un diwrnod – heb i rywbeth drio ymosod arnon ni!'

'Wyt ti'n difaru'n barod?' gofynnodd Dalian yn dawel.

'Dwi'n difaru ers dy weld di'n anymwybodol ar y traeth 'na,' meddai Efa, gan sipian y te. 'Ro'n i'n meddwl 'mod i wedi dy golli di.'

'Wel, dydy hi ddim mor hawdd â hynna i gael gwared arna i,' gwenodd Dalian. 'Ond dwi'n meddwl y bydd raid i mi gael gwared o hanner fy nghoes i cyn bo hir.'

'Be? Ydy o'n waeth?'

Cododd Dalian goes ei drowsus. Nid dim ond düwch o amgylch ei droed a'i ffêr oedd i'w weld bellach. Roedd y croen yn ddu bitsh hyd at hanner ffordd at ei ben-glin.

6

DOEDD GAN NEB syniad beth i'w wneud.

'Mae'n ddrwg iawn gen i, ond ches i ddim amser i astudio'r llyfrau meddygol yn y llyfrgell cyn gadael,' meddai Cara. 'Ddim yn fanwl. A dwi'n cicio fy hun.'

'O leia mi fyddet ti'n gallu cicio,' meddai Dalian, gan hanner chwerthin. 'Dwi'n meddwl bod fy nyddiau cicio i drosodd.'

'Paid â siarad fel'na,' meddai Efa'n flin.

'Dim ond deud y gwir ydw i,' meddai Dalian.

'Dydy o'n bendant ddim yn edrych yn dda,' meddai Prad.

'Mi allwn i drio'i dylino fo,' cynigiodd Bilen, 'i drio gwthio'r drwg am i lawr.'

'Wneith hynny ddim gweithio, siŵr!' meddai Galena.

'Wneith hi ddim drwg iddi roi cynnig arni, na wneith!' meddai Efa. 'Ty'd, Bilen. Gwna dy orau.'

Ond pan ddechreuodd Bilen dylino'r cnawd uwchben ei ben-glin, gwingodd Dalian mewn poen.

'Mae o'n siŵr o frifo, felly bydda'n barod amdano fo,' meddai hi, gan ddal ati a gwthio'i bysedd yn is i lawr ei goes at y darn du.

Sgrechiodd Dalian.

Rhewodd pawb. Doedd neb wedi clywed Dalian yn

sgrechian o'r blaen. Doedd o ddim hyd yn oed wedi gweiddi pan gafodd ei frathu gan y neidr sgarlad yn y lle cyntaf.

'Bilen, paid,' sibrydodd, a'r chwys yn llifo i lawr ei wyneb. 'Diolch am drio, ond – paid.'

'Ond mi fydd ei thorri i ffwrdd yn brifo'n waeth!' meddai Efa. 'A dyna mae o isio neud,' eglurodd wrth y lleill, oedd yn sbio arni'n hurt. 'Dyna ddeudodd o!'

'Mae'n bosib ei fod o'n iawn,' meddai Cara yn araf. 'Does wybod pa mor uchel i fyny ei gorff o eith y gwenwyn.'

Syllodd pawb yn fud ar Dalian. Dechreuodd yntau rowlio ei drowsus yn ôl i mewn i'w fwtsias.

'Wel, fedran ni mo'i neud o rŵan, fan hyn,' meddai. 'Be am i ni ddal i fynd a cheisio cyrraedd ochr draw y mynyddoedd acw? Chwilio am y bobol sydd i fod yma yn rhywle...'

'Wyt ti'n siŵr?' gofynnodd Galena.

'Nac ydw. Ond fydda i'n dda i ddim am sbel go lew os dorrwch chi 'nghoes i ffwrdd fan hyn. Dowch. Prad, helpa fi ar fy nhraed ac ar fy ngheffyl i, wnei di?'

Roedden nhw wedi pacio popeth o fewn dim. Edrychodd Efa ar Dalian yn ceisio edrych yn gyfforddus ar gefn Brân. Roedd o'n welw ac yn chwysu, ond yn amlwg yn benderfynol. Ceisiodd roi gwên iddo. Gwenodd yntau'n ôl.

'Gyda llaw, pen-blwydd hapus,' meddai wrthi. 'Wyt ti isio i ni ganu i ti?'

'Paid â meiddio...'

Dechreuodd pawb i fyny'r llethrau serth. Roedd hi'n amhosib mynd yn gyflym am fod y ceffylau'n gorfod gweithio mor galed i ddringo drwy'r llwch a thros yr hen

lif lafa anwastad. Neidiodd Prad oddi ar Mellten gan fod ei bwysau o a Cara yn gwneud i'r anifail orfod gweithio'n galetach. Roedd y chwys ar dalcen Prad yn amlwg ar y darnau mwyaf serth, a'i ysgyfaint yn llosgi, ond o'r diwedd roedden nhw wedi cyrraedd copa'r llosgfynydd cyntaf. Wel, lle bu copa unwaith. Bellach, twll mawr tywyll oedd yno, gyda stêm yn codi o'i berfeddion. Ond roedden nhw'n gallu gweld yn bell o'r diwedd. Roedd y siom mai dim ond mwy o fynyddoedd oedd o'u blaenau yn amlwg ar wynebau pawb.

'Oes 'na rywun yn gallu gweld unrhyw fath o goed neu wyrddni – yn unrhyw le?' gofynnodd Galena.

Tynnodd Prad ei sbienddrych o'i sach ac astudio'r pellteroedd yn fanwl.

'Dim byd. Dim mymryn o — O! Aros funud,' meddai, gan chwarae gyda'r olwyn fach i geisio gweld yn well. 'Dwi'n meddwl bod 'na rywbeth draw fan'na. O bosib. Rhywun arall isio edrych?' gofynnodd, gan estyn ei sbienddrych.

Gafaelodd Efa ynddo a'i anelu at y cyfeiriad roedd Prad yn pwyntio ato. Mynydd ar ôl mynydd ar ôl… yna rhewodd. Gallai weld mymryn o wyrddni mewn pant rhwng dau gopa tywyll. Gostyngodd y sbienddrych a cheisio gweithio allan pa mor bell oedd o.

'Mae 'na rywbeth yna, yn bendant,' meddai wrth y lleill. 'Ond mae o'n bell. O leia ddeuddydd arall, ddeudwn i.'

Trodd pawb i edrych ar Dalian.

'Fedri di ddal i fynd?' gofynnodd Bilen wrtho.

'Dim clem,' meddai yntau. 'Mi fydd raid i mi, mae'n debyg.'

'Ym, ga' i gynnig rywbeth?' gofynnodd Cara. 'Dwi'n meddwl y dylai dy droed di fod yn uwch na dy glun di gymaint â phosib.'

Edrychodd Dalian yn hurt arni.

'Y? A sut dwi fod i aros ar gefn ceffyl efo 'nghoes yn yr awyr?'

'Ia, dyna'r broblem, yndê,' meddai Cara, gan gochi fymryn. 'Ond Bilen – cywira fi os ydw i'n anghywir, ond pan fydd rhyw ddrwg ar waelod coes, mae'n beth da i'w chodi hi, tydy? I wella cylchrediad y gwaed?'

'Ydy, fel arfer,' meddai Bilen, 'ond efo rhywbeth fel hyn, dwi'm yn siŵr. Mae'n bosib mai gwneud pethau'n haws i'r gwenwyn fyddai o. Ond dwi wir ddim yn gwybod. Dwi rioed wedi trin rhywun sydd wedi ei wenwyno.'

'Fyddet ti ddim. Does 'na'm nadroedd ym Melania,' meddai Efa.

'Ro'n i wir isio dod â llyfr meddygaeth efo fi,' meddai Cara, 'ond roedd o mor ofnadwy o drwm. Mae hi'n wir ddrwg gen i, Dalian,' meddai'n ddagreuol.

'Nid dy fai di ydy o, siŵr,' meddai Dalian. 'Mi fydda i'n iawn. Felly dach chi'n barod i gychwyn arni eto? Os awn ni i'r chwith, dwi ddim yn meddwl y bydd rhaid i ni fynd i fyny ac i lawr gymaint; mae 'na fath o grib yna. Braidd yn gul, ella, ond dwi'n meddwl y byddwn ni'n iawn.'

Ond erbyn iddyn nhw gyrraedd y grib, roedd hi'n amlwg ei bod hi'n frawychus o gul. Byddai'n rhaid i bob ceffyl gamu'n hynod ofalus drosti. Doedd Ffela ddim hanner mor gloff bellach, ond roedd hi'n amlwg yn nerfus.

'Mi fyddai'n well i ni gyd – heblaw Dalian – gerdded ar draws ac arwain y ceffylau,' meddai Efa. Trodd at Dalian: 'Wyt ti'n cytuno?'

'Ydw. Os oes 'na rywun yn debygol o faglu, fi ydy hwnnw,' meddai, gan wneud ei orau i beidio â swnio'n chwerw – a methu.

'Ac ydy hi'n syniad i rywun mwy profiadol efo ceffylau na fi arwain Ffela?' meddai Cara. 'Jyst rhag ofn.'

'Mae'n cymryd lot i ddychryn Salna,' meddai Bilen. 'Felly allwn ni ffeirio os wyt ti'n hapusach.'

Cytunodd Cara yn syth.

Efa fentrodd gyntaf dros y grib, gyda Dalian a'i stalwyn y tu ôl iddi, yna Cara, Galena, Bilen a Prad yn arwain eu ceffylau hwythau. Roedden nhw bron hanner ffordd ar draws pan stopiodd Galena yn stond.

'Be sy?' meddai Bilen.

'Fedra i ddim symud!' sibrydodd Galena'n gryg, heb symud yr un centimetr.

'Pam ddim?'

'Mae 'nhraed i'n gwrthod symud.'

'O, na… Paid â deud bod gen ti ofn uchder,' meddai Bilen.

'Oes.'

'O, Galena! Pam na fyddet ti wedi deud?'

'Roedd gen i ofn deud, iawn!'

Trodd Bilen at Prad y tu ôl iddi.

'Be wnawn ni rŵan? Does 'na'm lle i mi gerdded ati i drio'i helpu hi.'

Pendronodd Prad am eiliad, yna:

'Dwi'm isio gweiddi rhag ofn i ni ddychryn y ceffylau. Fedri di alw ar Cara? Gofyn iddi hitha alw ar Dalian a gofyn iddo fo ddeud wrth Efa i ddod yn ôl i helpu Galena wedi iddi gyrraedd pen draw'r grib 'ma? Fedra i'm gweld unrhyw ffordd arall o'i wneud o.'

Ceisiodd Bilen weiddi'n dawel ar Cara. Ond doedd Cara'n amlwg ddim yn ei chlywed.

'Galena!' meddai. 'Fedri di alw ar Cara i mi gael ei sylw hi?'

Ceisiodd Galena ufuddhau, ond doedd ei llais yn gwneud dim mwy na sibrwd.

Doedd gan Bilen ddim dewis. Roedd yn rhaid iddi godi ei llais. Ceisiodd ganu yn lle:

'Caaara! O, Caaara!'

O'r diwedd, trodd Cara ei phen i edrych y tu ôl iddi. Cododd Bilen ei llaw arni.

'Mae Galena angen help, dwed wrth Efa ddod 'nôl i'w helpu hi ar ôl cyrraedd y pen draw!'

'Iawn, ond alla i ddim helpu?' galwodd Cara.

'Ym…' petrusodd Bilen. 'Wel, mi alli di drio. Ofn uchder sy arni hi. Ac mae ei chaseg hi fymryn yn nerfus fan hyn, a dydy aros yn llonydd ar ddarn mor gul ddim yn help.'

Nodiodd Cara.

'Galena?' galwodd. 'Edrycha arna i, Galena. Agor dy lygaid a phaid â sbio i lawr.'

Agorodd Galena ei llygaid am eiliad yna eu cau eto'n syth.

'Alla i ddim – alla i ddim edrych arnat ti,' meddai'n grynedig. 'Mae 'na ben ôl ceffyl yn y ffordd.'

'Digon gwir,' meddai Cara. 'Edrycha ar hwnnw 'ta. Dwi'n mynd i'w harwain hi ymlaen eto, iawn? Tria di ddilyn ei phen ôl hi. Ty'd, Galena, byddi di'n iawn. Os fedar llipryn fel fi ei neud o…'

Dechreuodd Cara arwain Salna eto, gan stopio ar ôl rhyw bum cam i weld a oedd Galena yn ei dilyn. Ond doedd hi ddim wedi symud. Roedd hi'n dal wedi rhewi, a dagrau wedi dechrau llifo i lawr ei hwyneb.

'Galena! Agor dy lygaid! Yli, mae'n lletach fan hyn, sbia.'

Roedd hi'n dweud y gwir. Doedd o ddim llawer lletach, ond roedd yn ddigon iddi fedru camu i'r ochr er mwyn i Galena fedru ei gweld heibio'r ceffyl. Ond roedd ei llygaid yn parhau i fod wedi eu cau'n dynn.

'Plis, Galena…' sibrydodd.

Trodd ei phen a gweld bod Dalian ac Efa bron â chyrraedd pen draw'r grib bellach – yn rhy bell iddi weiddi. Ond byddai Efa yn siŵr o ddod yn ei hôl atyn nhw wedi iddi sylweddoli bod pawb arall wedi stopio. Trodd yn ôl i astudio'r mymryn o le oedd rhwng carnau Salna ac ochr y dibyn. Doedd Salna ddim yn gaseg fawr, ac roedd Cara ei hun yn un ddigon main. Allai hi basio'r gaseg heb ei styrbio? Gallai weld bod Ffela, ei chaseg ei hun y tu ôl i Bilen, yn dechrau aflonyddu, a Bilen yn ceisio'i thawelu. Doedd dim amser i aros i Efa ddod yn ôl. Rhoddodd y ffrwyn yn ôl dros wddf Salna gan sibrwd wrthi:

'Dwi jyst yn mynd i gerdded heibio i ti, iawn, Salna? Paid â dychryn. A plis paid â symud tra dwi'n pasio.'

Camodd wysg ei hochr fel ei bod yn sefyll wrth ysgwydd y gaseg â'i chefn yn wynebu'r dibyn. Pob dim yn iawn hyd yma. Anadlodd yn ddwfn, a chan redeg ei dwylo dros gefn Salna, symudodd yn ofalus, gam wrth gam, yn nes at Galena.

O'r diwedd, roedd hi wedi ei wneud o; roedd hi'n sefyll o flaen Galena.

'Galena?' meddai'n dawel. 'Dwi yma. Ty'd.'

Agorodd Galena ei llygaid a rhythu'n hurt arni.

'Sut wnest ti hynna?' meddai drwy ei dagrau.

'Mae'n talu i fod fel styllen weithia!' gwenodd Cara. 'Rŵan, dwi'n mynd i droi 'nghefn atat ti. Rho'r ffrwyn i mi gynta, dyna fo, dwi'n mynd i'w ddal o dros fy ysgwydd i fel hyn, iawn? Rŵan 'ta, cydia am fy nghanol i, dyna fo, a symuda efo fi, yn ara bach. Cam wrth gam. Hoelia dy lygaid ar fy nghefn i. Barod?'

Roedden nhw'n symud yn boenus o araf, ond roedden nhw'n symud.

Gollyngodd Bilen ochenaid o ryddhad. Roedd hi eisiau galw allan i'w llongyfarch ond penderfynodd mai calla dawo. Cododd ei bawd ar Prad a dechrau symud ar hyd y grib eto.

Yna roedd Cara a Galena wedi cyrraedd lle roedd Salna yn disgwyl amdanyn nhw yn berffaith lonydd. Gweddïodd Cara y byddai'r gaseg yn fodlon symud heb iddi ei harwain. Cliciod ei thafod arni.

''Mlaen â chdi rŵan, Salna. Ty'd.' Dim symudiad. Suddodd calon Cara. Cliciodd eto. Dim byd. Yna estynnodd ei llaw yn araf a rhoi tap ysgafn ar ben ôl y gaseg. 'Ty'd, 'mlaen â chdi, Salna.' Diolch i'r drefn, camodd y gaseg yn ei blaen yn ufudd.

Gallai Cara deimlo'i chalon yn curo'n wyllt a'i phengliniau yn crynu ond anadlodd yn ddwfn eto ac arwain Galena yn araf a phwyllog yn ei blaen.

Roedden nhw dri chwarter ffordd dros y grib pan ddaeth Efa yn ei hôl atyn nhw i gydio yn ffrwyn Salna. Wnaeth hi ddim mentro gofyn beth oedd y broblem, dim ond arwain yr anifail ymlaen yn dawel at lle roedd Dalian yn disgwyl amdanyn nhw.

Pan gyrhaeddon nhw ben draw'r grib, llithrodd Galena ar y llawr a gorwedd ar ei bol gan riddfan. Edrychodd Efa ar y lleill.

'Ofn uchder,' eglurodd Cara.

'Be? Ond wnaeth hi rioed sôn…'

'Naddo,' meddai Bilen. 'Dwi'n gwybod.'

Cododd Galena ar ei pheneliniau a dweud yn bigog:

'Wnes i rioed sôn achos do'n i ddim yn gwybod fy hun, iawn! Dwi rioed wedi gorfod arwain ceffyl ar draws weiren bigog efo dibyn bob ochr i mi o'r blaen, naddo! Doedd o'm yn digwydd yn rhy aml yng nghegin y palas!'

Bu tawelwch annifyr wrth i'r lleill geisio meddwl sut i ymateb. Yna, dywedodd Dalian yn bwyllog:

'Wel, rwyt ti wedi ei neud o rŵan. Ddoist ti dros dy ofn; da iawn ti, Galena. Ac efo chydig o lwc, fydd dim rhaid i ti ei neud o eto.'

'Ond fedri di'm addo hynny, na fedri?' meddai Galena, gan godi'n sigledig ar ei thraed. 'Esgusodwch fi, ond dwi'n meddwl 'mod i…' Rhuthrodd yn ei blaen gam neu ddau cyn taflu i fyny'n swnllyd wrth draed Bilen.

'O, gwych. Diolch,' meddai Bilen, gan geisio ysgwyd darnau lliw moron oddi ar ei hesgid dde.

7

ORIAU'N DDIWEDDARACH, ROEDD yr haul ar fin machlud ac roedden nhw ar gopa tyllog hen losgfynydd arall. Doedd dim stêm i'w weld yn codi o'i ddyfnderoedd ac roedd rhywfaint o gen a mwsog ac ychydig o ddeiliach wedi dechrau tyfu yma ac acw ar y llethrau.

'Arwydd da,' meddai Cara. 'Mae rhywbeth yn gallu byw yma, felly.'

'A tydan ni'm wedi gweld unrhyw lyffantod gwallgo na'r un sgorpion maint dafad ers tro,' meddai Bilen.

'Ar wahân i'r peth mawr, blewog 'na neithiwr,' meddai Galena. 'Gobeithio nad oes 'na fwy o'r rheiny o gwmpas.'

'Paid â phoeni; dim ond i mi sgrechian arnyn nhw, mi fyddan ni'n iawn,' meddai Bilen. 'Felly, ydan ni am gysgu rywle fan hyn heno?'

'Dwi'm yn meddwl bod gynnon ni fawr o ddewis,' meddai Efa, gan edrych o'i chwmpas. 'Be am y darn gwastad acw?'

Doedd neb yn gallu gweld darn gwell felly dechreuodd pawb godi eu pebyll.

'Mae'n cyflenwad dŵr ni'n frawychus o isel,' meddai Prad ar ôl bwydo'r ceffylau. 'A does gynnon ni fawr o fwyd ar ôl i'r ceffylau chwaith. Mi wnes i roi mymryn llai iddyn nhw heno na neithiwr – rhag ofn.'

'Mae hi braidd yn fain arnon ninnau hefyd,' meddai Galena. 'Ffa llygatddu a mymryn o foron amdani heno.'

'Moron? Oes raid?' meddai Bilen. 'Mi fyddan nhw'n f'atgoffa i o'r anrheg hyfryd ges i gen ti bore 'ma.'

'Sawl gwaith wyt ti am i mi ymddiheuro?' meddai Galena yn bigog. 'Do'n i ddim wedi mynd ati i anelu am dy draed di! A gei di bigo'r moron allan os fyddan nhw'n dy boeni di. Mi fydd pawb arall yn falch o'u cael nhw.'

Caeodd Bilen ei cheg.

'Iawn,' aeth Galena yn ei blaen, 'ac mi fedra i wneud pwdin reis efo'r llaeth sydd ar fin darfod a pheth o'r ffrwythau sych. Mae gen i lus wedi sychu sy'n blasu fel tasen nhw'n ffres o'r mynydd ar ôl cael eu mwydo mewn uwd cynnes am sbel.'

'Swnio'n hyfryd,' meddai Dalian. 'Ac mae llus yn dda i'r llygaid, tydyn? Roedden ni fel milwyr wastad yn cael ein hannog i'w bwyta am eu bod yn gwella'r gallu i weld yn y nos. Felly, da iawn am ddod â rhai efo ti.'

'Diolch, Dalian,' meddai Galena, gan daflu edrychiad at Bilen. 'Mae'n braf clywed gair o ganmoliaeth am unwaith.'

Cododd Bilen ei hysgwyddau a mynd i chwilio am rywbeth pwysig yn ei phabell.

Gwyliodd Dalian Galena'n torri'r moron yn ffyrnig o gyflym ac yn sodro sosban ar y tân i ferwi, ac yn tywallt reis a llaeth i sosban arall – i gyd ar yr un pryd, bron. Roedd hi fel corwynt.

'Paid â gadael i be ddigwyddodd heddiw dy gnoi di,' meddai wrthi.

'Tydw i ddim.'

'O? Felly pam wyt ti newydd roi'r moron yn y pwdin reis?' meddai Dalian.

Rhegodd Galena a dechrau pysgota'r moron allan o'r llaeth. Yna, ymlaciodd a dechrau chwerthin. Gwenodd Dalian arni.

'Mi fydda i wrth fy modd yn dy glywed di'n chwerthin,' meddai. 'Does 'na neb efo chwerthiniad tebyg i ti.'

'Diolch. Mae'n dda dy weld ti'n gwenu hefyd, rhaid i mi ddeud,' meddai Galena, gan roi dyrnaid o ffrwythau sych yn y pwdin reis. 'Sut mae'r goes?'

'Mae gen i ofn sbio. Ond dwi'n gwybod y bydd angen gwyrth i mi osgoi ei cholli hi.'

'O ddifri?'

Nodiodd Dalian. 'A gorau po gynta i mi gael ei gwared hi. Mae'r boen yn dechrau deud arna i.'

'Wyt ti wedi cymryd rhywbeth i ladd y boen?'

'Naddo.'

'Ond mae'n rhaid bod gan Bilen rywbeth yn y sach 'na sydd ganddi.'

'Mae'n well gen i fedru teimlo be sy'n digwydd i 'nghorff i.'

'Dalian! Nid dyma'r amser i drio bod yn arwr. Os ydy'r boen yn deud arnat ti, lladda fo! Bilen? Ble wyt ti? Ty'd yma!'

Daeth pen Bilen allan o'i phabell gerllaw.

'Be sy rŵan?'

'Oes gen ti boenladdwyr cryf yn y sach 'na? Mae Dalian yn diodde.'

'Na, mae'n iawn, dwi —'

'Cau dy ben, Dalian,' meddai Galena, 'a gad i Bilen ateb.'

'Wel, mae gen i dipyn o bennau hadau pabi,' meddai Bilen yn araf.

'Hadau pabi! Ac i be mae'r rheiny'n dda?' meddai Galena.

'I neud morffin,' meddai Cara y tu ôl iddyn nhw. 'Y poenladdwr naturiol cryfa sy'n bod, a hynny ers milenia. Fi ddeudodd wrth Bilen roi peth yn ei sach cyn gadael Melania.'

'Ond aros funud… mae morffin yn beryglus, tydy?' meddai Dalian.

'Ydy, yn y dwylo anghywir,' meddai Cara. 'Ac mae pobl yn gallu mynd yn gaeth iddo fo dros amser. Erstalwm, mi fu pobl yn ei gymysgu o efo cemegolion eraill i neud rhywbeth o'r enw heroin, ac mi laddodd hwnnw filoedd ar filoedd, a difetha miliynau o fywydau am fod pobl yn mynd mor gaeth iddo fo ac yn fodlon gneud unrhyw beth i gael eu dwylo arno fo.'

'Dwi'm yn dallt,' meddai Bilen. 'Pam oedden nhw'n cymryd y stwff heroin 'ma yn y lle cynta? I ladd poen, ia?'

'Wel, o fath. Nid poen corfforol yn llythrennol ond am fod bywyd yn boen yn gyffredinol, os wnes i ddallt yr hen ddogfennau'n iawn. Roedd o'n gneud iddyn nhw deimlo'n wych am gyfnod byr, ond yn uffernol wedyn.'

'Ac roedden nhw'n fodlon peryglu eu bywydau i'w gymryd o?'

'Oedden.'

'Nefi, doedd pobol yn dwp erstalwm?' meddai Bilen. 'Dim rhyfedd eu bod nhw wedi chwalu bob dim: gwenwyno'r blaned efo cemegolion a'r stwff plastig 'na roedden nhw'n

ei daflu dros y lle, a gwenwyno eu hunain efo rhywbeth fel heroin.'

'Dwi'm yn siŵr oedd o mor ddu a gwyn â hynna,' meddai Cara. 'Roedd rhai pobl yn wirioneddol ddigalon efo'u bywydau bryd hynny ac roedd cymryd cyffur cryf fel heroin yn gadael iddyn nhw ddianc dros dro. Y broblem oedd ei fod o'n rheoli eu bywydau nhw'n llwyr unwaith iddyn nhw fynd yn gaeth iddo fo.'

'A ti'n disgwyl i mi ddechrau ei gymryd o?' meddai Dalian mewn anghrediniaeth.

'Nid heroin, siŵr, ond morffin, y stwff naturiol heb gemegolion wedi eu hychwanegu ato fo,' meddai Cara. 'Mae'n meddygon ni'n dal i'w ddefnyddio weithiau i leddfu poen – poen difrifol.'

'Faint o boen wyt ti ynddo fo, Dalian?' gofynnodd Bilen.

'Ddim digon i gyffwrdd yn hwnna!' meddai Dalian yn syth. 'Mi fydda i'n iawn. Mae'r meddwl yn gryfach na'r cnawd.'

'Ddim pan mae gwenwyn neidr sgarlad yn bwyta dy gnawd di!' meddai Galena. 'Efa!' galwodd, wrth weld Efa a Prad yn cerdded tuag atyn nhw. ''Nei di drio cael rhywfaint o synnwyr i mewn i ben y boi 'ma? Eglurwch y sefyllfa iddi, wnewch chi? Dwi angen canolbwyntio ar goginio.'

Gadawodd i'r lleill drafod wrth iddi ychwanegu ffa a pherlysiau i'r stiw ar y tân, a daeth Prad ati i arogli'r cyfan yn awchus.

'Mmmm. Chwarae teg, rwyt ti'n chwip o gogydd,' meddai wrthi.

'Diolch, a chwip gei ditha os na dynni di dy fys allan o

hwnna,' meddai Galena wrth ei weld yn ceisio bachu moronen o'r stiw. Chwerthin ac ufuddhau wnaeth Prad. 'Ble wyt ti ac Efa wedi bod?' gofynnodd Galena iddo wedyn.

'Yn astudio ffordd i fynd fory efo'r sbienddrych,' meddai. ''Dan ni'n meddwl y bydd raid i ni fynd braidd yn agos at losgfynydd sy'n fwg a stêm i gyd.'

'Be? Un sy'n beryg o ffrwydro ti'n feddwl?'

'Wel, anodd deud, tydy? Mi allen ni fod yn lwcus... ac mi allen ni fod yn anlwcus. Ond 'dan ni'n gallu gweld gwyrddni llachar y tu hwnt iddo fo, felly 'dan ni'n meddwl ei fod o'n werth mentro. Os bydd pawb yn cytuno.'

Ar ôl gorffen swpera, cytunodd pawb i anelu am y llosgfynydd drannoeth, a chytunodd Dalian i adael i Bilen baratoi morffin iddo gyda'r hadau pabi, ond na fyddai'n ei gymryd oni bai bod y boen yn wirioneddol arteithiol.

'Styfnig fel mul,' meddai Bilen wrth iddi fynd ati i falu'r hadau'n ofalus yn ei phabell.

Roedd pawb yn cysgu'n sownd pan ddechreuodd hi fwrw glaw. Pawb heblaw Dalian. Oherwydd ei fod wedi blino'n rhacs, roedd o wedi llwyddo i syrthio i gysgu er gwaetha'r boen yn ei goes, ond nid yn drwm, felly pan glywodd y dafnau glaw yn taro cynfas sidan y babell, agorodd ei lygaid yn syth. Yna cododd ar ei eistedd, gan geisio gweithio allan beth oedd y sŵn. Glaw? Ond 'nôl ym Melania roedd o, fel cymaint o'r trigolion, mewn harmoni llwyr â natur a'r tywydd ac yn gallu dweud oriau, os nad ddyddiau, ymlaen llaw pan fyddai glaw ar y ffordd. Ond dydan ni ddim ym Melania rŵan, meddyliodd. Llusgodd ei hun at agoriad y

babell a brathu ei ben allan. Ie, yn bendant, glaw oedd o, a glaw trwm hefyd. Sythodd. Glaw!

'Efa! Deffra!' meddai, gan ei hysgwyd. Yna, 'Pawb! Deffrwch!' gwaeddodd. 'Mae hi'n bwrw glaw! Dŵr! 'Dan ni angen casglu'r dŵr!'

O fewn dim, roedd Dalian, Efa a Prad y tu allan yn y tywyllwch gwlyb yn cydio mewn sosbenni a phowlenni i ddal y glaw. Wedi munud neu ddwy, ymddangosodd pennau Galena, Cara a Bilen, y tair yn fwy cysglyd yr olwg o lawer na'r tri oedd wedi cael eu hyfforddi i ddeffro a symud yn syth bin.

'Dowch allan! Brysiwch! 'Dan ni angen defnyddio'r pebyll i ddal y glaw!' meddai Efa. 'Bilen! Helpa fi i godi ochrau'r babell 'ma!'

'Y? O, dwi'n gweld,' meddai Bilen wrth i'r glaw ar ei hwyneb ddeffro ei synhwyrau.

Helpodd Dalian y ddwy arall i ddelio gyda'u pabell nhw cyn hercian i helpu Prad gyda'i babell yntau. O fewn munudau roedd pob pabell wedi ei gosod fel bod y glaw yn diferu i lawr yr ochrau ac i mewn i fagiau dal dŵr neu bowlenni.

'O, a waeth i ni roi pob cwpan allan hefyd,' meddai Galena, gan chwilota yn ei hoffer cegin.

'A dwi am gymryd y cyfle yma i olchi 'ngwallt,' meddai Bilen. 'Mae'n dew efo llwch ac yn mynd ar fy nerfau i. Rhywun arall am ymuno efo fi? Mae gen i rywfaint o sebon gwafant. Ac mi fyddwn ni'n teimlo fel newydd wedyn.'

Funudau yn ddiweddarach, roedd pawb yn chwerthin yn y glaw, yn sgwrio'u pennau a'u cyrff ac yn mwynhau teimlo'r

dŵr yn sgubo'r llwch a'r baw oddi arnyn nhw; roedd Galena'n canu ar dop ei llais, roedd hi mor fodlon ei byd.

Roedden nhw wedi hen arfer gweld cyrff noeth ym Melania; doedd neb yn teimlo'n chwithig na swil yn diosg bob dim i gael sesiwn dylino gan Bilen a'i chyd-weithwyr. Doedd yr un milwr, boed yn ferch neu'n fachgen, yn poeni am gael cawod, pawb ar y cyd, ar ôl sesiynau caled o hyfforddi, a byddai pobl yn aml yn nofio'n noeth yn gyhoeddus os nad oedd yr haul yn taro'n rhy gryf. Ond roedd Cara yn falch ei bod hi'n dal yn dywyll heno. Doedd hi ddim yn berson mor awyr-agored â rhai o'r gweddill, ac er ei bod hi'n gwybod yn iawn na fyddai Prad na Dalian byth yn meddwl cymharu cyrff y merched yn noeth, roedd hi'n ymwybodol hefyd nad oedd ei chorff hi'n mynd i mewn ac allan yn y mannau cywir gymaint â'r tair arall.

Brysiodd i gael y sebon o'i gwallt ac i ddringo'n ofalus yn ôl i mewn i'r babell heb amharu ar y llif dŵr i'r powlenni a'r bagiau dal dŵr. Roedd hi ar ganol gwisgo dillad glân, sych, pan glywodd hi'r sgrech.

8

DOEDD Y LLEILL ddim yn siŵr pwy oedd wedi sgrechian i ddechrau. Roedd hi mor dywyll, ac roedd Prad wedi llwyddo i gael sebon yn ei lygaid.

'Efa?' gwaeddodd Dalian yn syth.

'Ddim fi oedd hi!' meddai llais Efa. 'Bilen?'

'Dwi fan hyn,' meddai Bilen, 'ac aeth Cara yn ôl i'r babell, felly…'

'Galena!' gwaeddodd pawb. Ond ni ddaeth ateb.

'Galena!' gwaeddodd Efa eto. 'Ble wyt ti?'

Ond doedd dim i'w glywed ond sŵn y glaw. Brysiodd pawb i wisgo'n sydyn a bachodd Prad ac Efa y lampau pen oedd ar gefn eu cyfrwyau, lle roedden nhw'n sugno ynni o'r haul bob dydd. Sodrodd Efa y lamp dros ei phen a throdd i oleuo'r man lle buon nhw i gyd yn molchi, ond doedd dim i'w weld.

'Cer di i'r chwith, mi af i i'r dde,' meddai wrth Prad, gan ddechrau rhedeg.

'Aros!' meddai Prad. 'Heb arfau? Cer â dy gleddyf o leia. Rhag ofn.'

Trodd Efa yn ei hôl yn syth a chlymu ei chleddyf am ei chanol.

'Prad? Dwi'n dod efo ti,' galwodd Bilen wrth redeg tuag atyn nhw, 'efo fy mwa a saeth.'

'Ddylwn i ddod hefyd?' galwodd Cara o'i phabell.

'Aros di yma efo Dalian!' galwodd Efa. 'Rho fwy o goed ar y tân, a gwna'n siŵr bod y ceffylau'n iawn! Iawn, dwi'n mynd!'

A diflannodd i'r tywyllwch gyda'r lamp pen yn taflu golau cryf o'i blaen am dros ddau gan metr. Brysiodd Prad a Bilen i'r cyfeiriad arall.

Wedi gofalu am y bagiau dŵr a rhoi mwy i lenwi, a bwydo'r tân nes bod y fflamau'n chwyrlïo er gwaethaf y glaw, trodd Cara at Dalian, oedd wedi mynd i eistedd yn ei babell gyda'i gleddyf dros ei liniau.

'Wyt ti isio dod efo fi i neud yn siŵr bod y ceffylau'n iawn? Ti'n gwybod cymaint mwy na fi amdanyn nhw.'

'Er mwyn i mi fedru teimlo'n llai o niwsans da-i-ddim?' meddai Dalian, gan hanner chwerthin. 'Diolch i ti, Cara, ond dwi'n siŵr y galli di ddeud y gwahaniaeth rhwng ceffyl hapus a cheffyl anhapus heb fy help i.'

Brathodd Cara ei gwefus. Anadlodd yn ddwfn yna estynnodd am 'fagl' Dalian a'i sodro o'i flaen.

'Dydy bod yn hunandosturiol ddim yn dy siwtio di, Dalian. Coda a ty'd i fy helpu i. Rŵan!'

Edrychodd Dalian ar wyneb y ferch fach fain mewn syndod. Doedd o erioed wedi ei chlywed yn codi ei llais o'r blaen. Doedd o erioed wedi gweld unrhyw dân ynddi erioed, ac roedd y fflamau'n tasgu yn ei llygaid rŵan. Gwenodd.

'Dwi'n gwybod be wyt ti'n drio'i neud, Cara, ond —'

'Rŵan! Os oes 'na rywbeth wedi dychryn y ceffylau 'na, fydd gen i ddim clem be i'w neud efo nhw!'

Nodiodd Dalian ei ben yn araf ac estyn am y bagl. Gadawodd i Cara ei helpu ar ei draed, ac aeth y ddau i gyfeiriad y ceffylau.

Yn y cyfamser, roedd Efa'n troi ei lamp pen i bob cyfeiriad ac yn sgrechian 'Galena! Ble wyt ti?' Ond y cwbl a glywai oedd lleisiau Prad a Bilen yn y pellter yn gweiddi'r un peth yn union. Roedd y glaw yn dal i ddisgyn a throi'r llwch dan ei thraed yn llaid. Sylweddolodd nad glaw yn unig oedd yn gwlychu ei hwyneb.

'Galena…' sibrydodd. Fyddai hi byth yn gallu maddau iddi hi ei hun pe bai rhywbeth erchyll wedi digwydd iddi. Roedd Galena wedi gofalu amdani erioed, wedi ei chyfarch bob bore gyda gwydraid o neithdar ffres ac wedi bod yn fwy o ffrind na morwyn erioed. Ffrind fyddai'n dweud y gwir wrthi a'i rhoi yn ei lle os oedd angen. Ffrind fyddai'n ei hatgoffa nad oedd ganddi 'ddim rheswm i gwyno ar dy fyd – mae gen ti bob dim!' Ffrind fyddai'n ei dwrdio am gwyno: 'Mae 'na weision a morynion a chogyddion fel fi yn gweini arnat ti ddydd a nos, a dyma ti – yn cwyno!' Ond ffrind ffyddlon a thriw oedd wedi ei dilyn yma i'r Diffeithwch Du, er gwaethaf ei hofnau. A rŵan, roedd hi wedi diflannu i'r diffeithwch, yn llythrennol. Beth ar y ddaear oedd wedi digwydd iddi?

Yna, sylwodd Efa ar ôl traed o'i blaen yn y llaid tywyll: traed anferthol, llydan. Traed yr un siâp â rhai dynol. Cofiodd am Galena yn eu deffro ganol nos am ei bod wedi gweld 'rhywbeth mawr, blewog'. Tybed? A oedd y creadur wedi eu dilyn ac wedi ymosod ar Galena?

'Prad! Bilen!' gwaeddodd. 'Mae 'na ôl traed fan hyn!'

Fflachiodd ei lamp pen drwy ei ddiffodd a'i roi'n ôl ymlaen bum gwaith rhag ofn na allen nhw ei chlywed, ac yna brysiodd i'r cyfeiriad roedd yr olion traed wedi mynd iddo. Ond o fewn dim roedd hi'n rhedeg ar hen lafa caled eto a dim golwg o ôl traed yn unman. Gallai weld golau Prad a Bilen yn bownsio tuag ati o'r chwith ac arhosodd amdanyn nhw.

'Roedd 'na olion traed anferthol draw fan'cw,' eglurodd wedi iddyn nhw ei chyrraedd. 'Dwi'n meddwl mai'r creadur mawr wnaeth ein deffro ni neithiwr ydy o.'

'Y peth blewog efo llygaid coch a breichiau'n cyrraedd y llawr?' meddai Bilen mewn braw.

'O bosib. Ond be bynnag ydy o, mae'r lampau pen yma'n mynd i ddangos iddo fo'n union lle rydan ni. Dwi'n meddwl y dylen ni drio dal i fynd hebddyn nhw.'

'Ond mae hi fel bol buwch!' meddai Bilen.

'Wel, gad i ni eu diffodd nhw a gweld sut bydd ein llygaid ni'n dygymod,' meddai Prad, gan ddiffodd ei lamp pen yn syth, fel Efa. 'Mae Efa a fi wedi hen arfer gneud ymarferion yn y tywyllwch. Mae'n bwysig cadw dy gorff yn isel yn un peth, i ti fedru gweld siâp neu symudiad yn haws yn erbyn yr awyr, a thria sbio drwy ochr dy lygaid, ond dawnsia dy lygaid o gwmpas y lle, paid â chanolbwyntio ar un peth yn rhy hir, a smicia dy lygaid yn gyson.'

'Be? Eu cau a'u hagor yn gyflym?'

'Dyna ti. Mi neith hi gymryd o leia ugain munud i'n llygaid ni arfer efo'r tywyllwch yn iawn,' meddai Efa, 'ond allwn ni ddim fforddio aros. Cau dy lygaid yn dynn am ddeg eiliad

rŵan, Bilen, mi fydd hynny'n well na dim. Gwna ditha hynny rŵan hefyd, Prad, ac mi wna i'r un peth wedyn.'

Ufuddhaodd y ddau wrth i Efa graffu i'r tywyllwch. Roedd y glaw'n ysgafnhau, diolch byth.

'Mi ddylai pwdin reis Galena fod yn help,' meddai Prad.

'Y? Pwdin reis? Sut hynny?' meddai Bilen.

'Roedd 'na lus ynddo fo ac maen nhw'n gwella dy allu i weld yn y nos.'

'Go iawn?'

'Go iawn. Iawn, mae hynna'n ddeg eiliad,' meddai Prad. 'Weli di rywbeth?' gofynnodd wrth i Bilen agor ei llygaid.

Trodd Bilen ei phen yn araf o ochr i ochr.

'Na, dim byd.'

'Dim digon o lus, mae'n rhaid. Ond mi ddoi di, gei di weld.'

'O! Welais i dy ddannedd di!' meddai Bilen.

'Iawn, mae hynna'n arwydd da,' meddai Efa. 'Ond cadwa dy lais i lawr o hyn allan. Sibrwd yn unig. Dowch…'

*

Hanner awr yn ddiweddarach, roedd Bilen wedi synnu at ei gallu i weld yn y tywyllwch, yn enwedig o gadw ei chorff yn isel a smician yn gyson. Roedd y glaw a'r cymylau'n cilio'n raddol felly roedd hynny o gymorth mawr, ond roedd hi'n dal i ddilyn Prad fel cysgod ac yn rhoi ei thraed yn union lle roedd o wedi rhoi ei draed. Ceisiodd edrych i fyny drwy ochr ei llygaid ar y llethr i'r dde iddi, a rhewodd.

'Prad!' sibrydodd. 'I fyny ar y dde – welais i rywbeth!'

Stopiodd y ddau arall yn syth a chraffu i'r un cyfeiriad.

'Be welaist ti?' gofynnodd Prad mewn llais isel.

'Symudiad, cysgod rhywbeth yn erbyn y graig. Sbïwch – dyna fo eto! O – ond mae o newydd ddiflannu…'

'Dwi bron yn siŵr fod 'na ogof i fyny fan'na,' meddai Efa. 'Mae 'na hollt dywyll yn y graig, yn does? Dowch. Mi wna i ddringo i fyny'r ffordd yma, ewch chi'r ffordd yna. A dim smic o hyn allan, dim ond arwyddion.'

Roedd y llethr yn hynod serth a'r dringo'n anodd a llithrig ond roedd Bilen yn benderfynol o'i wneud heb ofyn am gymorth Prad. Crafangodd ei ffordd i fyny gan ddiolch i'r dduwies ei bod hi mor heini ar ôl yr holl ymarfer corff wnaeth y criw cyn gadael Melania. Roedd hi bron yn siŵr bod ei hewinedd hirion, cryfion, yn ddefnyddiol i fachu ar y tyllau lleiaf yn y graig, ond gwyddai y bydden nhw'n rhacs ar ôl hyn. Ond byddai'n hapus i fod ag ewinedd fel ffermwr nerfus am weddill ei hoes er mwyn gallu gweld Galena yn fyw ac iach unwaith eto. Roedden nhw'n mynd ar nerfau ei gilydd yn aml, ond roedd ganddi feddwl y byd o'r gogyddes fywiog, gegog.

O'r diwedd, roedden nhw ar yr un lefel â'r hollt yn y graig; Efa ar y dde iddi a Prad a Bilen ar y chwith. Arhosodd y tri am eiliad i gael eu gwynt atynt. Gwnaeth Prad ac Efa arwyddion ar ei gilydd, yna nodio. Doedd Bilen ddim yn hollol siŵr beth oedd ystyr yr arwyddion i gyd, ond roedd un yn berffaith amlwg. Efa fyddai'n mynd i mewn yn gyntaf. Gwyliodd Bilen hi'n nadreddu ei ffordd at yr hollt, yn edrych yn debycach i

hylif nag i fod dynol. Roedd hi'n symud ar ei bol, ond mor llyfn, mor ystwyth, heb wneud unrhyw fath o sŵn.

Waw, meddyliodd Bilen. Ro'n i'n gwybod ei bod hi'n dda, ond doedd gen i ddim syniad ei bod hi mor dda â hynna.

Roedd Efa wedi diflannu i mewn i'r hollt. Aeth Prad ar ei hôl ar ei fol yntau, ddim cweit mor hylifol ag Efa, ond yn rhyfeddol o ystwyth am foi mor fawr. Sylweddolodd Bilen ei bod yn crynu, felly anadlodd yn ddwfn i geisio rheoli'r cryndod, yna gollyngodd ei hun ar ei stumog a'u dilyn i mewn i'r tywyllwch i wynebu beth bynnag oedd yno.

9

Gallai Efa synhwyro'n syth nad oedd yr ogof yn un fawr. Arhosodd yn llonydd nes teimlo Prad yn union y tu ôl iddi, yna pwysodd y botwm ar ei lamp pen a chodi ar ei thraed mewn un symudiad sydyn, gan ddal ei chleddyf yn barod o'i blaen. Gwnaeth Prad yr un peth eiliad ar ei hôl hi, fel bod yr anghenfil o'u blaenau wedi ei ddallu gan y golau am rai eiliadau.

Roedd Galena wedi dweud y gwir: roedd o'n fawr, yn fawr iawn. Ac roedd yn llydan, bron yn sgwâr, gyda breichiau trwchus, cyhyrog fel bonion coed derw, oedd ar hyn o bryd yn cuddio ei lygaid rhag y golau. Ac roedd Galena ar y llawr wrth ei ymyl yn gwarchod ei llygaid hithau yn yr un modd. Wrth ei thraed roedd pentyrrau blêr o esgyrn gwynion.

Camodd Bilen yn ei blaen yn grynedig, gan ddal ei bwa a saeth yn barod i saethu'r creadur erchyll. Welodd hi erioed unrhyw beth mor hyll. Roedd o mor ofnadwy o flewog, yn flew trwchus, tywyll drosto, a doedd ganddi ddim syniad beth oedd yr esgyrn dros y llawr, ond synnai hi'r un daten petaen nhw'n rhai dynol.

'Paid â symud blewyn,' meddai Efa wrtho mewn llais caled, oer. 'Mae 'na dri ohonon ni yma, a dau arall tu allan.'

Doedd hyn ddim yn wir, wrth gwrs, ond roedd un ohono fo yn fwy na'r tri ohonyn nhw efo'i gilydd.

'Waeth i ti heb. Dwi'm yn meddwl ei fod o'n dallt ein hiaith ni,' meddai Galena. 'Ond mae o'n dallt yn iawn eich bod chi am ei waed o. Sbïwch – mae o'n crynu, bechod.'

Bechod? Rhythodd y tri arni'n hurt.

'Ydy o wedi dy frifo di?' gofynnodd Prad, gan hoelio ei lygaid yn ôl ar y cawr blewog, rhag ofn mai esgus bod ag ofn roedd o. Roedd ei stumog yntau wedi mynd din dros ben pan welodd yr esgyrn.

'Naddo. Wel, mae'n siŵr bod gen i gleisiau,' meddai Galena, 'dwi'm yn meddwl ei fod o'n sylweddoli'n iawn pa mor gryf ydy o. Ac os gwelwch chi'n dda, oes rhaid ein dallu ni efo'r golau 'na? Fedrwch chi mo'i droi o i lawr fymryn?'

'Symuda di draw aton ni 'ta,' meddai Efa. 'Dwi'm isio i hwn deimlo'n fwy cyfforddus, diolch.'

Nodiodd Galena a chodi ar ei thraed. Roedd ganddi glogyn blewog amdani: croen anifail o ryw fath. Yna cerddodd yn stiff at ochr Bilen.

'Be ar wyneb y blaned sy gen ti amdanat?' gofynnodd honno, gan grychu ei thrwyn. 'Ti'n drewi.'

'Dim clem. Fo roddodd o drosta i,' meddai Galena. 'Ar ôl gweld 'mod i'n oer ac yn wlyb. Yndê, Id?'

'Id!' meddai'r cawr. 'Id! Yndê, Id!'

'Dyna'i enw o?' meddai Prad.

'Dwi'n meddwl. Y cwbl mae o'n neud ydy ailadrodd bob dim dwi'n ei ddeud, ond mi wnaeth o bwyntio ato'i hun ar ôl fy ngollwng i ar lawr fan'na a deud "Id".'

'Deud Id! Deud Id!' meddai'r cawr, gan ostwng ei freichiau'n araf, yn amlwg wedi dechrau arfer gyda'r golau. Roedd hi'n anodd gweld ei wyneb yn iawn am fod cymaint o flewiach arno: barf hir, flêr a mwng o wallt hirach a blerach, ond o dan aeliau fel dau wrych roedd ei lygaid yn sgleinio. Lliw browngoch, bron yn oren, meddyliodd Prad, fel llygaid eirth llwyd.

Roedd o wedi gweld arth lwyd yn y Mynyddoedd Gleision 'nôl ym Melania rhyw bum mlynedd yn ôl. Roedd o ar ganol ymarfer ar y pryd ond yn byrstio eisiau pasio dŵr, felly roedd o wedi brysio at goeden ac wedi mynd y tu ôl iddi fel na fyddai'r swyddogion yn ei weld yn torri'r rhengoedd, ond roedd 'na arth fawr, lwyd yn eistedd yno. Doedd o ddim yn siŵr pwy gafodd y sioc fwyaf, fo neu'r arth, ond wedyn roedd y ddau wedi syllu i mewn i lygaid ei gilydd am yn hir. Wel, roedd o wedi teimlo fel cyfnod hir. Ond roedd Prad wedi gweld doethineb a dwyster mawr yn y llygaid hynny, ac wedi camu yn ei ôl yn araf a pharchus. Doedd yr arth ddim wedi dod ar ei ôl, dim ond parhau i'w wylio gyda'i llygaid browngoch, dwys. Yn union fel llygaid y cawr yma o'i flaen. Efallai ei fod yn crynu, ond doedd dim arlliw o ofn yn ei lygaid.

'Be 'dan ni am neud efo fo?' gofynnodd Prad.

'Dim syniad,' meddai Efa. 'Galena? Be ddigwyddodd? Ydy o'n beryglus?'

'Ro'n i'n meddwl ei fod o ar y dechrau, yn enwedig pan welais i'r esgyrn 'ma, ond rŵan dwi ddim mor siŵr,' meddai Galena. 'Dwi'n meddwl mai esgyrn anifeiliaid ydyn nhw. Ond

ges i goblyn o sioc pan gydiodd o yndda i, a finna ar ganol cael cawod. Mae'n siŵr 'mod i wedi sgrechian, do?'

'Do,' meddai'r tri.

'Do,' meddai'r cawr.

'Mi daflodd fi dros ei ysgwydd a rhedeg i lawr y mynydd. Ac mae'n rhaid 'mod i wedi llewygu neu rywbeth, achos dwi'n cofio dim wedyn nes i mi agor fy llygaid i weld ei fod o wedi stopio rhedeg ac yn fy nal i yn ei freichiau fel babi ac yn crio.'

'Crio?' meddai Bilen.

'Ia, dwi'n meddwl ei fod o'n meddwl 'mod i wedi marw. Pan welodd o fi'n agor fy llygaid, mi wnaeth o ddangos ei ddannedd. Ro'n i'n meddwl am funud mai mynd i 'mwyta i oedd o, ond wedyn mi wnes i sylweddoli mai trio gwenu roedd o. Roedd hi'n anodd deud o dan yr holl flewiach 'na, ac roedd hi'n dywyll, doedd. Wedyn, mi wnaeth o ryw sŵn canu.'

'Canu?' meddai Efa.

'Ia. Dwi'n meddwl mai trio canu roedd o. Ond mi roddodd y gorau iddi pan na wnes i ymateb. Wedyn mi wnaeth o fy lapio i yn y croen blewog yma, a dyna pryd welodd o'ch goleuadau chi ac mi daflodd fi dros ei ysgwydd eto a dechrau dringo i fyny llethr serth. Mae o'n gallu dringo fel wiwer, chwarae teg. Pan gyrhaeddon ni'r ogof yma, mi ollyngodd fi ar y llawr fan acw a deud "Id".'

'Id,' meddai'r cawr, oedd wedi bod yn gwrando'n astud ar bob gair gyda'i ben ar ei ochr a dagrau yn ei lygaid.

'Felly mi wnes i bwyntio ataf fi'n hun a deud "Galena",' meddai Galena.

'Gena,' meddai Id, gan bwyntio ati, yna ato'i hun. 'Id.' Trodd i wynebu'r tri arall ac ailadrodd ei enw eto, 'Id! Id!'

'Helô, Id,' meddai Efa.

'Helô, Id,' meddai Id.

'Naci, helô,' meddai Efa.

'Naci, helô,' meddai Id.

'Fel ddeudais i, y cwbl mae o'n neud ydy ailadrodd bob dim,' meddai Galena. 'Mae isio amynedd efo fo, rhaid i mi ddeud.'

'Mae o fel tase fo'n cael pleser o wrando a thrio deud y geiriau,' meddai Efa. 'Ydy hi'n bosib nad ydy o wedi clywed pobl yn siarad o'r blaen?'

'Neu ddim erstalwm,' meddai Prad.

'Stalwm,' meddai Id.

'Be ydy o?' gofynnodd Bilen. 'Dyn neu arth neu gymysgedd o'r ddau?'

'Wel, dyn, siŵr iawn,' meddai Galena. 'Pryd glywaist ti arth yn siarad?'

'Dim ond gofyn. Achos, wel, mae o'n debyg iawn i arth, tydy? Neu epa o ryw fath. Ond tydy ei freichiau o ddim yn cyrraedd y llawr – mi wnest ti or-ddeud yn fan'na, Galena.'

'Roedd hi'n dywyll pan welais i o gynta! Ac ro'n i wedi dychryn,' meddai Galena.

'Wel, be bynnag ydy o,' meddai Prad, 'dwi'n gofyn eto, be 'dan ni am neud efo fo?'

Edrychodd pawb ar ei gilydd ac edrychodd Id ar Galena.

'Be fysat ti'n licio i ni neud, Id?' gofynnodd Galena. 'Wyt ti isio dod efo ni?'

'Efo ni,' meddai Id.

'Dyna fo felly,' meddai Galena. 'Geith o ddod efo ni.'

'Ond aros funud, be os neith o ymosod arnon ni?' meddai Bilen.

'Os neith o, sgrechia, ac mi neith o redeg milltir,' meddai Galena. 'Dwi'n meddwl bod gynno fo fwy o dy ofn di. Does, Id?'

'Does, Id,' meddai Id, gan wenu fel llo ar Galena.

'Dwi'n meddwl ei fod o'n dy licio di,' chwarddodd Efa.

Chwarddodd Id hefyd, chwerthiniad dwfn oedd yn byrlymu allan ohono fel hufen. Agorodd ei lygaid yn syn o'i glywed ei hun yn gwneud y fath sŵn, yna cododd law fawr flewog at ei geg, a chwarddodd eto. Chwarddodd pawb – allen nhw ddim peidio. Chwarddodd Id yn uwch, a dychryn ei hun pan ddaeth rhochiad mochyn drwy'r chwerthin. Yna roedden nhw i gyd yn chwerthin nes eu bod nhw'n crio.

'Iawn, pawb yn gytûn, felly?' meddai Efa, wedi iddi fedru siarad yn gall eto. 'Mae Id yn dod yn ôl efo ni.'

'Ond mi fydd raid i ti 'nghario i bob cam, Id,' meddai Galena. 'Does gen i ddim sgidiau.'

10

R OEDD Y GLAW a'r cymylau wedi hen gilio a'r wawr wedi torri erbyn i Dalian a Cara weld y criw rhyfedd yr olwg yn dringo i fyny tuag atyn nhw.

'Be ar y blaned…?' meddai Dalian. 'Wyt ti'n gweld be dwi'n ei weld, Cara?'

'Dwi'n meddwl 'mod i. Un ai cawr efo dau ben, neu… Galena ydy honna? Ar ysgwyddau y… cawr – neu be bynnag ydy o – mawr 'na?'

*

Gwingodd Dalian wrth i Id ysgwyd y llaw roedd Dalian wedi ei hestyn iddo.

'Braf dy… aaaw! Iechyd, rwyt ti'n foi cry.'

'Cry!' chwarddodd Id. 'Id – cry!'

'Rhy gry,' meddai Galena, gan gymryd ei law a dangos iddo sut i ysgwyd llaw heb dorri esgyrn. 'Dallt? Dyna welliant. Iawn, dwi'n mynd i wisgo rhywbeth call.'

Gwyliodd Id hi'n diflannu i mewn i'w phabell a throdd i edrych yn boenus ar Efa.

'Paid â phoeni, Id,' meddai honno gyda gwên garedig, 'mi fydd hi'n ôl yn y munud.'

'Munud,' adleisiodd Id, gan barhau i edrych yn boenus tuag at babell Galena.

'Dydy o'm yn dallt, siŵr,' meddai Bilen. 'A 'dan ni'n dal ddim yn gwybod pam wnaeth o'i dwyn hi yn y lle cynta.'

'Dwi'n meddwl mai mewn cariad mae'r creadur,' meddai Prad.

'Be? A 'dan ni'n croesawu rhywbeth fel'na i'n canol ni, ydan? Rhywbeth sy'n amlwg wedi bod yn ysbïo arnon ni – wel, ar Galena – ers dyddiau, ac sy'n bachu'r greadures yn y tywyllwch a hithau'n noethlymun, ar ganol molchi? Sori, ond does gynnon ni'm syniad pwy na be ydy o, nac o ble mae o wedi dod, a dwi'n meddwl ein bod ni'n gofyn am drwbwl.'

''Dan ni wedi bod yn gofyn am drwbwl ers penderfynu gadael Melania,' meddai Efa. 'Ac mae Galena i'w gweld yn berffaith gyfforddus efo fo.'

'Ond dydy hi ddim hyd yn oed yn ei ddallt o! Dydy o ddim yn gallu siarad!'

'Gawn ni weld, ia?' meddai Prad. 'Dwi wedi cymryd ato fo, rhaid i mi ddeud. Ac roeddet titha'n chwerthin at ddagrau yn yr ogof 'na, Bilen.'

'Iawn, roedd hynna'n ddigri, digon teg,' meddai Bilen yn bwdlyd. 'Ond rŵan, fan hyn, yng ngolau dydd… wel. Sbia ar y breichiau 'na. Allai o fy nhorri i'n fy hanner mewn chwinciad.'

'Chwinciad,' meddai Id, oedd wedi bod yn eu gwylio'n sgwrsio. Doedd o ddim wedi deall ystyr y geiriau ond roedd o wedi synhwyro nad oedd y ferch walltgoch yma'n rhy hapus

ei byd ac nad oedd hi'n gwenu arno fel y gweddill. Estynnodd ei law iddi. Edrychodd hithau arno'n fud, yna ar Prad.

'Isio ysgwyd dy law di mae o,' meddai Prad yn dawel.

Oedodd Bilen. Roedd ei law yn anferthol, ac yn fudur.

'Ty'd, Bilen,' meddai Prad wrthi ar ôl rhai eiliadau anghyfforddus.

'Ty'd, Bilen,' meddai Id, gan geisio gwenu arni.

Ochneidiodd Bilen a chyffwrdd ei law yn ofalus. Caeodd Id ei fysedd am ei llaw yn araf a hynod ofalus, yna nodio'i ben, a'i rhyddhau.

'Wnaeth o mo dy wasgu di, naddo?' meddai Prad. 'Ti'n gweld, mae o'n dysgu. Ac os ydy o'n gallu dysgu, mi elli ditha.'

Rhoddodd Bilen bwniad iddo, yna pwyso'i phen ar ei ysgwydd. Ond roedd hi'n mynd i wylio'r cawr blewog yma'n ofalus.

Doedden nhw ddim wedi cysgu digon o bell ffordd, ond roedd yr haul yn codi'n gynnes, felly aeth Galena ati i baratoi brecwast.

'Oes gynnon ni ddigon o fwyd?' gofynnodd Bilen, gan amneidio ei phen at Id, oedd yn ceisio helpu Dalian i bacio'i babell.

'Mi geith chydig o uwd fel pawb arall,' meddai Galena. 'Ond mae o'n amlwg yn gallu bwydo'i hun yn y lle 'ma rywsut neu'i gilydd. Does wybod, efallai y bydd o'n gallu dangos i ni ble i gael bwyd.'

Roedd Bilen yn amau'n gryf y byddai cnawd dynol at ei ddant o, ond penderfynodd mai calla dawo.

Edrychodd Id ar yr uwd yn syn pan basiodd Galena fowlennaid iddo. Rhoddodd ei fys ynddo a'i arogli cyn ei roi yn ei geg.

'Uwd,' meddai Cara wrtho.

'Uwd,' meddai Id, gan nodio, a thywallt cynnwys y bowlen i'w geg a'i lyncu mewn un gegaid.

'Iawn?' gofynnodd Galena, gan godi ei bawd arno.

'Iawn!' meddai Id, gan godi ei fawd yntau.

'Iawn, gawn ni gychwyn yn go handi?' meddai Efa, gan orffen ei huwd hithau. 'Dwi'n meddwl y byddai Dalian yn licio cael rhywun i drin ei goes o cyn gynted â phosib.'

Trodd pawb i edrych ar Dalian, oedd yn edrych yn hynod anghyfforddus ac mor welw â'r uwd.

'Mae gen i forffin i ti, os fydd o'n help i ti deithio heddiw,' meddai Cara. 'Mi wnes i baratoi peth efo'r hadau wnest ti eu malu tra oedden ni'n aros i chi ddod yn ôl,' eglurodd wrth Bilen.

'Wnes i ddim sylwi,' meddai Dalian.

'Na, roeddet ti'n cysgu.'

Doedd Dalian ddim wedi sylweddoli ei fod wedi cysgu o gwbl ers i'r lleill fynd i chwilio am Galena, ond wnaeth o ddim cyfaddef hynny. Rhoddodd Bilen ei llaw ar ei dalcen a chrychu ei thalcen hithau.

'Chwilboeth,' meddai. 'Plis, cymer beth, Dalian.'

Pwyntiodd Id at Dalian gan ofyn: 'Iawn?'

Ysgydwodd Galena ei phen: 'Na, ddim yn iawn,' meddai. 'Dangos dy goes iddo fo, Dalian.'

Am fod Dalian wedi oedi, cododd Cara goes ei drowsus

cyn iddo allu protestio. Roedd y croen yn ddu hyd at ei ben-glin.

'Neidr,' meddai Cara, gan hisian a dynwared symudiad neidr gyda'i braich a phwyntio'n ôl am y gorllewin.

Edrychodd Id arni a nodio, cyn dynwared neidr yn brathu.

'Ia,' meddai Galena. 'Neidr wedi brathu Dalian. Un goch – fel hyn,' ychwanegodd gan bwyntio at y mwclis coch am ei gwddf.

Agorodd Id ei lygaid yn fawr yna ysgydwodd ei ben yn ddwys. Estynnodd am y gyllell finiog oedd yng nghanol offer coginio Galena a'i chodi yn yr awyr, yna ei chwipio am i lawr yn gyflym. Rhythodd pawb arno'n hurt; pawb ond Dalian.

'Mae Id a fi'n gytûn, felly,' meddai'n syml. 'Mi fydd rhaid ei thorri i ffwrdd. A gorau po gynta.'

'Na, Dalian,' meddai Efa. 'Dwi'n siŵr bod —'

'Gwranda, Efa,' meddai Dalian. 'Dwi'n gallu teimlo'r gwenwyn y tu mewn i mi, dwyt ti ddim, ac mae o'n fy mwyta i. Dwi isio ei thorri hi i ffwrdd rŵan, y munud 'ma. A dwi'n meddwl mai Id ydy'r un i wneud hynny.'

'Id?' meddai Bilen.

'Ia. Mae gynno fo'r cryfder i dorri drwy'r asgwrn mewn un trawiad glân.' Trodd yn frysiog i edrych ar Efa a Prad: 'Dwi'n gwybod bod gynnoch chi'ch dau ddoniau gwych efo cleddyfau, ond dwi ddim yn meddwl y byddech chi'n gallu ei neud o, yn emosiynol os nad yn gorfforol. Dwi'n iawn, tydw?'

Edrychodd y ddau arno'n fud. Doedd yr un o'r ddau

yn gallu gwadu'r ffaith. Sylwodd Efa fod wyneb Dalian yn sgleinio'n hyll gyda chwys, a bod cysgodion tywyll dan ei lygaid. Ac roedd ei dafod yn swnio'n dew wrth iddo fynd yn ei flaen: 'Mae Id yn gwybod yn iawn be sydd angen ei neud. Rhowch fy nghleddyf i iddo fo. Mi fydd o'n dallt.'

Cydiodd Efa yn y cleddyf a'i estyn i Id. Edrychodd Id arno, yna ei droi yn ei ddwylo fel bod yr haul yn fflachio ar y llafn. Nodiodd.

11

'A ROS!' GWAEDDODD CARA. 'Does gen i ddim profiad o dorri coesau pobl i ffwrdd, ond dwi'n gwybod ei bod hi'n broses llawer mwy cymhleth na jyst torri bob dim i ffwrdd efo un ergyd! Be am y nerfau? A'r gwythiennau?'

'Haearn poeth i serio bob dim – mi wneith yn iawn,' meddai Dalian.

'Ia, dyna fu pobl yn ei neud am ganrifoedd yn yr hen amser,' meddai Cara. 'A doedd o ddim wastad yn gweithio! Pur anaml, a deud y gwir. Ond Efa, wyt ti'n cofio'n gwersi ni am y Rhufeiniaid a'r Groegiaid?'

'Hm? Wel, ydw, rhywfaint. Y Groegiaid oedd yn gyfrifol am yr wyddor, am syniadau mathemategol ac ati, a'r Rhufeiniaid: wel, ffyrdd, concrit, y calendr…'

'Pobl hynod glyfar, doedden? Ac wyt ti'n cofio ni'n sôn am eu gallu meddygol nhw?'

'Ym…' meddai Efa yn anghyffforddus.

'O, Efa! Ac roedd yr holl beth mor ofnadwy o ddiddorol!'

'Wel, i ti o bosib, ond ro'n i'n ysu am gael bod allan yn lle bod â 'nhrwyn mewn llyfrau llawn llwch. Doedd gen i ddim llwchyn o ddiddordeb pwy fathodd y calendr na sut i weithio allan maint triongl.'

'Achos wnest ti rioed feddwl y byddai gwybod pethau felly yn ddefnyddiol i ti?'

'Wel, naddo. A be sy gan hyn i neud efo —'

'Efa! Mi fyddai meddygon oes y Rhufeiniaid a'r Groegiaid yn clymu gwythiennau, nid eu llosgi nhw efo haearn poeth!'

'Mae hynna'n swnio'n llai poenus…' meddai Prad.

'Ac yn fwy effeithiol o lawer,' meddai Cara. 'A dyna oedd y drefn eto, fwy neu lai, pan oedd meddygaeth yn llawer mwy soffistigedig, tua oes y plastig a'r cyfrifiaduron.'

'Yr oes chwalodd bob dim,' meddai Galena.

'Wel, ia,' meddai Cara, 'ond doedd pethau ddim yn ddrwg i gyd o bell ffordd, ddim ar y dechrau.'

'Esgusodwch fi,' meddai Dalian, 'mae'r wers hanes yma'n ddiddorol iawn, ond os na dorrwch chi 'nghoes i i ffwrdd yn go handi, fi fydd yn hanes.'

Y penderfyniad yn y diwedd oedd rhoi dos dda o fedd a morffin i Dalian a gosod darn o bren rhwng ei ddannedd. Roedd Id wedi crwydro i ffwrdd yn ystod y trafod, ond roedden nhw'n gallu ei weld yn chwilota am rywbeth ar y llethrau cyfagos. Roedd Dalian wrthi'n llowcio'r medd pan ddaeth Id yn ei ôl gyda mwsog yn ei ddwylo.

'Mwsog?' meddai Bilen. 'Be sy'n bod arno fo? Be 'dan ni i fod i neud efo mwsog?'

Edrychodd Id arni, yna ailadrodd:

'Mwsog! Mwsogmwsogmwsog!' Yna dechreuodd wasgu'r mwsog rhwng cledrau ei ddwylo nes ei fod yn belen, cyn plygu dros Dalian a'i ddal o flaen ei drwyn.

'Id, mwsog,' meddai, cyn gwasgu'r belen fwsog i fewn i ffroenau Dalian nes bod llygaid hwnnw'n troi.

'Paid! Stopiwch o!' meddai Bilen. 'Mae o'n trio'i ladd o!'

Brysiodd Prad i gydio ym mraich Id, ond cydiodd Galena yn ei fraich yntau gan ddweud:

'Aros, sbia…'

Roedd llygaid Dalian wedi cau a'i gorff wedi ymlacio'n llwyr.

'Mae o wedi'i ladd o!' sgrechiodd Bilen. 'Pam na fasech chi'n —'

'Na, mae o'n dal i anadlu,' meddai Efa. 'Be ydy hwnna, Id?'

'Be bynnag ydy o, mae'n amlwg yn gweithio fel math o anaesthetig,' meddai Cara. 'Brysiwch, rhag ofn na fydd yr effaith yn para'n hir.'

Clymodd Prad rwymyn yn dynn o amgylch top coes Dalian i geisio atal rhywfaint ar y llif gwaed yn ystod y driniaeth. Wedyn, wedi puro llafn cyllell finiog yn y tân, torrodd Galena'r croen o dan ei ben-glin yn ofalus a'i dynnu'n ôl dros ei ben-glin fel y byddai rhywfaint o groen i'w bwytho gyda'i gilydd. Gwyliodd Efa wyneb Dalian yn ofalus, a sychodd y chwys oddi ar ei dalcen. Yn y cyfamser, roedd Id yn ymarfer gyda chleddyf cryf Dalian ar dorth o fara (braidd yn sych) o'r sach fwyd, i wneud yn siŵr y byddai ei annel yn gywir. Roedd o'n berffaith bob tro. Roedden nhw am dorri'r goes mor agos at ei ben-glin â phosib. Yna, er mwyn ei lanhau, daliodd Id lafn y cleddyf yn fflamau'r tân nes iddo droi'n goch cyn ei ddal yn yr awyr i oeri.

'Mae o wedi gneud hyn o'r blaen,' meddai Prad wrth Bilen.

'Dyna sy'n fy mhoeni i,' meddai Bilen dan ei gwynt.

Pan oedd pawb yn fodlon fod popeth mor barod ag y gallai fod, nodiodd Efa ar Id a dal llaw Dalian yn dynn. Roedd o'n dal yn anymwybodol, ond roedd y weithred yn gwneud iddi hi deimlo'n well.

Anelodd Id yn ofalus, anadlodd yn ddwfn ac yna chwipiodd y cleddyf drwy'r awyr. Clywodd pawb ond Dalian y glec.

Llewygodd Bilen. Llwyddodd Prad i'w dal cyn iddi daro'r llawr.

Brysiodd Galena a Cara i glymu gwaelodion y gwythiennau gydag edau.

'Ai'r nerfau ydy'r rhain?' gofynnodd Cara, gan gyfeirio at linynnau lliw golau.

'Ia, siŵr o fod. Dim syniad be i'w neud efo'r rheina.'

'Dwi am bwytho gwaelodion un neu ddau i mewn i'r cnawd,' meddai Cara. 'Rhag ofn y gallan nhw ddod 'nôl yn fyw. Neith o ddim ddrwg inni drio, na?'

Cododd Galena ei hysgwyddau.

'Na neith, am wn i,' meddai. 'Dwi jyst yn gweddïo na fyddwn ni wedi'i ladd o. Ydy o'n dal i anadlu, Efa?'

'Ydy,' meddai Efa, heb dynnu ei llygaid oddi ar wyneb Dalian.

Yna, wedi tywallt medd dros y cyfan i geisio cadw pethau'n lân, dechreuodd Galena bwytho'r croen at ei gilydd.

Roedd pawb yn rhyfeddol o dawel. Gwyliodd Efa wyneb Dalian, gan wneud ei gorau i beidio â gadael i'r dagrau ddisgyn. Gwyliodd Cara ac Id fysedd Galena'n pwytho'n ofalus; ceisiodd Prad ddadebru Bilen.

O'r diwedd:

'Dyna ni, y pwyth olaf,' meddai Galena gydag ochenaid o ryddhad.

'Taclus iawn,' meddai Cara.

'Taclusiawn,' meddai Id gyda gwên. Yna aeth ati i lanhau llafn y cleddyf.

Datododd Cara y rhwymyn am ran uchaf coes Dalian, a gosododd Galena rwymyn glân i gadw'r clwyf ar y pen arall yn lân.

'Be ddylen ni neud efo hwn?' meddai gan gyfeirio at hanner arall coes Dalian, neu'r hyn a fu unwaith yn goes. Roedd yn ddu ac yn waed coch i gyd.

'Gad i Dalian benderfynu,' meddai Galena.

Agorodd Bilen ei llygaid, codi ei phen, gweld gwaelod coes Dalian yn gwaedu dros y llawr, a llewygu eto. Rhowliodd Prad ei lygaid.

'Ym, dwi'n gwybod ein bod ni wedi hanner pacio i adael, ond oni fyddai hi'n well i ni aros noson arall yma er mwyn Dalian?' gofynnodd Cara, gan olchi'r gwaed oddi ar ei dwylo.

'Byddai,' meddai Efa.

'Felly gwell dadbacio a gosod y pebyll eto,' meddai Prad. 'Mi wna i roi hon i orwedd fan hyn am rŵan,' ychwanegodd, gan osod corff llipa Bilen yn ofalus ar y llawr. 'Id? Helpa fi?'

Roedd Id yn deall yn syth. Nodiodd, a dweud: 'Id. Helpa fi.' Yna aeth gyda Prad i dynnu'r paciau oddi ar gefnau'r ceffylau.

'Mi wna i gadw golwg ar Dalian,' meddai Efa, gan sychu ei dalcen eto a syllu ar flew ei amrannau. Roedden nhw'n ddu,

ddu yn erbyn ei groen, ac yn rhyfeddol o hir. Gweddïodd y byddai'r driniaeth wedi gweithio; gweddïodd na fyddai mewn gormod o boen a gweddïodd nad oedden nhw wedi gwneud pethau'n waeth. Doedd ei phenderfyniad i adael Melania ddim wedi bod yn un call, a dweud y lleiaf. Roedd Dalian wedi colli ei goes, ac arni hi roedd y bai. Yn ei gwersi gyda Cara, roedd hi wedi dysgu am frenin o'r enw Midas; byddai popeth y byddai o'n ei gyffwrdd yn troi'n rhywbeth gwerthfawr o'r enw aur. Wel, meddyliodd, mae gen i allu tebyg, dim ond bod popeth rydw i'n ei gyffwrdd yn malu'n deilchion.

12

ROEDD YR HAUL yn uchel uwch eu pennau pan ddaeth Dalian ato'i hun eto.

'Sut wyt ti'n teimlo?' sibrydodd Efa.

'Yn chwil,' meddai Dalian. 'Ac mae 'ngheg i'n sych.'

Rhoddodd Efa ychydig o ddŵr iddo'i yfed, a sychu'r diferion oddi ar ei ên gyda'i bys.

'Sut mae'r boen?'

'Poen? O ia… fy nghoes i…' Ceisiodd godi ei ben i edrych arni. 'Aw,' meddai. 'Mae 'mhen i'n troi.' Gostyngodd ei ben. 'Morffin, dwi'n cymryd…'

'Neu'r mwsog ddefnyddiodd Id i dy gnocio di allan.'

'Mwsog? Cofio dim. Felly, lwyddoch chi i'w thorri hi i ffwrdd?'

'Do. Ac mae Galena wedi pwytho dy groen di'n rhyfeddol o daclus. 'Dan ni'n meddwl ein bod ni wedi ei thorri hi yn y lle cywir – jyst uwchben dy ben-glin di.'

'Felly does gen i ddim pen-glin.'

'Nag oes.'

'Na throed.'

'Nag oes.'

'Felly fydda i methu cerdded.'

'Wel, byddi, gyda baglau i ddechrau, wedyn dwi'n siŵr gei di goes ffug ryw ben, pan —'

'Be? Fel yr hen filwr fyddai'n gwerthu ffrwythau tu allan i Borth y Palas? Gwych…'

'Roedd o'n gallu cerdded yn iawn, Dalian.'

'Ond welaist ti o ar gefn ceffyl? Neu'n gallu ymladd efo cleddyf?'

'Naddo, ond roedd o'n hen, Dalian. Rwyt ti'n ifanc a chry a dwi'n siŵr y byddi di'n gallu dysgu i wneud bob dim… yn y diwedd.'

'Yn y diwedd. Dyma fy niwedd i fel milwr, yndê, Efa?'

'Dalian, dwi'm yn gwybod be i ddeud,' meddai Efa. Doedd hi ddim yn gallu edrych i fyw ei lygaid bellach.

'Y gwir ydy 'mod i'n hanner y dyn o'n i,' meddai Dalian, 'ac yn boen ac yn niwsans i bawb.'

'Fyddi di byth yn boen nac yn niwsans,' meddai Efa, gan fethu rhwystro'i dagrau rhag cronni yn ei llygaid. 'Rhaid i ti beidio â meddwl fel'na.'

'Sut alla i beidio, Efa?'

Daeth Galena a Cara draw atyn nhw, gan ganiatáu i Efa beidio â gorfod crafu am ateb.

'Wedi deffro? Sut mae'r boen, Dalian?' meddai Cara. 'Wyt ti angen mwy o forffin? Neu fwsog Id? Mae 'na beth wrth dy ochr di, yli.'

'Na. Mi fydda i'n iawn. Mae'n brifo llai nag oedd o pan oedd y gwenwyn yn fy mwyta i.'

'Wel, fel y gweli di, 'dan ni'n aros yma eto heno, a fory hefyd os bydd rhaid, er mwyn i ti gael cyfle i orffwys a dod atat ti dy hun,' meddai Galena.

Caeodd Dalian ei lygaid.

'Ein dal ni'n ôl eto…' meddai, cyn agor ei lygaid a gofyn: 'Ble mae'r lleill?'

'Mae Prad a Bilen wedi mynd efo Id i chwilio am fwyd ers awr neu ddwy,' meddai Galena. ''Dan ni'n iawn am ddŵr am sbel oherwydd y glaw 'na, ond mae'r dewis o fwyd yn mynd yn brin. 'Dan ni'n gobeithio y bydd Id yn gallu dysgu rhywbeth i ni am fwydiach i'w gasglu neu ei hela.'

'Id… Ydan ni'n gallu rhoi ein ffydd ynddo fo?' gofynnodd Dalian. 'Rwyt ti i weld wedi maddau iddo fo'n sydyn iawn am dy gipio di fel'na.'

'Do. Dwi'm yn meddwl ei fod o wedi golygu fy mrifo i,' meddai Galena.

'Ond be fyddai wedi digwydd tase'r rhain ddim wedi ei ddal o?' meddai Cara.

Cododd Galena ei hysgwyddau.

'Dim clem. Ond wir rŵan, dwi wir ddim yn meddwl y byddai o wedi 'mrifo i. Mae o'n f'atgoffa i o blentyn bach sy'n gweld rhywbeth sy'n ei ddiddori o, neu'n ei ddenu o am ryw reswm, ac yna'n cydio ynddo fo. Mae 'na rywbeth syml a diniwed iawn amdano fo, yn does?'

'Oes,' cytunodd Efa, 'ond pam dy gipio di'n benodol? Pam neb arall?'

'Am ei fod o wedi licio ei golwg hi'r tro cynta welodd o hi,' ceisiodd Dalian chwerthin, yna griddfanodd mewn poen. 'Aw.'

'Diolch – ond ers pryd rwyt ti'n defnyddio dy goes i chwerthin?' gwenodd Galena.

'Doniol iawn. Fy mhen i sy'n brifo,' meddai Dalian. 'Aros yn llonydd yn rhy hir.'

'Dwyt ti ddim yn symud heddiw, gyfaill!' meddai Efa'n bendant.

'A be os ydw i isio mynd i'r tŷ bach?'

'Geith Id dy gario di,' meddai Galena.

'Roeddet ti'n canu!' meddai Cara'n sydyn.

Trodd pawb i edrych yn hurt arni.

'Am be wyt ti'n rwdlan rŵan?' gofynnodd Galena iddi.

'Pan wnaeth Id dy gipio di – roeddet ti'n canu! Dim ond ti oedd yn canu!'

'O'n i?'

'Oeddet,' meddai Efa. 'Yr hen hwiangerdd 'na am fwrw glaw a cherdded fel brenhines … yr un fyddai dy fam yn ei chanu i ni erstalwm, a gneud i mi drio cerdded fel brenhines.'

'Be? "Bwrw glaw yn sobor iawn"?' meddai Galena.

'Ia, honna,' meddai Efa. 'Roeddet ti'n ei chanu hi ar dop dy lais. Yn union fel y byddet ti'n ei chanu hi pan oeddet ti'n blentyn, bob tro y byddai hi'n bwrw glaw.'

'Wel o'n, erbyn meddwl,' meddai Galena. 'Be? A ti'n meddwl mai dyna pam wnaeth Id fy nghipio i, Cara?'

'Wel, mae'n bosib. Efallai ei fod o'n cofio'i fam yn ei chanu hi iddo fo erstalwm?' Agorodd llygaid Cara yn fawr wrth i'w dychymyg lifo. 'Roedd ei fam o wedi colli gweddill y teulu am ryw reswm, wedi mynd ar goll, ond mi lwyddodd i roi genedigaeth i Id, allan yma yn y Diffeithwch Du, a'i fagu o, ond wedyn mi fu hi farw ac roedd Id ar ei ben ei hun a chlywodd o byth lais merch yn canu wedi hynny…'

'Nes iddo fo dy glywed di, Galena,' meddai Efa, gan stumio

chwarae ffidil, 'yn canu'r union gân y byddai ei fam yn ei chanu iddo fo. Ha!'

'Gei di chwerthin,' meddai Cara'n bwdlyd, 'ond mi allai fod yn wir. Ac fel roedd y sgorpion 'na yn anferthol o fawr, a'r llyffantod afiach 'na yn llawer mwy na'r cyffredin, efallai fod Id hefyd wedi tyfu'n fawr oherwydd rhywbeth sydd yn y pridd neu yn y dŵr yma... Be wyt ti'n ei feddwl, Dalian?'

'Dach chi wedi 'ngholli i ers meitin,' meddai Dalian, gan wasgu top ei drwyn. 'Mae 'mhen i'n troi wrth drio dal i fyny.'

'Ac er 'mod i'n licio'r stori'n arw,' meddai Galena, 'dwi'n meddwl bod dy ddychymyg di wedi mynd fymryn bach dros ben llestri y tro yma, Cara.'

Trodd Cara at Efa gydag aeliau gobeithiol.

'Ym,' meddai Efa. 'Ia, wyddost ti byth. Mae unrhyw beth yn bosib yn y Diffeithwch Du, hyd y gwela i. Ond bosib mai jyst licio'i llais canu hi oedd o. Isio mynd â hi adre a'i rhoi hi mewn caets i ganu iddo fo bob bore.'

'O, callia,' meddai Galena'n swta.

'Wel, mae gen ti lais tlws, Galena,' meddai Dalian, gan sylweddoli ei fod yn gallu gwenu. 'Cana i ni rŵan. I neud i mi deimlo'n well.'

'Callia, ddeudes i!'

'Na, o ddifri – cana'r gân "Bwrw glaw yn sobor iawn" eto. I mi. Plis. I mi gael anghofio mai dim ond hanner coes sy gen i.'

Ysgydwodd Galena ei phen a rhowlio ei llygaid.

'Ti'n boen,' meddai.

'Na, mewn poen ydw i. Ty'd.'

'Ond dydy hi ddim yn bwrw glaw rŵan.'

Codi ei aeliau arni wnaeth Dalian. Yn y diwedd, dechreuodd Galena ganu:

'Bwrw glaw yn sobor iawn,

Wel dyma bnawn anghynnes,

'Mochel dan yr ambarél…'

Cododd Efa ar ei thraed gyda gwên a ffugio cerdded yn urddasol:

'… a cherdded fel brenhines!'

'Wyt ti'n cofio'r ail bennill?' gofynnodd Galena iddi.

'Ydw siŵr.'

Cydganodd y ddwy fel roedden nhw wedi ei wneud gymaint o weithiau dros y blynyddoedd:

'Eisiau ambarél yn siŵr

I gadw dŵr o 'nghlustiau,

Clustiau'n gwrando ar y wlad

Yn siarad am fy siwrnai.'

Chwarddodd Efa'n chwithig.

'Wel, maen nhw'n siŵr o fod yn siarad am ein siwrnai ni ym Melania, tydyn?'

'Yn bendant,' meddai Galena. 'Ac yn ein diawlio ni i'r cymylau.'

'Sgwn i sut mae dy fam di, Efa?' meddai Cara.

Bu tawelwch hir, annifyr wrth i Efa edrych ar gerrig hynod ddiddorol wrth ei thraed.

'Sori, wnes i'm meddwl —' dechreuodd Cara.

'Na, mae'n iawn,' meddai Efa. 'Dwi wedi bod yn meddwl yr un peth. A'r ateb i dy gwestiwn di? Wel, dwi'n meddwl bod

Mam yn sicr yn flin, wedi ei siomi, yn teimlo cywilydd bod ei merch hi wedi gallu gwneud y ffasiwn beth. Methu credu 'mod i wedi ei thwyllo hi fel'na. Yn difaru iddi roi genedigaeth i mi.'

Estynnodd i godi un o'r cerrig wrth ei thraed, ei hastudio am ychydig yna ei thaflu.

'Mae'n bosib ei bod hi wedi ystyried dod i chwilio amdanon ni, ond ar ôl be ddigwyddodd i'r milwyr 'na... mi fyddai wedi ailfeddwl. Dwi'n eitha siŵr ei bod hi wedi dod ati ei hun bellach ac wedi dechrau hyfforddi Eilwen i gymryd fy lle i. Mae honno'n ddeuddeg rŵan felly mae ganddi bedair blynedd i roi sglein arni. Ac mi fydd Eilwen dipyn haws ei mowldio na fi.'

'Bydd,' meddai Galena, 'ac rwyt ti wedi rhoi pedair blynedd arall o fywyd i dy fam, yn do? Mae'n siŵr y bydd hi'n ddiolchgar am hynny, o leia.'

'Dwi ddim mor siŵr am hynny,' meddai Dalian. 'Mi faswn i'n dychmygu ei bod hi'n anodd iddi'n seicolegol.'

'Y? Ers pryd wyt ti'n arbenigwr ar seicoleg?' meddai Galena.

'Tydw i ddim,' meddai Dalian. 'Ond pan wyt ti wedi treulio blynyddoedd yn paratoi dy hun i farw ar adeg benodol, mae'n rhaid ei bod hi'n anodd aildrefnu pethau yn dy ben. Mae gorfod gohirio pethau bychain fel prawf neu gyfarfod neu bryd bwyd neu rywbeth yn gallu bod yn boen; meddylia sut mae'n teimlo i orfod gohirio rhywbeth anferthol fel'na.'

'Ia, dwi'n gweld dy bwynt di,' meddai Galena. 'Ond fy hun,

mi faswn i'n hapus taswn i'n gwybod 'mod i'n cael byw am bedair blynedd ychwanegol.'

'Dibynnu sut fywyd sydd o dy flaen di, tydy?' meddai Dalian yn dawel, bron iddo'i hun.

Roedd Efa ar fin ei geryddu am feddwl fel yna pan glywson nhw sŵn gweiddi o'r gogledd.

'Maen nhw'n ôl,' meddai Cara, gan neidio ar ei thraed a cherdded i gyfeiriad y sŵn. 'Dacw nhw, ac mae Id yn cario rhywbeth!'

Roedd Id yn brasgamu i fyny'r llethr tuag atyn nhw a'r ddau arall yn amlwg yn cael trafferth dal i fyny ag o, er gwaetha'r ffaith eu bod ar gefn eu ceffylau.

'Be sy gynno fo?' meddai Efa, gan graffu ar y llwyth oedd dros ysgwyddau'r cawr.

'Anifail o ryw fath,' meddai Cara, a oedd wedi bachu sbienddrych. 'Efo cyrn!'

'Cig!' meddai Galena. 'Ieee! Cig ffres! Mi gawn ni swper gwerth chweil heno, Dalian! Mi fyddi di'n ôl ar dy draed ymhen dim! O, sori…' meddai wedyn ar ôl sylweddoli beth roedd hi newydd ei ddweud.

Dim ond hanner gwenu arni wnaeth Dalian.

'Gafr! Mae'n edrych fel gafr i mi!' meddai Cara. 'Efo cyrn anferthol.'

Roedd hi'n iawn. Gollyngodd Id yr anifail wrth draed Galena gyda gwên lydan.

'Gafr,' meddai. 'Gafr Id. Glena gneud uwd!'

'Uwd? Dwi'm yn meddwl,' chwarddodd Galena. 'Cig ydy hwnna, Id.'

'Cig,' nodiodd Id. 'Glena gneud cig. Bol Id hapus!'

'Hei, mae ei siarad o'n dod ymlaen yn dda, tydy?' meddai Cara wrth i Prad a Bilen lithro oddi ar eu ceffylau.

''Dan ni wedi bod yn rhoi gwersi iddo fo,' meddai Bilen. 'Roedd o fel dysgu plentyn, neu rywun sy wedi bod yn fyddar am flynyddoedd.'

'Felly, bosib bod fy theori i'n iawn,' meddai Cara.

'Pa theori?' meddai Prad.

'Mi wna i egluro rywbryd eto,' meddai Cara, 'ond gorau po gynta iddo fo ddysgu siarad mwy, i ni gael ei holi o'n iawn.'

'Wel, does 'na ddim byd o'i le efo'i sgiliau hela o,' meddai Prad. 'Fo ddaliodd yr afr 'na, efo sling. Jyst carreg mewn darn o ledr, a bang – mi darodd hi yn ei phen ar y cynnig cynta.'

'Mae'n anferth o afr,' meddai Efa, gan edrych mewn syndod ar Id yn dechrau blingo'r anifail yn syth.

'Fel pob dim yn y lle 'ma,' meddai Bilen. 'Edrycha be arall ddoth o o hyd iddyn nhw,' meddai gan dynnu ffrwythau mawr coch o'i sach. 'Mefus gwyllt!'

'Mefus? Ond maen nhw'r un maint ag afalau Melania!' meddai Cara.

'Ac maen nhw'n flasus, creda di fi,' meddai Prad. ''Dan ni'n mynd i gael gwledd heno! A'r ceffylau hefyd – mae 'na lawer mwy o blanhigion i lawr yn y dyffrynnoedd acw, ac mae gynnon ni lond sach iddyn nhw.'

13

'WPS, DDRWG GEN i,' meddai Cara, wedi iddi chwalu gwynt yn hapus ar ôl bwyta ei mefusen olaf.

'Galena, roedd hwnna'n fendigedig,' meddai Bilen. 'Y swper gorau eto.'

'Wnes i ddim byd,' meddai Galena, 'dim ond rhostio'r cig. Ac mae gynnon ni ddigon ar ôl i bara o leia ddeuddydd arall.'

'I Id mae'r diolch,' meddai Prad. 'Am weld yr afr yn y lle cynta, a'i dal hi. Diolch, Id!'

'Croeso!' chwarddodd Id, cyn dechrau cnoi asgwrn yn swnllyd eto.

'Wyt ti'n teimlo'n well efo bwyd ffres yn dy stumog?' gofynnodd Efa i Dalian.

'Yn rhyfeddol, ydw,' meddai Dalian. 'A dwi'm yn meddwl bod mefus erioed wedi blasu cystal.'

'Mae 'na bleserau i'w cael mewn bywyd o hyd, ti'n gweld…' meddai Efa gyda gwên ofalus. 'A nac'dw, dwi ddim yn awgrymu am funud bod blas mefus yn gneud iawn am golli coes. Ond mae'n rhaid i ni i gyd wneud y gorau o'r pleserau bychain, yn does?'

Edrychodd Dalian arni am yn hir, cyn tynnu anadlu ddofn a dweud:

'Oes, ond edrycha. Mi fydd yn rhaid i ti fod yn amyneddgar

efo fi, Efa. Mi fedri di dreulio oriau, dyddiau yn trio dychmygu sut fyddet ti'n teimlo tasai hyn yn digwydd i ti, ac mae'n siŵr y byddet ti'n berffaith siŵr y byddet ti'n ymdopi'n iawn, yn ei weld o fel her, sialens arall i'w gorchfygu; ond pan mae'n digwydd i ti go iawn, mae'n fater cwbl wahanol. Mi fydda i angen amser i ddod i arfer, iawn?'

'Wrth gwrs. Do'n i ddim yn trio —'

'Dwi'n anabl rŵan, Efa. A neith mefus ddim newid hynny.'

'Ond —'

'Ddim rŵan, Efa.'

Nodiodd Efa a chau ei cheg yn dynn. Ond roedd hi'n berwi tu mewn. Roedd ei glywed yn siarad mor negyddol yn ei chorddi. Cododd a mynd at y ceffylau. Roedden nhw'n bwyta'r mwsog, y grug a'r deiliach y daeth y lleill o hyd iddyn nhw. Aeth at Gwiblen a phwyso'i phen yn erbyn gwddf y ceffyl.

'Mae isio amynedd, Gwiblen,' meddai wrthi'n dawel. 'A does gen i ddim llawer o hwnnw ar y gorau, nag oes? Ddim fel ti.'

Wedi deng munud o gwmni ei chaseg, a gweld bod y man lle cafodd ei brathu gan y llyffant llygaid coch wedi gwella'n berffaith, roedd hi'n teimlo'n well. Aeth at Ffela, caseg Cara, i archwilio ei choes hithau, a theimlo'n well fyth. Roedd yr anaf wedi gwella'n dda. Datododd ei ffrwyn a'i cherdded o gwmpas am ychydig. Doedd hi ddim yn gloff o gwbl. Yna, yn ofalus, dringodd ar ei chefn a cherdded mymryn mwy arni. Roedd hi'n cerdded fel o'r blaen. Diolch

byth, meddyliodd. Gallai Cara ei marchogaeth eto fory.

Edrychodd ar Brân, stalwyn Dalian. Mi fydd raid i titha fod yn amyneddgar hefyd, boi, meddyliodd. Fydd Dalian ddim yn teimlo cweit mor ddiogel a hyderus arnat ti am sbel.

Pan aeth hi'n ôl at y lleill, roedd Cara wrthi'n trio holi Id am ei hanes, ond yn cael fawr o hwyl arni.

'Mae'n andros o anodd trio egluro iddo fo be ydy "teulu" a "mam", eglurodd wrth Efa. 'Dwi wedi trio pwyntio at fy mol a stwffio dilledyn i fyny 'nghrys, ond y cwbl nath o oedd cynnig asgwrn arall i mi.'

'Wsti be?' meddai Bilen, 'Yn fy marn i, dydy'r ffaith fod 'na gymaint o flewiach dros ei wyneb o ddim yn help i ni ei ddallt o, ac mae'r holl fwyd a saim sy'n hel yn ei farf o yn ddigon i droi fy stumog i.' Trodd at Galena. 'Wyt ti'n meddwl y byddai o'n fodlon i mi ei siafio fo?'

'Be wn i? Gofynna iddo fo,' meddai Galena.

Pendronodd Bilen am rai munudau, yna, wedi cael sylw Id (oedd yn dal i gnoi a sugno esgyrn yr afr), pwyntiodd at groen llyfn Dalian a Prad a chyffwrdd eu bochau a'u genau.

'Croen. Croen llyfn, neis,' meddai.

'Neis. Croen,' nodiodd Id, gan estyn i gyffwrdd eu bochau hefyd.

'Wooo,' meddai Prad. 'Ddim efo saim gafr dros dy fysedd di, gyfaill!'

Yna cydiodd Bilen yn dringar ym marf Id a stumio torri.

'Torri. Siafio. Gweld croen Id? Mi fydd yn neis. Glân. Braf. Dim cosi a chrafu,' meddai, gan stumio crafu a chosi ei gên ei hun.

Edrychodd Id yn hurt arni.

'Pam na wnei di fy siafio i, i ddangos iddo fo?' meddai Prad. 'Mae'n hen bryd, dwi wedi dechrau cosi hefyd. Mae gynnon ni ddigonedd o ddŵr rŵan, ac mi welson ni bod 'na lyn neu afon go fawr tu draw i'r bryniau acw.'

Felly aeth Bilen ati gyda dŵr cynnes a sebon a chyllell finiog i siafio'r mymryn blew oedd wedi tyfu ar wyneb Prad ers gadael Melania. Gwyliodd Id y cyfan â'i geg fel pysgodyn.

Gwenodd Prad arno, gan fwynhau teimlo llyfnder ei ên unwaith eto.

'Siafio! Mae'n braf, cofia,' meddai. 'Diolch, Bilen. Id rŵan?'

Edrychodd Id yn betrus ar Galena. Nodiodd hithau.

'Ia, siafio Id. Gweld dy groen di. Gweld dy geg di,' meddai.

'Siafio,' meddai Id yn araf. 'Siafio Id. Rŵan.'

Roedd yn rhaid i Id orwedd ar ei gefn er mwyn i Bilen fedru ei siafio'n gyfforddus, ond yn gyntaf roedd yn rhaid torri cymaint â phosib o'r farf i ffwrdd. Roedd ganddi siswrn yn ei sach, ac ar ôl ei hogi aeth ati i daclo'r gwrych gwyllt, coch.

'Iechyd, dydy hyn ddim yn mynd i fod yn hawdd,' meddai ar ôl rhai munudau. 'Mae dy flew di mor galed, Id!'

Cynigiodd Prad ei helpu hi gyda'i gyllell, ac wedi cysuro Id mai dim ond torri ei flew roedd o am ei wneud ac nid ei groen, aeth Prad ati i lifio drwy'r blewiach fesul llond llaw.

'Mae o'n edrych yn hollol wahanol yn barod,' meddai Cara gyda diddordeb, ar ôl i'r rhan fwyaf o'r farf ddiflannu.

'Ond aros nes bydd y cwbl lot wedi mynd,' meddai Bilen, gan ddechrau taenu'r trochion sebon yn ofalus dros hanner ei wyneb. Ar ôl y sioc cychwynnol o deimlo llafn finiog ar ei groen, dechreuodd Id ymlacio.

'Siafio – braf!' meddai. 'Neis. Neis iawn!'

Pan sychodd Bilen weddillion y sebon oddi arno, cododd Id ar ei eistedd i wynebu'r lleill.

'Waw,' meddai Galena.

'Argol,' meddai Dalian. 'Mae o'n edrych gymaint iau rŵan.'

'Dydy o fawr hŷn na ni, nac'di?' meddai Prad mewn syndod.

Cododd Id ei ddwylo at ei wyneb a theimlo ei ên a'i fochau. Yna chwarddodd.

'Croen!' meddai. 'Croen llyfn, neis!'

'Fel pen ôl babi!' meddai Bilen. 'Iawn, ga' i dorri rhywfaint o'r gwallt 'na rŵan hefyd?' meddai, gan gydio mewn cudyn o'i fwng hir, coch a stumio torri.

Ond diflannodd y sglein o lygaid Id yn syth.

'Na!' meddai, gan gydio yn ei garddwrn hi fel ei bod yn gollwng gyda gwich. 'Gwallt Id neis. Gwallt Id hapus. Dim torri!'

'Iawn, dal dy ddŵr, wna i'm cyffwrdd dy wallt di 'ta,' meddai Bilen yn frysiog, gan rwbio ei garddwrn. 'Dim ond trim oedd gen i mewn golwg, i fod yr un hyd â'n gwalltiau ni i gyd.'

'Pam ei bod hi mor bwysig i bawb fod yr un fath?' gofynnodd Efa.

'Wnes i'm deud ei fod o'n bwysig! Jyst… mae'n hurt ei fod o at ei ben ôl o, tydy?'

'Mae gwallt Prad yn eitha hir,' meddai Cara.

'Ydy, ond mae o'n ei glymu o'n ôl mewn cynffon daclus gan amla, tydy!'

'A dwi'n gadael i ti ei blethu o weithiau,' gwenodd Prad. 'Allet ti gynnig rhoi plethen i Id?'

'Plethu'r drain a mieri yna? Mi faswn i am byth! Pam na neith o adael i mi dorri mymryn arno fo?'

'Fyny iddo fo, tydy?' meddai Galena. 'Mae o'n amlwg yn falch ohono fo, ac mae o'n reit drawiadol, chwarae teg. Mae'n goch tywyllach na dy wallt di, tydy Bilen? Ac yn gwbl naturiol…'

'Dwi'n gochan naturiol hefyd, diolch yn fawr!' meddai Bilen. 'Ac o leia mae 'ngwallt i'n lân. Dwi'n siŵr 'mod i wedi gweld pethau'n symud yn y mwng yna.'

'Www, anodd cadw'r hen fwystfil gwyrdd 'na dan glo, yndi Bilen?' meddai Galena. 'Pwy fase'n meddwl? Bilen yn genfigennus o Id!'

'O, callia, wnei di! Wrth gwrs 'mod i ddi—'

'Iawn, dyna ddigon o sôn am walltiau, diolch,' meddai Efa. 'Mae 'na bethau pwysicach i'w trafod. Dalian? Wyt ti'n meddwl y byddi di'n iawn i deithio yn y bore?'

Oedodd Dalian cyn ateb.

'Os ga' i amser i arfer efo bod ar gefn ceffyl efo hanner coes yn gynta, iawn, dwi'm yn gweld pam lai,' meddai. 'Dwi wedi bod yn ffidlan efo'r cyfrwy ac wedi tynnu'r warthol, gan nad oes gen i droed i roi ynddi. Gyda llaw, ble mae fy nhroed – a 'nghoes i?'

Edrychodd y gweddill ar ei gilydd.

'Ym, roedden ni'n meddwl mai ti ddylai benderfynu be i neud efo hi,' meddai Efa. 'Ond ro'n i wedi anghofio bob dim amdani tan rŵan, sori.' Roedd ei bochau'n llosgi. 'Mae hi y tu ôl i dy babell di.'

'Ga' i ei gweld hi?'

'Wyt ti'n siŵr? Dydy hi ddim yn —' dechreuodd Cara.

'Mae'n siŵr bod hyn yn swnio'n od i chi, ond dwi isio ffarwelio efo hi,' meddai Dalian, gan estyn am ei lamp pen. 'Id? Ga' i dy help di?'

Brysiodd Id ato a'i godi yn ei freichiau. Amneidiodd Dalian tuag at ei babell, a chamodd Id i'r cyfeiriad hwnnw yn ufudd. Edrychodd y gweddill ar ei gilydd eto. Heb orfod dweud gair, roedden nhw i gyd yn deall na fyddai Dalian eisiau eu cwmni.

Gyda hyn, daeth Id yn ei ôl a gollwng Dalian wrth ochr Efa.

'Ti'n iawn, Cara,' meddai Dalian. 'Nid y peth delia welais i rioed. Yn denau a du i gyd, mae'n debycach i neidar nag i goes ar ôl sychu yn yr haul drwy'r dydd. A dim pryfed chwaith... arogl y gwenwyn yn gryfach na'r cnawd, mae'n rhaid. Roedd hi'n reit hawdd ffarwelio efo hi!' chwarddodd yn swta. 'Ond mae'r pridd yn rhy brin i'w chladdu hi fan hyn, felly does 'na fawr o ddewis, nag oes? Ei llosgi hi. Rŵan. Dyro fwy o goed ar y tân, Galena. A gei di ganu ffarwél i'r goes tra bydd hi'n llosgi, os lici di.'

'Ym... dwi'm yn gwybod am unrhyw gân fel'na,' meddai Galena'n chwithig wrth estyn coedyn.

'Tynnu dy goes di o'n i, siŵr! Ha! Tynnu coes, da rŵan!' chwarddodd Dalian. 'Cana be ganaist ti gynnau: "Bwrw glaw yn sobor iawn".'

'O ddifri?'

'O ddifri. Neith rhywun fynd i nôl fy nghoes i, os gwelwch yn dda?'

14

CRYCHODD EFA EI thrwyn. Doedd arogl cnawd dynol yn llosgi ddim yn gwneud iddi deimlo'n gyfforddus. A chnawd Dalian oedd o. Roedd hwnnw'n syllu i mewn i'r tân ac yna'n codi ei ben i wylio'r gwreichion a'r mwg yn tasgu a chwyrlïo i'r awyr dywyll. Cododd ei gwpan o fedd i'r awyr.

'Ffarwél, yr hen goes,' meddai. 'Gawson ni dipyn o hwyl efo'n gilydd dros y blynyddoedd, yn do? Wel,' meddai wedyn, gan droi at Galena, 'wyt ti am ganu 'ta?'

'Oes raid i mi?'

'Nag oes. Ddim o gwbl. Ond mi fysa'n gneud i mi deimlo'n well,' ychwanegodd, gan wneud llygaid llo bach arni a gwenu. 'Ac yn plesio Id hefyd.'

Rhowliodd Galena ei llygaid, ond roedd yn amhosib iddi guddio'i gwên. Cymerodd anadl a dechrau canu 'Bwrw glaw yn sobor iawn'. Roedd Id wedi bod yn sefyll yr ochr draw i'r tân, yn syllu ar y sêr, ond yr eiliad y clywodd lais tlws Galena, trodd yn sydyn a rhythu arni. Rhoddodd Dalian bwt ysgafn i Efa gyda'i benelin. Roedd llygaid y cawr yn sgleinio a'i wefus isaf yn crynu. Cerddodd Id tuag at Galena fel petai mewn breuddwyd, heb dynnu ei lygaid oddi arni am eiliad. Yna aeth

ar ei liniau o'i blaen. Dyna pryd y gwelodd pawb fod dagrau'n diferu i lawr ei wyneb. Stopiodd Galena ganu.

'Id? Be sy?' meddai.

Ond y cwbl y gallai Id ei wneud oedd rhythu'n ddagreuol arni.

'Pam wyt ti'n edrych mor drist?' gofynnodd Cara, gan gyffwrdd yn ei fraich. 'Wyt ti wedi clywed y gân yna o'r blaen? Erstalwm? Pan oedd Id yn fach?'

'Dydy o ddim yn dallt,' meddai Bilen.

'Aros eiliad,' meddai Cara, gan godi ar ei thraed a bachu brigyn o'r pentwr coed tân. 'Edrych, Id.' Dechreuodd dynnu lluniau yn y cerrig mân a'r llwch wrth ei thraed: darlun syml o rywun bychan, tebyg i Id, yna darlun mwy o fersiwn fenywaidd ohono gyda gwallt hir, tonnog. Pwyntiodd at y darluniau. 'Id, ti ydy hwn… yn hogyn bach. Ti'n dallt?'

Yn sydyn, roedd wyneb Cara wedi'i weddnewid, wyneb plentyn oedd ganddi, yn ddiniwed a direidus yr un pryd, yna dechreuodd chwerthin a rhedeg o gwmpas a neidio, yn union fel bachgen ifanc.

Edrychodd Dalian ar Efa. 'Wyddwn i rioed ei bod hi cystal actores,' sibrydodd.

'Roedd hi'n actio'n aml yn ein gwersi ni yn y palas,' sibrydodd Efa'n ôl. 'Dyna un rheswm pam roedd hi'n athrawes mor dda.'

Gwyliodd Id y perfformiad, a Cara'n pwyntio at y llun eto, a nodiodd.

'Id – hogyn bach,' meddai.

'A hon, mam Id?' meddai Cara, gan bwyntio at y ffigwr

mwy a newid ei hwyneb a'i chorff eto. Mam oedd hi rŵan, yn gwenu'n amyneddgar ar ei phlentyn bychan, yna'n ei geryddu'n ysgafn, yna'n chwarae gydag o, â'i llygaid yn llawn sglein mam.

'Mam,' sibrydodd Id. 'Ia, mam, mam Id.'

'Oedd hi'n canu i ti? Canu fel Galena?'

Nodiodd Id. 'Canu. Canu neis.'

'Be ddigwyddodd, Id? Ble aeth Mam?'

Oedodd Id cyn ateb. Roedd yn brwydro i beidio ag udo.

'Mam mynd,' meddai. 'Neidr,' meddai wedyn, gan wneud sŵn hisian a symudiad neidr gyda'i fraich. 'Mam yn cysgu, a mynd. Id yn hogyn bach. Id lladd y neidr.' Chwipiodd ei fraich drwy'r awyr i ddangos yn union sut laddodd o'r neidr. 'Dim Mam wedyn, dim canu.' Pwyntiodd at Galena, â'i lygaid yn sgleinio. 'Glena fel Mam.'

'Felly roeddet ti'n iawn, Cara,' meddai Efa. 'Isio ei fam yn ôl roedd o, dyna pam wnaeth o dy gipio di.'

'O, Id druan,' meddai Galena, gan godi ar ei thraed a gwasgu ei breichiau amdano.

'Be am y tad?' meddai Dalian. 'Be ddigwyddodd i'r tad sgwn i?'

Gwnaeth Cara lun sydyn o ddyn mawr, cyhyrog yn y llwch a'r cerrig.

'Id? Tad,' meddai. 'Dad. Ble mae Dad?'

Cododd Id ei ysgwyddau.

'Dad mynd,' meddai. 'Mam neud twll. Id yn hogyn bach, bach.'

'Felly mi wnaeth Dad farw ac mi wnaeth hi ei gladdu o

mewn twll,' meddai Efa. 'Wedyn dy fam oedd yn edrych ar dy ôl di, ac ar ôl i'r neidr ei brathu hi, dim ond ti, Id, oedd ar ôl…'

Nodiodd Id.

'Mae o wedi bod ar ei ben ei hun yr holl flynyddoedd?' meddai Prad, gan ysgwyd ei ben. 'Wedi llwyddo i oroesi mewn lle anial fel hyn yn hogyn bach… anhygoel, Id. Dwi'm yn gwybod be i ddeud yn iawn, ond rwyt ti'n arwr.' Estynnodd ei law.

Edrychodd Id yn hurt arno, felly cydiodd Galena yn ei arddwrn a rhoi ei law yn llaw Prad.

'Ysgwyd llaw, cofio?' meddai wrtho. 'Ffrindiau. Ond ddim yn rhy galed!'

Chwarddodd Id, ac ysgwyd llaw Prad gydag arddeliad.

'Ddim yn rhy galed!' gwichiodd Prad.

'Id! Mi wnes i dy ddysgu di i beidio â gneud hynna,' ochneidiodd Galena.

'Ddrwg gen i,' meddai Id, gan ollwng llaw Prad ac estyn am law Bilen. 'Ffrindiau. Ddim yn rhy galed,' meddai gyda gwên.

Estynnodd Bilen ei llaw hithau'n nerfus, ac ochneidio gyda rhyddhad pan na chafodd ei llaw ei gwasgu'n dynn o gwbl. Roedd o'n mynnu ysgwyd llaw gyda phob un ohonyn nhw wedyn.

'Iawn, felly rydan ni'n teithio eto yn y bore,' meddai Efa, 'wel, ar ôl i Dalian ddod i arfer —'

'I arfer yn y cyfrwy efo hanner coes, paid â bod ofn ei ddeud o,' meddai Dalian.

'Iawn, i arfer efo hanner coes,' meddai Efa, 'ac rydan ni'n anelu am y llyn neu'r afon welsoch chi heddiw. Felly dwi'n cynnig ein bod ni i gyd yn mynd i'n gwelyau rŵan. Mi fydd yn ddiwrnod hir – i ni i gyd.'

Roedd Galena eisiau cael golwg ar goes Dalian cyn noswylio, a rhoi rhwymyn glân arno. Cytunodd yntau, a gwylio'i hwyneb yn ofalus wrth iddi archwilio'r clwyf. Diolch byth, roedd hi'n edrych yn fodlon. Taenodd hi fymryn o wafant dros y pwythau cyn rhoi rhwymyn glân dros y cyfan.

'Dwi'n meddwl ein bod ni wedi gwneud jobyn reit dda ohoni,' meddai. 'Ac mae gen i deimlad y bydd pethau'n mynd o'n plaid ni o hyn allan.'

'O? Ac ydy dy "deimladau" di fel arfer yn gywir?' gofynnodd Dalian.

'Gan amlaf.'

'Ond nid bob tro.'

'Na. Ond all pethau ddim mynd dim gwaeth i ni, na fedran, Dalian?'

15

CODODD YR HAUL yn gynnes mewn awyr las, ac roedd Dalian wedi bod yn ymarfer ar gefn ei stalwyn cyn i Galena gyhoeddi bod brecwast yn barod.

'Hapus?' meddai Efa wrtho wrth ei wylio yn llowcio'i huwd.

'Bodlon,' atebodd. 'Drwy roi 'nghoes drwy strap dwi wedi ei osod ar y cyfrwy, dwi'n teimlo'n eitha diogel. Mi ddylwn i fod yn iawn. Ac mae hi mor braf gallu symud yn gyflym eto yn lle hercian i bob man, a gallu teimlo'n annibynnol heb orfod gofyn am help neb.'

'Ia, dydy gorfod gofyn am help ddim yn dod yn hawdd i ti nac'di, Dalian?'

'Nac'di. Fyddet *ti* ddim yn ei gael o'n hawdd chwaith, Efa.'

'Na, dwi'n gwybod. A sut mae'r boen?'

'Od. Dwi'n dal i deimlo 'nhroed, rhyw fath o gosi rhyfedd, ond wedyn dwi'n edrych i lawr a dydy hi ddim yna.' Oedodd cyn ychwanegu: 'Mae'n siŵr bod dy fam yn cael yr un teimlad.'

'Be? Pam fyddai…? O, dwi'n gweld. Ti'n ei dychmygu hi'n cofio'n sydyn nad ydw i o gwmpas. Na, dwi'n meddwl y bydd hi wedi anghofio amdana i'n llwyr ac yn canolbwyntio ar yr etifedd nesa. Un fel'na ydy Mam. Penderfynol.'

'Rhedeg yn y teulu,' gwenodd Dalian.

'Unwaith fyddwn ni wedi pacio'r taclau brecwast, mi fyddwn ni'n barod i fynd,' cyhoeddodd Prad wrth arwain dau o'r ceffylau atyn nhw. 'A Cara, gei di fynd ar dy gaseg dy hun eto!'

Roedden nhw'n barod i gychwyn o fewn dim.

'Iawn, 'dan ni'n anelu am y coed acw yn y pellter, heibio'r llosgfynydd sy'n stemio fymryn,' meddai Efa. 'Ac os eith pob dim yn iawn, mi gawn ni folchi mewn dŵr dwfn heno!'

'Bàth…' ochneidiodd Bilen. 'Gwych. Oni bai fod 'na greaduriaid peryg yn y dŵr, wrth gwrs. Id? Oes 'na nadroedd neu frathwyr bodiau yna?'

Cododd Id ei ysgwyddau.

'Id ddim yn gwybod,' meddai.

'Os ydw i wedi ei ddallt o'n iawn, dydy o rioed wedi bod mor bell â hynna,' meddai Prad. 'Dim ond at y coed, ia, Id?'

'Coed,' meddai Id. 'Coed mawr. Coed peryg.'

'Peryg?' meddai Bilen. 'Mae'r goedwig 'na'n beryg? Rŵan ti'n deud wrthan ni?'

'Chwarae teg, dim ond newydd ddysgu'r gair "peryg" mae o,' meddai Galena. 'Ond ym… be sy'n beryg yn y coed, Id?'

Codi ei ysgwyddau wnaeth Id eto.

'Id ddim yn gwybod. Mam yn deud.'

'Felly ei fam ddeudodd wrtho fo'n hogyn bach i beidio â chrwydro i mewn i'r goedwig,' meddai Cara. 'Mae hynny'n gneud synnwyr os oedd hi isio gallu cadw golwg arno fo; mae'n hawdd iawn mynd ar goll mewn coedwig, tydy? Felly, mae'n bosib nad oes 'na ddim byd peryg yno go iawn.'

'Gawn ni weld,' meddai Dalian. 'Ond dwi'm yn meddwl

bod y Diffeithwch Du wedi gorffen dangos ei gyfrinachau i ni eto.'

'Wel, mi fydd raid i ni fod yn wyliadwrus, dyna i gyd,' meddai Efa. 'A gobeithio na fydd y llosgfynydd 'na'n ffrwydro wrth i ni basio. Pwy sydd am arwain bore 'ma? Dalian?'

Cododd Dalian ei aeliau y mymryn lleiaf. Yna nodiodd, a throtian ei stalwyn i flaen y rhes. Cerddodd Id wrth ei ochr. Dechreuodd pawb eu dilyn am y bwlch ar ysgwydd y llosgfynydd yn y pellter.

Cymerodd bedair awr iddyn nhw gyrraedd y bwlch, ac oddi yno roedden nhw'n gallu gweld y goedwig yn glir, ymhell i'r dwyrain. Roedd hi'n goedwig anferthol, yn ymestyn am filltiroedd i'r chwith a'r dde, ond roedd fflach o lesni dŵr i'w weld y tu hwnt iddi, tua'r canol.

'Anelu am y canol, felly,' meddai Efa. 'Ond gawn ni hoe fach fan hyn am ginio ac i roi diod i'r ceffylau.'

'Mor agos at y llosgfynydd?' meddai Dalian, gan gyfeirio at y mwg a'r stêm oedd yn rhubanu o'r copa uwch eu pennau.

'Mae o wedi bod yn stemio fel'na ers y dechrau,' meddai Efa. 'Wyt ti'n meddwl ei fod o am ffrwydro o fewn yr hanner awr nesa?'

Cododd Dalian ei ysgwyddau. Doedd yr un ohonyn nhw'n arbenigwyr ar losgfynyddoedd wedi'r cwbl.

'Iawn, mae o jyst yn gneud i mi deimlo fymryn yn anghyfforddus, dyna i gyd,' meddai, gan baratoi ei hun i ddod oddi ar y cyfrwy. 'Ond dyna fo, dwi reit anghyfforddus yn gyffredinol y dyddiau yma, tydw?'

'Wel, mi gysgaist ti fel babi neithiwr,' meddai Efa.

'Y stwff roddodd Bilen i mi wedi 'nghnocio i allan,' meddai Dalian, gan edrych i fyw ei llygaid.

Cochodd Efa. Roedd hi'n eithaf siŵr ei fod o'n trio dweud rhywbeth wrthi. Elfen o ymddiheuro ei fod wedi bod mewn gormod o boen neu allan o'i ben gyda morffin i dalu llawer o sylw iddi pan oedden nhw ar eu pennau eu hunain yn y babell efallai? Roedd hi'n ysu am gael gwybod. Roedd gorwedd mor agos ato bob nos wedi bod yn deimlad mor rhwystredig, yn enwedig o weld y ffordd roedd Bilen a Prad yn gwenu ar ei gilydd wrth ddod allan o'u pabell nhw bob bore. Roedd Efa wedi gwasgu ei hun yn agos, agos ato neithiwr, ond y cwbl roedd o wedi'i wneud oedd chwyrnu cysgu.

'Iawn, allwn i neud efo hoe,' meddai Galena, gan lithro allan o'i chyfrwy hithau. 'Neith y llosgfynydd ddim meiddio ffrwydro rŵan, siŵr.'

Roedd Id wrth law i helpu Dalian oddi ar ei stalwyn, ond roedd hwnnw'n benderfynol o ddod i lawr ar ei ben ei hun. Llwyddodd gyda steil rhyfeddol, yna estyn am ei fagl.

'Mi fyddai'n llawer haws efo dwy fagl,' meddai. 'Dyna'r peth cynta dwi am ei neud ar ôl cyrraedd y goedwig: torri dwy goeden ifanc, syth i wneud baglau call i mi fy hun. Mi fydda i'n hedfan wedyn.'

Gwyliodd Cara o'n hercian ar ôl Id a Bilen i helpu gyda'r dŵr.

'Mae o'n llawer mwy bywiog rŵan, tydy?' meddai hi wrth y lleill. 'Mae hi fel tasai'r cwmwl tywyll du wedi mynd yn barod. Go dda fo.'

'Sylweddoli ei fod o'n dal i fedru marchogaeth wnaeth o,'

meddai Efa, gan frathu i mewn i ddarn o gig gafr oer. 'Roedd 'na wên ar ei wyneb o.'

'Wel, dyna brofi mai'r unig anabledd ydy agwedd wael,' meddai Cara. 'Mae'r meddwl yn gryfach na dim.'

'Mmm, mae'r cig gafr 'ma hyd yn oed yn well yn oer,' meddai Prad, gan lyfu ei wefusau.

Roedden nhw wedi gweld dwy afr arall wrth deithio at y bwlch, ond roedden nhw'n rhy bell i ffwrdd i saethu atyn nhw, a ph'un bynnag, doedden nhw ddim angen mwy o gig am sbel.

Roedd pawb bron â gorffen bwyta pan edrychodd Efa i fyny a gweld bod adar mawr tywyll yn troelli ymhell, bell uwch eu pennau.

'Dyna'r tro cynta i ni weld adar ers dod yma,' meddai. 'Unrhyw syniad be ydyn nhw?'

'Adar sglyfaethus o ryw fath,' meddai Dalian, gan edrych drwy ei sbienddrych. 'Rhai digon hyll hefyd.' Trodd at Id a phwyntio i fyny at yr adar. 'Peryg?' gofynnodd.

'Peryg,' meddai Id.

'Iawn, mi wnawn ni gadw golwg arnyn nhw felly,' meddai Efa, gan gyffwrdd ei bwa ar ei hysgwydd yn reddfol.

'Maen nhw'n hedfan i ffwrdd rŵan,' meddai Prad. 'Rhywbeth mwy diddorol yn rhywle arall, mae'n rhaid.'

'Neu rywbeth wedi eu dychryn nhw,' meddai Dalian. 'Maen nhw'n symud yn eitha cyflym, tydyn?'

Roedd y lleill ar fin cytuno pan ddechreuodd y ceffylau weryru ac aflonyddu. Neidiodd Efa ar ei thraed yn syth wrth i sŵn rhuo ddod o grombil y ddaear, ac yna dechreuodd popeth symud.

'Be sy'n digwydd?' meddai Bilen, wrth i'r cwpan roedd hi wedi ei osod ar y llawr grynu a disgyn.

'Y llosgfynydd!' meddai Dalian.

Edrychodd pawb tuag at y copa. Roedd y rhubanau tenau o stêm a mwg wedi troi'n gymylau trwchus. Yna, gyda chlec, rhwygodd ochr ddwyreiniol y mynydd fel petai rhywun â chleddyf anferthol yn ceisio torri ei ffordd allan. Hisiodd stêm a chwmwl o nwy allan ohono.

'Rhedwch!' gwaeddodd Efa, gan gydio yn ffrwynau'r ceffylau cyn iddyn nhw garlamu o'r golwg i lawr y llethr. Neidiodd ar gefn Gwiblen a dal yn dynn yn ffrwyn stalwyn Prad nes iddo gyrraedd. Diolchodd i'r gwenyn wrth weld Id yn codi Dalian yn ei freichiau a'i hanner taflu ar gefn Brân cyn brysio i daflu Galena ar gefn Gwinau, ei cheffyl hithau. Roedd Bilen a Cara yn ceisio tawelu eu ceffylau ddigon iddyn nhw gael eu traed yn y gwartholion, ond yn methu, ac yn gwneud pethau'n waeth drwy sgrechian a gweiddi. Brysiodd Efa a Prad tuag atyn nhw i'w helpu.

O'r diwedd, roedd pawb yn eu cyfrwyau ac yn carlamu i lawr i'r dyffryn, ac Id yn sglefrio a llithro y tu ôl iddyn nhw.

Yn sydyn, agorodd hollt arall yn ochr y mynydd i'r chwith, a rhuodd hwnnw wrth i ffrwydriad o stêm boeri ei gynddaredd tuag ato. Gweryrodd Mellten gydag ofn a phoen, a saethu'n wyllt i lawr y llethr, gyda Prad yn gwneud popeth o fewn ei allu i aros ar ei gefn. Doedd ganddo ddim gobaith o wneud iddo arafu. Pan welodd Gwinau, ceffyl Galena, ei gyfaill yn sgrechian heibio iddo, penderfynodd yntau gyflymu'n hurt hefyd, a rhuthro ar garlam gwyllt ar ei ôl. Sgrechiodd Galena

arno i arafu – doedd hi erioed wedi mynd mor gyflym ar gefn ceffyl yn ei byw, ac yn sicr ddim i lawr llethr serth. Gwasgodd am ei bywyd gyda'i chluniau, a cheisio pwyso am yn ôl, ond roedd hi'n gallu teimlo'i hun yn llithro. Roedd ei thraed wedi eu hysgwyd allan o'r gwartholion ac roedd hi'n gwybod ei bod yn mynd i ddisgyn a chwalu ei chorff yn rhacs unrhyw funud.

'Eeeeefaaaaa!' sgrechiodd.

Ond roedd Efa ymhell y tu ôl iddi ac yn cael digon o waith rheoli ei cheffyl ei hun, gan fod y ddaear yn dal i hollti a phoeri arni o bob cyfeiriad, o'r ochrau ac yn syth o'i blaen hi, fel ei bod yn gorfod llywio'r gaseg yn sydyn i'r ochr i osgoi cael ei stemio'n fyw. Gallai glywed Dalian yn gweiddi ar Brân i bwyllo, a doedd hi erioed wedi clywed Dalian yn codi ei lais ar unrhyw geffyl o'r blaen. Byddai'n wyrth petai unrhyw un ohonyn nhw'n cyrraedd gwaelod y dyffryn yn ddianaf. Roedd Cara wedi hen roi'r gorau i geisio pwyso yn ei hôl ac yn dal am wddf Ffela gyda'i llygaid ar gau.

Yn sydyn, roedd Id wrth ochr Galena, a'i freichiau hirion yn estyn amdani. Cydiodd ynddi a'i chodi oddi ar y ceffyl. Rhuthrodd hwnnw yn ei flaen, a'i fwng yn chwyrlïo y tu ôl iddo, gan adael Id i gario Galena fel babi yn ei freichiau.

O'r diwedd, roedden nhw ar lawr y dyffryn, a'r tir dan eu traed yn fwy gwastad. Mentrodd Efa droi i edrych y tu ôl iddi. Roedd hi wedi disgwyl gweld lafa fflamgoch yn llifo i lawr y llethr ar eu holau, ond y cwbl a welai oedd cymylau llwyd a du yn byrlymu allan o gopa'r mynydd, i gyfeiriad y de, ac roedden nhw, diolch byth, yn carlamu am y gogledd. Trodd i

wynebu ymlaen eto, mewn pryd i weld Cara yn disgyn oddi ar ei cheffyl gyda sgrech.

Brysiodd tuag ati, a llwyddo i wneud i Gwiblen arafu. Neidiodd allan o'r cyfrwy gan ddal ei gafael yn y ffrwyn, a llwyddo rywsut neu'i gilydd i dawelu Gwiblen ddigon iddi ei dilyn at lle roedd Cara'n gorwedd yn dwmpath llonydd.

'Cara!' meddai, 'Cara? Paid â symud.' Aeth ar ei gliniau wrth ei hymyl a thynnu gwallt y ferch yn ôl er mwyn gallu gweld ei hwyneb. Roedd ei llygaid ar gau. 'Wyt ti'n gallu 'nghlywed i?'

Dim ateb.

Pwysodd yn ei blaen i weld a oedd hi'n anadlu.

Oedd.

Yn ofalus, cododd ei gên fymryn ac agor ei cheg i wneud yn siŵr nad oedd ei thafod mewn peryg o'i rhwystro rhag anadlu. Yna pwysodd flaenau ei bysedd ar ei garddwrn. Roedd ei chalon yn dal i guro hefyd, diolch i'r dduwies. Archwiliodd ei phen yn ofalus, heb symud dim ar ei chorff er mwyn gwneud hynny: doedd dim tyllau na phantiau amlwg, ond roedd gwaed yn dod o rywle – roedd o dros ei bysedd. Doedd o ddim yn dod o glustiau Cara, diolch byth, neu mi fyddai hynny'n arwydd o waedu o amgylch ei hymennydd, a doedd hynny byth yn newyddion da. Yna sylweddolodd fod croen talcen Cara wedi torri, ac mai o'r fan honno roedd y gwaed yn llifo. Tynnodd rwymyn o'i sach a'i glymu'n dynn am ei phen.

Ble roedd y lleill? meddyliodd. Cododd ei phen a gweld Id a Galena rhyw hanner can metr i ffwrdd. Roedd Galena ar ei phedwar ar y llawr yn chwydu a phoeri, ac Id yn sefyll yn

boenus wrth ei hochr. Roedd Ffela wedi rhoi'r gorau i redeg ac yn sefyllian yn grynedig wrth ymyl Gwinau.

Roedd Prad a Mellten yn carlamu ar ôl Bilen gan fod caseg honno yn amlwg yn dal i redeg am ei bywyd. Gwelodd o'n pwyso drosodd i gydio yn ffrwyn Salna ac yn llwyddo o'r diwedd i gael yr anifail i bwyllo.

Ond ble roedd Dalian?

16

'Chwilio amdana i?' meddai llais y tu ôl iddi.
Llais Dalian. Diolch byth.

'Wedi cael codwm mae hi? Oes 'na rywbeth fedra i neud?' meddai wedyn.

'Mae hi'n anymwybodol, wedi taro'i phen,' meddai Efa. 'Mae'n anadlu ond mae gen i ofn ei symud hi rhag ofn ei bod hi wedi gneud rhywbeth i'w chefn neu ei gwddw.'

Trodd Dalian i edrych y tu ôl iddo.

'Wel, dwi'm yn meddwl bod 'na frys mawr i ni ei symud hi,' meddai. 'Mae'r mynydd yn chwydu bob dim i'r cyfeiriad arall, diolch byth, ac mae'r gwynt o'n plaid ni hefyd.' Gollyngodd ei hun yn araf a gofalus o'i gyfrwy a chydio yn ei fagl. Herciodd ei ffordd tuag at y ddwy. 'Teimla dros ei chorff i weld oes 'na esgyrn wedi torri,' meddai. 'Wedyn dwi'n meddwl y gallwn ni roi ei chorff hi yn yr ystum adferol, os wnewn ni gadw ei phen a'i gwddw hi rhag symud. Mi wna i ddal ei phen hi, yli.'

Eisteddodd wrth ben Cara a dal ei phen yn dyner gyda'i ddwy law wrth i Efa archwilio ei breichiau a'i hysgwyddau a'i choesau.

'Mae bob dim yn teimlo'n iawn, dwi'n meddwl,' meddai hi. 'Ond mae ei chroen hi'n teimlo mor oer. Mae ei chorff hi mewn sioc, mae'n siŵr.'

'Dyro rywbeth cynnes drosti,' meddai Dalian. 'Ac mae angen rhywbeth i'w roi dan ei phen hi hefyd. Ydy dy sach gysgu di wrth law? Mae f'un i yng ngwaelod fy mag i.'

Bum munud yn ddiweddarach, roedd Cara yn gorwedd ar ei hochr yn yr ystum adferol roedden nhw wedi dysgu amdano yn eu gwersi iechyd yn y palas, ei phen a'i gwddf yn gyfforddus ar un o grysau Efa, a'i sach gysgu wedi ei thaenu drosti.

Daeth Id a Galena draw atyn nhw; roedd braich Id am ysgwyddau Galena a'i law arall yn arwain y ddau geffyl. Eglurodd Efa beth oedd wedi digwydd a dechreuodd Galena grio.

'Fi a 'ngheg fawr,' wylodd. 'Yn temtio ffawd fel'na.'

'Y? Be wyt ti'n fwydro, dwed?' meddai Efa wrthi, gan ei gwasgu tuag ati.

'Mi wnes i ddeud na fyddai'r llosgfynydd 'na'n meiddio ffrwydro, yn do! Taswn i ddim ond wedi cau 'ngheg, mi fyddai Cara'n iawn.'

'Dwi ddim yn meddwl mai fel'na mae pethau'n gweithio,' meddai Dalian yn garedig wrthi. 'A dwi'm yn meddwl bod gan fynyddoedd glustiau.'

'Paid â bod mor siŵr!' meddai Galena. 'Mae'r lle 'ma'n ddieflig, yn lladd, ac os nad wyt ti'n fy nghredu i, cer i weld be wnaeth i mi chwydu draw fan acw!'

'Ro'n i wedi meddwl mai sioc oedd —' dechreuodd Efa.

'Cerwch i weld!' meddai Galena. 'Id, dangos iddyn nhw. Mi wna i edrych ar ôl Cara.'

Edrychodd Efa a Dalian ar ei gilydd, yna dilyn Id. Roedd

Prad a Bilen yn cerdded eu ceffylau tuag atyn nhw yn bwyllog, a chyfarfu'r pump wrth y man lle bu Galena'n sâl.

'O, na…' meddai Efa.

Roedd yr esgyrn gwynion yn sgleinio yn yr haul, a dau benglog yn gwenu'n erchyll arni.

'Maen nhw wedi bod yma ers sbel, ddeudwn i,' meddai Dalian.

Plygodd Id a chodi un o'r esgyrn mwyaf gan ei astudio'n ofalus. Yna estynnodd o at y lleill.

'Cnoi,' meddai.

'Y? Paid â bod mor… mor amharchus!' meddai Bilen. 'Pobol fel ni oedden nhw!'

'Na, edrycha,' meddai Dalian. 'Ôl dannedd sy arno fo. Dannedd go finiog hefyd.'

Craffodd pawb arno yn eu tro. Roedd o yn llygad ei le; roedd y marciau yn amlwg, ac ar weddill yr esgyrn hefyd.

'Mi allai fod yn rhyw fath o… dwn i'm… lygoden neu wiwer?' meddai Efa, gan wybod ym mêr ei hesgyrn nad oedd hi'n gwneud llawer o synnwyr.

'Callia! Mae'r rheina'n ddannedd dipyn mwy na rhai wiwer!' meddai Bilen.

'Wiwer fawr?' meddai Efa. 'Mae bob dim yn tyfu'n fwy fan hyn, cofia.'

'Felly, os lwyddwn ni i gyrraedd y goedwig, mi fydd 'na fwystfilod o wiwerod yno isio'n bwyta ni?' meddai Bilen, gan hanner chwerthin. 'Mae'r lle 'ma jyst yn un syrpréis bach neis ar ôl y llall, tydy? A sbïwch be mae'r llosgfynydd 'na wedi'i neud i Prad!'

Cododd Prad ei ben gyda gwên letchwith. Roedd croen ei wyneb a'i war yn swigod coch, poenus yr olwg.

'O, Prad,' meddai Efa. 'Mae'n ddrwg gen i. Welais i'r stêm yn saethu atat ti.'

'Ddim cweit y pishyn ro'n i'n arfer bod rŵan,' meddai Prad. 'Ond dydy o ddim yn rhy ddrwg, wir i ti. Mellten gafodd y gwaetha ohoni.'

'Mae'r creadur mewn poen, bechod,' meddai Bilen wrth iddyn nhw astudio'r swigod oedd wedi ymddangos drwy groen yr anifail.

'Mi allai fod yn waeth o lawer,' meddai Dalian ar ôl munud neu ddwy. 'Dim ond wyneb y croen sydd wedi ei chael hi – mi ddaw Mellten ato'i hun. Ond dwi'm yn siŵr sut fydd Cara,' meddai, gan gyfeirio Prad a Bilen at y corff bychan dan y sach gysgu wrth ymyl Galena, hanner can metr i ffwrdd.

Rhedodd Bilen tuag ati'n syth. Dilynodd y gweddill yn fwy pwyllog.

'Wiwer?' meddai Dalian yn dawel wrth Efa. 'Doeddet ti ddim o ddifri.'

'Wel, mwy o gi, neu flaidd, neu gath wyllt o ryw fath,' meddai Efa, 'ond do'n i ddim isio deud hynna'n uchel, nag o'n?'

Nodiodd Dalian yna troi at Id.

'Dannedd be oedd wedi cnoi'r esgyrn 'na yn dy farn di, Id?'

'Wiwer,' gwenodd Id, gyda winc i Efa. Yna, 'Be ydy wiwer?' gofynnodd.

Edrychodd Efa a Dalian ar ei gilydd.

'Ti ydy'r un orau am ddynwared,' meddai Dalian.

Felly gwnaeth Efa ymdrech i geisio dynwared wiwer, nes iddi weld bod Dalian yn cael trafferth peidio â chwerthin. Ac wedi'r holl drafferth, ysgwyd ei ben wnaeth Id.

'Na, Id ddim wedi gweld wiwer,' meddai.

Daeth gwaedd sydyn o gyfeiriad Galena a Bilen.

'Mae hi wedi agor ei llygaid!'

Brysiodd y lleill atyn nhw. Roedd Galena yn cydio yn llaw Cara ac yn siarad â hi'n dawel.

'Paid â symud. Oes gen ti boen yn rhywle?'

'Poen? Oes, cur pen,' meddai Cara'n llesg, a'i llygaid yn smician a saethu o un ochr i'r llall.

'Dim ond dy ben? Ydy dy gefn di'n iawn?' gofynnodd Bilen.

Trodd Cara i edrych yn hurt ar Bilen, a chodi yn araf ar ei heistedd.

'Felly does 'na'm byd o'i le ar dy gefn di, diolch byth!' chwarddodd Galena gyda rhyddhad.

Trodd Cara yn ôl ati ac astudio'i hwyneb yn fanwl.

'Pwy wyt ti?' meddai. 'Pwy dach chi i gyd a be dwi'n neud fan hyn?' gofynnodd wedyn wrth weld y gweddill mewn hanner cylch o'i chwmpas hi. 'A ble mae Modryb Mali?'

Edrychodd pawb yn gegrwth arni.

'Pwy yn enw'r gwenyn ydy Modryb Mali?' meddai Prad.

'Dy hen fodryb od di sy'n byw ger Llyn Llygad, ia?' meddai Efa.

'Ia. Mae hi'n gofalu am y fflam hu—' dechreuodd Cara,

cyn i gysgod ddod dros ei hwyneb. 'Pwy dach chi? Be dach chi wedi neud efo Modryb Mali?'

'Cara,' meddai Galena'n bwyllog, 'mi wnest ti ddisgyn oddi ar dy geffyl ac rwyt ti wedi taro dy ben. Mae'n amlwg fod hynny wedi dy ddrysu di fymryn. Galena ydw i, dy ffrind di. Ac Efa a Bilen ydy'r rheina. A Prad a Dalian ydy'r rhain. O, ac Id ydy o.'

Chwyddodd llygaid Cara i ddwywaith eu maint pan welodd Id.

'Dwi isio mynd adre! Rŵan!' meddai, gan geisio codi ar ei thraed cyn disgyn eto gydag ochenaid o boen.

Brysiodd Galena a Bilen i'w helpu ac edrychodd y gweddill ar ei gilydd.

'Wel, roedden ni gyd yn gwybod na fyddai hon yn daith hawdd,' meddai Prad.

17

CYMERODD HI SBEL iddyn nhw berswadio Cara mai ei ffrindiau hi oedden nhw, ac i ganiatáu iddyn nhw drin yr anaf ar ei thalcen. Tynnodd Bilen ei drych o'i sach er mwyn dangos iddi pa mor ddwfn oedd yr anaf a'i bod angen pwythau.

'Mae gen i nodwydd ac edau perffaith lân fan hyn, yli,' meddai. 'A neith o mo dy frifo di os ga' i roi peth o'r mwsog yma wrth dy drwyn i dy ymlacio di.'

Roedd Cara wedi drysu gormod i brotestio, ac ar ôl ychydig eiliadau o anadlu'r mwsog roedd ei llygaid wedi cau a'i chorff yn llac a thawel.

'Diolch byth am hynna,' meddai Bilen.

'A diolch i ti a dy fwsog hud, Id,' meddai Galena.

Gwenodd Id a nodio.

'Croeso,' meddai. 'Cara wedi brifo. Cara druan. Bechod.'

Roedd Bilen wedi pwytho'r croen yn daclus at ei gilydd o fewn dim. Ac wrth ei gwylio yn gorffen glanhau'r gwaed oddi ar dalcen Cara, sythodd Efa yn sydyn gydag ebychiad.

'O! Edrychwch!' meddai. 'Ydw i'n dychmygu'r peth neu ydy o'n union fel map o Felania?'

Craffodd y lleill ar y marc piws-goch ar dalcen Cara.

'Yn enw'r gwenyn, ydy!' meddai Dalian. 'Sgwaryn cam gyda phigyn Porth Oer i'r dwyrain... ti'n iawn.'

'W! Ydy, mae o!' meddai Bilen a Galena fel un.

'Be? Ydan ni i fod i ddarllen rhywbeth i mewn i hynna?' meddai Prad.

'Wel, mae o fel arwydd o ryw fath, tydy?' meddai Efa.

'Arwydd o siâp y garreg laniodd hi arni o bosib,' meddai Prad.

'Ond Prad, mae o'n union fel Melania!' meddai Efa.

'Cyd-ddigwyddiad, dyna i gyd,' meddai Prad, gan ysgwyd ei ben yn ddiamynedd. 'Ac arwydd o be fyddai o, petai o'n arwydd, y?'

Brathodd Efa ei gwefus am rai eiliadau cyn ateb.

'Y dylen ni fynd yn ôl i Felania?' cynigiodd yn lletchwith.

Rhythodd pawb yn fud arni.

'Wel, mae o fel petai'r duwiesau yn taflu pob dim aton ni i'n rhwystro ni rhag dal i fynd, tydy?' meddai Efa wedyn.

'Roedden ni'n gwybod y byddai hon yn daith anodd, beryglus, Efa,' meddai Dalian yn dawel. 'Chwilio am esgus i roi'r ffidil yn y to wyt ti?'

'Naci, ond —'

'Wyt ti wir isio i ni droi'n ôl, Efa? Rŵan? Ar ôl bob dim?' meddai Galena.

Crychodd Efa ei thalcen wrth edrych i fyw llygaid ei chyfaill.

'Wel, dwyt ti ddim o blaid troi'n ôl? Dwyt ti ddim wedi bod yn rhy fodlon dy fyd ers i ni...'

'Am 'mod i allan o fy nghynefin naturiol, dyna i gyd!'

meddai Galena ar ei thraws, a'i llygaid yn fflachio. 'Dwi ddim wedi arfer efo bywyd y tu allan i gegin y palas, naddo? Mae cysgu allan dan y sêr heb syniad be sy'n mynd i ddigwydd o un funud i'r llall yn rhywbeth cwbl newydd i mi – ac wrth gwrs 'mod i'n mynd i gwyno weithiau! Un fel'na ydw i! A naddo, tydy pethau ddim wedi bod yn berffaith o bell ffordd, ond Efa, dwi rioed wedi teimlo mor fyw yn fy mywyd.'

'Dwi'n teimlo'r un fath yn union,' meddai Bilen. 'Roedd arna i gymaint o ofn dod yma, does gen ti ddim syniad. Ond ro'n i'n fodlon ei mentro hi am fwy nag un rheswm: achos do'n i ddim yn gweld bod gynnon ni ddewis; am 'mod i isio bod efo chi, fy ffrindiau gorau i; ac am 'mod i rioed wedi mentro o ddifri o'r blaen, ac roedd hi'n hen bryd i mi fentro! Un bywyd sy gynnon ni, a hyd yn oed os ydy hwnnw'n fywyd byr, dwi wedi byw mwy ers penderfynu gadael Melania na wnes i erioed cyn hynny.

'Gwranda Efa, dwi'n gwybod mai poeni am Cara wyt ti, ond dwi'n siŵr y daw hi at ei hun gyda hyn, a phan fydd hynny'n digwydd, dwi'n berffaith siŵr y bydd hithau'n cytuno efo ni. 'Dan ni ddim isio troi'n ôl, Efa. A dwi'm yn meddwl dy fod tithau chwaith, ddim go iawn.'

Edrychodd Efa ar ei ffrindiau gan deimlo'r gwres rhyfeddaf yn codi fel ton o fodiau ei thraed i fyny drwy ei chorff; ton gynnes, hyfryd, o falchder a chariad. Roedd hi eisiau crio. Doedd hi ddim yn haeddu ffrindiau mor driw, mor ffyddlon. Gwenodd ar y ddwy a chamu ymlaen i'w cofleidio'n dynn, dynn.

'Ym, dwi'm isio troi'n ôl chwaith,' meddai Dalian.

'Na fi,' meddai Prad.

'Na fi!' meddai Id.

Felly, cofleidiodd pawb ei gilydd mewn un criw mawr, cynnes.

'Dach chi'n werth y byd yn grwn,' meddai Efa, gan hanner chwerthin, hanner crio. 'Iawn, ymlaen amdani felly, ond be 'dan ni am neud am Cara? Aros iddi ddeffro eto neu ei chlymu ar gefn ei chaseg?'

'Id!' meddai Id. 'Fi cario Cara.'

'Iawn,' meddai Bilen, 'ond mi geith hi goblyn o fraw os bydd hi'n deffro ym mreichiau cawr blewog dydy hi ddim yn ei nabod. Ac er nad ydy hi wedi torri unrhyw esgyrn, mae hi wedi ei chleisio'n go ddrwg.'

'Mi fyddi di'n ofalus yn byddi, Id?' meddai Galena.

'Gofalus,' nodiodd Id. 'Gofalus iawn,' ychwanegodd, gan dynnu'r croen anifail roedd yn ei gario dros ei ysgwyddau a'i osod ar y llawr. Estynnodd am Cara, ei chodi fel pluen, a'i gosod yn araf a gofalus ar ganol y croen. Yna cydiodd yn y ddau ben a'u clymu am ei wddf fel bod Cara'n gorwedd yn gyfforddus yr olwg mewn math o hamog ar ei frest. Yna wynebodd y lleill a chodi ei aeliau.

'Perffaith!' chwarddodd Efa. Yna pwyllodd, a throi at y lleill. 'Iawn, ydy'r ceffylau i gyd yn iawn ar ôl sgrialu i lawr y llethrau yna mor gyflym? Mae Mellten mewn poen, tydy Prad?'

'Ydy, y creadur, felly be am i mi fynd ar gefn Ffela am rŵan? Dwi dipyn trymach na Cara, ond mae'r goes wedi gwella bellach, tydy?'

'Wel, rhag ofn, be am i mi fynd ar Ffela, ac i ti fynd ar Gwiblen?' meddai Efa.

'Syniad da; mi wnei di chwip o Frenhines ryw ddiwrnod!' meddai Prad, cyn sylweddoli'r hyn roedd o newydd ei ddweud. 'Sori...' meddai, gan rowlio'i lygaid. Dim ond gwenu arno wnaeth Efa.

Roedd pawb arall yn iawn, felly i ffwrdd â nhw eto, heibio i'r sgerbydau. Ond wrth basio, stopiodd Bilen ei cheffyl yn stond.

'Arhoswch funud,' meddai, gan neidio o'r cyfrwy. 'Dwi'n siŵr i mi weld rhywbeth yn fflachio yn yr haul yn fan'na.'

Gwyliodd y lleill hi'n chwilota ymysg yr esgyrn ac yna'n codi cadwen denau gyda rhywbeth crwn yn crogi arni. Chwythodd ar y darn crwn a'i rwbio'n ofalus, yna:

'Mae hwn yn aur. A dwi wedi gweld y symbol o'r blaen yn rhywle,' meddai, gan edrych ar Efa.

Aeth â fo ati a'i roi yn ei llaw. Astudiodd Efa'r gadwyn yn ofalus. Roedd symbol syml wedi ei gerfio i mewn i'r cylch aur tenau. Un llinell yn creu corff, dwy adain a phen gwenynen fêl.

'Dwi wedi ei weld o o'r blaen hefyd,' meddai Efa. 'Mae gan Mam gadwen yr un fath yn union. Ond mae'n ei chadw mewn bocs a dwi rioed wedi ei gweld hi'n ei gwisgo.' Trodd i edrych eto ar y ddau benglog oedd yn dal i wenu'n wag arnyn nhw. 'Felly, esgyrn pwy yw'r rhain tybed?'

'Hen berthnasau i ti?' cynigiodd Galena.

'O bosib. Dach chi'n cofio Cara yn sôn bod un o fy hen, hen, hen berthnasau wedi ei gyrru yma am wrthod lladd ei mam?'

'Ydw,' meddai Galena, 'a chlywodd neb yr un gair amdani wedyn. Yn oes Morlo.'

'Marla!' meddai Efa.

'O ia, Marla,' meddai Galena. 'A be oedd enw'r dywysoges gafodd ei halltudio?'

'Dani,' meddai Dalian. 'Dwi'n dy gofio di'n tynnu coes Cara ei bod hi'n mynd i ddeud wrthat ti am-Dani…'

'Felly, mae'n bosib mai un o'r rhain ydy honno,' meddai Prad gan syllu ar yr esgyrn ac ysgwyd ei ben yn araf. 'Dim rhyfedd bod neb wedi clywed gair amdani wedyn.'

'Pan fydd Cara'n iawn, mi fydd hi'n gallu deud mwy wrthan ni,' meddai Bilen. 'Gwisga honna am rŵan, Efa. Mae'n rhan o dy etifeddiaeth di.'

Syllodd Efa ar y gadwen am yn hir cyn ei rhoi yn ei phoced yn ofalus.

'Na, wna i mo'i gwisgo hi. Wnaeth hi'm dod â llawer o lwc i Dani, naddo?' meddai, gan gyfeirio at y sgerbwd yn y llwch wrth ei thraed.

'Ti'n dal i boeni am arwyddion, felly,' meddai Dalian.

'Ydw, Dalian. Mae 'na ormod ohonyn nhw i mi eu hanwybyddu nhw. Iawn, dwi'n teimlo'n wael ein bod ni jyst yn gadael y cyrff yma heb eu claddu, ond…'

'Does 'na'm digon o bridd a does gynnon ni'm digon o amser,' meddai Dalian. 'Be am i ti ddeud gair o weddi neu rywbeth?'

Nodiodd Efa. Pesychodd ac anadlu'n ddwfn yna:

'Yn enw'r duwiesau, Melania, a thylwyth y Breninesau, bydded i chi orffwys yn dawel ac i'ch eneidiau hedfan yn oes

oesoedd mewn nefoedd o neithdar ac o fêl ac o flodau. Fe gofiwn eich aberth, fe gofiwn eich bodolaeth. Y duwiesau a'r gwenyn fo gyda chi. Amen.'

'Amen,' meddai'r gweddill, cyn symud ymlaen yn dawel tua'r dwyrain.

Dim ond Id sylwodd ar yr adar yn troelli ymhell, bell uwch eu pennau eto, ond ddywedodd o'r un gair.

18

Roedd y cysgodion yn hir erbyn iddyn nhw gyrraedd y coed cyntaf.

'Am goed rhyfedd,' meddai Galena. 'Sbïwch ar y gwreiddiau.'

Roedden nhw'n troelli a chlymu fel rhaffau mawrion, trwchus dros ei gilydd, yn debycach i nadroedd nag i wreiddiau coed.

'Prinder maeth yn y pridd?' meddai Efa.

'Mi fydd yn anodd i'r ceffylau fynd drostyn nhw, hyd yn oed os byddwn ni'n eu tywys,' meddai Dalian. 'Mi fyddai'n well chwilio am lwybr haws na fan hyn. Mi a' i i'r chwith i edrych.'

'Mi a' inna i'r dde,' meddai Efa.

'Ar eich pennau eich hunain?' meddai Prad, gan ymdebygu i bennaeth ysgol mwyaf sydyn. 'Ond gawson ni ein hyfforddi i beidio byth â —'

'Criw bach ydan ni, Prad,' meddai Efa. 'Arhoswch chi i gadw golwg ar Cara. Mae Dalian a fi'n dallt ein gilydd. Mewn deg, iawn Dalian?'

Gwyddai Dalian yn syth mai chwilio am bum munud er mwyn dod yn ôl mewn deg a olygai hynny.

Gadawodd y ddau ar hanner carlam, ac arhosodd y gweddill

yn ufudd lle roedden nhw. Edrychodd Prad i fyny i'r awyr, lle roedd pum cysgod yn dal i hofran a throi mewn cylchoedd mawrion, araf. Edrychodd ar Id, ond roedd hwnnw'n astudio Cara yn ei hamog. Penderfynodd anwybyddu'r adar.

Craffu i mewn i'r goedwig roedd Bilen.

'Mae'n dywyll yna,' meddai, 'ac mae'r canghennau mor isel. Welais i rioed goedwig fel hon o'r blaen.'

'Dwi'm yn nabod y math yna o goed chwaith,' meddai Prad. 'Brysia ddeffro, Cara! Dwi'n siŵr y bydd hi'n gwybod be ydyn nhw,' eglurodd wrth y lleill.

'Sut mae hi, Id?' gofynnodd Galena.

'Cara cysgu,' meddai Id, gan dynnu'r croen anifail yn ofalus oddi ar ei ysgwyddau a gosod Cara'n ofalus ar y llawr. Yna sythodd ac estyn ei freichiau mawrion uwch ei ben a thu ôl iddo. Rhwbiodd ei war.

'Brifo?' meddai Bilen wrtho. 'Gad i mi dylino dy war a dy ysgwyddau di tra 'dan ni'n aros. Stedda fan'na,' meddai, gan bwyntio at wreiddyn.

Dringodd hithau ar ben gwreiddyn arall y tu ôl iddo er mwyn gallu pwyso i lawr ar ei ysgwyddau. Caeodd Id ei lygaid mewn pleser wrth iddi balu drwy ei wallt er mwyn cyrraedd ei war.

'Chwarae teg i ti, Bilen,' meddai Prad. 'Dydy'r holl flew 'na ddim yn dy boeni di erbyn hyn felly?'

'Wedi dod i'w nabod o ydw i, yndê? A dwi wedi bod yn cadw golwg – does gynno fo ddim chwain na llau pen. Nag oes, Id?'

'Mmm…' meddai Id, a'i lygaid yn dal ar gau. Roedd ei

war wedi cyffio'n arw ar ôl cario Cara am dros chwe awr, er mor fach ac ysgafn oedd hi, ac roedd bysedd Bilen yn llwyddo i lacio'i gyhyrau yn rhyfeddol. Cliciodd rhywbeth caled yng nghefn ei ben ac ochneidiodd yn uchel.

'Be oedd hwnna? Asgwrn?' meddai Galena. 'Glywais i'r glec o fan hyn.'

Ond roedd Bilen wedi rhewi a'i llygaid bron â disgyn o'i phen.

'Naci...' meddai, gan geisio anadlu eto.

Yna sgrechiodd wrth i rywbeth du ddisgyn allan o wallt Id a glanio ar ei braich. Chwilen, a llysnafedd gwyrdd yn llifo allan o'r crac yn ei chefn. Neidiodd Bilen oddi ar y gwreiddyn a rhedeg i freichiau Prad mor gyflym, bu bron i Prad ddisgyn am yn ôl. Agorodd Id ei lygaid yn araf i weld Galena yn chwerthin nes bod y dagrau'n llifo. Felly, chwarddodd yntau hefyd.

A dyna pryd yr agorodd Cara ei llygaid. Cododd ei phen yn araf o'i blanced o groen anifail i weld Galena yn rhuo chwerthin a Bilen yn wylo ym mreichiau Prad, oedd yn amlwg yn gwneud ei orau glas i beidio â chwerthin.

'Be sy mor ddigri?' gofynnodd. 'A ble ydan ni?'

'Cara!' meddai Galena, gan frysio ati. 'Wyt ti'n cofio rŵan?'

'Cofio be?'

'Fi – ni – bob dim!'

'Ti? Wrth gwrs 'mod i'n dy gofio di. Pam fyddwn i'n dy anghofio di?'

Edrychodd pawb ar ei gilydd yn ddryslyd.

'Ond mi wnest ti ddisgyn oddi ar dy geffyl a tharo dy ben a doeddet ti'n cofio dim – heblaw am dy fodryb Mali,' meddai Galena.

'Modryb Mali? Ond dwi'm wedi ei gweld hi ers oesoedd. Pam hi?'

'Oeddet ti'n gweld dipyn arni yn dy blentyndod 'ta?'

'Wel, weithiau. Ddim yn aml. Roedd hi'n ddynes fach reit od, ond roedd hi mewn byd efo fi, dwi'n cofio.'

'Mewn byd efo ti? Be ti'n feddwl?'

'Wel, roedd ganddi feddwl mawr ohona i am ryw reswm. Fyddai hi prin yn sbio ar neb arall pan fyddwn i o gwmpas. Ac roedd hi'n mwydro am ryw fflam hud o hyd.'

'Fflam hud?'

'Ia, doedd gen i ddim syniad am be roedd hi'n sôn chwaith,' meddai Cara, gan geisio codi. 'Aw! Pam 'mod i'n brifo cymaint?'

'Mi gest ti godwm oddi ar y ceffyl!' meddai Bilen, oedd wedi rhoi'r gorau bellach i grio a chrynu. 'Ti'n gleisiau i gyd.'

'Roeddet ti allan ohoni am yn hir,' meddai Prad, 'ac mi nath Id dy gario di'r holl ffordd yma.'

'Pwy?'

'Id. Mae o'n eistedd y tu ôl i ti yn fan'na,' meddai Prad, gan bwyntio ato.

Trodd Cara i edrych, a throi hyd yn oed yn fwy gwelw nag oedd hi'n barod.

'Pwy yn enw'r gwenyn ydy hwnna?' meddai gyda llygaid fel dwy leuad lawn.

'Id,' meddai Id, a gwenu arni.

Trodd Cara at y lleill yn fud a dryslyd.

'Mae'n stori hir, ond paid â bod ei ofn o,' meddai Galena. 'Mae o'n annwyl tu hwnt.'

'Ac yn llai blewog nag oedd o. Ond paid â chyffwrdd yn ei wallt o,' meddai Bilen. 'Stori hir arall,' ychwanegodd.

'Ble mae Dalian ac Efa?' gofynnodd Cara.

'Wedi mynd i chwilio am lwybr drwy'r coed yma. A, dacw nhw ar y gair,' meddai Prad, wrth weld y ddau'n trotian tuag atyn nhw o ddau gyfeiriad gwahanol.

'Cara! Ti wedi dod atat ti dy hun!' meddai Efa, gan neidio oddi ar ei cheffyl a brysio ati.

'Ac mae hi'n cofio bob dim eto – heblaw Id,' meddai Galena.

Cofleidiodd Efa ei ffrind yn gynnes.

'Dwi mor falch dy fod ti'n iawn,' meddai Efa. 'Roist ti andros o fraw i ni, cofia. Dalian!' meddai wrth ei weld yn cyrraedd. 'Sbia, mae Cara wedi deffro!'

'Diolch byth!' gwenodd Dalian, gan dynnu stwmpyn ei goes allan o'r strap a dechrau llithro o'r cyfrwy.

Agorodd ceg Cara fel ceg pysgodyn a llenwodd ei llygaid â dagrau.

'Dalian? Ble mae dy goes di?' sibrydodd yn llesg.

'Wel, dyna i ti stori hir arall,' meddai Galena.

Wedi ei holi, daeth yn amlwg na allai Cara gofio dim ar ôl y noson y daeth y glaw. Roedd hi'n cofio pawb yn cael cawod ac yn chwerthin, ond ni allai gofio Galena'n diflannu. Gwrandawodd yn astud ar ei ffrindiau yn adrodd hanesion y dyddiau diwethaf, a gwingo wrth glywed am Id yn torri

coes Dalian i ffwrdd. Erbyn i'w holl gwestiynau gael eu hateb, roedd ei llygaid yn llawn dagrau. Cododd a cherddodd yn boenus, herciog at Dalian a'i gofleidio.

'Mae hi mor ddrwg gen i,' meddai.

'Hei, mae'n iawn; dwi'n dal ar dir y byw, a chditha hefyd, a dyna sy'n bwysig, yndê?' meddai Dalian, gan wenu arni a rhoi cusan ar dop ei phen. 'Ond mae'n rhaid i ni fentro i mewn i'r goedwig yma rŵan. Ddoist ti o hyd i lwybr gweddol glir, Efa? Wnes i ddim.'

'Do. Wel, o fath,' meddai Efa. 'Roedd 'na fwlch gweddol glir am sbel, ond roedd hi'n rhy dywyll i mi weld yn bell. Mi fyddwn ni angen cadw ein lampau pen yn barod, rhag ofn.'

'Gorau po gynta i ni gychwyn felly,' meddai Dalian. 'Mi fydd hi'n machlud o fewn yr awr. Wyt ti'n iawn i fynd ar gefn ceffyl, Cara? Efo Efa, achos mae cefn stalwyn Prad yn dal yn boenus?'

Nodiodd honno'n syth. Doedd hi ddim am i'r cawr mawr blewog, diarth hwnnw ei chario; doedd hi ddim yn ei nabod o'n ddigon da i hynny.

'Felly, 'dan ni'n mynd i orfod cysgu yng nghanol y goedwig yma heno?' meddai Bilen, a'r crychau yn ei thalcen yn dangos yn amlwg nad oedd hi'n rhy hoff o'r syniad.

'Digon posib,' meddai Efa, gan roi help llaw i Cara eistedd y tu ôl iddi. 'Ac os daw hi i hynny, mi fydd raid cael gwylwyr nos fel arfer, dyna i gyd. Dau ar y tro. Rhag ofn. Iawn, ydy pawb yn barod? Dilynwch ni, 'ta.'

Cerddodd y ceffylau mewn rhes ar ei hôl ar hyd ochr y goedwig, gydag Id yn y cefn, ac wedi cyrraedd y gofod a welodd

Efa, aethon nhw i mewn i'r cysgodion dan y canghennau.

Ar ôl ugain munud o symud yn weddol rhwydd, yna hanner awr o orfod camu'n araf a gofalus dros wreiddiau mawrion:

'Iawn, mi fyddai'n well i ni ddod oddi ar y ceffylau rŵan a'u harwain,' meddai Efa.

'Mae hi'n oer yma,' meddai Bilen, gan estyn siaced o'i sach.

'Ac yn dywyll,' meddai Prad, gan chwarae â'r syniad o bwyso botwm ei lamp pen.

'Ac yn… wel, yn annifyr,' meddai Galena, gan edrych o'i chwmpas yn ddrwgdybus. 'Dwi'n teimlo bod 'na lygaid yn edrych arna i drwy'r amser, ond dwi'm wedi gweld unrhyw anifail o fath yn y byd. Dim cwningod, draenogod, wiwerod, adar, dim byd. Dim llygod hyd yn oed.'

'Wel, mae 'na rywbeth yn byw yma,' meddai Prad gydag ochenaid. 'A dwi'n gwybod achos dwi newydd roi 'nhroed mewn lwmpyn o faw!'

'O, ych! Prad! Mae o'n drewi!' meddai Bilen. 'Pa anifail sy'n creu baw sy'n drewi mor ofnadwy â hynna?'

'Dim syniad,' meddai Prad, gan geisio sychu gwadn ei esgid ar wreiddyn mwsoglyd, 'ond mae'n lwmpyn eitha mawr. Nid cwningen wnaeth hwn, ac yn sicr nid llygoden.'

'Oni bai fod llygod a chwningod y Diffeithwch Du wedi tyfu'n anferthol, fel y geifr a'r llyffantod a'r sgorpion 'na,' meddai Cara.

'Pwynt dilys,' meddai Dalian.

'Pwy ydy Dilys?' gwenodd Galena. 'Sori – mae honna'n hen

jôc sâl! Ond do'n i methu peidio. Id? Be ti'n neud?' meddai wedyn wrth weld Id yn penlinio i astudio'r baw roedd Prad wedi ei sathru.

Craffodd Id ar y lwmp, a oedd bellach yn fwy o grempog, ac yn felyn fel crempog hefyd. Yna aeth â'i drwyn a'i ên yn agosach ato.

'O na! 'Di o'm yn mynd i'w fyta fo, ydy o?' meddai Bilen.

'Callia! Ei arogli o mae o,' meddai Galena.

Ar ôl ychydig eiliadau o snwffian, cododd Id ar ei draed eto gan grafu ei ên yn bryderus.

'Be ydy o, Id?' meddai Efa.

Edrychodd Id arni mewn penbleth.

'Id ddim yn gwybod – ddim yn gwybod y…'

'Y gair?' meddai Galena.

Nodiodd Id.

'Sut sŵn mae o'n neud?' meddai Cara, gan wichian fel llygoden yna mewian fel cath i egluro'i hun.

'Wff,' meddai Id. 'Wffwffwwwwwfff, a grrrrrrrrrr!'

'Ci,' meddai Galena.

'Ia. Ci. Ci mawr,' meddai Id. 'Ci mawr – a ddim yn neis. Id ddim yn hoffi ci. Ci peryg.'

19

E DRYCHODD PAWB AR ei gilydd.

'Felly, 'dan ni mewn coedwig dywyll efo ci mawr, peryg,' meddai Bilen, gan blethu ei breichiau.

'Ym, ac yn anffodus, os oes 'na un ci, mae 'na fwy,' meddai Prad, gan edrych arni'n ymddiheurol, er nad ei fai o oedd hyn o gwbl.

'O, gwych,' meddai Bilen. 'Felly, mae 'na haid o gŵn peryg yma. Sy'n gallu gweld yn y tywyllwch, mwn.'

'Wel, ydyn, mae cŵn yn gallu gweld yn y tywyllwch,' meddai Cara. 'Ddim cystal â chathod neu dylluanod, ond maen nhw'n gallu gweld siapiau.'

'Diolch, Cara,' meddai Bilen. 'Felly be 'dan ni am neud rŵan, Efa?'

'Dal i fynd am sbel,' meddai Efa. 'Mae 'na chydig o olau dydd o hyd, ac mi stopiwn ni pan welwn ni le da i wersylla.'

Allai Bilen ddim peidio â rhowlio ei llygaid. Ond dim ond Prad welodd hynny.

'Lle da i wersylla?' sibrydodd Bilen wrtho. 'Sut, yn enw'r gwenyn, 'dan ni'n mynd i fedru cysgu'n gyfforddus ar y gwreiddiau 'ma?'

'Nid ar y gwreiddiau fyddwn ni,' meddai Dalian y tu ôl iddi.

Sythodd Bilen. Mae'n rhaid bod ganddo glyw fel… wel, ci, meddyliodd.

'O? Ble felly?'

'I fyny yn y coed,' meddai Efa, bump hyd ceffyl o'i blaen hi. 'Ydy, Bilen, mae'r sŵn lleia'n cario'n hawdd yma, yn amlwg! Ond mae hynny'n beth da, yn ei gwneud hi'n haws i ni glywed unrhyw gŵn peryg yn cripian tuag aton ni ganol nos.'

'Ac os fyddwn ni i fyny yn y coed, fyddan nhw'n methu ein cyrraedd ni beth bynnag,' meddai Galena.

'Ond be am y ceffylau?' meddai Cara.

Bu tawelwch am rai eiliadau.

'Ia, mi fydd hynny'n broblem,' meddai Efa yn y diwedd. 'Oes gan unrhyw un syniad i'w gynnig?'

'Mi fydd raid i'r gwylwyr fod yn effro iawn, iawn, dyna i gyd,' meddai Dalian. 'O leia un sy'n hyderus efo bwa a saeth i fod yn un o'r gwylwyr bob tro. A phawb arall i gadw eu bwa a saeth mewn lle hawdd ei gyrraedd yr eiliad fyddan nhw'n deffro.'

'Ond mi fydd hi'n dywyll. Sut 'dan ni'n mynd i'w gweld nhw?' gofynnodd Galena.

'Cadwch eich lampau pen wrth law hefyd. Gwell fyth, cysgwch efo nhw ar eich pennau,' meddai Efa.

'Am unwaith, does 'na'm prinder coed tân,' meddai Cara. 'Allen ni wneud cylch o danau o amgylch y ceffylau tybed?'

'Anodd eu cadw i fynd drwy'r nos heb ddod i lawr o'r coed,' meddai Dalian. 'Ond ia, mae'n syniad. Un o'r gwylwyr i ddringo i lawr i ychwanegu coed at y fflamau bob hyn a hyn, a'r gwyliwr arall i'w warchod o'r coed gyda'u bwa a saeth?'

'Iawn, pawb i godi unrhyw goediach marw welan nhw o hyn ymlaen felly,' meddai Efa. 'A chasglu unrhyw ganghennau syth, ifanc i wneud mwy o saethau – rhag ofn.'

Cyn iddi dywyllu'n llwyr, roedden nhw wedi cyrraedd llecyn cymharol agored, lle roedd digon o le i'r chwe cheffyl sefyll yn gyfforddus ac yn agos at ei gilydd – ar ôl i Id fynd ati i dorri ambell gangen isel i wneud mwy o le iddyn nhw. Prysurodd Galena, Dalian a Cara i gynnau pum tân mewn cylch o amgylch y llecyn, a dringodd Prad, Bilen ac Efa i'r coed i chwilio am ganghennau da i bawb fedru gorwedd yn weddol gyfforddus arnyn nhw. Roedd y rhan fwyaf o'r canghennau, fel y gwreiddiau, yn rhai trwchus, llydan, hyd yn oed yn weddol uchel i fyny, a chyda chymorth rhaffau a choesau trowsusau fel strapiau diogelwch, aethon nhw ati i wneud y 'gwelyau' yn gymharol ddiogel.

Roedd eu swper yn ffrwtian ar y prif dân, y ceffylau wedi eu bwydo a'u dyfrio, a Bilen a Cara'n brysur yn gwneud mwy o saethau pan ddringodd Efa i lawr o ble roedd hi wedi gosod ei 'gwely' hi. Roedd hi wedi dechrau gosod ei bwa a'i saethau yn sownd wrth gangen arall pan benderfynodd eu cadw ar ei hysgwydd – rhag ofn. Gwelodd gyda gwên fod pawb arall wedi penderfynu gwneud yr un peth â hi.

'Iawn, swper sydyn ac i fyny i'r gwelyau,' meddai.

'Mi fyddai'n well gen i fynd â fy swper i fyny efo fi rŵan a bod yn onest,' meddai Cara.

'Mae hynna'n syniad call iawn,' meddai Prad. 'Dwi am wneud yr un peth. Cer di gynta, mi basia i dy fwyd i ti.'

Cododd pawb arall i wneud yr un peth. Ond oedodd Dalian wrth ben Brân a byseddu'r ffrwyn.

'Clymu'r ceffylau neu eu gadael yn rhydd?' meddai. 'Os byddan nhw'n rhydd mi fydd yn haws iddyn nhw amddiffyn eu hunain, neu ddianc.'

'Ond mi fyddan nhw wedi arogli unrhyw ymwelwyr ymhell cyn i ni eu gweld nhw,' meddai Efa. 'Ac os byddan nhw'n dychryn a cheisio dianc drwy'r coed yn rhy fuan, fyddwn ni ddim yn gallu eu hamddiffyn nhw.'

Nodiodd Dalian.

'Pwynt digon teg. Iawn, eu clymu felly, ond gyda ffrwyn digon hir iddyn nhw fedru codi a chicio efo'u coesau blaen os fydd raid.'

Gwyliodd Id y gweddill yn dringo i fyny i'r coed, yna gosododd ei groen anifail ar bentwr o fwsog wrth ymyl y prif dân.

'Id?' galwodd Galena. 'Dwyt ti ddim am ddod i gysgu mewn coeden fel ni?'

Ysgydwodd Id ei ben.

'Id hapus yma,' meddai'n bendant, gan osod ei sling a'i fwyell a darn trwchus o goedyn fel pastwn wrth ei ochr. 'Id ddim hoffi coed.'

'Mae'n siŵr ei fod o'n meddwl ei fod o'n rhy drwm i'r canghennau,' meddai Bilen.

'Neu ofn uchder?' meddai Cara.

'Be? Boi tal fel fo?' chwarddodd Bilen. 'A sôn am uchder, ro'n i'n meddwl bod arnat titha ofn uchder, Galena?'

'Mae 'na wahaniaeth mawr rhwng bod hanner ffordd i

fyny coeden a bod ar ddibyn tenau lle ti prin yn gallu gweld y gwaelod,' meddai Galena. 'Gyda llaw, Cara, wnes i byth ddiolch i ti am fy helpu i ar y grib 'na, naddo? Wel, dwi'n diolch i ti rŵan, iawn? O waelod calon.'

Gwenodd Cara arni.

'Mae'n iawn, siŵr,' meddai.

'Ti'n werth y byd,' meddai Galena. 'Iawn, nos da, dwi'n mynd i drio cysgu.'

Dalian a Cara oedd ar ddyletswydd gwylio am y ddwy awr gyntaf. Pwysodd Dalian ei gefn yn erbyn bonyn ei goeden â'i fwa ar ei lin. Roedd ei lamp pen ar ei ben yn barod i'w throi ymlaen petai angen, ond roedd ei lygaid wedi ymgynefino'n dda â'r tywyllwch, a chadwai lygad barcud ar y cysgodion o'i amgylch. Roedd Cara yn edrych i'r cyfeiriad arall ar ei choeden hithau, gyda'i bwa bychan ar ei glin. Ceisiodd gofio geiriau Dalian wrthi yn gynharach, pan oedden nhw'n penderfynu pwy fyddai ar ddyletswydd yr un pryd. Er mwyn gallu gweld yn well yn y tywyllwch, roedd o wedi dweud: 'Tria sbio drwy ochr dy lygaid, a dawnsio dy lygaid o gwmpas y lle, gan smicio'n gyson – a phaid â chanolbwyntio ar un peth yn rhy hir – oni bai dy fod ti'n gweld rhywbeth yn symud. Ac os byddi di, dyro chwiban i dynnu fy sylw i, a phwyntio.'

Ond roedd dawnsio a smicio ei llygaid fel hyn yn rhoi cur pen iddi. Doedd ei phen ddim wedi teimlo'n iawn ers… wel, ers iddi ddisgyn oddi ar ei cheffyl, mae'n debyg. Roedd hi'n dal i gael trafferth derbyn ei bod wedi anghofio dyddiau cyfan o'r daith, ac roedd y gweddill yn trin Id fel petaen nhw wedi ei nabod ers misoedd, yn enwedig Galena. Ond roedd Cara'n

dal i deimlo'n anghyfforddus yn ei gwmni. Roedd rhywbeth o'i le ynglŷn ag o, roedd hi'n ei deimlo ym mêr ei hesgyrn. Ond eto, efallai mai'r ffaith nad oedd hi wedi dod i'w nabod oedd yn gyfrifol am y teimlad – dyna fyddai'r gweddill yn ei ddweud, mae'n debyg.

Clywodd sŵn oddi tani – Id, yn rhoi mwy o goed ar y tanau. Dim byd o'i le ar hynny.

Callia, Cara, meddyliodd. Mae o'n gwbl ddiniwed. Mynd o flaen gofid wyt ti. Rŵan, canolbwyntia ar fod yn wyliwr nos.

Ond ugain munud yn ddiweddarach, a phob man yn dawel eto, roedd wyneb ei Modryb Mali yn mynnu ymddangos yn ei meddyliau. Ei hwyneb gwelw a'i gwallt arian a'i llygaid mawr glas yn mynnu ei sylw, yn galw arni – a fflam las yn dawnsio o'i blaen. Sythodd. Tybed oedd ei modryb yn sâl? Neu'n marw, a hithau'n ceisio cysylltu â Cara rywsut neu'i gilydd? Roedd nifer o'r teulu wedi dweud bod gan Modryb Mali alluoedd rhyfedd, a phan oedd Cara'n blentyn roedd hi'n gwbl argyhoeddedig mai gwrach oedd hi – gwrach wen, dda, wrth gwrs. Ond roedd aelodau eraill o'r teulu yn gwbl argyhoeddedig mai wedi drysu roedd y ddynes. Doedd Cara'n sicr ddim yn credu hynny. Ond nid dyma'r amser i bendroni dros ei modryb. Ceisiodd ganolbwyntio eto ar gadw golwg ar y coed a'r cysgodion o'i chwmpas.

Prad a Bilen oedd y pâr nesaf ar ddyletswydd gwylio, a phan welodd Cara ar ei horiawr bod ei chyfnod hi a Dalian ar ben, cododd ei llaw i dynnu sylw Dalian. Deallodd yntau'n syth, ac aeth y ddau ati i ddeffro'r ddau arall. Cyn setlo i gysgu, edrychodd Cara i lawr ar Id a gweld ei fod yn gorwedd

yn llonydd ar ei wely mwsog wrth y prif dân – gyda'i bastwn a'i fwyell yn ei freichiau.

Roedd Prad a Bilen wedi bod ar ddyletswydd ers bron i awr pan sylwodd Prad fod Brân wedi dechrau aflonyddu. Yna roedd y ceffylau eraill wedi codi eu pennau i wrando'n astud. Dechreuodd Brân ffroeni'r awyr yn swnllyd. Taflodd Prad frigyn at Bilen i ddal ei sylw. Pwyntiodd at y ceffylau. Sythodd hithau a chydio'n dynnach yn ei bwa a saeth. Rhoddodd brociad sydyn i Efa ar y gangen uwch ei phen gyda'i bwa. Deffrodd honno'n syth, sylweddoli o fewn dim bod rhywbeth wedi gwneud y ceffylau'n nerfus, a rhoi prociad i Dalian. Funud yn ddiweddarach, roedd pawb, yn cynnwys Id, yn gwbl effro ac yn craffu i berfeddion y goedwig.

20

Un udiad hir, oer; udiad oedd yn rhewi'r gwaed yn eu gwythiennau. Yna, côr o udo erchyll yn dod o bob cyfeiriad. Tarodd Dalian ei lamp pen ymlaen yn syth a gwnaeth y gweddill yr un peth. Roedd y golau'n creu cysgodion newydd, rhyfedd – ond dim ond cysgodion coed a changhennau oedden nhw, hyd yma.

Gafaelodd Id yn ei bastwn a'i fwyell a chodi ar ei draed yn araf. Roedd y ceffylau'n tynnu'n wyllt yn erbyn eu ffrwynau. Ysai Efa am fynd i lawr at Gwiblen i'w thawelu a'i chysuro ond feiddiai hi ddim symud o'i changen. Roedd ganddi saeth yn barod i'w gollwng yr eiliad y gwelai'r symudiad lleiaf.

Yna, peidiodd yr udo'n sydyn, ond gallai pawb eu synhwyro, allan yn y tywyllwch, yn eu gwylio, yn eu hastudio, yn cymryd eu hamser cyn ymosod.

Dechreuodd Cara grynu – ei dwylo'n gyntaf, yna'i chorff i gyd. Gallai deimlo dagrau'n cronni yn ei llygaid a sŵn rhyfedd yn dod o'i chorn gwddw, rhyw wylofain hurt na allai ei reoli.

'Cara!' sibrydodd Galena, heb droi i edrych arni. 'Paid… paid â'i cholli hi rŵan.'

Ond roedd ei dwylo hithau'n crynu a'i chalon yn curo fel dyrnau anifail byw y tu mewn iddi.

Trodd Dalian ei ben yn araf gan graffu am unrhyw fath o

symudiad. Doedd y creaduriaid yma ddim yn ddwl. Roedden nhw wedi cyhoeddi eu presenoldeb er mwyn codi ofn ar eu prae, er mwyn eu drysu cyn ymosod – ac roedd o'n gweithio. Roedd cledrau ei ddwylo'n chwysu ac roedd arno ofn – ofn dwfn, oer, oedd yn effeithio ar ei allu i anadlu. Ceisiodd ganolbwyntio ar anadlu'n iawn, yn araf ac yn bwyllog.

Yna, ffrwydrodd cyrff mawr, tywyll o'r cysgodion, yn don ar ôl ton o ddannedd melyn, mileinig. Roedd un wedi neidio ar gefn Brân ac yn plannu ei ddannedd i'w fwng. Sgrechiodd y stalwyn gan godi a neidio a chicio'n wyllt. Aeth saeth Dalian yn syth i mewn i ystlys y ci, a sgrechiodd hwnnw mewn poen cyn disgyn ar ben un o'r tanau yn gawod o wreichion.

Sŵn siffrwd mwy o saethau yn chwipio drwy'r awyr, rhai'n taro cnawd cŵn, rhai'n methu, ac Id yn eu canol yn waldio a chwipio gyda'i bastwn a'i fwyell.

Plannodd Efa saeth i mewn i benglog ci anferthol oedd yn neidio drwy'r awyr am Gwiblen. Cododd y gaseg ar ei choesau ôl a phlannu ei charnau blaen i mewn i'w gorff, yna ciciodd gi arall yn anymwybodol gyda'i choesau ôl.

Ond roedd mwy a mwy o gŵn yn ymddangos, yn neidio i fyny am y coed. Sgrechiodd Bilen wrth i un ddod o fewn dim i fachu ei throed. Udodd y ci wrth i un o saethau Prad ei drywanu yn ei gefn.

Roedd y goedwig yn grochan berwedig o sgrechian, gweryru, udo ac ysgyrnygu diddiwedd; roedden nhw i gyd yn saethu, yn estyn am saeth arall, saethu, estyn am saeth arall, saethu fel peiriannau. Teimlai fel oes, fel oriau, ond o'r diwedd trodd y sgyrnygu yn gnewian a gwichian wrth

i weddillion yr haid o gŵn droi'n ôl i dywyllwch y goedwig â'u cynffonnau rhwng eu coesau. Peidiodd Id â chwyrlïo gyda'i bastwn a'i fwyell, a safodd yn llonydd gan syllu'n chwyslyd ar gyrff y cŵn anferthol o'i gwmpas. Tynnodd saeth o'i wallt a theimlo'i ben. Na, doedd hi ddim wedi taro ei benglog, diolch byth. Edrychodd i fyny at y criw yn y coed yn ddrwgdybus.

Neidiodd Efa i lawr o'i changen i gysuro Gwiblen a'i harchwilio am anafiadau. Dilynwyd hi'n gyflym gan Prad, ond arhosodd Dalian lle roedd o, yn bennaf er mwyn cadw golwg am unrhyw gi oedd am fentro ymosod eto, ond hefyd oherwydd na fyddai'n gallu neidio i lawr o'i gangen mor ystwyth â'r lleill. Syllodd Galena, Bilen a Cara yn fud ar y gyflafan oddi tanynt.

'Mae'n iawn, maen nhw wedi mynd,' meddai Efa.

Felly, brysiodd Bilen i lawr i gynorthwyo gyda'r ceffylau. Edrychodd Galena a Cara ar ei gilydd.

'Dwi'm yn gallu symud,' cyfaddefodd Cara'n dawel. 'Mae 'nghorff i wedi cyffio.'

'Mi fydd raid i mi,' meddai Galena. 'Dwi wedi bod isio mynd i'r tŷ bach ers oriau.'

Gwenodd Cara er gwaethaf ei hun, ac wrth wylio'i chyfaill yn ceisio dringo i lawr yn dringar o'i choeden, teimlodd ei chyhyrau yn ystwytho eto.

Cyfrodd Bilen un ar bymtheg o gyrff cŵn.

'Mi faswn i wedi taeru bod 'na gannoedd,' meddai. 'O! Mae hwn yn dal yn fyw!'

Roedd y ci du, blewog bron yr un maint â chaseg Cara,

a'i ddannedd yr un hyd â bysedd hirion Bilen, ond roedd yn crynu a griddfan wrth i waed lifo allan o'i ystlys.

'Mae'n gas gen i weld rhywbeth yn diodde, hyd yn oed os oedd o isio fy mwyta i,' meddai Bilen wrth Prad.

O fewn dim, rhoddodd Prad ddiwedd ar boen yr anifail gyda'i gleddyf. Yna aeth ar ei bengliniau a chyffwrdd pen yr anifail.

'Mae'n ddrwg gen i roi diwedd ar dy fywyd yn y byd hwn,' meddai'n dawel. 'Gobeithio y cei di fywyd gwell yn lle bynnag y byddi di rŵan.' Yna cododd a gweld bod Id yn edrych arno gyda dryswch yn ei lygaid. 'Mi fydda i wastad yn deud hynna wrth unrhyw greadur y bydda i'n gorfod ei ladd. Dim ond isio byw oedd y rhain, yn union fel ni.'

Doedd o ddim yn siŵr a oedd Id wedi deall y geiriau, ond roedd o i'w weld wedi deall yr emosiwn. Aeth yntau ar ei liniau a chyffwrdd pen yr anifail yn barchus.

Rhoddodd Bilen goflaid sydyn i Prad.

'Dwi'n gwybod nad dyma'r lle na'r amser, ond dwi'n dy garu di, Prad,' meddai, heb ddisgwyl am ateb.

Gwenodd Prad a rhoi cusan ar ei thalcen.

Roedd pob un o'r ceffylau wedi dioddef anafiadau, a Brân yn gwaedu'n ddrwg. Dringodd Dalian i lawr o'r goeden, yn fodlon nad oedd ymosodiad arall ar y gorwel, a herciodd ar ei fagl at ei geffyl. Gwingodd wrth weld y tyllau dyfnion yng nghnawd yr anifail.

'Mae hi mor ddrwg gen i, gyfaill,' meddai wrtho, gan frysio i lanhau'r tyllau gyda'r ychydig fedd oedd ar ôl.

'Mae Salna ar goll!' meddai Bilen yn sydyn. 'Dydy hi ddim yma! Dim ond hanner ei ffrwyn hi – sbïwch!'

159

'Mae'n rhaid ei bod hi wedi ei dorri yng nghanol yr holl banig,' meddai Efa. 'Does wybod lle mae hi rŵan…'

'Nac os ydy hi'n dal yn fyw,' meddai Prad yn dawel.

'Ond mae'n rhaid i ni fynd i chwilio amdani!' meddai Bilen.

''Dan ni'm yn gwybod i ba gyfeiriad aeth hi, Bilen,' meddai Dalian. 'Mi wna i chwibanu, ac os bydd hi o fewn clyw, mi ddaw hi'n ei hôl. Mae'n ceffylau ni i gyd wedi eu dysgu i nabod y chwibaniad.'

Cododd ddau fys at ei geg a rhoi un chwibaniad hir, uchel. Cododd y ceffylau eraill eu clustiau yn syth, ond dim ond tawelwch oedd i'w glywed o ddyfnderoedd y goedwig. Rhoddodd Prad ei fraich am ysgwyddau Bilen.

'Helpa Dalian i drin Brân tra 'dan ni'n aros,' meddai. 'Dwi'n meddwl ei fod o angen pwythau.'

Nodiodd Bilen yn fud a cherdded at y stalwyn du gyda'i bag cymorth cyntaf.

Erbyn iddyn nhw orffen trin y ceffylau hynny allen nhw, a chasglu eu saethau, ac i Id lusgo cyrff rhai o'r cŵn allan o'u ffordd, roedd hi'n fore, a golau haul gwan yn pelydru drwy'r coediach uwchben.

'Be wnawn ni?' meddai Galena. 'Symud yn ein blaenau yn syth?'

'Dyna fyddai galla, dwi'n meddwl,' meddai Efa. 'Cerdded, ac arwain y ceffylau i'r cyfeiriad acw,' meddai, gan bwyntio.

'Dalian? Un waith eto – plis?' meddai Bilen.

Rhoddodd Dalian un chwibaniad hir arall, aros am eiliadau hirion, yna codi ei ysgwyddau'n ymddiheurol.

'Wnei di arwain Brân i mi?' gofynnodd i Bilen, gan estyn ffrwyn ei stalwyn iddi. 'Mi fydd yn haws i mi gerdded efo dwy fagl yn lle un. Mae Id wedi gwneud un arall i mi yn ystod y nos, chwarae teg iddo fo.'

Trodd i wenu ar Id, ond roedd hwnnw'n pwyntio at rywbeth yn uchel y tu ôl i'r criw. Trodd pawb i edrych a gweld bod tri aderyn ysglyfaethus anferthol yn sefyll yn y canghennau uwchben cyrff y cŵn.

'Llygadu'r cŵn maen nhw, nid ni,' meddai Efa. 'Iawn, cadwch eich arfau o fewn cyrraedd,' meddai wrth gychwyn drwy'r coed, 'a chadw llygad am unrhyw symudiadau o'n cwmpas ni.'

Roedden nhw'n symud yn hynod araf, ac yn fud. Baglai'r ceffylau'n aml, a'u pennau'n isel. Ond welodd neb unrhyw symudiad yn y coed o'u cwmpas, nac y tu ôl iddyn nhw. Byddai'r adar ysglyfaethus yn brysur am yn hir.

Wedi oriau poenus, rhwystredig, gan stopio unwaith yn unig er mwyn i Dalian roi mwy o rwymau glân dros anafiadau ei stalwyn, dechreuodd Efa sylwi bod y coed yn prinhau, a mwy o olau yn eu cyrraedd drwy'r dail. Ac yna, golau o fath gwahanol – dŵr! Yr haul yn disgleirio ar arwyneb hyfryd, llachar llyn! Trodd yn sydyn i wenu ar y gweddill.

''Dan ni wedi cyrraedd!' meddai gyda dagrau yn ei llygaid. 'Y llyn! Dwi'n gallu gweld y llyn!'

Roedd o fel magned. Brysiodd pawb allan o gaethiwed y coed i sefyll yn yr heulwen, ac i syllu'n fud ar y dŵr glas, bendigedig o las, yn ymestyn am filltiroedd o'u blaenau. Dechreuodd Galena chwerthin, yna hanner rhedeg at y dŵr.

'Aros!' galwodd Efa arni. 'Does gynnon ni'm syniad be sy yn y dŵr 'na. Cofia'r llyffantod!'

Rhewodd Galena. Ond roedd o'n ddŵr mor las, mor ddiogel yr olwg. Camodd pawb yn araf a gofalus at lan y llyn, gan gadw llygad barcud o'u cwmpas. Tyfai gwair a hesg yma ac acw. Hofranai pryfetach dros yr wyneb, ac ambell bilipala melyn a choch a phiws. Plygodd Prad i godi carreg. Edrychodd ar Efa. Nodiodd hithau, felly taflodd Prad y garreg dros ei ben i'r dŵr. Ymledodd cylch ar ôl cylch dros wyneb y dŵr, ond dyna i gyd.

Ymbalfalodd Galena yn ei sach offer cegin a thynnu sosban ohoni. Edrychodd ar Efa. Nodiodd hithau eto a chamodd Galena'n ofalus at fan lle gallai weld y cerrig yn glir dan y dŵr. Estynnodd y sosban a chodi mymryn o ddŵr yn frysiog, cyn camu'n ôl eto a'i astudio.

'Mae'n edrych yn lân iawn, a does 'na'm arogl,' meddai. Rhoddodd stribedyn o ledr ynddo ac astudio hwnnw. 'Dydy o ddim gwaeth,' meddai. 'Dwi am roi fy mys bach i mewn.' Gwnaeth hynny a nodio. 'Oer, braf,' meddai. 'Iawn, dwi am fentro yfed. Hapus?'

'Gad i dy geffyl ei arogli o'n gynta,' meddai Prad.

Roedd Gwinau, caseg Galena, yn hoffi'r arogl gymaint, yfodd gynnwys y sosban yn syth, a cheisio tynnu Galena'n ôl at y dŵr.

'Wel?' meddai Galena.

'Dwi'n meddwl ei bod hi'n werth i rywun ei flasu,' meddai Efa ar ôl sbel.

'Ond nid ti, Galena. Mi wna i,' meddai Dalian, gan hercian

yn ei flaen. 'Mi rwyt ti'n berffaith iach, ac mi fyddwn i'n llai o golled.'

Roedd pawb ar fin protestio, ond roedd Dalian wedi bachu'r sosban, pwyso i godi dŵr o'r llyn a'i yfed cyn i neb ddweud dim. Llyfodd ei weflau a gwenu.

'Blasu'n berffaith iawn i mi!' meddai.

Rhag ofn bod nadroedd neu siarcod neu greaduriaid annymunol eraill o gwmpas, taflodd Prad a Bilen fwy o gerrig ymhell i'r dŵr, a dim ond wedyn, a phob dim i'w weld yn dawel, y gwnaethon nhw ganiatáu i'r ceffylau fentro i'r dŵr i yfed.

Yna, tynnodd Galena ei bwtsias, camu i mewn at ei phengliniau a gorwedd yn ei hôl gan chwerthin.

'Mae o'n hollol, gwbl fendigedig!' meddai.

Edrychodd y gweddill ar ei gilydd. Yna tynnodd Bilen ei bwtsias.

'Dwi wedi bod yn breuddwydio am fàth ers dyddiau,' meddai. 'Ac mae'r dillad 'ma'n drewi. Nadroedd, siarcod, llyffantod, stwffio chi!'

Camodd i mewn at ei chluniau ac ymollwng i'r dŵr gydag ochenaid o bleser. O fewn dim, roedd bron pawb wedi brysio i mewn ar ei hôl, yn cynnwys Id – ond aeth â'i bastwn gydag o, rhag ofn. Yr unig un arhosodd ar y lan oedd Dalian, yn llygadu'r coed y tu ôl iddo. Roedd yn rhaid i rywun fod ar wyliadwriaeth, meddyliodd.

Ar ôl rhyw ugain munud, daeth Efa allan o'r llyn, yn gwenu ac yn diferu, ac aeth at Dalian, a oedd yn dal i lygadu'r goedwig â'i fwa yn ei law.

'Mi wna i gadw golwg rŵan,' meddai wrtho. 'Cer di i'r dŵr – mi neith les i ti. Dwi'n teimlo fel person newydd.'

'Mae'n braf dy weld di'n gwenu eto,' meddai Dalian. 'Ac os neith y dŵr roi gwên fel'na ar fy wyneb inna, iawn. Ond wnei di ffafr â fi?'

'Gwnaf, siŵr.'

'Wnei di dynnu 'mwtsiasen i, i sbario i mi fustachu ar fy mhen ôl a cheisio codi eto?'

'Gwnaf, siŵr!'

Plygodd Efa a rhoddodd Dalian ei bwysau i gyd ar ei faglau er mwyn codi ei unig droed. Gafaelodd Efa yn nhroed y bwtsiasen ledr du, a thynnu. Yna tynnodd ei hosan hefyd gan ryddhau troed hir, felen.

'Mae'n ddrwg gen i os ydy 'nhroed i'n drewi,' meddai Dalian.

'Tydy hi ddim, 'sti,' gwenodd Efa i fyny arno.

Doedd hi ddim yn dweud y gwir; roedd yr arogl cawslyd wedi codi i'w ffroenau'n syth, ond doedd o ddim yn troi ei stumog hi – ddim o bell ffordd. Arogl Dalian oedd o. Aeth gwres drwy ei chorff wrth iddi sylweddoli gymaint roedd hi'n caru'r dyn ifanc hwn. Cododd ar ei thraed i'w wynebu.

'Mae 'na rywbeth mawr yn bod ar dy drwyn di,' meddai Dalian gan syllu i'w llygaid. 'Dwi'n gallu arogli'r drewdod o fan hyn.'

'Gwell i ti fynd i'r dŵr 'na, felly,' meddai Efa, gan syllu yn ôl i fyw ei lygaid. Roedd hi'n ysu am ei gusanu, am deimlo ei gwefusau hi ar ei wefusau o.

'Yn y munud,' meddai Dalian, â'i lais yn ddwfn.

'Iawn. Pan ti'n barod,' meddai hithau, gan deimlo'i chalon yn curo'n gyflymach.

Yna, roedden nhw'n cusanu. Doedd o ddim yn gallu gollwng ei ddwy fagl i'w chofleidio, ond gollyngodd yr un dde a chladdu ei law i mewn i'w gwallt i'w thynnu'n agosach ato. Roedd hi'n toddi – yn hedfan. Gollyngodd ei hosan ddrewllyd o ar y llawr a chlymu ei breichiau amdano. Roedd hi am i'r gusan hon bara am byth. Doedd hi byth eisiau rhoi'r gorau i'w gusanu. Roedd hi eisiau bod efo fo hyd ddiwedd ei hoes.

'Efa! Dalian! Tu ôl i chi!' sgrechiodd rhywun.

21

Y N DDIWEDDARACH, LLIFODD y cyfan fel ffilm drwy feddwl Cara. Hi oedd y cyntaf i sylwi ar y ddau'n cusanu, yn cusanu fel petai'r byd ar fin dod i ben. Roedd hi wedi gwenu o glust i glust, a theimlo mor falch fod y peth wedi digwydd o'r diwedd. Roedden nhw i fod efo'i gilydd; roedden nhw'n ffitio, yn siwtio'i gilydd i'r dim, fel halen a phupur, fel gwynt a glaw, fel bara a menyn.

Ond yna, roedd hi wedi gweld ci mawr llwyd yn saethu allan o'r goedwig yn syth amdanyn nhw, ei lygaid yn dân a'i geg yn glafoerio. Roedd hi wedi gweiddi arnyn nhw i'w rhybuddio, ac roedd Dalian wedi troi'n syth ar ei un goes a'i un fagl, gan geisio cydio yn ei fwa yr un pryd, ond roedd o wedi colli ei gydbwysedd yn y broses ac wedi disgyn i'r llawr. Felly, aeth y ci yn syth am Efa. Chafodd hi ddim cyfle i wneud dim.

Roedd Dalian wedi waldio a waldio'r ci gyda'i fagl, ei ddyrnau, bob dim, ac roedd Id wedi saethu allan o'r llyn gyda'i bastwn a tharo'r ci ar ei ben nes iddo ollwng Efa, yna'i daro eto ac eto ac eto nes ei fod yn gelain. Ond roedd Efa'n llanast.

Roedden nhw i gyd wedi rhuthro ati, wedi ei chario i'r dŵr i geisio glanhau'r gwaed oddi arni er mwyn gweld ei

chlwyfau a'u trin. Roedd hi'n amlwg wedi codi ei breichiau er mwyn ei hamddiffyn ei hun ac o'r herwydd roedd ei dwylo a'i breichiau yn gnawd amrwd, a'r croen yn ddarnau, a thwll mawr, hyll dan ei hysgwydd dde. Bu'n rhaid iddyn nhw dorri gweddillion ei chrys a'i siaced oddi arni gyda chyllell er mwyn gallu trin ei chlwyfau. Roedd Bilen yn ei dagrau yn ceisio pwytho'r croen yn ôl at ei gilydd, a bu'n rhaid i Galena gymryd drosodd.

Bu Dalian yn dal ei phen yn ei gôl drwy'r cyfan, yn fud, yn crynu ac yn cusanu ei thalcen, yn dal ei wefusau ar ei chroen am yn hir, fel petai'n ceisio anadlu bywyd yn ôl i mewn iddi. Roedd o wedi dod o hyd i byls ar ei gwddw gan nad oedd modd gwneud hynny gyda'i garddyrnau. Felly, roedden nhw'n gwybod ei bod hi'n dal yn fyw, ond doedden nhw ddim yn siŵr ai wedi llewygu oedd hi neu wedi taro'i phen pan neidiodd y bwystfil arni.

A rŵan, roedd hi'n gorwedd ym mreichiau Dalian, yn edrych mor fychan, mor welw. Cododd Prad ar ei draed. Roedd yn rhaid i rywun wneud penderfyniad.

'Iawn, dwi'n meddwl y dylen ni osod ein pebyll yma heno. Ar y darn gwair draw fan acw. Dach chi'n cytuno?'

Nodiodd pawb – heblaw am Dalian, gan ei fod o'n canolbwyntio'n llwyr ar wyneb Efa – a mynd ati i ddadbacio eu pebyll.

'Be os daw 'na fwy o gŵn allan o'r goedwig?' meddai Cara.

'Cylch o danau o'n cwmpas ni, a gwylwyr nos,' meddai Galena. 'Id? Ddoi di i helpu fi i gasglu coed tân?'

'Tân,' cytunodd Id, yna chwythu ei drwyn a sychu ei lygaid â'i lawes, cyn codi ei bastwn a'i fwyell yn benderfynol. Camodd yn frysiog fel ei fod yn cerdded o flaen Galena. Doedd yr un ci yn mynd i gael cyffwrdd ynddi hi.

Roedd y pebyll wedi eu codi, y tanau wedi eu cynnau, y ceffylau wedi eu bwydo a Galena wedi dechrau coginio pan fentrodd Cara at Dalian, oedd ddim wedi symud modfedd, ac yntau'n dal i gydio yn Efa a siarad yn dawel gyda hi.

'Dalian? Be am i ni roi dillad sych arni a'i rhoi i orwedd yn y babell?'

Cododd Dalian ei ben â'i lygaid yn bell. Bu'n rhaid i Cara ailadrodd ei hun, ac yna nodiodd Dalian. Ond doedd o ddim yn gallu ei chodi ar ei un goes. Ochneidiodd yn uchel a rhwystredig.

'Id? Helpa fi, wnei di?' galwodd, a brysiodd Id draw i godi Efa yn ofalus wrth i Dalian godi ei hun ar ei faglau. Sylwodd Cara ei fod wedi gwingo mewn poen yn y broses.

'Dalian? Gest ti dy anafu gan y ci 'na hefyd?'

'Naddo. Dim ond gen i fy hun, wrth ddisgyn. Ac wedi cyffio dwi, dyna i gyd. Ers pryd dwi wedi bod yn fan'na?'

'Bron i awr bellach. A hynny mewn dillad gwlyb.'

'Sut wnes i wlychu?' gofynnodd Dalian yn ddryslyd.

'Ddoist ti mewn i'r dŵr i ddal pen Efa tra oedden ni'n golchi'r gwaed oddi arni, dwyt ti'm yn cofio? Cer ditha i newid cyn i ti gael oerfel.'

Ufuddhaodd Dalian yn fud, ac aros yn chwithig wrth i Id ddarganfod ei fod yn rhy fawr i osod Efa yn y babell heb ei chwalu. Brysiodd Prad i gymryd Efa oddi arno a'i rhoi i

orwedd yn ofalus ar ei gwely. Brathodd Dalian ei wefus nes tynnu gwaed.

*

'Dyna ddiwedd y cig gafr,' meddai Galena wrth rannu swper i bawb. 'Dwi wedi ei ddefnyddio i gyd achos dwi'm yn meddwl neith o bara llawer mwy. A 'dan ni'm isio i'w arogl o ddenu unrhyw anifeiliaid gwyllt, nag oes?'

'Nid dyna ddenodd y cŵn aton ni, ia?' meddai Bilen.

'Rhan o'r rheswm, o bosib,' meddai Prad. 'Ond dwi'n meddwl bod ein harogl ni a'r ceffylau wedi apelio mwy.'

'Sut mae'r ceffylau?' gofynnodd Dalian, oedd yn eistedd yng ngheg ei babell o ac Efa, yn cadw golwg arni wrth iddo fwyta.

'Rhyfeddol,' meddai Prad. 'Ac mae anafiadau Brân yn edrych yn lân. Mi ddylai wella'n dda.'

'Ond does 'na ddim golwg o Salna eto,' meddai Bilen. 'Fedri di roi un chwibaniad arall, Dalian? Rhag ofn?'

Ufuddhaodd Dalian. Atseiniodd ei chwibanu drwy'r goedwig a thros y llyn, ac arhosodd pawb i wrando'n astud. Dim byd ond sŵn y tanau'n clecian a llepian ysgafn tonnau bychain ar y cerrig. Ddywedodd neb yr un gair am yn hir.

'Be wnawn ni fory?' gofynnodd Galena. 'Ydan ni am ddal i fynd, rhag ofn bod 'na bobol yr ochr draw i'r llyn yma allai helpu Efa?'

'Dwi'm yn meddwl bod gynnon ni ddewis,' meddai Dalian. 'Allwn ni'n bendant ddim mynd yn ôl.'

'Oes 'na olwg o rywbeth ar yr ochr arall?' gofynnodd Cara. 'Welwch chi rywbeth?'

'Ddim o fan hyn,' meddai Prad, gan godi ar ei draed i graffu ar y gorwel a'r bryniau yn y pellter gyda'i sbienddrych. 'Mi wna i ddringo coeden i weld. Mae 'na ddigon o olau o hyd. Ddoi di efo fi, Id? I gadw golwg?'

Cododd Id yn syth, gan gydio yn ei bastwn a'i fwyell. Gwyliodd y lleill y ddau yn cerdded at y goedwig ac yn dewis y goeden uchaf. Gosododd Id ei hun fel ei fod yn wynebu tywyllwch y goedwig yn fygythiol, a dechreuodd Prad ddringo. O fewn dim, roedd o'n uchel yn y deiliach.

'Plis paid â mynd yn rhy uchel,' ochneidiodd Bilen. 'Dim ond brigau gwan sydd i fyny fan'na, nid canghennau!'

'Dydy o ddim yn dwp,' meddai Dalian dan ei wynt.

Bum munud yn ddiweddarach, roedd Prad ac Id yn brysio yn eu holau.

'Mae 'na rywbeth yna!' meddai Prad, wedi cyffroi drwyddo. 'I'r dde, i'r cyfeiriad acw, y tu ôl i'r graig yna. Dwi bron yn siŵr mai adeiladau ydyn nhw, ac mi welais i fwg yn dod o ambell un, ac mae 'na hwyliau ar y dŵr – mae gynnyn nhw gychod!'

'Gwych!' meddai Cara.

'O'r diwedd. Gwareiddiad,' meddai Galena. 'Felly, gawn ni fynd yno peth cynta fory?'

'Dwi ddim yn gweld pam lai,' meddai Dalian, wedi iddo sylweddoli bod pawb wedi troi i edrych arno. 'Ond mi fydd raid i rai ohonon ni gerdded. Alla i ddim mentro ar gefn Brân eto, y creadur, ac mae Bilen yn ddi-geffyl hefyd.'

'Gei di fynd ar Mellten,' meddai Prad. 'Mi wna i gerdded. A geith Bilen fynd efo Galena ar gefn Gwinau.'

'Na, mae'n iawn, mi gerdda i efo ti, Prad,' meddai Bilen. 'Ond be wnawn ni efo Efa?'

'Id cario Efa,' meddai Id.

'Diolch am gynnig, ond mae'n rhy bell, Id,' meddai Dalian. 'Hyd yn oed i foi cryf fel ti. A 'dan ni angen i ti fod yn rhydd i fedru delio efo unrhyw gŵn gwyllt allai fod isio dial arnon ni.'

'Allwn ni ddim creu rhyw fath o grud neu rywbeth iddi ar Gwiblen? Efo canghennau o'r coed acw?' meddai Cara.

'Mi fyddai'n rhy fawr a thrwm,' meddai Dalian. 'Ac mi fyddai creu math o gerbyd llusg yn llawer rhy anghyfforddus ar y tirwedd caregog yma. Dwi'n meddwl mai'r peth calla ydy iddi fod efo fi. Wedi ei strapio'n sownd o 'mlaen i, yn pwyso yn fy erbyn i. Dim ond i ni fynd yn ara, mi fyddwn ni'n iawn.'

'Yn ara? Dim ond gobeithio na fydd Efa wedi gwaethygu dros nos felly, yndê?' meddai Bilen.

'Be? Wyt ti'n anghytuno efo fi?' meddai Dalian yn bigog.

'Nac ydw,' meddai Bilen yn ofalus, 'ond... ydy hi'n bosib mai jyst isio ei chadw hi'n agos atat ti wyt ti, a bod hynny'n dy ddallu di? Siawns na fedri di ymddiried yn y gweddill ohonan ni i ofalu amdani hefyd?'

'Ia, wedi'r cwbl, mi nath Id gario Cara am oriau ddoe, neu echdoe, pryd bynnag oedd hi, yn do?' meddai Galena.

Oedodd Dalian am rai eiliadau cyn ateb.

'Gwrandewch, fy mai i oedd o ei bod hi wedi brifo yn y lle

cynta – fi a fy niffyg coes. Felly, os gwelwch chi'n dda, gadewch i mi drio gneud iawn am hynny, o'r gorau?'

Nodiodd pawb yn dawel. Roedd y fflach beryglus yn llygaid Dalian wedi rhoi atalnod llawn ar y drafodaeth.

'Iawn, wel, dwi am drio gosod rhyw fath o rwyd neu rywbeth yn y dŵr a'i adael yno dros nos rhag ofn bod 'na bysgod yn y llyn 'ma,' meddai Galena. 'Mi fyddai sgodyn ffres i frecwast yn neis, dach chi'm yn meddwl?'

22

Pan gododd yr haul roedd y gwersyll yn dawel, a neb na dim wedi ceisio ymosod arnyn nhw na'r ceffylau dros nos. A phan aeth Galena at ei rhwyd, roedd ynddi bedwar pysgodyn iach a diogel yr olwg. Dechreuodd eu paratoi at frecwast.

'Mmm. Ogla da,' meddai Prad wrth ddod allan o'i babell ac ymestyn ei freichiau hirion uwch ei ben. Yna, 'Sut mae Efa?' gofynnodd.

'Dwi'm yn gwybod eto. Dydy Dalian ddim wedi codi a dwi'm yn siŵr a ddylwn i... wsti...' meddai Galena.

'Wel, tase 'na rywbeth o'i le, mi fyddai wedi gadael i ni wybod, dwi'n siŵr,' meddai Prad yn bwyllog.

'Ond be os ydy o'n cysgu'n sownd ac Efa'n methu anadlu neu rywbeth?' meddai Bilen, hanner i mewn a hanner allan o'r babell. 'Does gen i ddim ofn ei ddeffro fo os dach chi'n ormod o fabis.' Cododd ei llais wrth godi ar ei thraed: 'Hei, Dalian? Sut mae Efa? Ydy hi'n well?'

Agorwyd drws pabell Dalian ac Efa yn araf o'r tu mewn, ac ymddangosodd wyneb gwelw Dalian. Doedd dim golwg ei fod wedi cael llawer o gwsg, os o gwbl; roedd pantiau dyfnion, duon o dan ei lygaid.

'Mae hi'n dal yn fyw,' meddai mewn llais cryg. 'Mi wnaeth

hi ryw lun o ddeffro yn yr oriau mân, a deud rhywbeth wnes i ddim deall yn iawn. Mi rois i fymryn o'r dŵr efo morffin roist ti i mi neithiwr ar ei gwefusau hi, wedyn aeth hi'n ôl i gysgu. Ond mi allai hi wneud efo rhwymynnau glân.'

Brysiodd Bilen i weld a oedd y rhwymynnau roedd hi wedi eu golchi mewn dŵr berwedig cyn noswylio wedi sychu. Oedden, felly symudodd Dalian yn boenus allan o'r babell i wneud lle iddi wrth ochr Efa. Wrth i Bilen dynnu'r rhwymyn cyntaf, agorodd Efa ei llygaid yn araf.

'Dŵr,' sibrydodd.

Wedi i Bilen wlychu ei gwefusau â dŵr oer, ceisiodd Efa wenu arni.

'Diolch. Faint o lanast sy arna i?' sibrydodd wedyn.

Oedodd Bilen cyn ateb. Gwyddai nad oedd diben dweud celwydd wrthi. Ond dylai fod wedi meddwl ymlaen llaw beth fyddai'r peth doethaf i'w ddweud wrthi.

'Wel, mi fydd y creithiau'n werth eu gweld,' meddai yn y diwedd. 'Am flynyddoedd, mae'n siŵr.'

'Poeni dim am greithiau,' meddai Efa'n llesg. 'Fydda i'n gallu defnyddio fy mreichiau eto? Fy nwylo?'

'Ddim am sbel,' meddai Bilen yn frysiog. 'Rŵan, cau dy geg a gad i mi ganolbwyntio ar roi rhwymynnau glân arnat ti, iawn? A na, chei di ddim sbio arnyn nhw. Dwi angen i ti aros yn hollol, gwbl lonydd, dallt?'

Er mawr syndod i Bilen, caeodd Efa ei llygaid yn ufudd, gan adael i Bilen fwrw at ei gwaith. Ceisiodd beidio â gwingo wrth weld y pwythau igam-ogam a'r darnau o gnawd amrwd na fu modd eu pwytho, gan weddïo y byddai meddygon go

iawn ar ochr arall y llyn. Roedd Efa'n gweddïo am yr un peth yn union. Os oedden nhw wedi rhoi morffin iddi, roedd ei effaith wedi hen bylu, a gallai deimlo pa mor ddrwg oedd ei hanafiadau. Wel, dwyt ti'n haeddu dim llai, meddyliodd, gan frwydro i beidio â gadael i'r un deigryn ffurfio yn ei llygaid. Dyna dy haeddiant am wrthod dilyn traddodiad dy bobol, ac am lusgo dy ffrindiau i le mor hurt o beryglus.

Wedi lapio'r rhwymyn olaf, anadlodd Bilen yn ddwfn.

'Wyt ti'n teimlo'n ddigon cry i godi?' gofynnodd. 'Mae Galena wedi dal pysgod ac wrthi'n eu coginio nhw. Mi wnaiff chydig o fwyd les i ti.'

Doedd gan Efa ddim awydd bwyd o fath yn y byd, ond gwyddai'n iawn y dylai roi cynnig arni. Ceisiodd godi ei phen, ond heb freichiau roedd hi'n wan fel cath.

'Helpa fi,' sibrydodd, a brysiodd Bilen i'w chynorthwyo i godi ar ei heistedd yn araf. Roedd ei phen yn troi ond, wedi rhai munudau, pylodd y penysgafndod a gofynnodd i Bilen ofyn i Prad neu Id ddod i'w chodi allan o'r babell. Prad frysiodd i mewn ati, a'i chodi fel petai hi wedi ei gwneud o adenydd pilipala. Ceisiodd Efa wenu wrth weld wynebau pawb yn syllu'n boenus arni wrth i Prad bendroni lle i'w rhoi hi i eistedd.

'Fan hyn, efo fi,' meddai Dalian, gan ddal ei freichiau allan.

Ufuddhaodd Prad a phwysodd Efa yn ôl yn erbyn corff cynnes, cadarn Dalian. Daliodd yntau gwpan o rywbeth cynnes wrth ei gwefusau. Dŵr poeth gyda mêl. Iawn, gallai wynebu hynny, ond gwrthododd y darn o bysgodyn.

'Mae'n ddrwg gen i,' sibrydodd.

'Callia. Mae'n golygu mwy o sgodyn i bawb arall!' gwenodd Galena.

'Naci, am bob dim,' meddai Efa. 'Am eich llusgo i'r fath le, am adael i hyn ddigwydd i mi, am —'

'Nid dy fai di ydy o!' meddai Dalian yn chwyrn.

'Naci, siŵr,' meddai Cara, 'a ph'run bynnag, 'dan ni bron yna! Mae 'na bentre neu dre neu rywbeth ochr draw'r llyn yma! A 'dan ni am fynd yno – rŵan! Wel, yn y munud, pan fyddi di'n barod.'

Edrychodd Efa arni'n hurt.

'Pentre?'

'Wel, tai ac adeiladau,' meddai Prad. 'A 'dan ni'n gobeithio y bydd 'na feddygon o ryw fath yno, fydd yn gallu dy helpu di. Mi fyddi di'n gallu trin cleddyf a bwa a saeth eto mewn dim, gei di weld!'

'Mae 'na gychod gynnyn nhw hefyd,' meddai Cara, 'mewn rhyw fath o harbwr draw fan acw…' Pwyntiodd dros y dŵr – a rhewi.

Trodd pawb i weld pam roedd ei hwyneb wedi newid. Drwy'r tarth tenau ar wyneb y llyn roedd rhywbeth yn dod tuag atyn nhw: rhywbeth mawr. Cwch hwylio. Syllodd pawb arno'n fud. Wrth iddo agosáu, gallent weld fod pobl arno – dau yn y pen blaen, dau arall wrth y mast ac un wrth y llyw yn y cefn.

'Gobeithio y byddan nhw'n falch o'n gweld ni,' meddai Galena.

'Bwa a saeth wela i gan y ddau yn y blaen?' meddai Prad.

'Ia,' meddai Cara, oedd wedi cythru am y sbienddrych.

'Ddylen ni fod yn barod i saethu'n ôl?' gofynnodd Prad.

'Na, dim arfau,' meddai Efa'n llesg. 'Codwch law arnyn nhw. Mi faswn i'n gwneud, ond...'

Cododd Cara ei dwy law yn syth, a'u chwifio. Cododd Galena ar ei thraed i wneud yr un peth, yna Bilen.

'Ty'd, Id, coda law arnyn nhw!' meddai Galena.

Ond cadw ei freichiau'n dynn wrth ei ochr a wnaeth Id, gan gamu yn ei ôl yn bwyllog at y ceffylau. Doedd Prad ddim yn siŵr beth i'w wneud chwaith.

'Dynes sydd wrth y llyw,' meddai Cara. 'Ac mae ganddi... oes, mae ganddi wallt du a melyn fel ti, Efa! Brysia, Dalian, tynna ei gwallt hi 'mlaen dros ei hysgwyddau fel eu bod nhw'n gallu gweld ei gwallt hi'n iawn!'

Ufuddhaodd Dalian.

Trodd y cwch i mewn i'r gwynt a thynnwyd yr hwyl i lawr yn gyflym fel ei fod yn dod i stop cyn cyffwrdd y cerrig yn y dŵr bas. Yna neidiodd dau berson i mewn i'r dŵr a chamu tuag atyn nhw – merch dal gyda chleddyf, a dyn talach fyth gyda bwa a saeth, yn barod i saethu pe byddai raid. Safodd y ddau o'u blaenau gan eu llygadu'n amheus.

'Pwy ydach chi?' gofynnodd y ferch yn uchel.

Trodd y lleill at Efa, ond roedd hi'n rhy wan i weiddi.

'Dalian,' sibrydodd.

'Dyma Efa, oedd i fod yn frenhines Melania,' galwodd Dalian mewn llais cryf. 'Mae hi wedi ei hanafu'n ddrwg ar ôl i gi anferthol ymosod arni neithiwr, ac mae angen meddyg arni.'

'Oedd i fod yn frenhines?' meddai'r dyn.

'Ia, ond mi wnaethon ni ddianc cyn y seremoni!' meddai Cara, 'Ni helpodd hi, a 'dan ni wedi bod yn teithio ers... ers oes, ond roedden ni'n gwybod eich bod chi yma yn rhywle, ac —'

'Gwybod? Sut oeddech chi'n gwybod?' meddai'r ferch yn chwyrn wrth i'r dyn anelu ei saeth at Cara.

'O! Doedden ni ddim yn gwybod go iawn, ddim i sicrwydd!' meddai Cara'n frysiog, 'Amau oedden ni, dyna i gyd. Gobeithio, yn fwy na dim.'

'Ysbiwyr o Bica ydach chi, yndê!' chwyrnodd y dyn.

'Naci wir! Mae pobol Pica yn elynion i ni!' meddai Prad.

'Hy. Ti'n edrych fel milwr o Bica i mi...' meddai'r dyn, gan droi ei saeth at Prad.

'Ydy'r ddynes wrth y llyw yn perthyn i Efa?' gofynnodd Bilen yn sydyn. 'Mae gynnyn nhw'r un gwallt. Edrychwch!'

Cododd y ddynes wrth y llyw ar ei thraed a dringo i mewn i'r dŵr. Cerddodd tuag atyn nhw gyda'i choesau hirion, a'i phen yn uchel. Roedd hi'n ofnadwy o debyg i fam Efa, meddyliodd Galena, a thua'r un oed hefyd. Cerddodd heibio'r ddau arall nes ei bod yn sefyll o flaen Efa a Dalian. Syllodd arni am yn hir, yna plygu a chyffwrdd yng ngwallt Efa.

'Ddim isio lladd dy fam oeddet ti?' meddai mewn llais fel hufen, gan rythu i lygaid Efa, a chyffwrdd ei thalcen â chefn ei llaw yn dyner.

'Ia,' sibrydodd Efa. 'A dw... dwi'n gwybod nad fi oedd y cynta i wneud hynny.'

Dim ond gwenu arni wnaeth y ddynes. Yna sythodd.

'Iawn, rhowch hi yn y cwch. Mae angen triniaeth arni ar fyrder,' meddai, a brysiodd y ddau ddyn oedd wrth y mast i mewn i'r dŵr a dechrau codi Efa'n ofalus a'i chludo at y cwch. 'Gei di ddod efo hi,' meddai wrth Dalian, gan sylwi ar ei goes. 'Nali a Brin,' meddai wrth y ddau oedd yn dal i gydio'n dynn yn y cleddyf a'r bwa, 'ewch chi â'r gweddill, a'r ceffylau, ar hyd y tir. Ond nid hwnna,' meddai gan gyfeirio at Id. 'Chaiff hwnna ddim dod yn agos.'

Rhythodd pawb yn hurt arni.

'Y? Ddim diawl o beryg!' meddai Galena. 'Os nad ydy o'n cael dod efo ni, 'dan ni'n aros fan hyn!'

Rhewodd pawb.

'Wela i…' meddai'r ddynes yn araf, gan astudio Galena'n ofalus. 'Iawn, arhoswch chi yma 'ta,' meddai'n siarp. 'Ond mae hi'n dod efo ni. Mi wnawn ni ofalu amdani, mae gynnon ni feddygon da, a dach chi ddim isio iddi farw rŵan, nag oes? Ddim ar ôl pob dim dwi'n gwybod eich bod chi wedi bod drwyddo i ddod yma. Ond dwi'n ei ddeud o eto, chaiff y bwystfil yna ddim dod ar gyfyl ein tref ni. Mi gewch chi bum munud i benderfynu be rydach chi am ei wneud.'

Edrychodd pawb ar ei gilydd yn fud. Be oedden nhw'n mynd i'w wneud rŵan?

'Ro'n i'n gwybod bod gadael Melania yn gamgymeriad…' meddai Bilen dan ei gwynt.

Rhagflas o nofel 3 trioleg Y MELANAI
EDENIA

1

MAE BYWYD YN hen ast, meddyliodd Galena gan wasgu ei dwylo yn ddyrnau a chladdu ei hewinedd i mewn i'w chnawd. Trodd i edrych ar ei chyfeillion, pob un yn werth y byd yn grwn, pob un wedi gweithio mor galed i gyrraedd yma, a phob un bellach yn edrych fel pe tae eu byd ar fin chwalu'n deilchion. Roedd Efa, ei chyfaill pennaf, tywysoges Melania, fel doli glwt ym mreichiau dau ddieithryn, a'i llygaid ar gau. Doedd dim syndod ei bod hi wedi llewygu; roedd hi wedi colli cymaint o waed wedi i anghenfil o gi ymosod arni.

Doedd hyn ddim yn deg! Roedden nhw wedi llwyddo i groesi'r dŵr o wlad Melania, dŵr oedd yn llawn creaduriaid afiach, peryglus fel brathwyr bodiau a nadroedd sgarlad a'r siarcod hyllaf yn y byd – ac roedd Dalian wedi colli hanner ei goes o'r herwydd, wedyn roedden nhw wedi teithio am wythnosau drwy erchyllterau'r Diffeithwch Du; wedi llwyddo i ddianc rhag llyffantod oedd am fwyta eu cnawd, cŵn anferthol oedd am gnoi eu hesgyrn a llosgfynyddoedd oedd am eu llosgi'n llwch; roedden nhw wedi gofalu am ei gilydd, wedi aros yn dîm clos, effeithiol a gwneud cyfaill newydd o

gawr ar y daith. A rŵan, a hwythau wedi meddwl eu bod wedi cyrraedd tir newydd, diogel a llawn croeso, lle bydden nhw i gyd yn byw'n hapus ac Efa ddim yn gorfod dilyn traddodiad Melania o orfod lladd ei mam er mwyn cael ei choroni'n Frenhines, roedd popeth yn y fantol! A hynny oherwydd y bobl hyn a'r ddynes dal, denau yma gyda gwallt melyn a du, fel gwallt Efa yn union; gwallt oedd yn dangos ei bod yn perthyn i deulu brenhinol Melania. Ond doedd hon ddim byd tebyg i Efa, meddyliodd Galena. Roedd hon yn ast!

'Peidiwch chi â meiddio rhoi Efa yn y cwch yna nes byddwn ni'n cael cyfle i drafod!' rhuodd Galena, gan synnu hyd yn oed ei hun gyda nerth ei llais. Edrychodd pawb arni'n gegrwth am rai eiliadau, a rhewodd y ddau ddyn oedd yn cario Efa drwy'r dŵr at y cwch.

'Ond mae hi angen sylw meddyg ar fyrder...' meddai'r ast drwynsur yn rhy resymol o'r hanner.

'Pa brawf sy gynnon ni mai ei lles hi sy gynnoch chi mewn golwg?' meddai llais Cara y tu ôl i Galena. Roedd ei llais braidd yn gryg, braidd yn ddiniwed, ond yna, cyhoeddodd yn uwch a chryfach: 'Dydan ni ddim yn eich nabod chi.'

'Peidiwch â bod yn wirion, mae hi'n berffaith amlwg pwy ydw i,' meddai'r ddynes gan edrych i lawr ei thrwyn hir ar Cara.

'Nac ydi,' meddai Dalian, a oedd yn dal i sefyll ar lan y llyn gyda'i faglau. 'Oes, mae gynnoch chi wallt fel Efa, felly mae'n amlwg eich bod chi'n perthyn. Ond does gynnon ni ddim syniad pwy ydach chi.'

'Digon teg,' meddai'r ddynes. 'Alenian ydi'r enw, a dwi'n

un o ddisgynyddion y Frenhines Dani, lwyddodd i ddianc o Felania am yr un rheswm yn union â Efa. Doedd hi ddim yn credu chwaith yn yr hen arferiad o dywysoges yn gorfod lladd ei mam.'

Nofel 1 trioleg Y MELANAI:

EFA

'Rhoddaf i ti fy nghoron, fy ngwlad a fy mywyd.'

Bethan Gwanas

y lolfa

£5.99

Trioleg arall i oedolion ifanc gan y Lolfa:

'Dwi'n mynd i Gymru. Ti'n dod gyda fi?'

YMA:
YR YNYS

LLEUCU ROBERTS

yl Lolfa

£5.99

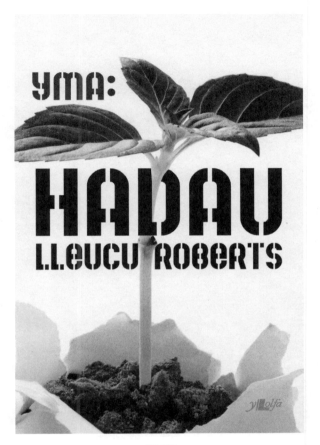

YMA: HADAU

LLEUCU ROBERTS

y olfa

£6.99

Am restr gyflawn o lyfrau'r Lolfa, mynnwch
gopi am ddim o'n catalog
neu hwyliwch i mewn i'n gwefan

www.ylolfa.com

lle gallwch archebu llyfrau ar-lein.

TALYBONT CEREDIGION CYMRU SY24 5HE
ebost ylolfa@ylolfa.com
gwefan www.ylolfa.com
ffôn 01970 832 304
ffacs 832 782

Holwch am bris argraffu!
01970 832 304

CONTEMPORÁNEA

Biblioteca

JAVIER MARÍAS

Corazón tan blanco

Prólogo de
Elide Pittarello

ꡃ DeBOLS!LLO

Edición al cuidado de Carme López

Diseño de la portada: Departamento de diseño de Random
 House Mondadori/Yolanda Artola
Fotografía de la portada: *L'Espagnole*. © Man Ray. VEGAP,
 Barcelona 2006

Segunda edición: octubre, 2007

© 1992, Javier Marías
© 2006 de la presente edición para todo el mundo:
 Random House Mondadori, S. A.
 Travessera de Gràcia, 47-49. 08021 Barcelona
© 2006, Elide Pittarello, por el prólogo

Printed in Spain – Impreso en España

ISBN: 978-84-8346-140-2 (vol. 606/6)
Depósito legal: B. 47.720 - 2007

Fotocomposición: Zero pre impresión, S. L.

Impreso en Liberduplex, S. L.U.
Sant Llorenç d'Hortons (Barcelona)

P 861402

Prólogo

Hace quince años, Javier Marías, muy noctámbulo por aquel entonces, tenía la costumbre de salir todas las noches o casi. Si una de esas noches no hubiera decidido quedarse en casa, posiblemente *Corazón tan blanco* hoy no existiría. Cuenta el autor que vio por la televisión el *Macbeth* de Orson Welles y que de aquella versión cinematográfica de la obra de Shakespeare surgió «el primer latido» —una metáfora tomada de Nabokov— de la novela más leída y traducida de Javier Marías, la que le supuso una fama internacional de proporciones inimaginables.

A partir de *El hombre sentimental*, en Francia eran ya muy apreciadas las obras de este escritor, pero nada comparable, sin embargo, con lo que pasaría en Alemania años más tarde, donde *Corazón tan blanco* se convirtió en un verdadero fenómeno literario.

El destino de este libro vino marcado de nuevo por la televisión: durante el programa estrella de literatura de este país, de gran audiencia, el estricto y vehemente crítico Marcel Reich-Ranicki, junto con otros tres colegas, definió la novela como una obra maestra. Era el año 1996. Esa consagración despertó el interés editorial de varios países, incluidos los que se habían mostrado tibios hasta ese momento. Las traducciones se multiplicaron, extendiendo en el extranjero el éxito

que *Corazón tan blanco* había tenido en España desde el momento de su publicación, en 1992, donde la novela fue galardonada con el Premio de la Crítica de Narrativa. El Premio Internacional Impac de Literatura, que le fue otorgado en Dublín, en 1997, confirmó cuán lejos había llegado su notoriedad.

Corazón tan blanco es una novela que pone en crisis valores sólidamente adquiridos por la cultura occidental. El conflicto estalla en el ámbito del matrimonio, la institución que tiene la difícil tarea de reglamentar la relación amorosa, en teoría la que se elige con mayor libertad.

Juan, un traductor que trabaja para organismos internacionales, se casa con Luisa, una colega a la que conoce durante un encuentro entre dos altos cargos políticos: una dama inglesa y un caballero español, parodias probables de Margaret Thatcher y Felipe González. En una de las páginas más cómicas de la novela, la sátira que denuncia las artimañas ocultas del poder sirve a la vez para insinuar el leit-motiv que irá envenenando, capítulo tras capítulo, las relaciones entre los varios personajes. Asumir la idea de que «todo el mundo obliga a todo el mundo» es, en efecto, dejar de creer en la libertad como posibilidad de elección, aun dentro de los límites que imponen las circunstancias exteriores y las pulsiones individuales. Este determinismo encubierto recorre toda la novela, una historia que, como ha declarado Javier Marías, trata del matrimonio y el secreto, de la persuasión y de la sospecha. Y así es. Pero se puede añadir que trata también de las consecuencias trágicas del amor y de sus riesgos. En sus arduas negociaciones con la razón, la pasión amorosa muestra aquí su lado más oscuro y ambiguo. Y también el más siniestro.

Todo ese inquietante conjunto, sutilmente sugerido, va provocando un perdurable «presentimiento de desastre» en Juan, el narrador, quien va dando cuenta del año que lleva casado con Luisa, y de la aprensión que siente desde el mismo

día de la boda, cuando Ranz, su brillante padre que hizo fortuna como crítico de arte bajo el franquismo, le recomienda que jamás le cuente ningún secreto a la mujer con la que acaba de casarse. El padre, muy seguro de sí mismo, da ese extraño consejo a un hijo lleno de dudas, mientras le pone una mano en el hombro. Esa advertencia, a la vez afable y misteriosa y sin posibilidad de réplica, queda desde ese momento ligada a ese gesto ambiguo, que tanto puede significar protección como amenaza. Intrigado por esta actitud del padre, Juan emprende entonces una atormentada labor detectivesca acerca de su progenitor, que lo lleva a impactantes descubrimientos.

Por otra parte, con la famosa frase «No he querido saber, pero he sabido» con que Juan inaugura su relato, lo que está diciendo implícitamente es que no quisiera ser quien es, ni contar lo que está contando, un malestar que se refleja en su discurso como un forcejeo incesante entre el decir y el callar.

Obligado a reelaborar el relato de sus orígenes con cada nueva pieza ominosa que surge del rompecabezas familiar, el narrador se va sintiendo cada vez más a la expectativa de alguna catástrofe. El otro es para él un enigma peligroso, sentimiento que acaba haciendo extensivo tanto a familiares como a desconocidos. La metamorfosis se encuentra al acecho en todas las relaciones y no deja a salvo ninguna identidad. La sombra del doble apunta insistente a lo largo de la novela, lo mismo que la obsesión asociativa mediante la cual el narrador conecta arbitrariamente, en el espacio y el tiempo, a las parejas más heterogéneas. Por ejemplo, los desconocidos Miriam y Guillermo, que planean la muerte de la mujer de él en el mismo hotel de La Habana que ocupa el narrador en su viaje de bodas, comparten algún detalle con Berta, una amiga del narrador de Nueva York, y Bill, su ocasional amante, un hombre encontrado a través de un anuncio y que somete a la mujer a perversas vejaciones. En las inquietantes hipótesis del narrador, cada uno de estos personajes tiene a su vez algo

en común no sólo con él mismo y con Luisa, su mujer, sino con su propio padre y las mujeres de las que éste ha enviudado, es decir su madre y, con anterioridad, una hermana de ella.

En *Corazón tan blanco,* la atracción sexual, móvil de la vida, aparece siempre con su instinto contrario, la violencia. El cuerpo como escenario de pasiones fatales, sobre todo el cuerpo femenino. La mujer como gran misterio. Sea cual sea el país, la clase social, la circunstancia, todas las mujeres de esta novela interrumpen en un momento dado la comunicación verbal, se sumergen en el sonido de su propia voz y excluyen canturreando al hombre que tienen al lado. Ellas ignoran que es sobre todo durante ese ensimismamiento cuando la superficie de su carne es siempre más vulnerable.

De esa contradicción no escapa tampoco el narrador, quien, indeciso entre la pasividad y la voluntad de poder, desconfía de Luisa, su esposa, a la que por otra parte ama con pasión.

Para él, uno no es responsable de lo que hace, sino de lo que escucha; «los oídos no tienen párpados», dice gráficamente. Esta ética subversiva, que recorre toda la novela, emerge del breve capítulo dedicado a *Macbeth*, en concreto el fragmento tras la escena del asesinato de Duncan. Después de consolar al marido desencajado que acaba de apuñalar al rey, Lady Macbeth embadurna con la sangre del muerto las caras de los guardias previamente drogados, y abandona cerca de sus cuerpos las dagas usadas para el delito. Entonces, justo después de concluir la acción que les garantiza a ambos la impunidad, la instigadora del asesinato le dice al asesino: «Mis manos son de tu color, pero me avergüenzo de llevar un corazón tan blanco».

Afirma Javier Marías haberse fijado en esta frase por su ambigüedad extrema, ya que el contexto no permite averiguar si el adjetivo «blanco» es ahí un símbolo de inocencia o de cobardía.

En el *Macbeth* de Shakespeare, que retoma el modelo de la tragedia clásica, la pareja diabólica, de repente temerosa y frágil tras cometer el regicidio, acabará aplastada por el peso moral de su secreto, una consecuencia con la que ninguno de los dos culpables contaba. En el *Macbeth* de Javier Marías, sin embargo, el destino de la pareja malvada no se menciona, porque importa menos el castigo del crimen que la necesidad de contarlo, la relación entre lo que se hace y lo que se dice.

A diferencia de las palabras, con los hechos no hay vuelta atrás: acontecen de una vez para siempre. Sin embargo, los hechos existen sólo si alguien los recuerda y los refiere. Esta idea, que alimenta gran parte de la narrativa de Javier Marías, atañe a la verdad como práctica discursiva, al evento que llega a ser real sólo si es relatado, como en el caso de Macbeth, que «hace el hecho», es decir, mata, instigado por su esposa, pero Lady Macbeth sólo comparte la responsabilidad cuando sabe de esa muerte. Éste es el sorprendente planteamiento moral del narrador, quien al final de la novela, pudiendo no escuchar el secreto que Ranz, su padre, le cuenta a Luisa, decide sin embargo hacerlo, y cargar así con una herencia ensangrentada que, a su vez, él mismo va a transmitir mediante un relato.

En este sentido, *Corazón tan blanco* puede leerse asimismo como la fracasada resistencia de una conciencia que ha perdido la protección que le aseguraban la ignorancia y el olvido. Vista así la historia, se entiende por qué la novela ha sido interpretada también en un sentido político, como una alegoría de la transición española, que no habría podido llevarse a cabo sin un pacto del silencio.

La turbia figura de Ranz, que había acumulado su fortuna bajo el franquismo, queda impune; Juan, el hijo, que había aceptado la vida acomodada que el padre le ofrecía, una vez sabe lo que no quería saber no lo juzga, y, descubierta al fin la procedencia del mal que justifica a posteriori sus «presentimientos de desastre», el autor interrumpe la historia dejando

el final abierto, lo que en ningún modo apacigua sino que, por el contrario, lleva a su máxima tensión la zozobra que había introducido en el lector desde la primera inolvidable escena de este libro.

<div align="right">ELIDE PITTARELLO</div>

Corazón tan blanco

Para Julia Altares
pese a Julia Altares

y a Lola Manera, de La Habana,
in memoriam

*'My hands are of your colour;
but I shame to wear a heart so white.'*
<small>SHAKESPEARE</small>

o bien

*'Mis manos son de tu color;
pero me avergüenzo de llevar un corazón tan blanco.'*

No he querido saber, pero he sabido que una de las niñas, cuando ya no era niña y no hacía mucho que había regresado de su viaje de bodas, entró en el cuarto de baño, se puso frente al espejo, se abrió la blusa, se quitó el sostén y se buscó el corazón con la punta de la pistola de su propio padre, que estaba en el comedor con parte de la familia y tres invitados. Cuando se oyó la detonación, unos cinco minutos después de que la niña hubiera abandonado la mesa, el padre no se levantó en seguida, sino que se quedó durante algunos segundos paralizado con la boca llena, sin atreverse a masticar ni a tragar ni menos aún a devolver el bocado al plato; y cuando por fin se alzó y corrió hacia el cuarto de baño, los que lo siguieron vieron cómo mientras descubría el cuerpo ensangrentado de su hija y se echaba las manos a la cabeza iba pasando el bocado de carne de un lado a otro de la boca, sin saber todavía qué hacer con él. Llevaba la servilleta en la mano, y no la soltó hasta que al cabo de un rato reparó en el sostén tirado sobre el bidet, y entonces lo cubrió con el paño que tenía a mano o tenía en la mano y sus labios habían manchado, como si le diera más vergüenza la visión de la prenda íntima que la del cuerpo derribado y semidesnudo con el que la prenda había estado en contacto hasta hacía muy poco: el cuerpo sentado a la mesa o alejándose por el pasillo o también de pie. An-

tes, con gesto automático, el padre había cerrado el grifo del lavabo, el del agua fría, que estaba abierto con mucha presión. La hija había estado llorando mientras se ponía ante el espejo, se abría la blusa, se quitaba el sostén y se buscaba el corazón, porque, tendida en el suelo frío del cuarto de baño enorme, tenía los ojos llenos de lágrimas, que no se habían visto durante el almuerzo ni podían haber brotado después de caer sin vida. En contra de su costumbre y de la costumbre general, no había echado el pestillo, lo que hizo pensar al padre (pero brevemente y sin pensarlo apenas, en cuanto tragó) que quizá su hija, mientras lloraba, había estado esperando o deseando que alguien abriera la puerta y le impidiera hacer lo que había hecho, no por la fuerza sino con su mera presencia, por la contemplación de su desnudez en vida o con una mano en el hombro. Pero nadie (excepto ella ahora, y porque ya no era una niña) iba al cuarto de baño durante el almuerzo. El pecho que no había sufrido el impacto resultaba bien visible, maternal y blanco y aún firme, y fue hacia él hacia donde se dirigieron instintivamente las primeras miradas, más que nada para evitar dirigirse al otro, que ya no existía o era sólo sangre. Hacía muchos años que el padre no había visto ese pecho, dejó de verlo cuando se transformó o empezó a ser maternal, y por eso no sólo se sintió espantado, sino también turbado. La otra niña, la hermana, que sí lo había visto cambiado en su adolescencia y quizá después, fue la primera en tocarla, y con una toalla (su propia toalla azul pálido, que era la que tenía tendencia a coger) se puso a secarle las lágrimas del rostro mezcladas con sudor y con agua, ya que antes de que se cerrara el grifo, el chorro había estado rebotando contra la loza y habían caído gotas sobre las mejillas, el pecho blanco y la falda arrugada de su hermana en el suelo. También quiso, apresuradamente, secarle la sangre como si eso pudiera curarla, pero la toalla se empapó al instante y quedó inservible para su tarea, también se tiñó. En vez de dejarla empaparse y cubrir el tórax con ella, la retiró en seguida al

verla tan roja (era su propia toalla) y la dejó colgada sobre el borde de la bañera, desde donde goteó. Hablaba, pero lo único que acertaba a decir era el nombre de su hermana, y a repetirlo. Uno de los invitados no pudo evitar mirarse en el espejo a distancia y atusarse el pelo un segundo, el tiempo suficiente para notar que la sangre y el agua (pero no el sudor) habían salpicado la superficie y por tanto cualquier reflejo que diera, incluido el suyo mientras se miró. Estaba en el umbral, sin entrar, al igual que los otros dos invitados, como si pese al olvido de las reglas sociales en aquel momento, consideraran que sólo los miembros de la familia tenían derecho a cruzarlo. Los tres asomaban la cabeza tan sólo, el tronco inclinado como adultos escuchando a niños, sin dar el paso adelante por asco o respeto, quizá por asco, aunque uno de ellos era médico (el que se vio en el espejo) y lo normal habría sido que se hubiera abierto paso con seguridad y hubiera examinado el cuerpo de la hija, o al menos, rodilla en tierra, le hubiera puesto en el cuello dos dedos. No lo hizo, ni siquiera cuando el padre, cada vez más pálido e inestable, se volvió hacia él y, señalando el cuerpo de su hija, le dijo 'Doctor', en tono de imploración pero sin ningún énfasis, para darle la espalda a continuación, sin esperar a ver si el médico respondía a su llamamiento. No sólo a él y a los otros les dio la espalda, sino también a sus hijas, a la viva y a la que no se atrevía a dar aún por muerta, y, con los codos sobre el lavabo y las manos sosteniendo la frente, empezó a vomitar cuanto había comido, incluido el pedazo de carne que acababa de tragarse sin masticar. Su hijo, el hermano, que era bastante más joven que las dos niñas, se acercó a él, pero a modo de ayuda sólo logró asirle los faldones de la chaqueta, como para sujetarlo y que no se tambaleara con las arcadas, pero para quienes lo vieron fue más bien un gesto que buscaba amparo en el momento en que el padre no se lo podía dar. Se oyó silbar un poco. El chico de la tienda, que a veces se retrasaba con el pedido hasta la hora de comer y estaba descargando sus cajas cuando sonó la

detonación, asomó también la cabeza silbando, como suelen hacer los chicos al caminar, pero en seguida se interrumpió (era de la misma edad que aquel hijo menor), en cuanto vio unos zapatos de tacón medio descalzados o que sólo se habían desprendido de los talones y una falda algo subida y manchada —unos muslos manchados—, pues desde su posición era cuanto de la hija caída se alcanzaba a ver. Como no podía preguntar ni pasar, y nadie le hacía caso y no sabía si tenía que llevarse cascos de botellas vacíos, regresó a la cocina silbando otra vez (pero ahora para disipar el miedo o aliviar la impresión), suponiendo que antes o después volvería a aparecer por allí la doncella, quien normalmente le daba las instrucciones y no se hallaba ahora en su zona ni con los del pasillo, a diferencia de la cocinera, que, como miembro adherido de la familia, tenía un pie dentro del cuarto de baño y otro fuera y se limpiaba las manos con el delantal, o quizá se santiguaba con él. La doncella, que en el momento del disparo había soltado sobre la mesa de mármol del office las fuentes vacías que acababa de traer, y por eso lo había confundido con su propio y simultáneo estrépito, había estado colocando luego en una bandeja, con mucho tiento y poca mano —mientras el chico vaciaba sus cajas con ruido también—, la tarta helada que le habían mandado comprar aquella mañana por haber invitados; y una vez lista y montada la tarta, y cuando hubo calculado que en el comedor habrían terminado el segundo plato, la había llevado hasta allí y la había depositado sobre una mesa en la que, para su desconcierto, aún había restos de carne y cubiertos y servilletas soltados de cualquier manera sobre el mantel y ningún comensal (sólo había un plato totalmente limpio, como si uno de ellos, la hija mayor, hubiera comido más rápido y lo hubiera rebañado además, o bien ni siquiera se hubiera servido carne). Se dio cuenta entonces de que, como solía, había cometido el error de llevar el postre antes de retirar los platos y poner otros nuevos, pero no se atrevió a recoger aquéllos y amontonarlos por

si los comensales ausentes no los daban por finalizados y querían reanudar (quizá debía haber traído fruta también). Como tenía ordenado que no anduviera por la casa durante las comidas y se limitara a hacer sus recorridos entre la cocina y el comedor para no importunar ni distraer la atención, tampoco se atrevió a unirse al murmullo del grupo agrupado a la puerta del cuarto de baño por no sabía aún qué motivo, sino que se quedó esperando, las manos a la espalda y la espalda contra el aparador, mirando con aprensión la tarta que acababa de dejar en el centro de la mesa desierta y preguntándose si no debería devolverla a la nevera al instante, dado el calor. Canturreó un poco, levantó un salero caído, sirvió vino a una copa vacía, la de la mujer del médico, que bebía rápido. Al cabo de unos minutos de contemplar cómo esa tarta empezaba a perder consistencia, y sin verse capaz de tomar una decisión, oyó el timbre de la puerta de entrada, y como una de sus funciones era atenderla, se ajustó la cofia, se puso el delantal más recto, comprobó que sus medias no estaban torcidas y salió al pasillo. Echó un vistazo fugaz a su izquierda, hacia donde estaba el grupo cuyos murmullos y exclamaciones había oído intrigada, pero no se entretuvo ni se acercó y fue hacia la derecha, como era su obligación. Al abrir se encontró con risas que terminaban y con un fuerte olor a colonia (el descansillo a oscuras) procedente del hijo mayor de la familia o del reciente cuñado que había regresado de su viaje de bodas no hacía mucho, pues llegaban los dos a la vez, posiblemente porque habían coincidido en la calle o en el portal (sin duda venían a tomar café, pero nadie había hecho aún el café). La doncella casi rió por contagio, se hizo a un lado y los dejó pasar, y aún tuvo tiempo de ver cómo cambiaba en seguida la expresión de sus rostros y se apresuraban por el pasillo hacia el cuarto de baño de la multitud. El marido, el cuñado, corría detrás muy pálido, con una mano sobre el hombro del hermano, como si quisiera frenarlo para que no viera lo que podía ver, o bien agarrarse a él. La doncella no regresó ya al co-

medor, sino que los siguió, apretando también el paso por asimilación, y cuando llegó a la puerta del cuarto de baño volvió a notar, aún más fuerte, el olor a colonia buena de uno de los caballeros o de los dos, como si se hubiera derramado un frasco o lo hubiera acentuado un repentino sudor. Se quedó allí sin entrar, con la cocinera y con los invitados, y vio, de reojo, que el chico de la tienda pasaba ahora silbando de la cocina al comedor, buscándola seguramente; pero estaba demasiado asustada para llamarle o reñirle o hacerle caso. El chico, que había visto bastante con anterioridad, sin duda permaneció un buen rato en el comedor y luego se fue sin decir adiós ni llevarse los cascos de botellas vacíos, ya que cuando horas después la tarta derretida fue por fin retirada y arrojada a la basura envuelta en papel, le faltaba una considerable porción que ninguno de los comensales se había comido y la copa de la mujer del médico volvía a estar sin vino. Todo el mundo dijo que Ranz, el cuñado, el marido, mi padre, había tenido muy mala suerte, ya que enviudaba por segunda vez.

Eso fue hace mucho tiempo, cuando yo aún no había nacido ni tenía la menor posibilidad de nacer, es más, sólo a partir de entonces tuve posibilidad de nacer. Ahora mismo yo estoy casado y no hace ni un año que regresé de mi viaje de bodas con Luisa, mi mujer, a la que conozco desde hace sólo veintidós meses, un matrimonio rápido, bastante rápido para lo mucho que siempre se dice que hay que pensárselo, incluso en estos tiempos precipitados que no tienen nada que ver con aquellos aunque no estén muy lejanos (los separa, por ejemplo, una sola vida incompleta o quizá ya mediada, mi propia vida, o la de Luisa), en que todo era reflexivo y pausado y todo tenía peso, hasta las tonterías, no digamos las muertes, y las muertes por la propia mano, como esa muerte de quien debió ser mi tía Teresa y a la vez no podría haberlo sido nunca y fue sólo Teresa Aguilera, sobre la que he ido sabiendo poco a poco, nunca a través de su hermana menor, mi madre, que casi siempre callaba durante mi infancia y mi adolescencia y luego murió también y calló para siempre, sino a través de personas más distantes o accidentales, y por fin a través de Ranz, el marido de ambas y también de otra mujer extranjera con la que yo no guardo parentesco.

La verdad es que si en tiempos recientes he querido saber lo que sucedió hace mucho ha sido justamente a causa de mi

matrimonio (pero más bien no he querido, y lo he sabido). Desde que lo contraje (y es un verbo en desuso, pero muy gráfico y útil) empecé a tener toda suerte de presentimientos de desastre, de forma parecida a como cuando se contrae una enfermedad, de las que jamás se sabe con certidumbre cuándo uno podrá curarse. La frase hecha *cambiar de estado*, que normalmente se emplea a la ligera y por ello quiere decir muy poco, es la que me parece más adecuada y precisa en mi caso, y le confiero gravedad, en contra de la costumbre. Del mismo modo que una enfermedad cambia tanto nuestro estado como para obligarnos a veces a interrumpirlo todo y guardar cama durante días incalculables y a ver el mundo ya sólo desde nuestra almohada, mi matrimonio vino a suspender mis hábitos y aun mis convicciones, y, lo que es más decisivo, también mi apreciación del mundo. Quizá porque fue un matrimonio algo tardío, mi edad era de treinta y cuatro años cuando lo contraje.

El problema mayor y más común al comienzo de un matrimonio razonablemente convencional es que, pese a lo frágiles que resultan en nuestro tiempo y a las facilidades que tienen los contrayentes para desvincularse, por tradición es inevitable experimentar una desagradable sensación de llegada, por consiguiente de punto final, o, mejor dicho (puesto que los días se siguen sucediendo impasibles y no hay final), de que ha venido el momento de dedicarse a otra cosa. Sé bien que esta sensación es perniciosa y errónea, y que sucumbir a ella o darla por cierta es la causa de que tantos matrimonios prometedores fracasen nada más empezar a existir como tales. Sé bien que lo que debe hacerse es sortear esa sensación inmediata y, lejos de dedicarse a otra cosa, dedicarse a ello precisamente, al matrimonio, como si fuera la construcción y tarea más importantes que ante sí se tienen, aun cuando uno crea que la tarea ya está cumplida y la construcción erigida. Sé bien todo eso, y sin embargo, cuando me casé, durante el mismo viaje de bodas (fuimos a Miami, a Nueva Orleans y a

México, luego a La Habana), tuve dos sensaciones desagradables, y aún me pregunto si la segunda fue y es sólo una fantasía, inventada o hallada para paliar la primera, o para combatirla. Ese primer malestar es el que ya he mencionado, el que, por lo que uno oye, y por el tipo de bromas que se gastan a los que van a casarse, y por los muchos refranes negativistas que al respecto hay en mi lengua, debe de ser común a todos los desposados (sobre todo a los hombres) en ese inicio de algo que incomprensiblemente se ve y se vive como el fin de ese algo. Ese malestar se resume en una frase muy aterradora, e ignoro qué harán los demás para sobreponerse a ella: '¿Y ahora qué?'

Ese *cambio de estado*, como la enfermedad, es incalculable y lo interrumpe todo, o al menos no permite que nada siga como hasta entonces: no permite, por ejemplo, que después de ir a cenar o al cine cada uno se vaya a su propia casa y nos separemos, y yo deje con el coche o un taxi en su portal a Luisa y luego, una vez dejada, yo haga un recorrido a solas por las calles semivacías y siempre regadas, pensando en ella seguramente, y en el futuro, a solas hacia mi casa. Una vez casados, a la salida del cine los pasos se encaminan juntos hacia el mismo lugar (resonando a destiempo porque ya son cuatro los pies que caminan), pero no porque yo haya decidido acompañarla o ni siquiera porque tenga la costumbre de hacerlo y me parezca justo y educado hacerlo, sino porque ahora los pies no vacilan sobre el pavimento mojado, ni deliberan, ni cambian de idea, ni pueden arrepentirse ni elegir tampoco: ahora no hay duda de que vamos al mismo sitio, querámoslo o no esta noche, o quizá fue anoche cuando yo no lo quise.

Ya en el viaje de bodas, cuando este cambio de estado empezó a operarse (y no es muy exacto decir que empezó, es un cambio violento y que no deja respiro), me di cuenta de que me era muy difícil pensar en ella, y totalmente imposible pensar en el futuro, que es uno de los mayores placeres concebi-

bles para cualquier persona, si no la diaria salvación de todos: pensar vagamente, errar con el pensamiento puesto en lo que ha de venir o puede venir, preguntarse sin demasiada concreción ni interés por lo que será de nosotros mañana mismo o dentro de cinco años, por lo que no prevemos. Ya en el viaje de bodas era como si se hubiera perdido y no hubiera futuro abstracto, que es el que importa porque el presente no puede teñirlo ni asimilarlo. Ese cambio, así pues, obliga a que nada siga como hasta entonces, y más aún si, como suele ocurrir, el cambio se ha visto precedido y anunciado por un esfuerzo común, cuya principal manifestación visible es la artificiosa preparación de una casa común, una casa que no existía para uno ni para otro, sino que debe ser inaugurada por los dos, artificiosamente. En esa misma costumbre o práctica, muy extendida por lo que yo sé, está la prueba de que en realidad, al contraerse, los dos contrayentes están exigiéndose una mutua abolición o aniquilamiento, la abolición de aquel que cada uno era y del que cada uno se enamoró o quizá vio las ventajas, ya que no siempre hay un enamoramiento previo, a veces lo hay posterior y a veces no se da ni después ni antes. No puede darse. El aniquilamiento de cada uno, de aquel que se conoció y al que se trató y se quiso, lleva aparejada la desaparición de sus respectivas casas, o en ella queda simbolizado. De tal manera que dos personas que tenían la costumbre de ser cada una por su cuenta y estar en un lugar cada una, y despertarse a solas y a menudo también acostarse a solas, se encuentran de pronto artificialmente unidas en su sueño y en su despertar, y en sus pasos por las calles semivacías en dirección única o subiendo juntos en el ascensor, no ya uno de visita y el otro como anfitrión, no ya uno para ir a recoger al otro o éste bajando para ir al encuentro de aquél, que la espera en el coche o a bordo de un taxi, sino ambos sin elección, con unas habitaciones y un ascensor y un portal que no pertenecían a ninguno y ahora son de los dos, con una almohada común por la que se verán obligados a pelear en sueños y des-

de la cual, al igual que el enfermo, acabarán viendo también el mundo.

Como he dicho, este primer malestar me vino ya en la primera etapa del viaje de bodas, en Miami, ciudad asquerosa pero con muy buenas playas para recién casados, y se acentuó en Nueva Orleans y en México y aún más en La Habana, y desde hace casi un año, desde que regresamos de ese viaje e inauguramos nuestra casa tan artificiosamente, ha seguido aumentando o se ha instalado en mí, tal vez en nosotros. Pero el segundo malestar apareció con fuerza hacia el final del viaje, esto es, sólo en La Habana, de donde yo procedo en cierto sentido, o más precisamente en una cuarta parte, pues allí nació y de allí vino a Madrid mi abuela materna cuando era niña, la madre de Teresa y Juana Aguilera. Fue en el hotel en el que durante tres noches nos alojamos (tampoco teníamos tanto dinero, las estancias en cada ciudad fueron cortas), una tarde en la que Luisa se sintió mal mientras paseábamos, tan mal de pronto que interrumpimos nuestra caminata y volvimos a la habitación en seguida, para que ella se echara. Tenía escalofríos y un poco de náusea. No podía mantenerse en pie, literalmente. Sin duda le sentó mal algo que había comido, pero entonces no lo sabíamos con la suficiente certeza, y al instante pensé si no habría contraído en México alguna de esas enfermedades que allí atacan tan fácilmente a los europeos, algo grave como la ameba. Los presentimientos de desastre que tácitamente me acompañaron desde la ceremonia de bodas iban adquiriendo diferentes formas, y una de ellas fue esta (la menos muda, o no fue tácita), la amenaza de la enfermedad o la repentina muerte de quien iba a compartir conmigo la vida y el futuro concreto y el futuro abstracto, aunque yo tuviera la impresión de que este último se había acabado y mi vida estuviera ya mediada; quizá la de los dos, unidos. No quisimos llamar en seguida a un médico, por ver si se le pasaba, y la metí en la cama (nuestra cama de hotel y de matrimonio), y dejé que se durmiera, como si eso pudiera

curarla. Pareció dormirse, y yo me mantuve en silencio para que reposara, y la mejor manera de mantenerme en silencio sin aburrirme ni verme tentado a hacer ruido o hablarle fue asomarme al balcón y mirar hacia el exterior, mirar pasar a la gente habanera, observar sus andares y sus vestidos y escuchar sus voces a distancia, un murmullo. Pero miraba hacia fuera con el pensamiento puesto dentro, a mis espaldas, en la cama sobre la que Luisa había quedado en diagonal, cruzada, por lo que nada exterior podía llamarme la atención de veras. Miraba hacia fuera como quien llega a una fiesta en la que sabe que no estará la única persona que le interesa, que se quedó en casa con su marido. Esa única persona estaba en la cama, enferma, velada por su marido y a mis espaldas.

Sin embargo, al cabo de unos minutos de mirar sin ver, individualicé a una persona. La individualicé porque, a diferencia de las demás, durante todos esos minutos no se había movido ni había pasado o desaparecido de mi campo visual, sino que había permanecido quieta en el mismo lugar, una mujer de unos treinta años de lejos, con una blusa amarilla de escote redondeado y una falda blanca y zapatos de tacón también blancos, colgado del brazo un gran bolso negro, como los que llevaban en Madrid las mujeres durante mi infancia, bolsos grandes colgados del brazo y no echados al hombro, como ahora. Estaba esperando a alguien, su actitud era de espera inequívoca, porque de vez en cuando daba dos o tres pasos hacia un lado u otro, y en el último paso arrastraba ligeramente y con celeridad el tacón por el suelo, un gesto de contenida impaciencia. No se arrimaba a la pared como suelen hacer los que aguardan para no entorpecer a los que no aguardan y pasan; se mantenía en medio de la acera, sin moverse más allá de sus tres pasos medidos que la devolvían siempre al mismo sitio, y por eso tenía problemas para esquivar a los transeúntes, alguno le dijo algo y ella le respondió con cólera y le amagó con el bolso conspicuo. De vez en cuando se miraba detrás flexionando una pierna y con la

mano se planchaba la falda estrecha, como si temiera algún pliegue que le afeara el culo, o tal vez se ajustaba la braga insumisa a través de la tela que la cubría. No miraba el reloj, no llevaba reloj, quizá se orientaba por el del hotel, que estaría sobre mi cabeza, para mí invisible, con rápidas ojeadas que yo no advertía. Puede que el hotel no ofreciera reloj a la calle y ella no supiera jamás la hora. Me pareció mulata, pero no podía asegurarlo desde donde me encontraba.

De pronto cayó la noche, sin casi aviso como ocurre en los trópicos, y aunque el número de viandantes no disminuyó de inmediato, la pérdida de la luz me hizo verla más solitaria, más aislada y más condenada a esperar en vano. Su cita no llegaría. Con los brazos cruzados, apoyaba los codos en las manos, como si cada segundo que transcurría esos brazos le pesaran más, o acaso era el bolso lo que aumentaba de peso. Tenía unas piernas robustas, adecuadas para la espera, que se clavaban en el pavimento con sus tacones muy finos y altos o bien de aguja, pero las piernas eran tan fuertes y llamativas que asimilaban esos tacones y eran ellas las que se clavaban sólidamente —como navaja en madera mojada— cada vez que volvían a detenerse en el punto elegido tras el mínimo desplazamiento a derecha o izquierda. Los talones le sobresalían. Oí un leve murmullo, o era un quejido, procedente de la cama a mi espalda, de Luisa enferma, de mi mujer recién contraída que tanto me interesaba, era mi tarea. Pero no volví la cabeza porque era un quejido que venía del sueño, uno aprende a distinguir en seguida el sonido dormido de aquel con quien duerme. En ese momento la mujer de la calle alzó los ojos hacia el tercer piso en que yo me hallaba y creí que fijaba en mí su vista por vez primera. Escrutó como si fuera miope o llevara lentillas sucias y miró desconcertada, fijando la vista en mí y apartándola un poco y guiñando los ojos para ver mejor y de nuevo fijándola y apartándola. Entonces levantó un brazo, el brazo libre de bolso, en un gesto que no era de saludo ni de acercamiento, quiero decir de acercamien-

to a un extraño, sino de apropiación y reconocimiento, coronado por un remolino veloz de los dedos: era como si con aquel gesto del brazo y el revoloteo de los dedos rápidos quisiera asirme, más asirme que atraerme hacia ella. Gritó algo que yo no podía oír por la distancia, y estuve seguro de que me lo gritaba a mí. Por el movimiento de los labios adivinados sólo pude entender la primera palabra, y esa palabra era '¡Eh!', pronunciada con indignación, como el resto de la frase que no me alcanzaba. Al tiempo que hablaba echó a andar para aproximarse, tenía que cruzar la calle y recorrer la amplia explanada que desde nuestro lado separaba el hotel de la calzada, alejándolo y salvaguardándolo así un poco del tráfico. Al dar más pasos de los que había dado repetidamente durante su espera vi que andaba con dificultad y lentitud, como si los tacones le fueran desacostumbrados, o sus piernas robustas no estuvieran hechas para ellos, o la desequilibrara el bolso o estuviera mareada. Caminaba un poco como había caminado Luisa después de sentirse mal, al entrar en el cuarto para dejarse caer en la cama, donde yo la había desvestido a medias y la había introducido (la había arropado pese al calor). Pero en aquellos andares desazonados también se adivinaba garbo, sustraído en aquel momento: cuando estuviera descalza la mujer mulata caminaría con garbo, le ondearía la falda estrellándose contra los muslos rítmicamente. Mi habitación estaba a oscuras, nadie había encendido la luz al caer la noche, Luisa dormía indispuesta, yo no me había movido de aquel balcón, miraba a los habaneros y luego a aquella mujer que seguía acercándose con paso trastabillado y seguía gritándome lo que ahora ya oía:

—¡Eh! Pero ¿qué tú haces ahí?

Me sobresalté al entender lo que estaba diciendo, pero no tanto porque me lo dijera cuanto por el modo de hacerlo, lleno de confianza, furioso, como de quien se dispone a ajustar unas cuentas con la persona más próxima o a quien está queriendo, que la enoja continuamente. No era que se hubiera

sentido observada por un desconocido desde un balcón de un hotel para extranjeros y viniera a reprocharme mi contemplación impune de su figura y de su desairada espera, sino que en mí había reconocido de pronto, al levantar la vista, a la persona que llevaba aguardando quién sabía cuánto tiempo, sin duda desde mucho antes de que yo la individualizara. Aún estaba a distancia, había cruzado la calle sorteando los pocos coches sin buscar un semáforo, y estaba al comienzo de la explanada, donde se había parado, tal vez para descansar los pies y las piernas tan sobresalientes o para alisarse otra vez la falda, ahora con más ahínco puesto que por fin se encontraba ante quien debía juzgar o apreciar su caída, la de la falda. Seguía mirándome y apartando un poco la vista, como si tuviera algún problema de estrabismo, se le iban momentáneamente los ojos hacia mi izquierda. Quizá se había detenido y quedado lejos para hacer ver su enfado y que no estaba dispuesta a que se cumpliera sin más la cita una vez que me había avistado, como si ella no hubiera sufrido o no hubiera habido agravio hasta dos minutos antes. Entonces dijo otras frases, acompañadas todas del gesto inicial del brazo y los dedos móviles, el gesto del asimiento, como si con él dijera 'Tú ven acá', o 'Eres mío'. Pero con la voz decía, una voz vibrante, impostada y desagradable, como de presentador televisivo o político en un discurso o profesor en clase (pero parecía iletrada):

—Pero ¿qué tú haces ahí? ¿No me viste que te estaba esperando desde hace una hora? ¿Por qué no me dijiste que ya tú habías subido?

Creo que lo decía así, con esa leve alteración del orden de las palabras y abuso de los pronombres respecto a lo que yo habría dicho, o cualquier persona de mi país, supongo. Aunque seguía sobresaltado y además empecé a temer que los gritos de aquella mulata despertaran a Luisa a mi espalda, pude fijarme mejor en el rostro, que en efecto era el de una mulata muy pálida, quizá tenía una cuarta parte de negra, más visible

en los labios gruesos y en la nariz algo roma que en el color, no muy distinto del de Luisa en la cama, que llevaba varios días bronceándose en las playas para recién casados. Los ojos guiñados de la mujer me parecieron claros, grises o verdes o al menos ciruela, pero tal vez, pensé, se había hecho regalar unas lentillas coloreadas, la causa de su visión deficiente. Tenía las aletas de la nariz vehementes, ensanchadas por la ira (tenía cara de velocidad por tanto), y movía la boca en exceso (ahora habría leído sin dificultad en sus labios de haberme hecho falta), con muecas parecidas a las de las mujeres de mi país, es decir, de consustancial desprecio. Se siguió aproximando hacia mí, cada vez más indignada al no recibir respuesta, siempre repitiendo el mismo gesto del brazo, como si no tuviera más recurso expresivo que ese, un largo brazo desnudo que daba un golpe seco en el aire, los dedos bailando a la vez un instante como para cogerme y luego arrastrarme, una zarpa. 'Eres mío', o 'Yo te mato'.

—¿Tú estás idiota o qué te pasa? ¿Encima te has quedado mudo? Pero ¿por qué tú no me contestas?

Estaba ya bastante cerca, había avanzado por la explanada unos diez o doce pasos, los suficientes para que ahora su voz estridente no sólo se oyera, sino que empezara a atronar el cuarto; los suficientes también, creí, para que me viera sin vacilaciones por miope que fuera, y por tanto parecía indudable que yo era la persona con la que había convenido una cita importante, quien la había angustiado con mi retraso y la había ofendido desde el balcón con mi vigilancia callada que seguía ofendiéndola. Pero yo no conocía a nadie en La Habana, es más, era la primera vez que me hallaba en La Habana, en mi viaje de novios con mi mujer tan reciente. Me volví por fin y vi a Luisa incorporada en la cama, con los ojos muy fijos en mí pero sin conocerme aún ni reconocer dónde estaba, esos ojos febriles del enfermo que despierta asustado y sin haber recibido previo aviso de su despertar en el sueño. Estaba erguida, y el sostén se le había descolocado mientras dormía, o

bien en el movimiento brusco que acababa de hacer al incorporarse: lo tenía ladeado, descubierto un hombro y casi un pecho, debía de estarle tirando, lo habría pillado con su propio cuerpo olvidado en el malestar y el adormecimiento.

—¿Qué pasa? —dijo aprensivamente.

—Nada —dije yo—. Vuelve a dormirte.

Pero no me atreví a llegarme hasta ella y acariciarle el pelo para tranquilizarla de veras y que volviera al sopor, como habría hecho en cualquier otra circunstancia, porque a lo que no me atrevía en aquel instante era a abandonar mi puesto en el balcón, ni a apartar apenas la vista de aquella mujer que estaba convencida de haber quedado conmigo, ni a rehuir por más tiempo el diálogo abrupto que desde la calle se me imponía. Era una lástima que habláramos la misma lengua, y la comprendiera, porque lo que aún no era diálogo se tornaba ya violento, quizá porque no lo era, no era diálogo.

—¡Yo te mato, hijo de puta! ¡Te lo juro que yo te mato aquí mismo! —gritaba la mujer de la calle.

Lo gritaba desde el suelo y sin poder mirarme, porque justo en el momento en que yo me había vuelto para decirle a Luisa cuatro palabras, a la mulata se le había salido un zapato y había caído, sin hacerse daño pero ensuciándose al instante la falda blanca. Gritaba esto, 'Yo te mato', y se iba alzando, un revolcón, el bolso siempre colgado del brazo, no lo había soltado, ese bolso no lo soltaría aunque la despellejaran, intentaba sacudirse o limpiarse la falda con una mano y tenía un pie descalzo, levantado en el aire, como si no quisiera en modo alguno posarlo y mancharse también la planta, ni las puntas de los dedos siquiera, el pie que podría ver el hombre al que ya había encontrado, verlo de cerca, arriba, y tocarlo más tarde. Me sentí culpable hacia ella, por la espera y por su caída y por mi silencio, y también culpable hacia Luisa, mi mujer recién contraída que me estaba necesitando por vez primera desde la ceremonia, aunque sólo fuera un segundo, el necesario para secarle el sudor que le empapaba la frente y los

hombros y ajustarle o quitarle el sostén para que no le tirara y hacerla regresar con palabras al sueño que la curaría. Ese segundo no podía dárselo en aquel momento, cómo era posible, notaba con fuerza las dos presencias que casi me paralizaban y enmudecían, una fuera y otra dentro, ante mis ojos y ante mi espalda, cómo era posible, me sentía obligado hacia ambas, allí tenía que haber un error, no podía sentirme culpable hacia mi mujer por nada, por una demora mínima en la hora de atenderla y calmarla, y menos aún hacia una desconocida ofendida, por mucho que ella creyera que me conocía y que era yo quien la ofendía. Estaba haciendo equilibrios para volver a ponerse el zapato sin pisar el suelo con el pie descalzo. La falda era un poco estrecha para realizar esta operación con éxito, sus pies de huesos demasiado largos, y mientras lo intentó no gritó, sino que mascullaba, no podemos estar muy atentos a los demás mientras tratamos de recomponer la figura. No tuvo más remedio que apoyar el pie, que se le ensució al instante. Lo volvió a levantar como si el suelo la hubiera contaminado o quemado, se sacudió el polvo como se sacudía Luisa la arena seca en las playas justo antes de abandonarlas, a veces al caer la noche; introdujo los dedos del pie en el zapato, el empeine; luego, con el índice de una mano (la mano libre de bolso), se ajustó la tira del talón que sobresalía bajo aquella tira (la tira del sostén de Luisa seguiría caída, pero yo no la veía ahora). Sus piernas robustas pisaron otra vez con firmeza, golpeando el pavimento como si fueran cascos. Dio tres pasos más sin alzar aún de nuevo la vista, y cuando la alzó, cuando abría la boca para insultarme o amenazarme e iniciaba por enésima vez el ademán prensil, uña de león, aquel que agarraba y significaba 'No te librarás de mí' o 'Eres mío' o 'Conmigo al infierno', lo suspendió en el aire, y el brazo desnudo quedó congelado en lo alto, como el de un atleta. Le vi la axila recién afeitada, se había repasado entera para su cita. Miró una vez más a mi izquierda y me miró a mí y miró a mi izquierda y a mí.

—Pero ¿qué pasa? —volvió a preguntar Luisa desde su cama. Su voz era temerosa, expresaba un temor mezclado, interior y exterior, tenía miedo de lo que le ocurría en el cuerpo, tan lejos de casa, y de lo que no sabía que estaba ocurriendo, allí en el balcón y en la calle, o me estaba ocurriendo a mí y no a ella, los matrimonios se acostumbran en seguida a que todo les pase a ambos. Era de noche y nuestra habitación seguía a oscuras, debía sentirse tan ofuscada que ni siquiera encendía la lámpara de la mesilla a su lado. Estábamos en una isla.

La mujer de la calle se quedó con la boca abierta sin decir nada y se llevó la mano a la mejilla, la mano que se fue deslizando decepcionada y avergonzada y mansa hacia abajo desde lo alto. Ya no había malentendido.

—Ay perdone —me dijo al cabo de unos segundos—. Lo confundí a usted.

En un instante se le había disipado todo el humo, y había comprendido —eso era lo más grave— que tenía que seguir esperando, quizá donde había quedado al principio, ya no bajo los balcones, tendría que regresar al punto elegido originalmente, al otro lado de la calle más allá de la explanada, para arrastrar allí con celeridad e inquina su tacón afilado tras sus dos o tres pasos, tres hachazos y espuela, o espuela después de las hachas. Era una persona repentinamente desarmada, dócil, había perdido toda su cólera y sus energías, y creo que no le importaba tanto lo que yo pudiera pensar de su equivocación y mal genio —al fin un desconocido para sus ojos verdes— cuanto darse cuenta de que su cita corría aún el riesgo de no tener lugar. Me miraba con su gris mirada de pronto absorta, con un poco de disculpa y un poco de indiferencia, de disculpa lo justo, pues era la amargura lo que prevalecía. Irse o esperar de nuevo, tras haber concluido la espera.

—Descuide —dije yo.

—¿Con quién hablas? —me preguntó Luisa, quien sin mi

asistencia iba saliendo de su estupor, aunque no de las tinieblas (la voz era algo menos ronca y su pregunta más concreta; quizá no se explicaba que fuera de noche).

Pero aún no le contesté ni me llegué hasta la cama para apaciguarla y ponerle en orden las sábanas, porque en ese momento se abrieron con ruido las puertas del balcón de mi izquierda y vi asomar dos brazos de hombre que se apoyaron en la barandilla de hierro, o la asieron como si fuera una barra móvil, y luego llamaron:

—¡Miriam!

La mulata, indecisa y confundida, volvió a mirar hacia arriba, ahora ya sin duda hacia mi izquierda, sin duda hacia el balcón que se había abierto y hacia los brazos fuertes que eran cuanto yo veía, los brazos largos del hombre en mangas de camisa, las mangas arremangadas, blancas, los brazos velludos, tanto o más que los míos. Yo había dejado de existir, había desaparecido, también estaba arremangado, me había subido las mangas al salir al balcón para acodarme, hacía rato, pero ahora había desaparecido por ser yo otra vez, es decir, por ser para ella nadie. En el dedo anular de su mano derecha el hombre llevaba una alianza como la mía, sólo que yo la llevaba en la izquierda, desde hacía dos semanas, poco tiempo, no me había acostumbrado. También el reloj, negro y de gran tamaño, se lo ponía ese hombre en la muñeca del mismo brazo y yo en la del otro, en cambio. Sería zurdo. La mulata no llevaba reloj ni anillos. Pensé que la figura de aquel individuo debía de haberle resultado visible a medias durante todos aquellos minutos, a diferencia de la mía, enteramente visible por estar asomada y acodada sobre la barandilla inmóvil. Ahora era al revés, la mía había sido borrada de golpe y resultaba invisible, y en cambio era al hombre a quien yo no veía, como tampoco a Luisa, seguía dándole la espalda. Quizá aquel sujeto se había ido echando atrás y adelante, siempre sin abrir las puertas, según se hubiera visto o no enfocado por los ojos color ciruela de la mujer de la calle, su mirada miope

e inofensiva. Había estado jugando con ventaja a dejarse ver y esconderse, ninguna de las dos cosas, y ella tenía razón por tanto, su cita ya había subido al hotel sin molestarse en advertírselo, para verla esperar enfrente y en la distancia, para contemplarla en sus breves y dolidos paseos de un lado a otro y luego en su trompicado avance y en su caída, calzarse, como también había tenido yo oportunidad de observarla.

Lo curioso fue que la reacción de Miriam no tuvo nada que ver con la que me había dedicado a mí al tomarme por otro, por el que era aquel hombre de brazos fuertes y velludos y largos y reloj y anillo de zurdo. Al verlo a él ya con certeza, al ver a quien había esperado tanto y oírle llamarla, no hizo ningún gesto ni gritó nada. No le insultó ni le amenazó ni le dijo 'Voy por ti' o 'Yo te mato' con el brazo desnudo y los dedos raudos, tal vez porque, a diferencia de mí mientras fui él para ella, él le había hablado o había dicho su nombre. A la mujer le cambió la expresión: fue de alivio, un instante, y con prontitud —casi con un agradecimiento sin destinatario—, con más garbo en sus pasos del que hasta entonces había mostrado (como si de repente caminara descalza y sus piernas no fueran tan recias), acabó de recorrer el tramo que la separaba del hotel y entró en él con su gran bolso negro ahora aligerado, desapareciendo así de mi campo visual sin decirme más palabras, reconciliada con el mundo durante aquellos pasos. El balcón de mi izquierda volvió a cerrarse y volvió luego a abrirse para quedar entornado, como si el aire lo hubiera empujado o el hombre se lo hubiera pensado mejor un segundo más tarde de cerrar esas puertas (pues no hacía aire) y no supiera bien cómo iba a querer tenerlas cuando la mujer ya estuviera con él arriba, en seguida (la mujer estaría subiendo por la escalera). Y entonces yo, finalmente (pero había pasado muy poco tiempo, así que Luisa debía aún sentirse recién despertada), abandoné mi puesto y encendí la lámpara de la mesilla de noche y me acerqué solícito hasta la cabecera de nuestra cama, solícito pero con retraso.

Ese retraso es para mí inexplicable y ya entonces lo lamenté de veras, no porque tuviera la menor consecuencia sino por lo que pensé que podía significar, en un exceso de escrupulosidad y celo. Y si bien es cierto que ese marital retraso lo asocié de inmediato al primer malestar de que he hablado, y al hecho de que desde nuestro matrimonio me fuera cada vez más difícil pensar en Luisa (cuanto más corpórea y continua, más relegada y remota), la aparición del segundo malestar que también he mencionado no se debió a mi contemplación lacónica de la mulata y a mi brevísima negligencia, sino más bien a lo que vino luego, es decir, a lo que sucedió cuando ya había atendido a Luisa y le había secado el sudor de la frente y los hombros y le había desabrochado el sostén para que no le tirara, dejando que fuera ella quien decidiera conservarlo puesto aunque suelto, o quitárselo. Con la luz Luisa se despejó un poco y quiso beber, y al beber un poco se sintió mejor, y al sentirse un poco mejor estuvo dispuesta a hablar un poco, y cuando se serenó y notó las sábanas menos pegajosas y se vio más compuesta con la cama en orden, y sobre todo comprendió y se hizo a la idea de que ya era de noche y de que, lo quisiera o no, el día había terminado para ella sin posibilidad de reanudar nada y no le restaba más que intentar hacer caso omiso de su enfermedad y sepultarla en el sueño has-

ta la mañana siguiente, en la que presumiblemente todo volvería a la normalidad algo anómala de nuestro viaje de novios y su cuerpo se habría arreglado y sería otra vez corpóreo, entonces se acordó de mi descuido que seguramente ella no había percibido como tal descuido, o bien lo que recordó fue que yo le había dicho 'Descuide' a alguien desconocido que estaba en la calle y que desde allí habían ascendido voces y gritos oídos en sueños o en su duermevela, que la habían despertado y acaso asustado.

—¿Con quién hablabas antes? —me preguntó otra vez.

No vi razón para no decirle la verdad, y sin embargo tuve la sensación de no hacerlo al hacerlo. En esos momentos yo tenía en la mano una toalla con la punta humedecida y me disponía a refrescarle la cara, el cuello, la nuca (se le había pegado su pelo largo alborotado, y algunos cabellos sueltos le atravesaban la frente como si fueran delgadas arrugas venidas desde el futuro a ensombrecerla un instante).

—Con nadie, con una mujer que me confundió. Confundió nuestro balcón con el de al lado. Debía ser corta de vista, sólo cuando estuvo muy cerca vio que yo no era el hombre con quien había quedado. Ahí. —Y señalé la pared que ahora nos separaba de Miriam y el hombre. En esa pared había una mesa y sobre ella un espejo en el que, según nos moviéramos o incorporáramos, podíamos vernos desde la cama.

—Pero ¿por qué te gritaba? Me ha parecido que gritaba mucho. O no sé si lo he soñado. Tengo mucho calor.

Dejé la toalla a los pies de la cama y le acaricié varias veces la mejilla y el mentón redondeado. Sus grandes ojos oscuros miraban aún nebulosos. Si había tenido fiebre ya le había bajado.

—Eso no lo puedo saber yo, puesto que en realidad no era a mí a quien gritaba, sino al otro por quien me tomó. A saber qué se habrán hecho, el uno al otro.

Mientras me ocupaba de Luisa había oído (pero sin atender, porque atendía a Luisa y estaba haciendo a la vez varias

cosas y yendo de la habitación al baño y del baño a la habitación) cómo llegaban los tacones hasta la puerta de al lado y ésta se abría sin que llamaran a ella, y a partir del leve chirrido (fue rápido) y el suave golpe al cerrarse de nuevo (que fue muy lento), sólo un murmullo indistinguible, susurros de palabras que no podían individualizarse pese a ser pronunciadas en mi propia lengua y a que, según el sonido de poco antes, el balcón de ellos había quedado entornado y yo no había cerrado el nuestro. A la preocupación por mi indebido retraso se unió otra, y fue mi preocupación por la sensación de prisa. Sentí que tenía prisa no sólo por tranquilizar a Luisa y estirarle las sábanas y paliar en lo posible los efectos de su enfermedad efímera, sino también por que no me hiciera más preguntas y se durmiera de nuevo, pues no había tiempo para hacerla participar de mi curiosidad ni ella estaba en condiciones de interesarse por nada externo a su cuerpo, y mientras cruzábamos algunas palabras y yo iba al cuarto de baño a mojar el pico de una toalla y le daba de beber y le acariciaba el mentón que me gustaba mucho, los pequeños ruidos que yo mismo iba haciendo y nuestras propias frases cortas y discontinuas me impedían prestar atención y aguzar el oído en busca de la individualización del murmullo contiguo, que tenía prisa por descifrar.

Y la prisa venía porque tenía conciencia de que lo que no oyera ahora ya no lo iba a oír; no iba a haber repetición, como cuando uno oye una cinta o ve un vídeo y puede retroceder, sino que cada susurro no aprehendido ni comprendido se perdería para siempre jamás. Es lo malo que tiene cuanto nos sucede y no es registrado, o aún peor, ni siquiera sabido ni visto ni oído, porque luego no hay forma de recuperarlo. El día que no estuvimos juntos ya no habremos estado juntos, o lo que se nos iba a decir por teléfono cuando nos llamaron y no respondimos no será nunca dicho, no lo mismo ni con el mismo espíritu; y todo será levemente distinto o del todo distinto por nuestra falta de atrevimiento que nos disua-

dió de hablaros. Pero incluso si aquel día estuvimos juntos, o estábamos en casa cuando nos telefonearon, o nos atrevimos a hablaros venciendo el temor y olvidando el riesgo, aun así nada de ello se volverá a repetir, y por consiguiente llegará un momento en el que haber estado juntos será como no haberlo estado, y haber descolgado el teléfono como no haberlo hecho, y habernos atrevido a hablaros como haber callado. Hasta las cosas más imborrables tienen una duración, como las que no dejan huella o ni siquiera suceden, y si estamos prevenidos y las anotamos o las grabamos o las filmamos, y nos llenamos de recordatorios e incluso tratamos de sustituir lo ocurrido por la mera constancia y registro y archivo de que ocurrió, de modo que lo que en verdad ocurra desde el principio sea nuestra anotación o nuestra grabación o nuestra filmación, sólo eso; aun en ese perfeccionamiento infinito de la repetición habremos perdido el tiempo en que las cosas acontecieron de veras (aunque sea el tiempo de la anotación); y mientras tratamos de revivirlo o reproducirlo y hacerlo volver e impedir que sea pasado, otro tiempo distinto estará aconteciendo, y en ese, sin duda, no estaremos juntos ni cogeremos ningún teléfono ni nos atreveremos a nada ni podremos evitar ningún crimen ni ninguna muerte (aunque tampoco lo cometeremos ni las causaremos), porque lo estaremos dejando pasar de lado como si no fuera nuestro en nuestro intento enfermizo de que no termine y regrese lo que ya pasó. Así, lo que vemos y oímos acaba por asemejarse y aun igualarse con lo que no vimos ni oímos, es sólo cuestión de tiempo, o de que desaparezcamos. Y a pesar de todo no podemos dejar de encaminar nuestras vidas hacia el oír y el ver y el presenciar y el saber, con el convencimiento de que esas vidas nuestras dependen de estar juntos un día o responder a una llamada, o de atrevernos, o de cometer un crimen o causar una muerte y saber que fue así. A veces tengo la sensación de que nada de lo que sucede sucede, porque nada sucede sin interrupción, nada perdura ni persevera ni se recuerda incesan-

temente, y hasta la más monótona y rutinaria de las existencias se va anulando y negando a sí misma en su aparente repetición hasta que nada es nada ni nadie es nadie que fueran antes, y la débil rueda del mundo es empujada por desmemoriados que oyen y ven y saben lo que no se dice ni tiene lugar ni es cognoscible ni comprobable. Lo que se da es idéntico a lo que no se da, lo que descartamos o dejamos pasar idéntico a lo que tomamos y asimos, lo que experimentamos idéntico a lo que no probamos, y sin embargo nos va la vida y se nos va la vida en escoger y rechazar y seleccionar, en trazar una línea que separe esas cosas que son idénticas y haga de nuestra historia una historia única que recordemos y pueda contarse. Volcamos toda nuestra inteligencia y nuestros sentidos y nuestro afán en la tarea de discernir lo que será nivelado, o ya lo está, y por eso estamos llenos de arrepentimientos y de ocasiones perdidas, de confirmaciones y reafirmaciones y ocasiones aprovechadas, cuando lo cierto es que nada se afirma y todo se va perdiendo. O acaso es que nunca hubo nada.

Quizá no hubo ni una sola palabra entre Miriam y el hombre durante todo el rato en que yo creí estarlas perdiendo. Quizá se miraron tan sólo, o se abrazaron de pie callados, o se llegaron hasta la cama para desnudarse, o tal vez ella se limitó a descalzarse, mostrándole al hombre sus pies que habría lavado tan a conciencia antes de salir de casa y ahora estarían cansados y doloridos (la planta de uno manchada por el pavimento). No debieron de abofetearse ni enzarzarse en una pelea ni nada por el estilo (quiero decir en un cuerpo a cuerpo), porque en seguida se jadea con fuerza y se chilla al hacerlo, o bien justo antes o si no después. Quizá, al igual que yo (pero yo lo hacía por Luisa, y entraba y salía), Miriam fue al cuarto de baño y se encerró en él durante aquellos minutos sin decir nada, para mirarse y recomponerse e intentar borrar de su rostro las expresiones acumuladas de ira y fatiga y decepción y alivio, preguntándose qué otra sería la más adecuada y beneficiosa para encararse por fin con el hombre zurdo

de los brazos velludos que había hallado diversión o entretenimiento en que ella aguardara gratuitamente y me confundiera con él. Quizá le hizo esperar ella un poco, la puerta cerrada del cuarto de baño, o acaso no era su intención, sino llorar a escondidas y amortiguadamente sobre la tapa del retrete o sobre el borde del baño con las lentillas quitadas si las llevaba, secándose y ocultándose a sus propios ojos con una toalla hasta lograr calmarse, lavarse la cara, pintarse y estar en condiciones de salir de nuevo disimulando. Yo tenía prisa por poder oír, y para ello necesitaba que Luisa volviera a dormirse, que dejara de ser corpórea y continua para relegarse y hacerse remota, y necesitaba estar quieto para escuchar a través de la pared del espejo o por el balcón abierto, o estereofónicamente a través de ambos.

Yo hablo y entiendo y leo cuatro lenguas incluyendo la mía, y por eso, supongo, me he dedicado parcialmente a ser traductor e intérprete en congresos, reuniones y encuentros, sobre todo políticos y a veces del nivel más alto (en dos ocasiones he hecho de intérprete entre jefes de estado; bueno, alguno era sólo presidente de gobierno). Supongo que por eso tengo (como la tiene Luisa, que se dedica a lo mismo, sólo que no compartimos exactamente las mismas lenguas y ella está menos profesionalizada o se dedica menos, y por tanto no la tiene tan acentuada) la tendencia a querer comprenderlo *todo*, cuanto se dice y llega a mis oídos, tanto en el trabajo como fuera de él, aunque sea a distancia, aunque sea en uno de los innumerables idiomas que desconozco, aunque sea en murmullos indistinguibles o en susurros imperceptibles, aunque sea mejor que no lo comprenda y lo que se diga no esté dicho para que yo lo oiga, o incluso esté dicho justamente para que yo no lo capte. Puedo desconectar, pero sólo en ciertos estados de ánimo irresponsable o bien mediante un gran esfuerzo, y por eso a veces me alegro de que los murmullos sean de veras indistinguibles y los susurros imperceptibles, y de que existan tantas lenguas que me son extrañas y

no son deducibles, porque así descanso. Cuando sé y compruebo que no hay manera, que no puedo entender por mucho que lo desee e intente, entonces me siento tranquilo y desentendido y descanso. Nada puedo hacer, nada está en mi mano, soy un inválido, y mis oídos descansan, mi cabeza descansa, mi memoria descansa y también mi lengua, porque en cambio, cuando comprendo, no puedo evitar traducir automática y mentalmente a mi propia lengua, e incluso muchas veces (por suerte no siempre, acaso sin darme cuenta), si lo que me alcanza es en español también lo traduzco con el pensamiento a cualquiera de los otros tres idiomas que hablo y entiendo. A menudo traduzco hasta los gestos, las miradas y los movimientos, es un sucedáneo y una costumbre, y aun los objetos me parece que dicen algo cuando entran en contacto con esos movimientos, miradas y gestos. Cuando nada puedo hacer, escucho sonidos que sé que son articulados y tienen sentido y sin embargo me resultan indescifrables: no logran individualizarse ni formar unidades. Esa es la maldición mayor de un intérprete en su trabajo, cuando por algún motivo (una dicción imposible, un acento extranjero pésimo, una grave distracción propia) no separa ni selecciona y pierde comba, y todo lo que oye le parece idéntico, un amasijo o un flujo que tanto da que se emita como que no se emita, pues lo fundamental es individualizar los vocablos, como a las personas si uno quiere tratarlas. Pero también es su mayor consuelo cuando eso sucede y no está en el trabajo: sólo entonces puede relajarse del todo y no prestar atención ni permanecer alerta, y hallar placer en escuchar voces (el insignificante rumor del habla) que no sólo sabe que no le atañen, sino que además no está capacitado para interpretar, ni para transmitir, ni para memorizar, ni para transcribir, ni para comprender. Ni siquiera para repetirse.

Pero en aquella habitación del hotel que, según creo, había sido en tiempos el Sevilla-Biltmore, o se erigía donde se había erigido éste muchos años antes (pero puede que no, no

sé bien, ni sé apenas nada de la historia de Cuba, pese a proceder de La Habana en un cuarto), mi tendencia no era la de descansar ni desentenderme del murmullo de la habitación vecina, como por ejemplo sí lo había sido antes, al oír el otro murmullo más generalizado de los habaneros pasando por sus calles delante de mi balcón, sino que, por el contrario, me di cuenta de que sin quererlo estaba muy alerta y, como suele decirse, con el oído puesto, y de que para lograr entender algo necesitaba silencio absoluto, sin tintineo de vasos ni ruido de sábanas ni mis propios pasos entre el cuarto de baño y la habitación ni el grifo del agua abierto. Ni tampoco, por supuesto, la voz debilitada de Luisa, aunque no fuera mucho lo que decía ni buscara mantener conmigo una conversación en regla. Nada impide oír tanto como estar oyendo a la vez dos cosas, dos voces; nada impide tanto entender como la simultaneidad de dos o más personas que hablan sin guardar su turno. Por eso quería que se durmiera Luisa, no sólo por su propio bien y para que se curara, sino sobre todo para poder dedicarme con todas mis facultades y experiencia interpretativas a escuchar lo que debía estarse diciendo en aquel murmullo de Miriam y el hombre del brazo zurdo.

Lo primero que por fin oí nítidamente fue en tono de exasperación, como quien repite por enésima vez algo que no cree o no comprende o no acepta quien lo ha escuchado todas las veces. Era una exasperación mitigada, consuetudinaria, y por eso la voz no gritaba, sino que susurraba, la voz del hombre.

'Te digo que mi mujer se está muriendo.'

Miriam respondió al instante, asimismo contagiada de la exasperación en que ambos, corregí en seguida, debían de estar instalados perpetuamente, al menos cuando estuvieran juntos: sus frases y la primera del hombre formaron un grupo que de pronto capté sin apenas esfuerzo.

'Pero no se muere. Se está muriendo pero no se muere desde hace un año. Mátala tú de una vez, tienes que sacarme de aquí.'

Hubo un silencio, y no supe si era porque él callaba o porque había bajado la voz aún más para responder a la petición de Miriam, que quizá no era consuetudinaria.

'¿Qué quieres, que la ahogue con una almohada? Yo no puedo hacer más de lo que estoy haciendo, ya es bastante. La estoy dejando morir. No estoy haciendo nada por ayudarla. La estoy empujando. No le doy algunas de las medicinas que le manda el médico, no le hago caso, la trato sin el menor afecto, le doy disgustos y motivos de sospecha, le quito las pocas ganas de vivir que le queden. ¿No te parece suficiente? No tiene sentido dar ahora un paso en falso, ni que me divorcie, alargaríamos las cosas al menos un año, y en cambio ella puede morirse en cualquier momento. Hoy mismo puede estar muerta. ¿No te das cuenta de que ese teléfono puede sonar ahora mismo para dar la noticia?' El hombre hizo una pausa, y añadió en otro tono, como si lo dijera incrédulo y medio sonriéndose, involuntariamente: 'A lo mejor ya está muerta. No seas imbécil. No seas impaciente'.

La mujer tenía acento caribe, es de suponer que cubano, aunque mi mayor referencia al respecto (los cubanos no han acudido mucho a las reuniones internacionales) sigue siendo mi abuela, y mi abuela había salido de Cuba en el 98 con toda su familia y con pocos años, y, según decía cuando recordaba su infancia, había mucha diferencia entre los acentos de la isla: ella, por ejemplo, sabía reconocer a los de la provincia de Oriente y a un habanero y a uno de Matanzas. El hombre, en cambio, tenía mi acento, un castellano de España o más bien de Madrid, neutro, correcto, como el que adoptaban antiguamente los dobladores de las películas o todavía tengo yo mismo. Aquella conversación era casi rutinaria, debía de variar solamente en los detalles, Miriam y el hombre la habrían mantenido un millar de veces. Pero para mí era nueva.

'No he sido impaciente, llevo mucho teniendo paciencia y ella no se muere. Le das disgustos, pero de mí tú no le hablas, y ese teléfono no suena nunca. ¿Cómo sé yo que se está mu-

riendo? ¿Cómo sé yo que no es todo mentira? Yo nunca la he visto, no he estado en España, ni siquiera sé si estás casado o es todo un engaño tuyo. A veces creo que tu mujer no existe.'

'Ah ya. ¿Y mis papeles? ¿Y las fotos?', dijo el hombre. Su acento era como el mío pero su voz muy distinta. La mía es grave y la suya era aguda, casi un poco chillona dentro de los susurros. No parecía la voz adecuada para un hombre velludo, sino la de un cantante del tipo frágil, que no se esfuerza en absoluto por variar su timbre natural o artificial cuando habla, es perjudicial hacerlo. Su voz era como una sierra.

'¡Yo qué sé las fotos! Pueden ser de tu hermana, de cualquier persona, de tu amante, yo qué sé si tienes otra. Y a mí de papeles tú no me hables. Ya no me fío de ti. Tu mujer lleva un año muriéndose para mañana mismo, que se muera de una vez o déjame en paz.'

Esto es más o menos lo que decían, en la medida en que lo recuerdo y sé transcribirlo. Luisa parecía estar adormilada y yo me había sentado a los pies de la cama, con los míos en el suelo, la espalda recta y sin apoyo, velándola, un poco tenso para no hacer ruido (los muelles, mi respiración, mi propia ropa). Me veía en el espejo de la pared divisoria, es decir, me veía si quería mirarme, porque cuando uno escucha muy atentamente no ve nada, como si cada sentido forzado al máximo casi excluyera el ejercicio de los otros. Si miraba también veía el bulto de Luisa bajo las sábanas, acurrucada a mi espalda, o, mejor dicho, sólo la superficie del bulto, lo único que, al estar ella echada, aparecía en el campo visual del espejo de medio cuerpo. Para verla más, su cabeza, tenía que incorporarme. Tras esa última frase de Miriam me pareció oír (pero quizá ya tenía elementos para imaginarme lo que no veía y no oyera) que se levantaba airada y daba una o dos vueltas por la habitación, sin duda igual que la nuestra (como si quisiera marcharse pero aún no pudiera y esperara algo, la disipación de su propio enfado), pues me llegó el crujido de la madera pisada: si era así, se había descalzado en efecto, no

eran golpes de cascos sino rumor de talones y dedos, quién sabía si estaba desvestida, si no se habían desnudado ambos mientras yo aún no oí nada, si habían iniciado sus efusiones y las habían interrumpido o dejado a medias para hablar con la exasperación que les era propia y consuetudinaria. Una pareja, pensé, que depende y vive de sus obstáculos: una pareja que se deshará cuando ya no los haya, si es que no la deshacen antes esos mismos obstáculos tan fatigosos y prolongados, que sin embargo tendrán que alimentar y cuidar y procurar hacer eternos, si ya les ha alcanzado el momento de no poder pasarse sin ti y sin mí, o sin el uno el otro.

'¿De verdad quieres que te deje en paz?'

No hubo respuesta o no se la aguardó lo bastante, porque entonces, más firme pero siempre en susurros que sonaban hirientes, continuó la sierra:

'Di, ¿eso es lo que quieres? ¿Que no te llame más cuando venga? ¿Que no sepas que he llegado y estoy aquí, ni cuándo? ¿Que pasen dos meses y luego tres y otros dos y en medio no me encuentres ni me veas ni sepas nada de mí, ni si mi mujer ya ha muerto?'

El hombre debió levantarse también (no sé si de la cama o de una butaca) y acercarse a donde ella estaba, de pie, probablemente no desnuda, sólo descalza, nadie se queda desnudo en medio de una habitación más que unos segundos, o si va de camino a otro sitio y se para, al cuarto de baño o a una nevera. Aunque haga mucho calor. Hacía mucho calor. La voz del hombre continuó, ahora con más calma y quizá por eso ya sin susurro, siempre impostada como la de un cantante que la está midiendo hasta cuando discute; también era aguda en tono normal, definitivamente, vibrada como la de un predicador o un cantor de góndola.

'Yo soy tu esperanza, Miriam. Llevo siéndolo un año y nadie puede pasarse sin su esperanza. ¿Tú crees que vas a encontrar otra tan fácilmente? Desde luego no en la colonia, nadie se va a meter dentro de donde yo ya he estado.'

'Eres un hijo de puta, Guillermo', dijo ella.

'Piensa lo que quieras, tú verás.'

Los dos se habían contestado con celeridad, tal vez Miriam había acompañado su frase de algún gesto ignoto de su brazo expresivo. Y de nuevo hubo un silencio, el silencio o la pausa necesarios para que quien ha insultado pueda retroceder y congraciarse sin retirar el insulto ni pedir perdón, cuando hay mutuo abuso lo dicho acaba por diluirse solo, como las disputas entre hermanos cuando aún son pequeños. O bien se acumula, pero siempre queda para más tarde. Miriam debía de estar pensando. Debía de pensar lo que sabría de sobra y habría pensado tantísimas veces y lo mismo que yo pensaba, aunque yo no supiera nada ni contara con los antecedentes. Yo pensaba que el hombre Guillermo llevaba razón y tenía la sartén por el mango. Pensaba que a Miriam no le quedaba más que seguir esperando y hacerse cada vez más imprescindible por cualquier medio, aunque fuera fraudulento, y procurar insistir lo menos posible, desde luego no volver a ordenar o exigir la muerte violenta de aquella mujer que se hallaba en España enferma y no estaba al tanto de lo que acontecía en La Habana cada vez que su marido diplomático o industrial o quizá comerciante se trasladaba allí para sus negocios o sus misiones. Pensé que Miriam también podía tener razón en sus sospechas y quejas, que todo fuera un engaño y no existiera esa esposa en España, o bien sí la hubiera, pero estuviera sanísima e ignorara que ante una desconocida mulata de otro continente ella fuera una moribunda de quien se aguardara y deseara la muerte, por cuya muerte tal vez se rezara o aún peor, cuya muerte, en ese otro extremo del mundo, se anticipara con el pensamiento y con la palabra, o se acelerara.

No sabía de qué parte ponerme, porque cuando uno asiste a una discusión (aunque no la vea y sólo la oiga: cuando uno asiste a *algo* y empieza a saberlo) no puede permanecer casi nunca del todo imparcial, sin sentir simpatía o antipatía,

animadversión o piedad por uno de los contendientes o por un tercero del que se habla, la maldición del que ve u oye. Me di cuenta de que no lo sabía por la imposibilidad de saber la verdad, la cual, sin embargo, no siempre me ha parecido determinante a la hora de tomar partido por las cosas o por las personas. Quizá el hombre había enredado a Miriam con falsas promesas cada vez más insostenibles, pero también cabía la posibilidad de que no, y de que ella, en cambio, no quisiera a Guillermo más que para salir del aislamiento y de la escasez, de Cuba, para mejorar, para casarse o más bien estar casada con él, para no seguir ocupando su propio lugar y ocupar el de otra persona, el mundo entero se mueve a menudo sólo para dejar de ocupar su lugar y usurpar el de otro, sólo por eso, para olvidarse de sí mismo y enterrar al que ha sido, todos nos cansamos indeciblemente de ser el que somos y el que hemos sido. Me pregunté cuánto tiempo llevaría casado Guillermo. Yo llevaba casado nada más dos semanas, y lo último que quería era que Luisa muriese, al contrario, era justamente esa amenaza traída por su enfermedad momentánea lo que hacía un rato me había provocado angustia. Lo que estaba oyendo al otro lado de la pared no contribuía a tranquilizarme, o a despejar mis malestares que, bajo diferentes formas, como ya he dicho, me rondaban desde la ceremonia. Aquella conversación espiada estaba agudizando mi sensación de desastre, y de pronto me miré a propósito en el espejo mal iluminado que tenía delante, la única luz encendida le quedaba lejos, con las mangas de mi camisa arremangadas, mi figura sentada en penumbra, un hombre aún joven si me miraba con benevolencia o retrospectivamente, con la voluntad de reconocer al que había ido siendo, pero casi de mediana edad si me miraba con anticipación o con pesimismo, adivinándome para dentro de muy poco más tiempo. Al otro lado, más allá del ensombrecido espejo, había otro hombre con quien una mujer me había confundido desde la calle y que tal vez, por tanto, guardaba conmigo cierta semejanza, podía ser

un poco más viejo, por eso o por lo que fuera llevaría casado más tiempo, el suficiente, pensé, para querer la muerte de su esposa, para empujarla a ella, como había dicho. Aquel hombre habría tenido, cuando quiera que hubiese sido, su viaje de novios, la misma sensación de inauguración y término que tenía yo ahora, habría empeñado su futuro concreto y perdido su futuro abstracto, hasta el punto de necesitar buscarse él también su propia esperanza en la isla de Cuba, adonde iba con frecuencia por su trabajo. También Miriam era la esperanza de él, alguien de quien ocuparse, alguien por quien preocuparse y temer y a quien tener miedo acaso (no olvidaba el gesto del asimiento, la garra, cuando ese gesto había estado dirigido a mí, 'Eres mío', 'Voy por ti', 'Ven acá', 'Estás en deuda', 'Yo te mato'). Me miré en el espejo y me incorporé un poco, para que mi rostro quedara mejor alumbrado por la distante luz de la mesilla de noche y mis rasgos no se me aparecieran tan sombríos, tan umbrosos, tan sin mi pasado, tan cadavéricos; y al hacerlo entró en el campo visual de ese espejo la cabeza de Luisa más iluminada por su cercanía a la lámpara, y vi entonces que tenía los ojos abiertos y como idos, con el dedo pulgar rozándose los labios, acariciándoselos, un gesto frecuente entre los que escuchan, o en ella cuando lo hace. Al ver que la estaba viendo reflejada, cerró los ojos inmediatamente e inmovilizó el pulgar, como si quisiera que yo siguiera creyendo que estaba dormida, como si no deseara dar ocasión a que ella y yo habláramos ahora ni luego sobre lo que ambos —lo descubría ahora— habíamos oído decir al compatriota Guillermo y a la blanca mulata Miriam. Pensé que el malestar que yo experimentaba lo debía de sentir ella aún más, redoblado (una mujer que aspiraba a esposa, una esposa que aspiraba a muerta), hasta el punto de preferir que cada uno escuchara por su cuenta, a solas, no juntos, y cada uno guardara para sí, inexpresados, los pensamientos o los sentimientos que nos suscitaban la conversación contigua y la situación que se desprendía de ella, e ignorara los del uno el

otro, tal vez los mismos. Eso me hizo sospechar al instante que quizá, en contra de lo que parecía (se la había visto tan contenta durante la ceremonia, me manifestaba su ilusión sin reservas, estaba disfrutando tanto del viaje, le había dado tanta rabia desaprovechar una tarde de turismo y paseo en La Habana por culpa de su indisposición), también ella se sentía amenazada e inquieta por la pérdida de su futuro, o por su alcanzamiento. Entre nosotros no había abuso, y por tanto cuanto decíamos, cuanto dijéramos o discutiéramos o pudiéramos reprocharnos (cuanto nos ensombreciera), no iba a diluirse por sí solo o tras un silencio, sino que iba a tener su peso, iba a influir en lo que siguiera, en lo que fuera a pasarnos (y tenía que pasarnos aún media vida unidos); y del mismo modo que yo me había abstenido de formular cuanto estoy formulando ahora (mis presentimientos desde la boda y más tarde), veía que Luisa cerraba los ojos para que yo no pudiera hacerla partícipe de mis impresiones respecto a Guillermo y Miriam y la mujer española enferma, ni ella a mí de las suyas. No era desconfianza ni falta de compañerismo ni ganas de ocultamiento. Era simplemente instalarse en el convencimiento o superstición de que no existe lo que no se dice. Y es verdad que sólo lo que no se dice ni expresa es lo que no traducimos nunca.

Mientras me hacía estas reflexiones (pero fueron muy rápidas) y miraba durante unos segundos (pero fueron prolongados, no sé si minutos) la cabeza de Luisa a través del espejo y veía que persistía en mantener cerrados los ojos que habían estado abiertos y meditativos, perdí la noción del tiempo y la atención momentáneamente (miraba, luego no oía), o tal vez Guillermo y Miriam siguieron callados e hicieron de esa pausa una reconciliación sin palabras, o bien bajaron tanto la voz que ya no eran susurros cortantes en lo que hablaban, sino cuchicheos del todo inaudibles desde mi lado del muro. Volví a prestar oído, y durante un rato no oí nada, no se oía nada, incluso me pregunté si en aquellos instantes de distracción

mía habrían salido del cuarto sin que yo lo advirtiera, quizá habían decidido hacer una tregua para bajar a comer algo, puede que su cita original hubiera sido para eso tan sólo y no para verse arriba. No pude evitar pensar que su reconciliación sin palabras, de darse, tendría que ser asimismo una reconciliación sexual, pues cuando hay mutuo abuso los sexos son a veces lo único reconciliable, y que quizá estaban de pie y vestidos en el centro de la habitación, idéntica a la mía, donde se habrían encontrado antes de que Miriam dijera lo último que le había escuchado, 'Eres un hijo de puta, Guillermo', lo habría dicho descalza. Las piernas tan fuertes de ella, pensé, podían aguantar largo rato de pie, cualquier acometida sin flaquear ni retroceder ni buscar apoyo, al igual que habían esperado en la calle hincadas como navajas, ahora ya no se preocuparía por los pliegues rebeldes de su falda si la tenía aún puesta, la falda toda pliegue ahora y por fin olvidado el bolso, o la falda sobre una silla. No sé, no se oía nada, ni respiraciones, y por eso, con mucho tiento pero en realidad no tanto porque ya sabía que Luisa estaba despierta y en todo caso fingiría seguir dormida, me levanté de los pies de la cama y salí de nuevo al balcón. Ahora ya era noche también horaria y los habaneros estarían cenando, las calles que se divisaban desde el hotel estaban casi vacías, menos mal que Miriam no seguía aguardando abandonada por todos. La luna era pulposa y no corría el aire. Estábamos en una isla, en otro extremo del mundo del que yo procedía en un cuarto; el sitio en que se había consolidado todo lo nuestro y en que viviríamos juntos, Madrid, nuestro matrimonio, quedaba muy lejos, y era como si esa lejanía del lugar que nos había unido nos separara también un poco a nosotros en nuestro viaje de novios, o quizá era que nos alejábamos porque no compartíamos lo que para ninguno era un secreto y sin embargo se estaba convirtiendo en uno por no compartirlo. La luna era pulposa y la misma. Quizá desde lejos se puede desear y acelerar la muerte de quien nos es tan próximo, pensé acodado. Quizá hacer-

lo a distancia, planearla a distancia, lo convierte en un juego y una fantasía, y son todas admisibles, las fantasías. No lo son los hechos, para los que no hay enmienda ni vuelta atrás, sólo ocultamiento. Para las palabras oídas ni siquiera eso, sino a lo sumo olvido con suerte.

De pronto, desde el balcón, a través de él y no ya del muro, a través del balcón de ellos que había quedado entornado y del nuestro que permanecía abierto y en el que yo me hallaba acodado, volví a oír la voz de Miriam con claridad, y ahora no hablaba sino canturreaba, y lo que canturreó fue esto:

'Mamita mamita, yen yen yen, serpiente me traga, yen yen yen.'

Interrumpió el canturreo apenas iniciado, y sin transición (ni exasperación ya tampoco) le dijo a Guillermo:

'Tienes que matarla.'

'Está bien, está bien, ya lo haré, ahora sigue acariciándome', respondió él. Pero eso no me alteró ni me preocupó ni me sobresaltó (no sé si a Luisa), porque lo había dicho como una madre hastiada que contesta cualquier cosa, sin pensárselo, a un hijo insistente que se empeña en lo que no es posible. Es más, creí saber entonces, por esa respuesta, que si existía aquella mujer en España Guillermo no le haría daño, y que en aquella situación o historia quien saldría dañada sería Miriam en todo caso. Creí saber entonces que Guillermo mentía (mentía en algo), y supuse que Luisa, tan acostumbrada como yo a traducir y percibir los temblores y detectar la sinceridad del habla, también se habría dado cuenta y se habría sentido aliviada no respecto a Miriam, pero sí respecto a la mujer enferma.

Y Miriam, que en esos momentos no se habría dado cuenta de la insinceridad de Guillermo o habría resuelto descansar un rato y no dársela o volver a engañarse o simplemente cejar en el afán de su vida durante unos instantes, canturreó otro poco, y yo sabía lo que sería. Había pasado más

tiempo del que yo pensaba, pensé, no podía ser, no había pasado tanto para que pudieran haber llevado a cabo una reconciliación sexual silenciosa y en regla y estuvieran ahora apaciguados por ella. Pero así debía haber sido, pues era como si los dos estuvieran calmados y echados, Miriam hasta distraída, cantaba distraídamente, con las interrupciones propias de quien en realidad canturrea sin percatarse de que lo hace, mientras se limpia con parsimonia o acaricia a quien está a su lado (un niño al que se le canta). Y lo que canturreó fue esto:

'Mentira mi suegra, yen yen yen, que estamos jugando, yen yen yen, al uso de mi tierra, yen yen yen'.

Esas palabras sí me sobresaltaron, aún más que las primeras del canturreo por lo que estas tenían de confirmación (a veces uno oye bien pero no da crédito a sus oídos), y sentí un ligero escalofrío como los que había padecido Luisa al comienzo de su indisposición. Y Miriam añadió en tono neutro si no desmayado, también ahora sin transición:

'Si no la matas me mato yo. Tendrás una muerta, o ella o yo'.

Guillermo no contestó esta vez, pero mi sobresalto y mi escalofrío eran previos a las frases de Miriam y se debían a la canción, que yo conocía de mucho antes porque esa canción me la cantaba mi abuela cuando era niño, o, mejor dicho, no me la cantaba, pues no era precisamente una canción para niños y en realidad formaba parte de una historia o cuento que, aunque tampoco era para niños, sí me contaba para meterme miedo, un miedo irresponsable y risueño. Pero además de eso, a veces, cuando estaba aburrida sentada en un sillón de su casa o la mía, abanicándose y viendo pasar la tarde mientras esperaba a que llegara mi madre a buscarme o a relevarla, canturreaba canciones sin darse cuenta, para distraerse sin el propósito de distraerse, canturreaba sin observar lo que hacía, con la misma desgana y desentendimiento con que Miriam había canturreado ahora ante un balcón entornado, y

con el mismo acento. Era ese canto inconsciente que no tiene destinatario, el mismo canto de las criadas cuando fregaban los suelos o colgaban la ropa con pinzas, o pasaban la aspiradora o perezosos plumeros los días en que yo estaba enfermo y no iba al colegio y veía el mundo desde mi almohada oyéndolas a ellas en su matinal espíritu, tan distinto del vespertino; el mismo tarareo insignificante de mi propia madre cuando se peinaba o se iba poniendo horquillas ante el espejo o se colocaba peineta y se colgaba pendientes largos para ir el domingo a misa, ese canto femenino entre dientes (pinzas u horquillas entre los dientes) que no se dice para ser escuchado ni menos aún interpretado ni traducido, pero que alguien, el niño refugiado en su almohada o apoyado en el quicio de una puerta que no es la de su dormitorio, escucha y aprende y ya no olvida, aunque sólo sea porque ese canto, sin voluntad ni destinatario, es pese a todo emitido y no se calla ni se diluye después de dicho, cuando le sigue el silencio de la vida adulta, o quizá es masculina. Ese canto indeliberado y flotante debió de ser canturreado en todas las casas del Madrid de mi infancia todas las mañanas a lo largo de muchos años, como un mensaje sin significado que vinculaba a la ciudad entera y la emparentaba y armonizaba, un persistente velo sonoro y contagioso que la cubría, desde los patios hasta los portales, ante las ventanas y por los pasillos, en las cocinas y en los cuartos de baño, por las escaleras y en las azoteas, con delantales, mandiles y batas y con camisones y vestidos caros. Fue canturreado por todas las mujeres de aquellos tiempos que no están muy lejanos de estos, las criadas muy de mañana desperezándose, y las señoras o madres un poco más tarde, cuando se arreglaban para salir de compras o a algún recado superfluo, todas ellas igualadas y unidas por su continuo y común zumbido y acompañadas a veces por el silbido de los muchachos que no estaban en los colegios y que aún participaban, por eso, del mundo mujeril en que se desenvolvían: los chicos de las tiendas con sus bicicletas de reparto y sus pe-

sadas cajas, los niños enfermos en sus camas salpicadas de tebeos y cromos y cuentos, los niños trabajadores y los niños inútiles, silbando y envidiándose mutuamente. Ese canto fue cantado en toda ocasión y a diario, con voces eufóricas y voces apesadumbradas, estridentes y decaídas, morenas y melodiosas y desafinadas y rubias, bajo todos los estados de ánimo y en cualquier circunstancia, sin que dependiera nunca de lo acontecido en las casas ni nunca lo juzgara nadie: como lo canturreó una doncella mientras miraba derretirse una tarta helada en la casa de mis abuelos, cuando aún no lo eran porque yo ni siquiera había nacido ni tenía posibilidad de hacerlo; y como lo silbó un muchacho ese mismo día y en esa misma casa al acercarse a un cuarto de baño en el que tal vez una mujer habría también tarareado algo llena de miedo y mojada de llanto y agua muy poco antes. Y ese canto lo cantaban las abuelas y también las viudas y las solteronas por las tardes con voz más quebradiza y tenue, sentadas en sus mecedoras o sofás o sillones vigilando y entreteniendo a los nietos o mirando de reojo retratos de personas ya idas o que no supieron retener a tiempo, suspirando y abanicándose, abanicándose su vida entera aunque fuera otoño y aunque fuera invierno, suspirando y canturreando y contemplando transcurrir el transcurrido tiempo. Y a la noche, más intermitente y disperso, el canto podía seguir oyéndose en las alcobas de las mujeres afortunadas, aún no abuelas ni viudas ni ya solteronas, más quedo y más dulce o más vencido, el preludio del sueño y la expresión del cansancio, el mismo que Miriam me había permitido oír desde su habitación de hotel igual a la mía, ya de noche y con tanto calor en La Habana, durante mi viaje de novios con Luisa y mientras Luisa no cantaba ni decía nada, sino que apretaba su cara contra la almohada.

Mi abuela cantaba sobre todo las canciones de su propia niñez, canciones de Cuba y de las ayas negras que la habían cuidado hasta los diez años, edad en que salió de La Habana para trasladarse al país al que ella y sus padres y sus hermanas

creían pertenecer y conocían sólo de nombre, más allá del océano. Canciones o cuentos (ya no recuerdo o no los distingo) con personajes animales de nombres absurdos, la Vaca Verum-Verum y el Monito Chirrinchinchín, historias tétricas o africanas, porque la Vaca Verum-Verum, recuerdo, era muy querida por la familia que la poseía, una vaca benefactora y amiga, una vaca como un aya o como una abuela, y sin embargo un día, acuciados por el hambre o por un mal pensamiento, los miembros de la familia decidían matarla y guisarla y comérsela, lo cual, comprensiblemente, la pobre Verum-Verum no perdonaba a personas tan próximas, y desde el momento en que cada miembro de la familia hubo probado un bocado de su carne troceada y ya vieja (y hubo por tanto incurrido en una especie de metafórica antropofagia), allí mismo, en el comedor, empezó a retumbar desde sus estómagos una voz cavernosa que ya nunca cesó y que repetía incansablemente con la voz que mi abuela ahuecaba al efecto sofocando la sonrisa: 'Vaca Verum-Verum, Vaca Verum-Verum', y así hasta siempre desde sus estómagos. En cuanto al Monito Chirrinchinchín, creo que he olvidado sus peripecias por demasiado atropelladas, pero en todo caso me suena que su suerte no era más benigna y que acababa igualmente ensartado en el asador de algún hombre blanco desaprensivo. Aquel canturreo que había cantado Miriam en la habitación de al lado no tenía ningún significado para Luisa, y en eso, en nuestro conocimiento o entendimiento de lo que estaba ocurriendo y se estaba diciendo a través del balcón y del muro, había ahora una diferencia segura al menos. Porque mi abuela solía contarme aquella breve o incompleta historia recibida de sus ayas negras, en cuyo simbolismo sexual meridiano jamás había reparado, por cierto, hasta aquel momento, el de oírsela a Miriam, o, mejor dicho, el de oírle el canto funesto y un poco cómico que formaba parte de esa historia que me contaba mi abuela para meterme un miedo poco duradero y teñido de broma (me enseñaba el miedo y a reír del

miedo): la historia decía que una joven de gran hermosura y mayor pobreza era pedida en matrimonio por un extranjero muy rico y apuesto y con mucho futuro, un hombre extranjero que se instalaba en La Habana con los mayores lujos y los proyectos más ambiciosos. La madre de la muchacha, viuda y dependiente de su única hija o más bien del acierto de sus necesarias nupcias, no cabía en sí de contento y concedía su mano al extraordinario extranjero sin dudarlo un instante. Pero en la noche de bodas, desde la habitación de los recién casados a cuya puerta debía de hacer suspicaz o resabiada guardia, la madre oía cantar a su hija, una y otra vez a lo largo de la larga noche, su petición de auxilio: 'Mamita mamita, yen yen yen, serpiente me traga, yen yen yen'. La posible alarma de aquella madre codiciosa quedaba sin embargo apaciguada por la reiterada y estrafalaria contestación del yerno, que le cantaba una y otra vez a través de la puerta y a lo largo de la larga noche: 'Mentira mi suegra, yen yen yen, que estamos jugando, yen yen yen, al uso de mi tierra, yen yen yen'. A la mañana siguiente, cuando la madre y ya suegra decidía entrar en la habitación de los novios para llevarles el desayuno y ver sus rostros de dicha, se encontraba con una enorme serpiente sobre la cama sanguinolenta y deshecha en la que en cambio no había rastro de su infortunada y promisoria y preciada hija.

Recuerdo que mi abuela reía tras contar esta macabra historia a la que quizá yo he añadido ahora algún detalle más macabro debido a mi edad adulta (no creo que ella mencionara en modo alguno la sangre ni la longitud de la noche); reía un poco con risa infantil y se abanicaba (quizá la risa de sus diez o menos años, la risa aún cubana), quitándole importancia a la historia y logrando que yo no se la diera tampoco con mis propios diez o menos años, o tal vez era que el miedo que podía infundir aquel cuento era un miedo femenino tan sólo, un miedo de hijas y madres y esposas y suegras y abuelas y ayas, un miedo perteneciente a la misma esfera que el instinti-

vo canto de las mujeres a lo largo del día y al final de la noche, en Madrid o en La Habana o en cualquier parte, ese canto del que participan también los niños y que luego olvidan cuando dejan de serlo. Yo lo había olvidado, pero no enteramente, pues sólo se olvida de veras cuando uno sigue no recordando después de que se lo ha obligado a recordar a uno. Yo había olvidado aquel canturreo durante muchos años, pero la voz distraída o vencida de Miriam no hubo de insistir ni esforzarse para que mi memoria lo recuperara durante mi viaje de novios con mi mujer Luisa, que yacía en la cama enferma y aquella noche de pulposa luna veía el mundo desde su almohada, o acaso no estaba dispuesta a verlo.

Volví a su lado y le acaricié el pelo y la nuca, otra vez sudados, tenía la cara vuelta hacia los armarios, quizá cruzada de nuevo por falsas arrugas capilares y premonitorias, me senté a su derecha y encendí un cigarrillo, la brasa brilló en el espejo, no quise mirarme. Su respiración no era la de alguien dormido, y le susurré al oído:

—Mañana estarás bien, mi amor. Duerme ahora.

Fumé un rato sentado sobre la sábana, sin oír ya nada procedente de la habitación contigua: el canturreo de Miriam había sido el preludio del sueño y la expresión del cansancio. Hacía demasiado calor, no había cenado, no tenía sueño, yo no estaba cansado, no canturreé, no apagué aún la lámpara. Luisa estaba despierta pero no me hablaba, ni siquiera contestó a mi frase de buenos deseos, como si se hubiera enfadado conmigo a través de Guillermo, pensé, o a través de Miriam, y no quisiera manifestarlo, mejor esperar a que se diluyera en el sueño que no nos venía. Me pareció oír que Guillermo cerraba su balcón ahora, pero yo ya no estaba asomado al mío ni me llegué hasta él para comprobarlo. Sacudí la ceniza del cigarrillo con mala puntería y demasiada fuerza y sobre la sábana se me cayó la brasa, y antes de recogerla con mis propios dedos para echarla al cenicero, donde se consumiría sola y no quemaría, vi cómo empezaba a hacer un agu-

jero orlado de lumbre sobre la sábana. Creo que lo dejé crecer más de lo prudente, porque lo estuve mirando durante unos segundos, cómo crecía y se iba ensanchando el círculo, una mancha a la vez negra y ardiente que se comía la sábana.

A Luisa la había conocido casi un año antes en el ejercicio de mi trabajo, de una manera un poco bufa y también un poco solemne. Como ya he dicho, ambos nos dedicamos sobre todo a ser traductores o intérpretes (para ganar dinero), más yo que ella o con más constancia, lo cual no quiere decir en modo alguno que yo sea más competente, antes al contrario, lo es más ella, o al menos así fue juzgado en la ocasión de nuestro conocimiento, o fue juzgado que ella era más fiable en conjunto.

Por fortuna no nos limitamos a prestar nuestros servicios en las sesiones y despachos de los organismos internacionales. Aunque eso ofrece la comodidad incomparable de que en realidad se trabaja sólo la mitad del año (dos meses en Londres o Ginebra o Roma o Nueva York o Viena o incluso Bruselas y luego dos meses de asueto en casa, para volver otros dos o menos a los mismos sitios o incluso a Bruselas), la tarea de traductor o intérprete de discursos e informes resulta de lo más aburrida, tanto por la jerga idéntica y en el fondo incomprensible que sin excepción emplean todos los parlamentarios, delegados, ministros, gobernantes, diputados, embajadores, expertos y representantes en general de todas las naciones del mundo, cuanto por la índole invariablemente letárgica de todos sus discursos, llamamientos, protestas, sofla-

mas e informes. Alguien que no haya practicado este oficio puede pensar que ha de ser divertido o al menos interesante y variado, y aún es más, puede llegar a pensar que en cierto sentido se está en medio de las decisiones del mundo y se recibe de primera mano una información completísima y privilegiada, información sobre todos los aspectos de la vida de los diferentes pueblos, información política y urbanística, agrícola y armamentística, ganadera y eclesiástica, física y lingüística, militar y olímpica, policial y turística, química y propagandística, sexual y televisiva y vírica, deportiva y bancaria y automovilística, hidráulica y polemologística y ecologística y costumbrista. Es cierto que a lo largo de mi vida yo he traducido discursos o textos de toda suerte de personajes sobre los asuntos más inesperados (al comienzo de mi carrera llegaron a estar en mi boca las palabras póstumas del arzobispo Makarios, por mencionar a alguien infrecuente), y he sido capaz de volver a decir en mi lengua, o en otra de las que entiendo y hablo, largas parrafadas sobre temas tan absorbentes como las formas de regadío en Sumatra o las poblaciones marginales de Swazilandia y Burkina (antes Burkina-Faso, capital Ouagadougou), que lo pasan muy mal como en todas partes; he reproducido complicados razonamientos acerca de la conveniencia o humillación de instruir sexualmente a los niños en dialecto véneto; sobre la rentabilidad de seguir financiando las muy mortíferas y costosas armas de la fábrica sudafricana Armscor, ya que en teoría no podían exportarse; sobre las posibilidades de edificar una réplica más del Kremlin en Burundi o Malawi, creo (capitales Bujumbura y Zomba); sobre la necesidad de desgajar de nuestra península el reino entero de Levante (incluyendo Murcia) para convertirlo en isla y evitar así las lluvias torrenciales e inundaciones de todos los años, que gravan nuestro presupuesto; sobre el mal del mármol en Parma, sobre la expansión del sida en las islas de Tristan da Cunha, sobre las estructuras futbolísticas de los Emiratos Árabes, sobre la baja moral de las fuerzas navales

búlgaras y sobre una extraña prohibición de enterrar a los muertos, que se amontonaban malolientes en un descampado, sobrevenida hace unos años en Londonderry por arbitrio de un alcalde que acabó siendo depuesto. Todo eso y más yo lo he traducido y lo he transmitido y lo he repetido religiosamente según lo iban diciendo otros, expertos y científicos y lumbreras y sabios de todas las disciplinas y los más lejanos países, gente insólita, gente exótica, gente erudita y gente eminente, premios Nobel y catedráticos de Oxford y Harvard que enviaban informes sobre las cuestiones más imprevistas porque se los habían encargado sus gobernantes o los representantes de los gobernantes o los delegados de los representantes o bien sus vicarios.

Lo cierto es que en esos organismos lo único que en verdad funciona son las traducciones, es más, hay en ellos una verdadera fiebre translaticia, algo enfermizo, algo malsano, pues cualquier palabra que se pronuncia en ellos (en sesión o asamblea) y cualquier papelajo que les es remitido, trate de lo que trate y esté en principio destinado a quien lo esté o con el objetivo que sea (incluso si es secreto), es inmediatamente traducido a varias lenguas por si acaso. Los traductores e intérpretes traducimos e interpretamos continuamente, sin discriminación ni apenas descanso durante nuestros periodos laborales, las más de las veces sin que nadie sepa muy bien para qué se traduce ni para quién se interpreta, las más de las veces para los archivos cuando es un texto y para cuatro gatos que además no entienden tampoco la segunda lengua, a la que interpretamos, cuando es un discurso. Cualquier idiotez que cualquier idiota envía espontáneamente a uno de esos organismos es traducida al instante a las seis lenguas oficiales, inglés, francés, español, ruso, chino y árabe. Todo está en francés y todo está en árabe, todo está en chino y todo está en ruso, cualquier disparate de cualquier espontáneo, cualquier ocurrencia de cualquier idiota. Quizá no se haga nada con ellas, pero en todo caso se traducen. En más de una ocasión

me han pasado facturas para que las tradujera, cuando lo único que había que hacer con ellas era pagarlas. Esas facturas, estoy convencido, se guardan hasta el fin de los tiempos en un archivo, en francés y chino, en español y árabe, en inglés y ruso, por lo menos. Una vez me llamaron urgentemente a mi cabina para que tradujera el discurso (no escrito) que iba a pronunciar un individuo gobernante que, según yo mismo había leído a cuatro columnas en la prensa de dos días antes, había sido muerto en su país de origen en el transcurso de un golpe de estado que había logrado plenamente su propósito de derrocarlo.

Las mayores tensiones que se producen en estos foros internacionales no son las discusiones feroces entre delegados y representantes al borde de una declaración de guerra, sino cuando por algún motivo no hay traductor para traducir algo o éste falla en medio de una ponencia por alguna razón sanitaria o psiquiátrica, lo que sucede con relativa frecuencia. Hay que tener muy templados los nervios en este trabajo, más que por la dificultad en sí de cazar y transmitir al vuelo lo que se dice (dificultad bastante), por la presión a que nos someten los gobernantes y los expertos, que se ponen nerviosos e incluso furiosos si ven que algo de lo que dicen puede dejar de ser traducido a alguna de las seis lenguas célebres. Nos vigilan constantemente, como también nuestros inmediatos y remotos jefes (todos ellos funcionarios), para comprobar que nos encontramos en nuestros puestos vertiéndolo todo, sin omitir un vocablo, a los restantes idiomas que casi nadie conoce. El único verdadero afán de los delegados y representantes es el de ser traducidos e interpretados, no que sus discursos e informes sean aprobados o aplaudidos ni sus propuestas tenidas en cuenta o llevadas a efecto, lo cual, por lo demás, apenas ocurre nunca (ni aprobación ni aplausos ni cuenta ni efecto). En una reunión de los países de la Commonwealth celebrada en Edimburgo, en la que por tanto sólo estaban presentes asamblearios de lengua inglesa, un ponente

australiano llamado Flaxman consideró un ultraje que las cabinas de los intérpretes estuvieran vacías y que ninguno de sus colegas llevara auriculares en las orejas para escucharle a través de ellos y no, como estaban haciendo, en línea recta desde el micrófono hasta sus asientos tan cómodos. Exigió que sus palabras fueran traducidas, y al recordársele que no había necesidad, frunció el ceño, maldijo groseramente y empezó a forzar su ya molesto acento australiano hasta el punto de hacerlo ininteligible para los miembros de los demás países y aun para algunos del propio, que empezaron a quejarse y fueron víctimas del acto reflejo de todo congresista ya curtido de llevarse al oído los auriculares en cuanto alguien dice algo que no se entiende. Al comprobar que por esos auriculares no salía nada en contra de la costumbre (ni el menor sonido, claro u oscuro), arreciaron en sus protestas, por lo que Flaxman hizo amago de trasladarse en persona a una de las cabinas y traducirse desde allí a sí mismo. Fue neutralizado cuando ya andaba por el pasillo, y a toda prisa hubo de improvisarse un intérprete australiano que ocupó la cabina y fue pronunciando en inglés natural lo que su compatriota, un verdadero *larrikin* por utilizar el término que él habría empleado, estaba vociferando desde la tribuna con su acento incomprensible de los suburbios o muelles de Melbourne o Adelaida o Sydney. Este individuo representante, Flaxman, al ver que por fin había un traductor en su puesto reflejando debidamente los conceptos de su discurso, se tranquilizó en seguida y volvió a su dicción habitual y neutra y más o menos correcta sin que sus colegas se percataran de ello, ya que habían decidido oírle por la vía indirecta de los auriculares, por los que todo suena mucho más vacilante pero también más importante. Se produjo así, como culminación de la fiebre traductora que recorre y domina los foros internacionales, una traducción del inglés al inglés, al parecer no del todo exacta, ya que el congresista rebelde australiano peroraba demasiado rápido para que el intérprete bisoño australia-

no pudiera repetirlo todo a la misma velocidad y sin dejarse nada.

Es curioso que en el fondo todos los asamblearios se fíen más de lo que escuchan por los auriculares, esto es, a los intérpretes, que de lo que oyen (lo mismo, pero más trabado) directamente a quien habla, aunque entiendan perfectamente la lengua en que éste se está dirigiendo a ellos. Es curioso porque en realidad nadie puede saber que lo que el traductor traduce desde su cabina aislada sea correcto ni verdadero, y no hace falta decir que en muchísimas ocasiones no es lo uno ni lo otro, sea por desconocimiento, pereza, distracción, mala idea o resaca del intérprete que está interpretando. Ese es el reproche que los traductores (es decir, de textos) hacen a los intérpretes: mientras las facturas y las idioteces que aquéllos vierten en sus oscuros despachos están expuestas a revisiones malintencionadas y sus errores pueden ser detectados, denunciados e incluso multados, las palabras que se lanzan irreflexivamente al aire desde las cabinas no las controla nadie. Los intérpretes odian a los traductores y los traductores a los intérpretes (como los simultáneos a los sucesivos y los sucesivos a los simultáneos), y yo, que he sido ambas cosas (ahora sólo intérprete, tiene más ventajas aunque deja exhausto y afecta a la psique), conozco bien sus respectivos sentimientos. Los intérpretes se tienen por semidioses o semidivos, ya que están a la vista de los gobernantes y representantes y delegados vicarios y todos estos se desviven por ellos, o mejor dicho por su presencia y tarea. En todo caso es innegable que pueden ser divisados por los rectores del mundo, lo cual los lleva a ir siempre muy arreglados y de punta en blanco, y no es raro verlos a través del cristal pintándose los labios, peinándose, anudándose mejor la corbata, arrancándose pelos con pinzas, soplándose motas del traje o recortándose las patillas (todos siempre con el espejito a mano). Esto crea malestar y rencor entre los traductores de textos, ocultos en sus despachos compartidos y escuálidos, cierto, pero con un sen-

tido de la responsabilidad que los hace considerarse infinitamente más serios y competentes que los engreídos intérpretes con sus bonitas cabinas individuales, transparentes, insonorizadas y aun aromatizadas según los casos (hay favoritismos). Todos se desprecian y se detestan, pero en lo que todos somos iguales es en que ninguno sabemos nada sobre esos asuntos tan cautivadores de los cuales ya he mencionado algunos ejemplos. Yo he reproducido esos discursos o textos de que hablé antes, pero apenas si recuerdo una palabra de lo que decían; no porque haya pasado el tiempo y la memoria tenga su cupo de información conservable, sino porque en el mismo momento de traducir todo aquello ya no recordaba nada, es decir, ya entonces no me enteraba de lo que el orador estaba diciendo ni de lo que yo decía a continuación o, como se supone que ocurre, simultáneamente. Él o ella lo decía y yo lo decía o lo repetía, pero de un modo mecánico que no tiene nada que ver con la intelección, o es más, está reñido con ella: sólo si uno no comprende ni asimila en absoluto lo que está oyendo puede volver a decirlo con más o menos exactitud (sobre todo si se recibe y suelta sin pausa), y lo mismo sucede con los escritos de ese género, nada literarios, sobre los que no hay posible corrección ni meditación ni vuelta. Así que toda esa información valiosa que alguien podría pensar que tenemos los traductores e intérpretes de los organismos internacionales es algo que en realidad se nos escapa totalmente, de punta a cabo y de arriba abajo, no sabemos ni una palabra de lo que se fragua y maquina y cuece en el mundo, ni la menor idea. Y aunque a veces, en nuestros turnos de descanso, nos quedemos escuchando a los próceres y no traduciéndolos, la terminología idéntica que todos ellos emplean resulta incomprensible para cualquier persona en su sano juicio, de manera que si alguna vez acertamos a retener unas frases por algún motivo inexplicable, la verdad es que entonces nos esforzamos por olvidarlas deliberadamente al poco rato, pues mantener en la cabeza esa jerga inhumana du-

rante más tiempo del imprescindible para verterla a la segunda lengua o segunda jerga es un tormento superfluo y muy dañino para nuestro maltratado equilibrio.

Entre unas cosas y otras, muchas veces me pregunto asustado si alguien sabe algo de lo que nadie dice en esos foros, sobre todo en las sesiones estrictamente retóricas. Pues aun admitiendo que entre sí se comprendan los asamblearios en su germanía salvaje, es del todo cierto que los intérpretes pueden variar a su antojo el contenido de las alocuciones sin que haya posibilidad de control verdadero ni tiempo material para un mentís o una enmienda. La única manera de controlarnos completamente sería poner a un segundo traductor dotado de auriculares y de micrófono que a su vez nos tradujera a nosotros simultáneamente a la primera lengua, de modo que pudiera comprobarse que efectivamente estamos diciendo lo que se está diciendo en la sala en esos momentos. Pero en tal caso haría falta un tercer traductor igualmente provisto de sus aparatos que a su vez controlara al segundo y lo retradujera, y quizá un cuarto para vigilar al tercero, y así, me temo, hasta el infinito, traductores controlando a intérpretes e intérpretes a traductores, ponentes a congresistas y taquígrafos a oradores, traductores a gobernantes y ujieres a intérpretes. Todo el mundo se vigilaría y nadie escucharía ni transcribiría nada, lo cual, a la larga, llevaría a suspender las sesiones y los congresos y las asambleas y a clausurar para siempre los organismos internacionales. Es preferible, por tanto, correr algunos riesgos y encajar los incidentes (a veces graves) y los malentendidos (duraderos a veces) que inevitablemente se producen por las imprecisiones de los intérpretes, y aunque no es frecuente que gastemos bromas voluntarias (nos jugamos el puesto), tampoco nos resistimos a deslizar falsedades de vez en cuando. Tanto a los representantes de las naciones como a nuestros jefes funcionarios no les queda más remedio que fiarse de nosotros, como asimismo a los altos cargos de los diferentes países cuando nuestros servicios

son requeridos fuera de los organismos, en alguno de los encuentros que llaman *cumbres* o en las visitas oficiales que se hacen unos a otros en sus territorios amigos, enemigos o neutrales. Bien es verdad que en estas ocasiones tan elevadas, de las que dependen importantes acuerdos comerciales, pactos de no agresión, conspiraciones contra terceros y aun declaraciones de guerra o armisticios, a veces se intenta un mayor control del intérprete por medio de un segundo traductor que por supuesto no retraducirá (sería un lío), pero sí escuchará atentamente al primero y lo vigilará, y confirmará que traduce o no como es debido. Fue así como conocí a Luisa, que por alguna razón fue considerada más seria, fiable y leal que yo y elegida como intérprete de guardia (intérpretes de seguridad, los llaman, o intérpretes-red, con lo que se los acaba denominando 'el red' o 'la red', muy feo) para ratificar o desautorizar mis palabras durante los encuentros personales de muy alto nivel habidos en nuestro país hace menos de dos años entre nuestros representantes y los del Reino Unido de la Gran Bretaña.

Estas escrupulosidades no tienen demasiado sentido, ya que en realidad cuanto más altos sean los cargos que se reúnen a hablar, menos importancia adquiere lo que entre sí se dicen y menos gravedad tendría un error o transgresión por nuestra parte. Supongo que se observan estas precauciones para salvar la cara y para que en las fotos de prensa y en las tomas televisivas se vea siempre a esos individuos estirados, sentados incómodamente en una silla entre los dos adalides, quienes suelen ocupar, en cambio, mullidos sillones o sofás de cinemascope; y si son dos los individuos sentados en durísimas sillas con sendos blocs de notas en las manos, mayor aspecto de helada cumbre ofrecerá el encuentro ante los espectadores de las tomas y los lectores de las fotos. Pues lo cierto es que en estas visitas los muy altos cargos viajan acompañados de toda una comitiva de técnicos, expertos, científicos y especialistas (sin duda los mismos que escriben

los discursos que pronuncian ellos y traducimos nosotros), casi invisibles para la prensa y que a su vez, sin embargo, se reúnen entre bastidores con sus colegas expertos y especialistas del país visitado. Son ellos quienes discuten y deciden y saben, redactan los acuerdos bilaterales, establecen los términos de cooperación, se amenazan velada o abiertamente, ventilan los litigios, se hacen chantajes mutuos y tratan de sacar el mayor provecho para sus respectivos estados (suelen hablar idiomas y ser muy ruines, a veces ni siquiera les hacemos falta). Los más altos cargos, en cambio, no tienen la menor noción de lo que se trama, o se enteran cuando todo ha acabado. Simplemente prestan su cara para las fotos y tomas, celebran alguna cena multitudinaria o baile de gala y estampan la firma en los documentos que les pasan sus técnicos al final del viaje. Lo que entre sí se digan, por tanto, casi nunca tiene la menor importancia, y lo que es más embarazoso, a menudo no tienen absolutamente nada que decirse. Esto lo sabemos todos los traductores e intérpretes, quienes no obstante debemos estar siempre presentes en estos encuentros privados por tres razones principales: los más altos cargos desconocen por lo general las lenguas, si nos ausentáramos ellos sentirían que no se estaba dando a su cháchara el adecuado realce, y si hay algún altercado se nos podrá echar la culpa.

En aquella ocasión el alto cargo español era masculino y el alto cargo británico femenino, por lo que debió de parecer apropiado que el primer intérprete fuera a su vez masculino y el segundo o 'red' femenino, para crear una atmósfera cómplice y sexualmente equilibrada. Yo quedé en mi torturadora silla en medio de los dos adalides, y Luisa en su mortificante silla un poco a mi izquierda, es decir, entre la adalid femenina y yo, pero algo postergada, como una figura supervisora y amenazante que me espiaba la nuca y a la que yo sólo podía ver (mal) con el rabillo de mi ojo izquierdo (sí veía perfectamente sus piernas cruzadas de gran altura y sus zapatos nuevos de Prada, la marca era lo que me quedaba más próximo).

No negaré que me había fijado mucho en ella (esto es, involuntariamente) al entrar en la salita íntima (pésimo gusto), cuando me fue presentada y antes de tomar asiento, mientras los fotógrafos hacían sus fotos y los dos altos cargos fingían hablar ya entre sí ante las cámaras de televisión: fingían, pues ni nuestro alto cargo sabía una palabra de inglés (bueno, al despedirse se atrevió con 'Good luck') ni la alto cargo británica una de castellano (aunque me dijo 'Buen día' al estrecharme férreamente la mano). De modo que mientras el uno murmuraba en español cosas inaudibles para los cámaras y fotógrafos y totalmente inconexas, sin dejar de mirar a su invitada con gran sonrisa, como si le estuviera regalando el oído (pero para mí eran audibles: creo recordar que repetía 'Uno, dos, tres y cuatro, pues qué bien vamos a pasar el rato'), la otra mascullaba sinsentidos en su lengua superándole en la sonrisa ('Cheese, cheese', decía, como se aconseja decir en el mundo anglosajón a cualquier persona fotografiada, y luego cosas onomatopéyicas e intraducibles como 'Tweedle tweedle, biddle diddle, twit and fiddle, tweedle twang').

Yo, por mi parte, reconozco que también sonreí mucho a Luisa involuntariamente durante aquellos prolegómenos en que nuestra intervención no era aún necesaria (me devolvió sólo medias sonrisas, al fin y al cabo estaba allí para inspeccionarme), y cuando ya lo fue y estuvimos sentados, entonces no hubo manera de que pudiera seguir fijándome en ella ni sonriéndole, por la disposición de nuestras criminales sillas ya descrita. A decir verdad, nuestra intervención tardó todavía un rato en hacerse precisa, ya que en cuanto los periodistas fueron conminados a retirarse ('Ya basta', les dijo nuestro alto cargo levantando una mano, la del anillo), y un chambelán o factótum cerró desde fuera la puerta y nos quedamos los cuatro a solas listos para la eminente charla, yo con mi bloc de notas y Luisa con el suyo sobre el regazo, se produjo un abrupto silencio de lo más imprevisto y de lo más incómodo. Mi misión era delicada y mis oídos estaban particular-

mente alerta a la espera de las primeras palabras sensatas que me darían el tono y que debería traducir al instante. Miré a nuestro adalid y miré a la adalid de ellos y volví a mirar al nuestro. Ella se estaba observando las uñas con expresión perpleja y los cremosos dedos a cierta distancia. Él se palpaba los bolsillos de la chaqueta y el pantalón, no como quien no logra hallar lo que en verdad está buscando, sino como quien finge no encontrarlo para ganar tiempo (por ejemplo el billete que pide un revisor en el tren a quien no lo lleva). Tenía la sensación de estar en la salita de espera del dentista, y por un momento temí que nuestro representante fuera a sacar y repartirnos unos semanarios. Me atreví a volver la cabeza hacia Luisa con cejas interrogantes, y ella me hizo con la mano un gesto (no severo) recomendándome paciencia. Por fin el alto cargo español extrajo de un bolsillo ya diez veces palpado una pitillera metálica (algo cursi) y le preguntó a su colega:

—Oiga, ¿le molesta que fume?

Y yo me apresuré a traducirlo.

—Do you mind if I smoke, Madam? —dije.

—No, si echa usted el humo hacia arriba, señor —contestó la adalid británica dejando de mirarse las uñas y estirándose la falda, y yo me apresuré a traducir como acabo de hacerlo.

El alto cargo encendió un purito (tenía tamaño y forma de cigarrillo, pero era castaño oscuro, yo diría un purito), lo aspiró un par de veces y cuidó de expulsar el humo hacia el techo, que, según vi, tenía manchas. Volvió a reinar el silencio, y al poco él se levantó de su sillón holgado, se acercó a una mesita en la que acaso había demasiadas botellas, se preparó un whisky con hielo (me extrañó que no se lo hubiera servido antes ningún camarero o maestresala) y preguntó:

—Usted no bebe, ¿verdad?

Y yo traduje, como también la respuesta, aunque agregando de nuevo 'señora' al final de la pregunta.

—No a esta hora del día, si no le importa que no lo acompañe, señor. —Y la señora inglesa se bajó un poco la falda ya bien bajada.

Empezaban a aburrirme las largas pausas y aquella pequeña charla o más bien intercambio insulso de frases aisladas. En la otra ocasión en que había servido de intérprete entre personajes rectores, había tenido al menos la sensación de ser casi insustituible con mis conocimientos cabales de las lenguas que hablo. No es que se dijeran grandes cosas (un español y un italiano), pero había que reproducir una sintaxis y un léxico más complicados que no podría haber traducido bien cualquier mediano conocedor de idiomas, a diferencia de lo que ocurría ahora: todo lo dicho estaba al alcance de un niño.

Nuestro superior volvió a sentarse con el whisky en la mano y el purito en la otra, bebió un sorbo, suspiró con fatiga, dejó el vaso, miró el reloj, se alisó los faldones de la chaqueta que se había pillado con su propio cuerpo, se rebuscó otra vez en los bolsillos, aspiró y espiró más humo, sonrió ya sin ganas (la adalid británica sonrió asimismo con aún menos ganas y se rascó la frente con las uñas largas que se había mirado con asombro al principio, el aire se impregnó un instante de polvos de maquillaje), y entonces comprendí que podían pasarse los treinta o cuarenta y cinco minutos previstos como en la antesala del asesor fiscal o el notario, limitándose a esperar a que transcurriera el tiempo y el ordenanza o fámulo volviera a abrirles la puerta, como el bedel universitario que anuncia con apatía: 'La hora' o la enfermera que vocea desagradablemente: 'El siguiente'. Me volví de nuevo hacia Luisa, esta vez para comentarle algo con disimulo (creo que iba a decirle 'Vaya papelón' entre dientes), pero me encontré con que, sonriendo, se llevaba el índice con firmeza a los labios y se daba unos golpecitos, indicándome que guardara silencio. Sé que no olvidaré jamás esos labios sonrientes atravesados por un dedo índice que no lograba anular la sonrisa. Creo que fue entonces (o más entonces) cuando pensé que

me sería beneficioso tratar a aquella muchacha más joven que yo y tan bien calzada. Creo que fue también la conjunción de los labios y el índice (los labios abiertos y el índice que los sellaba, los labios curvados y el índice recto que los partía) lo que me dio valor para no ser nada exacto en la siguiente pregunta que por fin, tras sacar de un bolsillo un llavero sobrecargado de llaves con el que se puso a juguetear de manera inconveniente, hizo nuestro muy alto cargo:

—¿Quiere que le pida un té? —dijo.

Y yo no traduje, quiero decir que lo que en inglés puse en su boca no fue su cortés pregunta (de manual y un tanto tardía, todo hay que reconocerlo), sino esta otra:

—Dígame, ¿a usted la quieren en su país?

Noté el estupor de Luisa a mis espaldas, es más, la vi descruzar de inmediato las sobresaltadas piernas (las piernas de gran altura siempre a mi vista, como los zapatos nuevos y caros de Prada, sabía gastarse el dinero o se los habría regalado alguien), y durante unos segundos que no fueron breves (sentí mi nuca atravesada por el susto) esperé su intervención y su denuncia, su rectificación y su reprimenda, o bien que se hiciera cargo de la interpretación al instante, 'la red', para eso estaba. Pero esos segundos pasaron (uno, dos, tres y cuatro) y no dijo nada, tal vez (pensé entonces) porque la adalid de Inglaterra no pareció ofendida y contestó sin demora, es más, con una especie de contenida vehemencia:

—Muchas veces me lo pregunto —dijo, y por primera vez cruzó sus piernas desentendiéndose de su precavida falda y dejando ver unas rodillas blancuzcas y muy cuadradas—. A uno lo votan, verdad, y más de una vez. Sale elegido, y más de una vez. Y sin embargo, es curioso, uno no tiene la sensación de que lo quieran por eso.

Traduje con exactitud, si acaso de modo que en la versión inglesa desapareciera el 'lo' de la primera frase y todo quedara para nuestro superior como una reflexión espontánea británica que, dicho sea de paso, pareció complacerle como tema

de conversación, ya que miró a la señora con sorpresa mínima y mayor simpatía y le respondió mientras hacía entrechocar sus numerosas llaves alegremente:

—Es verdad. Los votos no dan ninguna seguridad a ese respecto, por mucho que los aprovechemos. Fíjese en lo que le digo, yo creo que los dictadores, los gobernantes nunca votados ni elegidos democráticamente, son más queridos en sus países. También más odiados, desde luego, pero más intensamente queridos por los que los quieren, que además van siempre en aumento.

Consideré que el último comentario, 'que además van siempre en aumento', era un poco exagerado si no falso, por lo que traduje todo correctamente menos eso (lo omití y censuré, en suma), y esperé de nuevo la reacción de Luisa. Volvió a cruzar las piernas con rapidez (sus rodillas doradas, redondeadas), pero esa fue su única señal de haber advertido mi licencia. Quizá, pensé, no la desaprobaba, aunque creía seguir notando clavada en mi nuca su mirada estupefacta o tal vez indignada. No podía volverme a verla, era una desgracia.

La adalid pareció animarse:

—Oh, ya lo creo —dijo—. La gente quiere en buena medida porque se la obliga a querer. Esto sucede también en las relaciones personales, ¿no es cierto? ¿Cuántas parejas no son parejas porque uno de los dos, sólo uno, se empeñó en que lo fueran y obligó al otro a que lo quisiera?

—¿Obligó o convenció? —preguntó nuestro alto cargo, y vi que estaba satisfecho de su matización, por lo que me limité a traducirla tal como la había expresado. Agitaba las incontables llaves haciéndolas sonar con demasiado estrépito, un hombre nervioso, no me dejaba oír bien, un intérprete necesita silencio para cumplir su cometido.

La adalid se miró las uñas cuidadas y largas, ahora con coquetería inconsciente más que con desazón o desconfianza, como había hecho antes fingiendo extrañeza. Se tiró de la falda en vano, pues tenía aún cruzadas las piernas.

—Es lo mismo, ¿no cree usted? Sólo hay una diferencia de orden cronológico, qué es primero, qué viene antes, porque lo uno se convierte en lo otro y lo otro en lo uno, indefectiblemente. Todo esto tiene que ver con los *faits accomplis*, como dicen los franceses. Si a un país se le ordena querer a sus gobernantes, acabará convencido de que los quiere, al menos más fácilmente que si no se le ordena. Nosotros no podemos mandárselo, ese es el problema.

Dudé también con ella si el último comentario no era excesivo para los oídos democráticos de nuestro alto cargo, y tras un segundo de vacilación y vistazo a las otras y mejores piernas que me vigilaban, opté por suprimir 'ese es el problema'. Las piernas no se movieron, y en seguida comprobé que mis escrúpulos democráticos habían sido injustificados, porque el español respondió con un golpe de llaves muy asertorio sobre la mesita baja:

—Ese es el problema, ese es nuestro problema, que nunca podremos mandárselo. Vea usted, yo no puedo hacer lo que hacía nuestro dictador, Franco, convocar a la gente a un acto de adhesión en la Plaza de Oriente —aquí me vi obligado a traducir 'en una gran plaza', pues consideré que introducir la palabra 'Oriente' podría desconcertar a la señora inglesa— para que nos aclame, al gabinete, quiero decir, nosotros sólo somos parte de un gabinete, es así, ¿verdad? Él lo hacía impunemente, con cualquier pretexto, y se ha dicho que la gente iba a vitorearlo obligada. Es cierto, pero también lo es que llenaban la plaza, hay fotos y documentales que no engañan, y no todos podían acudir forzados, sobre todo en los últimos años, cuando las represalias no eran tan duras o sólo podían serlo para los funcionarios de la administración, una sanción, un despido. Mucha gente estaba ya convencida de que lo quería, ¿y por qué?, porque antes había sido obligada a ello, durante décadas. Querer es una costumbre.

—Oh, querido amigo —exclamó la alto cargo—, no sabe cómo le comprendo, no sabe lo que yo daría por un acto de

adhesión de ese tipo. Ese espectáculo de toda una nación unida como en una fiesta sólo se da en mi país, por desgracia, cuando protestan. Es muy desalentador oír cómo nos insultan sin escucharnos ni leer nuestras leyes, al gabinete en pleno, como usted bien dice, con sus pancartas ofensivas, muy deprimente.

—Y con pareados. Hacen pareados —intercaló nuestro superior. Pero eso no lo traduje porque no me pareció que tuviera importancia ni me dio tiempo; la señora inglesa prosiguió su lamento sin hacerle caso:

—¿Es que no pueden nunca aclamarnos? Me pregunto: ¿nunca hacemos nada correctamente? A mí sólo me aclaman los de mi partido, y claro, no puedo creer en su sinceridad del todo. Sólo en la guerra somos apoyados, no sé si lo sabe, solamente cuando ponemos al país en guerra, entonces...

La adalid británica se quedó pensativa, con la palabra suspendida en los labios, como si estuviera recordando los vítores del pasado que ya no regresarían. Descruzó las piernas con pudor y cuidado y una vez más se tiró de la falda con energía, milagrosamente consiguió hacerla bajar aún dos dedos. Empezaba a no gustarme nada el giro que había tomado la conversación por mi culpa. Santo cielo, pensé (pero habría querido comentárselo a Luisa), estos políticos democráticos tienen nostalgias dictatoriales, para ellos cualquier logro y cualquier consenso serán siempre sólo la pálida realización de un deseo íntimamente totalitario, el deseo de unanimidad y de que todo el mundo esté de acuerdo, y cuanto más se acerque esa realización parcial a la totalidad imposible, mayor será su euforia, aunque nunca bastante; ensalzan la discrepancia, pero en realidad les resulta a todos una maldición y una lata. Traduje debidamente cuanto había dicho la señora excepto su mención final de la guerra (no quería que se le ocurrieran ideas a nuestro alto cargo), y en su lugar puse en sus labios el siguiente ruego:

—Perdone, ¿le importaría guardar esas llaves? Todos los ruidos me afectan mucho últimamente, se lo agradezco.

Las piernas de Luisa mantuvieron su postura, por lo que, una vez que nuestro adalid se hubo disculpado ruborizándose un poco y hubo devuelto al instante el voluminoso llavero al bolsillo de la chaqueta (debía de estársele agujereando con tanto peso), me atreví a traicionarle de nuevo, pues él dijo:

—Ah, desde luego, si hacemos algo bien nadie convoca una manifestación para que nos enteremos de que les ha gustado.

Y yo, por el contrario, decidí llevarlo a un terreno más personal, que me parecía menos peligroso y también más interesante, y le hice decir en inglés meridiano:

—Si puedo preguntárselo y no es demasiado atrevimiento, usted, en su vida amorosa, ¿ha obligado a alguien a quererla?

Comprendí en el acto que la pregunta era demasiado atrevimiento, sobre todo para hacérsela a una inglesa, y estuve convencido de que esta vez Luisa no iba a pasarlo por alto, es más, iba a hacer funcionar su red, a denunciarme y a expulsarme de la habitación, a poner el grito en el cielo, cómo es posible, hasta aquí hemos llegado, falseamiento y farsa, esto no es un juego. Mi carrera se vería arruinada. Observé con atención y temor las piernas brillantes y no pendientes de su falda, y además en esta oportunidad tuvieron tiempo para la reflexión y la reacción, ya que la señora británica se lo tomó a su vez para reflexionar durante bastantes segundos antes de reaccionar. Miraba a nuestro alto cargo con la boca entreabierta y expresión apreciativa (demasiado lápiz de labios que le invadía los intersticios de los dientes), y él, ante este nuevo silencio que no había promovido y seguramente no se explicaba, sacó otro purito y lo encendió con la colilla del anterior, causando (yo creo) muy mal efecto. Pero las benditas piernas de Luisa no se movieron, siguieron cruzadas aunque quizá se balancearon: sólo noté que se erguía un poco más todavía en su silla homicida, como si contuviera el aliento, acaso más asustada por la posible respuesta que por la indiscreción ya

irremediable; o quizá, pensé, también a ella le interesaba saber, una vez que la pregunta estaba hecha. No me delató, no me desmintió, no intervino, permaneció callada, y pensé que si me permitía aquello podría permitírmelo todo a lo largo de mi vida entera, o de mi media vida aún no vivida.

—Hmm. Hmm. Más de una vez, más de una vez, créame —dijo por fin la adalid inglesa, y había un titubeo de remota emoción en su voz aguda, tan remota que posiblemente ya no era recuperable más que bajo esa forma, en la voz imperiosa que de pronto titubeaba—. En realidad me pregunto si alguien me ha querido alguna vez sin que yo lo obligara antes, incluso los hijos, bueno, los hijos son los más obligados de todos. Así me ha sucedido siempre, pero también me pregunto si hay alguien en el mundo a quien no le haya ocurrido lo mismo. Verá, yo no creo en esas historias que cuenta la televisión, personas que se encuentran y se quieren sin ninguna dificultad, los dos están libres y disponibles, ninguno tiene dudas ni arrepentimientos anticipados. Yo no creo que eso se dé nunca, jamás, ni entre los más jóvenes. Cualquier relación entre las personas es siempre un cúmulo de problemas, de forcejeos, también de ofensas y humillaciones. Todo el mundo obliga a todo el mundo, no tanto a hacer lo que no quiere, sino más bien lo que no sabe si quiere, porque casi nadie sabe lo que no quiere, y menos aún lo que quiere, no hay forma de saber esto último. Si nadie fuera nunca obligado a nada el mundo se detendría, todo permanecería flotando en una vacilación global y continua, indefinidamente. La gente sólo quiere dormir, los arrepentimientos anticipados nos paralizarían, imaginar lo que viene después de los actos aún no cometidos es siempre horrible, por eso los gobernantes somos tan imprescindibles, estamos aquí para tomar las decisiones que los demás nunca tomarían, inmovilizados por sus dudas y por la falta de voluntad. Nosotros escuchamos su miedo. 'Los dormidos, y los muertos, no son sino como pinturas', dijo nuestro Shakespeare, y yo a veces pienso que las perso-

nas todas son sólo eso, como pinturas, dormidos presentes y futuros muertos. Para eso nos votan y nos pagan, para que los despertemos, para que les recordemos que aún no ha llegado su hora que llegará, y sin embargo nos hagamos cargo de sus voluntades en el entretanto. Pero claro, hay que hacerlo de manera que ellos crean todavía que eligen, como las parejas se unen creyendo ambos que han elegido despiertos. No es ya que uno de los dos haya sido obligado por el otro, o convencido si se prefiere; es que sin duda los dos lo han sido, en uno u otro momento del largo proceso que los llevó a unirse, ¿no le parece?, y luego a mantenerse juntos durante algún tiempo, o hasta la muerte. A veces los ha obligado algo externo o quien ya ha dejado de estar en sus vidas, los obliga el pasado, su descontento, su propia historia, su desdichada biografía. O incluso cosas que ignoran y no están a su alcance, la parte de nuestra herencia que llevamos todos y desconocemos, quién sabe cuándo se inició ese proceso...

Mientras iba traduciendo la larga reflexión de la alto cargo (me abstuve de verter 'Hmm. Hmm' y empecé por '... me pregunto si alguien...', hacía el diálogo entre ellos más coherente), la mujer hablaba y se detenía mirando al suelo con una sonrisa modesta y ausente, quizá un poco avergonzada, las manos apoyadas sobre los muslos, extendidas, como las dejan a menudo las mujeres desocupadas de cierta edad cuando miran pasar la tarde, aunque ella no estuviera desocupada y aún fuera por la mañana. Y mientras iba traduciendo aquel discurso casi simultáneamente y me preguntaba de dónde vendría la cita de Shakespeare ('The sleeping, and the dead, are but as pictures', había dicho, y yo había dudado si decir 'durmientes' y si decir 'retratos' en el momento de oírla salir de sus pintados labios), y me preguntaba también si no sería todo aquello un razonamiento demasiado prolijo para que nuestro adalid lo entendiera cabalmente y no se perdiera y hallara respuesta honrosa, sentí que la cabeza de Luisa se había acercado a la mía, a mi nuca, como si la hubiera adelanta-

do o inclinado un poco para oír mejor ambas versiones, sin reparar en las distancias, esto es, en la distancia corta que la separaba de mí y que ahora, con su movimiento adelante (adelantado el rostro: nariz, ojos y boca; mentón, frente y mejillas), se había hecho más corta, hasta el punto de notar yo su respiración levemente junto a mi oreja izquierda, su aliento levemente alterado o acelerado pasaba ahora rozando mi oreja, el lóbulo, como si fuera un susurro tan quedo que careciera de mensaje o significado, como si sólo la respiración y el acto de susurrar fueran lo transmisible, y quizá la ligera agitación del pecho, que no me rozaba pero notaba más próximo, casi encima y desconocido. Es el pecho de otra persona lo que nos respalda, sólo nos sentimos respaldados de veras cuando hay alguien detrás, lo indica la propia palabra, a nuestras espaldas, como en inglés también, to back, alguien a quien acaso no vemos y que nos cubre la espalda con su pecho que está a punto de rozarnos y acaba siempre rozándonos, y a veces, incluso, ese alguien nos pone una mano en el hombro con la que nos apacigua y también nos sujeta. Así duermen o creen que duermen la mayoría de los matrimonios y de las parejas, los dos se vuelven hacia el mismo lado cuando se despiden, de manera que uno le da al otro la espalda a lo largo de la noche entera y se sabe respaldado por él o ella, por ese otro, y en medio de la noche, al despertar sobresaltado por una pesadilla o ser incapaz de conciliar el sueño, al padecer una fiebre o creerse solo y abandonado a oscuras, no tiene más que darse vuelta y ver entonces, de frente, el rostro del que le protege, que se dejará besar lo que en el rostro es besable (nariz, ojos y boca; mentón, frente y mejillas, es todo el rostro) o quizá, medio dormido, le pondrá una mano en el hombro para apaciguarle, o para sujetarle, o para agarrarse acaso.

Ahora sé que la cita de Shakespeare procedía de *Macbeth* y que ese símil está en boca de su mujer, al poco de que Macbeth haya vuelto de asesinar al rey Duncan mientras dormía. Forma parte de los argumentos dispersos, o más bien frases sueltas, que Lady Macbeth va intercalando para quitarle hierro a lo que su marido ha hecho o acaba de hacer y es ya irreversible, y entre otras cosas le dice que no debe pensar 'so brainsickly of things', de difícil traducción, pues la palabra 'brain' significa 'cerebro' y la palabra 'sickly' quiere decir 'enfermizo' o 'enfermo', aunque aquí es un adverbio; así que literalmente le dice que no debe pensar en las cosas con tan enfermo cerebro o tan enfermizamente con el cerebro, no sé bien cómo repetirlo en mi lengua, por suerte no fueron esas palabras las que en aquella ocasión citó la mujer inglesa. Ahora que sé que esa cita venía de *Macbeth* no puedo evitar darme cuenta (o quizá es recordar) de que también está a nuestra espalda quien nos instiga, también ese nos susurra al oído sin que lo veamos acaso, la lengua es su arma y es su instrumento, la lengua como gota de lluvia que va cayendo desde el alero tras la tormenta, siempre en el mismo punto cuya tierra va ablandándose hasta ser penetrada y hacerse agujero y tal vez conducto, no como gota del grifo que desaparece por el sumidero sin dejar en la loza ninguna huella ni como gota de

sangre que en seguida es cortada con lo que haya a mano, un paño una venda o una toalla o a veces agua, o a mano sólo la propia mano del que pierde la sangre si está aún consciente y no se ha herido a sí mismo, la mano que va a su estómago o a su pecho a tapar el agujero. La lengua en la oreja es también el beso que más convence a quien se muestra reacio a ser besado, a veces no son los ojos ni los dedos ni labios los que vencen la resistencia, sino sólo la lengua que indaga y desarma, la que susurra y besa, la que casi obliga. Escuchar es lo más peligroso, es saber, es estar enterado y estar al tanto, los oídos carecen de párpados que puedan cerrarse instintivamente a lo pronunciado, no pueden guardarse de lo que se presiente que va a escucharse, siempre es demasiado tarde. No es sólo que Lady Macbeth induzca a Macbeth, es que sobre todo está al tanto de que se ha asesinado desde el momento siguiente a que se ha asesinado, ha oído de los propios labios de su marido 'I have done the deed' cuando ha vuelto, 'He hecho el hecho', o 'He cometido el acto', aunque la palabra 'deed' se entiende hoy en día más como 'hazaña'. Ella oye la confesión de ese acto o hecho o hazaña, y lo que la hace verdadera cómplice no es haberlo instigado, ni siquiera haber preparado el escenario antes ni haber colaborado luego, haber visitado el cadáver reciente y el lugar del crimen para señalar a los siervos como culpables, sino saber de ese acto y de su cumplimiento. Por eso quiere restarle importancia, quizá no tanto para apaciguar al aterrado Macbeth con las manos manchadas de sangre cuanto para minimizar y ahuyentar su propio conocimiento, el de ella misma: 'Los dormidos, y los muertos, no son sino como pinturas'; 'Aflojas tu noble fuerza, al pensar en las cosas con tan enfermizo cerebro'; 'No se debe pensar de esta manera en estos hechos: así, nos hará volver locos'; 'No te pierdas tan abatido en tus pensamientos'. Esto último se lo dice tras haber salido con decisión y haber regresado de untar los rostros de los sirvientes con la sangre del muerto ('Si sangra...') para acusarlos: 'Mis manos son de tu color', le anuncia

a Macbeth; 'pero me avergüenzo de llevar un corazón tan blanco', como si intentara contagiarle su despreocupación a cambio de contagiarse ella de la sangre vertida de Duncan, a no ser que 'blanco' quiera decir aquí 'pálido y temeroso', o 'acobardado'. Ella sabe, ella está enterada y esa es su falta, pero no ha cometido el crimen por mucho que lo lamente o asegure lamentarlo, mancharse las manos con la sangre del muerto es un juego, es un fingimiento, un falso maridaje suyo con el que mata, porque no se puede matar dos veces, y ya está hecho el hecho: 'I have done the deed', y nunca hay duda de quién es 'yo': aunque Lady Macbeth hubiera vuelto a clavar los puñales en el pecho de Duncan asesinado, no por eso lo habría matado ni habría contribuido a ello, ya estaba hecho. 'Un poco de agua nos limpia' (o quizá 'nos limpie') 'de este acto', le dice a Macbeth sabiendo que para ella es cierto, literalmente cierto. Se asimila a él y así intenta que él se asimile a ella, a su corazón tan blanco: no es tanto que ella comparta su culpa en ese momento cuanto que procura que él comparta su irremediable inocencia, o su cobardía. Una instigación no es nada más que palabras, traducibles palabras sin dueño que se repiten de voz en voz y de lengua en lengua y de siglo en siglo, las mismas siempre, instigando a los mismos actos desde que en el mundo no había nadie ni había lenguas ni tampoco oídos para escucharlas. Los mismos actos que nadie sabe nunca si quiere ver cometidos, los actos todos involuntarios, los actos que no dependen ya de ellas en cuanto se llevan a efecto, sino que las borran y quedan aislados del después y el antes, son ellos los únicos e irreversibles, mientras que hay reiteración y retractación, repetición y rectificación para las palabras, pueden ser desmentidas y nos desdecimos, puede haber deformación y olvido. Sólo se es culpable de oírlas, lo que no es evitable, y aunque la ley no exculpa a quien habló, a quien habla, éste sabe que en realidad no ha hecho nada, incluso si ha obligado con su lengua al oído, con su pecho a la espalda, con la respiración agitada, con su mano en el hombro y el incomprensible susurro que nos persuade.

Fue Luisa quien primero me puso la mano en el hombro, pero creo que fui yo quien empezó a obligarla (a obligarla a quererme), aunque esa tarea no es nunca unívoca y es imposible que sea constante, y su eficacia depende en buena medida de que se tome el relevo de la obligación a ratos por parte del obligado. Creo que yo empecé, sin embargo, y que hasta hace un año, hasta nuestro matrimonio al menos y nuestro viaje de novios, fui yo quien propuso todo lo que fue aceptado: acostumbrarnos a vernos, salir a cenar, ir al cine juntos, acompañarla hasta su portal, besarnos, cambiar nuestros turnos para coincidir algunas semanas en el extranjero, quedarme a dormir alguna noche en su casa (esto lo proponía, pero acababa yéndome después de los besos y los abrazos despiertos), buscar una nueva para los dos más tarde, para casarnos. Creo que fui yo también quien propuso casarnos, quizá por mi mayor edad, quizá porque eso no lo había hecho nunca, casarme ni proponerlo, o esto último sólo una vez, con la boca pequeña y ante un ultimátum. Luisa fue aceptando, seguramente sin saber si quería, o tal vez (su suerte) sabiéndolo sin para ello tener que pensárselo, es decir, sólo haciéndolo. Desde que nos casamos nos hemos visto menos, como dicen que suele ocurrir, pero en nuestro caso no se debió a la aminoración general que acompaña a lo que se aparece como consecución

o término, sino a factores externos y provisionales, un desajuste en nuestros periodos de trabajo: Luisa se prestó cada vez menos a viajar y pasar sus ocho semanas en el extranjero, y yo, en cambio, tuve que seguirlo haciendo y aun que prolongar las estancias y aumentar los desplazamientos para sufragar los gastos de nuestra nueva casa inaugurada tan artificiosamente. Durante casi un año, por el contrario, el año previo a nuestro matrimonio, habíamos procurado coincidir lo más posible, ella en Madrid cuando yo estaba en Madrid, ella en Londres cuando yo en Ginebra, e incluso un par de veces los dos en Bruselas al mismo tiempo. Durante casi un año, en cambio, el que llevamos casados, yo he estado fuera más tiempo del que habría querido, sin poder acostumbrarme nunca del todo a mi vida conyugal ni a la compartida almohada ni a la nueva casa que no era de nadie antes, y ella ha estado casi siempre en Madrid, organizando esa casa y familiarizándose con mi familia, sobre todo con Ranz, mi padre. Cada vez que yo volvía de un viaje durante este periodo, encontraba nuevos muebles o cortinas y aun algún nuevo cuadro, de modo que me sentía extraño y debía rehacer los itinerarios domésticos que la vez anterior ya me había aprendido (ahora había una otomana donde no había otomana, por ejemplo). También iba notando algunos cambios en Luisa, tenues cambios que afectaban a cosas muy secundarias en las que sin embargo yo me fijo mucho, la longitud del pelo, unos guantes, hombreras en las chaquetas, un diferente matiz de labios, incluso los andares levemente distintos sin que hubiera variado el tipo de calzado. Nada muy llamativo, pero perceptible tras ocho semanas de ausencia y más aún tras otras ocho. En cierto sentido me molestaba encontrarme con esos mínimos cambios ya realizados, no asistir a ellos, como si el hecho de que yo no fuera testigo (no haberla visto tras la peluquería, no haber opinado sobre los guantes) excluyera necesariamente mi posible influencia en ellos y la de nuestro matrimonio, que es, sin duda, el estado que más influye en las

personas y más las altera, y el que por tanto requiere mayor vigilancia en sus inicios. A Luisa la estaba cambiando en su debido orden, primero en los detalles como es el caso siempre con las mujeres en cuanto están sometidas a un proceso de transformación profunda, pero empecé a tener dudas de si era yo, o yo en nuestro matrimonio, quien estaba dirigiendo esa transformación, condicionándola al menos. Tampoco me gustó ver que nuestra nueva casa, cuyas posibilidades eran infinitamente variadas, iba reproduciendo aquí y allá un gusto que no era el de Luisa ni tampoco el mío exactamente, aunque yo estuviera acostumbrado a él y lo hubiera heredado en parte. La nueva casa se iba pareciendo un poco, iba recordando un poco a la de mi infancia, es decir, a la de Ranz, mi padre, como si él hubiera hecho indicaciones durante sus visitas o con su mera presencia hubiera creado necesidades que, a falta de la continuidad de las mías y de un resuelto criterio de Luisa, se hubieran ido cumpliendo sobre la marcha. Mi mesa de trabajo, para la que yo había dado sólo instrucciones vagas, fue casi una réplica de la que veinticinco años antes mi padre había encargado con instrucciones muy precisas a un carpintero de Segovia, el famoso Fonfrías, al que conocía de paso de algún verano: una mesa enorme, demasiado grande para mis escasas tareas, en forma de U rectangular y atestada de cajones que no sabría ni sé llenar. Las estanterías, que yo habría querido pintadas de blanco (aunque se me olvidó advertirlo), aparecieron de color caoba a la vuelta de uno de mis viajes (pero no de caoba, cierto), y no sólo eso: mi padre, Ranz, se había tomado la molestia de desembalar las cajas que me aguardaban y colocar mis libros como él había tenido siempre los suyos, divididos por lenguas y no por materias y, dentro de aquéllas, en orden cronológico de autores según el año de su nacimiento. Como regalo de boda nos dio algún dinero (bastante, fue generoso), pero poco después, estando yo ausente, nos obsequió con dos valiosos cuadros que habían estado siempre en su casa (un pequeño Martín Rico y un

Boudin aún más pequeño) y así pasaron a estar en la mía, Venecia y Trouville, los dos preciosos, y sin embargo yo habría preferido seguirlos viendo donde habían colgado durante lustros y no en el salón de mi casa, que con Venecia y Trouville allí, aunque fuera en pequeño (el varadero de San Trovaso y la playa), se asemejaba indefectiblemente a mi juvenil recuerdo del salón de la suya. También llegó una mecedora sin mi conocimiento previo, mueble muy cultivado por mi abuela cubana, su suegra, cuando venía a visitarnos durante mi infancia y que, una vez muerta ella, mi padre se había apropiado, no tanto para mecerse a solas cuanto para adoptar en ella posturas originales durante las reuniones de matrimonios y amigos que celebraba con frecuencia.

No tanto para mecerse. No tanto para mecerse a solas, si es que alguien sabe lo que a nadie le pasa a solas. Pero mi padre jamás se habría mecido, antes al contrario, habría visto ese gesto como una especie de claudicación privada, como la confirmación de lo que ha intentado o más bien logrado evitar siempre, ser viejo. Ranz, mi padre, me lleva treinta y cinco años, pero nunca ha sido viejo, ni siquiera ahora. Lleva toda una vida aplazando ese estado, dejándolo para más adelante o acaso desentendiéndose de él, y aunque poco puede hacerse contra la evolución del aspecto y de la mirada (quizá algo más contra lo primero), es alguien en cuya actitud o espíritu nunca vi el paso de los años, nunca el menor cambio, nunca asomó en él la gravedad y fatiga que iban apareciendo en mi madre a medida que yo crecía, ni se le apagó el brillo de los ojos que las ocasionales gafas de una vista cansada borraron de golpe de la mirada de ella, ni pareció vulnerable a los reveses y afrentas que jalonan la existencia de todos los individuos, ni descuidó su atuendo un solo día de su vida entera, siempre arreglado desde por la mañana como para asistir a una ceremonia, aunque no fuera a salir ni fuera a visitarlo nadie. Siempre ha olido a colonia y a tabaco y a menta, a veces un poco a licor y a cuero, como si fuera alguien venido de las colonias.

Hace casi un año, cuando Luisa y yo nos casamos, ofrecía la imagen de un hombre mayor presumido y risueño, complacidamente juvenilizado, burlona y falsamente atolondrado. Desde que tengo memoria de él ha llevado siempre el abrigo echado sobre los hombros, sin meterse nunca las mangas, en una mezcla de reto al frío y creencia firme en un compendio de detalles externos que darían como resultado un hombre elegante o por lo menos desenvuelto. Hace un año conservaba casi todo su pelo, blanco y compacto y extremadamente bien peinado con la raya a la derecha (una raya muy marcada, de niño), sin permitir que le amarilleara, una cabeza algodonosa o polar que surgía muy erguida de camisas planchadísimas y corbatas de muy vivos colores agradablemente combinados. Todo en él ha sido siempre agradable, desde su carácter superficialmente apasionado hasta sus maneras sobriamente desenfadadas, desde su mirada vivaz (como si todo le divirtiera, o a todo le viera la gracia) hasta sus continuas bromas afables, un hombre con vehemencia y guasa. Tenía unas facciones no del todo correctas, y sin embargo pasó siempre por un individuo guapo, al que gustaba gustar a las mujeres, pero acaso se conformaba con que eso ocurriera solamente a distancia. Hace casi un año quien lo hubiera conocido entonces (y Luisa lo conoció poco antes) lo habría visto seguramente como a un antiguo conquistador marchito y rebelde ante su decaimiento, o quizá al revés, como a un mujeriego teórico y nunca gastado, alguien con las condiciones para haber llevado una vida galante intensa y que sin embargo, por fidelidades buscadas o por falta de ocasión verdadera o incluso de arrojo, no se hubiera quemado poniéndose a prueba; alguien que, lo mismo que la vejez, hubiera ido aplazando siempre la puesta en práctica de sus seducciones, quizá para no herir a nadie. (Pero los hijos lo ignoramos todo sobre los padres, o tardamos en interesarnos.) Lo más llamativo de su rostro eran sus ojos increíblemente despiertos, deslumbradores a veces por la devoción y fijeza con que podían mirar,

como si lo que estuvieran viendo en cada momento fuera de una importancia extrema, digno no sólo de verse sino de estudiarse detenidamente, de observarse de manera excluyente, de aprehenderse para guardar en la propia memoria cada imagen captada, como una cámara que no pudiera confiar en su mero proceso mecánico para el registro de lo percibido y hubiera de esforzarse mucho, poner de su parte. Esos ojos halagaban lo que contemplaban. Esos ojos eran de color muy claro pero sin gota de azul en ellos, de un castaño tan pálido que a fuerza de palidez cobraba nitidez y brillo, casi de color vino blanco cuando el vino no es joven y la luz los iluminaba, en la sombra o la noche casi de color vinagre, ojos de líquido, de rapaz mucho más que de gato, que son los animales que más admiten esa gama de colores. Pero en cambio sus ojos no tenían el estatismo o perplejidad de esas miradas, sino que eran móviles y centelleantes, adornados por largas pestañas oscuras que amortiguaban la rapidez y tensión de sus desplazamientos continuos, miraban con homenaje y fijeza y a la vez no perdían de vista nada de lo que ocurría en la habitación o en la calle, como los ojos del espectador de cuadros experimentado que no necesita una segunda ojeada para saber lo que está pintado en el fondo del cuadro, sino que con sus ojos globalizadores sabría reproducir la composición al instante, nada más verla, si supieran dibujar también ellos. El otro rasgo llamativo de la cara de Ranz y el único que yo he heredado era su boca, carnosa y demasiado delineada, como si hubiera sido añadida en el último instante y perteneciera a otra persona, levemente incongruente con las demás facciones, separada de ellas, una boca de mujer en un rostro de hombre como tantas veces me han dicho a mí de la mía, una boca femenina y roja que vendría de quién sabe qué bisabuela o antepasada, alguna mujer presumida que no quiso que desapareciera de la tierra con ella y nos la fue transmitiendo, despreocupada de nuestro sexo. Y aún había un tercer rasgo, las cejas pobladas y siempre enarcadas, una u otra o las dos al mismo tiempo, ges-

tos aprendidos probablemente en su juventud, de los primitivos actores del inicio de los años treinta, y que con posterioridad a esa década quedaban más bien como una extraña originalidad involuntaria, un detalle olvidado en la sistemática anulación a que nos somete el tiempo, la anulación de lo que vamos siendo y vamos haciendo. Mi padre levantaba las pobladas cejas, primero pajizas y luego blancas, por cualquier motivo o incluso sin motivo, como si arquearlas complementara histriónicamente su manera de mirar tan precisa.

De ese modo me ha mirado siempre, desde que yo era niño y tenía que alzar mi vista hasta su gran altura a menos que él se agachara o estuviera sentado o tumbado. Ahora nuestra estatura es pareja, pero sus ojos siguen mirándome con la ligera ironía de sus cejas como sombrillas abiertas y la fulgurante fijeza de sus pupilas, manchas negras de sus iris solares, como dos centros de una sola diana. O así miraba hasta hace poco. Así me miró el día de mi boda con Luisa, la joven esposa del que ya no era niño pero como niño él había conocido y tratado durante demasiado tiempo para considerarlo otra cosa, mientras que a ella, la novia, la conocía ya como adulta, o es más, como novia. Recuerdo que en un momento de la celebración me retuvo aparte, fuera del salón que habíamos alquilado en el bonito y antiguo Casino de Alcalá 15, en una pequeña habitación contigua tras la firma de los testigos (testigos falsos, amigos testimoniales, testigos de adorno). Me retuvo con una mano en el hombro (una mano en el hombro) mientras iban saliendo y regresando al salón, hasta quedarnos solos. Entonces cerró la puerta y se sentó en un butacón y yo me apoyé en la mesa con mis brazos cruzados, estábamos ambos muy vestidos de boda, él más, yo menos, aunque había sido civil, una boda civil tan sólo. Ranz encendió un cigarrillo delgado, de los que solía fumar cuando estaba en público sin tragarse el humo. Levantó las cejas enormemente, se le hicieron picudas, sonrió divertido y centró la mirada del fervor en mi rostro, en aquel instante más elevado que el suyo. Y me dijo:

—Bueno, ya te has casado. ¿Y ahora qué?

Fue él el primero en hacer esa pregunta, o mejor dicho, en formular esa pregunta que yo me venía haciendo desde por la mañana, desde la ceremonia y aun antes, desde la víspera. Había pasado la noche con sueño superficial y agitado, probablemente durmiendo pero creyéndome insomne, soñando que no dormía, despertándome de veras a ratos. Hacia las cinco de la madrugada había dudado si encender la luz, pues al ser primavera ya veía el anuncio del alba que alcanzaba la calle por la persiana subida, y podía discernir mis objetos y muebles, los de mi alcoba. 'Ya no dormiré más solo, más que ocasionalmente o de viaje', había pensado mientras dudaba si encender la luz o ver avanzar el alba por encima de los edificios y sobre los árboles. 'A partir de mañana, y es de suponer que durante muchos años, no podré tener el deseo de ver a Luisa, porque la estaré ya viendo en cuanto abra los ojos. No podré preguntarme qué cara tendrá hoy ni cómo se aparecerá vestida, porque le estaré viendo la cara desde el inicio del hoy y tal vez la veré vestirse, puede que incluso se vista como yo le indique, si le digo mis preferencias. A partir de mañana no habrá las pequeñas incógnitas que durante casi un año han llenado mis días, o han hecho que los días fueran vividos de la mejor manera posible, que es en estado de vaga espera y de vaga ignorancia. Sabré demasiado, sabré más de lo que quiero saber acerca de Luisa, tendré ante mí lo que me interesa de ella y lo que no me interesa, ya no habrá selección ni elección, la tenue o mínima elección diaria que suponía llamarse, establecer una cita, encontrarse con los ojos buscando a la puerta de un cine o entre las mesas de un restaurante, o bien arreglarse y ponerse en camino para visitarse. No veré el resultado, sino el proceso, que quizá no me interesa. No sé si quiero ver cómo se pone las medias y las ajusta a la cintura y las ingles ni saber cuánto tiempo pasa en el cuarto de baño por la mañana, si se pone cremas para dormir o qué humor tiene cuando se despierta y me ve a su lado. Creo que a la noche no

quiero encontrármela bajo las sábanas en camisón o pijama, sino desnudarla desde su vestido de calle, privarla de la apariencia que ha tenido durante la jornada, no de la que acaba de adquirir ante mí, a solas en nuestro dormitorio, tal vez dándome la espalda. Creo que no quiero esa fase intermedia, como tampoco, probablemente, saber demasiado bien cuáles son sus defectos, ni estar al tanto obligadamente de los que le vayan surgiendo al pasar de los meses y de los años, que ignorarán las otras personas que la vean, nos vean. Creo que tampoco quiero hablar de *nosotros,* decir *hemos ido* o *vamos a comprar un piano* o *vamos a tener un hijo* o *tenemos un gato.* Puede que tengamos hijos y no sé si quiero, aunque no me opondría. Sé que me interesa, en cambio, verla dormir, ver su rostro cuando esté sin conciencia o esté en letargo, conocer su expresión dulce o dura, atormentada o plácida, aniñada o envejecida mientras no piensa en nada o no sabe que piensa, mientras no actúa, mientras no se comporta de manera estudiada, como hacemos todos en uno u otro grado ante cualquier testigo, aunque el testigo no nos importe y sea nuestro propio padre o nuestra mujer o marido. La he visto dormir ya algunas noches, pero no las bastantes para reconocerla en su sueño, en el que por fin a veces dejamos de parecernos a nosotros mismos. Por eso me caso mañana seguramente, el día a día es la causa, también porque es lógico y porque nunca lo he hecho, las cosas más decisivas se hacen por lógica y para probarlas, o lo que es lo mismo, porque resultan irremediables. Los pasos que uno da una noche al azar y sin consecuencia acaban llevando a una situación irremediable al cabo del tiempo o del futuro abstracto, y ante esa situación llegada nos preguntamos a veces con ilusión incrédula: "¿Y si no hubiera entrado en ese bar? ¿Y si no hubiera acudido a esa fiesta? ¿Y si no hubiera respondido al teléfono un martes? ¿Y si no hubiera aceptado el trabajo aquel lunes?". Nos lo preguntamos ingenuamente, creyendo por un instante (pero sólo un instante) que en ese caso no habríamos conocido a Luisa y no

estaríamos al borde de una situación irremediable y lógica, que justamente por serlo ya no podemos saber si queremos o nos aterra, no podemos saber si queremos lo que nos pareció que queríamos hasta hoy mismo. Pero siempre conocemos a Luisa, es ingenuo preguntarse nada porque todo es así, nacer depende de un movimiento azaroso, una frase pronunciada por un desconocido en el otro extremo del mundo, un interpretado gesto, una mano en el hombro y un susurro que pudo no ser susurrado. Cada paso dado y cada palabra dicha por cualquier persona en cualquier circunstancia (en la vacilación o el convencimiento, en la sinceridad o el engaño) tienen repercusiones inimaginables que afectan a quien no nos conoce ni lo pretende, a quien no ha nacido o ignora que podrá padecernos, y se convierten literalmente en asunto de vida o muerte, tantas vidas y muertes tienen su enigmático origen en lo que nadie advierte ni nadie recuerda, en la cerveza que decidimos tomarnos tras haber dudado si nos daba tiempo, en el buen humor que nos hizo mostrarnos simpáticos con quien acababan de presentarnos sin saber que venía de gritar o de hacer daño a alguien, en la tarta que nos detuvimos a comprar camino de un almuerzo en casa de nuestros padres y por fin no compramos, en el afán de escuchar una voz aunque no nos importara mucho lo que dijera, en la aventurada llamada que hicimos por tanto, en nuestro deseo de permanecer en casa que no cumplimos. Salir, y hablar, y hacer, moverse, mirar y oír y ser percibidos nos pone en constante riesgo, ni siquiera encerrarse y callar y quedarse quieto nos salva de sus consecuencias, de las situaciones lógicas e irremediables, de lo que es hoy inminente y era tan inesperado hace ya casi un año, o hace cuatro, o diez, o cien, o incluso ayer mismo. Estoy pensando que mañana me caso con Luisa, pero son las cinco y es hoy ya cuando me caso. La noche pertenece al día anterior en nuestro sentimiento, pero no en los relojes, el mío sobre la mesilla marca las cinco y cuarto, el despertador las cinco y catorce, ambos discrepan de la sensa-

ción que aún tengo, la sensación de ayer y no de hoy todavía. Dentro de siete horas. Quizá Luisa no duerma tampoco, desvelada en su habitación a las cinco y cuarto, sin encender la luz, a solas, podría llamarla, tan a solas como yo pero la asustaría, por última vez a solas salvo en ocasiones excepcionales y viajes, los dos viajamos mucho, habrá que cambiarlo, quizá creyera que la llamaba para cancelarlo todo en mitad de la noche, para echarme atrás y contravenir lo que es lógico y poner remedio a lo irremediable. Nadie puede estar seguro de nadie en ningún instante, nadie puede fiarse, y estará pensando "¿Y ahora qué, ahora qué?", o estará pensando que no está segura de querer verme afeitarme a diario, hace ruido la máquina y en la barba me salen algunas canas, parezco más viejo cuando no me afeito y por eso me afeito a diario con ruido, lo haré al levantarme, es tarde y no estoy durmiendo y mañana debería tener buen aspecto, dentro de siete horas diré ante testigos, ante mi propio padre, que voy a quedarme al lado de Luisa, ante sus padres, que esa es mi intención, lo diré legalmente y en voz alta, y se tomará registro, y quedará constancia.'

—Eso digo yo —contesté a mi padre—. Y ahora qué.

Ranz sonrió aún más y dejó bailando en el aire una aparatosa nube de humo no tragado. Siempre fumaba así, ornamentalmente.

—Esa chica me gusta mucho —dijo—. Me gusta más que ninguna de las que me has traído a lo largo de todos estos años de picaflor absurdo, no, no protestes, picaflor. Me divierto con ella, lo cual no es frecuente entre personas tan alejadas de edad, aunque no sé si hasta ahora me ha hecho tanto caso porque iba a casarse contigo, o porque no sabía si iba a hacerlo, como tú habrás sido amable con esos idiotas de padres suyos y dejarás de serlo al cabo de unos meses, supongo. El matrimonio lo cambia todo, el menor detalle, incluso en estos tiempos en que creéis que no. Lo que ha habido entre vosotros hasta ahora no tendrá demasiado que ver con lo que

habrá en los próximos años, lo verás ya un poco a partir de mañana mismo. A lo sumo os quedarán viejas bromas gastadas de entonces, sombras, que no siempre os será fácil recuperar. Y el afecto profundo, claro. Echaréis de menos estos meses pasados en que hacíais alianzas contra los demás, contra cualquiera, pequeñas burlas compartidas quiero decir, dentro de unos años las únicas alianzas serán contra el uno el otro. Bien, nada grave, no te preocupes, los resentimientos inevitables de la vida en común prolongada, un fastidio soportable y al que en todo caso no se suele querer renunciar.

Hablaba pausadamente, como solía, buscando algunas palabras con mucho cuidado (*picaflor, alianzas, sombras*) no tanto para ser preciso cuanto para causar efecto y asegurarse de ser escuchado con atención. Obligaba a estar alerta, incluso si uno había oído mil veces lo que estuviera diciendo. Sin embargo esto no lo había dicho nunca, que yo recordara, y me sorprendió el tono ambiguo que empleaba, irónico como de costumbre pero menos afable que de costumbre: sus comentarios rozaban los del aguafiestas, por mucho que en algunos momentos yo hubiera pensado parecidas y peores cosas desde que Luisa y yo habíamos fijado la fecha de aquel día que ya era hoy. También las había pensado mejores, no es lo mismo escucharlas.

—Bien me lo pones —le dije—. Bien me animas, no esperaba esto de ti; fuera te he visto más contento.

—Oh, lo estoy, lo estoy, créeme, lo estoy muchísimo, pregúntale a cualquiera, llevo todo el día celebrándolo, desde antes de la ceremonia. A solas en casa, antes de salir, brindé por vosotros ante el espejo con una copa de vino del Rhin, un Riessling, abrí la botella sólo por eso, se echará a perder el resto. Ya ves cómo me alegro, echar a perder una buena botella por un pequeño brindis solitario y matinal.

Y después de decir esto levantó las cejas con expresión inocente, la inocencia esta vez compuesta por una mezcla de ufanía y fingido asombro.

—¿Qué es lo que me quieres decir, entonces?

—Nada de particular, nada de particular. Quería quedarme contigo a solas unos minutos, no nos echarán de menos, después de la ceremonia ya no tenemos ninguna importancia, las fiestas de boda pertenecen a los invitados, no a los que se casan y las organizan. Ha sido buena idea venir aquí, ¿verdad? Sólo quería preguntarte lo que te he preguntado, ¿y ahora qué? Pero tú no me contestas.

—Ahora nada —dije yo. Estaba levemente irritado por su actitud, y también tenía ganas de regresar al lado de Luisa y de mis amigos, la compañía de Ranz no me aliviaba en la medida en que necesitaba de algún alivio. En un sentido era propio de mi padre retenerme aparte en el momento más inoportuno, en otro era impropio. Era un poco impropio que no se hubiera limitado a darme una palmada en el hombro y a desearme ventura, aunque hubiera sido retóricamente y durante varios minutos. Se estiró las medias de sport por encima del pantalón antes de cruzar parsimoniosamente las largas piernas.

—¿Nada? ¿Cómo nada? Vamos, así no se puede empezar, algo se te ocurrirá, has tardado en casarte y por fin lo has hecho, quizá no te das cuenta. Si lo que temes es hacerme abuelo no te preocupes, creo no tener una edad inadecuada para tal tarea.

—¿Te referías a eso, ahora qué?

Ranz se tocó su pelo polar con un poco de presunción, como hacía a veces sin proponérselo. Se lo colocaba mejor o más bien hacía ademán de colocárselo, apenas si se lo rozaba con las yemas de los dedos, como si su intención inconsciente fuera arreglárselo pero el contacto le diera temor y le hiciera tomar conciencia. Llevaba peine pero no lo usaba ante testigos, aunque el testigo fuera su hijo, el niño que ya no lo era o a sus ojos seguía siéndolo pese a haber consumido la mitad de su vida.

—Ah, no, en absoluto, y no tengo ninguna prisa, ni debéis tenerla vosotros, no es que quiera inmiscuirme pero es

mi parecer. Sólo quiero saber cómo afrontas esta situación nueva, justo ahora, cuando llega. Eso es todo, curiosidad.

Y abrió las manos alzándolas ante mí, como quien muestra que va desarmado.

—No lo sé, no la afronto de ninguna manera, te lo diré más adelante. Eso es lo esperable, creo yo, que en el día de hoy no me pregunte.

Estaba apoyado en la mesa, sobre ella habían quedado las firmas inútiles de los testigos tardíos. Me incorporé un poco, la primera señal de que daba la conversación por concluida y quería volver a la fiesta; pero él no acompañó mi gesto apagando a su vez el cigarrillo o descruzando las piernas. Para él la charla debía proseguir un poco más. Pensé que quería decirme algo concreto pero no sabía cómo o no estaba convencido de querer decírmelo. Eso sí era enteramente propio de Ranz, que en muchas ocasiones obligaba a otros a contestar a preguntas que él no formulaba, o a sacar algún tema por él no mencionado, aunque fuera ese tema lo único que rondara su llamativa cabeza de polvos de talco. Yo lo conocía demasiado para facilitárselo.

—Lo esperable —dijo—. No creo que haya nada esperable. Yo, por ejemplo, no esperaba ya que te casaras. Hace sólo un año habría apostado en contra, bueno, lo hice contra Custardoy, y contra Rylands por carta, y he perdido algún dinero, ves. El mundo está lleno de sorpresas, también de secretos. Creemos que vamos conociendo a quienes están cerca, pero el tiempo trae consigo mucho más ignorado de lo que trae sabido, cada vez se conoce menos comparativamente, cada vez hay más zona de sombra. Aunque también haya más iluminada, siempre son más las sombras. Luisa y tú tendréis secretos, supongo. —Se quedó callado unos segundos, y al ver que yo no respondía añadió—: Pero claro, tú no podrás saber más que los tuyos, si no los suyos no lo serían.

Ranz seguía sonriendo con sus labios tan dibujados y tan idénticos a los míos, aunque en él hubieran perdido color y

estuvieran invadidos por las arrugas verticales que nacían de su barbilla y del lugar del bigote, que había llevado de joven según las fotos de entonces pero yo no había llegado a verle. Sus palabras parecían algo malévolas (en el primer momento pensé que sabía algo de Luisa y que había esperado hasta después de la boda para comunicármelo), pero no lo era el tono ahora, ni siquiera ambiguo. Si no fuera mucho decir, diría que era un tono desamparado. Era como si se hubiera extraviado al poco de echarse a hablar y ya no supiera cómo encaminarse hacia donde quería. Yo podía ayudarle, o bien no. Sonreía amistosamente con el cigarrillo delgado en la mano, estaba ya consumido, con más ceniza que filtro, hacía rato que no la sacudía, probablemente no lo apagaba para no aumentar su desvalimiento. Cogí el cenicero y se lo acerqué aún más y se lo sostuve, y entonces depositó la colilla, se frotó los dedos, olía mal el filtro quemado. Enlazó sus manos, grandes como todo su cuerpo y su harinosa cabeza, en ellas se veía su edad algo más, un poco más, no mucho, tenían arrugas pero no manchas. Sonreía con afabilidad ahora, como era su costumbre, casi con piedad, sin guasa, sus ojos miraban con limpieza, sus ojos como gruesas gotas de licor o vinagre, estábamos más bien en sombra. No era un viejo, nunca lo fue, como he dicho, pero en aquellos momentos lo vi envejecido, esto es, con miedo. Hay un escritor llamado Clerk o Lewis que escribió sobre sí mismo tras la muerte de su mujer, y empezó diciendo: 'Nadie me dijo nunca que la pena fuera una sensación tan parecida al miedo'. Quizá era pena lo que se traslucía en la sonrisa de Ranz, mi padre. Es sabido que las madres lloran y sienten algo semejante a pena cuando se casan sus vástagos, quizá mi padre sentía su propio contento y también la pena que habría sentido mi madre, muerta. Una pena vicaria, un miedo vicario, una pena y un miedo que venían de otra persona cuyo rostro habíamos olvidado ya un poco ambos, es curioso cómo se difuminan las facciones de los que ya no nos ven ni vemos, por enfado o ausencia o agotamiento, o cómo

las usurpan sus fotografías siempre quietas en un solo día, mi madre ha quedado sin gafas, sin sus gafas de vista cansada que se acostumbró a llevar demasiado en los últimos tiempos, ha quedado fijada en el retrato que yo he elegido de sus veintiocho años, una mujer más joven de lo que soy yo ahora, con una expresión reposada y unos ojos levemente resignados que no tenía, creo yo, normalmente, sino que eran risueños como los de mi abuela habanera, su madre, las dos reían entre sí, reían a menudo juntas, pero es verdad que en las dos había también a veces una prolongada mirada de pena o de miedo, mi abuela interrumpía a veces el mecerse de la mecedora y se quedaba con la vista perdida, los ojos secos y sin pestañeos, como de alguien recién despertado y que aún no comprende, a veces se quedaba mirando las fotos o el cuadro de su hija desaparecida del mundo antes de que yo naciera, la miraba durante un minuto o tal vez más, seguramente sin reflexionar, sin recordar siquiera, sintiendo pena o retrospectivo miedo. Y mi madre también la miraba así a veces, a su alejada hermana, interrumpía la lectura y se quitaba las gafas de vista cansada, con un dedo metido en el libro para no perder la página y las gafas en la otra mano se quedaba mirando a veces hacia ninguna parte y a veces hacia los muertos, caras que se vio crecer pero no envejecer, caras con volumen que se hicieron planas, caras en movimiento que nos acostumbramos de pronto a ver en reposo, no a ellas sino a su imagen, el rostro vivo de mi madre se detenía a mirarlas, sus ojos melancolizados acaso por la música de organillo que a todas horas subía desde la calle en Madrid durante mi infancia y que al comenzar hacía pararse un instante a cuantos había en la casa, las madres y los niños perezosos o enfermos y las criadas, que alzaban la vista e incluso se asomaban al balcón o a la ventana para volver a ver lo que era igual a sí mismo siempre, un hombre atezado con un sombrero y un organillo, un hombre mecánico que interrumpía los tarareos de las mujeres o los encauzaba y hacía melancolizar la mirada de los moradores

durante un instante o a mi madre durante más que un instante, la pena y el miedo no son fugaces. Las madres y los niños y las criadas reaccionaban siempre a ese sonido alzando la vista, irguiendo el cuello como animales, y también reaccionaban del mismo modo ante el silbido curvo de los afiladores, las mujeres pensando por un momento si los cuchillos que había en la casa cortaban como es debido o había que bajar con ellos a la calle corriendo, haciendo un alto en sus tareas o en su indolencia para recordar y pensar en filos, o quizá absorbiéndose en sus secretos repentinamente, los secretos guardados y los padecidos, es decir, los que conocían y no conocían. Y era entonces a veces, al levantar la cabeza para hacer caso a la mecánica música o a un silbido que se repetía y venía avanzando por la calle entera, cuando su vista caía sobre los retratos de los ausentes, media vida echando vistazos a fotografías o cuadros siempre enigmáticos con ojos inmóviles o sonrisa boba, y otra vida más, o media, la del otro, el hijo, o la hermana, el viudo, recibiendo esos mismos vistazos bobos e inmóviles en la fotografía que no siempre el que mira recuerda cuándo nos hicieron: mi abuela echando vistazos a su hija muerta y mi madre a su hermana muerta, y sustituida; mi padre y yo mirándola a ella y yo me voy preparando para mirarle a él, Ranz, mi padre; y mi querida Luisa, recién casada en el salón de al lado, sin saber que las fotos que hoy nos han hecho serán un día objeto de sus vistazos, cuando ya no tenga por delante ni siquiera su media vida y la mía esté acabada. Pero nadie sabe el orden de los muertos ni el de los vivos, a quiénes les tocará primero la pena o primero el miedo. Acaso Ranz encarnaba ahora la pena y el miedo que volvían a estar allí, en su expresión sonriente y compasiva y apaciguada, en sus manos ya sin cigarrillo y enlazadas y ociosas, en sus medias de sport bien subidas para que no se le viera nunca un pedazo de pierna, un trozo de carne vieja como la carne de Verum-Verum, carne de fotografía, en su historiada corbata un poco ancha para estos tiempos y de colores tan bien com-

binados, un poco ancho su nudo tan pulcro. Se lo veía cómodo allí sentado, como si fuera el dueño del Casino de Madrid mientras lo tenía alquilado, también se lo veía incómodo, yo no estaba ayudándole a decirme lo que le rondaba, lo que había decidido comunicarme —o aún no lo había hecho— el día de mi boda cuando me retuvo en aquel cuarto contiguo a la fiesta con la mano en el hombro. Ahora lo vi claro: no es que no supiera cómo, sino que era una superstición lo que lo paralizaba, no saber qué puede dar suerte o traerla mala, hablar o callar, no callar o no hablar, dejar que las cosas sigan su curso sin invocarlas ni conjurarlas o intervenir verbalmente para condicionar ese curso, verbalizarlas o no hacer advertencias, poner en guardia o bien no dar ideas, a veces nos dan ideas quienes nos previenen contra esas ideas, nos las dan porque nos previenen, y hacen que se nos ocurra lo que nunca habríamos concebido.

—¿Secretos? ¿De qué me estás hablando? —le dije.

Ranz se sonrojó un poco o eso me pareció, como culminación y término de su momentáneo desvalimiento; pero en seguida borró el rubor de las mejillas que las personas mayores rara vez consienten, y también con ello su expresión sonriente y un poco boba de pena o miedo o de ambos. Se levantó, los dos somos ahora de estatura pareja, y volvió a ponerme la gran mano en el hombro, pero me la puso de frente y me miró muy de cerca, con intensidad pero sin trascendencia, su mano sobre mi hombro fue casi el golpe de la espada plana que armaba caballero a quien no lo era: había optado por el término medio o la insinuación, no se había resuelto, o quizá era un aplazamiento. Habló con seriedad y con calma, ya sin sonrisa, su brevísima frase fue dicha sin la sonrisa que casi siempre asomaba a sus labios carnosos como los míos y que una vez dicha la frase le volvió al instante. Luego sacó otro cigarrillo delgado de su pitillera anticuada y abrió la puerta. Entró el ruido de la fiesta y a lo lejos vi a Luisa hablando con dos amigas y un antiguo novio al que tengo anti-

patía, pero miraba hacia nuestra puerta hasta entonces cerrada. Ranz me hizo un gesto con la mano, de despedida o advertencia o aliento (como si dijera 'A más ver' o 'Ánimo', o 'Ten cuidado') y salió de la habitación, él antes que yo. Lo vi atolondrarse inmediatamente, ponerse a hacer bromas y a soltar carcajadas con una señora que no sé quién era, sin duda venía de la mitad de Luisa, la mitad de los invitados a mi propia boda a los que jamás había visto ni volvería a ver, seguramente. O tal vez era una invitada de mi propio padre, ahora que lo pienso: él siempre ha tenido amistades raras, o que yo mal conozco.

Este fue el consejo que Ranz me dio, fue un susurro:

—Sólo te digo una cosa —dijo—. Cuando tengas secretos o si ya los tienes, no se los cuentes. —Y, ya con la sonrisa devuelta al rostro, añadió—: Suerte.

Las firmas de los testigos quedaron en aquel cuarto, y no sé si alguien se hizo cargo de ellas ni dónde están ahora, quizá fueron a la basura con las bandejas vacías y los restos de la fiesta. Yo no las recogí, desde luego, de aquella mesa en la que me había apoyado durante un rato, tan vestido de novio, el día en que así debía vestirme.

Ayer oí sonar un organillo extrañamente desde la calle, ya no quedan apenas, un vestigio del pasado. Alcé la vista al instante como en la infancia, sonaba demasiado fuerte y me impedía el trabajo, su sonido era demasiado evocador para que pudiera concentrarme en nada. Me levanté y me asomé a la ventana para ver quién lo tocaba, pero ni el músico ni el instrumento entraban en mi campo visual, estaban más allá de la esquina, los ocultaba el edificio de enfrente que no me priva de luz, es un edificio bajo. Los ocultaba sin duda por poco, ya que en cambio sí veía en la esquina misma a una mujer de mediana edad, con trenza gitana pero vestida sin folklorismos (vestida de calle), que me daba el perfil y sostenía en la mano un platillo diminuto de plástico, casi un posavasos, no podría recibir muchas monedas sin tener que vaciarlo, pasar su contenido al bolsillo o a alguna bolsa para dejarlo libre de nuevo, no enteramente vacío sino con algunas monedas, dinero llama a dinero. Escuché un buen rato, primero un chotis, luego algo andaluz irreconocible, después un pasodoble y entonces salí a la terraza para ver si desde las plantas divisaba al organillero, salí a sabiendas de que no sería así, pues si bien la terraza —salida como toda terraza— me acercaba un poco a la calle, quedaba en cambio justo a la derecha de mi ventana, esto es, ofrecía aún menos visión de lo que estaba más allá de la esqui-

na, oculto, yo miraba hacia mi izquierda. No pasaban muchos transeúntes, de modo que la mujer con trenza agitaba una y otra vez en vano el platillo de plástico haciendo resonar unas pocas monedas, echadas acaso por ella misma, dinero llama a dinero. Volví a mi mesa e intenté abstraerme de la murga, pero no pude, así que me puse una chaqueta y bajé a la calle dispuesto a interrumpir la música. Atravesé la calzada y por fin vi al hombre atezado con un sombrero viejo y un bigotito blanco muy recortado, un hombre de piel curtida y expresión amable, con sus ojos rasgados y sonrientes, un poco ensoñados o absortos mientras le daba al manubrio con la mano derecha y marcaba el ritmo sobre el pavimento con el pie contrario, el izquierdo, ambos pies calzados con zapatos de rejilla de empeine blanco y marrón el resto, invadiéndolos los pantalones algo anchos y largos. Estaba tocando un pasodoble en la esquina de mi casa. Saqué un billete del bolsillo y con él en la mano le dije:

—Le doy esto si se va a la esquina de más arriba. Yo vivo ahí y estoy trabajando en casa. Con la música no hay quien pueda. ¿De acuerdo?

El hombre amplió la sonrisa y asintió con la cabeza, con la que a su vez le hizo una seña a la mujer de la trenza, aunque esto no hacía falta: ella se había acercado con el platillo semivacío en cuanto había visto el billete en mi mano. Lo extendió y yo dejé en él el papel verde, que no permaneció allí más que un segundo, el platillo de nuevo casi vacío y el billete en un bolsillo. En Madrid no va nunca el dinero de mano a mano.

—Gracias —dije—. Pero váyanse a la otra esquina, ¿eh?

El hombre atezado asintió de nuevo y yo crucé otra vez a mi casa. Al llegar a mi habitación en el quinto piso miré por la ventana con un tic de desconfianza, ya que, aunque la música era todavía audible, sonaba ya más débil, lejana, y no me impediría concentrarme. Pero aun así me asomé para comprobar con mis propios ojos que habían despejado mi esquina. 'Sí, señor, en seguida', había dicho obediente la mujer gitana, y habían cumplido.

Hoy me doy cuenta de dos cosas: la primera y menos importante es que no debí insistirles una vez aceptado el dinero y el trato, no debí repetir 'Pero váyanse a la otra esquina, ¿eh?', poniendo de antemano en duda su cumplimiento de lo acordado (lo peor fue ese '¿eh?' ofensivo). La segunda resulta más grave, y es que, *por* tener dinero, decidí los movimientos de dos personas ayer por la mañana. Yo no quería que permanecieran en una esquina (*mi* esquina) y los mandé a otra que ellos no habían elegido; habían elegido la mía, quizá por casualidad pero quizá por algún motivo, tal vez tenían motivo para estar en la mía y no en la otra, y sin embargo a mí eso no me preocupó ni me interesé por averiguarlo, y sin más los hice desplazarse una manzana, allí donde no habían decidido pararse por voluntad propia. No los obligué, bien es cierto, fue una transacción o un pacto, a mí me compensaba gastar un billete para trabajar en paz (ganaría más billetes mientras trabajaba) y para ellos no sería vital estar en mi esquina, sin duda preferían irse a la de más arriba y quedarse con mi billete a seguir en la mía sin el billete, por eso aceptaron y se desplazaron. Se puede incluso pensar que fue un dinero fácil, habrían tardado horas en reunir esa cantidad a base de monedas sueltas de los transeúntes tacaños que apenas pasaban. No es grave, es un incidente mínimo, insignificante, sin perjuicio para nadie, es más, en el que todas las partes salimos ganando. Y sin embargo sí me parece grave que yo pudiera decidir, *porque* tenía dinero y no me suponía ningún problema gastarlo, dónde debía tocar su organillo el hombre atezado y dónde extender su plato la mujer con trenza. Compré sus pasos, compré su emplazamiento en la mañana de ayer, compré también su voluntad un instante. Podría habérselo pedido por favor, haberle expuesto la situación y haber dejado que él decidiera, también ellos estaban trabajando. Me pareció más seguro ofrecerle dinero y ponerle una condición para llevárselo: 'Le doy esto si se va', le dije, 'si se va a la esquina de más arriba'. Luego le di explicaciones, pero en realidad sobraban,

podía no haberlo hecho tras ofrecerle el dinero, para él era mucho y para mí no era nada, estaba seguro de que lo tomaría, el resultado habría sido el mismo si en vez de mencionar a continuación mi trabajo, como hice, le hubiera dicho: 'Porque me da la gana de que se vaya'. Así era de hecho aunque no se lo hubiera dicho, lo mandé a la otra esquina porque me dio la gana. Era un organillero agradable, de los que ya no quedan, un vestigio del pasado y de mi infancia, debería haberle tenido más respeto. Lo malo es que él probablemente habría preferido también que las cosas fueran como fueron y no como ahora pienso que pudieron ser, es decir, habría preferido mi billete a mi respeto. Podría haberle pedido por favor que se desplazara tras explicarle el caso, y haberle dado el billete luego si se mostraba complaciente y comprensivo, una propina en vez de un soborno, 'por las molestias' en vez de 'lárguese'; pero entre ambas cosas no hay diferencia, en ambas hay un *si* de por medio, poco importa que sea explícito o vaya implícito, que venga después o antes. En cierto sentido lo que hice fue lo más claro y lo más limpio, sin hipocresías ni falsos sentimientos, nos compensaba a los dos, eso es todo. Pero aun así lo compré y decidí sus pasos, y en la otra esquina a la que lo mandé tal vez lo arrolló un camión de reparto que perdió la dirección a esa altura e invadió la acera, no lo habría atropellado si el hombre atezado hubiera permanecido en la primera esquina que había elegido. No más chotis; el sombrero caído y el bigotito ensangrentado. También pudo ser al revés, y entonces es de suponer que le salvé la vida al echarlo.

Pero esto son conjeturas e hipótesis, mientras que hay veces en que la vida de los otros, de otro (la configuración de una vida, su continuación, no unos meros pasos), depende de nuestras decisiones y vacilaciones, de nuestra cobardía o arrojo, de nuestras palabras y de nuestras manos, también a veces de que tengamos dinero y ellos no lo tengan. Cerca de la casa de Ranz, es decir, cerca de la casa en que yo habité durante mi infancia y adolescencia, hay una papelería. En esa

papelería empezó a despachar muy pronto, a los trece o catorce años, una niña casi de mi edad, un poco más joven, la hija del dueño. Es un establecimiento anticuado y modesto, uno de esos lugares que el progreso olvida y deja de lado para realzar sus logros totalitarios, apenas renovado durante tantos años, algo en los últimos, con la muerte del padre han mejorado, se han modernizado un poco y ganarán más dinero. Entonces, a mis quince o catorce años, sin duda ganaban muy poco y por eso trabajaba la niña, por las tardes al menos en aquella época. Esa niña era preciosa, a mí me gustaba mucho, iba a la papelería casi a diario para mirarla, en vez de comprar cuanto necesitaba de golpe, un día compraba un lápiz y otro día un cuaderno, la goma de borrar una tarde para volver a la siguiente por un tintero. Inventaba mis necesidades, se me fueron demasiadas pagas en aquella papelería. También remoloneaba al irme y silboteaba mientras esperaba a ser atendido, como hacen los chicos de mi edad de entonces, procuraba que me atendiera ella (vigilaba cuándo quedaba libre para abrir la boca) y no el padre o la madre, me entretenía más de la cuenta y me duraba el contento la noche entera si recibía una sonrisa o mirada amable o al menos interpretable, pero sobre todo me iba contento pensando en el futuro abstracto, todo estaba aplazado, ella estaba allí una tarde tras otra, siempre localizable, y no había motivo para que el futuro se hiciera concreto y dejara de ser futuro. Mi edad de entonces fue siendo otra, y también la de la chica, que creció y siguió siendo preciosa durante varios años, también ahora por las mañanas, a partir de los dieciséis o así estaba allí todo el día, despachaba continuamente, mientras yo iba a la universidad ella ya no estudiaba. No le hablaba cuando ambos íbamos al colegio y seguí sin hablarle más tarde, primero no me atrevía y luego se había pasado el tiempo, es lo malo del futuro abstracto cuando se queda en eso: aunque la miraba, andaba ocupado en otras cosas y en el variable presente, ya no iba tanto por la papelería. Nunca le dirigí la palabra más

que para pedirle papel y lápices, carpetas y gomas y darle las gracias. No sé cómo es, por tanto, cuál es su carácter ni qué gustos tiene, si su conversación es grata ni su humor bueno o malo, lo que piensa sobre ningún asunto, si se ríe ni cómo besa. Sólo sé que la amaba a los quince años como se suele amar entonces o aún se ama lo no iniciado, esto es, en la idea de que será para siempre. Pero además de eso me atrevo a decir que su manera de mirar y de sonreír (su manera de entonces) merecían ser amadas para siempre, y eso ya no dependía de mis quince años, sino que lo digo ahora. Se llamaba y se llama Nieves. Ahora han pasado otros quince o más desde que ya no vivo en la casa de Ranz, pero a veces, cuando voy o he ido a visitarlo, o a recogerlo para salir a comer los dos juntos a La Trainera o a otro restaurante más lejano, antes de subir a su casa he entrado en la papelería por la costumbre no del todo perdida de comprar allí algo, y siempre, a lo largo de estos años, me he ido encontrando a aquella niña que ya no era niña, la he visto a sus veintitrés, y a sus veintiséis, y a sus veintinueve, y a los treinta y tres o cuatro que tendrá ahora. Poco antes de casarme con Luisa la vi un día, es una mujer aún joven, lo es necesariamente porque supe su edad desde siempre, aproximadamente, y era poco inferior a la mía. Lo es necesariamente pero no lo parece, ya no es preciosa y no sé por qué no, ya que está todavía en edad de serlo. Seguramente lleva demasiados años metida mañana y tarde en esa papelería (aunque no la noche ni los domingos ni los sábados desde el mediodía, pero no basta), despachando su material a niños que ya no la ven como a su igual ni como a su amada, sino como a una señora desde hace tiempo. Ninguno de esos niños la admirará ya sin duda, tal vez no la admire nadie, ni siquiera yo que ya no soy niño, o acaso un marido que será del barrio y llevará demasiados años metido en otro establecimiento mañana y tarde, vendiendo medicamentos o cambiando ruedas. Lo ignoro, quizá tampoco haya marido. Lo único que sé es que esa mujer joven que ya no parece joven

lleva demasiado tiempo vistiéndose de parecida forma, con jerseys y blusas de cuello redondo, con faldas plisadas y blanquecinas medias, demasiado tiempo subiéndose a una escalera para buscar una cinta de máquina con sus quebradas uñas manchadas de tinta, su esbelta figura levemente acolchada, sus pechos que yo vi crecer cada vez más abiertos, la mirada tediosa y las ojeras crecientes, los párpados abultados por el poco sueño invadiendo sus ojos que fueron preciosos; o puede que abultados sólo por lo que han tenido delante desde la infancia. Aquella vez que allí estuve y la vi, poco antes de mi proyectada boda, antes de subir a recoger a mi padre para ir los dos a almorzar entre risas, tuve un pensamiento vano del que más bien me avergüenzo y que sin embargo no he podido apartar del todo, o mejor dicho, me vuelve de vez en cuando como algo olvidado mil veces y recordado otras tantas y a lo que no obstante nos da siempre pereza poner remedio, y así preferimos que siga olvidado y recordado a partes iguales o en alternancia para no olvidarlo definitivamente. Pensé que esa niña, Nieves, sería distinta y mejor si yo la hubiera amado no sólo de lejos, si pasada la adolescencia le hubiera hablado y la hubiera tratado y ella hubiera querido besarme, lo cual no podré saber nunca, si habría querido. Ya sé que no sé nada de ella, sin duda le faltan inquietud y ambición y curiosidad, pero estoy seguro al menos de un par de cosas: de que no vestiría como viste ahora y habría salido de la papelería, yo me habría encargado. Puede que fuera aún preciosa y pareciera joven, es mucho decir, pero la mera posibilidad de que así hubiera sido es ya suficiente para indignarme, no conmigo mismo por no haberle hablado más que de lápices, sino con el simple hecho, o posibilidad otra vez, de que la edad visible y el aspecto de una persona puedan depender de quién se le fue acercando, y de tener dinero. El dinero hace que la papelería se venda sin vacilación y haya más dinero, el dinero reduce el miedo y compra vestidos nuevos cada temporada, el dinero permite que una sonrisa y una mirada sean amadas como me-

recen y se perpetúen durante más tiempo del que les corresponde. Otras personas en la situación de Nieves no seguirían allí, habrían logrado salir del futuro abstracto tan confortable y de lo abierto que va cerrando; pero no hablo de gente hipotética, sino de *aquella* niña cuya figura nunca concreta protegió las noches de mis quince años. Por eso mi pensamiento vano no fue exactamente una presuntuosa variante patética de los cuentos de príncipes y campesinas, de profesores y floristas, de caballeros y coristas, aunque algo tuviera de presumido, quizá vino provocado por mi boda inminente y porque me sentí traidor y superior y salvado por un instante, superior y traidor a Nieves y salvado de ser como ella. No pensé en mí mismo, sino en su vida configurada, en su continuación, creyéndome capacitado por un segundo para haberla cambiado, incluso aún a tiempo de hacerlo, del mismo o parecido modo que ayer por la mañana cambié el emplazamiento y los pasos del organillero agradable de mi pasado y de la mujer con trenza. Sé que la niña de la papelería habría visto otras cosas y otros países fuera del mes de agosto, sé que habría tenido trato con personas distintas de las que trate y conozca, sé que habría dispuesto de más dinero y no se habría enterrado bajo virutas y briznas de caucho. Y lo que no sé es cómo me atreví a pensar todo esto, cómo me atrevo aún hoy a no haber ahuyentado definitivamente ese pensamiento vano y le permito que vuelva, cómo di por supuesto que una vida conmigo habría sido mejor para ella, mejor en conjunto. Jamás hay conjunto, pienso, y quién sería ella, pensé, sin reconocerme que yo tampoco sería el mismo y que quizá pasara mis días en la papelería con ella.

—¿Tienes repuestos para esta pluma?

Eso fue lo que le pregunté, sacando de mi bolsillo una pluma alemana que había comprado en Bruselas y que me gusta mucho porque la plumilla es negra y mate.

—A ver —dijo ella, y abrió la pluma y miró el cartucho casi vacío—. Me parece que no, pero espera, voy a mirar en las cajas de arriba.

Yo sabía que esos cartuchos no los tendría, y pensé que ella debería haber sabido que no los tenía. Sin embargo arrastró la vieja escalera y la colocó en su lado del mostrador a mi izquierda, y pesadamente, como si tuviera veinte años más de los que tenía (pero llevaba ese tiempo arriba y abajo), fue subiendo peldaños hasta quedarse en el quinto y rebuscar desde él en varias cajas de cartón que no nos servirían. La vi de espaldas, con sus zapatos bajos y su falda a cuadros de colegiala anticuada, sus caderas ensanchadas y la tira de su sostén algo floja transparentándosele bajo la blusa; y con su bonita nuca, lo único inalterado. Miraba en las cajas y sostenía en la mano mi pluma abierta para ver el cartucho y poder compararlo, la sostenía con mucho cuidado. De haber estado a su altura en aquel momento le habría puesto una mano en el hombro o acariciado esa nuca, afectuosamente.

Es difícil imaginar que yo pasara allí mis días, yo siempre he tenido dinero y curiosidad, curiosidad y dinero, incluso cuando no dispongo de grandes cantidades y trabajo para ganármelo, como ahora y desde que salí de la casa de Ranz hace ya tanto tiempo, aunque ahora trabaje sólo seis meses al año. Quien sabe que lo va a tener ya lo tiene en buena medida, la gente se lo adelanta, sé que dispondré de mucho cuando mi padre muera y que entonces podré no trabajar apenas si no quiero, lo tuve de niño para comprar muchos lápices y heredé ya una parte a la muerte de mi madre, y una parte menor ya antes, a la de mi abuela, si bien no eran ellas quienes lo habían ganado, las muertes hacen ricos a los que no lo eran ni podrían serlo jamás por sí solos, a las viudas e hijas, o quizá queda a veces sólo una papelería que encadena a la hija y no soluciona nada.

Ranz vivió siempre bien y por tanto también su hijo, sin grandes excesos o con sólo aquellos que su profesión le brindaba y aun aconsejaba. El exceso o fortuna de mi padre consiste en cuadros y alguna escultura, sobre todo en cuadros y numerosos dibujos. Ahora está retirado, pero durante mu-

chos años (años de Franco y también luego) fue uno de los expertos de plantilla del Museo del Prado, nunca director ni subdirector, nunca alguien visible, aparentemente un funcionario que pasaba todas las mañanas en una oficina, sin que por ejemplo su hijo tuviera nunca una idea clara de cómo las ocupaba, al menos de niño. Después fui sabiendo, mi padre se pasaba los días encerrado efectivamente en un despacho al lado de las obras maestras y no tan maestras de la pintura que tanto le apasionaban. Mañanas enteras en la vecindad de cuadros extraordinarios, a ciegas, sin poder asomarse a verlos, o a ver cómo los miraban los visitantes. Examinaba, catalogaba, describía, descatalogaba, investigaba, dictaminaba, inventariaba, telefoneaba, vendía y compraba. Pero no siempre estaba allí, también él ha viajado mucho a cargo de instituciones y de individuos que poco a poco se fueron enterando de sus virtudes y lo contrataban para emitir opiniones y hacer peritajes, fea palabra pero es la que emplean los que los hacen. Al cabo del tiempo era consejero de varios museos norteamericanos, entre ellos el Getty de Malibú, el Walters de Baltimore y el Gardner de Boston, también consejero de algunas fundaciones o delictivos bancos sudamericanos y de coleccionistas particulares, gente demasiado rica para venir por Madrid y por casa, era él quien se desplazaba a Londres o Zürich, Chicago o Montevideo o La Haya, daba su opinión, favorecía o desaconsejaba la venta o la compra, se llevaba un porcentaje o un aguinaldo, regresaba. A lo largo de los años fue haciendo cada vez más dinero, no sólo por los porcentajes y por su sueldo de experto en el Prado (no gran cosa), sino por su corrupción paulatina y ligera: la verdad es que ante mí no ha tenido nunca empacho en reconocer sus prácticas semifraudulentas, es más, se ha jactado de ellas en la medida en que todo sutil engaño a los precavidos y poderosos es en parte digno de aplauso si además queda impune y no es descubierto, es decir, si se ignora no ya el autor, sino el engaño mismo. La corrupción no es tampoco muy grave en este campo, consiste

simplemente en pasar a representar los intereses del vendedor, sin que se note ni sepa, en lugar de los del comprador, que es normalmente quien contrata al experto (y además puede ser vendedor un día). El Getty Museum o la Walters Art Gallery que pagaban a mi padre eran informados sobre la autoría y estado y conservación de un cuadro cuya adquisición estudiaban. Mi padre informaba con veracidad en principio, pero ocultaba algún dato que, de haberse tenido en cuenta, habría disminuido notablemente su valor y su precio, por ejemplo que al lienzo en cuestión le faltaban varios centímetros que alguien cortó a lo largo de los siglos para que cupiera en el gabinete de uno de sus dueños, o bien que un par de figuras muy secundarias del fondo estaban retocadas sobre el original, por no decir rehechas. Llegar a un acuerdo con el vendedor para silenciar estos detalles puede suponer un porcentaje doble sobre un precio más alto, bastante dinero para el silenciador y aún más para el vendedor; y el experto, si más adelante ve descubierto su fallo, siempre puede decir que se trató de eso, un fallo, ningún experto es del todo infalible, antes al contrario, es inevitable que alguna vez se equivoquen en algún aspecto, basta con que acierten en muchos otros para conservar su prestigio, y así los errores pueden administrarse. Mi padre, no me cabe duda, tiene buen ojo y aún mejor mano (hay que tocar la pintura para saber, es imprescindible, a veces incluso lamerla un poco sin causarle perjuicio), y en países como España eso ha sido impagable durante muchísimos años, cuando se desconocían o no podían costearse los análisis químicos (tampoco infalibles, dicho sea de paso) y el crédito de los expertos dependía sólo del énfasis y convencimiento con que emitieran sus veredictos. Las colecciones privadas españolas (también las públicas, pero menos) están llenas de falsos, y sus propietarios se llevan grandes disgustos cuando hoy en día deciden venderlas y las encomiendan por fin a una casa de subastas seria. Ha habido señoras que se han desmayado in situ al enterarse de que su pequeño divino

Greco de toda la vida era un pequeño Greco divino falso. Ha habido caballeros ancianos que han hecho amago de abrirse las venas al recibir la noticia, sin vuelta de hoja, de que su querida tabla flamenca de toda la vida era una tabla flamenca querida y falsa. Por las oficinas de las casas de subastas han rodado perlas auténticas y se han roto bastones de maderas nobles, los objetos cortantes están en vitrinas desde que se rajó a un empleado y no se extraña nadie ante las camisas de fuerza y las ambulancias. Los loqueros son bien recibidos.

Durante decenios los peritajes en España los ha hecho cualquiera con suficiente vanidad, desfachatez o arrojo: un anticuario, un librero, un crítico de exposiciones, una guía del Prado de las que van con letrero, un bedel, el expendedor de postales o la asistenta, todo el mundo opinaba y emitía su dictamen y todos los dictámenes iban a misa, no más unos que otros. Alguien que en verdad supiera era impagable, como lo es aún hoy en todas partes del mundo, pero más aquí y entonces. Y mi padre sabía, aún sabe más que la mayoría. Con todo, yo he tenido la duda de si entre sus corrupciones ligeras no ha habido alguna más grave y de la que no se ha jactado nunca. El experto, aparte de las ya mencionadas, tiene otras dos o tres maneras de enriquecerse. La primera es legal, y consiste en comprar para sí mismo a quien no sabe o está en apuros (por ejemplo durante y después de una guerra, en esos periodos se entregan obras maestras por un pasaporte o por un tocino). Durante años y años Ranz ha ido comprando también para su casa, no sólo para quien lo contrataba: a anticuarios, a libreros, a críticos de exposiciones, a guías del Prado de las que van con letrero, a bedeles, a expendedores de postales e incluso a asistentas, a todo tipo de gente, les ha comprado maravillas por cuatro cuartos: con el dinero que le pagaban en Malibú, Boston y Baltimore invertía en arte para sí mismo, o mejor dicho, no invertía o si acaso lo hacía para sus descendientes, ya que jamás ha querido vender nada de su propiedad y seré yo quien venda. Mi padre posee joyas que no le

costaron nada y de algunas de las cuales nada se sabe. En la Kunsthalle de Bremen, en Alemania, desaparecieron una pintura y dieciséis dibujos de Durero en 1945, cuenta la historia que se esfumaron durante los bombardeos o que se los llevaron los rusos, más bien esto último. Entre esos dibujos había uno titulado *Cabeza de mujer con los ojos cerrados*, otro llamado *Retrato de Caterina Cornaro* y un tercero conocido como *Tres tilos*. Yo no afirmo ni niego nada, pero en la colección de dibujos de Ranz hay tres que juraría que son de Durero (pero yo no soy nadie para decirlo, y él siempre se ríe cuando le pregunto, no me contesta), y en uno de ellos se ve una cabeza de mujer con los ojos cerrados, en otro me da el corazón que está el vivo retrato de Caterina Cornaro y lo que veo en el último son tres tilos, aunque no entiendo mucho de árboles. Esto es sólo un ejemplo. Habida cuenta de los tan variables precios del mercado del arte, no sé lo que valdrá el conjunto de su colección (mi padre también se ríe cuando le pregunto, y me contesta: 'Ya lo sabrás el día que no tengas más remedio que averiguarlo. Esto cada día cambia, como el precio del oro'), pero es posible que no necesite desprenderme más que de una o dos piezas, cuando él muera y vender o no sea asunto mío, para dejar de traducir y viajar si ya no quiero seguir haciéndolo.

De los mejores cuadros que Ranz ha tenido siempre a la vista en casa (a la vista no tantos), a las amistades y visitas les ha dicho invariablemente que se trataba de copias (con alguna excepción razonable: Boudin, Martín Rico y otros semejantes), excelentes copias de Custardoy padre y alguna más reciente de Custardoy hijo. La segunda manera que de hacerse rico tiene un experto es poner sus conocimientos no al servicio de la interpretación, sino de la acción, esto es: asesorar y guiar a un falsario para que sus obras sean lo más perfectas posible. Es de suponer que el experto que aconseje a un falsificador se abstendrá de informar a nadie sobre *esas* falsificaciones, las realizadas bajo su supervisión y criterio. Pero en

cambio es probable que el falsificador le dé un porcentaje de lo obtenido por la venta de uno de esos cuadros asesorados a algún particular o museo o banco tras el visto bueno de *otro* experto, como también es probable que el primer experto sí se preste a informar sobre las falsificaciones instruidas por ese otro. Uno de los mejores amigos de Ranz fue Custardoy padre y ahora lo es Custardoy hijo, ambos copistas magníficos de casi cualquier cuadro de cualquier época, aunque sus mejores imitaciones, aquellas en que original y copia podían ser confundidos, eran de los pintores franceses del XVIII, no muy apreciados durante mucho tiempo (y que por tanto nadie se molestaba en falsificar) y hoy en día sobremanera, en parte por la revalorización decidida por los propios expertos en recientes décadas. En la casa de Ranz hay dos copias extraordinarias de un pequeño Watteau y un Chardin mínimo, la primera de Custardoy padre y la segunda de Custardoy hijo, a quien se la encargó hace sólo tres años, o eso dijo. Custardoy padre tuvo algunos problemas y sustos poco antes de su muerte, hace ya más de diez años: llegó a ser detenido y soltado al poco tiempo sin que se lo procesara: sin duda mi padre hizo llamadas desde su despacho del Prado a personas que tras la muerte de Franco no habían perdido enteramente su influencia.

Pero por buenas cantidades que Ranz fuera ganando e incrementando a través de Malibú, Boston y Baltimore, de Zürich, Montevideo y La Haya, a través de sus favores particulares y sus aún más privados servicios a los vendedores, a través incluso de sus posibles consejos a Custardoy el viejo y quizá ahora ocasionalmente al Joven, su fortuna y su exceso consisten, como ya he dicho, en su colección personal de dibujos y cuadros y alguna escultura, aunque no sé todavía ni sabré de momento a cuánto ascienden tal fortuna y tal exceso (espero que a su muerte deje un informe de experto exacto). Él nunca ha querido deshacerse de nada, de ninguna de sus supuestas copias ni de sus seguros auténticos, y en eso hay

que reconocer, más allá de sus corrupciones ligeras, la sinceridad de su vocación y su pasión genuina por la pintura. Si bien se mira, regalarnos el Boudin y el Martín Rico enanos por nuestra boda debió de costarle sangre, aunque en casa los siga viendo. Cuando trabajaba en el Prado recuerdo su pánico a cualquier accidente o pérdida, a cualquier deterioro y al más mínimo desperfecto, así como a los guardianes y vigilantes del museo, a los que, según decía, habría que pagar maravillosamente y procurar tener muy contentos, ya que de ellos dependía no sólo la seguridad y el cuidado, sino la propia existencia de las pinturas. *Las Meninas*, decía, existen gracias a la benevolencia o perdón cotidiano de los guardianes, que podrían destruirlas en cualquier momento si lo quisieran, por eso hay que mantenerlos orgullosos y alegres y en estado psíquico satisfactorio. Él, con diversos pretextos (no era su tarea, no lo era de nadie), se encargaba de saber cómo les iba la vida a esos vigilantes, si estaban tranquilos o por el contrario alterados, si los agobiaban las deudas o se defendían, si sus mujeres o sus maridos (el personal es mixto) los trataban bien o los brutalizaban, si sus hijos eran motivo de dicha o pequeños psicópatas que los sacaban de quicio, siempre interesándose y velando por ellos para salvaguardar las obras de los maestros, protegerlas de sus posibles iras o arrebatos de resentimiento. Mi padre era bien consciente de que un hombre o una mujer que pasa sus días encerrado en un sala viendo siempre las mismas pinturas, horas y horas cada mañana y algunas tardes sentado en una sillita sin hacer otra cosa que vigilar a los visitantes y mirar las telas (prohibido hasta hacer crucigramas), podía enloquecer y propiciar amenazas o desarrollar un odio mortal hacia esos cuadros. Por esa razón se ocupaba personalmente, durante sus años metido en el Prado, de cambiar cada mes el emplazamiento de los guardianes, para que al menos fueran viendo los mismos lienzos sólo durante treinta días y su odio se amortiguara, o bien cambiara de destinatarios antes de que fuera demasiado tarde. La otra

cosa de la que era bien consciente era esta: aunque ese guardián sufriera castigo y fuera a parar a la cárcel, si el guardián decidía una mañana destruir *Las Meninas*, *Las Meninas* quedarían tan destruidas como los Durero de Bremen si los destruyeron los bombardeos, ya que no habría vigilante para impedir el destrozo si fuera el propio vigilante el que destrozara, con todo el tiempo del mundo para llevar a cabo su fechoría y nadie que lo parara salvo sí mismo. Sería irreversible, no habría manera de recuperarlas.

En una ocasión salió de su despacho casi a la hora de cerrar, cuando la mayoría de los visitantes habían salido, y encontró a un viejo guardián llamado Mateu (llevaba allí veinticinco años) jugando con un mechero no recargable y el borde de un Rembrandt, concretamente el borde inferior izquierdo del titulado *Artemisa,* de 1634, el único Rembrandt seguro del Museo del Prado, en el que la susodicha Artemisa, con rasgos muy parecidos a los de Saskia, mujer y frecuente modelo del pintor genio, mira de soslayo una enrevesada copa que le ofrece una sirvienta joven arrodillada y casi de espaldas. La escena se ha interpretado de dos formas, como Artemisa, reina de Halicarnaso, en el momento de ir a beber la copa con las cenizas de Mausolo, su marido muerto para quien hizo erigir un sepulcro que fue una de las siete maravillas del mundo antiguo (de ahí *mausoleo*), o como Sofonisba, hija del cartaginés Asdrúbal, que para no caer viva en manos de Escipión y los suyos, que la reclamaban formalmente, pidió a su nuevo esposo Masinisa una copa con veneno como regalo de boda, copa que según la historia le fue procurada por mor de la fidelidad en peligro, y eso que Sofonisba no había sido sólo suya y había estado casada ya antes con otro, el jefe Sifax de los masesilianos, a quien de hecho acababa de robársela el segundo y saqueador marido (susodicho Masinisa) durante la confusa toma de Cirta, hoy Constantina en Argelia. Así, es difícil saber ante el cuadro si en honor de Mausolo va a beber Artemisa maritales cenizas o marital veneno Sofo-

nisba por culpa de Masinisa; aunque por la expresión soslayada de ambas más parece que una u otra fueran a ingerir, no sin vacilaciones, alguna pócima adulterina. Sea como sea, al fondo hay una cabeza de vieja que observa la copa más que a la sirvienta o a la propia Artemisa (de ser Sofonisba, es posible que la vieja le haya puesto el veneno), no se la ve bien del todo, el fondo es una penumbra demasiado misteriosa o está demasiado sucio, y la figura de Sofonisba es tan luminosa y abulta tanto que hace a la vieja aún más dudosa.

En aquella época no había alarmas de incendio automáticas en el Prado, pero sí extintores. Mi padre desenganchó uno que estaba a mano con cierto esfuerzo, y aunque no sabía usarlo, con él malamente oculto a la espalda (tremendo peso de color conspicuo), se aproximó lentamente a Mateu, que ya había achicharrado una esquina del marco y pasaba ahora la llama muy cerca del lienzo, arriba y abajo y de punta a punta, como si quisiera iluminarlo todo, la sirvienta y la vieja y Artemisa y la copa, también una mesa camilla sobre la que hay unos pliegos escritos (la reclamación formal de Escipión acaso) y sobre la que Sofonisba apoya su mano izquierda más bien rolliza.

'¿Qué hay, Mateu?', le dijo mi padre con calma. '¿Viendo mejor el cuadro?'

Mateu no se volvió, conocía a la perfección la voz de Ranz y sabía que todos los días, a la salida, se daba una vuelta al azar por algunas salas para comprobar que seguían intactas.

'No', respondió en tono muy natural y desapasionado. 'Estoy pensando en quemarlo.'

Mi padre, contaba, podría haberle dado un golpe en el brazo y haber hecho caer el mechero al suelo, ya inofensivo, y luego haberlo alejado de una hábil patada. Pero tenía las manos ocupadas por el extintor a la espalda, y además la sola posibilidad de fallar y aumentar el enfado del guardián Mateu le hizo desistir de probar la suerte. Pensó que quizá era mejor

entretenerlo sin que aplicara la llama (ardiendo sustancias bituminosas) hasta que al mechero no recargable se le acabara la carga, pero eso podía durar demasiado si por desgracia el encendedor estaba recién comprado. También pensó en pedir auxilio a voces, alguien aparecería, sería reducido Mateu y el fuego no se propagaría a otros cuadros, pero en ese caso adiós al único Rembrandt seguro de mano de Rembrandt del Prado, adiós a Sofonisba y adiós a Artemisa, e incluso a Mausolo y a Masinisa y a Saskia y a Sifax. Volvió a preguntarle.

'Pero hombre, Mateu, ¿tan poco le gusta?'

'Estoy harto de esa gorda', contestó Mateu. Mateu no aguantaba a Sofonisba. 'No me gusta esa gorda con perlas', insistió (y es verdad que Artemisa está gorda y lleva perlas al cuello y sobre la frente en el Rembrandt). 'Parece más guapa la criadita que le sirve la copa, pero no hay manera de verle bien la cara.'

Mi padre no pudo evitar dar una respuesta burlona, es decir, sorprendida y lógica:

'Ya', dijo, 'fue pintado así, claro, la gorda de frente y la sirvienta de espaldas.'

El pirómano Mateu apagaba de vez en cuando el mechero durante unos segundos, pero no lo apartaba del lienzo, y al cabo de esos segundos volvía a encenderlo y a calentar el Rembrandt. A Ranz no lo miraba.

'Eso es lo malo', dijo, 'que fue pintado así para siempre y ahora nos quedamos sin saber lo que pasa, ve usted, señor Ranz, no hay forma de verle la cara a la chica ni de saber qué pinta la vieja del fondo, lo único que se ve es a la gorda con sus dos collares que no acaba nunca de coger la copa. A ver si se la bebe de una puta vez y puedo ver a la chica si se da la vuelta.'

Mateu, un hombre acostumbrado a lo que es la pintura, un hombre de sesenta años que llevaba veinticinco en el Prado, de pronto quería que siguiera la escena de un Rembrandt que no entendía (nadie lo entiende, entre Artemisa y Sofonis-

ba hay un mundo de distancia, la distancia entre beberse a un muerto y beber la muerte, entre aumentar la vida y morirse, entre dilatarla y matarse). Era absurdo, pero Ranz todavía no renunció a razonarle:

'Pero comprenda que eso no es posible, Mateu', le dijo, 'las tres están pintadas, ¿no lo ve usted?, pintadas. Usted ha visto mucho cine, esto no es una película. Comprenda que no hay manera de verlas de otro modo, esto es un cuadro. Un cuadro.'

'Por eso me lo cargo', dijo Mateu, de nuevo con el mechero encendido acariciando la tela.

'Además', añadió mi padre intentando distraerlo y por un prurito de exactitud (es pedante mi padre), 'lo de la frente no es un collar, sino una diadema, aunque sea también de perlas.'

Pero a esto Mateu no hizo caso. Se sopló mecánicamente unas motas del uniforme.

El extintor sujetado a pulso le estaba destrozando a Ranz las muñecas, así que renunció a ocultarlo y pasó a sostenerlo entre sus brazos como a un bebé, su color carmín bien visible. El vigilante Mateu reparó en el aparato.

'Oiga oiga, pero qué hace con eso', le reprochó a mi padre. '¿No sabe que está prohibido desmontarlos?'

Mateu se había vuelto por fin al oír el estruendo provocado por el torpe manejo del extintor, que en su trayecto de la espalda a los brazos dio contra el suelo haciendo saltar astillas, pero mi padre no se atrevió a valerse de aquel momento de alarma. Le dio que pensar, sin embargo.

'No se preocupe, Mateu', le dijo, 'me lo llevo porque hay que arreglarlo, este no marcha.' Y aprovechó para dejarlo en el suelo con gran alivio. Sacó el pañuelo de seda color cereza que llevaba como ornamento en el bolsillo de la chaqueta y se secó la frente, un pañuelo de tacto y color agradables, era de adorno más que de uso, hacía juego con el extintor.

'Le digo que me lo cargo', repitió Mateu, y le tiró un amago con el encendedor a Saskia.

'El cuadro tiene mucho valor, Mateu. Millones vale', le dijo Ranz probando a ver si la mención del dinero le hacía recobrar el juicio.

Pero el guardián seguía jugando con el mechero, encendiéndolo y apagándolo y encendiéndolo, se decidió a chamuscar más el marco, un marco muy bueno, antiguo.

'Encima eso', contestó despectivo. 'Encima esa mierda de gorda vale millones, hay que joderse.'

El buen marco ennegrecido. Mi padre pensó en mencionarle ahora la cárcel, pero lo descartó al instante. Pensó un momento, pensó otro momento y por fin cambió de táctica. De pronto recogió el extintor del suelo y le dijo:

'Tiene usted razón, Mateu, le doy la razón. Pero no lo queme porque se podrían incendiar otros cuadros. Déjeme hacer a mí. Me lo voy a cargar con el extintor este, que pesa lo suyo. A la gorda le va a caer un buen peso encima y se va a ir a la mierda'.

Y Ranz alzó el extintor y lo sostuvo en alto con las dos manos como un levantador de pesas, dispuesto a arrojarlo con gran violencia contra Sofonisba y contra Artemisa.

Fue entonces cuando Mateu se puso serio.

'Oiga oiga', le dijo Mateu serio, 'pero qué va a hacer usted, que así va a dañar el cuadro.'

'Lo machaco', dijo Ranz.

Hubo un momento de vacilación, mi padre con los brazos en vilo soportando el extintor tan rojo, Mateu con el mechero en la mano aún encendido, en vilo la llama que vacilaba. Miró a mi padre, miró al cuadro. Ranz no podía aguantar más el peso. Entonces Mateu apagó el mechero, se lo echó al bolsillo, abrió los brazos como un luchador y le dijo conminatorio:

'Quieto ahí, quieto, ¿eh? No me obligue'.

Mateu no fue despedido porque mi padre no informó de aquel episodio, tampoco lo denunció a él el guardián por haber querido pulverizar el Rembrandt con un extintor averia-

do. Nadie más notó la quemazón del marco (si acaso algún visitante indiscreto al que se recomendó no hacer preguntas y el sustituto sobornado), y al poco fue cambiado por uno muy parecido, aunque no era antiguo. Según Ranz, si Mateu había sido un vigilante celoso durante veinticinco años, no tenía por qué no seguirlo siendo tras un ataque pasajero de saña. Es más, achacaba su acción y atentado a la falta de acción y atentados, y veía una prueba de su fiabilidad en el hecho de que al ver el cuadro de su ojeriza amenazado por otro individuo que además era un superior, había prevalecido su sentido de la responsabilidad custodia sobre su sincero deseo de abrasar a Artemisa. Fue inmediatamente trasladado a otra sala, de primitivos, cuyas figuras son menos rotundas y es más difícil que irriten (y algunos son palinsquemáticos, es decir, cuentan en la misma superficie o espacio sus historias completas). Por lo demás, mi padre se limitó a interesarse aún más por su vida, a darle ánimos ante la vejez que encaraba y a no quitarle ojo durante las fiestas que dos veces al año, en día de cierre, se organizaban para todo el personal del museo, preferentemente en la sala grande de los Velázquez. Todos los empleados con sus respectivas familias, desde el director (que sólo hacía acto de presencia un minuto y daba una mano floja) hasta las mujeres de la limpieza (que eran las que más alborotaban y más disfrutaban porque debían quedarse luego a barrer los estragos), se reunían para beber y comer y departir y bailotear (departir es un decir) en una suerte de verbena bianual concebida por mi propio padre según el modelo o razonamiento carnavalesco para mantener contentos a los vigilantes y permitir que se desahogaran y perdieran la compostura allí donde los demás días debían guardarla. Él mismo cuidaba de que la comida y bebida que se les servía fueran tales que sus manchas no pudieran arruinar ni dañar las pinturas, y de ese modo se consentían muchos atropellos y excesos: yo he visto de niño gaseosa sobre *Las Meninas* y merengues sobre *La rendición de Breda*.

Durante muchos años, de niño y también luego, de adolescente y muy joven, cuando aún miraba con ojos dubitativos a la chica de la papelería, supe sólo que mi padre había estado casado con la hermana mayor de mi madre antes que con mi madre, con Teresa Aguilera antes que con su hermana Juana, las dos niñas a las que se refería a veces mi abuela cuando contaba anécdotas del pasado, o más bien decía sólo 'las niñas' para diferenciarlas de sus hermanos, a los que en cambio llamaba 'los muchachos'. No es solamente que los hijos tarden mucho en interesarse por quiénes fueron sus padres antes de conocerlos (por lo general ese interés se produce cuando esos hijos se acercan a la edad que tenían los padres cuando en efecto los conocieron, o cuando a su vez tienen hijos y entonces se recuerdan de niños a través de ellos y se preguntan perplejos por las tutelares figuras con que ahora se corresponden), sino que los padres se acostumbran a no despertar curiosidad alguna y a callar sobre sí mismos ante sus vástagos, a silenciar quiénes fueron o acaso lo olvidan. Casi todo el mundo se avergüenza de su juventud, no es muy cierto que se añore como se dice, más bien se relega o rehúye y con facilidad o esfuerzo se confina el origen a la esfera de los malos sueños, o de las novelas, o de lo que no ha existido. La juventud se oculta, la juventud es secreta para quienes ya no nos conocen jóvenes.

Ranz y mi madre nunca ocultaron el matrimonio de Ranz con quien habría sido mi tía Teresa de haber vivido (o no lo habría sido), un matrimonio brevísimo de cuya disolución sólo supe que la había causado la temprana muerte, pero en cambio no supe (no lo pregunté tampoco) el porqué de esa muerte durante muchos años, y durante muchos más creí saberlo en esencia y se me engañaba, cuando por fin pregunté se me dio una respuesta falsa, que es otra de las cosas a las que se acostumbran los padres, a mentir a los niños sobre su juventud olvidada. Se me habló de la enfermedad y eso fue todo, se me habló de una enfermedad durante muchos años, y resulta difícil poner en duda lo que se sabe desde la infancia, se tarda en recelar de ello. La idea que por consiguiente tuve siempre de ese matrimonio tan breve fue la de un error comprensible a los ojos de un niño o de un adolescente que prefiere pensar en la inevitabilidad de sus padres unidos para justificar su existencia y creer por tanto en su propia inevitabilidad y justicia (me refiero a los niños perezosos, normales, a los que no van al colegio si tienen un poco de fiebre y no han de trabajar repartiendo cajas con una bicicleta por las mañanas). La idea fue vaga en todo caso, y el error explicable consistía en que Ranz podía haber creído querer a una hermana, la hermana mayor, cuando en realidad quería a la otra, la hermana menor, demasiado menor acaso en el momento de conocer él a ambas para que mi padre la tomara en serio. Tal vez me fue así contado, pudiera ser, por mi madre o más bien mi abuela, no lo recuerdo, una respuesta breve y quizá embustera a una infantil pregunta, desde luego Ranz nunca me habló de estas cosas. También era fácil que en la imaginación del niño apareciera otro factor, este piadoso: la consolación del viudo, sustituir a la hermana, paliar la desesperación del marido, ocupar el lugar de la muerta. Mi madre podía haberse casado con mi padre un poco por pena, para que no se quedara solo; o bien no, podía haberlo querido secretamente desde el principio y haber deseado secretamente la desaparición

del obstáculo, de su hermana Teresa. O ya que se producía, haberse alegrado de la desaparición al menos en un aspecto. Ranz nunca había contado nada. Hace algunos años, siendo ya adulto, yo intenté preguntarle y me trató como si aún fuera niño. 'Qué te importa todo eso', me dijo, y cambió de tema. Al insistir yo (estábamos en La Dorada) se levantó para ir al lavabo y me dijo zumbón con su mejor sonrisa: 'Escucha, no me apetece hablar del pasado remoto, es de mal gusto y le hace recordar a uno los años que tiene. Si vas a seguir, es mejor que para cuando vuelva hayas abandonado la mesa. Quiero comer tranquilo y en el día de hoy, no en uno de hace cuarenta años.' Como si estuviéramos en casa y yo fuera un niño pequeño al que se pudiera mandar a su cuarto, me dijo que me largara, ni siquiera consideró la posibilidad de enfadarse y ser él quien se marchara del restaurante.

Lo cierto es que casi nadie hablaba nunca de Teresa Aguilera, y ese *casi* ha venido sobrando desde la muerte de mi abuela cubana, la única que a veces la mencionaba, como sin querer o poder evitarlo, aunque en su casa Teresa estaba bien presente y visible en forma de retrato póstumo al óleo hecho a partir de una fotografía. Y en la mía, esto es, en la de mi padre, estaba y está la foto que en blanco y negro sirvió de modelo, hacia la que Ranz y Juana lanzaban de tarde en tarde una mirada de paso. El rostro de Teresa es un rostro confiado y grave en esa fotografía, una mujer guapa con las cejas agudas de un solo trazo y un hoyuelo poco hondo en la barbilla —una muesca, una sombra—, el pelo oscuro recogido en la nuca y la raya en medio favoreciendo lo que se llamaba un pico de viuda, el cuello largo, la boca grande y de mujer (pero muy distinta de la de mi padre y la mía), los ojos también oscuros están muy abiertos y miran sin recelo hacia el objetivo, lleva pendientes discretos, quizá de nácar, y los labios pintados pese a su juventud extrema, como por educación se llevaban en la época que ella fue joven o estuvo viva. Tiene la piel muy pálida, enlazadas las manos, los brazos apoyados sobre

una mesa, acaso la del comedor más que una de trabajo, aunque no se ve lo bastante para saberlo y el fondo está difuminado, quizá es una foto de estudio. Lleva una blusa de manga corta, posiblemente era primavera o verano, tendrá veinte años, puede que menos, puede que aún no conociera a Ranz o que acabara de conocerlo. Estaba soltera. Hay algo en ella que *ahora* me recuerda a Luisa, pese a haber visto esa foto durante tantos años antes de que Luisa existiera, todos los de mi vida menos los dos últimos. Puede deberse a que uno ve un poco por todas partes a la persona a quien quiere y con quien convive. Pero ambas tienen una expresión de confianza, Teresa en su retrato y Luisa en persona continuamente, como si no temieran nada y nada pudiera amenazarlas nunca, a Luisa al menos mientras está despierta, cuando está dormida su rostro es más vulnerable y su cuerpo parece más en peligro. Luisa es tan confiada que la primera noche que pasamos juntos soñó, me dijo, con onzas de oro. Se desveló en mitad de la noche por mi presencia, me miró un poco extrañada, me acarició la mejilla con las uñas y dijo: 'Estaba soñando con onzas de oro. Eran como uñas, y muy brillantes', sólo alguien muy inocente puede soñar con eso y sobre todo contarlo. Teresa Aguilera podría haber soñado con esas onzas tan relucientes en su noche de bodas, he pensado al mirar su retrato en casa de Ranz después de haber conocido a Luisa y haber dormido con ella. No sé cuándo le hicieron la foto a Teresa y seguramente nadie lo supo nunca a ciencia cierta: es de muy pequeño tamaño, está en un marco de madera, sobre un estante, y desde que ella murió nadie la habrá mirado más que de tarde en tarde, como se miran las vasijas o los adornos e incluso los cuadros que hay en las casas, dejan de observarse con atención y con complacencia una vez que forman parte del paisaje diario. Desde que murió mi madre también está allí su foto, en casa de Ranz, más grande, y además está colgado un retrato no póstumo que le hizo Custardoy el viejo cuando yo era niño. Mi madre, Juana, es más alegre, aunque

las dos hermanas se parecen algo, el cuello y el corte de cara y la barbilla son idénticos. Mi madre sonríe en su foto y sonríe en el cuadro, en ambos es ya mayor que su hermana mayor en su foto pequeña, en realidad mayor de lo que lo fue nunca Teresa, que en virtud de su muerte pasó a ser la menor sin duda, hasta yo soy mayor que ella, las muertes prontas rejuvenecen. Mi madre sonríe casi como reía: reía fácilmente, como mi abuela; las dos, ya lo he dicho, reían juntas a carcajadas a veces.

Pero yo no supe hasta hace unos meses que mi imposible tía Teresa se había matado al poco de regresar de su viaje de novios con mi propio padre, y fue Custardoy el joven quien me lo dijo. Es tres años mayor que yo y lo conozco desde la infancia, cuando tres son muchos años, aunque entonces rehuía su trato lo más posible y lo he tolerado tan sólo de adulto. La amistad o negocio de nuestros padres nos unía a veces, aunque él siempre estuvo más cerca de los mayores, más interesado en su mundo, como con impaciencia por formar parte de él y actuar libremente, yo lo recuerdo como un chico avejentado o un adulto frustrado, como un hombre condenado a permanecer demasiado tiempo en un incongruente cuerpo de niño, obligado a una inútil espera que lo desquiciaba. No es que participara en las conversaciones de los mayores, pues carecía de pedantería —sólo escuchaba—, era más bien una tensión sombría que lo dominaba, impropia de un chico, que le hacía estar siempre alerta y mirando por las ventanas, como quien mira el mundo que transcurre rápido ante sus ojos y al que aún no le está permitido subirse, como el preso que sabe que nadie espera ni se abstiene de nada porque él esté ausente y que con el mundo que corre se está yendo también *su* tiempo; y esto también lo saben los que se mueren. Daba siempre la sensación de estarse perdiendo algo y ser dolorosamente consciente de ello, uno de esos individuos que quisieran vivir a la vez varias vidas, multiplicarse y no circunscribirse a ser sólo ellos mismos: a los que la unidad espanta. Cuando venía

a casa y debía esperar en mi compañía a que se cumpliera la visita de su padre al mío, se acercaba al balcón y me daba la espalda durante quince y veinte minutos y media hora, haciendo caso omiso de los juegos variados que ingenuamente yo le proponía. Pero a pesar de su inmovilidad no había contemplación ni sosiego en su figura erguida, ni en sus manos huesudas que tras apartar los visillos se aferraban a ellos como el cautivo aún reciente se acostumbra al tacto de los barrotes porque no les da crédito todavía. Yo jugaba a sus espaldas procurando no llamar su atención demasiado, intimidado en mi propio cuarto, sin apenas mirar su nuca rapada, menos aún sus ojos de hombre que codiciaban el exterior y ansiaban ver y actuar libremente. Algo lograba Custardoy de esto último, al menos en la medida en que su padre le fue enseñando el oficio desde muy temprano, de copista y puede que de falsificador de cuadros, y le remuneraba algunos trabajos que iba encomendándole en su taller pictórico. Por eso Custardoy el joven tenía más dinero que los chicos de su edad, disponía de una autonomía infrecuente, se iba ganando poco a poco su vida; se interesaba por la calle y no por el colegio, a los trece años ya iba de putas y yo siempre le tuve un poco de miedo, tanto por los tres años que me llevaba y que le permitían vencerme invariablemente en nuestras riñas ocasionales, cuando su tensión se ensombrecía tanto que acababa estallando, como por su carácter, obsceno y bronco, pero frío hasta en las peleas. Cuando luchaba conmigo, y por mucha resistencia que le opusiera antes de rendirme, yo notaba que en él no había acaloramiento ni enfado, sólo violencia fría y voluntad de sometimiento. Aunque lo visité algunas veces en el taller de su padre que es suyo ahora, nunca lo he visto pintando, ni sus propios cuadros que carecen de éxito ni sus copias perfectas que le dan dinero junto con los retratos de encargo, de excelente técnica pero convencionales: tantas horas quieto, encerrado, sosteniendo pinceles, instalado en la minuciosidad y mirando un lienzo, tal vez sean la explicación de

su tensión permanente y su afán de desdoblamiento. Desde chico no se ha recatado en contar sus andanzas, sobre todo sexuales (de él lo aprendí casi todo en mi adolescencia y aun antes), y a veces me pregunto si la afición que le ha tomado mi padre en los últimos años, desde la muerte de Custardoy el viejo, no tendrá que ver con esos relatos. Los hombres inquietos, cuanto más viejos más quieren seguir viviendo, y si sus facultades no se lo permiten con plenitud, entonces buscan la compañía de quienes son capaces de narrarles la existencia que ya no está a su alcance y les prolongan la vida vicariamente. Mi padre querrá escucharle. Sé de prostitutas que han salido espantadas tras pasar una noche con Custardoy hijo y ni siquiera han querido contar lo que había ocurrido, incluso si eran dos las que se había llevado a la cama y por tanto habían podido darse ánimos y consolarse, pues ya desde muy joven el deseo de Custardoy de ser múltiple le hacía insuficiente una sola persona y una de sus predilecciones han sido los pares desde muy antiguo. Con los años Custardoy se ha hecho más discreto y, que yo sepa, tampoco él cuenta por qué provoca el espanto, pero quizá sí en privado a mi padre, para él una especie de padrino. Mi padre querrá escucharle. Lo cierto es que hace ya años que se ven con frecuencia, una vez a la semana Custardoy visita a Ranz o se van a cenar juntos y acaso luego a un local anticuado, o se acompañan a hacer recados y a visitar a terceros, a mí por ejemplo o incluso a Luisa en mi ausencia, alguna vez a la nuera nueva. Custardoy debe divertir a mi padre. En la actualidad, cerca ya de los cuarenta, luce en su nuca que fue rapada una breve coleta de piratería o taurina, y sus patillas resultan un poco largas para estos tiempos, llamativas en todo caso porque son rizadas y mucho más oscuras que su pelo rubiáceo y liso, quizá las luce, coleta y patillas, para no desentonar en su medio arcaicamente bohemio de pintores noctámbulos, aunque al mismo tiempo se viste de forma clásica y excesivamente correcta —corbata siempre—, aspira a ser elegante en su indumenta-

ria. Lleva bigote durante algunos meses y luego se lo afeita otra temporada, una irresoluble duda o quizá su manera de parecer más de uno. Con la edad su rostro ha adquirido plenamente lo que apuntaba desde la niñez y más aún desde la adolescencia: su rostro es como su carácter, obsceno y bronco y frío, de frente amplia o con entradas y nariz levemente ganchuda y dientes largos que le iluminan la cara cuando sonríe de modo afable pero no cálido, con unos ojos muy negros y enormes y algo separados sin apenas pestañas, y esa carencia y esa separación hacen insoportable su mirada obscena sobre las mujeres a las que conquista o compra y sobre los hombres con que rivaliza, sobre el mundo que ya transcurre con él bien incorporado, formando parte de su paso más raudo.

Fue él quien hace unos meses o casi un año, al poco de mi regreso de La Habana y México y Nueva Orleans y Miami tras mi viaje de bodas, me contó lo que había ocurrido en realidad con mi tía Teresa hace casi cuarenta años. Iba yo a ver a mi padre a su casa, a saludarle tras el regreso y comentarle mi viaje, cuando me encontré en el portal con Custardoy el joven, su silueta delgada parada al atardecer.

—No está —me dijo—, ha tenido que salir. —Y elevó los ojos para referirse a Ranz—. Me pidió que te esperara unos minutos para decírtelo. Le llamó por teléfono un americano y salió disparado, no sé quién de algún museo, te llamará él esta noche o mañana. Vámonos tú y yo a tomar algo.

Custardoy el joven me cogió del brazo y echamos a andar. Noté su mano fría y férrea cuyo asimiento conocía bien desde niño, había sido un chico y ahora era un hombre de extremada fuerza, la fuerza del nervio y la concentración. La última vez que lo había visto había sido unas semanas antes, el día de mi boda ya tan lejana a la que había sido invitado por Ranz, no por mí, él invitó a varias personas, no tenía por qué oponerme, ni a eso ni a Custardoy. Entonces no había tenido tiempo de hablar con él, se había limitado a felicitarme al lle-

gar al Casino con su sonrisa amable de ligera sorna, luego lo había visto de lejos durante la fiesta mirando ávidamente a su alrededor, en realidad una presencia familiar. Miraba siempre ávidamente, a las mujeres y a algunos hombres —a los hombres tímidos—, dondequiera que se encontrara, sus ojos asían como sus manos. Aquel día no llevaba bigote y ahora, unas semanas después, lo tenía ya casi crecido, no del todo aún, se lo había dejado durante mi viaje con Luisa. En el Balmoral pidió una cerveza, nunca bebía otra cosa y por eso su delgadez empezaba a abandonarle en la tripa (pero la corbata se la tapaba siempre). Durante un rato me habló de dinero, luego de mi padre, al que veía bien, luego otra vez del dinero que estaba ganando, como si lo último que le interesara fuera mi nuevo estado civil, no me preguntaba, por el viaje tampoco ni por mi trabajo o mis futuros desplazamientos a Ginebra o Londres o incluso Bruselas, él no podía saberlos, tenía que preguntar, no lo hacía. Ya que mi padre había salido, yo quería volver a casa a encontrarme con Luisa y tal vez ir al cine, nunca he tenido mucho que decirme con Custardoy. Mi padre habría salido porque le habría llamado alguien de Malibú o de Boston o Baltimore, ya no le llamaban apenas aunque su ojo y sus conocimientos seguían siendo los mismos de siempre o aun superiores, rara vez se consulta a los viejos o sólo para lo muy importante, alguien estaría de paso en Madrid y no tendría con quién cenar, él habría pensado que lo requerían para un dictamen, algún cuadro desenterrado, algún negocio en Madrid. Hice además de que debía marcharme, pero entonces Custardoy me volvió a poner la mano en el brazo —su mano era como un peso— y así me retuvo.

—Quédate un poco más —me dijo—. Todavía no me has contado nada de tu mujer tan guapa.

—A ti todas te parecen guapas. No tengo mucho que contar.

Custardoy encendía y apagaba un mechero. Sonreía con su dentadura larga y miraba la llama aparecer y desaparecer.

De momento no me miraba a mí, o sólo de refilón con uno de sus separados ojos que se desviaban para controlar el local.

—Algo tendrá, digo yo, para que te hayas casado al cabo de tantos años, no eres ningún niño. Te tendrá que enloquecer. La gente sólo se casa cuando no tiene más remedio, por pánico o porque anda desesperada o para no perder a alguien a quien no soporta perder. Siempre hay mucha chaladura en lo que parece más convencional. Vamos, cuéntame cuál es la tuya. Cuéntame qué te hace la niña.

Custardoy era vulgar y un poco infantil, como si su interminable espera de la edad viril durante su niñez le hubiera dejado algo de esa niñez asociada para siempre a su edad viril. Hablaba con demasiada desenvoltura, aunque conmigo se dominaba un poco, quiero decir que rebajaba la frecuencia y el tono de sus descuidados o brutales vocablos, conmigo a solas, quiero decir. A otro amigo le habría pedido sin más que le describiera el chumino de su mujer o incluso el parrús y le contara qué tal quilaba, palabras difíciles de traducir que por suerte no se pronuncian nunca en los organismos internacionales; yo merecía algún circunloquio.

—Tendrías que pagarme —le dije yo para convertir su comentario en una broma.

—Venga, te pago, ¿cuánto quieres? A ver, otro whisky para empezar.

—No quiero otro whisky, ni siquiera este. Déjame en paz.

Custardoy se había echado la mano al bolsillo, uno de esos hombres que llevan los billetes sueltos en el bolsillo del pantalón, también yo, a decir verdad.

—¿No quieres hablar de eso? Muy respetable, no quieres hablar de eso. A tu salud y a la de tu niña. —Y bebió un trago corto de su cerveza. Oteó alrededor mientras se secaba los labios con los propios labios, había dos mujeres de unos treinta años hablando en la barra, una de ellas, la que estaba de frente (pero quizá las dos), enseñaba los muslos queriendo o sin querer. Eran muslos demasiado bronceados para la pri-

mavera, falsamente mulatos, bronceado de piscina y cremas en el mejor de los casos. Custardoy fijó ahora en mí sus ojos desprovistos de ornamentación, o de protección. Añadió—: En todo caso espero que te vaya mejor que a tu padre, y no quiero ser cenizo, toco madera. Vaya carrera la suya, ni Barbazul, menos mal que no ha seguido, está ya un poco mayor el hombre.

—Tampoco es para tanto —dije yo. Había pensado de inmediato en mi tía Teresa y en mi madre Juana, ambas muertas, Custardoy estaba refiriéndose a ellas, uniéndolas en su muerte con exageración o con mala fe. 'Ni Barbazul', había dicho. 'Cenizo', había dicho. Ni Barbazul. Nadie se acuerda de Barbazul.

—¿Ah, no? —dijo—. Bueno, la cosa medio se paró con tu madre, si se descuida no existes tú. Pero mira, también a ella la ha sobrevivido, no hay quien pueda con él. Que en paz descanse, ¿eh? —añadió con respeto burlesco. Hablaba de Ranz con estima, tal vez con admiración.

Miré hacia las mujeres, que no nos hacían ningún caso, estaban enfrascadas en su charla (sin duda relación de episodios), de la que de vez en cuando llegaba una frase suelta pronunciada en más alta voz ('Pero eso es superfuerte', oí que decía con sincero asombro la que nos daba la espalda, la otra enseñaba sus muslos con desenfado y desde otro ángulo se le podría ver el pico de las bragas, supuse, sus superfuertes muslos morenos me hicieron pensar en Miriam, la mujer de La Habana de unos días atrás. Es decir, recordar su imagen y pensar que en otro momento debía pensar en ella. Sólo unos días atrás, quizá Guillermo, como nosotros, había regresado ya también).

—Eso es un azar, nadie sabe el orden de la muerte, podía haber sido él, como también nos puede enterrar a nosotros. Mi madre vivió bastantes años.

Custardoy hijo encendió por fin un cigarrillo y dejó el mechero sobre la mesa, renunció a la llama y aspiró de la bra-

sa. De vez en cuando se volvía un poco para mirar a las treintañeras sentadas ante la barra y echaba el humo en su dirección, yo esperaba que no se le ocurriera levantarse y dirigirles la palabra, era algo que hacía a menudo y con gran soltura y en ocasiones sin que mediara una sola mirada previa, una sola correspondida o cruzada con la mujer a la que de pronto hablaba. Era como si supiera desde el primer momento quién quería ser abordado y con qué propósito, en un local o en una fiesta o incluso en la calle, o quizá era él quien hacía surgir la disposición y el propósito. Me pregunté a quién habría abordado en mi fiesta del Casino, apenas lo vi. Me volvió a mirar a mí de frente con sus ojos desagradables a los que sin embargo estaba tan acostumbrado.

—Como tú quieras, un azar. Pero tres veces es mucho azar.

—¿Tres veces?

Esa fue la primera vez en mi vida que oí aludir a la mujer extranjera con la que yo no guardo parentesco y de la que ahora sé algo pero no lo bastante, nunca sabré demasiado, hay personas que han estado en el mundo durante muchos años y de las que nadie recuerda nada, como si a la postre no hubieran estado, y esa primera vez ni siquiera sabía que se aludía a ella o a quién se aludía, aún no sabía de su existencia ('tres veces es mucho azar'). Al principio quise creer que era un error o un lapsus, y Custardoy, al principio, lo hizo pasar por tal, quizá había previsto hablarme sólo de mi tía Teresa o quizá no había previsto nada, contarme lo que en aquellos días de presentimientos desastrosos y primeros pasos matrimoniales yo habría preferido seguir sin saber, aunque es difícil saber si uno quería saber o seguir ignorando algo una vez que ya lo sabe.

—Quiero decir dos —dijo Custardoy con prisa, quizá era todo impremeditado y sin mala intención, si bien era improbable que no hubiera alguna, regular o buena, Custardoy no es hombre meditativo pero sí intencionado. Sonrió asimismo con prisa (sus largos dientes conferían a su rostro agudo cor-

dialidad o casi) al tiempo que lanzaba más humo hacia las mujeres: la que estaba de espaldas, sin darse cuenta de su procedencia, lo apartó de sí con la mano irritada como a un mosquito. Custardoy añadió sin pausa—: Oye, y que quede claro que no tengo nada contra tu padre, todo lo contrario, lo sabes muy bien. Pero que se te mate una de ellas justo después de la boda no parece cosa de azar. Eso no puede estar nunca en el orden de la muerte que tú dices.

—¿Que se te mate?

Custardoy se mordió los labios en un gesto demasiado expresivo para ser espontáneo. A continuación llamó al camarero agitando dos dedos y aprovechó para mirar con salacidad hacia las mujeres, que seguían sin prestarnos ninguna atención (aunque una de ellas se la había prestado ya a nuestro humo como se le presta a un mosquito. La que estaba de frente dijo en voz muy alta y risueña: 'Bueno bueno bueno, es que me asquea'. Lo dijo encantada, estuvo a punto de palmearse los muslos mulatos). Custardoy, en cambio, estaba tan atento a ellas como a su conversación conmigo, siempre desdoblado, siempre deseando ser más de uno y encontrarse allí donde no se hallara. Creí que iba a levantarse y le insistí para impedírselo: '¿Qué dices que se te mate?'. Pero se limitó a pedirle al camarero otra cerveza.

—Otra cerveza. No me digas que no lo sabes.

—De qué me hablas.

Custardoy se acarició el bigote aún escaso y se centró la coleta breve con un ademán inevitablemente femenino. No sé por qué llevaba esa coleta ridícula y mal lavada, parecía un artesano o un patán dieciochesco. Sopló la cerveza. A sus casi cuarenta años se plegaba a las modas, tenía ímpetu. O quizá en su caso era influjo de la pintura.

—Demasiada espuma —dijo—. Tiene hostias —añadió—, que tú no sepas nada, tiene hostias cómo las familias callan ante los hijos, quién sabe lo que sabrás tú de la mía que yo en cambio no tengo ni puta idea.

—No sé —dije yo con prisa.

Volvió a jugar con la llama, había apagado su cigarrillo, mal, olía.

—Me parece que he metido la pata. Ranz se va a cabrear. No sabía que no sabías cómo murió la hermana de tu madre.

—De enfermedad, me han dicho siempre. Nunca he preguntado mucho. A ver, qué es lo que sabes.

—A lo mejor no es verdad. Hace la tira de años que me lo contó mi padre.

—¿Qué te contó?

Custardoy sorbió dos veces por la nariz. Durante aquel rato no se había ido al cuarto de baño a meterse una raya, pero sorbió como si de allí volviera. Encendió y apagó la llama.

—No le digas a Ranz que te lo he dicho, ¿de acuerdo? No quisiera que por esto me pusiera la proa. A lo mejor yo recuerdo mal, o entendí mal.

No respondí, sabía que me lo contaría aunque no le hiciera esa promesa.

—¿Qué es lo que recuerdas? ¿Qué entendiste?

Custardoy encendió un cigarrillo nuevo. Sus remilgos eran falsos: tuvo humor para darle dos caladas y arrojar un nubarrón de humo sin tragar en dirección a las treintañeras (ese humo, mucho más abundante y lento en su viaje que si se ha tragado). La que nos daba la espalda se volvió un instante, muy mecánicamente, y sopló de lado para apartarlo. También ella enseñaba los muslos, no habían visitado aún piscina. Su ojo había caído ya sobre Custardoy, aunque sólo fuera unos segundos, los que su compañera tardó en decirle con seguridad y desdén por la persona de quien hablaba: 'Lo tengo loquito pero no me gusta su cara, y está forrado, ¿tú qué harías?'.

—Que tu tía se pegó un tiro al poco de regresar de su viaje de novios con Ranz. Eso sí lo sabías, que se casó con él.

—Sí, lo sé.

—Entró en el cuarto de baño, se puso frente al espejo, se abrió la blusa, se quitó el sostén y se buscó el corazón con la punta de la pistola de su propio padre, que estaba en el comedor con parte de la familia y con invitados. Eso es lo que recuerdo que me contó mi padre.

—¿En casa de mis abuelos?

—Eso tengo entendido.

—¿Mi padre estaba allí?

—No en el momento, llegó poco después, creo.

—¿Por qué se mató?

Custardoy sorbió por la nariz, quizá un leve resfriado de primavera, aunque siguiera las modas no era hombre para padecer la fiebre del heno, esa cursilería. Negó con la cabeza.

—Eso ni idea, y tampoco creo que lo supiera mi padre, o no me lo dijo. Si alguien lo sabe es el tuyo, pero a lo mejor ni siquiera, no es fácil saber por qué se mata la gente, ni los más próximos, todo el mundo está trastornado, todo el mundo las pasa putas, a veces sin causa y casi siempre en secreto, la gente vuelve la cara contra la almohada y espera al día siguiente. De pronto no esperan. Nunca he hablado con Ranz de este asunto, ¿cómo se le pregunta a un amigo por su mujer que se pegó un tiro tras casarse con él? Aunque haga siglos. No sé, podría preguntarte a ti si te pasara lo mismo, y no quiero ser cenizo, toco madera. Pero no a un amigo que me lleva tantos años y al que respeto tanto. El respeto inhibe algunas conversaciones, que no se tienen nunca.

—Sí, el respeto inhibe.

Había vuelto a decir 'cenizo', pensé automáticamente en traducirlo al inglés, francés o italiano, mis lenguas, no sabía el término en ninguna de ellas, 'mal de ojo' sí, 'evil eye', 'jettatura', pero no es lo mismo. Cada vez que anunciaba que tocaba madera no la tocaba, sino el cristal de su jarra. Yo, en cambio, tocaba mi silla.

—Lo siento, creí que lo sabrías.

—A los niños se les dan versiones edulcoradas de cuanto ocurre o ha ocurrido, supongo que luego es muy difícil desengañarlos. No se debe de encontrar el momento, cuándo se deja de ser niño, es difícil trazar una línea, cuándo es lo bastante tarde para reconocer una mentira antigua o revelar una verdad oculta. Se deja correr el tiempo, supongo, y quien la dijo se llega a creer la mentira o la olvida, hasta que alguien como tú mete la pata y se carga el estudiado silencio de una vida entera.

'Mal de ojo' en francés tampoco lo sabía. Lo había sabido pero no me acordaba, 'guignon', me acordé de pronto. 'A ver si con esas cosas me vas a traer mala suerte', oí que decía la mujer rubia de la piel tostada, era expresiva, su voz era ronca, una de esas mujeres españolas que no miden el tono de su voz ni el alcance de sus palabras ni la aspereza de sus gestos ni la longitud de sus faldas, con demasiada frecuencia las españolas exhalan desprecio por la boca y por la mirada y por los despóticos gestos y por los muslos cruzados, herencia española en Cuba el brazo de Miriam y también sus gritos y sus altos tacones y sus piernas como navajas ('Eres mío', 'Yo te mato'). Luisa no es así, las nuevas generaciones también menosprecian pero más contenidamente, Luisa es más suave, aunque con un sentido de la rectitud que a veces la hace ponerse muy seria, a veces se sabe que no bromea, ella me cree con mi padre ahora mismo, pero mi padre salió inesperadamente y por eso estoy oyendo revelaciones de Custardoy, si son ciertas, deben de serlo, pues nunca ha tenido capacidad inventiva, en sus historias se ha ceñido siempre a lo que había o le había ocurrido, quizá por eso tiene que vivir las cosas y experimentar sus duplicidades, porque sólo así puede contarlas, sólo así concibe lo inconcebible, hay quien no conoce más fantasías que las cumplidas, quien no es capaz de imaginarse nada y es poco previsor por eso, imaginar evita muchas desgracias, quien anticipa su propia muerte rara vez se mata, quien anticipa la de los otros rara vez asesina, es preferible

asesinar y matarse con el pensamiento, no deja secuelas ni tampoco huella, incluso con el gesto lejano del brazo que agarra, todo es cuestión de distancia y tiempo, si se está un poco lejos el cuchillo golpea el aire en vez de golpear el pecho, no se hunde en la carne morena o blanca sino que recorre el espacio y no sucede nada, su recorrido no se computa ni se registra y se ignora, no se castigan las intenciones, las tentativas fallidas tantas veces son silenciadas y hasta negadas por quienes las padecen porque todo sigue siendo lo mismo después de ellas, el aire es el mismo y no se abre la piel ni la carne cambia y nada se rasga, es inofensiva la almohada aplastada bajo la que no hay ningún rostro, y luego todo es igual que antes porque la acumulación y el golpe sin destinatario y la asfixia sin boca no son bastante para variar las cosas ni las relaciones, no lo es la repetición, ni la insistencia, ni la ejecución frustrada ni la amenaza, eso sólo agrava pero no cambia nada, la realidad no se añade, son sólo como el gesto del asimiento de Miriam y sus palabras ('Eres mío', 'Estás en deuda', 'Voy por ti', 'Conmigo al infierno'), que no impidieron los posteriores besos y el canturreo en el cuarto de al lado junto al hombre del brazo zurdo, Guillermo su nombre, a quien se le había dicho: 'O ella o yo, tendrás una muerta'.

—Habré metido la pata —dijo Custardoy hijo—, pero yo creo que más vale saber las cosas, mejor enterarse de todo tarde que nunca. Eso fue hace mucho tiempo, en realidad qué más da cómo palmara tu tía.

Mi padre había tenido una muerta, una verdadera muerta, de las que en efecto no pueden estar en el orden, como había dicho Custardoy antes. Muere más quien muere por su propia mano, acaso más todavía quien muere a mis manos. Había dicho también: 'Pero tres veces es mucho azar', luego había rectificado. Dudé si volver a aquello, si insistía acabaría contándome lo que hubiera o supiera, estaba seguro, algo parcial o erróneo, algo, pero lo que sí es posible es no querer saber nada cuando aún no se sabe, después ya no, él tenía razón,

más vale saber las cosas, pero sólo cuando ya se saben (yo aún no sabía). Fue entonces cuando me vino un recuerdo perdido desde la niñez, desde entonces —la niñez—, algo mínimo y tenue que debe perderse, esas escenas insignificantes que regresan fugazmente como si fueran canturreos o figuraciones o la momentánea percepción presente de lo que es pasado, el propio recuerdo llega puesto en entredicho mientras se recuerda. Yo jugaba solo con mis soldaditos en casa de mi abuela habanera y ella se abanicaba, como tantas tardes de sábado en que mi madre me dejaba con ella. Pero esa vez mi madre estaba enferma y fue Ranz quien vino a recogerme poco antes de la cena. Rara vez los vi juntos solos, a mi padre y mi abuela, siempre estaba mi madre mediando o en medio, no aquella vez. Sonó el timbre al anochecer y oí los pasos de Ranz que avanzaban por el infinito pasillo siguiendo a los de la doncella hasta la habitación en que me encontraba yo con mi abuela, apurando el último juego, ella musitando y tarareando y riendo ocasionalmente ante mis comentarios, como ríen por cualquier cosa las abuelas ante los nietos. Ranz era aún joven entonces aunque a mí no me lo pareciera, era un padre. Entró en la habitación con la gabardina echada sobre los hombros, en las manos los guantes recién quitados, hacía fresco, era primavera, mi abuela empezaba a abanicarse siempre antes de tiempo, quizá su manera de llamar al verano, o bien se abanicaba en todas las estaciones. Antes de que Ranz dijera nada ella le preguntó en seguida: '¿Cómo está Juana?'. 'Mejor, parece', dijo mi padre, 'pero no vengo de casa ahora'. '¿Ha ido ya el médico?' 'Cuando yo salí todavía no, avisó que no podría pasar hasta última hora, quizá esté allí ahora. Vamos a llamar, si quieres.' Algo más dijeron sin duda, o tal vez llamaron, pero mi recuerdo (sentado a una mesa frente a Custardoy) se fijó en lo que poco después le dijo mi abuela a mi padre: 'No sé cómo eres capaz de irte por ahí a tus cosas con Juana enferma. No sé cómo no te pones a rezar y cruzas los dedos cada vez que tu mujer se resfría. Ya llevas dos perdidas, hijo'. Re-

cordé o creí recordar que acto seguido mi abuela se llevó la mano a la boca, mi abuela se tapó la boca un instante como para impedir que salieran de ella las palabras que ya habían salido y yo había oído y a las que no hice entonces el menor caso, o quizá se lo hice tan sólo —como se demuestra ahora— porque se tapó la boca para suprimirlas. Mi padre no contestó, y es ahora cuando ese gesto de hace veinticinco o más años cobra sentido, o mejor dicho, fue hace cerca de un año cuando lo cobró, mientras yo estaba sentado frente a Custardoy y pensaba en que había dicho: 'Tres veces es mucho azar', y había rectificado, y luego recordé que mi abuela había dicho a su vez: 'Ya llevas dos perdidas, hijo', y se había arrepentido. Había llamado 'hijo' a Ranz, su yerno dos veces o su doble yerno.

No le insistí a Custardoy, no quise saber más en aquel momento, y además él ya había pasado a otra cosa.

—¿Te apetecen esas dos? —me dijo de pronto. Se había girado casi completamente y miraba sin trabas ni disimulo a las treintañeras, quienes a su vez acusaban la mirada directa y sin pestañas y separada y de repente hablaban más bajo, o momentáneamente no hablaron, al sentirse observadas y consideradas, o quizá admiradas sexualmente. Su última frase antes de la interrupción o el amortiguamiento, pronunciada por la que estaba de espaldas, había llegado casi al tiempo que la pregunta de Custardoy, quizá la habían oído pese a la yuxtaposición, Custardoy me había preguntado seguramente para que ellas le oyeran, para que supieran, para que estuvieran al tanto de su inminencia. 'Estoy ya más aburrida de los tíos', había dicho la de los muslos blancos. '¿Te apetecen esas dos?', había dicho Custardoy (lograr ser percibido es fácil, basta sólo levantar la voz). Entonces habían contenido la respiración y nos habían mirado, la pausa necesaria para enterarse de quién nos está deseando.

—Acuérdate de que me he casado. Para ti las dos.

Custardoy bebió un trago más de cerveza y se levantó con el tabaco y el mechero en la mano (ya nada de espuma).

Sus pocos pasos hacia la barra sonaron metálicos, como si llevara en las suelas unas placas o láminas de bailarín de claqué, o acaso eran alzas, de pronto me pareció más alto, al alejarse.

Las dos mujeres ya reían con él cuando yo saqué mi dinero del bolsillo del pantalón y lo dejé en la mesa y salí para volver a casa con Luisa. Salí sin despedirme de Custardoy (o lo hice con un gesto de la mano a distancia) ni de las treintañeras que se convertirían en sus desconocidas y espantadas íntimas al cabo de un rato de cerveza y chicle y ginebra y tónica y hielo, y humo de cigarrillos, y cacahuetes, y risas, y rayas, y la lengua al oído, y también de palabras que yo no escucharía, el incomprensible susurro que nos persuade. La boca está siempre llena y es la abundancia.

Esa noche, viendo el mundo desde mi almohada con Luisa a mi lado, como es costumbre entre los recién casados, con la televisión delante y en las manos un libro que no leía, le conté a Luisa lo que Custardoy el joven me había contado y lo que yo no había querido que me contara. La verdadera unidad de los matrimonios y aun de las parejas la traen las palabras, más que las palabras dichas —dichas voluntariamente—, las palabras que no se callan —que no se callan sin que nuestra voluntad intervenga—. No es tanto que entre dos personas que comparten la almohada no haya secretos porque así lo deciden —qué es lo bastante grave para constituir un secreto y qué no, si se lo silencia— cuanto que no es posible dejar de contar, y de relatar, y de comentar y enunciar, como si esa fuera la actividad primordial de los emparejados, al menos de los que son recientes y aún no sienten la pereza del habla. No es sólo que con la cabeza sobre una almohada se recuerde el pasado e incluso la infancia y vengan a la memoria y también a la lengua las cosas remotas y las más insignificantes y todas cobren valor y parezcan dignas de rememorarse en voz alta, ni que estemos dispuestos a contar nuestra vida entera a quien también apoya su cabeza sobre nuestra almohada como si necesitáramos que esa persona pudiera *vernos* desde el principio —sobre todo desde el principio, es decir, de ni-

ños— y pudiera *asistir* a través de la narración a todos los años en que no nos conocíamos y en que creemos ahora que nos esperábamos. No es sólo, tampoco, un afán comparativo o de paralelismo o de búsqueda de coincidencias, el de saber cada uno dónde estaba el otro en las diferentes épocas de sus existencias y fantasear con la posibilidad improbable de haberse conocido *antes*, a los amantes su encuentro les parece siempre demasiado tarde, como si el tiempo de su pasión nunca fuera el más adecuado o nunca lo bastante largo retrospectivamente (el presente es desconfiado), o quizá es que no se soporta que no haya habido pasión entre ellos, ni siquiera intuida, mientras los dos estaban ya en el mundo, incorporados a su paso más raudo y sin embargo con la espalda vuelta hacia el uno el otro, sin conocerse ni tal vez quererlo. No es tampoco que se establezca un sistema de interrogatorio diario al que por cansancio o rutina ningún cónyuge escapa y acaban todos contestando. Es más bien que estar junto a alguien consiste en buena medida en pensar en voz alta, esto es, en pensarlo todo dos veces en lugar de una, una con el pensamiento y otra con el relato, el matrimonio es una institución narrativa. O acaso es que hay tanto tiempo pasado en compañía mutua (por poco que sea en los matrimonios modernos, siempre tanto tiempo) que los dos cónyuges (pero sobre todo el varón, que se siente culpable cuando permanece en silencio) han de echar mano de cuanto piensan y se les ocurre y les acontece para distraer al otro, y así acaba por no quedar apenas resquicio de los hechos y los pensamientos de un individuo que no sea transmitido, o bien traducido matrimonialmente. También son transmitidos los hechos y los pensamientos de los demás, que nos los han confiado privadamente, y de ahí la frase tan corriente que dice: 'En la cama se cuenta todo', no hay secretos entre quienes la comparten, la cama es un confesonario. Por amor o por lo que es su esencia —contar, informar, anunciar, comentar, opinar, distraer, escuchar y reír, y proyectar en vano— se traiciona a los demás, a los amigos, a

los padres, a los hermanos, a los consanguíneos y a los no consanguíneos, a los antiguos amores y a las convicciones, a las antiguas amantes, al propio pasado y a la propia infancia, a la propia lengua que deja de hablarse y sin duda a la propia patria, a lo que en toda persona hay de secreto, o quizá es de pasado. Para halagar a quien se ama se denigra el resto de lo existente, se niega y execra todo para contentar y reasegurar a uno solo que puede marcharse, la fuerza del territorio que delimita la almohada es tanta que excluye de su seno cuanto no está en ella, y es un territorio que por su propia naturaleza no permite que nada esté en ella excepto los cónyuges, o los amantes, que en cierto sentido *se quedan solos* y por eso se hablan y nada callan, involuntariamente. La almohada es redondeada y blanda y a menudo blanca, y al cabo del tiempo lo redondeado y blanco acaba sustituyendo al mundo, y a su débil rueda.

A Luisa le hablé en la cama de mi conversación y de mis sospechas, de la revelada muerte violenta (según Custardoy) de mi tía Teresa y de la posibilidad de que mi padre hubiera estado casado otra vez, una tercera vez que habría sido la primera de todas, antes de su unión con las niñas y de la que yo no sabría nada, de haberse dado. Luisa no comprendió que no hubiera querido seguir preguntando, las mujeres sienten curiosidad sin mezcla, su mente es indagatoria y chismosa aunque también inconstante, no imaginan o no anticipan la índole de lo que ignoran, de lo que puede llegar a averiguarse y de lo que puede llegar a hacerse, no saben que los actos se cometen solos o que los pone en marcha una sola palabra, necesitan probar, no prevén, quizá ellas sí están dispuestas a saber casi siempre, en principio no temen ni desconfían de lo que pueda contárseles, no se acuerdan de que después de saber todo cambia a veces, incluso la carne o la piel que se abre, o algo se rasga.

—¿Por qué no le preguntaste más? —me preguntó. De nuevo estaba en la cama, como había estado aquella tarde en

La Habana, unos días atrás tan sólo, pero ahora era o iba a ser lo normal, como todas las noches, de noche, yo también estaba bajo las sábanas aún muy nuevas (parte del ajuar, supuse, palabra extraña y antigua, no sé cómo se traduce), ya no estaba enferma ni le hacía daño un sostén tirante, sino que llevaba un camisón que yo le había visto ponerse minutos antes, en el propio cuarto, en el momento de meterse en él me había dado la espalda, aún la falta de costumbre de tener a alguien delante, dentro de unos años, acaso de meses, no se dará cuenta de que yo estoy delante, o bien no seré alguien.

—No sé si quiero saber más —contesté.

—¿Cómo puede ser? Yo misma tengo ya mucha curiosidad con lo que me has dicho.

—¿Por qué?

La televisión estaba encendida pero sin sonido. Vi aparecer en ella a Jerry Lewis, el cómico, una película antigua, tal vez de mi infancia, no se oía nada más que nuestras voces.

—Cómo que por qué. Si hay algo que saber sobre alguien que yo conozco, quiero saberlo. Además es tu padre. Y ahora es mi suegro, ¿cómo no va a interesarme saber lo que le pasó? Más aún si lo ha ocultado. ¿Vas a preguntarle a él?

Dudé un segundo. Pensé que querría saber, no tanto lo que hubiera ocurrido cuanto si había verdad o figuración o rumor en las palabras de Custardoy. Pero de haber verdad tendría que seguir preguntando.

—No lo creo. Si él nunca ha querido hablarme de nada de eso no voy a obligarlo a estas alturas. Una vez, hace no muchos años, le pregunté por mi tía y me dijo que no quería retroceder cuarenta años. Casi me echó del restaurante en que estábamos.

Luisa se rió. Casi todo le hacía gracia, normalmente veía sólo el lado gracioso que tienen todas las cosas, hasta las más patéticas o terribles. Vivir con ella es vivir instalado en la comedia, esto es, en la juventud perpetua, como lo es vivir junto a Ranz, quizá por eso quisieron vivir con él dos mujeres, o

tres. Aunque ella es realmente joven y puede cambiar con el tiempo. A ella también le gustaba mi padre, la divertía. Luisa querría escucharle.

—Le preguntaré yo —dijo.

—Ni se te ocurra.

—A mí me lo contaría. Quién sabe si lleva todos estos años esperando a que aparezca en tu vida alguien como yo, alguien que pueda hacerle de intermediario contigo, los padres y los hijos sois muy torpes entre vosotros. Quizá nunca te ha contado su historia porque no sabía cómo hacerlo o tú no le has preguntado bien. Yo sí sabré hacer que me la cuente.

Jerry Lewis manejaba una aspiradora en la televisión. La aspiradora era como un perrillo y se le rebelaba.

—¿Y si es algo que no es contable?

—¿Qué quieres decir? Todo es contable. Basta con empezar, una palabra tras otra.

—Algo que ya no debe contarse. Algo cuyo tiempo ha pasado, cada tiempo tiene sus propios relatos, y si se deja pasar la ocasión, entonces es mejor callar para siempre, a veces. Las cosas prescriben y se hacen inoportunas.

—Yo no creo que a nada se le pase el tiempo, todo está ahí, esperando a que se lo haga volver. Además, a todo el mundo le gusta contar su historia, incluso a los que no tienen ninguna. Si los relatos son distintos, el significado es el mismo.

Me giré un poco para mirarla más de frente. Iba a estar allí siempre, a mi lado, esa es la idea al menos, formando parte de mi historia, en mi cama que no es propiamente mi cama sino la nuestra, o tal vez la suya, dispuesto a esperar la hora de su regreso pacientemente, si una vez se iba. Rocé su pecho con mi brazo al moverme, desnudo su pecho bajo la tela ligera, visible un poco bajo esa tela. Mi brazo quedó de manera que perdurara el roce, para que se interrumpiera tendría que moverse ahora ella.

—Mira —le dije—, las personas que guardan secretos durante mucho tiempo no siempre lo hacen por vergüenza o

para protegerse a sí mismas, a veces es para proteger a otros, o para conservar amistades, o amores, o matrimonios, para hacer la vida más tolerable a sus hijos o para restarles un miedo, ya se suelen tener bastantes. Puede que simplemente no quieran incorporar al mundo la relación de un hecho que ojalá no hubiera ocurrido. No contarlo es borrarlo un poco, olvidarlo un poco, negarlo, no contar su historia puede ser un pequeño favor que hacen al mundo. Hay que respetar eso. Tal vez tú no querrías saberlo todo de mí, tal vez no querrás con el paso del tiempo, más adelante, ni que yo lo sepa todo de ti. No querrías que lo supiera todo sobre nosotros un hijo nuestro. Sobre nosotros por separado, por ejemplo, antes de conocernos. Ni siquiera nosotros lo sabemos todo sobre nosotros, ni por separado antes ni juntos ahora.

Luisa se apartó un poco en un gesto natural, es decir, apartó su pecho de donde estaba mi brazo, ya no hubo roce. Cogió un cigarrillo de su mesilla de noche, lo encendió, fumó dos veces rápidas, intentó soltar ceniza que todavía no se había formado, de pronto estaba un poco nerviosa, un poco seria en contra de su costumbre. Era la primera vez que se mencionaba al hijo, ninguno de los dos había hablado nunca de ese proyecto hasta entonces, era demasiado pronto, tampoco ahora, la primera mención no había sido un proyecto, sino hipotética y para ilustrar otro asunto. Sin mirarme dijo:

—Desde luego que querré saber si un día piensas matarme, como aquel hombre del hotel de La Habana, aquel Guillermo. —Lo dijo sin mirarme y lo dijo rápido.

—¿Lo oíste?

—Claro que lo oí, estaba allí lo mismo que tú, cómo no iba a oírlo.

—No sabía, estabas adormilada con la fiebre, por eso no te comenté nada.

—Tampoco me lo contaste al día siguiente, si creíste que no me había enterado. Podías habérmelo contado como me

lo cuentas todo. O quizá es que en efecto no me lo cuentas todo.

Luisa estaba de pronto enfadada, pero no podía saber si era por no haberle contado lo que reconocía haber oído o si el enfado iba contra Guillermo, o quizá contra Miriam, o incluso contra los hombres, las mujeres tienen más sentido de grupo y a menudo se enfadan con todos los hombres al mismo tiempo. También podía estar enfadada porque la primera mención del hijo hubiera sido hipotética y de pasada y no una proposición ni un deseo.

Cogió el mando a distancia de la televisión y dio un veloz repaso a los otros canales para dejarla de nuevo donde estaba. Jerry Lewis intentaba comer spaghetti: había empezado a girar y girar el tenedor y ahora tenía el brazo entero envuelto en la pasta. Se lo miraba con estupor y le lanzaba bocados. Me reí como un niño, esa película la había visto en mi infancia.

—¿Qué te pareció el tal Guillermo? —le pregunté—. ¿Tú qué crees que hará? —Ahora podía tener la conversación que en su momento no habíamos querido tener, ni Luisa ni yo, la fiebre. Puede que todo espere a su restitución, pero nada vuelve del mismo modo en que se habría dado y no se dio. Ahora ya no importaba, ella lo había expresado brutalmente y con ligereza, me había dicho: 'Querré saber si un día piensas matarme'. Yo no había contestado aún a eso, resulta tan fácil no responder a lo que no se quiere entre quienes lo comentan todo y hablan sin pausa, las palabras se superponen y las ideas no duran y desaparecen, aunque a veces vuelven, si se insiste.

—Lo peor de todo es que no hará nada —dijo Luisa—. Todo seguirá como hasta ahora, la tal Miriam esperando y la mujer agonizando, si es que está enferma o existe, como hizo bien en dudar la otra.

—No sé si estará enferma, pero seguro que existe —dije yo—. Ese hombre está casado —sentencié.

Luisa no me miraba aún, hablaba hacia Jerry Lewis y seguía malhumorada. Es más joven que yo, quizá no había vis-

to la película en su infancia. Tuve ganas de ponerle el sonido pero no lo hice, eso habría acabado con la conversación. Además, ella tenía el mando a distancia en la mano, en la otra su cigarrillo ya mediado. Hacía algo de calor, no tanto: vi su escote humedecido de pronto, brillaba un poco.

—Da lo mismo, aunque se muriera él no haría nada, no se traería a esa mujer de La Habana.

—¿Por qué? Tú no la viste, yo sí. Era guapa.

—Seguro que lo es, pero también es una mujer que le da la lata, y eso él lo sabe o lo siente. Se la daría siempre, aquí y allí, como amante y como esposa, esa mujer no tiene más intereses que los que le vienen de fuera, está pendiente sólo del otro, todavía hay muchas así, no les han enseñado más que a ocuparse de sí mismas en su relación con otro. —Luisa se detuvo, pero continuó en seguida, como si se hubiera arrepentido de la palabra 'enseñar'—. Puede que ni se lo enseñen, simplemente lo heredan, nacen aburridas consigo mismas, he conocido a muchas. Se pasan media vida esperando, luego no llega nada, o lo que llega lo viven como si no fuera nada, después se pasan otra media vida recordando y alimentando lo que les pareció tan poco o que no era nada. Así eran nuestras abuelas, nuestras madres aún son así. Con esa Miriam no hay ganancia futura, sólo la que ya hay, que en todo caso irá a menos, para qué cambiarlo: menos guapa, menos deseo, más reiteración. Esa mujer ha jugado todas sus cartas, desde el principio ya no le quedaba ninguna buena, en ella no hay sorpresa, no puede dar más de lo que ya da. Sólo se casa uno si espera alguna sorpresa, o ganancia, alguna mejora. Bueno, no siempre es así. —Se quedó callada un segundo y luego añadió—: Me da mucha lástima esa mujer.

—Quizá no pueda dar más, pero en cambio puede dejar de ser una carga, esa es la ganancia futura que hay con ella. Podría dejar de ser una carga si Guillermo se casara con ella un día. También hay hombres así.

—¿Hombres cómo?

—Hombres que se aburren consigo mismos y sólo se ocupan de su relación con otro, o con otra. A esos hombres les conviene que les den la lata, la lata los ayuda a pasar de un día a otro, los entretiene, los justifica, igual que a las mujeres a las que se la dan.

—Ese Guillermo no es así —sentenció Luisa (los dos somos sentenciosos).

Ahora sí me miró, aunque de reojo, una mirada desconfiada —heredada la desconfianza—, o eso me pareció. Había una pregunta posible y aun probable y aun obligada, pero podía hacerla ella o podía hacerla yo: '¿Por qué te has casado tú conmigo?'. O bien: '¿Por qué crees que me he casado yo contigo?'.

—Custardoy me preguntó esta tarde por qué me había casado contigo. —Esa fue mi manera de hacer y no hacer la pregunta.

Luisa se dio cuenta de que lo esperable era que ella dijera: '¿Y qué le contestaste?'. También podía callar, tiene tanta conciencia de las palabras como yo, somos de la misma profesión, aunque ella trabaje menos ahora. Calló de momento, con el mando a distancia dio otro repaso rápido a los canales, fue cuestión de segundos, volvió a quedarse o restituyó a Jerry Lewis, que bailaba ahora con un hombre muy bien trajeado en un enorme salón vacío. Ese hombre, lo reconocí y lo recordé al instante, era el actor George Raft, especializado durante muchos años en papeles de gángster y consumado bailarín de boleros y rumbas, actuaba en la famosa *Scarface*. Jerry Lewis había puesto en duda que él fuera él ('Oh, vamos, usted no es George Raft, se le parece, pero no es él, qué más quisiera que ser George Raft') y lo obligaba a bailar un bolero para demostrar que bailaba el bolero como George Raft y era por tanto Raft. Los dos hombres bailaban agarrados en medio del salón vacío y a oscuras, sus dos figuras iluminadas por un foco. Era una escena cómica y era una escena rara. Bailar como alguien con un incrédulo para demostrarle a ese

incrédulo que se es ese alguien. Aquella escena era en color y las otras habían sido en blanco y negro, quizá aquello no era ninguna película sino una antología del cómico. Al parar de bailar y separarse con timidez, recuerdo que Lewis le decía a Raft como si le hiciera un favor: 'Está bien, creo que es usted el auténtico Raft' (pero seguíamos sin sonido y yo no lo oía ahora, las palabras eran un recuerdo de mi infancia inexacto, en inglés quizá habría dicho 'the real Raft' o 'Raft himself'). Luisa no dijo '¿Y qué le contestaste?', sino:

—¿Y le contestaste?

—No. Él sólo quiere saber de la cama, lo que en realidad me preguntaba era eso.

—Y no le contestaste.

—No.

Luisa se echó a reír, de pronto había recobrado su buen humor.

—Pero esa es una conversación de niños —dijo riendo.

Creo que me sonrojé un poco, en verdad me sonrojaba por Custardoy, no por mí, ellos entonces no se conocían apenas y por eso, ante ella, me sentía responsable de Custardoy, que venía de mí, un antiguo amigo, no exactamente, uno se siente responsable de cuanto puede avergonzarle y todo puede avergonzar ante quien se ama (al principio de amarlo), es también por eso por lo que se traiciona a cualquiera, pero sobre todo se traiciona al propio pasado, del que se abomina y renuncia (en él no estaba ella, que es quien nos salva y nos hace mejores, quien nos enaltece, o eso creemos mientras la queremos).

—Por eso no quise entrar —dije.

—Qué lástima —dijo ella—. Ahora podrías contarme lo que le dijiste.

Ahora era yo quien no tenía ganas de reír, tantas veces se va a destiempo por cuestión de segundos. Pero la risa suele esperar.

Estaba incómodo. Me había avergonzado. Guardé silencio. Por qué contar. Luego dije:

—Así que tú no crees que Guillermo vaya a matar nunca a su mujer enferma. —Volví a La Habana y a lo que la había hecho ponerse seria. Quería que volviera a estar seria.

—Qué va a matar, qué va a matar —contestó muy segura—. Nadie mata a nadie porque se lo pida otro que puede marcharse. O lo habría hecho ya, las cosas difíciles parecen posibles en cuanto se las piensa un poco, pero se hacen imposibles si se las piensa de más. ¿Sabes lo que pasará? El hombre dejará de ir a Cuba algún día, se olvidarán, él seguirá casado la vida entera con su mujer, enferma o no, y si lo está hará lo posible por que se cure. Es su garantía. Seguirá teniendo amantes, procurará que sean de las que no dan la lata. Por ejemplo, también casadas.

—¿Eso es lo que te gustaría?

—No, eso es lo que pasará.

—¿Y ella?

—Ella es menos previsible. Puede encontrar a otro hombre pronto y lo que viva con él le parecerá poco o nada. También puede matarse como anunció, cuando vea que es verdad que él ya no viene. También puede esperar y después recordar. En todo caso está vendida. Las cosas nunca saldrán como ella quiere.

—Se dice que la gente que lo anuncia no se mata.

—Qué tontería. Hay de todo.

Le quité de las manos el mando a distancia. Dejé en la mesilla de noche el libro que había tenido todo el rato entre las mías, sin leer una línea. Era *Pnin*, de Nabokov. No lo he acabado y me estaba gustando mucho.

—¿Y qué hay de mi padre, y de mi tía? Ahora resulta que se mató, según Custardoy.

—Si quieres saber si se lo anunció tendrás que preguntarle. No quieres que yo le pregunte, ¿verdad?

Tardé un poco en contestar:

—No. —Me quedé pensando y luego dije—: Creo que no. Tengo que pensármelo más.

Puse el sonido a la antología cinematográfica de Jerry Lewis. Luisa apagó la luz de su lado y se dio la vuelta como si fuera a dormir.

—En seguida apago —le dije yo.

—No me molesta la luz. Si puedes quitarle el sonido a la televisión, por favor.

Jerry Lewis estaba ahora en el anfiteatro de un cine con una bolsa de palomitas en la mano, antes de empezar la función. Al aplaudir se le caían todas sobre la cabeza de una digna señora de pelo blanco, sentada delante. 'Oh, señora', decía, 'le han caído palomitas en el cabello, déjeme que se las quite', y en quince segundos le destrozaba completamente a la señora el recogido peinado. 'Oh, estése quieta un momento', le decía mientras le revolvía y manoseaba el pelo, convertido en el de una ménade. 'Vaya pelo', le reprochaba. Solté una carcajada, esa escena tan breve no la había visto de niño, estaba seguro, era la primera vez que la veía y oía.

Apagué el sonido de nuevo, como me había pedido Luisa. No tenía sueño, pero cuando dos duermen juntos tiene que haber un mínimo acuerdo respecto a los horarios de acostarse y levantarse, de comer y cenar, el desayuno es otra cosa, pensé que no había comprado leche, Luisa se irritaría por la mañana, yo había quedado en ocuparme. Aunque tiene buen carácter.

—Se me ha olvidado comprar la leche —le dije.

—Bueno, ya bajaré yo un momento —contestó ella.

Apagué la televisión y la habitación quedó a oscuras, mi luz no había sido encendida porque no llegué a leer. Durante unos segundos no vi nada, luego mis ojos se acostumbraron un poco a la oscuridad, no mucho nunca, a Luisa le gusta dormir con la persiana bajada, a mí no. Me di la vuelta y le di la espalda, no nos habíamos dado las buenas noches, pero quizá no haría falta que nos las diéramos siempre, cada noche a lo largo de futuros años. Pero aquella noche tal vez sí, todavía.

—Buenas noches —le dije.

—Buenas noches —respondió ella.

Al dárnoslas no nos habíamos llamado nada, ninguno de los apelativos habituales, las parejas no son capaces de no tenerlos, varios, o al menos uno para creer que son otros o no siempre los mismos y evitar llamarse por sus verdaderos nombres, que guardan para cuando se insultan o están enfadados o bien tienen que darse una mala noticia, por ejemplo que alguien va a ser dejado. Mi padre habría recibido apelativos de tres mujeres al menos, todo le habría sonado igual, parecido, una repetición, se habría confundido, o tal vez no, con cada mujer habría sido distinto, cuando les hubiera dado una mala noticia las habría llamado Juana, y Teresa, y otro nombre que yo desconozco pero él no habrá olvidado. Con mi madre había dispuesto de largos años, con mi tía Teresa casi no había tenido tiempo, quizá tan poco como el que Luisa y yo llevábamos casados, para ellos no había habido futuros años, ni siquiera meses, se había matado según Custardoy. Y la tercera que fue la primera, cuánto habría durado, qué se habrían llamado al despedirse y darse la espalda o sólo ella a él o sólo él a ella y abrazarse cada uno por separado a la compartida almohada (y esto es un decir, porque siempre hay dos almohadas).

—Yo no querré saberlo si piensas matarme un día —le dije a oscuras a Luisa.

Quizá sonó en serio, porque entonces ella se volvió y noté de inmediato su roce que había perdido desde hacía rato, su pecho conocido contra mi espalda, y al instante me sentí respaldado. Me di la vuelta, y entonces noté sus manos sobre mis sienes, que me acariciaban o me reñían, y noté sus besos en nariz, ojos y boca, en mentón, frente y mejillas (es todo el rostro). Mi rostro se dejó besar cuanto en el rostro es besable, porque en ese momento, tras aquella frase —tras darle la cara—, ya era yo quien la protegía a ella, y la respaldaba.

No mucho después, como he dicho, pasado el viaje de novios y también el verano, hube de empezar a ausentarme por mi trabajo de traductor e intérprete (ahora más bien intérprete) en los organismos internacionales. El acuerdo con Luisa era que ella trabajara menos durante un tiempo y se dedicara a montar nuestra casa común y nueva (artificiosamente), hasta que pudiéramos hacer coincidir al máximo nuestras presencias y ausencias o bien, incluso, cambiáramos de empleo. En otoño, a mediados de septiembre, da comienzo en Nueva York el periodo de sesiones de la Asamblea General de las Naciones Unidas, que se prolonga durante tres meses, y allí hube de irme, como otros años en los que aún no conocía a Luisa, en mi calidad de temporero (se necesitan unos cuantos durante la Asamblea), ocho semanas interpretando para luego volver a Madrid y no moverme ni interpretar al menos durante otras ocho.

Uno no se divierte en esas ciudades, ni siquiera en Nueva York, porque uno está allí trabajando de mala manera durante cinco días a la semana, y los dos restantes resultan tan falsos (como un inciso) y uno está tan exhausto que sólo puede dedicarse a recobrar fuerzas para la siguiente semana, pasear un poco, mirar de lejos a los toxicómanos y a los delincuentes futuros, ir de tiendas (por suerte está abierto casi todo en domingo), leer el *New York Times* gigantesco durante todo el

día, beber zumos energéticos o de tuttifrutti y ver la televisión de noventa canales (es fácil que en alguno de ellos aparezca Jerry Lewis). Uno quiere descansar el oído y la lengua, pero es imposible, acaba siempre escuchando y hablando, aunque esté solo. No es mi caso. La mayoría de los llamados temporeros alquila un escuálido apartamento durante su estancia, siempre más barato que un hotel, un apartamento amueblado de cocina empotrada, y todos dudan si cocinar allí y soportar el olor de lo que van a comer o han comido o bien almorzar y cenar siempre fuera, lo cual resulta fatigoso y muy caro en una ciudad en la que nada cuesta lo que se dice que cuesta, sino un quince por ciento más en concepto de obligada propina en los restaurantes y luego un ocho por ciento suplementario para todas las cosas en concepto de impuesto local neoyorquino (un abuso, en Boston es sólo el cinco). Yo tengo la suerte de tener en esa ciudad una amiga española que con gran amabilidad me aloja durante mis ocho semanas asambleárias. Vive allí permanentemente, es una colega que trabaja como intérprete fija para las Naciones Unidas, lleva en Nueva York doce años, tiene una casa agradable y no escuálida, en la que puede cocinarse de vez en cuando sin que el olor a comida invada el salón y los dormitorios (en los apartamentos raquíticos, como es sabido, todo es uno). La conozco desde hace aún más años de los que lleva fuera de España, la conozco de la Universidad, ambos éramos estudiantes aunque ella cuatro años mayor que yo, lo cual significa que ahora tiene treinta y nueve y que tenía uno menos cuando yo estuve allí después de mi matrimonio, en esa ocasión de la que estoy hablando o de la que me dispongo a hablar. Entonces, cuando éramos estudiantes, esto es, en Madrid y hace ya quince años, nos acostamos dos veces aisladas, o quizá fueron tres o puede que cuatro (no más), seguramente ninguno de los dos nos acordamos bien de esas veces, pero sin embargo *sabemos* de ellas, y el conocimiento de ese dato, mucho más el conocimiento que el hecho mismo, nos hace tratarnos con

delicadeza en nuestro caso y a la vez con gran confianza, quiero decir que nos lo contamos todo y nos decimos palabras de consuelo o distracción o ánimo cuando advertimos que esas palabras nos son necesarias al uno o al otro. También nos echamos de menos (vagamente de menos) cuando no estamos juntos, una de esas personas (en la vida de cada cual hay cuatro o cinco, y de ellas se sufre en verdad la pérdida) a las que uno está acostumbrado a informar de lo que le ocurre, es decir, en las que uno piensa cuando le sucede algo, divertido o dramático, y para las que uno acumula hechos y anécdotas. De buena gana se aceptan reveses porque van a relatarse a esas cinco personas. 'Esto tengo que contárselo a Berta', piensa uno (pienso yo muchas veces).

Berta tuvo un accidente de carretera hace seis años. Una pierna le quedó destrozada, con múltiples fracturas abiertas, padeció una osteomielitis, se pensó en amputarla, se la salvó por fin pero perdió parte del fémur, que hubo que acortarle, por lo que desde entonces cojea un poco. No tanto como para no llevar zapatos de tacón (y los lleva con garbo), pero el tacón de uno ha de ser siempre un poco más largo y grueso que el del otro zapato, se los hacen especiales. En esos desiguales tacones no se fija uno si no está advertido, pero sí se fija en que cojea un poco, sobre todo cuando está agotada o en casa, donde no hace esfuerzos para ennoblecer los andares: se abandona al cerrar tras de sí la puerta y guardar en el bolso la llave, ya no disimula, se le duplica la cojera. También le quedó una cicatriz en la cara, es algo leve, tan leve que no ha querido corregírsela mediante cirugía, es como una media luna en la mejilla derecha que a veces, cuando ha dormido mal o ha tenido un disgusto o está muy cansada, se le oscurece y se le hace más visible. Entonces, durante unos instantes, creo que tiene una mancha, que se ha tiznado, y se lo digo. 'Es la cicatriz', me recuerda, que se ha puesto azul o morada.

Estuvo casada cuando era más joven, en parte fue por eso por lo que se marchó a América y buscó allí empleo. Se di-

vorció a los tres años, se volvió a casar dos después y uno más tarde se divorció de nuevo. Desde entonces nada le ha durado mucho. Desde hace seis, tras el accidente, se ha sentido vieja injustificadamente y descree de sus posibilidades para conquistar a nadie (duraderamente, se entiende). Es una mujer guapa, con unos rasgos que no fueron nunca muy juveniles y que por tanto no la han hecho cambiar apenas desde los tiempos de la Universidad. Tendrá en la vejez un aspecto agradable, sin esas transformaciones que hacen irreconocibles algunos rostros de nuestro pasado, o nuestro rostro, que nunca miramos adecuadamente. Pero por injustificado que a mi parecer sea su sentimiento, lo cierto es que lo tiene, y aunque aún no ha claudicado ni se ha dado de baja, su relación con los hombres ha estado viciada en los últimos tiempos por ese sentimiento obsesionante e involuntario, una relación angustiada, todavía no indiferente, como probablemente lo será dentro de ya no mucho. En estos años, cada vez que he pasado mi temporada de temporero en la ciudad en que vive, han entrado y salido del piso numerosos individuos (la mayoría norteamericanos, algunos españoles, hasta algún argentino; la mayoría llegaban acompañándola, otros llamaban y la citaban fuera, pocos venían a recogerla, alguno hasta tenía llave) que no han mostrado el menor interés en conocerme y que por tanto no debían de tener el menor interés en ella (interés a largo plazo, quiero decir, uno desea conocer e incluso ser grato a los amigos de quien puede estar con nosotros durante algún tiempo). Cada uno de esos individuos la ha decepcionado o la ha abandonado, en muchas ocasiones tras una sola noche compartida. En cada uno de esos individuos ella ha puesto ilusión, en nadie ha dejado de ver un proyecto, incluso la primera noche que tantas veces prometía ser la última, y lo cumplía. Cada vez le es más difícil retener a nadie y cada vez lo intenta con mayor ahínco (aún no le ha llegado, digo, la hora de la indiferencia, tampoco la del cinismo).

Cuando yo estuve allí tras mi boda, de mediados de sep-
tiembre a mediados de noviembre, hacía ya dos años que ha-
bía empezado a probar con las citas convenidas a través de
agencia y también, desde hacía uno, a escribir a las secciones
de contactos personales (*personals,* se llaman) de periódicos y
revistas. Se había hecho un vídeo para la agencia, que desde
allí —previo pago— se enviaba a los interesados en alguien
como ella. La expresión es absurda, pero es la que se utiliza y
Berta misma utiliza, 'gente interesada en alguien como yo', es
decir, Berta acercándose a un modelo anterior pero inexisten-
te en vez de crear el propio. En ese vídeo ella hablaba sentada
en su sofá (me lo mostró, conservaba el original, los de la
agencia hacían y mandaban copias), estaba guapa, muy arre-
glada, parecía serena, parecía más joven, hablaba en inglés
frente a la cámara, al final dejaba caer algunas frases conven-
cionales en español para atraer a otros españoles solitarios
posibles, residentes o de paso, o a quienes gustan de un toque
exótico o a los que en América llaman hispanos. Hablaba de
sus gustos, de sus aficiones, de sus ideas (no muchas ideas),
no de su trabajo, mencionaba su accidente, mencionaba su
leve cojera con una sonrisa exculpatoria, era obligado confe-
sar los defectos físicos para que nadie se llamara a engaño;
luego se la veía por casa, regando las plantas, hojeando un li-
bro (era de Kundera, un fallo), con música de fondo (se oía
un violoncello de Bach al fondo, un tópico), con delantal en
la cocina, escribiendo cartas ante una mesa con luz eléctrica.
Eran muy breves los vídeos, unos tres o cinco minutos, todos
plácidos. Ella (empleo el plural por eso) también los recibía
previo modesto pago, los vídeos de hombres que habían o no
visto el suyo y querían conocerla o darse a conocer a desco-
nocidas. Recibía un par de ellos cada semana, durante mi es-
tancia los veíamos juntos, nos reíamos, yo la aconsejaba, aun-
que me sentía incapaz de aconsejarla en serio, me parecía tan
sólo un juego, me resultaba difícil creer que ella pudiera ha-
cerse ilusiones con ninguno de aquellos individuos. Tenían

que ser individuos anómalos, raros y no muy de fiar, pensaba yo, para prestarse a aquello. Cuando pensaba esto olvidaba que Berta también se prestaba, y era mi amiga, y digna de confianza. La agencia era bastante seria, o al menos así se presentaba, todo estaba controlado hasta el primer encuentro, no había nada de muy mal gusto, censuraban los vídeos si hacía falta, todo era plácido. En los contactos personales por correspondencia la cosa variaba, allí no había control de ninguna clase, ningún intermediario, y en seguida se entraba en materias carnales, los corresponsales pedían al instante vídeos insinuantes y luego lascivos, decían palabras audaces, gastaban bromas repugnantes que a Berta ya no se lo parecían tanto, nada repugna de lo que se forma parte, nada de lo que se convierte en costumbre. Al poco tiempo no se interesó ya apenas por lo que le llegaba a través de la agencia, aunque seguía solicitando cintas para creer que aún contaba con el mundo plácido, sino que se carteaba y se cruzaba vídeos con hombres extraños o más anómalos, gente con cara y cuerpo pero todavía sin nombre, gente con iniciales o con apodos, recuerdo algunos de los que me hablaba, 'Taurus', 'VMF', 'De Kova', 'The Graduate', 'Weapons', 'MC', 'Humbert', 'Sperm Whale' o 'Gaucho', esos eran sus sobrenombres. Todos sonreían ante la cámara con desenfado, vídeos caseros, sin duda se habían filmado a solas, ellos solos en casa, hablando a nadie, a alguien desconocido o por conocer, o tal vez al mundo que los ignoraba. Algunos le hablaban desde la almohada, recostados en la cama y en calzoncillos o trajes de baño minúsculos, metiendo estómago, con el tórax untado de aceite como si fueran atletas. Pero no lo eran. Los más atrevidos (cuanta más edad más osados) aparecían desnudos, erectos pero hablando como si nada, sin mencionar lo que no resultaba conspicuo demasiadas veces. Berta se reía al verlos y yo también me reía, pero con desazón, porque sabía que Berta, después de reírse, le contestaría a alguno, y le mandaría su vídeo, y quedaría con él y acaso vendría con él al apartamento.

Y en esas ocasiones, tras cerrar la puerta y guardar en el bolso la llave, seguiría enderezando el paso, y aunque estuviera ya en casa no cejaría en su esfuerzo por disimular la cojera, al menos no hasta llegar a la alcoba, sobre una cama no se anda.

A las dos semanas de llegar yo a Nueva York en el año de mi matrimonio, Berta (era un fin de semana, también el segundo y ya con el inicio de la acumulación del cansancio) me enseñó una carta que le había llegado al apartado de correos que tenía alquilado para recibir sus *personals*. Solía dármelas a leer cuando yo estaba allí por compartir la diversión (la pena, luego, la compartía menos), pero en este caso también quería comprobar si yo veía en la carta lo mismo que ella.

—A ver qué te parece —me dijo al alcanzármela.

La carta estaba escrita en inglés y a máquina y no decía gran cosa, el tono era desenvuelto pero educado, hasta un poco sobrio para esa clase de correspondencia. El individuo había visto el anuncio de Berta en la sección de *personals* de una revista mensual y se mostraba interesado en establecer contacto. Mencionaba que iba a estar en la ciudad un par de meses (lo cual, se daba cuenta, podía ser un atractivo pero también disuasorio), y añadía que sin embargo venía a Manhattan con bastante frecuencia, varias veces al año (lo cual era prometedor y cómodo, decía, garantizaba que no iba a ser un agobio). Como si no tuviera costumbre de escribir este tipo de cartas e ignorara que lo normal es empezar utilizando un pseudónimo o un apodo o las iniciales, se disculpaba por firmar sólo 'Nick' (la firma a mano), y lo justificaba aduciendo que, al trabajar 'en una arena o campo muy visible o expuesto' ('as I work in a very visible arena', eran sus palabras exactas), debía ser muy discreto de momento, si no reservado, si no secreto. Así decía, 'si no reservado, si no secreto'.

Tras leer la carta le dije a Berta lo que Berta esperaba:

—Esta carta la ha escrito un español.

El inglés era bastante correcto, pero con algunas indecisiones, una falta inconfundible y varias expresiones no ya

poco inglesas, sino que parecían una traducción demasiado literal del castellano: tanto Berta como yo como Luisa estamos muy acostumbrados a detectar estas transparencias de nuestros compatriotas cuando hablan o escriben lenguas. Si el hombre era español, sin embargo, resultaba caprichoso o absurdo que se dirigiera a Berta en inglés, ya que el anuncio que ella iba poniendo y pagando cada mes en esa revista proclamaba antes que nada su origen: 'Young woman from Spain...', así empezaba, aunque se avergonzaba un poco, a la hora de las citas, de haberse presentado como 'young' todavía: al salir se encontraba asquerosa y se veía todas las arrugas, hasta después del colágeno, hasta las que no existían. De la carta de 'Nick' la intrigaba sobre todo la 'arena muy visible'. La verdad es que desde el comienzo de su trato o pretratos con desconocidos nunca la había visto tan excitada tras un primer contacto. '¡Una arena muy visible!', exclamaba y repetía riendo un poco, a medias por lo pretencioso y cómico de la frase, a medias por el entusiasmo de la esperanza. '¿En qué trabajará? Una arena muy visible, eso suena a cine o televisión. ¿Será un locutor? Hay varios que me gustan, pero claro, si es español entonces ya no sé, no los conozco, pero a lo mejor tú sí.' Se quedaba pensando, y al cabo de un rato añadía: 'A lo mejor es un deportista, o un político, aunque no creo que un político se arriesgue a estas cosas. Aunque en España la gente es muy descarada. Decir que trabaja en una arena muy visible es como decir que es famoso. Por eso querrá hacerse pasar de entrada por americano. ¿Quién podrá ser?'.

—Puede que lo de la arena sea falso, una artimaña para darse aires y despertar interés. Contigo lo está consiguiendo.

—Puede ser, pero en todo caso la expresión tiene su gracia. Arena. Aunque es muy americana, y si es español, ¿de dónde la habrá sacado?

—De la televisión, donde se aprende todo. También puede que no sea nada famoso pero él crea que sí lo es. A lo mejor es un agente de bolsa, o un médico, o un empresario, y se

cree importante y por ello expuesto, cuando nadie conoce a esa gente, sobre todo aquí en América.

Yo le jaleaba los hallazgos y las ilusiones, era lo menos que podía hacer. Esto es, lo menos que podía hacer era escucharla, prestar atención a su mundo, alentarla, dar importancia a las cosas a las que se la daba ella y mostrarme optimista, esa es la función primera de la amistad, a mi parecer.

—A lo mejor es un cantante —decía ella.

—A lo mejor es un escritor —contestaba yo.

Berta contestó al apartado de correos que 'Nick' le indicaba, 'P.O. Box', así se llama un apartado en inglés, todo el mundo los utiliza, hay millones de ellos repartidos por todo el país. Pero si durante mis estancias Berta no dejaba de enseñarme ninguna carta ni vídeo de corresponsal ninguno, no hacía lo mismo con sus respuestas escritas, que enviaba sin guardar copia y sin dejarme ver, y yo lo entendía, pues uno puede tolerar el juicio sesgado de los propios actos nunca visibles íntegramente y que cesan, pero no de las propias palabras íntegramente legibles y que permanecen (aunque el juicio frontal sea involuntario y benévolo por parte de quien lo forma, y no lo exprese).

Unos días más tarde le llegó la respuesta a su respuesta, otra carta que no dejó de mostrarme. Seguía estando en decoroso y dubitativo inglés, lengua en la que también Berta le había escrito, según me dijo, para no herirlo en sus conocimientos lingüísticos ni decepcionarlo, y era más breve y más salaz, como si mi amiga lo hubiera invitado a ello, o tal vez no, quizá en el segundo paso las mínimas formas imprescindibles en todo primer contacto tendían a desaparecer. Ahora no firmaba 'Nick', sino 'Jack', nombre que prefería 'esta semana', decía, y el nombre estaba de nuevo a mano, la *c* y la *k* eran idénticas en los dos. Le pedía ya un vídeo para conocer su rostro y su voz, y se disculpaba por no mandarlo todavía él (luego debía de haber sido Berta quien se lo había solicitado en primer lugar): al estar aún instalándose para sus dos meses

en la ciudad, no había tenido tiempo de comprar una cámara o enterarse de en qué tipo de establecimiento podían hacérselo, lo enviaría la próxima vez. En esta ocasión no hacía ninguna referencia a su arena ni contaba nada más de sí mismo, sólo hablaba un poco de Berta, a la que se dedicaba a imaginar brevemente (tres líneas) en la intimidad. Aún empleaba términos cursis y no groseros, frases propias de canciones confidenciales: 'Anticipo ya el momento de desnudarte y acariciar tu piel suave', cosas así. Sólo al final, justo antes de la firma, 'Jack' se despedía con una picardía brutal, como si no hubiera podido contenerse: 'Quiero follarte', decía en inglés. Pero a mí me pareció que aquello estaba escrito en frío y a modo de recordatorio inclemente, no fuera a pensarse Berta que eso podía *no* figurar en el programa que estaban confeccionando. O quizá era una manera de eliminar las previas cursilerías melódicas, o de calibrar el aguante y el vocabulario (la tolerancia léxica) de su corresponsal. Berta tenía aguante y humor para eso y más: seguía riéndose, le brillaban los ojos, cojeaba menos, se sentía halagada olvidando por un instante que para aquel hombre que la deseaba o quería follarla ella todavía no era más que unas letras, unas iniciales, la promesa de alguien, 'BSA', unas palabras escritas en una lengua que no era la de ella ni la de él; y que una vez que él la viera o viera su vídeo y ella fuera algo más, podría no ser ya deseada o ni siquiera follable, como le había ocurrido en alguna ocasión; y que después de cumplirse el deseo —si se cumplía— podía ser rehuida, como le pasaba casi todas las veces desde hacía tiempo, no sabía o no quería saber por qué.

Era consciente de todo eso (pasado el instante), pero contestó a 'Jack' como había contestado a 'Nick' y le mandó una copia de su vídeo de agencia y se puso a esperar. Durante los días de espera estaba nerviosa pero también animada, cariñosa conmigo como lo son las mujeres cuando tienen una ilusión, aunque ella conmigo siempre lo es. Una tarde que yo volví del trabajo antes que Berta y recogí el correo de su bu-

zón se delató más que nunca. Nada más abrir la puerta y guardar la llave en el bolso (y no abandonarse en seguida a los andares domésticos, se lo impedía la concentración), vino a mí y me preguntó a toda prisa, sin saludarme antes:

—¿Has cogido tú el correo o es que no había nada?

—Lo he recogido yo. Está ahí en la mesita lo que hay para ti. Yo he tenido carta de Luisa.

Corrió a esa mesita y miró los sobres (uno, dos y tres), y ya no abrió ninguno hasta que se hubo despojado de la gabardina y hubo pasado por el cuarto de baño y por la nevera y se hubo calzado unos mocasines que la desequilibraban más. Aquella noche no salimos ni ella ni yo, y mientras yo miraba el concurso *Family Feud* en la televisión y ella leía (no Kundera por suerte), me dijo:

—Qué idiota estoy, estoy alterada, se me olvidan las cosas, antes he creído que podía haber en el correo algo de Arena Visible. Si me escribe lo hará al apartado, no aquí, no sabe mis señas ni tampoco mi nombre, qué despistada estoy. —Se interrumpió un segundo y en seguida añadió—: ¿Tú crees que volverá a contestar?

—Seguro que sí. Cómo no va a escribir después de verte en el vídeo —le contesté yo.

Se quedó callada, siguió conmigo una prueba de *Family Feud*. Luego dijo:

—Cada vez que espero una respuesta me horroriza la idea de que no la haya y también de que llegue. Todo resulta luego un desastre, pero mientras está todo por suceder tengo la impresión de la absoluta limpieza y la infinita posibilidad. Me siento como con quince años, no me cabe el escepticismo, es raro. No puedo evitar hacerme ilusiones. La mayoría de los tipos con los que luego me encuentro son impresentables, tipos repugnantes, a veces acabo saliendo y yendo a cenar con ellos y más allá sólo porque vienen precedidos por la espera y las cartas, de no ser así ni cruzaría la calle en su compañía. Supongo que ellos sentirán lo mismo respecto a mí. —Hizo una

pausa, o quizá atendió a otra pregunta de *Family Feud*. Luego continuó—: Por eso el estado perfecto es el de la espera y el de la ignorancia, lo malo es que si supiera que ese estado iba a durar indefinidamente entonces ya no me gustaría tampoco. Fíjate, de pronto hay un tipo que por la razón que sea me hace particular gracia, sin saber nada de él, como este Nick o Jack, por qué se le habrá ocurrido cambiar de nombre, no es lo habitual. Mientras no lo conozco, sobre todo antes de ver su vídeo si lo manda, o su fotografía, me siento casi feliz. Desde hace tiempo son los únicos días en que de verdad me siento contenta y de buen humor. Luego me envían esos vídeos ridículos que quieren ser osados, lo del vídeo es una plaga, y aun así muchas veces quedo con ellos, pensando que todo lo anterior al encuentro en persona en realidad no cuenta. Es demasiado artificial, pienso, la gente se comporta de otra manera cuando está cara a cara. Es como si les diera otra oportunidad anulando de pronto lo que les dio la primera, o me la diera a mí. Es curioso, pero los vídeos, pese a lo falso de la situación en que normalmente están hechos, no engañan jamás. Date cuenta de que un vídeo se mira impunemente, como la televisión. Nunca miramos a nadie en persona con tanto detenimiento ni con tanto descaro, porque en cualquier otra circunstancia sabemos que el otro también nos está mirando, o que puede descubrirnos si lo estamos mirando a escondidas. Es un invento infernal, ha acabado con la fugacidad de lo que sucede, con la posibilidad de engañarse y contarse después las cosas de manera distinta de como ocurrieron. Ha acabado con el recuerdo, que era imperfecto y manipulable, selectivo y variable. Ahora uno no puede recordar a su gusto lo que está registrado, cómo va uno a recordar lo que sabe que puede volver a ver, tal cual, incluso a mayor lentitud de como se produjo. Cómo va uno a alterarlo. —Berta hablaba cansinamente, tenía la pierna mala escondida bajo su cuerpo, sobre el sillón, y en la mano sostenía el libro, como si no hubiera decidido aún interrumpir la lectura ni interrumpir mi

concurso: hablaba, por tanto, como en un paréntesis, es decir, sin querer decir tanto—. Menos mal que sólo se filman algunos momentos del conjunto de una vida, pero esos momentos, fíjate, no engañan nunca, más por el tipo de mirada de quien los contempla que porque haya en lo filmado mucha autenticidad. Cuando veo los vídeos de esos hombres se me cae el alma a los pies, aunque también me ría y luego salga con alguno de ellos. Se me cae el alma a los pies, y más aún cuando los veo llegar con sus estudiados y horrendos trajes y sus preservativos en el bolsillo, nunca hay ninguno al que se le haya olvidado cogerlos, todos han pensado: 'Well, just in case'. Si hubiera uno que no pensara eso la primera noche sería peor, a lo mejor me enamoraba de él. Ahora estoy ilusionada con este Nick, o Jack, un español caprichoso que se hace pasar por americano, ha de ser un tipo gracioso, con su arena visible, a quién se le ocurre ir con eso por delante. Estos días vivo más conforme e incluso contenta porque espero su respuesta y que me mande su vídeo, bueno, también porque estás tú aquí. ¿Y qué pasará? Su vídeo será asqueroso, pero lo veré varias veces hasta acostumbrarme a él, hasta que no me parezca demasiado mal y sus defectos acaben por atraerme, esa es la única ventaja de la repetición, lo distorsiona todo y lo hace familiar, lo que repele en la vida atrae finalmente si se ve las bastantes veces en una pantalla de televisión. Pero ya sabré, en el fondo, que lo único que quiere esa cara es follarme una noche y basta, como ya se encargó de advertir, y que luego desaparecerá, tanto si me gusta como si no, tanto si yo quiero que desaparezca como si no. Quiero verle y no quiero verle, quiero conocerle y que siga siendo un desconocido, quiero que me conteste y que su contestación no llegue. Pero si no llega me desesperaré, me deprimiré, pensaré que al verme no le he gustado, y eso siempre ofende. Nunca sé qué querer.

Berta se tapó la cara con el libro abierto sin darse cuenta: al contacto de las páginas sobre su rostro lo dejó caer y en-

tonces se cubrió con las manos, como había sido su intención. No lloraba, sólo se ocultaba un poco, un instante. Yo dejé de mirar *Family Feud* y me levanté y me acerqué a ella. Recogí el libro del suelo y le puse la mano en el hombro. Ella me la cogió y me la acarició (pero fue un segundo), para apartármela luego muy lentamente, o rechazármela con suavidad.

No hubo cara en el vídeo de 'Nick' o 'Jack', que a la tercera oportunidad quiso llamarse 'Bill', 'puede que sea mi nombre definitivo, puede que no', decía aún en inglés en la tarjeta que acompañaba la grabación, y la *i* era idéntica a la *i* de 'Nick'. Quizá había llegado el día que no podía llegar a casa y no llegó, pero Berta lo recogió dos después, cuando fue a mirar en el apartado de correos de la oficina más cercana, allí donde recibía su correspondencia más personal, o quizá impersonal. Tenía todavía la gabardina puesta cuando yo entré aquella tarde en el piso, se me había adelantado en pocos minutos, seguramente yo habría llegado antes si ella no hubiera pasado por correos ni se hubiera entretenido o puesto nerviosa con la llave que abría el buzón plateado. Tenía el paquete en la mano (el paquete con forma de cinta de vídeo), lo alzó y lo agitó con una sonrisa, para enseñármelo, para comunicármelo. Estaba inmóvil, luego no cojeaba.

—¿Lo vemos juntos esta noche después de cenar? —me preguntó confiada.

—Esta noche ceno fuera. No sé a qué hora regresaré.

—Bueno, si puedo aguantar espero hasta que vuelvas. Si no, te lo dejo encima de la televisión y lo ves tú luego antes de acostarte, para comentar mañana.

—¿Por qué no lo vemos ahora?

—No, no estoy aún preparada. Quiero dejar pasar unas horas, saber que lo tengo y no mirarlo todavía. Intentaré esperarte lo más que pueda.

Estuve a punto de cancelar mi cita. Berta prefería ver el vídeo conmigo, para estar protegida mientras lo viera o para darle la importancia visual que verbalmente le venía dando

desde hacía días. Aquello era un acontecimiento, quizá solemne, hay que dar importancia a lo que la tiene para los amigos. Pero mi cita era un compromiso de semitrabajo, un alto funcionario español amigo de mi padre y de visita en la ciudad, con un inglés aceptable pero inseguro, me había pedido si podía acompañarles a su mujer y a él (ella más joven) a una cena con otro matrimonio, un senador norteamericano y su esposa norteamericana (ella más joven), para entretener a las señoras mientras los hombres hablaban de negocios sucios y echarle a él una mano con el inglés si, como era probable, le hacía falta. Las señoras resultaron ser no sólo más jóvenes, sino unas frívolas alocadas que después de la cena se empeñaron en ir a bailar y lo consiguieron: bailaron conmigo y con otros sujetos durante horas (nunca con sus maridos, enfrascados en lo sucio) y se apretaban mucho, sobre todo la española, cuyos pechos contra mi pecho me parecieron siliconados, como madera tal vez mojada, no osé hacer pruebas digitales. Tenían dinero y mundo aquellas dos parejas, hacían negocios, se inyectaban plásticos, hablaban de Cuba con conocimiento de causa, iban a sitios donde se baila agarrado.

Llegué a casa pasadas las dos, por suerte era sábado al día siguiente (bueno, porque era viernes había accedido a aquella velada). Estaba encendida la lámpara a cuya luz había leído y leía Berta, la que solía dejar cuando se acostaba y yo no había llegado, o dejaba yo cuando era a la inversa. No tenía sueño, aún llevaba en mis oídos la música a cuyo son había bailado con las dos frívolas y el sonido de las voces viriles que preparaban planes para la nueva Cuba (yo había traducido numerosas veces, las dificultades del funcionario). Miré el reloj sabiendo la hora y me acordé entonces del anuncio de Berta, 'Intentaré esperarte lo más que pueda'. No había podido esperarme hasta el fin del baile. Encima de la televisión, como había dicho, estaba una cinta de vídeo con una tarjeta, la tarjeta de 'Bill' ('puede que sea mi nombre definitivo') de la que ya he hablado. La cinta era breve como suelen serlo las perso-

nales, estaba en su final, no había sido rebobinada. La introduje para hacerla volver atrás, aún tenía yo mi gabardina puesta. Me senté sobre ella, arrugándola, los faldones, no debe hacerse eso nunca, luego va uno durante semanas con aspecto de indocumentado. Le di al vídeo y empecé a mirar, sentado sobre mi gabardina. Durante los tres o cuatro minutos grabados el plano no cambió, fue siempre el mismo, la cámara quieta, y lo que en él se veía era un torso sin rostro, el encuadre cortaba la cabeza del hombre por la parte de arriba (llegaba a vérsele el cuello, la nuez picuda) y por abajo no alcanzaba más que hasta la cintura, la figura erguida. Ese hombre estaba en albornoz, un albornoz azul pálido recién estrenado o lavado, quizá uno de esos que prestan a sus clientes los hoteles caros. O quizá no, ya que a la altura del pecho, a la izquierda, se leían dos discretas iniciales, 'PH', a lo mejor se llamaba Pedro Hernández. También se le veían los antebrazos, los tenía cruzados ocultando las manos, las mangas del albornoz no eran muy largas, un modelo kimono que dejaba al descubierto los brazos velludos y fuertes y quizá largos, cruzados e inmóviles, secos, no mojados, no estaba recién salido de la ducha o el baño, el albornoz era tal vez sólo una forma de no llevar ropas reconocibles ni significativas de nada, un anonimato indumentario: lo único que se le veía propio era un reloj negro y de gran tamaño en la muñeca derecha (las manos metidas bajo los brazos), acaso un zurdo o meramente un caprichoso. Hablaba en inglés, otra vez, pero su acento lo delataba como español mucho más todavía que su escritura. Aquel hombre no podía creer que podía pasar por americano ante una española residente en Nueva York y que trabajaba de intérprete (pero esto él no lo sabía) hablando de aquella manera; y sin embargo lo hacía, la lengua como disfraz, como pista falsa, las voces cambian ligeramente cuando hablan una lengua que no es la propia, lo sé muy bien, aunque la hablen imperfectamente y sin esforzarse (el hombre no hablaba mal, sólo tenía acento). El cuello del albornoz dejaba ver un trián-

gulo de su pecho, también muy velludo y con algunas canas, pocas, el vello era oscuro predominantemente. Con aquel albornoz y con tanto pelo me recordó a Sean Connery, el gran actor, un héroe de mi niñez: cuando hacía de agente con licencia para matar, frecuentemente estaba en toalla o en batín o en kimono, si no recuerdo mal. Al instante le puse al hombre sin rostro la cara de Connery, es difícil oír hablar a alguien en televisión sin imaginar sus rasgos. En un momento de la grabación entró en cuadro su barbilla porque la bajó, muy pocos segundos, parecía partida sin llegar a estarlo, una sombra de hoyuelo, una muesca, la hendidura en el hueso pero no en la piel, que sin embargo la transparentaba (no recuerdo si el actor Sean Connery tiene el mentón partido). Durante más de un minuto se vio la imagen casi inmóvil del torso con los brazos cruzados (pero respiraba) y no se oyó nada, como si el hombre hubiera puesto en marcha la cámara antes de estar preparado para decir sus palabras, o quizá estuviera meditándolas, o memorizándolas. En realidad se oía muy al fondo una música, como si a lo lejos hubiera una radio o televisión encendidas. Estaba ya a punto de hacer avanzar la cinta aceleradamente para ver si aquello cambiaba y había o no algún mensaje cuando por fin 'Bill' arrancó a hablar. Su voz era vibrada. Tendía al susurro pero era un poco aguda, casi chillona, no parecía muy adecuada para un hombre velludo ni desde luego para Sean Connery. Su nuez se movía. Hacía pausas extrañas al habla, como si antes de enfrentarse al vídeo hubiera redactado su texto con frases sencillas y cortas y lo estuviera recitando. A veces las repetía, era difícil saber si como recurso estilístico o involuntariamente, para corregir su pronunciación. El efecto era sombrío. Las frases no sólo eran cortas, sino que sonaban cortantes. Su voz era como una sierra. Su voz era como la de La Habana a través del balcón y el muro, como la de Guillermo, cuya traducción es William, cuyo diminutivo es Bill y no Nick o Jack. 'He recibido tu vídeo, gracias', decía esa voz en

su inglés inteligible pero españolizado al que él habría traducido y del que traduzco yo ahora, pasado el tiempo. 'La verdad es que promete mucho. Eres muy atractiva. Pero eso es lo malo. Que sólo promete. No es bastante. No es bastante. Por eso yo te mando también algo parcial. Incompleto. Para ti ver mi cara sería como para mí ver tu cuerpo. Tu cuerpo. A las mujeres os importa la cara. Los ojos. Eso decís. A los hombres la cara con cuerpo. O el cuerpo con cara. Eso es así. Ya te dije que trabajo en una arena muy visible.' ('A very visible arena', decía otra vez, y la última palabra la pronunciaba a la española, no podía evitarlo por el español origen de la palabra. Me eché hacia atrás. Se me arrugó más la gabardina.) 'Muy visible. No puedo darme a conocer a nadie desconocido así como así. Si no estoy convencido de que vale la pena. Para saberlo tengo que verte entera. Entera. Tengo que verte desnuda. Con el mayor detalle posible. Dices que sufriste un accidente. Dices que cojeas un poco. Un poco. Pero no me dejas ver cuán poco es ese poco. Quisiera ver esa pierna herida. Cómo ha quedado. Ver tus tetas. Tu coño. Si es posible bien abierto. Ver tus tetas. Tu coño. Deben de ser preciosos. Sólo después de verlos podríamos hacer una cita. Eso es así. Si tus tetas y tu coño y tu pierna me convencen de que vale la pena correr el riesgo. Si aún te sigue interesando. Quizá ya no quieras seguir con esto. Pensarás que soy muy directo. Brutal. Cruel. No soy cruel. No puedo perder mucho tiempo. No puedo perder mucho tiempo. No puedo correr riesgos inútiles. Me gustas. Eres muy guapa. Te lo digo de verdad. Eres muy guapa. Me gustas mucho. Pero con lo que me has mandado sé tan poco de ti como tú ahora de mí. He visto muy poco de ti. No soy cruel. Quiero ver más. Mándame eso. Mándamelo. Entonces me dejaré ver. Si vale la pena. Creo que la valdrá. Sigo queriendo follarte. Ahora más. Ahora más. Eso es así.' La grabación continuaba durante unos segundos, ya sin voz, el mismo plano de siempre, el triángulo velludo y los brazos cruzados, el reloj negro en la muñeca de-

recha, la nuez quieta que se había movido al hablar, las manos ocultas, no pude ver si llevaba alianza en el anular, como llevaba Guillermo, se la había visto desde mi balcón. Luego el torso se levantó y salió de campo por su izquierda (siempre el largo albornoz), y durante unos segundos más pude ver lo que hasta entonces había tapado, una almohada, una cama grande o de matrimonio deshecha, a cuyos pies él se había sentado para la filmación. Inmediatamente después la pantalla quedó rayada y el indicador cronométrico se paró, era una cinta virgen, una de esas de quince o veinte minutos que van sustituyendo a las cartas o quizá a las fotos, puesto que las cartas ya fueron sustituidas con anterioridad. Al apagar la pantalla y perder su luz, mucho más fuerte que la de la lámpara de leer, vi a Berta a mis espaldas, reflejada en el cristal ahora oscuro, y me volví. Estaba de pie en bata, con cara de sueño o más bien de insomnio, cuántas veces habría visto y oído el vídeo antes de mi llegada, y ahora había salido de su dormitorio para verlo de nuevo, en mi compañía o mientras yo lo veía por primera vez. Tenía las manos en los bolsillos de la bata, estaba descalza, con el pelo alborotado por las vueltas que habría dado sobre la almohada, estaba guapa, sin maquillar. Cojearía si andaba, estaba descalza. No se movió. Se me había ido de la cabeza la música de mis bailes, pero no la Cuba de la conversación. Sacó las manos de los bolsillos y cruzó los brazos como había hecho 'Bill' para dirigirse a ella y no dejarse ver; apoyó la espalda contra la pared y me dijo:

—Así que ya ves.

Mi gabardina se estaba poniendo hecha un asco. Me levanté.

—Ya veo —dije yo.

En los días siguientes esperé a que fuera Berta quien volviera a hablar de él, de 'Nick' o 'Jack' o 'Bill' o 'Arena Visible' o quizá Pedro Hernández, o tal vez Guillermo de Miriam, aunque en seguida tendí a olvidar esta posibilidad, pues siempre desconfiamos de nuestra primera impresión cuando es respecto a algo o alguien que nos impone una segunda y una tercera y más, alguien cuyas palabras o imagen se quedan en nuestra memoria demasiado tiempo, como una canción bailable que baila en nuestro pensamiento. Pero durante esas fechas, durante el fin de semana inmediato (sábado y domingo enteros), Berta no dijo nada o no quiso sacar el tema de conversación, anduvo por la casa y salió como distraída, no de mal humor pero sin tenerlo bueno, sin el nerviosismo alegre de las jornadas de espera, acaso preguntándome más de lo que solía, por mis planes, por mi matrimonio y mi casa aún recientes, por mi padre y por Luisa, a la que no conocía más que de foto y teléfono. Si yo pensaba en 'Bill' a menudo, pensaba, ella no podría hacer otra cosa que pensar en él, era a ella a quien había hablado desde su albornoz, era a ella a quien quería ver más antes de acceder a verla, aquel hombre que precisaba de tantas certezas. Nadie utilizó el vídeo aquel fin de semana, como si fuera de mal agüero o estuviera contaminado, y la cinta de 'Bill' permaneció en su interior sin que na-

die la rebobinara ni la sacara, otra vez en su término, como la había encontrado primero y luego dejado yo.

El lunes, sin embargo, cuando ambos habíamos regresado al trabajo por la mañana, al llegar a casa por la tarde me encontré a Berta, también ella recién llegada (el bolso aún abierto, en el bolso la llave, la gabardina quitada pero sobre el sofá), con el vídeo en la pantalla. Estaba mirándolo una vez más y haciendo paradas, iba deteniéndolo aquí y allá inútilmente, ya que, como he explicado, la imagen era invariable durante los tres o cuatro minutos de su duración. Los días ya eran bastante cortos, anochecía, era lunes, el trabajo de la Asamblea había sido agotador para mí, supuse que para ella también, después se necesita una distracción, no escuchar. Pero Berta escuchaba aún. No dije nada, sólo saludé, pasé a mi cuarto, pasé por el cuarto de baño, me refresqué, al volver al salón ella seguía estudiando la cinta, parándola y haciéndola avanzar un poco para pararla otra vez.

—¿Te has fijado en que en un momento dado se le ve la barbilla? —me dijo—. Aquí. —Tenía congelada la imagen en que 'Bill' inclinaba el mentón dejando que apareciera en cuadro.

—Sí, ya me fijé la otra noche —respondí—. La tiene casi partida.

Aguantó la pregunta un segundo (pero fue sólo un segundo).

—Sólo con esto no podrías reconocerlo, ¿verdad? Si lo vieras de pronto, quiero decir. Si le vieras la cara en otro lugar.

—Pues no, cómo podría reconocerlo —dije yo—. ¿Por qué?

—¿Ni siquiera sabiendo que se trataba de él? Sabiéndolo antes, quiero decir, que tenía que ser él.

Miré en la pantalla el mentón suspendido.

—Sabiéndolo quizá sí, quizá podría confirmarlo. ¿Por qué?

Berta canceló el vídeo con el mando a distancia y la imagen desapareció (la imagen que podría volver a su voluntad). Volvía a tener la mirada encendida o móvil.

—Mira, este tipo me tiene intrigada. Es un cabrón, pero estoy pensando en mandarle lo que me pide. Nunca lo he hecho con nadie, ninguno se había atrevido a pedirlo así, de ese modo, y yo nunca he respondido a las escenificaciones guarras con otra mía del mismo género, te puedes imaginar. Pero en realidad podría ser divertido, hacerlo por una vez. —Berta no quería esforzarse en buscar argumentaciones, por eso se interrumpió y simplemente cambió de tono: sonrió—. Así quedaría mi cuerpo para la posteridad, aunque fuera una posteridad muy breve, todo el mundo acaba borrando las cintas y volviéndolas a utilizar. Pero sacaría copia para mi vejez.

—Tu pierna para la posteridad también, ¿no? —le dije.

—Ya veríamos lo de la pierna, qué hijo de puta. —Se le endureció la cara un instante mientras soltaba el insulto (pero fue sólo un instante)—. Pero antes de decidirme tengo que verlo a él, saber algo más, es angustioso ese albornoz sin cara. Tengo que saber cómo es.

—Pero no podrás verlo hasta que se lo mandes, dice, y aun así no es seguro. Tendrá que darte su visto bueno, qué hijo de puta. —Mi cara estaba endurecida, supongo, desde el principio de la conversación, no sólo durante el insulto. Desde hacía tres noches tal vez.

—Yo no puedo hacer nada porque él ha visto mi vídeo y conoce ya mi cara. Pero a ti no te ha visto; ni sabe que existes. Nosotros sabemos el número de su apartado de correos, por el que tendrá que pasar de vez en cuando. Ya he averiguado dónde está, pertenece a Kenmore Station, no está muy lejos. Tú podrías ir allí, identificar el buzón, vigilarlo, esperar y verle la cara cuando vaya a recoger su correo.

Berta había dicho 'Nosotros sabemos', me estaba incluyendo en su curiosidad y su interés, o era más. Me estaba asimilando a ella.

—¿Estás loca? Quién sabe cuándo irá por allí, puede pasarse días sin ir por allí. ¿Qué pretendes, que me pase el día entero en una oficina de correos?

La mirada de Berta se veló de irritación. No era frecuente en ella. Había resuelto lo que había que hacer, no admitía la contraria, ni siquiera una objeción.

—No, no pretendo eso. Sólo que vayas un par de veces en los próximos días, a ratos perdidos, a la salida del trabajo, media hora, a ver si hay suerte, no más. Por lo menos intentarlo. Si no la hay en un par de veces, pues nada, olvidémoslo. Pero no es tan grave probar. Estos días él estará esperando mi contestación, el vídeo que todavía no le voy a mandar, quizá pase a diario a ver si ha llegado. Si está aquí por trabajo, tendrá quizá un horario de nueve a cinco, es muy posible que pase por el apartado a la salida, después de las cinco, es lo que suelo hacer yo. A lo mejor hay suerte. —Había vuelto a utilizar el plural, había dicho 'olvidémoslo'. Debí de mirarla con más reflexión que enfado, porque añadió ya tranquila: sonrió—: Por favor. —La media luna, la cicatriz, en cambio, se le había puesto muy azul: estuve a punto de limpiarle la mejilla.

Tres veces fui a la oficina de correos de Kenmore Station, la primera a la tarde siguiente después del trabajo, la segunda pasados dos días, el jueves de aquella semana, también tras la agotadora jornada de interpretaciones. No permanecí media hora, como había propuesto Berta, sino casi una hora en ambas ocasiones, víctima de la aprensión que asalta siempre a quienes esperan en vano, el temor a que justo al irnos llegue la persona que se retrasaba tanto, como sin duda le ocurrió a la mulata Miriam aquella tarde de calor en La Habana, cuando arrastraba con celeridad el tacón al otro lado de la explanada y Guillermo no aparecía y ella no se marchaba. Tampoco apareció Guillermo el martes ni el jueves, o 'Bill', o 'Jack' o 'Nick', o Pedro Hernández. Por suerte, en Nueva York hay los suficientes sujetos en actitud sospechosa o aun delictiva a todas horas y en todas partes para que a nadie pueda llamarle

la atención un individuo con gabardina, periódico y libro, de pie en una dependencia en la que la gente activa recogía o entregaba paquetes y de vez en cuando entraba alguien apresurado, con una llave en la mano, para abrir su buzón plateado, introducir y rebañar con el brazo y sacar a veces un botín de sobres, a veces de nuevo la vacía mano. Pero ninguno de esos individuos con prisa se dirigió al P.O. Box 524, que yo tenía localizado desde el principio.

—Una vez más —me pidió Berta la noche del viernes, una semana después de recibir el vídeo, al cabo de siete días lo que nos hundió es lo que nos saca a flote, ocurre a veces—. Mañana por la mañana, en fin de semana, quizá está tan ocupado que sólo puede pasar los sábados.

—O quizá está tan libre que ha pasado todos estos días a cualquiera de las muchas horas en que no estaba yo. Esto no tiene sentido, he estado allí cada vez una hora.

—Lo sé, y te lo agradezco muchísimo, no sabes cómo. Pero sólo una vez más, por favor, para probar en fin de semana. Si no, lo dejamos.

—Pero es que aunque aparezca. ¿Qué vas a sacar en limpio de que yo lo vea? ¿Que te lo describa? Yo no soy un escritor. Y cómo voy a saber yo si te gustaría. Además te podría mentir, y decirte que es guapo si es feo, o feo si guapo, qué más te da. No vas a mandarle o dejar de mandarle lo que te pide por eso, en función de la pinta que yo te cuente que tiene. ¿Qué harás si te digo que es monstruoso, o con aspecto patibulario? Dará lo mismo. A lo mejor te lo digo en todo caso, para que no le mandes nada ni tengas más trato.

No hubo respuesta de Berta a mis últimas frases, supongo que no quería averiguar por qué yo prefería que no tuviera más trato, o más bien lo sabía y le aburría escucharlo.

—No lo sé, aún no sé cómo reaccionaré a lo que tú me digas. Pero necesito saber algo más, no soporto que este tío me haya visto la cara, en mi casa, y no haberle visto yo la suya, ni que se la haya visto nadie, tú, quiero decir, la arena visible,

qué tipo más astuto. Una vez que tú lo hayas visto decidiré. No sé aún qué, pero decidiré entonces. Iría yo, pero me reconocería, y entonces seguro que ya no querría saber nada.

Para entonces yo habría dado dinero por no saber nada.

A la mañana siguiente, el sábado de mi quinta semana de estancia (era octubre), me fui con el *New York Times* gigantesco hasta Kenmore Station dispuesto a esperar de nuevo durante una hora, o quizá más tiempo: quien espera, aunque lo haga a desgana, acaba queriendo agotar al máximo sus posibilidades, o esperar envicia. Me aposté, como había hecho el martes y el jueves, junto a una columna que me servía de apoyo y disimulo del cuerpo o para descansar un pie de vez en cuando (flexionando la pierna como para cocear), y empecé a leer el periódico detenidamente, no tanto como para no advertir la presencia de cada individuo que se llegaba hasta su apartado y lo abría con morosidad o impaciencia y volvía a cerrarlo con satisfacción o contenida furia. Por ser sábado había menos gente, y los pasos sonaban menos pudorosos o más individualizados sobre el suelo de mármol, por lo que no tenía más que levantar la vista cada vez que aparecía algún usufructuario de los P.O. Boxes. Al cabo de unos cuarenta minutos (estaba ya en las páginas deportivas) sonaron unos pasos más estridentes e individualizados que los demás, como si las suelas llevaran unas placas metálicas o bien una mujer altos tacones. Alcé la mirada y vi acercarse a paso rápido a un sujeto que nada más verlo me pareció español, más que nada por sus pantalones, los de mi país resultan inconfundibles y tienen un corte particular, no sé en qué consiste pero hace que casi todos mis compatriotas parezcan tener las piernas demasiado rectas y el culo muy alto (no estoy seguro de que el corte los beneficie). (Pero todo esto lo pensé más tarde.) Sin necesidad de mirarlo se acercó a *mi* apartado, el 524, y buscó su llave en un bolsillo del pantalón patriótico. Podía ir a abrir el 523 o el 525, eso pensé mientras la buscaba (el bolsillo del mechero, el de la cintura, pero fue un segundo). Lleva-

ba bigote, iba bien vestido en conjunto, sin duda era europeo (pero también podía ser neoyorquino o de Nueva Inglaterra), tendría unos cincuenta años (pero bien llevados, o mejor, bien cuidados), era bastante alto, pasó tan rápido junto a mí que cuando quise verle la cara ya estaba de espaldas, buscando la llave y vuelto hacia su apartado. Cerré el periódico instintivamente (un error), me quedé observándolo (otro error) y vi cómo abría el 524 y metía el brazo hasta el fondo en el casillero tan hondo. Sacó varios sobres, tres o cuatro, ninguno podía ser aún de Berta, luego se carteaba con mucha más gente, quizá eran todas mujeres curiosas, la gente que escribe a los *personals* no se limita a una tentativa, aunque en un momento dado, como Berta ahora (pero quizá no 'Bill'), pueda concentrarse en un solo individuo y olvidarse del resto, desconocidos todos. Cerró el buzón y se volvió mirando los sobres sin satisfacción ni furia (uno de ellos me pareció un paquete, podía ser un vídeo por la forma y tamaño). Se detuvo tras dar dos pasos, luego echó a andar de nuevo, con celeridad de nuevo y al pasar junto a mí se cruzaron sus ojos con los míos que ya no estaban sobre el periódico. Quizá me reconoció también él a mí como español, tal vez por mis pantalones. Me miró mirándome, quiero decir que fijó la vista con deliberación un instante, y por consiguiente, pensé, si me volvía a ver me reconocería (como yo a él). Del actor Sean Connery, aparte del vello que ahora no mostraba (llevaba chaqueta y corbata, y echada al brazo una gabardina oscura, como quien ha salido un momento del coche que no conduce), sólo tenía las grandes entradas que no ocultaba y las cejas, que se elevaban mucho y luego caían mucho también y se prolongaban hacia las sienes, confiriéndole, como a Connery, una expresión aguda. No supe ver su barbilla ni compararla, pero sí que tenía en la frente arrugas marcadas aunque no envejecedoras, seguramente un hombre gesticulante. No era feo, al contrario, probablemente era atractivo o guapo en su género, su género de hombre ocupado y maduro y deter-

minado, un hombre con dinero y un poco de mundo (acaso reciente): haría negocios, quizá fuera a sitios donde se baila agarrado, sin duda hablaría de Cuba con conocimiento de causa, si era Guillermo —Guillermo de Miriam—. Pero no se inyectaría plásticos, su propia mirada punzante se los prohibiría.

Pensé que podía seguirlo un poco, era una manera de dilatar la espera, que en realidad ya había acabado. Cuando lo vi salir de la dependencia, cuando calculé que las puertas de vaivén cerradas le amortiguarían el ruido de mis zapatos sobre el indiscreto mármol, eché a andar, al mismo paso veloz para no perder la distancia. Desde la puerta de la calle vi cómo se acercaba hasta un taxi parado y desde la acera le pagaba y lo despedía, habría decidido caminar un rato, hacía buen día (no se puso la gabardina, se la echó ahora al hombro, vi que era azul aguado, pedante, yo sí llevaba la mía puesta, que es del tradicional color de las gabardinas o cruda). Caminaba mirando los sobres de vez en cuando, de pronto abrió uno sin aminorar el paso, leyó rápidamente su contenido, rasgó las dos cosas, contenido y sobre, y las arrojó a una papelera junto a la que pasó en seguida. No me atreví a hurgar en ella, me dio vergüenza la idea y temía perderlo. Continuó caminando, miraba hacia el frente, uno de esos hombres que llevan siempre la cabeza alta, para ganar estatura o parecer dominantes. Llevaba en la mano los otros sobres y el paquete con vídeo (seguro, era un vídeo). Entonces, al fijarme en la mano, le vi la alianza en el dedo anular de esa mano derecha, al revés que yo, que la llevaba en la izquierda desde hacía unos meses, me iba ya acostumbrando. De nuevo sin aminorar el paso abrió otro sobre e hizo lo mismo que había hecho con el primero, pero esta vez se guardó los pedazos en el bolsillo de la chaqueta, tal vez porque no había papelera a mano (un hombre cívico). Se paró para contemplar un escaparate de libros de la Quinta Avenida, Scribner's si mal no recuerdo, nada debió interesarle o le atrajo sólo la tienda, porque de in-

mediato prosiguió su marcha. Al hacer ese alto se puso la gabardina, bueno, no, se la echó sobre los hombros sin meter los brazos en las mangas, como ha hecho toda la vida y aún suele hacer Ranz, mi padre, y no harían en cambio muchos norteamericanos (sólo los gángsters, George Raft). Yo lo seguía a poca distancia, seguramente demasiado poca para lo que es prudente en estos casos, pero yo nunca había seguido a nadie. Él no tenía por qué sospechar, aunque no estaba dando exactamente un paseo andaba demasiado rápido y sin apenas detenerse más que en los semáforos, y eso no siempre, hay menos circulación los sábados. Parecía ir con prisa, aunque no la bastante para haber conservado el taxi. Volvía andando a dondequiera que fuese, pero era obvio que iba a algún sitio ya decidido, tal vez la prisa y la necesidad de espera le venían del paquete que llevaba en la mano, probablemente aquel vídeo no tenía en el envoltorio remite de ninguna clase, sólo una tarjeta dentro, quizá 'Bill' pensaba que podía tratarse del de mi amiga Berta, para él 'BSA', quizá creía que la llevaba desnuda en la mano en aquel instante. Se detuvo otra vez ante una superperfumería o perfumería inmensa, acaso mareado por el olor multitudinario que la mezcla de todas las marcas juntas despedía hacia la calle. Entró, y yo entré tras él (me pareció que quedarme esperando a la puerta resultaría más llamativo). Allí no había dependientas para atender, los clientes deambulaban incontrolados, escogían sus colonias y pagaban a la salida. Lo vi pararse ante un mostrador de Nina Ricci, y allí, acodado un momento sobre el cristal, abrió el tercer sobre y leyó su carta más despacio: esta no la rasgó, y fue a parar al bolsillo de la gabardina de color tan petulante (la carta rota fue a la chaqueta, era un hombre ordenado). Cogió un frasquito de muestra de Nina Ricci y se asperjó la muñeca izquierda, en la que no llevaba reloj ni nada. Esperó los segundos de rigor y luego se la olió delicadamente sin recibir impresión aparente, ya que siguió avanzando hasta llegar a otro mostrador de menor importancia, en el que convivían varias

marcas. Fue con Eau de Guerlain con lo que se duchó la otra muñeca —debió de quedar rociado el reloj negro y de gran tamaño—. Se lo olió (la correa) tras los segundos de respeto habituales en los entendidos, y debió gustarle, porque decidió adquirir el frasco. Aún se entretuvo en la sección viril, ahora probó dos aromas en el envés de sus sendas manos, pronto no le quedarían zonas incontaminadas por los perfumes dispares. Cogió un frasco de una marca americana de nombre bíblico, Jericho o Jordan o Jordache, no recuerdo, querría conocer los productos locales. Yo cogí Trussardi para mujer, estando casado nunca me sobraría, pensé (pensaba a menudo en Luisa), o también se lo podía regalar a Berta (cogí un segundo frasco al pensar esto). Fue entonces, en la cola para pagar (cada uno en su cola separados por otra en medio, él más cerca que yo de la caja que le correspondía), cuando giró la cabeza y me vio y me reconoció sin duda. Sus ojos eran punzantes, como me habían parecido ya en la oficina de correos, pero no revelaban nada en su penetración, ni extrañeza ni malestar ni recelo (ni temor ni amenaza), punzantes pero muy opacos, como si su penetración fuera ciega, como si fuera uno de esos personajes televisivos que se creen intensos y olvidan que no pueden serlo, al mirar siempre a una cámara y nunca a alguien. Salió y echó a andar de nuevo, y a pesar de todo yo seguí tras él, pese a saberme descubierto. Ahora sí se detenía con más frecuencia, a fingir que miraba más escaparates o a cotejar su hora con la de los relojes de calle, y se volvía para vigilarme, yo hube de disimular comprando revistas y perritos calientes que en modo alguno quería, en los puestos callejeros. Pero su marcha duró ya poco rato: al llegar a la calle 59 'Bill' se desvió con rapidez a su izquierda y lo perdí de vista durante unos segundos, y cuando llegué a la esquina y se hizo posible que de nuevo entrara en mi campo visual, de milagro alcancé a ver cómo subía corriendo la escalinata con marquesina del lujoso Hotel Plaza y desaparecía por su puerta a paso aún ligero, saludado por porteros uni-

formados y ensombrerados a los que no devolvió el saludo. En la mano llevaba su vídeo y la bolsa con sus perfumes, yo en las mías revistas y el *New York Times* gigantesco, la bolsa de mis perfumes y un perrito caliente. La distancia desde la esquina la tenía que haber cruzado a la carrera, en la esperanza de llegar al hotel a tiempo de que yo no viera adónde llegaba: Plaza Hotel el célebre nombre, PH las iniciales discretas, el albornoz era prestado y él no se llamaba Pedro Hernández.

Todo esto fue lo que le conté a Berta, aunque sin mencionarle mi figuración de que aquel individuo pudiera ser el mismo que había hecho esperar y rabiar una tarde en La Habana a la mulata Miriam de las piernas robustas y el bolso grande y el gesto del asimiento, un hombre casado y con una mujer enferma, o acaso sana. Berta lo escuchó todo con vehemencia indisimulada y una recatada expresión de triunfo (el triunfo le venía dado por el éxito final de su idea, de mis visitas a Kenmore Station, más que nada). No fui capaz de mentirle y decirle que 'Nick', 'Jack' o 'Bill' era monstruoso, no lo era y así se lo dije. Tampoco pude decirle que su aspecto fuera patibulario, no lo era y así se lo dije, aunque tampoco me gustara con su gabardina jactanciosa y sus ojos punzantes e indescifrables y sus cejas caídas y alzadas como las de Connery y su bigote cuidado y su mentón con la hendidura en sombra y su voz como una sierra. Con esa voz haría negocios y hablaría de Cuba con conocimiento de causa. Con esa voz había seducido a Berta. No me gustaba. A Berta le regalé el primer frasco de Trussardi.

Pasaron unos días sin que Berta ni yo volviéramos a mencionarlo (yo callaba para disuadir, ella debía de estar calculando), días de trabajo intenso en las Naciones Unidas: una mañana hube de traducir el discurso del mismo alto cargo de mi país cuyas palabras había alterado al tiempo que conocía a Luisa. En esta oportunidad me abstuve, estábamos en la Asamblea, pero mientras pasaba a inglés y a los auriculares

mundiales su prosopopeya española y sus conceptos divagatorios y erróneos, me acordé por fuerza de aquella otra vez, y con viveza de lo que en ella se había dicho por mi mediación, mientras Luisa respiraba a mi espalda (respiraba junto a mi oreja izquierda como un susurro y me rozaba casi, su pecho casi mi espalda). 'La gente quiere en buena medida porque se la obliga a querer', había dicho la adalid inglesa. Y luego había añadido: 'Cualquier relación entre las personas es siempre un cúmulo de problemas, de forcejeos, también de ofensas y humillaciones'. Y un poco más tarde: 'Todo el mundo obliga a todo el mundo, no tanto a hacer lo que no quiere, sino más bien lo que no sabe si quiere, porque casi nadie sabe lo que no quiere, y menos aún lo que quiere, no hay forma de saber esto último'. Y aún había continuado, mientras nuestro muy alto cargo guardaba silencio, quizá ya cansado de aquel discurso o como si estuviera aprendiendo algo: 'A veces los obliga algo externo o quien ya ha dejado de estar en sus vidas, los obliga el pasado, su desconcierto, su propia historia, su desdichada biografía. O incluso cosas que ignoran y no están a su alcance, la parte de nuestra herencia que llevamos todos y desconocemos, quién sabe cuándo se inició ese proceso...' Por último había dicho: 'A veces me pregunto si no sería mejor que nos estuviéramos todos quietos, que estuviéramos todos muertos, al fin y al cabo es lo único que en el fondo queremos, la única idea futura a la que nos vamos acostumbrando, y ante ella no caben dudas ni arrepentimientos anticipados'. Nuestro adalid se había quedado callado, y la alto cargo inglesa, que por aquellas otoñales fechas ya había perdido su cargo y no acudía a la Asamblea neoyorquina, se había sonrojado tras su falso soliloquio, al oír el silencio extenso que lo siguió y la sacó de su emocionado trance. Yo entonces les había echado otra mano, y había puesto en boca de ella una proposición inexistente: '¿Por qué no salimos a pasear a los jardines? Hace un día glorioso'. (Había inventado con este anglicismo para dar verosimilitud a la frase.) Y habíamos

salido los cuatro a pasear por los jardines, en aquella tan gloriosa mañana en que Luisa y yo nos conocimos.

Ahora nuestro alto cargo continuaba en su cargo, quizá gracias a su prosopopeya y a sus conceptos divagatorios y tan erróneos como los de la adalid británica, pero a ella no le habían bastado para conservar el suyo (debía de ser una mujer deprimida y sin duda pensativa, y eso en política cava la propia tumba). Después del discurso me crucé con él en un pasillo, rodeado de su séquito (acababa mi turno y él era felicitado insinceramente por su perorata), y dado que lo conocía, se me ocurrió saludarlo extendiendo la mano y llamándole por su cargo, con la palabra 'señor' antepuesta. Fue una ingenuidad. Él no me reconoció en absoluto, pese a haber tergiversado yo sus palabras en el pasado y haberle hecho decir cosas inexistentes que no se le ocurrirían nunca, y en seguida dos guardaespaldas me agarraron la mano extendida y la no extendida y me las pusieron a la espalda, sujetándomelas con tanta violencia (triturándomelas, haciéndome polvo) que por un instante me creí ya esposado, es decir, con grilletes. Por fortuna un supremo funcionario de Naciones Unidas, que se habría fijado en mí y estaba allí al lado, me identificó en el acto como el intérprete, y así logró que me liberaran los que respaldaban a nuestro altísimo cargo. Él seguía ya pasillo adelante con sus parabienes embusteros y un improcedente ruido de llaves (maniático de su llavero, lo bailaba en el bolsillo). Al verlo alejarse observé que sus pantalones también eran connacionales, participaban del famoso e inconfundible corte. No habría estado bien lo contrario en un representante tan representativo de nuestro país lejano.

Le contaba esta anécdota a Berta esa noche en casa, y ella, en contra de la costumbre cuando yo le contaba anécdotas, no escuchaba divertida ni tampoco asombrada, menos aún con vehemencia, su cabeza concentrada en lo que la habría rondado aquel día, o más días, un proyecto, 'Bill' sin duda.

—¿Tú me ayudarías a rodar el vídeo? —me preguntó sin pausa en cuanto hube acabado de relatar mi episodio.

—¿Ayudarte? ¿Qué vídeo?

—Vamos, no te hagas el idiota. El vídeo. Voy a mandárselo. He decidido mandárselo. Pero en uno así yo no puedo filmarme a mí misma, no saldría bien. Los encuadres y todo eso, la cámara no puede estar fija, tiene que moverse. ¿Me ayudarías? —Había empleado un tono ligero, casi de divertimiento. Debí de mirarla con expresión imbécil, porque añadió (y el tono ya no fue ligero)—: No me mires con esa expresión imbécil y contéstame. ¿Me ayudarás? Está claro que si no se lo mandamos no va a dar más señales de vida.

Yo dije (al principio no pensé mis palabras):

—¿Y qué? ¿Tan grave es que no las dé? ¿Quién es? Piénsalo. ¿Quién es? ¿Qué importancia tiene si no se la damos? Aún podemos no dársela, aún no es nadie, ni siquiera le has visto la cara.

Ella había vuelto a utilizar el plural: 'si no se lo mandamos', había dicho, dando ya por hecha mi participación. Quizá ya no estaba tan injustificado que lo utilizara, desde que yo había ido a Kenmore Station y a otros sitios, hasta la marquesina del Hotel Plaza. También yo lo había empleado, por asimilación, por contagio, 'si no se la damos', 'aún podemos no dársela'. Lo había hecho sin intención.

—Para mí tiene importancia, para mí es muy grave.

Encendí la televisión, era la hora de *Family Feud*, programa diario, y las imágenes ayudarían a mitigar la contrariedad que se estaba creando, tal vez a acallar las palabras, es imposible no mirar de vez en cuando una pantalla encendida.

—¿Por qué no intentas negociar un encuentro? Escríbele de nuevo, a lo mejor contesta, aunque no le mandes lo que te pide.

—No quiero perder ya más tiempo. ¿Vas a ayudarme o no?

Su tono no tenía nada de ligero ahora, fue imperativo o casi. Miré a la pantalla. Dije:

—Preferiría no tener que hacerlo.

Ella miró también. Dijo:

—No tengo a nadie más a quien pedírselo.

Luego se quedó callada durante toda la noche, pero no en mi compañía, sino entre la cocina y su dormitorio. Cuando pasaba olía a Trussardi.

Pero durante el fin de semana coincidimos más en la casa, como solíamos (era el sexto de mi estancia, se iba acercando el momento de regresar a Madrid, a mi nueva casa con Luisa, hablaba con ella un par de veces a la semana, nunca de nada, como son las conversaciones apresuradas y algo amorosas, y además intercontinentales), y el sábado Berta volvió a insistirme. 'Tengo que hacerme ese vídeo', dijo, 'tienes que ayudarme.' En aquellos últimos días había cojeado un poco más de lo habitual, como si inconscientemente me quisiera dar lástima. Era absurdo. Yo no contesté y ella continuó: 'No puedo pedírselo a nadie más. He estado pensando, la única persona con la que tendría confianza es Julia, pero ella no sabe nada de todo el asunto, sabe lo de la agencia y que escribo a los *personals* y que de vez en cuando salgo con alguien que nunca resulta, pero ni siquiera sabe que envío y recibo vídeos, ni que me llego a acostar con nadie. No sabe nada de Arena Visible, tú en cambio estás al tanto desde el principio, hasta le has visto la cara, no me obligues ahora a contárselo todo a otra persona, la gente siempre acaba hablando. Me daría vergüenza que lo supieran los compañeros. Tienes que ayudarme'. Hizo una pausa y dudó si decir y por fin dijo (la voluntad siempre más lenta que la lengua): 'Al fin y al cabo, tú ya me has visto desnuda, es otra ventaja'.

'Cualquier relación entre las personas es siempre un cúmulo de problemas, de forcejeos, también de ofensas y humillaciones', pensé. 'Todo el mundo obliga a todo el mundo', pensé. 'Este individuo Bill ha obligado ya a Berta, y Berta está tratando de obligarme a mí, Bill ha forcejeado, también la ha ofendido y ya la ha humillado antes de conocerse, quizá

ella no se da cuenta o en el fondo no le importa, vive instalada en eso, Berta forcejea conmigo para convencerme, como Miriam con Guillermo para que se case con ella, y quizá Guillermo con su mujer española para que por fin se muera, forcejea para su muerte. Yo he forcejeado y obligado a Luisa, o fue Luisa a mí, no está claro, contra quién forcejearía mi padre, o quién lo ofendería y lo obligaría, o cómo ocurrió que en su vida hay dos muertes, quizá forcejeó para alguna, no quiero saberlo, el mundo es plácido cuando no se sabe, no sería mejor que nos estuviéramos todos quietos. Pero aunque nos estemos quietos hay problemas y forcejeos y humillaciones y ofensas, y también obligaciones, a veces nos obligamos a nosotros mismos, sentido del deber se llama, quizá mi deber es ayudar a Berta en lo que me pida, hay que dar importancia a lo que la tiene para los amigos, si me niego a ayudarla la ofenderé, y la humillaré, toda negativa es siempre una ofensa y un forcejeo, y es verdad que la he visto desnuda, pero eso fue hace mucho tiempo, lo sé pero no lo recuerdo, han pasado quince años y ella es mayor y cojea, era joven entonces y no había sufrido accidentes y sus piernas eran iguales, por qué habrá tenido que recurrir a eso, nunca mencionábamos nuestro pasado tan mínimo, mínimo en sí y frente al presente tan largo, yo también era joven, aquello ocurrió y a la vez no ha ocurrido, al igual que todo, por qué hacer ni no hacer, por qué decir sí o no, por qué fatigarse con un quizá o un tal vez, por qué decir, por qué callar, por qué negarse, por qué saber nada si nada de lo que sucede sucede, porque nada sucede sin interrupción, nada perdura ni persevera ni se recuerda incesantemente, lo que se da es idéntico a lo que no se da, lo que descartamos o dejamos pasar idéntico a lo que tomamos y asimos, lo que experimentamos idéntico a lo que no probamos, volcamos toda nuestra inteligencia y nuestros sentidos y nuestro afán en la tarea de discernir lo que será nivelado, o ya lo está, y por eso estamos llenos de arrepentimientos y de ocasiones perdidas, de confirmaciones y reafir-

maciones y ocasiones aprovechadas, cuando lo cierto es que nada se afirma y todo se va perdiendo. O acaso es que nunca hay nada.'

'Está bien, pero hagámoslo rápido, ahora mismo', le dije a Berta. 'Démonos prisa.' Y utilicé el plural en mis frases, plenamente justificado.

'¿Me lo harás?', dijo ella con gratitud indisimulada y súbita, y con alivio.

'Dime lo que tengo que hacer y lo haré. Pero rápido, venga, prepárate, cuanto antes empecemos y terminemos mejor.'

Berta se acercó hasta mí y me dio un beso en la mejilla. Salió del salón y fue a buscar su cámara, pero en seguida volvimos a la habitación de donde la había traído, porque escogió como escenario su dormitorio, la cama deshecha. Estábamos desayunando, aún era por la mañana.

Aquel cuerpo no tenía nada que ver con el que yo recordaba o ya no recordaba, aunque la verdad es que no lo miré más que a través de la cámara, para hacer los encuadres y las aproximaciones que ella me iba sugiriendo, como si verlo indirectamente fuera una manera de no contemplarlo, cada vez que interrumpíamos la grabación unos segundos para pensar una nueva postura o variar la toma (variarla yo, pensarla ella) yo miraba al suelo o bien hacia el fondo, hacia la pared y la almohada, más allá de su figura, con mi mirada opaca. Berta se había sentado primero a los pies de la cama, como había hecho 'Bill' con su albornoz azul claro, y en eso también le había imitado Berta, se había puesto su propio albornoz (que era blanco) tras pedirme que esperara a que se duchase, salió con el pelo húmedo y el albornoz cerrado, se lo abrió un poco luego, dejó que se le fuera abriendo a la altura del tórax, el cinturón todavía anudado, no recordaba yo aquellos pechos crecidos o perfeccionados por el paso del tiempo o quizá por el tacto, no podía creer que fuera un busto inyectado, era como si se hubieran transformado o hecho maternales desde que yo había dejado de verlos, y por eso no sólo me

sentí indiscreto, sino también turbado (quizá como un padre que dejó de ver desnuda a su hija cuando la hija dejó de ser niña y la ve de pronto ya adulta, por accidente o por una desgracia). Su cuerpo entero, lo que iba viendo por el objetivo, era más fuerte que el que había abrazado en Madrid hacía ya quince años, tal vez había practicado natación o gimnasia durante los doce que llevaba en América, un país donde se cuidan y moldean los cuerpos, sólo eso. Pero además de más vigoroso era más viejo, el color oscurecido como se oscurece la piel de la fruta cuando empieza a pudrirse, los pliegues junto a las axilas, en la cintura, la superficie estriada en algunas zonas por ese cuarteamiento en sombra que sólo se percibe desde muy cerca (las estrías casi blancas, como si estuvieran pintadas con el pincel más fino, sobre tabla), los propios pechos tan fuertes separados más de lo conveniente, su canal ensanchado, no soportarían bien ciertos escotes. Berta había dejado la vergüenza a un lado, o eso parecía, yo no lo había hecho en cambio, me esforzaba en pensar que estaba filmando aquello para otros ojos, los ojos de 'Bill' o Guillermo, los ojos punzantes e indescifrables del individuo del Hotel Plaza, PH, su mirada penetrante y a la vez opaca sería la que vería lo que yo estaba viendo, a ella estaba destinado, no a la mía opaca pero no penetrante, yo no lo estaba viendo aunque el ángulo que yo eligiera sería el que le tocara ver, dependía de mí (pero también de Berta) lo que él viera en su pantalla más tarde, no más, no menos, sólo lo que decidiéramos, lo que grabáramos para la posteridad tan breve. Berta había hecho que su albornoz se le deslizara hasta la cintura, el cinturón todavía anudado, las piernas cubiertas por los faldones, sólo el torso descubierto (pero enteramente al descubierto). Yo no le filmaba la cara más que de pasada, en algún movimiento que hacía el vídeo y que la alcanzaba, quizá queriendo deslindar el conocido rostro (nariz, ojos y boca; mentón, frente y mejillas, es todo el rostro) del cuerpo desconocido, el cuerpo más viejo y más fuerte, o era sólo olvidado. No se parecía al de

Luisa, que es el cuerpo al que estaba entonces y estoy ahora acostumbrado, aunque me di cuenta en aquel momento de que el de Luisa no lo había observado nunca con tanto detalle, a través de una cámara, este cuerpo de Berta era como madera mojada sobre la que se clavan navajas, el de Luisa como indiscreto mármol sobre el que suenan los pasos, más joven y menos cansado, menos expresivo y más intacto. No hablábamos mientras yo rodaba, el vídeo registra las voces, tal vez ya no había divertimiento ni alivio para mi amiga Berta, para mí nunca los hubo, las voces rebajan lo que sucede, comentar difumina los hechos, también contarlos, hicimos un alto, dejé de filmar, todo duró muy poco, había que grabar unos minutos tan sólo, pero aún no habíamos acabado. Yo miraba más cada vez con los ojos de 'Bill' que yo había visto pero no Berta, no eran los míos sino los suyos, nadie podría acusarme de haber mirado con esa mirada, de haber mirado mirando, como antes dije, porque no fui yo exactamente sino él a través de mis ojos, los de él y los míos opacos, los míos cada vez más penetrantes. Pero ella desconocía esos ojos, aún no habíamos terminado. 'El coño', le dije a Berta, y no sé cómo se lo dije, cómo me atreví a decírselo, pero lo hice. 'Nos falta el coño', le dije, y utilicé el plural para involucrarme, o quizá para atenuar lo que estaba diciendo, dos palabras tan sólo, luego cuatro, repetidas las dos primeras en la segunda frase (hablaba por boca de 'Bill' acaso). Berta no contestó, no dijo nada, no sé si me miraba, yo no la miraba a ella (en ese instante no estaba rodando), sino hacia el fondo, hacia la pared y la almohada desde la que los enfermos y los recién casados acaban por ver el mundo, también los amantes. Se desanudó el cinturón y se abrió el albornoz a la altura también del abdomen, todavía se tapaba las piernas con los faldones, esto es, dejaba ver el interior de los muslos pero no su frente ni más abajo, el resto, los faldones caían verticales como cascada azul pálida ocultando las extremidades (o era cascada blanca), una más larga y otra más corta, una más corta y otra más larga, y yo rodé, acercán-

dome, unos segundos de vídeo, para la posteridad efímera, Berta sacaría copia, lo había dicho. Se cerró el albornoz en seguida, en cuanto yo hube grabado el final de sus muslos y me retiré con la cámara un poco. Pensé que su cicatriz estaría morada, seguí sin mirarla, aún tenía que decirle algo, aún no habíamos terminado, aún nos faltaba algo de lo que 'Bill', 'Jack' o 'Nick' nos había exigido, nos faltaba la pierna. Encendí un cigarrillo y al hacerlo cayó una pavesa sobre la cama deshecha, pero llegó apagada y no se comió la sábana. Y entonces llegué a decírselo, o se lo dijo 'Bill' o se lo dijo Guillermo con nuestra voz de sierra. 'La pierna', le dijimos, le dije. 'Nos falta la pierna', dijimos, 'recuerda que Bill quiere verla.'

Si ahora me acuerdo de todo esto es porque lo que sucedió después, muy poco después y en Nueva York todavía, se pareció en un aspecto (pero creo que sólo en uno, o fueron dos, o tres) a lo que ocurrió aún más tarde (pero poco más tarde), cuando ya había regresado a Madrid con Luisa y volví a tener con más fuerza y tal vez más motivo los presentimientos de desastre que me acompañaron desde la ceremonia de boda y que aún no se han disipado (no enteramente al menos, y quizá no se vayan nunca). O puede que se tratara de un tercer malestar, uno distinto de los dos que había probado durante el viaje de novios (sobre todo en La Habana) y aun antes, una nueva sensación desagradable que sin embargo, como la segunda, es posible que fuera inventada o imaginada o hallada, la respuesta necesaria pero insuficiente a la aterradora pregunta del malestar inicial, '¿Y ahora qué?', una pregunta que se contesta una vez y otra y no obstante reaparece siempre, o se restituye a sí misma o está siempre ahí, incólume tras cada respuesta, como el cuento de la buena pipa que a todos los niños les ha sido contado para su desesperación y que a mí me contaba mi abuela habanera las tardes en que mi madre me dejaba con ella, tardes transcurridas entre canciones y juegos y cuentos y miradas involuntarias a los retratos de los que habían muerto, o en las que ella miraba transcurrir el transcurri-

do tiempo. '¿Quieres que te cuente el cuento de la buena pipa?', decía con bondadosa malicia mi abuela. 'Sí', respondía yo como todos los niños. 'No te digo ni que sí ni que no, sino que si quieres que te cuente el cuento de la buena pipa', seguía mi abuela riendo. 'No', cambiaba yo de respuesta como todos los niños. 'No te digo ni que no ni que sí, sino que si quieres que te cuente el cuento de la buena pipa', reía cada vez más mi abuela, y así hasta la desesperación y el cansancio, aprovechando que al niño desesperado no se le ocurre nunca dar la contestación que desharía el ensalmo, 'Quiero que me cuentes el cuento de la buena pipa', la mera repetición como salvación, o la enunciación que al niño no se le ocurre porque todavía vive en el sí y en el no, y no se fatiga con un quizá o un tal vez. Pero esta otra pregunta de entonces y ahora es peor, y repetirla no sirve de nada, como no sirvió, o no la contestó, o no la anuló que yo se la devolviera a mi padre en el Casino de Alcalá 15 cuando él me la hizo en voz alta, los dos en un cuarto a solas después de mi boda. 'Eso digo yo', había dicho yo. 'Y ahora qué.' La única forma de zafarse de esa pregunta no es repetirla, sino que no exista y no hacérsela ni permitir que nadie se la haga a uno. Pero eso es imposible, y tal vez por eso, para contestársela, hay que inventarse problemas y sufrir aprensiones y tener sospechas y pensar en el futuro abstracto, pensar con tan enfermo cerebro o tan enfermizamente con el cerebro, 'so brainsickly of things' como le dijeron que no hiciera a Macbeth, ver lo que no hay para que haya algo, temer a la enfermedad o a la muerte, al abandono o a la traición, y crearse amenazas, aunque sea por persona interpuesta, aunque sea analógicamente o simbólicamente, y quizá sea esto lo que nos lleva a leer novelas y crónicas y a ver películas, la búsqueda de la analogía, del símbolo, la búsqueda del reconocimiento, no del conocimiento. Contar deforma, contar los hechos deforma los hechos y los tergiversa y casi los niega, todo lo que se cuenta pasa a ser irreal y aproximativo aunque sea verídico, la verdad no depende de que las

cosas *fueran* o sucedieran, sino de que permanezcan ocultas y se desconozcan y no se cuenten, en cuanto se relatan o se manifiestan o muestran, aunque sea en lo que más real parece, en la televisión o el periódico, en lo que se llama la realidad o la vida o la vida real incluso, pasan a formar parte de la analogía y el símbolo, y ya no son hechos, sino que se convierten en reconocimiento. La verdad nunca resplandece, como dice la fórmula, porque la única verdad es la que no se conoce ni se transmite, la que no se traduce a palabras ni a imágenes, la encubierta y no averiguada, y quizá por eso se cuenta tanto o se cuenta todo, para que nunca haya ocurrido nada, una vez que se cuenta.

Lo que sucedió a mi regreso no sé bien qué fue, o mejor dicho, no sé ni sabré tal vez hasta dentro de muchos años lo que había ocurrido durante mi ausencia. Sólo sé que una noche de lluvia, estando en casa con Luisa, cuando había transcurrido una semana desde mi vuelta de Nueva York, tras ocho de trabajo y de acompañar a Berta, me levanté de la cama y abandoné la almohada y fui a la nevera. Hacía frío o me lo dio la nevera, pasé por el cuarto de baño y me puse una bata (estuve tentado de utilizar el albornoz como bata, pero no lo hice), y a continuación, mientras Luisa pasaba a su vez por el cuarto de baño para lavarse, yo me entretuve un momento en la habitación en la que trabajo y miré unos textos de pie, con la coca-cola en la mano y ya con sueño. Caía la lluvia como cae tantas veces en la despejada Madrid, uniforme y cansinamente y sin viento que la sobresalte, como si supiera que va a durar días y no tuviera furia ni prisa. Miré hacia fuera, hacia los árboles y hacia los haces de luz de las farolas curvadas que iluminan la lluvia cayendo y la hacen parecer plateada, y entonces vi una figura en la misma esquina en que se pusieron más tarde el organillero viejo y la gitana con platillo y trenza, esa misma esquina que sólo se ve parcialmente desde mi ventana, una figura de hombre que, a diferencia de ellos, entraba enteramente en mi campo visual porque se pro-

tegía del agua, o no tanto, bajo el alero del edificio que no me priva de luz y tenemos enfrente, a cuyo muro estaba arrimado, alejado de la calzada, sería difícil que lo atropellara un coche, y apenas había tráfico. También se protegía con un sombrero, lo cual es raro de ver en Madrid aunque un poco menos en días de lluvia, se lo ponen algunos señores mayores, como Ranz, mi padre. Aquella figura (eso se ve al instante) no era la de un señor mayor, sino la de un hombre aún joven y alto y erguido. El ala de su sombrero y la oscuridad y la distancia no me permitían ver su cara, quiero decir distinguir sus facciones (veía la mancha blanca de todo rostro en tinieblas, el suyo quedaba lejos del haz de luz más cercano), porque justamente lo que me hizo detenerme a mirarlo fue que tenía la cabeza alzada y miraba hacia arriba, miraba exactamente —o eso creí— hacia nuestras ventanas, o mejor dicho, hacia la que ahora quedaba a mi izquierda y era la de nuestro dormitorio. El hombre, desde su posición, no podía ver nada del interior de ese cuarto, lo único que podía ver —y quizá miraba— era si había o no luz en él, o tal vez —pensé— la sombra de nuestras figuras, la de Luisa o la mía, si nos acercábamos lo bastante o lo hubiéramos hecho, no lo recordaba. Podía estar esperando una seña, con las luces que se encienden y apagan, como con los ojos, se han hecho señas desde tiempos inmemoriales, abrir y cerrar los ojos y agitar antorchas en la distancia. La verdad es que lo reconocí en seguida pese a no verle los rasgos, las figuras de la niñez resultan inconfundibles en todo lugar y tiempo al primer vistazo, aunque hayan cambiado o crecido o envejecido desde entonces. Pero tardé unos segundos en reconocérmelo, en reconocerme que bajo el alero y la lluvia reconocía a Custardoy el joven mirando hacia nuestra ventana más íntima, esperando, escrutando, igual que un enamorado, como Miriam un poco o como yo mismo unos días antes, Miriam y yo en otras ciudades más allá del océano, Custardoy aquí, en la esquina de mi casa. Yo no había aguardado como un enamorado, pero sí

quizá a que terminara lo mismo a cuyo fin esperaba Custardoy acaso, a que Luisa y yo apagáramos la luz definitivamente para podernos imaginar dormidos y dándonos la espalda, no de frente y tal vez abrazándonos despiertos. 'Qué hace ahí Custardoy', pensé, 'es una casualidad, la lluvia lo ha sorprendido cuando pasaba por nuestra calle y se está resguardando bajo el alero del edificio de enfrente, no se atreve a llamar ni a subir, es tarde, pero no puede ser, está ahí apostado, debe de llevar ya rato, eso parece por su actitud y por cómo tiene levantado el cuello de la chaqueta, que se cierra sujetándolo con sus manos huesudas mientras eleva los ojos separados y negros y enormes sin apenas pestañas hacia nuestra alcoba, qué mira, qué busca, qué quiere, por qué está mirando, sé que ha venido a veces con Ranz durante mi ausencia, a visitar a Luisa durante mi ausencia, lo ha traído mi padre, lo que se llama pasar por casa, la visita del suegro y un amigo suyo y nominalmente mío, debe de haberse enamorado de Luisa, pero él no se enamora, no sé si ella estará al tanto de esto, qué raro en una noche de lluvia, cuando yo ya he vuelto, mojándose en la calle como un perro.' Estos fueron mis primeros y rápidos y desordenados pensamientos. Oí cómo Luisa salía del cuarto de baño y volvía a nuestro dormitorio. Me llamó desde allí por mi nombre y me dijo (una pared por medio pero ambas puertas abiertas que dan al pasillo): '¿No vienes a dormir? Venga, se nos ha hecho muy tarde'. Su voz sonaba tan natural y animada como durante todos aquellos días desde mi regreso, ya una semana, como había sonado unos minutos antes mientras me decía cosas más bien amorosas sobre la común y compartida almohada. Y en vez de decirle lo que estaba pasando, lo que estaba viendo, lo que estaba pensando, me abstuve, como también me abstenía de salir a la terraza y llamar a Custardoy por su nombre y preguntarle sin más: '¡Eh! Pero ¿tú qué haces ahí?', la misma pregunta que sin conocerme me había hecho Miriam con naturalidad desde la explanada, como se dirige uno a un conocido con el que hay

confianza. Y contesté con disimulo (el disimulo de la sospecha, aunque yo aún no lo sabía): 'Apaga la luz ya si quieres, yo aún no tengo sueño, voy a revisar un trabajo un rato'. 'Bueno, pero no tardes mucho', dijo ella, y vi que apagaba la luz, lo vi en el pasillo. Yo cerré con cuidado mi puerta y acto seguido apagué mi luz, la pequeña lámpara que había encendido en la habitación en la que trabajo para mirar los textos, y entonces supe que todas nuestras ventanas habían quedado a oscuras. Volví a mirar por la mía, Custardoy hijo miraba todavía hacia arriba, el rostro alzado, la mancha blanca vuelta hacia el cielo oscuro, a pesar del alero la lluvia se la golpeaba, gotas sobre las mejillas quizá mezcladas con sudor no con lágrimas, la gota de lluvia que va cayendo desde el alero siempre en el mismo punto cuya tierra va ablandándose hasta ser penetrada y hacerse agujero y tal vez conducto, agujero y conducto como el de Berta que había visto y grabado y el de Luisa en el que había permanecido, tan sólo unos minutos antes. 'Ahora se marchará', pensé, 'al ver las luces apagadas se irá, como yo abandoné mi espera cuando vi apagadas las de la casa de Berta hace no muchos días. Entonces sí era una señal convenida, también yo estuve aguardando un rato en la calle, como Custardoy ahora, como Miriam hace más tiempo, sólo que en el caso de Miriam ella no sabía que desde arriba la observaban dos caras o manchas blancas y cuatro ojos, los de Guillermo y los míos, y en este caso Luisa no sabe que la espían dos ojos desde la calle sin verla, y Custardoy ignora que los míos lo están vigilando desde el cielo oscuro, desde lo alto, mientras cae la lluvia que parece de mercurio o plata bajo las farolas. En cambio los dos sabíamos, Berta y yo en Nueva York, dónde estábamos cada uno, o podíamos suponerlo. 'Ahora se irá', pensé, 'tiene que irse para que yo pueda volver a mi alcoba con Luisa y me desentienda de su presencia, no podría conciliar el sueño ni respaldar a Luisa dormida sabiendo que Custardoy sigue abajo. Yo le he visto mirar tantas veces por la ventana de mi habitación durante mi in-

fancia, como yo miro ahora, aspirar al exterior y codiciar el mundo al que ya pertenece y del que lo separaban un balcón y unos cristales, dándome la espalda con su nuca rapada e intimidándome en mi propio cuarto, era un niño temible y es un hombre temible, es un hombre que sabe desde el primer momento quién quiere ser abordado y con qué propósito, en un local o en una fiesta o incluso en la calle y también sin duda en una casa a la que fue de visita, o vino, o quizá es él quien hace surgir la disposición y el propósito, en Luisa no los había antes de mi partida, al revés que en Berta, en quien sí los había ya antes de mi llegada y durante mi estancia y aún los habrá después de mi marcha, estoy seguro. ¿Seguirá viendo a Bill, cuyo nombre es Guillermo, lo habrá vuelto a ver? O puede que Guillermo haya regresado ya a España como yo tras sus proyectados dos meses, de los tres era Berta la única que se quedaba, tengo que llamarla, yo me he ido pero quedé involucrado y asimilado, el plural se hace inevitable y acaba apareciendo por todas partes, qué nos quiere Custardoy ahora, qué nos busca.'

Yo no había querido ni buscado nada mientras había esperado fuera de la casa de Berta, había sido algo imprevisto, con lo que no contábamos. Era el séptimo fin de semana de mis proyectados ocho, el siguiente al que ya he relatado y en el que filmé una película de escasos minutos, y en los días anteriores a aquel penúltimo había fluido el correo, nuestro vídeo se había mandado el lunes (sin que Berta sacara copia) y había hecho su efecto, o a 'Bill' le había parecido lo bastante atractivo para merecer los riesgos. Había contestado sólo con una nota, sin disculparse por no corresponder con nada semejante y sin mostrar aún su cara ni en mísera foto, pero proponiendo un encuentro para el inminente sábado, su sobre no nos llegó hasta el viernes, era seguro que no hasta ese día ya que Berta pasó por su apartado de Old Chelsea Station todas las tardes de aquella semana, después del trabajo. La nota de 'Bill' seguía estando en inglés, como siempre, pero era in-

equívocamente español hacer así la cita, de una tarde para la siguiente noche. 'Yo te reconoceré', decía, en el Oak Bar del Hotel Plaza, un lugar de citas previas al teatro o la cena o incluso la ópera, sin saber que ella sabía que también era el sitio donde él se alojaba, esto es, donde tenía su almohada. Para esa noche Berta tenía apalabrada una cena con su compañera Julia y otra gente desde hacía semanas, yo también iba a asistir a ella, decidió que era mejor no avisar de su ausencia para que no le insistieran o quisieran pasarse a verla si decía que se encontraba enferma, y fui yo quien, una vez en el restaurante del puerto, hube de disculparla alegando insoportable migraña y sintiéndome intruso al presentarme yo solo, apenas si conocía a aquellas personas.

Antes de salir, mientras me afeitaba y me preparaba, Berta se acicalaba (quizá por asimilación) para encontrarse por fin con 'Bill' y con 'Jack' y 'Nick', y nos disputábamos calladamente el espejo del cuarto de baño, el cuarto de baño mismo. Ella estaba impaciente y ya olía a Trussardi. '¿Aún no has acabado?', me dijo de pronto al ver que todavía me apuraba la barba. 'No sabía que salías ya', contesté, 'me podía haber afeitado en mi cuarto.' 'No, no saldré hasta dentro de una hora', fue su seca respuesta, y sin embargo ya estaba vestida con mucho estudio y sólo le faltaba pintarse, cosa que, según yo sabía, hacía muy rápidamente (calzarse lo hacía aún más rápido, tendría los pies muy limpios). Pero todavía no me había puesto la corbata cuando ella volvió a entrar en el cuarto de baño vestida de otra forma distinta y no menos estudiada. 'Ah, qué guapa estás.' 'Estoy horrenda', respondió ella, 'no sé qué ponerme, qué te parece.' 'Quizá estabas mejor antes, aunque así estás también muy guapa.' '¿Antes? Pero si no me he vestido hasta ahora', dijo, 'lo que llevaba antes era para estar este rato en casa, no para salir de noche.' 'Ah, te quedaba bien', respondí yo mientras lavaba una lentilla con la corbata suelta alrededor del cuello. Salió y al cabo de unos minutos apareció con otro atuendo, más provocativo si esta

palabra tiene algún sentido, supongo que sí lo tiene puesto que no es raro emplearla para describir las prendas de las mujeres y existe en todas las lenguas que yo conozco, las lenguas no suelen equivocarse juntas. Se miró en el espejo a distancia para verse lo más completa posible (no lo había de cuerpo entero en la casa, yo me hice a un lado e interrumpí el nudo de mi corbata); flexionó una pierna y con la mano se alisó la falda un poco corta y muy estrecha, como si temiera algún imaginario pliegue que le afeara el culo, o tal vez se ajustó la braga insumisa a través de la tela que la cubría. Se preocupaba por su aspecto vestida, 'Bill' ya la había visto desnuda, aunque en pantalla.

—¿No te da un poco de miedo? —le dije.

—¿A qué te refieres?

—Un desconocido, nunca se sabe. No quiero resultar cenizo, pero, como tú dijiste, en el mundo hay muchos tipos con los que no se puede ni cruzar la calle.

—La mayoría de esos tipos trabajan en arenas visibles: los vemos a diario en Naciones Unidas y el mundo entero cruza la calle con ellos. Además, me da lo mismo. Ya estoy acostumbrada, si tuviera miedo no conocería a nadie. Siempre se puede echar uno atrás, y mala suerte si vienen mal dadas. Bueno, no siempre, a veces es demasiado tarde.

Se observaba una y otra vez, de frente, de un lado, del otro y de espaldas, pero no me preguntaba si seguía estando mejor antes o bien ahora, yo ya no quería intervenir sin que me lo pidiera. Me lo pidió.

—Estoy fatal, no sé si he engordado —dijo.

—No te empeñes, estás muy bien, hace unos días creías que estabas demasiado flaca —le dije yo, y añadí para distraerla de sus miradas y consideraciones desconsideradas para consigo misma—: ¿Adónde crees que te llevará?

Humedeció en el grifo un diminuto cepillo y se peinó las cejas hacia arriba para darles realce.

—Teniendo en cuenta que no se anda por las ramas y que me ha citado ya en el hotel, supongo que querrá llevarme de-

recha a la habitación. Pero no tengo la menor intención de quedarme sin cenar esta noche.

—Puede que haya organizado la cena arriba, como en las películas de seductores.

—Si es así va listo. Recuerda que yo todavía no le he visto la cara. A lo mejor ni me siento a tomar una copa, después de vérsela. —Berta se daba ánimos, estaba insegura, quería pensar momentáneamente que las cosas podían no ser como iban a ser, que aún tendría que ser convencida, es decir, seducida. Sabía cómo iban a ser porque en gran medida dependían de ella, estaba seducida desde mucho antes de que le escribiera 'Nick', por la disposición y el propósito, que son lo que más convence y lo que más seduce. Por eso añadió en seguida, como si ante mí no quisiera engañarse más que un instante—: Ah, y no te preocupes si no regreso, quizá no vuelva a dormir.

Yo salí del cuarto de baño y acabé de anudarme la corbata en mi habitación, con la ayuda de un espejo de mano. Estaba ya casi listo para salir, mi cita que había sido la suya era más temprana que la suya final que no era mía. Me puse la chaqueta y con la gabardina ya al brazo me acerqué de nuevo a la puerta del cuarto de baño para despedirme, ahora sin atreverme a cruzar el umbral, como si una vez arreglado ya no tuviera derecho a hacerlo pese al olvido de las reglas sociales entre nosotros, entre dos amigos que se habían abrazado despiertos quince años antes.

—¿Puedes hacerme un favor? —le pregunté de pronto con la cabeza asomada (de pronto porque aún no había decidido preguntárselo, estaba aún pensándomelo cuando ya lo dije).

Ella no dejó de mirarse (se buscaba o creaba imperfecciones ahora con unas pinzas ante el espejo, todo suyo). Dijo:

—Dime.

Volví a pensármelo y volví a hablar antes de haberme resuelto a hacerlo (como cuando traduzco y a veces me anticipo un poco a las palabras del traducido porque adivino ya lo

que sigue), mientras todavía pensaba: 'Si se lo pido querrá explicaciones'.

—¿Te importaría sacarle a lo largo de la conversación el nombre de Miriam, a ver cómo reacciona, y luego me lo cuentas?

Berta tiró con fuerza del pelo de una ceja que había condenado y tenía ya entre las pinzas. Ahora sí me miró.

—¿El nombre de Miriam? ¿Por qué? ¿Qué sabes? ¿Es su mujer?

—No, no sé nada, es sólo una prueba, una idea.

—A ver a ver —dijo ella, y movió varias veces el dedo índice de la mano izquierda como atrayéndome hacia sí, o como diciendo: 'Desembucha', o 'Explica', o 'Cuenta'. Fue un revoloteo.

—De verdad no sé nada, no es nada, sólo una sospecha, una figuración mía, y además ahora no hay tiempo, tengo que llegar puntual para advertirles de tu ausencia, ya te lo contaré mañana. Si te acuerdas y puedes, saca ese nombre en la conversación, no importa cómo, di que habías anulado una cena con una amiga que se llama así, cualquier cosa, es sólo el nombre. Pero no le insistas.

A Berta le interesaba lo desconocido, a todo el mundo le interesa hacer pruebas y volver con noticias, aunque no sepa con qué propósito.

—Está bien —dijo—, procuraré hacerlo. ¿Puedes hacerme tú un favor a mí?

—Dime —dije.

Ella habló sin pensárselo, o bien lo había estado pensando antes y ya se había resuelto.

—¿Tienes preservativos que puedas dejarme? —dijo rápidamente y con la boca pequeña mientras ya no me miraba (se estaba pintando los labios con un pincel mínimo y con mucho cuidado).

—Debo tener alguno en el neceser —contesté con tanta naturalidad como si me hubiera pedido unas pinzas, tenía

aún las suyas sobre el lavabo; pero era una naturalidad tan fingida que no pude evitar añadir—: Creía que deseabas que alguna de tus citas no los llevara algún día.

Berta se echó a reír y dijo:

—Sí, pero no quiero correr el riesgo de que sea Arena Visible quien no los lleve.

En su risa había verdadera alegría, como la había en el canturreo que todavía alcancé a oír (estaría peinándose ante el espejo, ya sola, sin mi presencia apoyada en el quicio de una puerta que no era la de mi dormitorio) mientras me encaminaba hacia la salida, la risa y el canturreo de las mujeres afortunadas, aún no abuelas ni viudas ni ya solteronas, ese canto insignificante y sin destinatario y que nadie juzga, y que ahora no era el preludio del sueño ni la expresión del cansancio, sino la sonrisa boba o expresión y preludio de lo deseado, o de lo adivinado, o de lo ya sabido.

Pero sucedió algo imprevisto que, pensándolo luego, no era en modo alguno imprevisible. Yo regresé de mi cena hacia las doce, y, como siempre hago antes de acostarme cuando estoy solo, puse la televisión y me dediqué brevemente a recorrer canales para saber lo ocurrido en el mundo durante mi ausencia. Estaba aún en ello cuando volvió a abrirse la puerta de la calle que yo había cerrado sin cerrojo minutos antes y apareció Berta. No guardó la llave en el bolso, la conservó en la mano. Cojeaba menos que nunca, o disimulaba más, no cojeaba. Tenía la gabardina abierta, me fijé en que no llevaba el último vestido que le había visto en el cuarto de baño, quién sabía cuántas veces más se habría cambiado después de mi marcha. Era otro vestido provocativo y bonito y ella llevaba la prisa dibujada en el rostro (o era susto, o era apuro o era la noche, cara de noche).

—Menos mal que aún no te has acostado —dijo.

—Acabo de llegar. ¿Qué pasa?

—Bill está abajo. No quiere que vayamos a su hotel, bueno, ni siquiera me ha dicho que esté en un hotel. Lo que no

quiere es que vayamos donde él se aloja, quiere venir aquí. Le he dicho que estaba un amigo pasando unos días, y ha dicho que no quiere testigos, bueno, eso es normal, ¿no? ¿Qué podemos hacer?

Había tenido la delicadeza de utilizar el plural también ahora, aunque cabía que ese plural no me incluyera ya a mí, sino a 'Bill' que esperaba abajo, tal vez a los tres unidos.

—Lo que hacíamos de estudiantes, supongo —dije yo levantándome y recordando otro plural sólo nuestro, el que había habido en el pasado—. Me voy a dar una vuelta.

No lo dudó, lo esperaba. No protestó, lo estaba pidiendo.

—Será poco rato —dijo—, una hora, hora y media, no sé. En Cuarta Avenida, un poco más abajo, hay un sitio de comida rápida abierto las veinticuatro horas, lo verás, es enorme. Bueno, no es tarde, habrá muchos sitios abiertos todavía. ¿No te importa?

—No, claro que no. Cuenta con todo el tiempo que quieras, ¿mejor tres horas?

—No, no será tanto. Podemos hacer una cosa. Dejaré encendida la luz de esta habitación, se ve desde la calle. Cuando él se vaya la apagaré. Desde abajo podrás ver si la casa está a oscuras y entonces ya puedes subir, ¿de acuerdo?

—Bien —dije—. ¿Y si quiere quedarse a dormir?

—No, eso seguro que no. Llévate algo para leer. —Esto lo dijo como una madre.

—Compraré el periódico de mañana. ¿Dónde está él? —pregunté—. Recuerda que me vio, si ahora me ve salir y me reconoce, mala cosa.

Berta se acercó a la ventana y yo me acerqué tras ella. Miró a izquierda y derecha y divisó a 'Bill', a la derecha. 'Ahí está', dijo señalando con el dedo índice. Mi pecho rozaba su espalda, su espalda respiraba agitada, con prisa o apuro o susto o era nocturna. La noche estaba rojiza y nublada, pero no parecía que fuera nunca a llover. Vi la figura de 'Bill', vuelta, bastante alejada de nuestro portal, esperando, alejada tam-

bién del único haz de luz que entraba en nuestro campo visual (Berta vive en una calle de casas bajas en un tercer piso, no en una avenida de rascacielos).

—No te preocupes —dijo—, bajo yo contigo para avisarle. Él es el primer interesado en que no lo vea nadie. Tú vete para la izquierda al salir y ya está, él no se dará la vuelta hasta que yo le avise. ¿Seguro que no te importa? —Y Berta me acarició la mejilla, cariñosa conmigo como lo son las mujeres cuando tienen una ilusión, aunque les vaya a durar un instante o su duración ya esté acabando.

Salí y deambulé un rato. Me metí en varias tiendas, aún abiertas, todo está siempre abierto en esa ciudad, Berta había pensado de pronto como una española, quizá porque la esperaba uno y hablaba con otro. En un colmado de coreanos que nunca cerraba compré el *New York Times* del domingo, el más gigantesco de la semana, leche para la casa, se había acabado. Entré en una tienda de discos y compré un disco, la banda sonora original de una película antigua, no la había en compacto, sólo en disco negro descatalogado. Era sábado, las calles estaban llenas de gente, vi a los toxicómanos y a los delincuentes futuros a distancia. Entré en una librería nocturna y compré un libro japonés por el título, *House of the Sleeping Beauties* se llamaba en inglés, el título no me gustaba pero lo compré por él. Me estaba llenando de pequeños paquetes, lo metí todo en una bolsa de plástico, la del disco, la más grande, tiré las demás, las de papel crudo de los colmados no tienen asas, son incómodas y ocupan enteramente las manos, o mejor, las llenan, como se llenan las manos de un hombre en su noche de bodas y también las de la mujer, que en estos tiempos viene a ser lo mismo que la primera vez, tan olvidable si no hay segunda, incluso si no hay tercera ni cuarta ni quinta, aunque uno sabe. Estábamos en la noche de bodas de 'Bill' y Berta, esa noche tenía lugar mientras yo deambulaba haciendo tiempo por la ciudad, matar el tiempo se llama a eso. Vi el sitio de comida rápida que me había mencionado Berta, en

realidad me había ido dirigiendo hacia allí sin pensarlo, por su mención. No entré todavía, había que reservarlo para más tarde porque a diferencia de otros permanecía abierto las veinticuatro horas, podía necesitarlo, leí el cartel. El cielo ya no se veía en las avenidas, demasiada luz y demasiados ángulos, yo sabía que estaba rojo y nublado, no llovería. Seguí caminando sin alejarme mucho y fue pasando el tiempo, el tiempo tan perceptible cuando se lo está matando, cada segundo parece que adquiera individualidad y solidez, como si fueran guijarros que uno va dejando deslizarse desde la mano al suelo, reloj de arena, el tiempo se hace rugoso y quebrado, como si ya fuera pretérito o hubiera pasado, se mira transcurrir el transcurrido tiempo, no sería así para Berta ni para Guillermo, estaba todo resuelto desde la primera carta, todo acordado, y el último trámite se habría cumplido durante la cena, adónde habrían ido, hablar un poco sin prestar atención y con impaciencia, simular que se adquieren méritos en una conversación, una anécdota, observar la boca, servir el vino, ser educado, encender cigarrillos, reír, la risa es a veces el preludio del beso y la expresión del deseo, su transmisión, sin que se sepa por qué, la risa desaparece luego durante el beso y el cumplimiento, casi nunca hay risa mientras la gente se abraza despierta sobre la almohada y las bocas ya no se observan (la boca está llena y es la abundancia), se tiende a la seriedad por risueños que sean los prolegómenos y las interrupciones, la demora, la espera, la prolongación y las pausas, un respiro, la risa se corta, a veces también las voces, se callan las voces articuladas, o hablan con vocativos o interjectivamente, no hay nada que traducir.

Hacia las dos y media por fin me entró un poco de hambre, mi cena ya estaba lejana, volví hacia el sitio de veinticuatro horas y pedí un sandwich, una cerveza, desplegué el *New York Times* gigantesco, leí las páginas de internacional y deportes, empezaba a hacerse difícil hacer tanto tiempo, no quería regresar antes de transcurridas las tres horas que le ha-

bía ofrecido a Berta. Aunque quién sabía, quizá 'Bill' ya se hubiera marchado, tal vez hubiera terminado la seriedad y también las risas, cuando todo está acordado la ejecución a veces es breve y no se dilata, los hombres son impacientes y quieren irse, de pronto les molesta la cama deshecha y la visión de las sábanas y las manchas, el resto, el rastro, el cuerpo imperfecto en el que ahora se fijan y no quieren fijarse (antes lo abrazaban sólo, ahora les resulta desconocido), tantas veces se ha representado en pintura y en cine a la mujer abandonada en el lecho, jamás al hombre o sólo si ha muerto como Holofernes, la mujer un despojo, quizá Berta estuviera ya sola y esperara mi vuelta o ansiara mi vuelta, mi mano amiga sobre su hombro, no sentirse desconocida ni tampoco despojo. Pagué y salí, y aún lentamente fui volviendo hacia la calle y hacia la casa, había ya menos gente, no se trasnocha tanto como en Madrid, aquí es un delirio la noche del viernes y la del sábado, por aquella ciudad empezaban a verse tan sólo taxis. Eran las tres y veinte cuando me encontré en el punto en que 'Bill' había esperado a que yo desalojara el apartamento, bastante lejos del portal, bastante del haz de luz único, ahora, desde la acera, veía otros a cierta distancia, en las calles economiza el ayuntamiento lo que derrocha en las avenidas. Desde allí no se veía la luz del salón, demasiado en escorzo, di unos pasos, un tercer piso, me acerqué para ganar una posición más frontal y vi la luz encendida, todavía encendida, 'Bill' no se había marchado, seguía allí, no consideraba aún a Berta una desconocida. Y entonces ya no se moví, sino que decidí seguir esperando en la calle, era demasiado tarde para buscar un hotel, debía habérseme ocurrido antes, me daba pereza volver al sitio de comida rápida, ya no quedaban tantos otros abiertos, no tenía más hambre, un poco de sed, no quería deambular ya más, estaba cansado de caminar y de notar el tiempo. Me acordé del actor Jack Lemmon en aquella película de los años sesenta, nunca podía entrar en su apartamento, me quedé junto al farol, pegado al farol como un bo-

rracho de chiste, en el suelo mi bolsa de plástico abultada por el cartón de leche y en la mano el periódico para leerlo a la luz del haz. Pero no leía, aguardaba como lo había hecho Miriam, sólo que a mí no me preocupaba el deterioro de mi aspecto durante la espera y sabía cuál era la situación exacta, es decir, por qué se me hacía esperar, no estaba furioso con nadie, esperaba una señal tan sólo. Miraba con frecuencia hacia la ventana, como miraba Custardoy ahora hacia la de mi dormitorio, estaba velando la falsa noche de bodas de 'Bill' y Berta, como aquella suegra cubana de la canción y el cuento había velado la de su hija con el extranjero que a la mañana siguiente se convirtió en serpiente (o fue durante la noche, la noche de bodas, pidió auxilio la hija que no fue escuchada, el yerno engañó y convenció a la suegra llamándola así, 'mi suegra') y dejó un rastro de sangre sobre las sábanas, o era acaso la sangre de la desposada virgen, la carne cambia o la piel que se abre o algo se rasga, Berta no dejaría la suya esta noche. Ranz había conocido tres noches de bodas, tres verdaderas, en ellas algo se rasga a veces, antiguamente. La luz seguía encendida tal vez durante demasiado tiempo, quince minutos para las cuatro, hablar, repetir, proseguir, no más risas, o 'Bill' habría decidido quedarse a pasar la noche, no era probable, ya no se oía ni el murmullo del tráfico por las avenidas, de pronto temí por Berta, no te da un poco de miedo, le había dicho, mala suerte si vienen mal dadas, había contestado ella, la gente muere, parece imposible pero la gente muere como había muerto mi tía Teresa y la primera mujer de mi padre, quienquiera que fuese, seguía sin saber nada de ella, seguramente no quería, Luisa sí en cambio, Luisa estaba intrigada, quién sabía si Luisa no estaba en peligro tan lejos, más allá del océano como la mujer de Guillermo enferma que lo ignoraba, mientras yo temía de pronto por Berta que estaba muy cerca, más allá de la ventana de su salón encendido, una señal, la luz de mi alcoba estaba apagada como yo la había dejado, la de la suya no podía saberse, no daba a la calle, y era allí donde esta-

ría ella con 'Bill' y su voz de sierra, la voz inarticulada ahora, como yo había estado con Luisa unos minutos antes de ir a la nevera (las voces interjectivas) y mirar luego por la ventana de la habitación en la que trabajo, hacia fuera, hacia la esquina de mi casa nueva en la que tanta gente se para, un organillero y una mujer con trenza, un tipo que vende y vocea rosas y también Custardoy con su cara obscena vuelta hacia lo alto y mojada, no bajé aquella noche a darle un billete para que se marchara, no molestaba ni hacía ruido, no podía comprarlo, no hacía nada, sólo miraba hacia arriba bajo la lluvia con su sombrero puesto, hacia nuestro dormitorio cuyo interior no podía ver por la altura, sólo la luz acaso que ya no estaba encendida, Luisa la había apagado mientras yo le mentía y observaba el exterior sin codiciar el mundo, mi mundo es mi compartida almohada desde que me casé y tal vez también antes, habría estado alguien en ese mundo o almohada durante mi ausencia, alguien que sabría hacer surgir la disposición y el propósito.

Me aterró el pensamiento y no quise pensarlo, el secreto que no se transmite no hace daño a nadie, cuando tengas secretos o si ya los tienes no se los cuentes, me había dicho mi padre después de decirme y ahora qué, ahora qué; los de ella no lo serían si tú los supieras, había dicho, pero no había en Luisa ningún cambio hacia mí, o sí lo había, no debía temer, ya no estaba más allá del océano sino cerca, en el otro cuarto, yo estaría en seguida a su lado, respaldándola, en cuanto Custardoy se fuera. No le había contado apenas a Luisa, nada de 'Bill' ni Guillermo, nada del albornoz y el triángulo de pecho velludo, nada del vídeo ni de la voz de sierra, nada de la pierna ni de la espera aquella noche de sábado, todo aquello no era en sí mismo un secreto o podía no haberlo sido, pero quizá ya lo era por haberlo callado durante una semana desde mi regreso, el secreto no tiene carácter propio, lo determinan la ocultación y el silencio, o la cautela, o también el olvido, no comentar ni contar porque escuchar es lo más peligroso y

no es evitable, y es sólo entonces cuando suceden las cosas, cuando no se relatan, contarlas es espantarlas y ahuyentar los hechos, las parejas se cuentan todo lo de los otros, no lo propio a menos que crean que les pertenece a ambos: y entonces la lengua al oído, 'I have done the deed', y en esa mera enunciación está ya la alteración o negación de ese hecho o hazaña. 'He hecho el hecho', se atrevió a decir Macbeth, lo dijo al instante de haberlo hecho, quién se atrevería a tanto, no tanto a hacerlo cuanto a decirlo, la vida o los venideros años no dependen de lo que se hace, sino de lo que se sabe de uno, de lo que se sabe que ha hecho y de lo que no se sabe porque no hubo testigos y se ha callado. Quizá hay que aceptar el engaño, que es parte de la verdad como la verdad del engaño, nuestro pensamiento es oscilante y ambiguo y no tolera que no haya recelos, para él habrá siempre zonas de sombra y siempre piensa con tan enfermo cerebro.

Temía por Berta, ya cuatro horas, de pronto temí que la hubieran matado, la gente muere, la gente que conocemos muere aunque parezca imposible, nadie más que ella sabía que había que apagar una luz como señal convenida, no tenía por qué hacerlo el asesino cuando se fuera, la luz debía apagarse precisamente después de su marcha, para advertirme de ella y decirme 'Sube', la oscuridad significaba 'Sube', quizá la nuestra significaría algo para Custardoy, lo vería, mi mensaje era 'Vete'. Cogí mi bolsa del suelo y empecé a cruzar lentamente la calle para subir sin esperar ya más, eran cuatro pasos y por allí no había pasado ningún coche desde hacía mucho, las cuatro y veinte, demasiadas horas para unos extraños. Estaba en medio de la calle, cruzando, cuando apareció un taxi que venía despacio, como si el taxi fuera buscando el cercano número de su destino. Desanduve mis cuatro o dos pasos y regresé a la acera, el taxista llegó a mi altura y me miró con desconfianza (los mendigos y los toxicómanos portan a menudo bolsas de plástico, los borrachos, en cambio, de papel crudo sin asas); al verme mejor o ver mi actitud serena me

hizo un gesto interrogativo con la cabeza y me preguntó por el número de la casa de Berta, apenas si se le entendía, sería griego o libanés o ruso como casi todos los taxistas de esa ciudad, todo el mundo conduce. 'Es ese', le dije señalando hacia el portal cuyo número no se veía en la noche nublada de un farol aislado, y en seguida me aparté, me alejé del haz de luz como si tuviera repentina prisa por proseguir mi camino, aquel era el taxi que 'Bill' habría pedido por teléfono para volver al Plaza, tal vez ya se iba y se apagaría la luz, si Berta seguía viva, un despojo o no, demasiadas horas. Me quedé a cierta distancia, aún más lejos del punto en el que 'Arena Visible' había esperado para subir sin testigos, oí el claxon con un sonido breve y seco, significaba 'Oiga', o 'Aquí me tiene', o 'Baje'. Inmediatamente después se abrió la puerta y vi salir a los pantalones patrióticos, a la gabardina que en la noche era de un azul pavonado, el cielo seguía rojo, tal vez se iba agravando. Oí la puerta del taxi al cerrarse y el motor en marcha, pasó junto a mí con velocidad creciente, yo le daba la espalda. Volví luego sobre mis pasos hasta el farol, y la luz del salón estaba ahora apagada, Berta se acordaba de mí y estaba viva, las nuestras también apagadas, yo acababa de oscurecer la habitación en la que trabajo, Luisa la de la alcoba, justo antes, habían pasado solamente unos segundos. Seguía lloviendo mercurio o plata bajo los haces, nuestra noche era anaranjada y verdosa como lo son tantas veces las de Madrid mojado. Custardoy miró aún hacia arriba con su mancha blanca y obscena. 'Vete', le dije yo con mi enfermizo cerebro. Entonces se llevó una mano al sombrero, y sujetándose con la otra el levantado cuello de la chaqueta, abandonó el alero y dobló la esquina y desapareció de mi vista, mojándose como un enamorado, o como un perro.

Quién no ha tenido sospechas, quién no ha dudado de su mejor amigo, quién no se ha visto traicionado y delatado en su infancia, en el colegio se encuentra ya uno cuanto le espera después en el codiciado mundo, los impedimentos y las deslealtades, el silencio y la trampa, la emboscada; también hay algún compañero que dice 'He sido yo', la primera forma de reconocimiento de las responsabilidades, la primera vez en la vida en que uno se ve obligado a decir, o escucha: 'I have done the deed', y luego, a medida que se va creciendo y el mundo ya es menos mundo porque no está fuera de nuestro alcance, se dice y escucha eso cada vez menos, al lenguaje de la niñez se lo da de baja, se lo retira por demasiado esquemático y simple, pero esas frases descarnadas y absurdas que entonces se sentían como heroicidades no nos abandonan del todo, sino que perviven en las miradas, en las actitudes, en las señales, en los gestos y en los sonidos (las interjecciones, lo inarticulado) que también pueden y deben ser traducidos porque son nítidos tantas veces y son los que de verdad dicen *algo* y se refieren de verdad a los hechos (el odio sin trabas y el amor sin mezcla), sin el sufrimiento de un quizá y un tal vez, sin la envoltura de las palabras que no sirven tanto para dar a conocer o relatar o comunicar cuanto para confundir y ocultar y librar de responsabilidades, lo verbal nivela las co-

sas que como actos son distinguibles y no pueden mezclarse. Besar o matar a alguien son cosas tal vez opuestas, pero contar el beso y contar la muerte asimila y asocia de inmediato ambas cosas, establece una analogía y erige un símbolo. En la vida adulta, dominada por las palabras, no se oye un sí y un no, nadie dice 'He sido yo' o 'Yo no he sido', pero todo ello se sigue *viendo*, casi siempre 'Yo no he sido', las heroicidades pasan a engrosar la lista de los errores.

Quién no ha sospechado, y con las sospechas se pueden tomar dos medidas, ambas inútiles, preguntar y callar. Si se pregunta y obliga quizá llegue a oírse 'Yo no he sido', y habrá que fijarse en lo que *no dice*, en el tono, en los esquivos ojos, en la vibración de la voz, en la sorpresa y la indignación quizá fingidas; y no podrá volverse a hacer la pregunta. Si se calla, esa pregunta estará siempre virgen y siempre dispuesta, aunque a veces el tiempo las vuelve incongruentes y casi inefables, literalmente extemporáneas, como si todo acabara por prescribir y hacer sonreír cuando pertenece al transcurrido tiempo, el pasado entero parece venial e ingenuo. Si se calla hay que disipar la sospecha y abolir la pregunta, o bien alimentar la primera y preparar la segunda con extremo cuidado, lo que resulta imposible es confirmar la sospecha, nadie sabe nada a lo que no ha asistido, ni siquiera puede darse crédito a las confesiones, en el colegio se dice 'He sido yo' cuando no se ha sido, la gente miente lo mismo que muere, parece increíble pero nada puede saberse nunca. O eso creo. Por eso es mejor a veces no saber ni el inicio, ni oír las voces que cuentan ante las cuales se está tan inerme, esas voces narrativas que todos tenemos y que se remontan hasta el pasado remoto o reciente y descubren secretos que ya no importan y sin embargo influyen en la vida o los venideros años, en nuestro conocimiento del mundo y de las personas, no se puede confiar en nadie después de escucharlas, es todo posible, el mayor horror y la mayor vileza en las personas que conocemos, como en nosotros mismos. Y todo el mundo está entre-

gado a contar sin cesar y a ocultar sin cesar al hacer lo primero, sólo no se cuenta ni oculta lo que no se dice. Pero eso, lo que se silencia, se convierte en secreto, y a veces llega el día en que acaba contándose.

Yo no dije nada, no pregunté y todavía no he preguntado, cuanto más tiempo pase más improbable y difícil será que lo haga. Se deja pasar un día sin hablar, y dos, y una semana, luego los meses se acumulan insensiblemente, y la manifestación de la sospecha se va postergando si ésta no crece, quizá se espera a que ella también se convierta en pasado, en algo venial o ingenuo y que nos hará sonreír acaso. Durante bastantes días miraba por la ventana antes de acostarme, desde mi estudio, hacia la esquina, abajo; pero Custardoy no volvió a aparecer por allí en las inmediatas noches, y la siguiente vez que lo vi fue en mi propia casa, arriba, un momento. Mi padre había venido hacia las ocho y media para tomar una copa con Luisa y conmigo antes de irse a no sé qué cena a la que Custardoy lo invitaba, y por eso el Joven vino a buscarlo cerca ya de las diez. Se sentó unos minutos, tomó brevemente una cerveza y no noté nada, una mínima familiaridad reciente entre Custardoy y Luisa, pero a través de mi padre, se habían conocido durante mi ausencia a través de él, él presente las dos o tres veces, eso era todo, o así me lo pareció. Mucha más familiaridad había entre Ranz y Luisa, ellos sí se habían visto a solas y con frecuencia, mi padre la había acompañado en sus compras para la artificiosa casa, la había llevado a comer o cenar, le había dado consejo (un hombre de gusto, un experto en arte), era evidente que se estimaban, se divertían el uno al otro. Mi padre habló de Cuba durante aquella visita, pero en él eso no tenía nada de extraordinario, es más, era un país del que hablaba a menudo, sus contactos con él no habían sido escasos, desde su matrimonio con las dos hijas de una madre habanera hasta algunas transacciones notables de las que yo estaba al tanto. Había ido allí en diciembre del 58, semanas antes de la caída de Batista: previendo lo que iba a ocurrir (y

previéndolo los propietarios), había adquirido a precio de prisa bastantes joyas y valiosos cuadros a las familias que se preparaban para la huida. Algunos se los había quedado (pocos), otros habían sido vendidos a Baltimore, Boston o Malibú, o bien subastados en Europa (las joyas tal vez desmontadas por joyeros madrileños, y alguna fue algún regalo). Era algo de lo que se jactaba, y lamentaba no haber vuelto a tener tanto ojo para prever revoluciones y sus consiguientes exilios adinerados. 'La gente rica, cuando abandona el campo, no quiere dejar nada atrás para sus enemigos', decía con la sonrisa perpetuamente burlona de sus labios femeninos. 'Antes que dejar algo en sus manos lo quema o destruye, pero los ricos saben que siempre resulta un poco mejor venderlo.' Si había ido entonces a Cuba era de suponer que allí tenía contactos y quizá amistades y que había ido antes, pero sus estancias en aquel continente se entremezclaban, los viajes se confundían en sus relatos (él mismo debía de confundirlos), tantas veces había ido para asesorar a sus honrados museos norteamericanos y a sus fraudulentos bancos sudamericanos, de los posibles viajes a Cuba sólo era nítido el prerrevolucionario. (A los hijos, por otra parte, se les va contando en desorden a medida que crecen y se interesan, poco a poco y con saltos, y para ellos el conjunto de la vida pasada de sus progenitores resulta caótico en el mejor de los casos.) Fuera como fuese, sus amistades en la isla las habría perdido con el advenimiento del 59 y el que fue tan canturreado fin de los privilegios, aunque curiosamente no recuerdo que tratara nunca a cubanos refugiados en España. O no venían por casa y yo no les fui presentado. Desde entonces no había vuelto, por lo que Ranz, cuando hablaba de Cuba ahora, lo hacía sin conocimiento de causa.

Pero en aquella ocasión su manera de hablar sí fue extraordinaria y distinta, como si la presencia de Luisa hubiera adquirido ya tanto peso como para que prevalecieran el tono y la complacencia seguramente empleados con ella a solas,

sobre el tan antiguo tono, más irónico, que había usado siempre conmigo, en la infancia como en la edad adulta. Y cuando Luisa salió de la habitación un rato para hablar por teléfono, la manera de comentar y contar de mi padre cambió, o mejor dicho se interrumpió. Como si cayera en la cuenta de que yo estaba allí, empezó a hacerme preguntas sobre Nueva York que ya me había hecho inmediatamente después del regreso (a los tres días comimos juntos en La Ancha) y cuyas respuestas ya conocía o no le interesaban. Aunque yo estuviera delante, era a Luisa a quien se dirigía, y en cuanto ella volvió reanudó sus comentarios con una vivacidad insólita, pese a que Ranz había sido vivaz su vida entera. Quizá la risa de Luisa era la adecuada, quizá se reía en los momentos justos (esto es, en los por él procurados), quizá le escuchaba como es deseable o le hacía los incisos y preguntas oportunas, o simplemente ella era alguien a quien él quería darse a conocer y contárselo todo, alguien nuevo a quien podía contar su historia sin saltos y en orden, porque estaba interesada desde el principio y no había que aguardar a su crecimiento. Mi padre nos relató varias anécdotas para mí desconocidas, como la de un falsificador veneciano de pequeñas vírgenes románicas esculpidas en marfil que, una vez terminadas con gran pericia, colocaba en el sostén de su mujer, un sostén enorme; las secreciones del pecho (abundantes) y la transpiración de las axilas (fuerte) daban a sus estatuillas una pátina perfecta. O la del director de un banco de Buenos Aires, aficionado al arte, que se empeñó en no creerle y le compró una obra de Custardoy el viejo que Ranz había llevado hasta allí por encargo de una acaudalada familia tacaña que sólo quería una buena copia de un Ingres muy admirado; cuando, antes de que la hubiera entregado, el director la vio sin marco en la habitación de su hotel (que era el Plaza, de Buenos Aires), quedó tan prendado de ella que no quiso ni oír que se trataba de una imitación; mi padre le explicó una y mil veces el origen y destino de aquel lienzo y que el original se hallaba en Montau-

ban, pero el banquero se persuadió de que pretendía engañarlo y de que, con algo de deslealtad, había conseguido la obra maestra para otros clientes, la de Montauban sería falsa. 'En ese caso', dijo mi padre que le había dicho, incapaz de convencerlo, 'si usted me lo compra como auténtico, tendrá que pagarme un precio de auténtico.' Aquella frase disuasoria se convirtió para el banquero en la prueba de su acierto. 'Nunca Custardoy ganó tanto dinero con una sola pieza', dijo mi padre. 'Lástima para nosotros que no hubiera más directores de banco o museo tan obcecados. Lástima que por lo general confiaran en mí ciegamente y no lo pudiéramos utilizar como método'. Y añadió encantado, riendo a la vez que Luisa: 'No he vuelto a saber de él, me pareció preferible. Espero que a aquel banquero no lo haya acusado nadie de malversación de fondos.' Mi padre disfrutaba y Luisa también disfrutaba, pero él mucho más, pensé que ella podría sacarle lo que quisiera, y esto no lo pensé al azar, sino pensando también en lo que ella quería averiguar de él y yo no quería, según creo, aunque tampoco dejaba de pensar en ello, es decir, no disipaba enteramente lo que quizá también podía llamarse una sospecha, supongo que no se puede convivir con varias al mismo tiempo, por eso a veces se descartan unas —las más improbables, o acaso son las más probables; las que aún no son pasado, aquellas sobre las cuales nos podríamos ver obligados a actuar todavía y nos darían miedo y trabajo y alterarían el futuro concreto— y se alimentan otras —las que en el caso de confirmarse los hechos parecen irremediables, y alteran sólo el pasado y el futuro abstracto—. Yo creo que descarté cualquier sospecha sobre Luisa, y en cambio tuve que alimentar las aún no formuladas sobre mi padre, o fue Luisa quien aquella misma tarde, poco antes de que Custardoy llamara al timbre, se encargó de recordármelas en voz alta, porque en medio de las risas y las sonrisas y las anécdotas que para mí eran de estreno, le dijo a Ranz en tono admirativo, llamándole de usted como ha preferido hacer siempre:

—La verdad es que no me extraña que se casara usted tantas veces, es una fuente inagotable de historias poco creíbles, y por tanto de entretenimiento. —Y añadió en seguida, como para darle la oportunidad de contestar a la segunda parte y no hacer, si no quería, referencia alguna a la primera, a lo que hasta entonces había dicho (era un signo de respeto)—: Hay muchos hombres que piensan que las mujeres necesitan sentirse muy queridas y halagadas, incluso mimadas, y lo que más nos importa es que nos entretengan, es decir, que nos impidan pensar demasiado en nosotras mismas. Es una de las razones por las que solemos querer hijos. Usted debe saberlo bien, si no no lo habrían querido tanto.

No me di por aludido, al contrario. Yo le contaba a Luisa muchas historias poco creíbles, aunque hubiera callado hasta aquel momento la de 'Bill' y Berta, que la habría entretenido mucho; pero esa historia también era mía y quizá por eso la callaba. La de Guillermo y Miriam la había callado hasta que Luisa la mencionó y supe que también le pertenecía a ella, y el día que nos conocimos había callado o cambiado, al traducir a los adalides, algunas de las cosas que habían dicho (sobre todo el nuestro) y que me habían parecido malas ideas o inconveniencias o reprobables. En esa ocasión, sin embargo, mi censura no había afectado a Luisa, que comprendía tanto o más que yo, ambas lenguas, ella era la 'red'. Callar y hablar son formas de intervenir en el futuro. Pensé que aquella virtud que Luisa atribuía a mi padre era también la de Custardoy el joven: contaba, cuando quería, historias totalmente increíbles con las que distraería a mi padre, a mí mismo me había contado innumerables durante la infancia y la adolescencia, y recientemente una sobre Ranz y mi tía Teresa y otra mujer con la que no guardo parentesco, en cierto sentido sobre mí mismo (quizá también esa historia era mía; tal vez Luisa querría escucharle, a Custardoy el joven).

A Ranz no se le congeló la risa, sino que la prolongó demasiado, artificialmente, como para ganar tiempo y decidir a

qué parte de las palabras de Luisa contestaba y cómo (o si a todo, o si a nada). Rió cuando ya no tocaba, hasta lo intraducible y no censurable tiene su duración, y en ella puede estar su significado.

—No me han querido tanto —dijo por fin en un tono muy distinto del habitual suyo, como si aún vacilara. De haber estado contestándome a mí no habría vacilado ni prolongado la risa un segundo (ambas cosas eran un signo de respeto, respeto hacia Luisa)—. Y cuando lo han hecho no me lo merecía —añadió, sin que pareciera una frase procedente de su coquetería: yo la conocía demasiado bien para no distinguir lo que se debía a ella.

Luisa tuvo valor para insistir, perdiendo un poco el respeto (o puede que fuera una manera de advertirme que su indagación estaba en marcha y que ya no la detendría, pensara lo que yo pensara: la historia podía ser suya si yo no me hacía cargo, Ranz había empezado a serlo. Quizá era otro signo de respeto, respeto hacia mí, haber esperado a que yo estuviera delante para ponerla en marcha, como quien prefiere avisar: 'A partir de ahora no te haré caso en esto').

—Pero tengo entendido que, aparte de con quien habría sido mi suegra, usted estuvo casado con su hermana. No debe ser fácil, que a uno lo quieran dos hermanas. Y a saber cuántas otras mujeres lo quisieron a usted antes.

El tono de Luisa era un tono de broma, ligero, zumbón, como se emplea a menudo con la gente vieja cuando se la quiere alegrar y dar ánimos, un tono de guasa amable que el propio Ranz practicaba, con otros y consigo mismo, tal vez para darse ánimos. Sin embargo el de su respuesta no fue así durante un instante. Me miró rápidamente con su mirada ardorosa, como para confirmar que la información recibida por Luisa venía de mí y no podía ser otra que la que yo tenía. Así había de ser, no era extraño: acerca de los demás se cuenta todo sobre la almohada. Pero yo no le hice ninguna señal. Luego dijo:

—No creas, las hermanas menores suelen encapricharse con lo de las mayores. No digo que fuera el caso, pero en sí no tiene mérito, más bien al contrario.

—¿Y antes? —volvió a insistir Luisa, y era obvio que no esperaba que en aquel momento se le contara nada, nada sustancial al menos, Ranz estaba a punto de irse a una cena, era más bien como si se preparara el terreno y le anunciara algo para el futuro concreto, o inmediato. Yo estaba sorprendido, tanto por su insistencia como por la reacción de mi padre. Recordaba aquel día en que casi me expulsó de un restaurante por tratar de preguntarle sobre el pasado ('Quiero comer tranquilo y en el día de hoy, no en uno de hace cuarenta años'), un pasado menos antiguo que aquel por el que Luisa ya le estaba preguntando. Ranz volvió a mirarme, como si ahora dudara de mí en tanto que fuente de información, o no supiera si en realidad la había. Yo no le hice ninguna señal. Recuperó su tono habitual y contestó con un gesto exagerado de su mano con cigarrillo:

—¿Antes? Antes es tan antiguo que ya no me acuerdo.

Fue entonces cuando sonó el timbre, y mientras Luisa se levantaba para ir a abrir, mientras caminaba hacia la puerta para recibir a Custardoy el joven ('Será Custardoy', dijo mi padre mientras ella se alejaba por el pasillo, ya fuera de nuestra vista), todavía tuvo tiempo, o temple para decirle: 'Pues vaya haciendo memoria, que ya le preguntaré y me contará otro día, un día que estemos solos'.

Custardoy bebió su cerveza y estuvo más bien lacónico el rato mínimo que permaneció en casa, quizá como yo, quizá como un enamorado. Casi ni hicieron ruido sus zapatos de suela semimetálica, como los de 'Bill' probablemente, cuyo femenino sonido había oído sobre el mármol de la estación de correos pero no sobre el asfalto de la calle de Berta, al salir y montar en su taxi, como si también los zapatos consintieran en guardar secretos.

Cuántas cosas se van no diciendo a lo largo de una vida o historia o relato, a veces sin querer o sin proponérselo. Yo no

sólo había callado cuanto ya he enumerado, sino sobre todo el malestar y los presentimientos de desastre que me acompañan desde mi matrimonio, hace ya casi un año. Ahora se han atenuado y tal vez acaben desapareciendo, durante un tiempo. Los había silenciado ante Luisa, también ante Berta y ante mi padre, por supuesto en el trabajo, ante Custardoy no digamos. Los enamorados guardan silencio con mucha frecuencia, incluso los encaprichados. Guarda silencio quien ya tiene algo y puede perderlo, no quien ya lo perdió o está a punto de ganarlo. Berta había hablado sin cesar de 'Bill', por ejemplo, y de 'Jack' y 'Nick' mientras para ella no habían tenido corporeidad ni rostro ni los había ganado (se habla de las promesas, no del presente y sí del futuro, concreto y abstracto; también de las pérdidas, si son recientes). Pero después calló, tras mis cuatro horas largas de vagabundeo y compras y aprensión y espera la encontré aún levantada y no en su cuarto, en bata. Ya estaba a solas, pero seguía aguantando la cojera según vi luego, esto es, no dejaba que se reinstalara con la soledad regresada y acostumbrada, ni con la confianza que tenía conmigo, no tan fácilmente, no tan pronto. No encendí la luz que ella había apagado minutos antes para avisarme y decirme 'Sube' porque no hacía falta: estaba recostada en el sofá, frente a la televisión cuya luz bastaba para iluminarnos, con el breve vídeo de 'Bill' puesto otra vez, ahora que podía completar la imagen con su memoria de él recién nacida, ahora que por fin sabía lo que se correspondía con el triángulo del albornoz azul pálido, arriba y abajo. Cuando entré y no encendí la luz, la voz de predicador o de cantante frágil, la voz de sierra repetía en inglés desde la pantalla: 'A las mujeres os importa la cara. Los ojos. Eso decís. A los hombres la cara con cuerpo. O el cuerpo con cara. Eso es así'. Berta paró el vídeo al verme. Se levantó y me dio un beso. 'Lo siento', dijo, 'has tenido que esperar mucho.' 'No importa', dije yo. 'He traído leche, se había acabado, voy a dejarla en seguida en la nevera.' Fui hasta la nevera y allí no sólo dejé la leche,

sino que saqué de la bolsa de plástico todas las demás cosas que había comprado, el libro japonés, el periódico, la música de *La vida privada de Sherlock Holmes*, siempre hago eso, también cuando llego de un viaje lo primero que hago es deshacer la maleta y guardarlo todo en su sitio y la propia maleta en su armario, para acelerar el olvido de que he viajado, del viaje, que todo parezca en reposo. Tiré la bolsa a la basura, para acelerar el olvido de la compra y de mis paseos. Volví al salón con mi pequeño botín en la mano, Berta no estaba, la televisión seguía encendida, un programa con risas mecánicas al que había dado paso la supresión del vídeo. La oí en su dormitorio, estaría aireándolo, haciendo la cama o cambiando las sábanas, no le había dado tiempo con mi llegada inmediata. Pero no era eso, no lo último al menos, porque cuando salió no llevaba en los brazos el montón de ropa, sino las manos en los bolsillos de la bata, una bata de color salmón y de seda, debajo creo que nada, quizá prefería dormir con el olor de 'Bill' en las sábanas, cuando uno quiere retener olores parece siempre que se disipan demasiado pronto. Ella ya no olía a Trussardi, olía a Guerlain al pasar junto a mí, vi el frasco (la caja abierta) sobre la mesa en la que solíamos dejar el correo y en la que yo dejé mi diario, mi libro, mi disco: el frasco a cuya compra yo había asistido. Era el único rastro material de 'Bill' en el apartamento. '¿Qué tal?', pregunté, ya no podía dejar de hacerlo, todo estaba más o menos en orden, aunque siempre se encuentran cosas que hacer en las casas. 'Bien. ¿Y tú? ¿Qué has hecho todo este rato? Debes estar muerto de sueño, pobre.' Le conté por encima mis vagabundeos, no mis aprensiones, le enseñé mis compras, no le hablé de mi espera. No sabía si preguntarle más, ella parecía tener repentinamente el pudor que no había tenido durante las semanas precedentes, aquella misma tarde en que me había pedido preservativos (los había visto en la basura, dos, al tirar la bolsa, quedaron tapados por ella, ya no resultarían visibles en la próxima visita al cubo, la aceleración del olvido, a veces no

hay que acelerarlo, unas cosas van tapando a las otras exactamente como en la basura, los minutos que van llegando no sustituyen tan sólo, sino que *niegan* los que se fueron). Qué lejos quedaba mi cena con sus amigos y amigas, con Julia, ella no se acordaba, no me preguntó por ellos, yo no me sentía inclinado a recuperarlos para la charla breve que podía y suele tenerse antes de irse a la cama, por tarde que sea. Era muy tarde aunque fuera sábado, debíamos acostarnos, dormir, olvidar en el sueño, o Berta retener el recuerdo. Pero yo quería saber un poco al menos, aquella era también mi historia y a la vez no lo era (luego podía querer saber, y estaba a salvo). Había deambulado durante horas bajo el cielo invisible en las avenidas y rojizo en las calles, había esperado de pie tres veces sobre el mármol de Kenmore Station, había caminado tras sus pasos metálicos hasta el Hotel Plaza, me había dejado ver, había rodado un vídeo, merecía quizá saber algo sin esperar a que transcurriera el tiempo. 'Bueno, cuéntame', dije. 'No, no hay nada que contar', dijo ella. Estaba descalza y sin embargo no cojeaba, tenía la mirada un poco ensoñada, o era sólo soñolienta. Parecía tranquila, como quien está meditando sin prisa y sin que la meditación la agobie. Tenía una sonrisa pausada, boba, la de quien recuerda con vaguedad y complacencia. 'Pero es español, ¿no?', dije yo. 'Sí, es español', contestó, 'ya lo sabíamos.' '¿Cómo se llama? ¿A qué se dedica?' 'Se llama Bill, le va bien ese nombre, y no me ha dicho a qué se dedica. No hemos hablado de eso.' 'Pero dime algo más, ¿qué tal es? ¿Te ha caído bien? ¿Te ha decepcionado? ¿Te ha dado miedo? En el vídeo era odioso', y señalé hacia el programa con risas mecánicas, que se seguía oyendo con el sonido bajo. 'Aún no lo sé', respondió Berta, 'eso dependerá de lo que pase a partir de ahora.' '¿Habéis quedado en veros más?' 'Sí, supongo que sí. Están los apartados de correos, y él puede llamarme, le he dado el teléfono.' Berta se mostraba lacónica como una enamorada que no comparte, que oculta y retiene; no podía estarlo, era ridículo, quizá encaprichada, o

tal vez no quería hablar justo ahora, cuando él acababa de irse tras cuatro horas largas de compañía, en realidad cuatro más cuatro, habían quedado a las ocho y media. Es posible que deseara pensar a solas, en lo que había ocurrido, afianzar el recuerdo que desde la salida de 'Bill' por la puerta habría iniciado el lento proceso de su difuminación, por eso seguramente había puesto el vídeo cuya visión yo había interrumpido. 'Quizá mañana', pensé, 'quizá mañana esté más dispuesta a hablar y contarme, no es que me importe tanto, también es cierto, en realidad mi misión ha terminado, tenía que tomarme en serio lo que ella se tomaba en serio, ayudarla a llegar a quien quería llegar y acaso ganarlo. Eso es todo. Mi estancia aquí también está casi acabada, me iré dentro de una semana y no volveré probablemente hasta dentro de un año, y será entonces cuando ella me lo cuente todo como algo perteneciente al pasado, algo venial e ingenuo que nos provocará sonrisas y que sentiremos un poco como si no hubiéramos sido nosotros quienes hubiéramos participado o lo hubiéramos hecho, algo que podrá contarse tal vez entero, desde su inicio hasta su conclusión, no como ahora, en que está sucediendo, y no se sabe.' Pero sabía que no podía irme a la cama sin preguntarle dos cosas más, dos al menos. '¿Llevaba preservativos?', le dije. En la penumbra me pareció que Berta se sonrojaba, me miraba con el rubor que le había faltado cuando me los había pedido, también —yo creo, vi sólo a través de la cámara— cuando la había filmado. 'No lo sé', dijo. 'No le di tiempo, antes de que pudiera sacarlos yo saqué los míos, los que me habías dado. Gracias.' Y las 'Gracias' sin duda fueron ruborizadas. '¿Y Miriam? ¿Le pudiste preguntar por Miriam?' A Berta no le interesaba ya aquello, lo había olvidado, hizo un gesto como diciendo: 'De eso hace tantos años', el nombre de Miriam debía de haberse perdido al comienzo de la velada y no habría traído ninguna noticia. 'Sí', contestó, 'mencioné ese nombre, como el de una amiga de España. Pero no pareció que significara nada, y no insistí, tú me dijis-

te que no insistiera.' Ahora ya no me preguntó qué era eso ni qué sospechaba o sabía (no me dijo 'Desembucha', o 'Explica', o 'Cuenta'), había demasiadas horas que habían borrado mi figuración o idea. Se había vuelto a recostar en el sofá, debía de estar cansada de la larga noche de conocimiento y de aguantar la cojera descalza. Vi sus pies elevados sobre el sofá, dedos largos, pies bonitos, limpios para 'Bill' —no habían pisado el asfalto—, daban ganas de tocárselos. Los había tocado hacía muchísimo tiempo (de habérselo recordado habría hecho el mismo gesto: 'De eso hace tanto tiempo'), seguían siendo los mismos pies, también tras el accidente, cuántos pasos habrían dado, cuántas veces habrían sido tocados en el transcurso de quince años. Quizá 'Bill' se los habría tocado muy poco antes, quizá distraídamente mientras hablaban tras expulsarme a la calle, de qué, no habían hablado de la arena visible, de qué entonces, tal vez de mí, tal vez Berta le habría contado toda mi historia por hablar de algo, sobre la almohada se traiciona y denigra a los otros, se revelan sus mayores secretos y se dice la única opinión que halaga al que escucha, y que es la desestimación del resto: todo lo ajeno a ese territorio se convierte en prescindible y secundario si no en desdeñable, es allí donde más se abjura de las amistades y de los pasados amores y también de los presentes, como me habría negado y minimizado Luisa de haber compartido con Custardoy la almohada, yo estaba lejos, en otro país más allá del océano, mi recuerdo difuminado, mi cabeza ausente, sin dejar huella durante ocho semanas, ella se habría acostumbrado a dormir en diagonal, atravesada sobre la cama, allí no había nadie desde hacía tiempo, y a quien no está no es difícil quitarle importancia, al menos verbalmente, con el comentario, del mismo modo que para Guillermo no era difícil hablar con tanta desafección de su mujer enferma en otro continente, cuando se cree que nadie oye, desde la habitación de un hotel de La Habana bajo la pulposa luna y con el balcón entornado, hablar de matarla o de dejarla morir al menos: 'La estoy

dejando morir', había dicho. 'No estoy haciendo nada por ayudarla. La estoy empujando.' Y más adelante: 'Le quito las pocas ganas de vivir que le queden. ¿No te parece suficiente?'. Pero a Miriam no le parecía suficiente, llevaba demasiado tiempo esperando y la espera es lo que más desespera y hace desvariar y corroe y hace decir: 'Voy por ti' o 'Eres mío' o 'Conmigo al infierno' o 'Yo te mato', es como un inmenso tejido sin ninguna costura ni adorno ni pliegue, como un cielo invisible o rojizo sin ángulos que lo recorten, un todo indiferenciado e inmóvil en el que no se distinguen las tramas y sólo hay repetición, pero no la repetición al cabo del tiempo, que no sólo es tolerable sino placentera, no sólo tolerable sino necesaria (uno no puede aceptar que ciertas cosas no vayan ya a repetirse), sino la repetición continua y sin pausa, un silbido interminable o nivelación constante de lo que va llegando. Nada es bastante cuando se espera, algo debe rasgarse con el filo afilado o algo debe quemarse con la brasa o la llama, nada es bastante tras la desestimación y la abjuración y el desdén, después sólo puede admitirse el siguiente y consecuente paso, la supresión, la cancelación, la muerte de quien fue expulsado del territorio que delimita la almohada. La pulposa luna, el balcón entornado, el sostén que tira, la toalla mojada, el llanto a escondidas en el cuarto de baño, el pelo o arruga sobre la frente, la mujer dormida y la mujer a punto de adormecerse, el canturreo de quien sigue esperando: 'Tienes que matarla', había dicho Miriam. Y Guillermo había respondido, abjurando de su mujer enferma más allá del océano y hastiado como una madre que contesta cualquier cosa, sin pensárselo, es fácil condenar verbalmente, no pasa nada, todo el mundo sabe que no es responsable de lo que dice aunque la ley lo castigue a veces, la lengua al oído, la lengua no mata, no comete el acto, no puede: 'Está bien, está bien, ya lo haré, ahora sigue acariciándome'. Y ella había insistido más tarde, en tono neutro si no desmayado: 'Si no la matas me mato yo. Tendrás una muerta, o ella o yo'.

'No le habrás contado que yo lo seguí, ¿verdad?', le pregunté todavía a Berta. 'No, eso no, quizá más adelante si no te importa. Pero sí le he hablado de ti, de nuestras conjeturas y suposiciones.' '¿Y qué decía él?' 'Nada, se reía.' 'Habéis hablado de mí, entonces.' 'Bueno, le he contado un poco, al fin y al cabo te habíamos echado a la calle para que él subiera, era lógico que sintiera curiosidad por la persona a quien causaba molestias.' La respuesta de Berta me pareció levemente exculpatoria cuando no había razón para ello. A menos que mi pregunta hubiera sonado levemente acusatoria por culpa de aquel 'entonces' con que la había cerrado, convirtiéndola en afirmación de hecho. Berta no quería hablar, seguía contestando con desgana para no ser descortés, o para compensarme un poco por mis caminatas nocturnas. Se le había entreabierto la bata, le vi los pechos a medias por la abertura y enteros a través de la seda, los mismos pechos que no quise mirar al filmarlos me gustaba verlos ahora, un deseo extemporáneo. Estaba vestida provocativamente. Era una amiga. No insistí.

—Bueno, me voy a acostar, es tardísimo —dije.

—Sí, yo iré ahora en seguida —contestó ella—. Quiero recoger todavía un poco.

Mintió como yo le mentiría más tarde a Luisa más allá del océano, cuando aún no quería acostarme para observar a Custardoy desde la ventana. No había nada que recoger, a no ser el frasco de Eau de Guerlain de la mesa, la caja abierta. Yo cogí mi libro, mi disco, el periódico para llevármelos a mi cuarto. Aún tenía la gabardina puesta.

—Buenas noches —le dije—. Hasta mañana.

—Hasta mañana —contestó Berta.

Se quedaba allí donde estaba, recostada en el sofá ante la risa mecánica, cansada, con los pies elevados y la bata entreabierta, quizá con sus pensamientos sobre el nuevo futuro concreto que esa noche aún no podía decepcionarla. O quizá no pensaba: yo pasé un momento por el cuarto de baño, y

mientras me lavaba los dientes y el agua del grifo amortigua-
ba los demás sonidos, me pareció que canturreaba un poco
distraídamente, con las interrupciones propias de quien en
realidad canturrea sin percatarse de que lo hace, mientras se
limpia con parsimonia o acaricia a quien está a su lado, aun-
que Berta no se limpiaba (quería retener un olor acaso) y a su
lado ya no había nadie. Y lo que canturreó fue en inglés, fue
esto: 'In dreams I walk with you. In dreams I talk to you', el
comienzo de una canción conocida y antigua, quizá de hacía
quince años. Ya no pasé por el salón otra vez aquella noche,
fui directamente del cuarto de baño a mi alcoba. Me desvestí,
me metí en la cama sin olor alguno, sabía que no podría con-
ciliar el sueño hasta que hubiera transcurrido mucho más
tiempo, me preparé para el insomnio. Había dejado la puerta
entornada como siempre, para que entrara el aire (la ventana
obligadamente cerrada en Nueva York en las calles, en los pi-
sos bajos). Y entonces, cuando estaba más despierto que en
ningún otro momento de la noche entera y ya no había nin-
gún sonido, volví a oír muy baja, como a través de un muro,
la voz de 'Bill' o la voz de Guillermo, la voz vibrada de cantor
de góndola, la voz de sierra que repetía sus frases cortantes en
inglés desde la pantalla. El efecto era sombrío. 'Eso es así. Si
tus tetas y tu coño y tu pierna me convencen de que vale la
pena correr el riesgo. Si aún te sigue interesando. Quizá ya no
quieras seguir con esto. Pensarás que soy muy directo. Bru-
tal. Cruel. No soy cruel. No puedo perder mucho tiempo.
No puedo perder mucho tiempo.'

Ocho semanas no son mucho tiempo, pero son más de lo que parecen si se suman a otras ocho de las que a su vez las separan sólo otras once, o doce. Mi siguiente viaje de ocho semanas fue a Ginebra en febrero, y ha sido el último. Quisiera que lo siguiera siendo durante una larga temporada, no tiene sentido que Luisa y yo nos hayamos casado para estar tan separados, para que yo no pueda asistir a sus cambios matrimoniales ni acostumbrarme a ellos, y tener sospechas que luego descarto. Me pregunto si yo estoy cambiando asimismo, no lo percibo, supongo que sí puesto que cambia Luisa en lo superficial (hombreras, peinado, guantes, matiz de labios), cambia la casa cuya inauguración tan artificiosa va quedando ya un poco lejos, cambia el trabajo, el mío se ha incrementado y el de ella se ha reducido o casi anulado (está buscando algo en Madrid, permanénte): desde que me fui a Nueva York hasta que regresé de Ginebra, esto es, entre mediados de septiembre y casi finales de marzo, ella ha hecho un solo desplazamiento laboral, y no fue de semanas sino de días, a Londres para suplir al traductor oficial de nuestro conocido alto cargo, improcedentemente contagiado de varicela por sus niños (ahora el cargo tiene intérprete oficial a su exclusivo servicio, se ha hecho con el puesto un intrigante de nombre indeciso —traductor genial, eso sí—, ya que desde que lo obtuvo se

hace llamar por sus dos apellidos, De la Cuesta y de la Casa), que hacía un viaje relámpago (el alto cargo, no el intérprete varicélico, a quien se habría prohibido la entrada por el contagio) para dar el pésame a su colega recién destituida y de paso hablar con sus sucesores sobre lo que nuestros representantes dicen que hablan siempre con los británicos, Gibraltar y el IRA y la ETA. Luisa no cuenta historias poco creíbles —pero yo no lo necesito de ella— y contó poco de la entrevista, quiero decir a mí, ya que se supone que los intérpretes, jurados o no (pero más los consecutivos que los simultáneos, es una rareza que yo sea ambas cosas, aunque lo primero sólo muy ocasionalmente, los consecutivos odian a los simultáneos y los simultáneos a los consecutivos), silencian en el exterior todo lo que transmiten en el interior de un cuarto, es gente probada que no traiciona secretos. Pero a mí sí podía contármelo. 'Fue sosa', me dijo, refiriéndose a la charla, que aún había tenido lugar en la residencia oficial que la adalid británica se aprestaba a abandonar en un plazo de días: había cajas de embalar semillenas a su alrededor. 'Como si él la viera a ella ya exclusivamente como a una vieja amiga sin responsabilidades ni competencias, y ella estuviera demasiado entristecida para atender a los problemas acuciantes de él, debían de darle anticipada nostalgia.' Sólo había habido un momento reminiscente de la conversación personal hacia la que yo los había deslizado el día que conocí a Luisa. Al parecer, la adalid inglesa había vuelto a citar a su Shakespeare, de nuevo a *Macbeth*, que debía de leer o ver representado continuamente: '¿Usted se acuerda', le había dicho, 'de lo que dice Macbeth que ha oído al asesinar a Duncan? Es muy famoso.' 'Me parece que ahora mismo no lo recuerdo, pero si me refresca la memoria...', se había disculpado nuestro representante. 'Macbeth cree haber oído una voz que gritaba: "Macbeth does murder Sleep, the innocent Sleep"' (que Luisa le había traducido a nuestro alto cargo como 'Macbeth asesina al Sueño, al inocente Sueño'). 'Pues así', añadió la señora, 'me

he sentido yo con mi destitución imprevista, asesinada mientras dormía, yo era el inocente Sueño confiado en reposar rodeado de amigos, de gente que me velaba, y han sido esos mismos amigos los que, como Macbeth, Glamis, Cawdor, me han apuñalado mientras dormía. Los peores enemigos son los amigos, amigo mío', le había advertido innecesariamente a nuestro adalid, que iba dejando su senda sembrada de amigos extintos; 'no se fíe usted nunca de los que tenga más próximos, de aquellos a los que pareció que no hacía falta obligar a que lo quisieran a uno. Y no se duerma, los años de seguridad nos invitan a ello, nos acostumbramos a sentirnos a salvo. Yo me adormecí segura un instante y ya ve lo que me ha pasado.' Y la ex-alto cargo señaló con un gesto expresivo las cajas abiertas a su alrededor, como si fueran la manifestación del oprobio o las gotas de sangre vertidas en su asesinato. Poco después su ex-colega español la abandonó para ir a entrevistarse con su sucesor, o lo que es lo mismo, con su Macbeth, Glamis, Cawdor.

Ese fue el único trabajo de Luisa a lo largo de tanto tiempo, aunque sin duda no se mostró inactiva: la casa era cada vez más casa y ella cada vez más una verdadera nuera, aunque eso tampoco lo necesitaba yo de ella.

En Ginebra no tengo ningún amigo ni amiga que viva allí normalmente en un piso, por lo que mis semanas de interpretación en la Comisión de Derechos Humanos del ECOSOC (siglas que en una de las lenguas que hablo suenan como si fueran la traducción de una cosa absurda, 'el calcetín del eco') transcurrieron en un minúsculo apartamento amueblado y alquilado y sin más distracciones que las de dar paseos por la ciudad vacía al atardecer, ir al cine subtitulado en tres lenguas, a alguna cena con compañeros o con antiguos amigos de mi padre (que debió de conocer a gente en todos sus viajes) y ver la televisión, siempre ver la televisión en todas partes, es lo único que nunca falta. Si las ocho semanas de Nueva York habían sido llevaderas e incluso gratas y tensas por la

cercanía y las historias de Berta (a quien, como he dicho, echo siempre vagamente de menos y para quien guardo noticias durante meses), las de Ginebra resultaron de lo más abatidas. No es que nunca me haya interesado mucho el trabajo, pero en aquella ciudad, y en invierno, se me hacía insoportable, ya que lo que más tortura de un trabajo no es éste en sí mismo, sino lo que sabemos que a la salida nos espera o no espera, aunque se reduzca a hurgar con la mano en un apartado de correos. Allí no me esperaba nada ni nadie, una conversación telefónica breve con Luisa, cuyas frases más o menos amorosas me servían sólo para no padecer insomnio durante demasiadas horas, sólo un par de ellas. Luego, una cena improvisada las más de las veces en mi propio apartamento, que acababa oliendo a lo que hubiera comido, nada complicado, nada apestoso, pero sin embargo olía, la cocina en el mismo espacio que la cama. A los veinte y a los treinta y cinco días de estancia Luisa vino a verme en sendos fines de semana largos (cada vez cuatro noches), en realidad no tenía sentido que esperara a eso ni que se quedara tan poco, ya que no estaba sujeta a ninguna tarea que no pudiera aplazarse, ni a ningún horario. Pero era como si previera que pronto dejaría yo también ese trabajo de temporero que nos hace viajar y pasar fuera de nuestros países demasiado tiempo, y le pareciera más importante —más importante que acompañarme en lo condenado a cesar, en lo ya efímero— preparar y cuidar el terreno de lo permanente, a lo que yo acabaría regresando para quedarme. Era como si ella hubiera dado paso plenamente a su nuevo estado enterrando lo precedente y yo siguiera en cambio vinculado a mi vida soltera en una prolongación anómala e inoportuna e indeseada; como si ella se hubiera casado y yo no todavía, como si lo que esperara ella fuera la vuelta del marido errante y yo en cambio la fecha de mi matrimonio, Luisa instalada y su vida cambiada, la mía —cuando estaba fuera— aún idéntica a la de mis transcurridos años.

En una de sus visitas salimos a cenar con un amigo de mi padre, más joven que él y mayor que yo (me llevará quince años), que estaba en Ginebra una noche de paso, camino de Lausana o Lucerna o Lugano, y supongo que en las cuatro ciudades tenía negocios oscuros o sucios que hacer, un hombre influyente, un hombre en la sombra como lo fue mi padre mientras ejerció su cargo en el Museo del Prado, ya que el profesor Villalobos (ese es su nombre) es sobre todo conocido (para un público muy letrado) por sus estudios sobre pintura y arquitectura españolas del XVIII, amén de por su infantilismo. Para un círculo aún más reducido pero menos letrado, se trata asimismo de uno de los mayores intrigantes académicos y políticos de las ciudades de Barcelona, Madrid, Sevilla, Roma, Milán, Estrasburgo e incluso Bruselas (por descontado Ginebra; para su irritación, aún no tiene poder en Alemania ni en Inglaterra). Como corresponde a alguien tan enaltecido y frenético, con los años ha ido tocando campos de estudio algo ajenos, y Ranz ha apreciado mucho, tradicionalmente, su breve y luminoso trabajo (dice) sobre la Casa del Príncipe de El Escorial, que yo no he leído ni leeré nunca, me temo. Este profesor vive en Cataluña, pretexto suficiente para que cuando viene a Madrid no visite a mi padre, tantas son sus ocupaciones en la ciudad capital del reino. Pero los dos se escriben notas con bastante frecuencia, las del profesor Villalobos (que son las que Ranz me ha dado alguna vez a leer, divertido) con una prosa deliberadamente anticuada y ornada que en ocasiones traslada también a su verbo o más bien labia: es un hombre que, por ejemplo, no dirá nunca 'Estamos arreglados' ante una contrariedad o un revés, sino 'Medrados estamos'. Yo no lo había visto apenas en toda mi vida, pero una tarde de lunes (los intrigantes no viajan nunca en fin de semana) llamó a mi teléfono por indicación de mi padre (como en Nueva York había hecho aquel alto funcionario español de la esposa bailona y adulterada) con el objeto de no languidecer a solas en su habitación de hotel aquella

noche de paso (los intrigantes locales vuelven a reposar a casa tras sus intrigas de la jornada, abandonando a su suerte al intrigante extranjero al caer la tarde). Aunque no me agradaba la idea de desperdiciar una de mis noches con Luisa, lo cierto es que por eso mismo no teníamos más compromiso que el tácito entre nosotros, y esos son fáciles de incumplir en el matrimonio sin que resulte grave el incumplimiento.

Villalobos quiso no sólo invitarnos, sino impresionarnos, tal vez más a Luisa o a ella de otro modo. Estuvo impertinente, como al parecer es su costumbre, criticando la profesión que yo había elegido o hacia la que me había deslizado. '¿Adónde vas con eso?', me dijo con un rictus de superioridad en sus labios pulposos y húmedos (húmedos en sí mismos, pero bebió mucho vino) y como si fuera un padre (los amigos de los padres creen heredar de éstos su trato para con sus hijos). A Luisa, en cambio, no le reprochó andar por un camino errado, tal vez porque ya no ejercía apenas de traductora o porque consideraba en el fondo que ella no tenía por qué seguir ningún camino. Era simpático, displicente, formalmente sabio, coqueto, pedante y ameno, gustaba de no sorprenderse por nada, de conocer secretos intransmisibles y de estar al tanto de cuanto hubiera ocurrido en el mundo, ayer o hacía cuatro siglos. De pronto, a los postres, cayó durante unos minutos en el mutismo, como si le hubiera sobrevenido el cansancio de tanto frenesí y enaltecimiento o se hubiera abismado en pensamientos tenebrosos, quizá era desgraciado y se había acordado repentinamente. En todo caso aquel hombre tenía que tener talento, para pasar tan de golpe de una expresión suficiente a otra de abatimiento sin parecer simulador ni insincero. Era como si dijera: 'Qué más da ya todo'. La conversación se hizo briznas (él había llevado el peso, por su propia iniciativa) mientras se ausentaba su mirada, en la mano la cucharilla en alto con la que se estaba tomando una tarta de frambuesa.

—¿Te ocurre algo? —le preguntó Luisa, y le puso los dedos en el brazo.

El profesor Villalobos bajó la cucharilla y con ella cortó un pedazo de su postre antes de contestar, como si necesitara de un movimiento para salir de su interior asombro.

—Nada. Nada. Qué habría de sucederme. Dime, querida. —Y fingió que su ensimismamiento había sido fingido. Luego se recuperó enteramente y añadió con ademán oratorio de la cucharilla—: El que es tu suegro no me había exagerado nada al hablarme de ti. Dime lo que quieres y te complaceré al instante.

Había bebido mucho. Luisa rió con una sola carcajada mecánica y le dijo:

—¿Desde cuándo lo conoces?

—¿A Ranz? Desde antes que su propio hijo, tu marido reciente aquí presente. —Yo no sabía esto con exactitud, uno no suele interesarse por lo que ha sucedido antes de su nacimiento, cómo se configuran las amistades que lo preceden a uno. El profesor, que en cualquier asunto o noticia presumía de estar más informado que nadie, añadió dirigiéndose a mí—: Incluso conocí a tu madre y a tu tía Teresa antes de que él las conociera, imagínate. Mi padre, que era médico, visitaba a tu abuelo cuando iba por Madrid. Yo lo acompañé algunas veces y los conocía un poco a todos, a tu padre casi sólo de vista, esa es la verdad. ¿A que no sabes de qué murió tu abuelo?

—De un ataque al corazón, creo —apunté titubeante—. La verdad es que no lo sé bien, murió poco antes de que yo naciera y es una de esas cosas por las que uno no se interesa.

—Mal hecho —dijo el profesor—, todo interesa, con esa apatía no se va a ninguna parte. Clínicamente murió de un infarto, sí, pero artísticamente, que es como se muere de veras y lo que importa, murió de preocupación, de aprensión y de miedo, por culpa de tu padre. Toda enfermedad viene causada por algo que *no* es una enfermedad. —Al profesor Villalobos, además de los secretos intransmisibles, le gustaban los pequeños golpes de efecto al contar algo, secreto o no secreto.

—¿Por culpa de mi padre? ¿Por qué de mi padre?

—Le tenía absoluto pánico desde la muerte de tu tía Teresa al poco de casarse con él. Le temía como al diablo, con superstición, sabes lo que pasó, ¿no?

El profesor no hacía remilgos, como Custardoy había hecho. Iba al grano, para él no cabía duda de que todo merecía saberse, o de que el conocimiento nunca hace daño, o si lo hace hay que aguantarse. Pensé entonces —fue una ráfaga— que me iba a tocar saber, como si las historias que durante largos años están en reposo tuvieran una hora de su desperezamiento y nada pudiera hacerse contra su llegada, quizá sólo demorarla un poco, un poco más, a ningún efecto. 'Yo no creo que a nada se le pase el tiempo', me había dicho Luisa en la cama justo antes de que mi brazo rozara su pecho, 'todo está ahí, esperando a que se lo haga volver.' Lo había expresado bien, según creo. Quizá llega un momento en que las cosas quieren ser contadas, ellas mismas, quizá para descansar, o para hacerse por fin ficticias.

—Sí, lo sé, sé que se mató de un tiro. —Y reconocí saber algo de lo que en realidad no tenía seguridad ni constancia, tan sólo era un rumor reciente, pasado de Custardoy a mí, de mí a Luisa.

El profesor Villalobos seguía bebiendo vino y comía ahora a gran velocidad su tarta, manejando la cucharilla como si fuera un escalpelo de su padre médico. Después de cada bocado o trago se pasaba la servilleta por la boca mojada, que seguía mojada después de secársela. También de este asunto o noticia tenía más información que yo.

—Mis padres estaban allí cuando pasó, eso quizá no lo sabréis, invitados a comer. —Había dicho 'no lo sabréis', había utilizado el plural como se hace con los matrimonios—. Volvieron a Barcelona espantados y se lo he oído contar muchas veces. Tu tía se levantó de la mesa, cogió la pistola de tu abuelo, la cargó, se fue al cuarto de baño y allí se disparó en el pecho. Mis padres la vieron muerta, y toda tu familia menos tu

abuela, que estaba pasando unos días fuera de Madrid, en casa de una hermana suya que vivía en Segovia, o en El Escorial.

—En Segovia —dije yo. De eso sí tenía información.

—Fue una suerte para ella, o quizá tu tía lo tuvo en cuenta, no es probable. Tu abuelo, en cambio, nunca se recuperó de la visión de su hija ensangrentada en el suelo del cuarto de baño, con un pecho destrozado. Ella había estado más o menos normal durante el almuerzo, bueno, en silencio y sin comer apenas ni contar nada, como si fuera desgraciada cuando no le tocaba, había vuelto de su viaje de bodas una semana antes o así. Pero esto mis padres lo reconstruyeron luego, mientras comían nadie pudo sospechar lo que iba a ocurrir.

—Y entonces Villalobos siguió contando lo que no he querido saber, pero he sabido. Contó durante unos minutos. Contó con detalle. Contó. Contó. Sólo podría no haberle oído si me hubiera marchado. Y antes de interrumpirse añadió—: Todo el mundo dijo que Ranz había tenido muy mala suerte, ya que enviudaba por segunda vez. —A continuación hizo una pausa y se acabó la tarta, cuya ingestión había suspendido (la cucharilla de nuevo retórica) mientras relataba el detalle y mencionaba otra tarta, una helada que se derritió. Pero ni Luisa ni yo dijimos todavía nada, así que depositó el instrumento en el plato y regresó al principio, como profesor que era—. Puedes imaginarte que cuando más tarde Ranz se casó con tu madre, tu abuelo viviera en un permanente estado de pánico. Al parecer palidecía y se llevaba las manos a la frente cada vez que veía a tu padre. Tu abuela tenía más aguante, y además no había visto a su hija muerta, sólo enterrada. Tu abuelo vivió desde entonces, bien es verdad que no mucho tiempo, como un sentenciado a muerte que no sabe la fecha de su ejecución y se levanta cada día temiendo que la fecha sea esa. La comparación no es buena del todo, temía por la defunción de su hija, la que le quedaba. Ni siquiera dormía. Se sobresaltaba cada vez que sonaba el teléfono o el timbre o llegaba una carta o un telegrama, y eso que tus padres no hi-

cieron viaje de novios, la cosa no estaba para esas alegrías, ni se ausentaron de Madrid apenas mientras él vivió. Según decía mi padre, nunca había visto un caso tan claro como el de tu abuelo de muerte por pavor. El infarto fue sólo la expresión, el medio, podía haber sido otro, decía. Al morir tu abuelo el trato entre nuestras familias ya se hizo infrecuente. Yo lo reanudé con Ranz por otros conductos, años más tarde. Qué te parece. —En su última frase había satisfacción, a todo el mundo le gusta hacer pruebas y venir con noticias. El profesor llamó a un camarero y, extrañamente tras haberse tomado la tarta, le pidió la tabla de quesos y más vino para acompañarlos—. Estoy hambriento, hoy no he almorzado —se disculpó.

Luisa y yo tomábamos ya café. Había dos preguntas que hacer, dos preguntas principales difíciles de no hacer cuando además éramos dos los que podíamos formularlas. En realidad ambas eran preguntas para nuestro padre, pero él estaba lejos y con él no se hablaba del pasado remoto. O tal vez ya sí, se me ocurrió de pronto la posibilidad improbable de que Ranz hubiera enviado a Custardoy meses atrás y a Villalobos ahora para irme avisando, irme preparando para una historia de la que deseaba ponerme al tanto, ahora, quizá porque me había casado por primera vez, él lo había hecho en tres ocasiones y en dos de ellas le había ido mal, o, como había dicho todo el mundo en su día y el profesor acababa de repetir, había tenido muy mala suerte. Pero también era él quien me había enviado al alto funcionario español de la mujer frivolísima y trufada, y éste no me había contado nada. Luisa y yo hablamos casi al mismo tiempo:

—Pero ¿por qué se mató? —dijo ella adelantándose medio segundo.

—¿Quién era la primera mujer? —dije yo retrasado.

El profesor Villalobos se sirvió queso de Brie y camembert, todo cremoso. Untó un poco del primero en el pan tostado que al llevarse a la boca se le hizo pedazos. Se le quedó

en ella un trozo demasiado grande para abarcarlo de golpe, se manchó la solapa y manchó el mantel.

—Por qué se mató no se sabe —contestó con la boca aún no despejada pero en su debido orden, como si estuviera ante un motín de dudas en clase. Bebió bastante vino para ayudarse a tragar—. Ni tu padre lo supo, según dijo, eso dijo. Su sorpresa cuando llegó a la casa de su suegro a los postres fue tan grande como la de cualquier otro de los presentes o de los que llegaron después, su dolor aún mayor. Dijo que todo iba perfectamente, que nada había pasado entre ellos, eran felices y demás. No se lo explicaba ni lo pudo explicar. Se habían separado por la mañana sin que él hubiera notado nada raro, se habían despedido con frases más o menos amorosas, como un día cualquiera, convencionales, como las que os podáis decir vosotros esta noche o mañana. Si eso era verdad, debe de haberse atormentado no poco a lo largo de estos decenios. Tu madre debió de ayudarlo mucho. Quizá Ranz tuvo que investigar también si tu tía Teresa llevaba una doble vida cuya mitad suicida él desconocía, esas cosas suceden. Si averiguó algo supongo que lo calló. No sé. —El profesor se secó la boca, ahora con más motivo, para limpiarse las comisuras de duras migas de tostada y blandos restos de Brie.

—La solapa —le indicó Luisa.

El profesor se miró con desagrado y sorpresa. Era una solapa de Gigli, muy cara. Se limpió mal, con torpeza, Luisa mojó la punta de su servilleta en agua y le ayudó, mojó la punta como yo había mojado la de una toalla en el cuarto de baño del hotel de La Habana para refrescarle a ella la cara, el cuello, la nuca (se le había pegado su pelo largo alborotado, y algunos cabellos sueltos le atravesaban la frente como si fueran delgadas arrugas venidas desde el futuro a ensombrecerla un instante).

—¿Tú crees que esto deja mancha? —le preguntó el profesor. Era un hombre presumido, también distinguido pese a su cara ancha.

—No lo sé.

—Así lo averiguaremos —dijo el profesor, y con el dedo corazón estirado hizo un gesto desdeñoso hacia la costosa solapa impura de Romeo Gigli. Se untó camembert (no en la solapa, en otra tostada, mezclaba todos los sabores), bebió vino y continuó, sin perder el hilo—: En cuanto a la primera mujer, yo no sé mucho de ella excepto que era cubana, como tu abuela. Ranz vivió en La Habana una temporada, como sabréis, un año o dos, hacia el año cincuenta, ¿no?, un puestecito oficial en la embajada, ¿no? ¿Agregado cultural? Tú. Bah, conociéndolo siempre he pensado que debió de ser algo así como asesor artístico de Batista, ¿no te ha contado nada de eso?

El profesor esperaba de mí alguna precisión como la de Segovia. Pero yo no sabía que mi padre hubiera vivido en Cuba. Un año o dos.

—¿Quién es Batista? —preguntó Luisa. Es joven y distraída y no tiene muy buena memoria, excepto para traducir.

—No lo sé —dije yo contestando a Villalobos, no a ella—. Ignoraba que hubiera vivido en Cuba.

—Ya, tampoco eso te ha interesado —dijo el profesor con impertinencia—. Bueno, allá tú. Allí se casó con aquella mujer y creo que allí conoció a tu madre y a tu tía, que por entonces pasaron en La Habana unos meses acompañando a tu abuela en un viaje que tuvo que hacer por alguna cuestión de herencias o porque no quería llegar a demasiado vieja sin volver a ver los lugares de su niñez, no sé bien, tened en cuenta que todo esto son retazos de conversaciones oídas a mis padres hace mucho tiempo, y no se dirigían a mí. —El profesor Villalobos se excusaba, ya no contaba con tanto gusto, le fastidiaba vacilar en sus datos, detestaba lo incompleto y la inexactitud, nunca podría haber escrito otra cosa que estudios de obras, no biográficos, las biografías no se acaban. Se metió una trufa en la boca, que nos habían traído con los cafés. Pero el movimiento fue tan raudo que no estoy seguro (se la metió como una píldora): no había terminado con el queso, me pareció demasiado mezclar. En todo caso, hubo en el pla-

to una trufa menos—. Sea como fuera, se llevó a las niñas esa temporada, para que la acompañaran, tres meses o así. Tu padre allí sólo las conoció levemente, el noviazgo con tu tía empezó bastante después, claro está, cuando era ya viudo y había regresado a Madrid. Por lo visto era apuesto, bueno, se le nota aún, un viudo triste y a la vez bromista, eso es irresistible, llevaba entonces un bigotito, al parecer se lo afeitó para su tercera boda y ya no se lo volvió a dejar crecer, quizá una superstición. Pero no sé casi nada de la primera mujer. —El profesor parecía molesto por no haber previsto esta conversación y no haberse informado antes mejor. Quizá no era posible informarse mejor—. Ya sabéis lo que ocurre, de los muertos sustituidos se suele hablar poco o nada con quienes los sustituyen, ante tu familia o ante conocidos no era cuestión de estar rememorando cada dos por tres a una extraña que, si se miraba retrospectivamente, había ocupado el lugar de tu tía Teresa. Las cosas, ¿verdad?, pueden mirarse hacia adelante o hacia atrás, y cambian bastante según se elija. Bueno, a lo que iba: supongo que todos sabían de ella pero nadie se molestaba en recordarla, hay gente que es mejor que no haya existido; aunque no hubo más remedio cuando se mató tu tía, se la recordó brevemente, lo inevitable por aquello de la segunda viudez. Ella no correría la misma suerte al sustituirla tu madre, a una hermana no se la olvida por muy inconveniente que resulte el lugar que ocupara, a una desconocida extranjera sí. Eran otros tiempos. —El profesor casi suspiró.

—Siempre ha habido un retrato de mi tía en casa de mis padres —apunté yo, creo que para sosegar a Villalobos: si no tenía todos los datos, al menos le agradaría llevar razón en sus conjeturas.

—Pues eso —dijo como si no le diera importancia a su acierto (pero le había encantado acertar). Apartó con el antebrazo el plato del queso, ya debía de estar ahíto. Pero no, se dedicó más a la trufa y pidió café para él. Al apartar el plato se manchó mínimamente la manga de Gigli con el borde ensu-

ciado. Ahora tenía los brazos cruzados sobre la mesa, aun así parecía elegante.

—¿Y de qué murió? —preguntó Luisa.

—¿Quién? —contestó el profesor.

—La primera mujer —dije yo, y creo que al decirlo Luisa se dio cuenta de que también estaba diciendo otra cosa, algo así como 'Está bien', o 'Adelante', o 'Tú ganas', o 'Ahora sí'. Pero esto, si lo decía, se lo decía a ella, no a Villalobos.

—Chicos, me perdonaréis que esto tampoco lo sepa muy bien. —El profesor rabiaba y bebía vino, supuse que estaba a punto de cambiar de tema, no estaba acostumbrado a decir tantas veces 'No lo sé'. Se volvió a disculpar—: Yo con tu padre tengo un trato digamos más docto que personal, aunque nos apreciemos mucho personalmente también. Todas estas cosas las sé por mi padre, que murió hace ya años, pero nunca las he hablado con Ranz.

—Ya, no te han interesado —dije yo. No pude evitar devolverle una impertinencia: era injusta, pero al fin y al cabo él me había dedicado no menos de tres.

El profesor me miró con disgusto y conmiseración a través de sus lentes, pero era un disgusto paternalista, como todo lo demás. Bueno, la conmiseración era profesoral.

—Más que a ti, mendrugo. Más que a ti. —Su insulto había sido anticuado, venial y didáctico, casi me hizo reír, vi que a Luisa también—. Pero sé cuáles son los límites en toda relación. Yo con tu padre hablo de Villanueva y de Villalpando —dijo Villalobos—, que tú no debes de saber ni quiénes son.

—Yo no sé quiénes son —dijo Luisa.

—Ya lo sabrás —le dijo el profesor como si fuera una alumna impaciente a la que se deja para después de la clase—. A lo que iba: esa primera mujer no sé bien de qué murió. Ni cómo se llamaba. Allí en Cuba, eso sí. Y luego, no me hagáis caso, porque esto no estoy seguro ni de haberlo oído, pero tengo la idea de que fue en un incendio. Claro que es una idea muy imprecisa que tal vez viene de alguna película que pude

ver por entonces, cuando era chico y más oí hablar de tu padre y su doble viudez. A vosotros, que sois más jóvenes, no os pasará aún, pero llega un momento en el que uno confunde lo que ha visto con lo que le han contado, lo que ha presenciado con lo que sabe, lo que le ha ocurrido con lo que ha leído, en realidad es milagroso que lo normal sea que distingamos, distinguimos bastante a fin de cuentas, y es raro, todas las historias que a lo largo de una vida se oyen y ven, con el cine, la televisión, el teatro, los periódicos, las novelas, se van acumulando todas y son confundibles. Ya es asombroso que la mayoría de la gente sepa todavía lo que le ha ocurrido de verdad a ella. Lo que resulta imposible es distinguir lo que les ha pasado a otros y ellos nos cuentan de lo que se nos presenta como ficticio, o real pero lejano, lo real que atañe a personas que no conocemos o del pasado. Digamos que, quitando casos extremos, la memoria propia todavía se mantiene bastante a salvo, bastante incólume, uno recuerda lo que ha visto y oído personalmente de un modo distinto de como recuerda los libros o las películas, pero la cosa no varía ya tanto si se trata de lo que *otros* han visto y oído y presenciado y sabido y luego nos han contado. Y está lo que uno inventa.

El profesor Villalobos ya no se excusaba, sino que peroraba. Estaba cambiando de tema, se había hartado del anterior. Daba vueltas al café con su cucharilla nueva, se había echado sacarina después de haber comido tanto. No era un hombre grueso, tampoco delgado. A un camarero que pasó le pidió un purito. 'Un purito', le dijo, aunque se lo dijo en francés y yo traduzco.

—Yo confundo todos los discursos que he traducido en mi vida. No recuerdo nada —dije para halagarle y compensarle un poco de mi impertinencia injusta.

—¿Qué tipo de incendio? —Luisa no le dejó cambiar aún de tema.

—No lo sé —dijo el profesor—, ni siquiera sé si hubo tal. Por entonces, cuando murió tu tía y se habló más de ello, cogí

miedo a que ardiera la casa durante la noche y tenía mal sueño, es un miedo normal en la infancia o lo era en mis tiempos, pero yo lo asocio a haber visto u oído de alguien que ardió en la cama mientras dormía. Esa imagen la tengo a su vez vagamente asociada a la muerte de aquella primera mujer de tu padre, pero la verdad es que no sé por qué, no recuerdo que nadie dijera nada al respecto, nada concreto sobre aquella muerte, que a diferencia de la de tu tía nos pillaba ya muy lejos. Quizá vi esa escena en una película que transcurría en el trópico, me impresionó y asocié las dos ideas, Cuba y el fuego, el fuego y la mujer cubana. En mi época había muchas películas cuya acción transcurría en el trópico, se puso de moda, después de la Segunda Guerra Mundial supongo que a la gente le apetecía ver y pensar en lugares que hubieran estado alejados de la contienda, sitios como el Caribe, el Amazonas.

El profesor Villalobos cambiaba definitivamente de tema, no sin esfuerzo, pensé que estaba aburrido de nuestra compañía. Ya no debía de temer al fuego, porque el camarero le trajo la caja de puros, cogió sin dudarlo uno (conocía las marcas), no lo olisqueó (era un hombre educado, tampoco llevaba sortijas), se lo llevó a la boca —la boca mojada que está siempre llena y es la abundancia— y permitió que le acercaran demasiado a la cara una llama inmensa con la que se lo prendieron. Olía mal aquel puro, pero yo no los fumo. El profesor dio unas chupadas, y mientras lo hacía sus ojos volvieron a ausentarse o su cabeza a enterrarse en pensamientos oscuros. Tampoco ahora pareció insincero: cuando se quedaba abatido y callado se parecía un poco a aquel actor inglés que se suicidó hace años en Barcelona, donde Villalobos vivía, George Sanders su nombre, gran intérprete. Quizá había vuelto a acordarse de que era desgraciado y de que eso no era algo que le hubieran contado, ni que hubiera leído, ni que se hubiera inventado, ni que formara parte de ninguna intriga.

—El Amazonas —dijo con el puro en la mano. Brillaba la brasa.

Aquella noche Luisa y yo hablamos al llegar al apartamento, aunque muy brevemente y sólo después de acostarnos, tras dos trayectos en silencio en taxi. Pero no tiene sentido que hable ya más de esa noche, sino de una que vino no mucho después, o lo que es lo mismo, hace poco, exactamente el día de mi regreso de la ciudad de Ginebra, cumplidas —o casi— mis ocho semanas de estancia y trabajo, tres más tarde de aquella noche de la que no tiene sentido que siga hablando. O tal vez sí, puesto que fue entonces cuando se produjo el acuerdo. O tal vez no, puesto que lo que vino a las tres semanas fue una mezcla de acuerdo y azar, de azar y acuerdo, de un quizá y un acaso.

Yo adelanté mi regreso en veinticuatro horas. Es verdad que había calculado mal al principio, sin contar con un día de fiesta en Suiza gracias al cual mis tareas terminaban el jueves y no el viernes de la semana octava. Pero de eso me di cuenta aquel lunes, y ese mismo día cambié el billete del sábado para el viernes. Hablé por teléfono con Luisa esa noche, y también la del martes y la del miércoles, no la del jueves, ninguna noche le dije nada sobre mi cambio de fechas, supongo que quería darle una pequeña sorpresa, supongo también que quería ver cómo era mi casa cuando no se me esperaba, qué hacía ella, cómo era sin mí, dónde estaba, a qué hora volvía, con quién

si con alguien o a quién recibía. Quién estaba en la esquina. Quería disipar la sospecha del todo, uno no quiere tener sospechas pero vuelven a veces aunque se descarten, cada vez con menos fuerza mientras se vive con alguien, tanto si se ha preguntado y se ha oído decir 'Yo no he sido' como si se ha guardado silencio, se trata siempre de debilitarlas. Ese fue el azar.

El acuerdo fue que pareció llegada la hora de saber lo que llevaba ya nueve meses insinuándose, desde nuestro matrimonio y no antes, no desde que nos conocimos. Sumándolo todo, era mi propio padre quien lo había iniciado el mismo día de mi boda, pocas horas después en el Casino de Alcalá 15, cuando me retuvo aparte y me preguntó lo que yo me había preguntado durante toda la noche anterior casi insomne y quizá había empezado a alejar en la ceremonia. No, no allí, no pude ni luego tampoco, y el malestar fue creciendo en el viaje de novios, en Miami y Nueva Orleans y México, y sobre todo en La Habana, quizá si Luisa no se hubiera sentido indispuesta los presentimientos de desastre habrían desaparecido como la artificiosidad de la casa, que cada día que pasa me va pareciendo más natural, y olvido la que tenía antes para mí solo. No hace ni siquiera un año. El acuerdo se produjo esa noche de la que no debo seguir hablando, pero aun así diré algo. Al regresar a mi apartamento tras dejar al profesor Villalobos a la puerta de su hotel de paso (no era lo bastante rico ni diestro para querer ir después a bailar agarrados, o bien se acordaba ya sin descanso de su desdicha), Luisa me dijo a oscuras (me lo dijo con la cabeza sobre la almohada, era una cama con edredón y para una sola persona, aunque lo bastante ancha para que cupieran dos que no rehúyen rozarse): '¿Aún no quieres saber? ¿Aún no quieres que le pregunte a tu padre?'. Temo que le contesté con la expresión de otra sospecha: '¿No le has preguntado tú todavía? Os veis lo bastante'. Luisa no se enfadó, todos comprendemos la existencia de las sospechas. 'No, claro que no', dijo sin que su voz sonara ofendida. 'Ni lo haré, si tú no quieres. Es mi suegro, y sobre

todo le tengo ya gran afecto, pero es tu padre. Tú dirás lo que quieres.' Hubo un silencio, no me apremió. Esperó. Esperaba. No nos veíamos. No había sábanas. Nos rozábamos. Lo que ella veía claro es que tenía que ser ella, no yo, quien preguntara a Ranz, no tanto en la seguridad de que a ella le contaría cuanto de que a mí no lo haría. 'A mí me lo contaría', había dicho sin embargo una vez, con luz y en nuestra cama, con confianza. 'Quién sabe si lleva todos estos años esperando a que aparezca en tu vida alguien como yo, alguien que pueda hacerle de intermediario contigo, los padres y los hijos sois muy torpes entre vosotros.' Y aún había añadido, con razón y soberbia: 'Quizá nunca te ha contado su historia porque no sabía cómo hacerlo o tú no le has preguntado bien. Yo sí sabré hacer que me la cuente'. Y aún había dicho más, había dicho con ingenuidad y optimismo: 'Todo es contable. Basta con empezar, una palabra tras otra'.

Todo es contable, hasta lo que uno no quiere saber y no pregunta, y sin embargo se dice y uno lo escucha.

Dije sin verla: 'Sí, acaso es mejor que ya preguntes'. Noté que notaba un resto de indecisión en mi voz, y seguramente por eso dijo: '¿Quieres estar tú delante, o que luego yo te lo cuente?'. 'No lo sé', contesté, 'quizá él no quiera hablar si yo estoy delante.' Luisa me tocó en el hombro, sin tantear, como si pudiera verme (conoce mis hombros, conoce mi cuerpo). Respondió: 'Si está dispuesto a contar no creo que deje de hacerlo por eso. Será como tú quieras, Juan'. Me llamó por mi nombre, aunque no me insultara ni estuviera enfadada ni pareciera que fuera a dejarme. Pero quizá anticipaba que si me contaba ella lo que le contara Ranz, entonces tendría que darme una mala noticia. De mi boca no salieron palabras inequívocas, como 'Está bien', o 'Adelante', o 'Tú ganas', o 'Ahora sí', sino que dije: 'No sé, no hay prisa, tendré que pensarlo'. 'Ya me dirás', dijo ella, y me retiró la mano del hombro para dormirse. Teníamos literalmente una sola almohada, y esa noche ya no dijimos ninguna otra cosa.

Hay dos almohadas en nuestra cama, como es normal en las de matrimonio, y esa cama estaba hecha cuando llegué de Ginebra, un día antes de lo previsto por Luisa, a media tarde. Llegué cansado como se llega de los aeropuertos, abrí la puerta e inmediatamente, antes de averiguar si había nadie en la casa, me eché las llaves al bolsillo de la chaqueta, como se las echaba Berta en el bolso para no olvidarlas cuando saliera de nuevo. Llamé el nombre de Luisa desde la entrada y no había nadie, dejé allí la maleta y la bolsa un momento y fui hasta el dormitorio, donde vi hecha esa cama, luego al cuarto de baño, estaba la puerta abierta y todo en orden, sólo que la alcachofa de la ducha estaba caída y no colgada y no se veían más que las toallas y el albornoz de Luisa, todo azul oscuro; los míos, que son azul pálido como el albornoz de 'Bill' que en realidad era del Hotel Plaza, todavía no habían sido sacados de su armario, donde habrían reposado desde mi marcha. Me di cuenta de que no sabía con exactitud cuál era ese armario, aún no conocía del todo mi propia casa, que ha ido cambiando durante mis ausencias, aunque ahora espero que no haya ninguna en mucho tiempo. Pasé a la cocina y la vi limpia, la nevera medio llena, Luisa es limpia, también ordenada, no había leche, no bajaría a buscarla. En el salón había un nuevo mueble que desconocía, un sillón gris agradable que había hecho cambiar de sitio la otomana y la mecedora que fue de mi abuela y más tarde escenario de las posturas originales de Ranz cuando recibía visitas. El sillón era cómodo, lo probé un instante. En la habitación en que trabaja Luisa cuando trabaja en algo no había nada que denotara que hubiera trabajado en nada en los últimos tiempos. (Quizá será un día la habitación de un niño.) En la habitación en la que yo trabajo no había cambios, vi un montón de correo que me aguardaba sobre mi mesa en forma de U, demasiado para ponerme a mirarlo. Iba a volver ya a la entrada cuando sí noté algo nuevo: en una de las paredes estaba un dibujo que había visto otras veces y cuyo título será, si lo tiene, *Cabeza de mu-*

jer con los ojos cerrados. Pensé: 'Mi padre nos ha hecho otro regalo, o se lo ha hecho a Luisa, y ella lo ha puesto en mi cuarto.' Volví por fin a la entrada y, como siempre hago en cuanto llego a casa o a mi destino, me puse a deshacer las maletas y a colocarlo todo en su sitio, diligentemente, con urgencia, como si esa operación aún formara parte del viaje y el viaje debiera ser concluido. La ropa sucia la metí en la lavadora, donde vi que había un par de prendas de Luisa, tenían que ser de Luisa, no me fijé, sólo abrí la portezuela y eché lo mío, sin ponerla en marcha, no había prisa y ella podía querer programarla. Al cabo de pocos minutos mis maletas estaban vacías y guardadas ya en el armario que les correspondía, que sí conocía (encima del de los abrigos, en el pasillo) por haberlas sacado de allí al emprender mis viajes de después de casado. Estaba muy fatigado, miré el reloj, Luisa podía llegar en cualquier momento o bien tardar horas, era sólo media tarde, la hora en que nadie en Madrid está en casa, nadie lo soporta a esas horas, la gente sale a lo que sea histérica y desesperada aunque no lo confiese, a comprar en las tiendas, en los grandes almacenes abarrotados, en las farmacias, a hacer recados inútiles, a mirar escaparates, a comprar tabaco, a recoger a los niños que salen del colegio, a tomar algo sin sed y sin hambre en el millón de bares y cafés y cafeterías, la ciudad entera está en la calle o en el trabajo, un baño de multitud, nadie en su casa, a diferencia de Nueva York, donde casi todo el mundo regresa a las cinco y media, a las seis, a las seis y media si han debido pasar a meter la mano en un apartado de correos de Kenmore o de Old Chelsea Station. Salí a la terraza y no vi a nadie parado en la esquina, aunque había centenares de coches y muchísima gente en marcha, todos yendo de un lado a otro y molestándose. Entré en el cuarto de baño, oriné, me lavé los dientes. Volví al dormitorio, abrí nuestro armario, colgué en él la chaqueta que llevaba puesta, vi los vestidos de Luisa en su lado, vi al instante dos nuevos, o tres, o cinco, con mis femeninos labios los besé o rocé instintivamente, restre-

gué mi rostro contra las telas olorosas e inertes, y un poco de barba (debo repasármela al anochecer, si salgo) impidió que se deslizaran suavemente sobre mis mejillas. Vi cómo empezaba a caer la tarde (era viernes, era marzo). Me eché en la cama, sin intención de dormir, sólo de descansar, puesto que no la abrí (quizá las sábanas no fueran nuevas, Luisa pensaría haberlas cambiado mañana, justo antes de mi llegada) ni me quité los zapatos, me eché en diagonal y así los mantuve en el aire, sin peligro de manchar la colcha.

Cuando desperté ya no había luz que viniera de fuera, quiero decir que era luz nocturna, luz de neón y farolas y no de tarde. Iba a mirar el reloj pero no podría verlo si no encendía una lámpara. Iba a encender la lámpara de la mesilla de noche pero oí voces. Procedían de la casa, del salón, creía, aún estaba confuso pero en seguida dejé de estarlo, mis ojos se hicieron a la oscuridad, la puerta de la alcoba estaba cerrada, debía de haberla dejado yo así, la costumbre nocturna, aunque hiciera ocho semanas que la había suspendido, en aquel cuarto. Una de las voces era la de Luisa, era ella quien hablaba en aquel momento, pero no era distinguible lo que decía. El tono era pausado, de confianza, de persuasión incluso. Había regresado. Busqué el mechero en el bolsillo del pantalón y lo encendí para mirar en mi muñeca la hora, las ocho y veinte, habían pasado casi tres desde mi llegada. 'Luisa debe de haberme visto dormido y no ha querido despertarme', pensé, 'me ha dejado tranquilo hasta que me despierte yo solo.' Pero era también posible que no se hubiera dado cuenta de mi presencia en la casa. Ella no solía entrar en el dormitorio recién llegada de la calle, a menos que necesitara cambiarse inmediatamente. Si había venido con alguien habría pasado al salón, quizá al cuarto de baño un momento, quizá a la cocina para poner una copa o unas aceitunas (había visto aceitunas al abrir la nevera). No lo había hecho a propósito, creo (yo no sabía que me iba a quedar dormido, luego es seguro), pero me daba cuenta de que en la casa no había ningún indicio de mi

llegada, lo había guardado todo en su sitio como hago siempre, también la maleta y la bolsa; justo debajo había colgado mi abrigo en el armario de los abrigos, se enciende una luz al abrir la puerta; tampoco había buscado mi albornoz ni mis toallas, seguían sin estar en el cuarto de baño, me había secado las manos con una de Luisa; los regalos los tenía conmigo, en el dormitorio; sólo había una cosa, mi neceser, lo había sacado de la bolsa de mano y lo había dejado sobre un banquito del cuarto de baño, su contenido era lo único que no había devuelto a sus antiguos y diversos sitios; lo había abierto, sí, pero sólo había sacado el cepillo de dientes, ni siquiera la pasta, había utilizado la que estaba en nuestra repisa, esto es, la de Luisa, mediado el tubo. Puede que ni ella ni su acompañante supieran aún que yo estaba allí, espía involuntario (involuntario hasta entonces) de mi propia casa. Ahora sonaba la otra voz, pero hablaba muy bajo, más que Luisa, de esa voz no distinguía ni el ánimo y eso me desazonó, como me había sucedido en la habitación del hotel de La Habana que al parecer fue una vez el Sevilla-Biltmore, no sé, en una isla. De pronto me entró prisa. Sabía que acabaría sabiendo quién estaba en el salón con Luisa, aunque se marchara en aquel mismo instante yo no tendría más que abrir mi puerta y salir para verlo, antes de que estuviera fuera, llamando al ascensor para irse. Pero la prisa venía porque tuve conciencia de que lo que no oyera ahora ya no lo iba a oír; no iba a haber repetición, como cuando uno oye una cinta o ve un vídeo y puede retroceder, sino que cada susurro no aprehendido ni comprendido se perdería para siempre jamás. Es lo malo que tiene cuanto nos sucede y no es registrado, o aún peor, ni siquiera sabido ni visto ni oído, porque luego no hay forma de recuperarlo. Abrí con cautela la puerta de la alcoba, sin hacer el menor ruido, entró un poco de luz lejana por la rendija aún mínima y volví a echarme en la cama, y entonces identifiqué la voz que hablaba, gracias a esa rendija, la identifiqué a la vez con temor y alivio, la voz de Ranz, la voz de mi padre, más con alivio, con temor menos.

Yo tengo la tendencia a querer comprenderlo *todo*, cuanto se dice y llega a mis oídos, aunque sea a distancia, aunque sea en uno de los innumerables idiomas que desconozco, aunque sea en murmullos indistinguibles o en susurros imperceptibles, aunque sea mejor que no lo comprenda y lo que se diga no esté dicho para que yo lo oiga, o incluso esté dicho justamente para que yo no lo capte. Y una vez entreabierta la puerta de mi dormitorio el murmullo era distinguible o perceptible el susurro, y ambos eran en un idioma que bien conozco, es el mío, en el que escribo y pienso, aunque conviva con otros en los que también pienso a veces, siempre más en el mío; y lo que la voz decía tal vez era mejor que lo comprendiera, tal vez se decía para que yo lo oyera, justamente para que yo lo captara. O no así exactamente: pensé que a Luisa no podía habérsele pasado por alto mi presencia en la casa (el neceser, el cepillo en su sitio, el abrigo colgado, algo habría visto), pero sí a Ranz, Ranz podía no saberlo (si había entrado en el cuarto de baño no le habrían dicho nada el neceser ni el cepillo). Quizá Luisa había decidido hablar por fin con mi padre y preguntarle por sus mujeres muertas, por Barbazul, Barbazul, y dejar al azar que yo despertara y lo oyera directamente o que siguiera dormido tras el cansancio del viaje desde Ginebra y no me enterara más que indirectamente y más tarde, a través de ella y con otras palabras (con traducción, y censura acaso), o bien no me enterara nunca, si así se acordaba. Quizá no traía la intención de hacerlo, no aquella noche o tarde, hasta llegar a casa y ver mi neceser, mi cepillo, mi abrigo, y luego, tal vez, mi figura dormida sobre nuestra cama. Tal vez se había asomado al cuarto y era ella, no yo, quien había cerrado la puerta. Entonces, al pensarlo, comprendí que así habría sido, porque no fue sino hasta aquel instante cuando me di cuenta de que la cama ya no estaba tan hecha como la había encontrado. Alguien había levantado sábana, manta y colcha por uno de los lados y había intentado arroparme con ellas vueltas, chapuceramente, desde

sus extremos laterales hasta donde el peso y límite de mi cuerpo lo permitía. Podía haber sido yo mismo en mi sueño, pensé, pero no era probable, lo descarté de inmediato y me pregunté de inmediato cuándo habría sucedido eso, mi arropamiento, cuándo habría abierto la puerta Luisa y me habría visto tendido, dormido, quizá con el pelo alborotado, algunos cabellos sueltos atravesándome la frente como si fueran delgadas arrugas venidas desde el futuro a ensombrecerme un instante. (No me había quitado los zapatos, los seguía teniendo puestos y ahora sí pisaban la colcha.) Y me pregunté también cuánto tiempo llevarían Luisa y Ranz en la casa, y cómo habría conducido ella la conversación que tenían para que en el momento de entreabrir yo mi puerta y volverme a la cama y oír nítidamente las primeras frases de Ranz (aunque en la distancia), esas frases fueran estas:

'Se mató por algo que yo le conté. Por algo que le había contado en nuestro viaje de bodas'.

La voz de mi padre era débil, pero no de viejo, nunca tuvo nada de viejo. Era una voz vacilante, como si estuviera hablando sin estar convencido de querer hacerlo, como si se diera cuenta de que las cosas se dicen muy fácilmente (basta con empezar, una palabra tras otra) pero una vez oídas ya no se olvidan, se saben. Como si recordara eso.

'No quiere contármelo a mí', oí que decía Luisa. Su voz era cuidadosa pero natural, no exageraba la nota de la persuasión ni de la delicadeza ni del afecto. Hablaba con tiento, nada más que con tiento.

'No es que no quiera, a estas alturas, si tú quieres saberlo', respondió Ranz, 'aunque la verdad es que nunca se lo he dicho a nadie, bien me he guardado. De todo eso hace cuarenta años, ya es un poco como si no hubiera ocurrido o les hubiera ocurrido a otras personas, no a mí, ni a Teresa, ni a la otra mujer, como tú la has llamado. Ellas no existen desde hace mucho, lo que les pasó tampoco, sólo yo lo sé, sólo estoy yo para recordarlo, y lo que pasó se me aparece como fi-

269

guras borrosas, como si la memoria, al igual que los ojos, se cansara con la edad y ya no tuviera fuerzas para ver claramente. No hay gafas para la memoria cansada, querida mía.'

Me incorporé, me senté a los pies de la cama, desde donde podía abrir más mi puerta o cerrarla con sólo extender la mano. Instintivamente rehíce la cama, es decir, volví sábana, manta y colcha a su posición primera, incluso remetí la sábana, también la manta. Todo estaba en orden, un poco de luz, la rendija, la luz de la noche fuera.

'¿Por qué se lo contó, entonces?', dijo Luisa. 'No imaginó lo que podía pasar.'

'Casi nadie imagina nada, al menos cuando se es joven, y se es joven durante mucho más tiempo del que uno cree. La vida entera parece de mentira, cuando se es joven. Lo que les pasa a los otros, las desdichas, las calamidades, los crímenes, todo ello nos resulta ajeno, como si no existiera. Incluso lo que nos pasa a nosotros nos parece ajeno una vez que ya ha pasado. Hay quien es así toda la vida, eternamente joven, una desgracia. Uno cuenta, habla, dice, las palabras son gratis y salen a borbotones a veces, sin restricciones. Siguen saliendo en toda ocasión, cuando estamos borrachos, cuando estamos furiosos, cuando estamos abatidos, cuando estamos hartos, cuando estamos entusiasmados, cuando nos sentimos enamorados, cuando es inconveniente que las digamos o no podemos medirlas. Cuando hacemos daño. Es imposible no equivocarse. Lo raro es que las palabras no tengan más consecuencias nefastas de las que normalmente tienen. O tal vez no lo sabemos suficientemente, creemos que no tienen tantas y todo es un desastre perpetuo debido a lo que decimos. El mundo entero habla sin cesar, a cada momento hay millones de conversaciones, de narraciones, de declaraciones, de comentarios, de cotilleos, de confesiones, son dichos y oídos y nadie puede controlarlos. Nadie puede prever el efecto explosivo que causan, ni siquiera seguirlo. Porque pese a ser las palabras tantas y tan baratas, tan insignificantes, pocos son

los capaces de no hacerles caso. Se les da importancia. O no, pero se las ha oído. Tú no sabes cuántas veces a lo largo de tantos años he pensado en aquellas palabras que le dije a Teresa en un incontrolado arrebato amoroso, supongo, estábamos en nuestro viaje de novios, ya casi al final. Pude callar y callar para siempre, pero uno cree que quiere más porque cuenta secretos, contar parece tantas veces un obsequio, el mayor obsequio que puede hacerse, la mayor lealtad, la mayor prueba de amor y entrega. Y se hacen méritos contando. De repente a uno no le basta con decir tan sólo encendidas palabras que se gastan pronto o se hacen repetitivas. Tampoco le basta a quien las escucha. El que dice es insaciable y es insaciable el que escucha, el que dice quiere mantener la atención del otro infinitamente, quiere penetrar con su lengua hasta el fondo ('La lengua como gota de lluvia, la lengua al oído', pensé), y el que escucha quiere ser distraído infinitamente, quiere oír y saber más y más, aunque sean cosas inventadas o falsas. Teresa tal vez no quiso saber, o mejor dicho no habría querido. Pero yo le dije algo de pronto, no me controlé, lo bastante, y entonces ya no pudo seguir sin querer, quiso saber, tuvo que escucharlo.' Ranz hizo una pausa muy breve, ahora hablaba ya sin vacilación y su voz era más fuerte, casi declamatoria, no un murmullo ni un susurro, me habría llegado con la puerta cerrada. Pero la mantuve entreabierta. 'No lo soportó. En aquella época no había divorcio, y ella no se habría prestado a intentar una anulación, no tenía cinismo, y nuestro matrimonio fue consumado, ya lo creo que fue consumado, mucho antes de que fuera matrimonio. Pero un divorcio o una anulación no habrían bastado tampoco, de haber sido posibles. No era sólo que después de saber ya no pudiera soportarme a mí, ni seguir conmigo, ni un día más, ni un minuto más, como dijo, aunque aún estuvo conmigo unos cuantos días sin saber qué hacer. Era que ella también había dicho, había dicho algo una vez, mucho antes, y lo que había dicho tuvo su consecuencia. No me soportaba a mí ni se so-

portaba a sí misma por haber hablado a la ligera una vez, sin darse cuenta de que ella no tenía ninguna culpa, no podía tenerla, de lo que yo hubiera oído, ni yo de oírlo ('Una instigación no es nada más que palabras', pensé, 'traducibles palabras sin dueño'). Pasó unos días de angustia extrema desde que le conté, y creciente, jamás he visto a nadie tan angustiado, apenas dormía, no comía y tenía arcadas, intentaba vomitar, no lo conseguía, no me hablaba, no me miraba, apenas habló con nadie, hundía la cabeza contra la almohada, disimuló como pudo con otros. Lloraba, lloró sin cesar durante aquellos días, fueron pocos. Lloraba mientras dormía cuando dormía algo, unos minutos, lloraba en sueños, en seguida se despertaba sudorosa y sobresaltada y me miraba con extrañeza en la cama, luego con horror ('Con los ojos muy fijos en mí pero sin conocerme aún ni reconocer dónde estaba', pensé, 'esos ojos febriles del enfermo que despierta asustado y sin haber recibido previo aviso de su despertar en el sueño'), se tapaba el rostro con la almohada, como si no quisiera ver, ni oír. Yo intentaba calmarla, pero me tenía miedo, me había cogido miedo, o espanto. Alguien que no quiere ver ni oír no puede seguir viviendo, no tenía adónde ir a menos que contara la historia, en realidad no me extraña que se matara, no lo preví, debí haberlo previsto. No se puede vivir así, si se es impaciente, si no se puede esperar a que pase el tiempo ('Era como si se hubiera perdido y no hubiera futuro abstracto', pensé, 'que es el que importa porque el presente no puede teñirlo ni asimilarlo'). Todo se evapora, pero eso no lo sabéis los jóvenes. Ella era muy joven.'

Mi padre se interrumpió, posiblemente para tomar aliento o para medir lo que había contado hasta entonces, quizá vio que era demasiado para detenerse. Las voces no me permitían suponer dónde estaba cada uno, quizá mi padre recostado en la otomana y Luisa en el sofá, o Luisa en la otomana y Ranz en el nuevo sillón agradable que había probado un segundo. Tal vez uno de los dos en la mecedora, no lo creía, no

al menos Ranz, a quien sólo gustaba ese mueble para adoptar posturas originales en sociedad. Por su manera de hablar poco festiva no lo imaginaba ahora en una de esas posturas, tampoco estaba en sociedad, me lo figuraba más bien sentado en el borde de donde estuviera sentado, inclinado hacia adelante, un poco, con los pies en el suelo, sin ni siquiera atreverse a cruzar las piernas. Miraría a Luisa con sus ojos devotos que halagaban lo que contemplaran. Olería a colonia y a tabaco y a menta, un poco a licor y a cuero, como si fuera alguien venido de las colonias. Puede que fumara.

'Pero ¿qué le contó?', dijo Luisa.

'Si te lo cuento ahora', dijo Ranz, 'no sé si estaré haciendo lo mismo que entonces, querida niña.'

'Descuide', le respondió Luisa con valor y humor (valor para decirlo y humor para haberlo pensado), 'yo no me voy a matar por algo ocurrido hace cuarenta años, sea lo que sea.'

Ranz tuvo los mismos valor y humor para reír un poco. Luego contestó:

'Lo sé, lo sé, nadie se mata por el pasado. Es más, no creo que tú te mataras por nada, aunque te enteraras hoy mismo de que Juan acabara de hacer algo como lo que yo hice y le conté a Teresa. Tú eres distinta, los tiempos son distintos, más leves, o más duros, lo encajan todo. Pero no sé si contártelo todo no es por mi parte una deliberada prueba de afecto, de nuevo una prueba de afecto, hacer méritos para que sigas escuchándome y queriendo mi compañía. Y a lo mejor el resultado sería el contrario. Sin duda no te matarías, pero tal vez no querrías volver a verme. Temo por mí, más que por ti'.

Luisa debió de ponerle una mano en el brazo si estaba cerca, o acaso en el hombro si se levantó un instante ('La mano en el hombro', pensé, 'y el incomprensible susurro que nos persuade'), o así me lo habría imaginado yo en una representación, tenía que imaginarlo, no lo veía, sólo escuchaba por una rendija, no a través de un muro ni de balcones abiertos.

'Lo que usted hiciera o dijera hace cuarenta años me importa poco y no va a variar mi afecto. Es a usted al que yo conozco y eso nada lo puede cambiar. No conozco al de entonces.'

'El de entonces', dijo Ranz. 'El de entonces', repitió Ranz, y debía de estarse tocando su pelo polar, rozándoselo con las yemas sin proponérselo ni darse cuenta. 'El de entonces soy yo todavía, o si no soy él soy su prolongación, o su sombra, o su heredero, o su usurpador. No hay ningún otro que se le parezca tanto. Si no fuera yo, cosa que a veces llego a creerme, entonces él no sería nadie y resultaría que no habría ocurrido lo que ocurrió. Soy lo más parecido que queda a él, en todo caso, y a alguien deben pertenecer esos recuerdos. Al que no se mata se le impone seguir adelante, pero hay quien decide pararse y quedarse allí donde se quedaron otros, mirando al pasado, haciendo que siga siendo ficticio presente lo que el mundo dice que es pasado. Y así, resulta que lo que ocurrió se convierte en imaginario. Pero no para él, sino para el mundo. Sólo para el mundo, que lo abandona. He pensado mucho en esto. No sé si lo entiendes.'

'Usted no parece haberse quedado parado en ninguna parte', le dijo Luisa.

'Supongo que no, y a la vez sí', contestó Ranz. La voz había vuelto a debilitarse, ahora hablaba un poco para sus adentros, no con vacilación sino meditativamente, las palabras salían una por una, cada una pensada, como cuando los políticos hacen una declaración que quieren ver traducida y tomada al pie de la letra. Era como si estuviera dictando. (Pero ahora yo reproduzco de memoria, es decir, con mis propias palabras aunque sean las suyas, en origen.) 'Yo seguí adelante, he seguido haciendo mi vida con la mayor ligereza posible, e incluso me volví a casar por tercera vez, con la madre de Juan, con Juana, que nunca supo nada de todo esto y tuvo la generosidad de no acosarme nunca a preguntas sobre la muerte de su hermana que ella vio, tan inexplicable para to-

dos, y yo no podía explicársela. Quizá ella sabía que era mejor no saber, si había algo que saber y yo no había contado. Quise mucho a Juana, pero no como a Teresa. La quise con más cautela, con más miramiento, no con tanta insistencia, más contemplativamente si vale decirlo, más pasivamente. Pero a la vez que seguí adelante sé que también me quedé parado en aquel día en que se mató Teresa. En ese día, y no en el otro anterior, es curioso cómo importan más las cosas que le pasan al otro sin nuestra intervención directa, más que las que uno hace, o comete. Bueno, no siempre es así, sólo a veces. Según qué cosas, supongo.'

Encendí un cigarrillo y busqué un cenicero en la mesilla de noche. Allí estaba, en el lado de Luisa, por suerte también ella seguía fumando, los dos fumábamos en la cama, mientras hablábamos o leíamos o después de acostarnos con el uno el otro, antes de dormirnos. Antes de dormirnos de veras abríamos la ventana aunque hiciera frío, para airear el cuarto, unos minutos. Estábamos de acuerdo en eso, en nuestra compartida casa en la que yo espiaba ahora con su probable consentimiento. Quizá al abrir la ventana pudiéramos ser percibidos desde la esquina por alguien que mirara hacia arriba, abajo.

'¿Qué otro día?', preguntó Luisa.

Ranz calló, durante demasiados segundos para que fuera natural la pausa. Me imaginé que tendría las manos con un cigarrillo del que no se tragaría el humo o bien enlazadas y ociosas, las manos grandes con arrugas pero sin manchas, y estaría mirando a Luisa de frente, con sus ojos como gruesas gotas de licor o vinagre, mirando con pena y con miedo, esas dos sensaciones tan parecidas según Clerk o Lewis, o tal vez con la sonrisa boba y los ojos inmóviles de quien alza la vista y yergue el cuello como un animal al oír el sonido de un organillo o el silbido curvo de los afiladores, y piensa por un momento si los cuchillos que hay en la casa cortan como es debido o hay que bajar con ellos a la calle corriendo, y hace un alto en sus tareas o en su indolencia para recordar y pensar

en filos, o quizá se absorbe en sus secretos repentinamente, los secretos guardados y los padecidos, los que conoce y no conoce. Y entonces, al levantar la cabeza para hacer caso a la mecánica música o a un silbido que se repite y viene avanzando por la calle entera, su vista cae melancolizada sobre los retratos de los ausentes.

'No me lo cuente si no quiere', oí que decía Luisa.

'El otro día', dijo Ranz, 'el otro día fue el día en que maté a mi primera mujer para poder estar con Teresa.'

'No me lo cuente si no quiere. No me lo cuente si no quiere', oí que repetía y repetía Luisa, y repetir y repetir eso cuando ya estaba contado era la forma civilizada de expresar su susto, también el mío, quizá su arrepentimiento por haber preguntado. Pensé si no debía cerrar mi puerta, clausurar la rendija para que todo volviera a ser murmullo indistinguible o imperceptible susurro, pero ya era demasiado tarde, para mí también, lo había oído, habíamos oído lo mismo que habría oído Teresa Aguilera en su viaje de novios, al final de su viaje, cuarenta años antes, o quizá no eran tantos. Luisa decía ahora 'No me lo cuente, no me lo cuente', quizá por mí, demasiado tarde, las mujeres sienten curiosidad sin mezcla y no imaginan o no anticipan la índole de lo que ignoran, de lo que puede llegar a averiguarse y de lo que puede llegar a hacerse, no saben que los actos se cometen solos o que los pone en marcha una sola palabra. El acto de contar ya estaba en marcha, basta con empezar, una palabra tras otra. 'Ranz ha dicho "mi primera mujer"', pensé, 'en vez de darle su nombre, y lo ha hecho en consideración a Luisa, que de haber escuchado ese nombre (Gloria, o acaso Miriam, o acaso Nieves, o acaso Berta) no habría sabido de quién se trataba, no con certidumbre al menos, ni yo tampoco, aunque lo habríamos supuesto, supongo. Eso quiere decir que Ranz está de verdad contando, aún no hablando para sí mismo, como puede que le suceda dentro de un rato si sigue rememorando y contando. Pero lo que hasta ahora ha dicho lo ha dicho teniendo en cuenta que

se lo decía a alguien, no olvidado del destinatario sino teniendo en cuenta que estaba contando, y siendo escuchado.'

'Sí, ahora ya tienes que dejarme contártelo', oí que decía mi padre, 'como se lo tuve que contar a Teresa. No fue como ahora, pero tampoco tan distinto, dije una frase y con ella la puse al tanto y ya tuve que contar el resto, contar más para paliar una sola frase, es absurdo, descuida, no entraré en mucho detalle. Ahora la he dicho y te he puesto al tanto, la he dicho en frío, entonces fue en caliente, ya sabes, uno dice cosas encendidas y se va calentando, uno quiere tanto y se siente tan querido que ya no sabe qué más hacer, a veces. En algunas circunstancias, en algunas noches uno se convierte en un exaltado, en un salvaje, le dice barbaridades a la persona que ama. Luego se olvidan, son como un juego, pero claro, un hecho no puede olvidarse. Estábamos en Toulouse, hicimos nuestro viaje de bodas a París, luego al sur de Francia. Estábamos en un hotel la penúltima noche del viaje, en la cama, y yo le dije muchas cosas a Teresa, uno dice de todo en esas ocasiones porque no se siente amenazado por nada, y cuando ya no sabía qué más decirle y sin embargo necesitaba decirle más, le dije lo que tantos amantes han dicho sin consecuencias: "Te quiero tanto que mataría por ti", le dije. Ella se rió, contestó: "Ya será menos". Pero en aquellos momentos yo no podía reírme, era uno de esos momentos en que se quiere con toda la seriedad del mundo, no hay broma que valga. Y entonces no pensé más y le dije la frase: "Ya lo he hecho", le dije. "Ya lo he hecho".' ('I have done the deed', pensé, o acaso pensé 'He sido yo', o lo pensé en mi lengua, 'He hecho el hecho y he hecho la hazaña y he cometido el acto, el acto es un hecho y es una hazaña y por eso se cuenta más pronto o más tarde, he matado por ti y esa es mi hazaña y contártela ahora es mi obsequio, y me querrás más aún al saber lo que he hecho, aunque saberlo manche tu corazón tan blanco.')

Ranz calló de nuevo, y ahora me pareció que la pausa era inequívocamente retórica, como si una vez que había empe-

zado a contar lo incontable estuviera en disposición y deseo de controlar su cuento.

'La maldita seriedad', añadió seriamente al cabo de unos segundos. 'Nunca más en la vida he vuelto a ser serio, o así lo he intentado.'

Apagué el cigarrillo y encendí otro, miré el reloj sin entender la hora. Había viajado y había dormido y estaba oyendo, como había oído a Guillermo y Miriam también sentado a los pies de una cama, o más bien como los había oído Luisa acostada, disimulando, sin que yo supiera si los oía. Ahora era ella quien no sabría si yo escuchaba, ni si yo estaba acostado y dormido.

'¿Quién era?', le preguntó a mi padre. También ella, después de su susto y su arrepentimiento mecánico, estaba dispuesta a saberlo todo, más al menos, una vez que sabía y había oído la frase irremediablemente. ('Escuchar es lo más peligroso', pensé, 'es saber, es estar enterado y estar al tanto, los oídos carecen de párpados que puedan cerrarse instintivamente a lo pronunciado, no pueden guardarse de lo que se presiente que va a escucharse, siempre es demasiado tarde. Ahora ya sabemos, y puede que eso manche nuestros corazones tan blancos, o quizá son pálidos y temerosos, o acobardados.')

'Era una chica cubana, de allí, de La Habana', dijo Ranz, 'donde estuve destinado dos años haraganeando, Villalobos tiene mejor memoria de lo que cree ('Han hablado del profesor', pensé, 'luego mi padre sabe que yo ya sé lo que Villalobos sabe'). Pero no quisiera hablar mucho de ella, si me haces ese favor, he logrado olvidar cómo era, un poco, su figura es borrosa como todo aquello, no estuvimos casados mucho tiempo, apenas un año, y mi memoria está cansada. Me casé con ella cuando ya no la quería si es que la quise, uno hace esas cosas por sentido de la responsabilidad, del deber, por debilidad momentánea, algunas bodas se pactan, se acuerdan, se anuncian, y se hacen lógicas e irremediables, ya por eso

suelen acabar celebrándose. Ella me obligó a quererla al principio, luego quiso casarse y yo no me opuse, su madre, las madres quieren que las hijas se casen, o lo querían entonces ('Todo el mundo obliga a todo el mundo', pensé, 'y si no el mundo se detendría, todo permanecería flotando en una vacilación global y continua, indefinidamente. La gente sólo quiere dormir, los arrepentimientos anticipados nos paralizarían'). La boda fue en la capilla de la embajada, a la que yo estaba adscrito, una boda española en vez de cubana. Mal asunto, lo quisieron ella y la madre tal vez a propósito, de haber sido cubana nos podríamos haber divorciado cuando conocí a Teresa, allí había divorcio, aunque no creo que Teresa lo hubiera aceptado, ni sobre todo su madre, que era muy religiosa.' Ranz se limitó ahora a tomar aliento y agregó con su voz burlona de siempre, la más conocida: 'Las religiosas madres de las clases medias, las religiosas suegras son las que más vinculan. Supongo que me casé para no estar solo, no me eximo de culpa, no sabía cuánto tiempo más iba a permanecer en La Habana, dudaba entonces si hacer algo en la diplomacia, aunque aún no tenía la carrera hecha. Luego abandoné esa idea y nunca la hice y volví a mis estudios de arte, me habían metido a dedo en aquella embajada por influencias de mi familia, a ver si me gustaba, yo fui un bala perdida hasta que conocí a Teresa, o más bien hasta que me casé con Juana'. Había dicho 'bala perdida', y estuve seguro de que en ese momento, pese a la seriedad con que hablaba, le había divertido soltar esa expresión en desuso, como le había divertido llamarme 'picaflor' el día de mi boda, durante la fiesta, mientras Luisa hablaba con un antiguo novio que me es antipático y otras personas —quizá Custardoy, quizá Custardoy, apenas lo vi en el Casino, sólo de lejos mirando ávidamente— y yo me veía apartado de ella durante unos minutos por mi padre que me retenía en un cuarto para decirme esto: 'Y ahora qué', y al cabo de un rato decirme lo que en verdad quería: 'Cuando tengas secretos o si ya los tienes, no se los cuentes'. Ahora

él estaba contando el suyo, contándoselo a ella precisamente, quizá para evitar que yo le pudiera contar los míos (qué secretos tengo, acaso el de Berta que en realidad no es mío, acaso el de mis sospechas, acaso el de Nieves, mi amor antiguo de la papelería) o que sea ella quien me cuente los suyos (qué secretos tiene, no puedo saberlo, si lo supiera no lo serían). 'Quizá Ranz cuenta ahora su secreto guardado durante tantos años para que nosotros no nos contemos los nuestros', pensé, 'los pasados y los presentes y los futuros, o para que procuremos no tener que tenerlos. Sin embargo hoy yo he venido a mi casa en secreto, sin avisar o haciendo creer que llegaba mañana, y Luisa guarda ante Ranz el secreto de que yo estoy aquí, echado o sentado a los pies de la cama, tal vez oyendo, tiene que haberme visto, si no no se explican la colcha y la manta y la sábana vueltas para arroparme un poco.'

'¿Me sirves un poco más de whisky, por favor?', oí que decía mi padre ahora. Así que Ranz estaba bebiendo whisky, que es una bebida de color parecido al color de sus ojos cuando no les da la luz, estarían en penumbra ahora. Oí el ruido del hielo cayendo sobre un vaso y otro, también el del whisky, luego el del agua. Con agua mezclada el color ya no se parecería tanto. Quizá las aceitunas de la nevera estaban sobre la mesita baja de nuestro salón, era uno de los primeros muebles que habíamos comprado, juntos, y uno de los pocos no cambiados de sitio en todo este tiempo, desde nuestra boda, aún no hacía ni hace aún un año. Tuve hambre de pronto, con gusto me habría comido unas aceitunas, mejor rellenas. Mi padre añadió: 'Luego iremos a cenar, ¿verdad?, te cuente lo que te cuente, como estaba previsto. Bueno, ya te lo he contado casi todo'.

'Claro que iremos a cenar', contestó Luisa. 'Yo no falto a mis citas.' Era verdad, que no faltaba ni falta a sus citas. Puede dudar mucho, pero si se decide no falla, es una mujer agradable en eso. '¿Qué pasó luego?', dijo, y esa es la pregunta que hacen los niños, incluso cuando el cuento ya se ha acabado.

Ahora oí claramente el ruido del mechero de Ranz (el oído va acostumbrándose a captarlo todo desde donde escucha), luego antes debía haber tenido las manos enlazadas y ociosas.

'Pasó que conocí a Teresa, y a Juana, y a su madre cubana que llevaba una vida entera en España. Fueron a La Habana una temporada por un asunto de lejanas herencias y ventas, una tía de la madre que había muerto, no creí que Villalobos recordara tanto ('Luisa debe haberle dicho', pensé: '"Villalobos nos ha contado esto y esto, ¿qué hay de cierto?"'). Nos quisimos muy pronto, yo ya estaba casado, nos vimos algunas veces clandestinamente, pero era triste, ella se entristecía, no veía posibilidad alguna, y que ella no la viera me entristecía a mí, más eso que el hecho cierto de que no la hubiera. No fueron muchas veces, las suficientes, siempre por la tarde, las dos hermanas salían a pasear juntas y luego se separaban, no sé lo que hacía Juana ni Juana sabía lo que hacía Teresa, Teresa venía a encontrarse conmigo en una habitación de hotel esas tardes, y luego, al caer la noche de golpe (la noche nos avisaba), se reunía de nuevo con Juana y las dos regresaban a cenar con la madre. La última tarde que nos encontramos pareció la despedida de quienes no pueden volver a verse, era absurdo, éramos jóvenes, no estábamos enfermos ni había ninguna guerra. Ella volvía a España al día siguiente, tras su estancia de tres meses en la casa de la tía-abuela muerta en La Habana. Le dije que yo no me iba a quedar allí para siempre, que volvería en seguida a Madrid, que teníamos que seguirnos viendo. Ella no quería, prefería aprovechar la separación forzosa para olvidarse de todo aquello, de mí, de mi primera mujer, a la que tuvo la mala suerte de conocer un poco. Le era simpática, recuerdo que le era simpática. Yo insistí, le hablé de separarme. "No podríamos casarnos", me dijo, "eso es imposible." Era convencional como lo eran los tiempos, hace sólo cuarenta años, ha habido mil historias como esta, sólo que la gente dice y no hace nada. Bueno, algunos hacen ('Lo

peor de todo es que no hará nada', pensé, era lo que Luisa me había dicho de Guillermo una noche, malhumorada, con su escote humedecido, brillaba un poco, los dos en la cama). Y entonces dijo la frase que yo escuché y que hizo que luego ella no se soportara ('Traducibles palabras sin dueño que se repiten de voz en voz y de lengua en lengua y de siglo en siglo', pensé, 'las mismas siempre, instigando a los mismos actos desde que en el mundo no había nadie ni había lenguas ni tampoco oídos para escucharlas. Pero quien las dice no se soporta, si las ve cumplidas'). Recuerdo que estábamos los dos vestidos, echados sobre la cama alquilada, con los zapatos puestos ('Quizá los pies sucios', pensé, 'pues nadie iba a verlos'), no nos desvestimos aquella tarde, no podía haber ganas. "Nuestra única posibilidad es que un día muriera ella", me dijo, "y con eso no puede contarse." Recuerdo que al decirlo me puso la mano en el hombro y acercó su boca a mi oreja. No me lo susurró, no fue una insinuación, su mano en mi hombro y sus labios cercanos fueron un modo de consolarme y apaciguarme, estoy seguro, he pensado mucho en cómo fue dicha esa frase, aunque hubo un tiempo en que la tomé por otra cosa. Era una frase de renuncia y no de inducción, era la frase de quien se retira y se da por vencido. Después de decir eso me dio un beso, un beso muy breve. Abandonaba el campo.' ('La lengua en la oreja es también el beso que más convence', pensé, 'la lengua que indaga y desarma, la que susurra y besa, la que casi obliga.') Ranz se detuvo una vez más, su voz había perdido ahora hasta el último resto de ironía o guasa, era casi irreconocible, aunque no como una sierra. 'Luego, cuando le conté lo que había hecho y le hablé de esta frase, ella al principio ni se acordaba, la había dicho sin pensar, según ella tan a la ligera, cuando se acordó y comprendió, había sido sólo la expresión de un pensamiento que estaba en nuestras cabezas, algo obvio, un mero enunciado sin intenciones, como si tú me dijeras ahora: "Va siendo hora de pensar en la cena". Tampoco yo reparé mucho entonces en sus palabras,

no les di vueltas hasta más tarde, les di vueltas cuando Teresa ya se había marchado y la echaba de menos hasta no soportarlo, nuestra única posibilidad es que un día muriera ella, y con eso no puede contarse. Fue mi condenado cerebro el que quiso entender de otro modo ('No pienses en las cosas, padre', pensé, 'no pienses en ellas con tan enfermizo cerebro. Los dormidos, y los muertos, no son sino como pinturas, padre. No se debe pensar de esta manera en estos hechos: así, nos hará volver locos'). Ella sólo recordó su frase al yo recordársela, y eso le causó más tormento. Ojalá no le hubiera contado nada ('Ella oye la confesión de ese acto o hecho o hazaña, y lo que la hace verdadera cómplice no es haberlo instigado, sino saber de ese acto y de su cumplimiento. Ella sabe, ella está enterada y esa es su falta, pero no ha cometido el crimen por mucho que lo lamente o asegure lamentarlo, mancharse las manos con la sangre del muerto es un juego, es un fingimiento, un falso maridaje con el que mata, porque no se puede matar dos veces y nunca hay duda de quién es "yo", y ya está hecho el hecho. Sólo se es culpable de oír las palabras, lo que no es evitable, y aunque la ley no exculpa a quien habló, a quien habla, éste sabe que en realidad no ha hecho nada, incluso si ha obligado con su lengua al oído, con su pecho a la espalda, con la respiración agitada, con su mano en el hombro y el incomprensible susurro que nos persuade'). Nada.'

'¿Qué fue lo que hizo? Se lo contó todo', le dijo Luisa. Luisa sólo preguntaba lo más necesario.

'Sí, se lo conté todo', dijo Ranz, 'pero a ti no voy a contártelo, no lo que hice exactamente, no los detalles, cómo la maté, eso no se olvida y prefiero que tú no tengas que recordarlo, ni que me lo recuerdes tú a mí de ahora en adelante, y eso es lo que sucedería si te lo contara.'

'Pero ¿cuál fue la explicación de su muerte? Nadie supo la verdadera, eso sí puede contármelo', dijo Luisa. De pronto me dio un poco de miedo, sólo preguntaba lo necesario, y así haría conmigo si un día tenía que preguntarme.

Oí de nuevo el ruido del hielo, esta vez agitado en el vaso. Ranz estaría pensando con su enfermizo cerebro, o ya no lo era desde hacía decenios. Quizá se estaría colocando, sin apenas tocarlos, sus cabellos tan blancos de polvos de talco. Quizá tendría, como un día le había visto, un aire de momentáneo desvalimiento. Ese día empezaba a estar lejos.

'Sí, puedo contártelo, y tampoco en eso anda Villalobos equivocado', dijo por fin. 'Debe de ser de los pocos vivos que recuerda algo de aquello. También, claro está, lo recordarán los hermanos de Teresa y Juana si viven, como lo sabía y lo recordaba la propia Juana, y su madre. Pero con mis dos cuñados, mis dobles cuñados, hace muchos años que no me trato, desde la muerte de Teresa no quisieron saber más de mí ni apenas de Juana, aunque no lo dijeran abiertamente: Juan, por ejemplo, casi no los ha conocido. Sólo la madre, la abuela de Juan, quiso seguir tratándome de esa familia, yo creo que para proteger a su hija más que otra cosa, para velar por Juana y no abandonarla a su matrimonio. Su peligroso matrimonio conmigo, pensaba, supongo. No se lo reprocho, todos sospecharon que tendría algo de culpa y que callaba algo cuando se mató Teresa, y en cambio nadie sospechó en su día de la otra muerte. Ves, la propia vida no depende de los propios hechos, de lo que uno hace, sino de lo que de uno se sabe, de lo que se sabe que ha hecho. Yo he llevado desde entonces una vida normal e incluso agradable, después de cualquier cosa se puede seguir viviendo, los que podemos: he hecho dinero, he tenido un hijo del que estoy contento, he querido a Juana y no la hice desgraciada, he trabajado en lo que más me atraía, he tenido amigos y buenos cuadros. Me he divertido. Todo eso ha sido posible porque nadie supo nada, sólo Teresa. Lo que hice fue hecho, pero la gran diferencia para lo que viene luego no es haberlo o no haberlo hecho, sino que fuera ignorado por todos. Que fuera un secreto. Qué vida habría tenido si se hubiera sabido. Tal vez ni siquiera habría tenido vida, después de eso.'

'¿Cuál fue la explicación? ¿Un incendio?', insistió Luisa, que no dejaba a mi padre divagar en exceso. Yo encendí otro cigarrillo, esta vez con la brasa del anterior, tenía sed, habría querido lavarme los dientes, no podía cruzar al cuarto de baño pese a estar en mi propia casa, estaba allí clandestinamente, sentía la boca como anestesiada, tal vez por el sueño, tal vez por la tensión del viaje, tal vez porque tenía las mandíbulas apretadas desde hacía rato. Al darme cuenta dejé de apretarlas, por un instante.

'Sí, fue el incendio', dijo lentamente. 'Vivíamos en un pequeño chalet de dos plantas, en una zona residencial algo apartada del centro, ella tenía la costumbre de fumar en la cama antes de dormir, yo también, a decir verdad. Salí para cenar con unos empresarios españoles a los que debía entretener, es decir, llevar de juerga. Ella debió de fumar en la cama y se quedó dormida, quizá había bebido un poco para conciliar el sueño, solía hacerlo en los últimos tiempos, posiblemente bebió de más esa noche. La brasa prendió las sábanas, debió de ser lento al principio pero no despertó o lo hizo demasiado tarde, luego no quisimos saber si se había asfixiado antes de quemarse entera, en La Habana se duerme mucho con las ventanas cerradas. Qué más daba. El incendio no destruyó la casa completamente, los vecinos intervinieron a tiempo, yo no regresé hasta que me localizaron y me avisaron, mucho más tarde, me había emborrachado con los empresarios. Pero sí le dio tiempo al fuego a consumir nuestra alcoba, todas sus ropas, las mías, las que yo le había regalado. No hubo investigación ni autopsia, fue un accidente. Ella estaba abrasada. A nadie le importaba mucho averiguar nada más, si no me importaba a mí. Su madre, mi suegra, estaba demasiado abatida para pensar en otras posibilidades.' Ahora había hablado rápidamente, como si tuviera prisa por acabar con el relato, o con aquella parte. 'Tampoco eran gente influyente', añadió, 'solamente clase media, con poco dinero, una viuda y su hija. Yo tenía buenos contactos en cambio, si me hubieran

hecho falta para parar una pesquisa o disipar una sospecha. Pero no las hubo. Corrí algún riesgo, resultó fácil. Esa fue la explicación, mala suerte', dijo Ranz. 'Mala suerte', repitió, 'sólo llevábamos casados un año.'

'¿Y la verdad cuál era?', dijo Luisa.

'La verdad es que ya estaba muerta cuando yo salí a aquella juerga', contestó mi padre. Su voz volvió a ser muy débil cuando dijo esta frase, tanto que tuve que esforzarme de nuevo como si mi puerta estuviera cerrada, estaba entreabierta, y yo acerqué a la rendija el oído para no perder sus palabras. 'Discutimos al caer la tarde', dijo, 'al regresar yo a casa después de varias gestiones en la ciudad que me habían ocupado todo el día, aquellos empresarios. Volví de mal humor, ella lo tenía peor, algo había bebido, hacía dos meses que no nos tocábamos, o yo a ella. Yo estaba retraído y distante desde que conocí a Teresa, pero sobre todo desde su marcha, se me iba yendo la posible lástima y me aumentaba el rencor hacia ella, hacia ella ('Evita pronunciar su nombre', pensé, 'porque ahora ya no puede querer insultarla, ni puede enfadarse ni dejar a una muerta que para nadie más ha existido, sólo para su madre, mamita mamita, que no supo hacer guardia o velar por ella, mentira mi suegra'). Tenía esa irritación que no se controla, cuando se deja de querer a alguien y ese alguien nos sigue queriendo a toda costa y no se rinde, quisiéramos que todo acabara siempre cuando lo damos por concluido. Cuanto más distante me sentía, más pegajosa se mostraba ella, más me atosigaba, más me reclamaba ('No te librarás de mí', pensé, 'o tú ven acá, o eres mío, o estás en deuda, o conmigo al infierno, quizá con el gesto del asimiento, uña de león, una zarpa'). Estaba harto y estaba impaciente, quería romper ese vínculo y volver a España, pero volver yo solo ('Ya no me fío de ti', pensé, 'o tienes que sacarme de aquí, o yo no he estado en España, o eres un hijo de puta, o voy por ti, o yo te mato'). Discutimos un poco, más que una discusión en regla cuatro frases desabridas, insulto y respuesta, insulto y respuesta, y

ella se metió en la alcoba, se echó en la cama con la luz apagada y lloró, no cerró la puerta para que yo pudiera verla u oírla, lloraba para que yo la oyera. La oí sollozar desde el salón durante un rato, mientras yo hacía tiempo para salir a encontrarme de nuevo con los empresarios, había quedado en llevarlos de juerga. Luego paró y la oí canturrear un poco distraídamente ('El preludio del sueño y la expresión del cansancio', pensé, 'el canto más intermitente y disperso que a la noche puede seguir oyéndose en las alcobas de las mujeres afortunadas, aún no abuelas ni viudas ni ya solteronas, más quedo y más dulce o más vencido'), luego se quedó en silencio, y cuando se hizo la hora entré en nuestra alcoba para cambiarme y la vi dormida, se había dormido tras el disgusto y el llanto, fingido o no, nada cansa tanto como la pena. El balcón estaba abierto, oía a lo lejos las voces de los vecinos y de sus niños antes de la cena, al caer la tarde. Abrí el armario y me cambié de camisa, tiré la sucia en una silla, y aún tenía la limpia desabrochada cuando lo pensé. Lo había pensado más veces, pero entonces lo pensé para entonces, ¿comprendes?, para aquel momento. Es extraño cómo un pensamiento nos llega a veces con tanta nitidez y fuerza que ya no puede mediar nada entre él y su cumplimiento. Se piensa en una posibilidad y al instante deja de serlo, se hace lo que se piensa y se convierte en algo ejecutado, sin transición, sin mediación, sin trámite, sin darle más vueltas, sin saber del todo si quiere hacerse, los actos se cometen solos entonces ('Los mismos actos que nadie sabe nunca si quiere ver cometidos', pensé, 'los actos todos involuntarios, los actos que ya no dependen de las palabras en cuanto se llevan a efecto, sino que las borran y quedan aislados del después y el antes, son ellos los únicos e irreversibles, mientras que hay reiteración y retractación, repetición y rectificación para las palabras, pueden ser desmentidas y nos desdecimos, puede haber deformación y olvido').' Ranz debía de estar mirando a Luisa con sus fervorosos ojos, ojos de líquido, o quizá tenía la mirada baja. 'Allí estaba ella

en ropa interior, en sostén y bragas, se había quitado el vestido y se había metido en la cama como una enferma, las sábanas sólo hasta la cintura, había bebido a solas y me había gritado, había llorado y había canturreado y se había dormido. No era muy distinta de una muerta, no era muy distinta de un cuadro, sólo que a la mañana siguiente ella se despertaría y volvería el rostro que ahora tenía contra la almohada ('Volvería el rostro y ya no mostraría su bonita nuca', pensé, 'acaso como la de Nieves, lo único inalterado en ella tras el transcurrido tiempo; volvería el rostro a diferencia de la joven sirvienta que ofrecía a Sofonisba veneno o a Artemisa cenizas, y porque esa sirvienta nunca se daría la vuelta ni su ama cogería la copa ni se la llevaría a los labios nunca, el guardián Mateu las habría quemado a ambas con su mechero y también la cabeza borrosa de la vieja del fondo, un fuego, una madre, una suegra, un incendio'). Con su rostro vuelto no me permitiría marcharme ni ir en busca de Teresa, de la que ella no sabía ni llegó a saber nunca, no supo por qué moría, ni siquiera que estaba muriendo. Recuerdo que vi que le tiraba el sostén por la postura que había tomado, y por un momento pensé en soltárselo para que no le dejara marca. Iba a hacerlo cuando lo pensé y no lo hice. Lo pensé rápidamente, lo pensé sin imaginármelo y por eso lo hice ('Imaginar evita muchas desgracias', pensé, 'quien anticipa su propia muerte rara vez se mata, quien anticipa la de los otros rara vez asesina, es preferible asesinar y matarse con el pensamiento, no deja secuelas ni tampoco huella, incluso con el gesto lejano del brazo que agarra, todo es cuestión de distancia y tiempo, si se está un poco lejos el cuchillo golpea el aire en vez de golpear el pecho, no se hunde en la carne morena o blanca sino que recorre el espacio y no sucede nada, su recorrido no se computa ni se registra y se ignora, no se castigan las intenciones, las tentativas fallidas tantas veces son silenciadas y hasta negadas por quienes las padecen porque todo sigue siendo lo mismo después de ellas, el aire es el mismo y no se abre la piel ni la

carne cambia y nada se rasga, es inofensiva la almohada aplastada bajo la que no hay ningún rostro, y luego todo es igual que antes porque la acumulación y el golpe sin destinatario y la asfixia sin boca no son bastante para variar las cosas ni las relaciones, no lo es la repetición, ni la insistencia, ni la ejecución frustrada ni la amenaza'). La maté dormida, mientras me daba la espalda ('Ranz ha asesinado al Sueño', pensé, 'al inocente Sueño, y sin embargo es el pecho de otra persona lo que nos respalda, sólo nos sentimos respaldados de veras cuando hay alguien detrás, alguien a quien acaso no vemos y que nos cubre la espalda con su pecho que está a punto de rozarnos y acaba siempre rozándonos; y en medio de la noche, al despertar sobresaltados por una pesadilla o ser incapaces de conciliar el sueño, al padecer una fiebre o creernos solos y abandonados a oscuras, no tenemos más que darnos la vuelta y ver entonces, de frente, el rostro del que nos protege, que se dejará besar lo que en el rostro es besable (nariz, ojos y boca; mentón frente y mejillas; y orejas, es todo el rostro) o quizá, medio dormido, nos pondrá una mano en el hombro para apaciguarnos, o para sujetarnos, o para agarrarse acaso'). No te contaré cómo, deja que eso no te lo cuente ('Vete', pensé, 'o voy por ti, o yo te mato, mi padre piensa un instante y a la vez actúa, pero quizá ha de pararse un momento antes a pensar si los cuchillos que hay en la casa cortan como es debido y están afilados, mira el sostén que tira y levanta la cabeza luego para recordar y pensar en filos que esta vez no golpean el aire ni tampoco el pecho, sino la espalda, todo es cuestión de distancia y tiempo, o quizá es su gran mano la que se posa sobre la bonita nuca y aprieta y la aplasta, y es cierto que bajo la almohada no hay ningún rostro, sino que está encima el rostro que ya nunca más va a volverse; los pies patalean sobre la cama, los pies descalzos y tal vez muy limpios porque en la propia casa está o puede llegar en seguida nuestra cita siempre, si estamos casados, aquel que puede verlos o acariciarlos, aquel a quien ella había esperado tanto; quizá se agitan los

brazos y al levantarlos se ven las axilas recién afeitadas para el marido que vuelve y ya no la toca nunca, pero no ha de preocuparse de ningún pliegue en la falda que le afee el culo, porque está muriendo y porque la falda se la ha quitado y está en la silla en la que mi padre ha dejado también tirada su camisa sucia, tiene puesta la limpia aún no abrochada, arderán juntas, la camisa sucia y la planchada falda, y tal vez Gloria, o acaso Miriam, o acaso Nieves, o acaso Berta, o Luisa, logra darse la vuelta y volver el rostro en un último esfuerzo, un instante, y con sus ojos miopes e inofensivos ve el triángulo tan velludo del pecho de Ranz, mi padre, velludo como el de Bill y el mío, el triángulo de ese pecho que nos protege y respalda, quizá se le hubiera pegado a Gloria su pelo largo alborotado por el sueño o el miedo y la pena, y algunos cabellos sueltos le atravesaran la frente como si fueran delgadas arrugas venidas desde el futuro a ensombrecerla un instante, el último, porque ese futuro no lo sería, no para ella, ni futuro concreto ni futuro abstracto. Y en cambio, en ese último instante, la carne cambia o la piel se abre o algo se rasga').'

'No me lo cuente si no quiere', dijo Luisa. 'No me lo cuente si no quiere', repitió Luisa, y ahora me pareció que casi imploraba que no le contaran.

'No, no te lo cuento, no quiero contártelo. Después me abroché la camisa y me asomé al balcón, no había nadie. Lo cerré, fui al armario donde también estaban sus telas olorosas e inertes, me puse corbata y una chaqueta, se me había hecho muy tarde. Encendí un cigarrillo, no comprendía lo que había hecho pero sabía que lo había hecho, son cosas distintas a veces. Aún ahora no lo comprendo y lo sé, como en aquel momento. Si no fui yo no fue nadie y ella nunca ha existido, ha pasado mucho tiempo y la memoria se cansa, como la vista. Me senté a los pies de la cama, estaba sudoroso y muy fatigado, me dolían los ojos como si no hubiera dormido durante varias noches, recuerdo eso, el dolor de los ojos, entonces lo pensé y lo hice, de nuevo pensé y a la vez lo hice. Dejé el

cigarrillo encendido sobre la sábana y lo miré, cómo quema-
ba, y descabecé la brasa sin por ello apagarlo. Encendí otro,
di tres o cuatro chupadas y lo dejé también sobre la sábana.
Hice lo mismo con un tercero, descabezados todos, ardiendo
las brasas de los cigarrillos y también ardiendo las brasas
sueltas, tres y tres brasas, seis brasas, se quemaba la sábana. Vi
cómo empezaban a hacer agujeros orlados de lumbre ('Y lo
estuve mirando durante unos segundos', pensé, 'cómo crecía
y se iba ensanchando el círculo, una mancha a la vez negra y
ardiente que se comía la sábana'), no sé.' Mi padre se paró
en seco, como si no hubiera acabado del todo la última frase.
No se oyó nada, sólo su respiración agitada y fuerte durante
un minuto, una respiración de viejo. A continuación añadió:
'Cerré la puerta de la alcoba y salí y bajé a la calle, y antes de
montar en el coche me volví a mirar la casa desde la esquina,
todo estaba normal, era ya de noche, había caído de golpe y
aún no salía humo ('Ni le vería nadie desde lo alto', pensé,
'desde el balcón o ventana, aunque se parara delante de ellos
como Miriam cuando esperaba, o un organillero viejo y una
gitana con trenza para hacer su trabajo, o como Bill primero
y yo luego ante la casa de Berta aguardando ambos a que el
otro se fuera, o como Custardoy una noche de lluvia de plata
bajo la mía'). Pero eso fue hace mucho tiempo', añadió Ranz
con una sombra de su voz de siempre, de la más acostumbra-
da. Me pareció oír un mechero y un tintineo, quizá había co-
gido una aceituna y Luisa había encendido un cigarrillo. 'Y
además, de estas cosas no se habla.'

Todavía hubo un silencio, Luisa ahora no decía nada, y
pude imaginar que Ranz estaría esperando en vilo, con las
manos ociosas y entrelazadas, tal vez sentado en el sofá, o re-
clinado sobre la otomana, o en el sillón gris y nuevo tan agra-
dable que él habría ayudado a elegir, probablemente. No en
la mecedora, no creía, no en la mecedora de mi abuela haba-
nera que sin duda pensaba en sus propias hijas, la viva y la
muerta, ambas casadas, y quizá en la hija casada y muerta de

otra madre cubana cuando me cantaba 'Mamita mamita, yen yen yen' durante la infancia para infundirme un miedo que a mí me resultaba poco duradero y risueño, un miedo femenino tan sólo, de hijas y madres y esposas y suegras y abuelas y ayas. Tal vez Ranz temía que Luisa, su nuera, le hiciera un gesto que significara 'Vete', o bien 'Lárguese'. Pero lo que Luisa dijo por fin fue esto:

'Va siendo hora de pensar en la cena, si tiene hambre'.

La respiración agitada y fuerte de Ranz cesó, y le oí responder con lo que juzgué alivio:

'No estoy muy seguro de tener hambre. Si te parece, podemos ir dando un paseo hacia Alkalde, y al llegar allí entramos si nos apetece, y si no te acompaño de vuelta y cada uno a su casa. Espero que no se nos vaya el sueño esta noche'.

Oí cómo se ponían en pie y Luisa recogía un poco las cosas que habría llevado hasta la mesita baja, uno de los pocos muebles que habíamos comprado juntos. Oí sus pasos hacia la cocina y de vuelta, y pensé: 'Ahora tendrá que entrar aquí, a cambiarse de ropa o a coger algo. Tengo ganas de verla. Cuando se vayan yo podré lavarme los dientes y beber agua, y quizá haya quedado alguna aceituna'.

Mi padre, sin duda ya con la gabardina puesta o más bien echada sobre los hombros, se llegó hasta la entrada y abrió la puerta de la calle.

'¿Estás ya?', le preguntó a Luisa.

'Un momento', contestó ella, 'voy a coger un pañuelo.'

Oí sus tacones que se acercaban, conocía bien sus pasos, resonaban sobre la madera mucho más discretos que los zapatos metálicos de 'Bill' sobre el mármol o los de Custardoy en todo lugar y tiempo. Aquellos pasos no cojeaban, ni cuando estaban descalzos. No subirían pesadamente peldaños de una escalera para buscar cartuchos de pluma desconocidos. Tampoco se clavarían nunca sobre el pavimento como navajas, no arrastrarían el tacón afilado con celeridad e inquina, nunca serían como espuela y hachazos. No si de mí dependía,

o eso esperaba, eran unos pasos afortunados. Vi su mano sobre el picaporte de mi puerta por la rendija. Iba a entrar, la vería, hacía tres semanas que no la veía, casi ocho que no la veía allí, en nuestra casa y alcoba y almohada. Pero antes de empujar la puerta le dijo a Ranz a través del pasillo, él seguiría en la entrada, llamando el ascensor con la gabardina sobre los hombros:

'Juan llega mañana. ¿Quiere usted que le cuente o que no le diga nada?'.

La respuesta de Ranz fue rápida en llegar, pero las palabras salieron lentas y cansadas, con voz oxidada y ronca como a través de un yelmo:

'Te agradecería mucho', dijo, 'te agradecería mucho que me ahorraras tener que pensar en eso, no sé qué es mejor. Piénsalo tú por mí, si te parece'.

'Descuide', dijo Luisa, y empujó la puerta. No encendió la luz hasta que la hubo cerrado, debió de notar al instante el mucho humo de mis cigarrillos. Aún no me puse en pie, no nos besamos, aún era como si no nos viéramos, yo aún no había llegado. Me miró de reojo, me sonrió de reojo, abrió nuestro armario y cogió un pañuelo con animales de Hermès que yo le había traído de un viaje antiguo, cuando aún no estábamos casados. Olía bien, un perfume nuevo, no era el Trussardi que le había regalado. Tenía cara de sueño, como si le dolieran los ojos, los ojos de Ranz, estaba guapa. Se puso el pañuelo al cuello y me dijo:

—Así que ya ves.

Y me di cuenta en el acto de que esa era la frase que Berta me había dicho cuando apareció en bata detrás de mí y la vi a mis espaldas reflejada en el cristal oscuro de la pantalla después de que yo terminara de ver el vídeo que ella habría visto ya varias veces y aún seguiría viendo y quizá sigue viendo hoy todavía. Por eso, supongo, también yo ahora contesté lo mismo. Me levanté. Le puse a Luisa la mano en el hombro.

—Ya veo —le dije.

Ahora mi malestar se ha apaciguado y mis presentimientos ya no son tan desastrosos, y aunque aún no soy capaz de pensar como antes en el futuro abstracto, vuelvo a pensar vagamente, a errar con el pensamiento puesto en lo que ha de venir o puede venir, a preguntarme sin demasiada concreción ni interés por lo que será de nosotros mañana mismo o dentro de cinco o cuarenta años, por lo que no prevemos. Sé, o creo, que lo que haya sucedido o suceda entre Luisa y yo no lo sabré tal vez hasta dentro de mucho tiempo, o quizá no me toque saberlo a mí sino a mis descendientes, si tenemos alguno, o a alguien desconocido y ajeno y que acaso tampoco se encuentre aún en el codiciado mundo, nacer depende de un movimiento, de un gesto, de una frase pronunciada en el otro extremo de ese mismo mundo. Preguntar y callar, todo es posible, callar como Juana Aguilera o preguntar y obligar como su hermana Teresa, o no hacer ni una cosa ni otra, como aquella primera mujer a la que he bautizado Gloria y que parece no haber existido o no haber existido mucho, sólo para su casamentera madre, una suegra, que ya habrá muerto desolada en Cuba, viuda y sin hija, se la tragó la serpiente, no hay en las lenguas que yo conozco palabra que oponer a 'huérfano'. Dejará de existir del todo muy pronto, en todo caso, cuando a Ranz le llegue la hora y Luisa y yo no seamos capaces de re-

cordar más que lo que nos ha ocurrido y lo que hemos hecho, y no lo que nos han contado o ha sucedido a otros o han hecho otros (cuando nuestros corazones no sean tan blancos). A veces tengo la sensación de que nada de lo que sucede sucede, de que todo ocurrió y a la vez no ha ocurrido, porque nada sucede sin interrupción, nada perdura ni persevera ni se recuerda incesantemente, y hasta la más monótona y rutinaria de las existencias se va anulando y negando a sí misma en su aparente repetición hasta que nada es nada ni nadie es nadie que fueran antes, y la débil rueda del mundo es empujada por desmemoriados que oyen y ven y saben lo que no se dice ni tiene lugar ni es cognoscible ni comprobable. A veces tengo la sensación de que lo que se da es idéntico a lo que no se da, lo que descartamos o dejamos pasar idéntico a lo que tomamos y asimos, lo que experimentamos idéntico a lo que no probamos, y sin embargo nos va la vida y se nos va la vida en escoger y rechazar y seleccionar, en trazar una línea que separe esas cosas que son idénticas y haga de nuestra historia una historia única que recordemos y pueda contarse, sea al instante o al cabo del tiempo, y así ser borrada o difuminada, la anulación de lo que vamos siendo y vamos haciendo. Volcamos toda nuestra inteligencia y nuestros sentidos y nuestro afán en la tarea de discernir lo que será nivelado, o ya lo está, y por eso estamos llenos de arrepentimientos y de ocasiones perdidas, de confirmaciones y reafirmaciones y ocasiones aprovechadas, cuando lo cierto es que nada se afirma y todo se va perdiendo. Jamás hay conjunto, o acaso es que nunca hubo nada. Sólo que también es verdad que a nada se le pasa el tiempo y todo está ahí, esperando a que se lo haga volver, como dijo Luisa.

Ahora estoy considerando nuevos trabajos, lo mismo que ella, parece que ambos nos hemos cansado de hacer esos viajes de ocho semanas o incluso menos, que fatigan mucho y nos enajenan un poco. No tendré problemas, sabiendo mis cuatro lenguas y algo de catalán, lo voy aprendiendo para

quedar bien, una de las posibilidades me haría hablar a menudo por teléfono con Barcelona. Y hay mucha gente que cree que tengo importantes contactos en los organismos internacionales, y trato con altos cargos. No los voy a desengañar, aunque se equivocan. Sin embargo tampoco me gusta demasiado la idea de permanecer en Madrid todo el tiempo, entrando y saliendo con Luisa en vez de ir a verla o de recibirla, con unas habitaciones y un ascensor y un portal que pertenecen a ambos, con una almohada común (es un decir, siempre hay dos) por la que a veces nos vemos obligados a pelear en sueños y desde la cual, al igual que el enfermo, vamos acostumbrándonos a ver el mundo; sin que nuestros pies vacilen sobre el pavimento mojado, ni deliberen, ni cambien de idea, ni puedan arrepentirse ni elegir tampoco: ahora no hay duda de que a la salida del cine o después de la cena vamos al mismo sitio, en dirección única por las calles semivacías y siempre regadas, querámoslo o no esta noche, o quizá fue anoche cuando ella no lo quiso. Eso me pareció un momento, pero seguimos andando. Supongo, con todo, que al encaminar hacia ese mismo lugar nuestros pasos juntos (resonando a destiempo porque ya son cuatro los pies que caminan), pensamos el uno en el otro, principalmente, al menos así yo lo hago. Creo que, con todo, no nos cambiaríamos por nada en el codiciado mundo, aún no nos hemos exigido la mutua abolición o aniquilamiento, del que cada uno era y del que nos enamoramos, solamente hemos cambiado de estado, y eso no parece ser ahora tan grave ni incalculable: puedo decir *hemos ido* o *vamos a comprar un piano* o *vamos a tener un hijo* o *tenemos un gato*.

Hace unos días hablé con Berta, llamó, y cuando llama es que está un poco triste o demasiado sola. Ya no será fácil que pase temporadas en su casa si abandono del todo mi trabajo de intérprete, tendré que guardar durante mucho más tiempo los hechos y anécdotas que siempre pienso en contarle, dramáticos o divertidos, o escribirle cartas, rara vez lo hemos he-

cho. Le pregunté por 'Bill', tardó unos segundos en acordarse o identificarlo, le quedaba ya lejos, se había ido de Nueva York, creía, y aún no había vuelto. 'Ahora que caigo', dijo, 'puede que aparezca cualquier día de estos.' Entendí que no había sabido más de él desde que lo vimos subirse a un taxi, yo desde la calle, ella desde su ventana. Pero es posible que reaparezca, no le falta razón, si era Guillermo. Berta sigue con sus contactos a través de anuncios, aún no ha claudicado ni se ha dado de baja, me dijo que está interesada ahora en dos individuos que aún no ha conocido, 'J de H' y 'Truman' sus respectivas iniciales y sobrenombre. Se animó al hablar de ellos, sonaba cariñosa como lo son las mujeres cuando tienen una ilusión y esa ilusión no la provocamos nosotros ni nos atañe sino que se nos transmite tan sólo; pero mientras conversábamos me la imaginé en uno de esos momentos en que la media luna de su mejilla derecha, su cicatriz, se le oscurecía hasta ponerse azul o morada y hacerme creer que tenía una mancha. Quizá, pensé (y lo pensé para conjurarlo), llegaría un día en que claudicaría y se daría de baja y en que la media luna estaría de uno de esos dos colores permanentemente. Berta su nombre, 'BSA' sus iniciales, tiznada siempre.

A Custardoy no he vuelto a verlo por el momento, sé que seguiré encontrándomelo de vez en cuando, casi siempre, supongo, a través de mi padre y cuando él ya no esté, hay presencias que nos acompañan intermitentemente desde la infancia y nunca se marchan. Seguirá codiciando el mundo, seguirá desdoblándose y contando historias poco creíbles que habrá vivido. Pero prefiero no pensar en él, ya pienso a veces sin desearlo.

Todavía no he hablado con Ranz de lo que escuché aquella noche, hace poco en realidad, aunque esa noche se vaya alejando muy rápidamente en estos tiempos precipitados que sin embargo, como todos los demás tiempos, dan cabida siempre a lo mismo, una sola vida incompleta o quizá ya mediada, la de cada uno, mi propia vida, o la de Luisa. Es proba-

ble que nunca hablemos, Ranz tampoco debe saber si yo sé, ni siquiera le habrá preguntado a Luisa si por fin me ha contado, siempre hay alguien que no sabe algo o no quiere saberlo, y así nos eternizamos. Por lo que veo, el trato entre ellos sigue siendo el de antes o muy parecido, como si esa noche no hubiera existido o no contara. Es mejor así, se tienen mucha estima y a ella le gusta escucharlo. Lo único nuevo es que ahora lo veo más viejo y menos irónico, casi un viejo, lo que nunca ha sido. Anda con algo más de titubeo, sus ojos resultan menos móviles y centelleantes, menos fervorosos cuando me miran o miran, halagan menos a quien tienen delante; su boca de mujer tan semejante a la mía se le está desdibujando por las arrugas; sus cejas no tienen fuerza para enarcarse tanto; a veces mete los brazos en las mangas de la gabardina, estoy seguro de que el próximo invierno los meterá ya siempre en las del abrigo. Nos vemos a menudo, ahora que sé que voy a estar en Madrid más quieto y me estoy tomando unas vacaciones. Salimos a almorzar muchos días con o sin Luisa, a La Trainera, a La Ancha, a La Dorada y a Alkalde, también a Nicolás, Rugantino, Fortuny y El Café y La Fonda, le gusta variar de restaurante. Sigue contándome historias ya conocidas o desconocidas, de sus años activos, de sus años de viajes y en el Museo del Prado, de sus relaciones con millonarios y directores de bancos que ya lo han olvidado, demasiado viejo para resultarles útil o divertido o poder volar para visitarlos, los hombres muy ricos quieren recibir y no se desplazan a ver a un amigo. He pensado en lo que Ranz contó a Luisa y yo escuché a escondidas, fumando sentado a los pies de mi cama. Aunque lo olvidaré, aún no lo olvido, y cuando ahora miro el retrato pequeño de mi imposible tía Teresa que Ranz conserva en su casa, lo miro con más atención de la que le presté jamás, durante mi infancia y mi adolescencia. Quizá lo miro como se miran las fotografías de los que ya no nos ven ni vemos, por enfado o ausencia o agotamiento, los retratos que acaban por usurpar sus facciones que se difuminan, las foto-

grafías siempre quietas en un solo día que nadie recuerda, cuándo se hicieron; como miraban mi abuela y mi madre a veces con ojos inmóviles o sonrisa boba tras interrumpir sus risas, con la vista perdida, los ojos secos y sin pestañeos, como de alguien recién despertado y que aún no comprende, así debió mirar Gloria en el último instante, de ella no hay retrato, si pudo volver el rostro; seguramente sin reflexionar, sin recordar siquiera, sintiendo pena o retrospectivo miedo, la pena y el miedo no son fugaces, mirando caras que se vio crecer pero no envejecer, caras con volumen que se hicieron planas, caras en movimiento que nos acostumbramos de pronto a ver en reposo, no a ellas sino a su imagen que las sustituye, como me preparo yo a mirar a mi padre, como se acostumbrará un día Luisa a mirar mi retrato cuando ya no tenga por delante ni siquiera su media vida y la mía esté acabada. Aunque nadie sepa el orden de los muertos ni el de los vivos, a quiénes les tocará primero la pena o primero el miedo. Poco importa, todo es pasado y no ha sucedido y además no se sabe. Lo que oí aquella noche de labios de Ranz no me pareció venial ni me pareció ingenuo ni me provocó sonrisas, pero sí me pareció pasado. Todo lo es, hasta lo que está ocurriendo.

No creo que nunca vuelva a saber de Miriam, a menos que ella logre que la saquen de Cuba o esa nueva Cuba, para la que hay tantos planes, sea próspera en breve, y la casualidad ayude. Creo que la reconocería en cualquier parte, aunque ya no vistiera con su blusa amarilla de escote redondeado ni su falda estrecha ni sus altos tacones que se clavaban, ni llevara su enorme bolso colgado del brazo y no echado al hombro, como es hoy la costumbre, su irrenunciable bolso que la desequilibraba. La reconocería aunque caminara con garbo ahora y sus talones no sobresalieran de sus zapatos y no hiciera gestos que significaran 'Tú ven acá' o 'Eres mío' o 'Yo te mato'. Encontrarme a Guillermo algún día no sería difícil, en Madrid, por desgracia, todo el mundo se conoce más pronto

o más tarde, hasta los que vienen de fuera y se quedan. Pero a él no podría reconocerlo, nunca le vi la cara, y una voz y unos brazos no son suficiente para reconocer a nadie. Alguna noche, antes de dormirme, se me ocurre pensar en los tres, en Miriam y en él y en su mujer enferma, Miriam muy lejos y ellos dos quién sabe si en mi misma ciudad, o en mi misma calle, o en nuestra casa. Es casi imposible no ponerle rostro a alguien cuya voz se oyó, y por eso a veces le pongo el de 'Bill', que llevaba bigote y es el más probable porque quizá es el suyo, a él también puedo encontrármelo en esta ciudad tan móvil; en otras ocasiones lo imagino como al actor Sean Connery, un héroe de mi niñez que a menudo lleva bigote en el cine, qué gran intérprete; pero también se mezcla la cara obscena y huesuda de Custardoy, que se deja y se quita el bigote alternativamente, o la del propio Ranz, que lo lucía en su juventud, sin duda cuando vivió en La Habana y más tarde, cuando se casó por fin con Teresa Aguilera y se fue con ella en su viaje de novios; o también la mía, mi cara que no lleva bigote ni lo ha llevado, pero puede que un día me lo deje crecer, cuando sea más viejo y a fin de evitar parecerme a mi padre como es ahora, como es ahora y yo lo recordaré principalmente.

Muchas noches noto el pecho de Luisa rozando mi espalda en la cama, los dos despiertos o los dos en sueños, ella tiende a acercarse. Estará ahí siempre, es lo previsto y esa es la idea, aunque faltan tantos años para cumplir ese siempre que pienso a veces si no puede cambiar todo a lo largo del tiempo y a lo largo del futuro abstracto, que es el que importa porque el presente no puede teñirlo ni asimilarlo, y eso ahora me parece una desgracia. Quisiera en estos momentos que nada cambiara nunca, pero no puedo descartar que dentro de un tiempo alguien, una mujer a la que aún no conozco, llegue a verme una tarde furiosa conmigo, o bien aliviada por al fin encontrarme, y sin embargo no me diga nada y nos miremos tan sólo, o nos abracemos de pie callados, o nos lleguemos

hasta la cama para desnudarnos, o tal vez ella se limite a descalzarse, mostrándome sus pies que habría lavado tan a conciencia antes de salir de casa porque yo podría verlos o acariciarlos y ahora estarían cansados y doloridos de haberme esperado tanto (la planta de uno manchada por el pavimento). Puede que esa mujer vaya al cuarto de baño y se encierre en él durante unos minutos sin decir nada, para mirarse y recomponerse e intentar borrar de su rostro las expresiones acumuladas de ira y fatiga y decepción y alivio, preguntándose qué otra sería la más adecuada y beneficiosa para encararse por fin con el hombre que la ha hecho esperar durante demasiado tiempo y que ahora aguarda a que salga, encararse conmigo. Quizá por eso me haría esperar ella a mí mucho más de la cuenta, la puerta cerrada del cuarto de baño, o acaso no fuera esa su intención, sino llorar a escondidas y amortiguadamente sobre la tapa del retrete o sobre el borde del baño con las lentillas quitadas si las llevaba, secándose y ocultándose a sus propios ojos con una toalla hasta lograr calmarse, lavarse la cara, pintarse y estar en condiciones de salir de nuevo disimulando. Tampoco puedo descartar que esa mujer sea un día Luisa y yo no el hombre ese día, y que ese hombre le exija una muerte y le diga: 'O él o yo', y que 'él' sea yo entonces. Pero en ese caso me contentaría con que ella saliera al menos del cuarto de baño, en vez de quedar tirada en el suelo frío con el pecho y el corazón tan blancos, y la falda arrugada y también las mejillas mojadas por la mezcla de lágrimas y sudor y agua, ya que el chorro del grifo habría estado rebotando contra la loza acaso y habrían caído gotas sobre el cuerpo caído, gotas como la gota de lluvia que va cayendo desde el alero tras la tormenta, siempre en el mismo punto cuya tierra o cuya piel o carne va ablandándose hasta ser penetrada y hacerse agujero o tal vez conducto, no como gota del grifo que desaparece por el sumidero sin dejar en la loza ninguna huella ni como gota de sangre que en seguida es cortada con lo que haya a mano, un paño o una venda o una toa-

lla o a veces agua, o a mano sólo la propia mano del que pierde la sangre si está aún consciente y no se ha herido a sí mismo, la mano que va a su estómago o a su pecho o espalda a tapar el agujero. Quien se ha herido a sí mismo, en cambio, no tiene mano, y necesita de otro que lo respalde. Yo la respaldo.

Luisa tararea a veces en el cuarto de baño, mientras yo la miro arreglarse apoyado en el quicio de una puerta que no es la de nuestro dormitorio, como un niño perezoso o enfermo que mira el mundo desde su almohada o sin cruzar el umbral, y desde allí escucho ese canto femenino entre dientes que no se dice para ser escuchado ni menos aún interpretado ni traducido, ese tarareo insignificante sin voluntad ni destinatario que se oye y se aprende y ya no se olvida. Ese canto pese a todo emitido y que no se calla ni se diluye después de dicho, cuando le sigue el silencio de la vida adulta, o quizá es masculina.

Octubre de 1991

Dos epílogos

Un secreto, una canción, una boda*

Más que de la novela, hablaré de sus orígenes. Esto es, de los dos o tres elementos aislados (más no hacen falta) que en esta ocasión, como en las precedentes, me hicieron ponerme ante la máquina un día y escribir la primera frase. Esa primera frase de *Corazón tan blanco* dice así: 'No he querido saber, pero he sabido que una de las niñas, cuando ya no era niña y no hacía mucho que había regresado de su viaje de bodas, entró en el cuarto de baño, se puso frente al espejo, se abrió la blusa, se quitó el sostén y se buscó el corazón con la punta de la pistola de su propio padre, que estaba en el comedor con parte de la familia y tres invitados.' Esto fue exactamente lo que hizo en la vida real una mujer de mi familia hace años. Nunca se supo por qué, ni qué había sucedido durante las escasas semanas que llevaba casada, un matrimonio en principio alegre, o normal cuando menos. Precisamente porque no es fácil imaginar lo ocurrido, intenté imaginarlo, y no averiguarlo: el narrador de mi novela, un descendiente imposible de esa mujer del primer párrafo, se caracteriza justamente por no querer investigar, por no querer saber, por sus recelos ante la idea de que la verdad debe conocerse siempre o debe resplandecer.

* Publicado por primera vez en *El Sol*, suplemento *Los libros de El Sol*, 21 de febrero de 1992.

El segundo elemento que me rondaba la cabeza tenía alguna relación, aunque extrañamente no la descubrí hasta que la novela ya estaba avanzada: una de mis abuelas, Lola Manera, había nacido en La Habana. En el 98, cuando se perdió Cuba, su familia regresó a España (o mejor dicho vino por vez primera), y aunque ella contaba entonces ocho o diez años, la anciana reidora y amable que yo conocí conservaba su acento habanero, a mí y a mis hermanos nos llamaba 'guajiros' o 'guachinangos' y nos cantaba canciones que ella había oído a las ayas negras de su niñez. Entre esas canciones había una siniestra y a la vez cómica: durante su noche de bodas con un extranjero rico, la joven desposada pedía auxilio a su madre, que velaba junto a la habitación nupcial. 'Mamita mamita, yen yen yen', cantaba, 'serpiente me traga, yen yen yen'. Pero el marido respondía a través de la puerta: 'Mentira mi suegra, yen yen yen, que estamos jugando, yen yen yen, al uso de mi tierra, yen yen yen.' A la mañana siguiente, la madre y suegra encontraba sobre la cama del matrimonio una enorme serpiente, sin rastro de los recién casados. Esta canción tiene su importancia en *Corazón tan blanco*, y aparece más de una vez.

El tercer elemento atañe a mi propia biografía ficticia, y seguramente por eso es más trivial: yo nunca me he casado, si bien he estado a punto de hacerlo y conviví con alguien en una ocasión. Así, ese estado tan común y banal, por no conocerlo, se me aparece rodeado de cierto misterio, y en algunos momentos no he podido evitar pensar cómo sería mi nunca celebrado matrimonio, o cómo sería un narrador mío en él. Si asociamos esa curiosidad a los dos primeros elementos, no será de extrañar que en mi novela lo conyugal se manifieste como algo más bien ominoso, por no decir peligroso. Ni tampoco que el texto así originado sea un libro (como reza su contracubierta[1] por expresa indicación del autor) 'sobre el se-

1. El autor se refiere aquí a la contracubierta de la edición original en rústica. (*N. del E.*).

creto y su posible conveniencia, sobre el matrimonio, el asesinato, la instigación, sobre la sospecha, sobre el hablar y el callar y sobre los corazones tan blancos que, poco a poco, se van tiñendo, según ven "transcurrir el transcurrido tiempo" y acaban sabiendo lo que nunca quisieron saber'.

JAVIER MARÍAS

En el viaje de novios*

Mi mujer se había sentido indispuesta y habíamos regresado apresuradamente a la habitación del hotel, donde ella se había acostado con escalofríos y un poco de náusea y un poco de fiebre. No quisimos llamar en seguida a un médico por ver si se le pasaba y porque estábamos en nuestro viaje de novios, y en ese viaje no se quiere la intromisión de un extraño, aunque sea para un reconocimiento. Debía de ser un ligero mareo, un cólico, cualquier cosa. Estábamos en Sevilla, en un hotel que quedaba resguardado del tráfico por una explanada que lo separaba de la calle. Mientras mi mujer se dormía (pareció dormirse en cuanto la acosté y la arropé), decidí mantenerme en silencio, y la mejor manera de lograrlo y no verme tentado a hacer ruido o hablarle por aburrimiento era asomarme al balcón y ver pasar a la gente, a los sevillanos, cómo caminaban y cómo vestían, cómo hablaban, aunque, por la relativa distancia de la calle y el tráfico, no oía más que un murmullo. Miré sin ver, como mira quien llega a una fiesta en la que sabe que la única persona que le interesa no estará allí porque se quedó en casa con su marido. Esa persona única estaba conmigo, a mis espaldas, velada por su marido. Yo miraba hacia el exte-

* Relato publicado por primera vez en la revista *Balcón*, número especial 'Frankfurt', Madrid, octubre de 1991.

rior y pensaba en el interior, pero de pronto individualicé a una persona, y la individualicé porque a diferencia de las demás, que pasaban un momento y desaparecían, esa persona permanecía inmóvil en su sitio. Era una mujer de unos treinta años de lejos, vestida con una blusa azul sin apenas mangas y una falda blanca y zapatos de tacón también blancos. Estaba esperando, su actitud era de espera inequívoca, porque de vez en cuando daba dos o tres pasos a derecha o izquierda, y en el último paso arrastraba un poco el tacón afilado de un pie o del otro, un gesto de contenida impaciencia. Colgado del brazo llevaba un gran bolso, como los que en mi infancia llevaban las madres, mi madre, un gran bolso negro colgado del brazo anticuadamente, no echado al hombro como se llevan ahora. Tenía unas piernas robustas, que se clavaban sólidamente en el suelo cada vez que volvían a detenerse en el punto elegido para su espera tras el mínimo desplazamiento de dos o tres pasos y el tacón arrastrado del último paso. Eran tan robustas que anulaban o asimilaban esos tacones, eran ellas las que se hincaban sobre el pavimento, como navaja en madera mojada. A veces flexionaba una para mirarse detrás y alisarse la falda, como si temiera algún pliegue que le afeara el culo, o quizá se ajustaba las bragas rebeldes a través de la tela que las cubría.

Estaba anocheciendo, y la pérdida gradual de la luz me hizo verla cada vez más solitaria, más aislada y más condenada a esperar en vano. Su cita no llegaría. Se mantenía en medio de la calle, no se apoyaba en la pared como suelen hacer los que aguardan para no entorpecer el paso de los que no esperan y pasan, y por eso tenía problemas para esquivar a los transeúntes, alguno le dijo algo, ella le contestó con ira y le amagó con el bolso enorme.

De repente alzó la vista, hacia el tercer piso en que yo me encontraba, y me pareció que fijaba los ojos en mí por vez primera. Escrutó, como si fuera miope o llevara lentillas sucias, guiñaba un poco los ojos para ver mejor, me pareció que

era a mí a quien miraba. Pero yo no conocía a nadie en Sevilla, es más, era la primera vez que estaba en Sevilla, en mi viaje de novios con mi mujer tan reciente, a mi espalda enferma, ojalá no fuera nada. Oí un murmullo procedente de la cama, pero no volví la cabeza porque era un quejido que venía del sueño, uno aprende a distinguir en seguida el sonido dormido de aquel con quien duerme. La mujer había dado unos pasos, ahora en mi dirección, estaba cruzando la calle, sorteando los coches sin buscar un semáforo, como si quisiera aproximarse rápido para comprobar, para verme mejor a mi balcón asomado. Sin embargo caminaba con dificultad y lentitud, como si los tacones le fueran desacostumbrados o sus piernas tan llamativas no estuvieran hechas para ellos, o la desequilibrara el bolso o estuviera mareada. Andaba como había andado mi mujer al sentirse indispuesta, al entrar en la habitación, yo la había ayudado a desvestirse y a meterse en la cama, la había arropado. La mujer de la calle acabó de cruzar, ahora estaba más cerca pero todavía a distancia, separada del hotel por la amplia explanada que lo alejaba del tráfico. Seguía con la vista alzada, mirando hacia mí o a mi altura, la altura del edificio a la que yo me hallaba. Y entonces hizo un gesto con el brazo, un gesto que no era de saludo ni de acercamiento, quiero decir de acercamiento a un extraño, sino de apropiación y reconocimiento, como si fuera yo la persona a quien había aguardado y su cita fuera conmigo. Era como si con aquel gesto del brazo, coronado por un remolino veloz de los dedos, quisiera asirme y dijera: 'Tú ven acá', o 'Eres mío'. Al mismo tiempo gritó algo que no pude oír, y por el movimiento de los labios sólo comprendí la primera palabra, que era '¡Eh!', dicha con indignación, como el resto de la frase que no me alcanzaba. Siguió avanzando, ahora se tocó la falda por detrás con más motivo, porque parecía que quien debía juzgar su figura ya estaba ante ella, el esperado podía apreciar ahora la caída de aquella falda. Y entonces ya pude oír lo que estaba diciendo: '¡Eh! ¿Pero qué haces ahí?' El grito era muy audible aho-

ra, y vi a la mujer mejor. Quizá tenía más de treinta años, los ojos aún guiñados me parecieron claros, grises o color ciruela, los labios gruesos, la nariz algo ancha, las aletas vehementes por el enfado, debía de llevar mucho tiempo esperando, mucho más tiempo del transcurrido desde que yo la había individualizado. Caminaba trastabillada y tropezó y cayó al suelo de la explanada, manchándose en seguida la falda blanca y perdiendo uno de los zapatos. Se incorporó con esfuerzo, sin querer pisar el pavimento con el pie descalzo, como si temiera ensuciarse también la planta ahora que su cita había llegado, ahora que debía tener los pies limpios por si se los veía el hombre con quien había quedado. Logró calzarse el zapato sin apoyar el pie en el suelo, se sacudió la falda y gritó: '¡Pero qué haces ahí! ¿Por qué no me has dicho que ya habías subido? ¿No ves que llevo una hora esperándote?' (lo dijo con acento sevillano llano, con seseo). Y al tiempo que decía esto, volvió a hacer el gesto del asimiento, un golpe seco del brazo desnudo en el aire y el revoloteo de los dedos rápidos que lo acompañaba. Era como si me dijera 'Eres mío' o 'Yo te mato', y con su movimiento pudiera cogerme y luego arrastrarme, una zarpa. Esta vez gritó tanto y ya estaba tan cerca que temí que pudiera despertar a mi mujer en la cama.

—¿Qué pasa? —dijo mi mujer débilmente.

Me volví, estaba incorporada en la cama, con ojos de susto, como los de una enferma que se despierta y aún no ve nada ni sabe dónde está ni por qué se siente tan confusa. La luz estaba apagada. En aquellos momentos era una enferma.

—Nada, vuelve a dormirte —contesté yo.

Pero no me acerqué a acariciarle el pelo o tranquilizarla, como habría hecho en cualquier otra circunstancia, porque no podía apartarme del balcón, y apenas apartar la vista de aquella mujer que estaba convencida de haber quedado conmigo. Ahora me veía bien, y era indudable que yo era la persona con la que había convenido una cita importante, la persona que la había hecho sufrir en la espera y la había ofendido con mi pro-

longada ausencia. '¿No me has visto que te estaba esperando ahí desde hace una hora? ¡Por qué no me has dicho nada!', chillaba furiosa ahora, parada ante mi hotel y bajo mi balcón. '¡Tú me vas a oír! ¡Yo te mato!', gritó. Y de nuevo hizo el gesto con el brazo y los dedos, el gesto que me agarraba.

—Pero ¿qué pasa? —volvió a preguntar mi mujer, aturdida desde la cama.

En ese momento me eché hacia atrás y entorné las puertas del balcón, pero antes de hacerlo pude ver que la mujer de la calle, con su enorme bolso anticuado y sus zapatos de tacón de aguja y sus piernas robustas y sus andares tambaleantes, desaparecía de mi campo visual porque entraba ya en el hotel, dispuesta a subir en mi busca y a que tuviera lugar la cita. Sentí un vacío al pensar en lo que podría decirle a mi mujer enferma para explicar la intromisión que estaba a punto de producirse. Estábamos en nuestro viaje de novios, y en ese viaje no se quiere la intromisión de un extraño, aunque yo no fuera un extraño, creo, para quien ya subía por la escalera. Sentí un vacío y cerré el balcón. Me preparé para abrir la puerta.

JAVIER MARÍAS

Índice